KB083722

타자와 동아시아 인식

일본 식민지 시기 만주문학

The Other and East Asian Cognition

엮은이

이해영 李海英, Li HaiYing
중국 칭다오의 중국해양대학교 한국어학과 교수, 박사생 지도 교수. 중국해양대학교 한국연구소 소장, 칭다오1세종학당 학당장을 역임하고 있다. 한국 교육부 해외 한국학 중핵대학 사업단 단장을 맡아 3단계 사업을 수행 중이며 중국 국가 사회과학기금 프로젝트 '당대 조선족 문학 속의 혁명서사와 국민 정체성'을 수행·완성하였다. 주요 저서로『중국 조선족 사회사와 장편소설』,『청년 김학철과 그의 시대』,『만주, 경계에서 읽는 한국문학』(공저),『한국 프로문학과 만주』(공저),『귀향과 이산』(공저) 등이 있다.

류샤오리 劉曉麗, Liu XiaoLi
중국 화둥사범대학교(華東師範大學) 중문학과 교수, 박사생 지도 교수. 주요 저서로『이질적인 시공간 속의 정신세계—위만주국 문학연구(異態時空中的精神世界—偽滿洲國文學研究)』,『위만주국 문학과 문학잡지(偽滿洲國文學與文學雜志)』,『국토의 함락, 문인의 행보』등이 있고 그 밖에『위만주국 시기 문학자료와 연구총서(偽滿時期文學資料整理與研究叢書)』의 책임편집을 맡았다.

이복실 李福實, Li FuShi
중국해양대학교 한국연구소 연구원. 주요 논저로「일제 말기 만주 조선인 아동극에 대한 고찰」,「항미원조 위문단의 실체와 활동 양상」,「해방 전후 극작가 김진수의 이력과 만주 인식」,「조선족 희곡〈불길〉에 나타난 여순항쟁의 극적 재현과 바다 공간의 변화」,『만주국 조선인 연극』,『극예술, 과학을 꿈꾸다』(공저),『귀향과 이산』(공저),『극예술, 바다를 상상하다』(공저) 등이 있다.

타자와 동아시아 인식 일본 식민지 시기 만주문학

초판인쇄 2024년 3월 20일 **초판발행** 2024년 3월 30일
엮은이 이해영·류샤오리·이복실
펴낸이 박성모 **펴낸곳** 소명출판 **출판등록** 제1998-000017호
주소 서울시 서초구 사임당로14길 15 서광빌딩 2층
전화 02-585-7840 **팩스** 02-585-7848
전자우편 somyungbooks@daum.net **홈페이지** www.somyong.co.kr

값 33,000원 ⓒ 이해영 외, 2024
ISBN 979-11-5905-874-5 93810

이 저서는 2022년도 대한민국 교육부와 한국학중앙연구원(한국학진흥사업단)의 해외한국학중핵대학육성사업의 지원을 받아 수행된 연구임(AKS-2022-OLU-2250001).

중국해양대학교
해외한국학중핵대학사업단

중국해양대학교
한국연구소 총서 14

타자와 동아시아 인식

일본 식민지 시기 만주문학

他者與東亞認知

이해영
박려화
김재용
최현식
이복실
류샤오리
리리
왕웨
메이딩어
마틴 블라호타
한링링
장레이
류옌
천옌
덩리샤

The Other and East Asian Cognition

이해영, 류샤오리, 이복실 엮음

　일본인, 한인, 만인, 조선인, 백계 러시아인 등 경내 제 민족의 협화 즉 '오족협화'를 건국이념의 하나로 내세웠던 '만주국'은 동아시아 각 민족의 융합과 충돌, 각축과 공존의 공간이었다. 근대 이전부터 다양한 민족의 발원지였던 만주는 근대를 전후하여 경제·정치적 원인으로 외부의 여러 민족들이 흘러 들어오면서 이민 지역으로 거듭났다. 이러한 특성으로 인해 '만주국'은 '복합민족국가'로 불리기도 했으나 실질적으로는 민족 간의 위계가 분명했다. 즉 주지하는 바와 같이 실질적인 지배 계층은 일본인이었고 기타 민족은 모두 일본의 식민지배를 받는 피지배자의 위치에 놓여 있었다. 그러나 '만주국'은 조선, 대만 등 제국 일본의 기존 식민지와는 달리 외형상 독립 국가를 표방했고 각 민족 간의 협화를 건국이념으로 삼았기에 이론적으로는 경내의 모든 민족이 '평등'하고 각 민족 모두 자신의 언어와 전통을 보존할 권리를 지닌다고 명시했다. 이는 '만주국'의 민족 관계를 단순히 식민자와 피식민자의 지배와 피지배 및 대립과 충돌이라는 이원적 갈등구조에서 벗어나 보다 복잡하고 미묘하게 구성하도록 했다. 외형상 만주족 황제가 집권하는 '만주국'에서 수적으로 우세한 민족이자 토착민족이기도 한 만인^{만주족과 한족}은 실질적으로는 식민자 일본인의 지배를 받는 피식민자에 불과했다. 또한 일본인과 마찬가지로 외래 민족인 조선인의 경우, '만주국'의 오족을 이루는 한 민족인 동시에 일본 신민이기도 했으므로 그들의 지위 역시 매우 이중적이고 애매모호했다. 러시아제국의 붕괴와 소련 공산주의 체제의 건립으로 자신의 조국을 떠나 만주로 망명한 백계 러시아인의 경우에는 조선인과 마찬가지로 외래 민족이자 '만주국'의 피지배계층이었지만 조선인과는 또 다른 위치에 있었다.

이상의 피식민지인들은 영국이나 미국 등 제국의 식민지 국가들이 식민 종주국의 언어로, 식민 종주국을 통해서만 연결될 수 있었던 것과는 달리 피식민 민족들 간의 직접적인 연결을 시도하기도 했는데, 만인^{만족}, 한족과 조선인들 간의 연대가 그 대표적인 일례이다. 동시에 이들 각 민족 집단은 동아시아 각 민족국가의 이익과 연결되기도 했고 그들의 세력권에 놓여 있기도 했다. 따라서 '만주국'은 동아시아 각 민족국가들의 세력이 충돌하는 지역이기도 했다. 이런 맥락에서 볼 때, '만주국'은 동아시아의 축소판으로서 동아시아 각 민족 간의 관계 및 서로간의 인식 등에 대해 살펴볼 수 있는 의미 있는 공간이다.

이 책은 전반적으로 이상과 같은 문제 의식에서 출발하여 '만주국' 각 민족의 문학 — 일명 일본 식민 시기 '만주'문학을 탐구했다. '만주국'이라는 복합적인 문화 공간에서 생산된 제반 민족문학을 통해 동아시아 각 민족이 어떻게 타민족을 이해하고 서로간의 관계를 형성해 나갔는지, 나아가 동아시아 전체를 어떻게 바라보고 있었는지를 다양한 시점에서 살펴보았다. 즉 동아시아 축소판이었던 '만주국' 각 민족의 타자 및 동아시아 인식을 입체적으로 조망했다.

이 책은 당시 '만주국'의 문학장을 형성했던 주요 민족별 문학, 즉 제1부 조선인문학, 제2부 중국인문학, 제3부 일본인문학으로 구성하여 '만주국' 문학에 대한 연구 시각을 보다 집중적이고도 입체적으로 구축하고자 했다. 제1부에서는 안수길, 염상섭, 백석, 유치진 등 '만주국'에서 활동했거나 또는 만주에서 일시적으로 체류했던 조선인 작가 및 그들의 작품을 통해 '만주국' 국민이자 제국 일본의 신민, 그리고 피식민지인이라는 다중적인 신분을 지니고 있었던 '만주국'의 조선인이 만인^{한족과 만주족}, 일본인, 몽고인 등 기타 민족과 맺는 관계와 그 속에서 드러나는 조선인의 타자 및 동아시아 인식을 5편의 글을 통해 살펴보았다. 제2부에서는 메이냥梅娘, 산딩山丁, 구딩古丁, 줴칭爵青 등 '만주국' 시기의 대표적인 중국인 작가와 작품에 초점을 맞추어 조선인, 일본인, 러시아인 등 외래 민족과 동아시아에 대한 중국인의 인식을 6편의 글을 통해 살펴보았다. 마지막 제3부는 식민지배자의 시점에서 '만주국' 각 민족에 대한 그들의 인식을 고찰한 5편의 글로 구성되었다. 구체적으로 기타무라 겐지로北村謙次郎, 후지야마 가즈오藤山一雄, 우시지마 하루코牛島春子 등 '만주국'에서 활동했던 일본인 작가와 작품을 통해 식민지배자로서의 일본인의 자아 인식과 조선인을 비롯한 피식민자에 대한 타자 인식 및 동아시아 인식을 다층적으로 조명했다.

이 책은 중국해양대학교 한국연구소 해외한국학중핵대학육성사업 제3단계 1차년도 연구성과를 집성한 학술서이다. 맡은 바 연구에 힘쓰시고 책 출판에 협조해주신 저자 선생님들과 중국어 논문 번역을 맡아주신 선생님들께 깊은 감사의 인사를 드린다. 그리고 이 책이 출간될 수 있도록 도움 주신 '소명출판'에도 감사의 마음을 전한다.

차례

'만주국' 시기 조선인문학과 타자 인식

제1부

안수길의 '만주' 시기 작품에 나타난 민족 관계 인식

이해영
중국해양대학교 한국어학과 교수

1. 들어가며

'왕도 낙토'와 함께 일본인, 한인, 만인, 조선인, 백계 러시아인 등 경내의 제 민족의 협화 즉 '오족협화'[1]를 건국이념의 하나[2]로 했던 '만주국'에서 민족 간의 상호 인식 및 '화합'은 국가가 주도하는 지배 이데올로기로서 뿐만 아니라 실제 '만주국'을 구성하는 제 민족들에게도 대단히 중요한 현실적인 문제였다. 총과 포로 괴뢰 '만주국'을 급조한 식민주의자이자 '만주국'의 '오족' 중의 한 민족 지분을 차지한 일본에게 '만주국'은 '동아일체론'의 실험장[3]이었는데 일본은 '민족협화'를 그 정신적 매개체로

---

1 '오족협화'에서 '오족'은 초기에는 한족, 만족, 몽고족, 일본인, 조선인으로 규정하였으나 후기에는 만인, 몽고인, 일본인, 조선인, 러시아인으로 변하였다. 여기서 만인 내지 만주족(滿洲族)은 '만주' 경내의 한족(漢族)과 만족을 혼합한 명칭이다. 이 '오족협화'는 다치바나 시라키가 손중산이 1912년 제기한 중화민국의 '오족공화(五族共和)'에서 영감을 받아 건국이념으로 제안한 것이다. 프래신짓트 두아라, 한석정 역, 『주권과 순수성』, 나남, 2008, 137면.
2 한석정, 『만주국 건국의 재해석』, 동아대 출판부, 2009, 135면.
3 劉曉麗, 「東亞連帶的正題與反題」, 『第一屆東亞視域下的韓國學靑年敎師硏修會暨海外韓國學孵化型項目中國高校交流會』, 中國海洋大學韓國硏究中心, 2023, 13면.

하여 '만주국'을 일종의 '복합민족국가'[4]로 건설하고자 하였다. 그 핵심 이념인 '민족협화'는 실은 국민당의 북벌 승리로 한껏 고조되기 시작한 중국 내셔널리즘에 직면하여 '만주'에서 고조되기 시작한 반일反日 · 배일排日운동을 약화시키고 근절하려는 의도도 들어 있었다.[5] 즉 일본 식민당국은 제국주의에 대항한 민족주의나 민족자결주의에 맞서기 위해 각 민족의 개별성혹은 특수성을 주장하기보다도 각 민족이 협력해서 하나의 이상 국가를 건설하자는 '민족협화'를 제기했던 것이다.[6] 결국 그것은 제 민족 간의 평등에 기초한 것이 아니라 지도 국가 일본을 중핵으로 한 것이었다.[7]

'만인'의 입장에서 보면 역시 외래 민족이었던 조선인은 '만주국' 당국의 '민족협화'에 대개 긍정적으로 반응하였는데 그 이면에는 조선인의 개별성, 특수성, 독자성에 대한 강조와 함께 조선인의 '자치의 실현'[8]이라는 보다 절박한 정치적 요구가 있었다. 즉 '만주'의 조선인들은 일본인의 그

---

4 여기서 '복합민족'이란 '출신국의 민족과는 민족 정서를 달리한 이산 민족들이 건국이념을 바탕으로 '만주국'이란 용광로 속에서 화학적으로 융합된 민족'을 말한다(윤휘탁, 『滿洲國─植民地的 想像이 잉태한 '複合民族國家'』, 혜안, 2013, 38면).

5 야마무로 신이치(山室信一), 윤대석 역, 『키메라─만주국의 초상』, 소명출판, 2010, 107~109면 참조.

6 蘭信三, 『滿洲移民の' 歷史社會學』, 行路社, 1995, 302면; 윤휘탁, 앞의 책, 40면 재인용.

7 야마무로 신이치(山室信一), 윤대석 역, 앞의 책, 110면.

8 '만주국'에서 일본 민족의 제1차 치외법권 철폐가 조인되자, 전만조선인민회연합회 이사인 박병준은 1936년 6월 21일 오후 9시 40분부터 약 20분간에 걸쳐 신징(新京)방송국에서 「치외법권 철폐와 재만조선인」이라는 타이틀로 조선어로 전 만주와 조선에 방송 강연을 진행하였다. 그는 이 강연에서 '민족협화'와 관련하여 "다섯 민족은 서로 다른 문화를 가지고 있고 민족성도 다르므로 오족협화의 진의는 이 오족을 대충 혼연일체로 동화시키는 것이 아니고, 각 민족을 각기 단일 민족으로 인정하고 어느 정도의 자치를 인정하여 각 민족에 적응시키는 정치를 하는 것이다"라고 하고, 치외법권 철폐 후의 재만조선인이 나가야 할 방향으로서, 하나의 민족으로서의 '자치'를 주장했다(신규섭, 「在滿朝鮮人의 '滿洲國' 觀 및 '日本帝國像'」, 『한국민족운동사연구』 36, 2003, 299~300면 참조).

것과는 결을 달리하여 조선인의 개별성, 특수성, 독자성에 기초한 민족성
의 보존 나아가 조선반도에서는 '내선일체'로 하여 존폐의 위기에 처한
조선어의 보존[9]을 염두에 두고 있었고 '만주국'의 국민이 되는 길이야말
로 조선인으로서의 민족성을 보존하면서 살아갈 수 있는 길이라고 보았
던 것이다.[10] '만주국'의 유일한 조선문 기관지였던 『만선일보』는 1940년
에 '협화미담 현상공모'[11]를 대대적으로 진행하였고 이들 작품들 대부분
이 "지식인적인 고뇌와 갈등이 완전 사라진 무갈등의 서사'이자 친일문
학의 한 양상[12]에 불과했지만 역으로 이는 '만주국'의 지배당국과 조선인
모두에게 '민족협화'가 중요한 의미를 갖고 있음을 보여주기도 한다. 이
처럼 국책사업의 일환으로 '협화미담'이 대대적으로 창작된 동시에 '만주
국'의 여러 민족 작가들은 삶의 현실과 체험으로부터 출발하여 국책사업
과는 무관하게 작품 속에서 '만주'에서 어울려 살아가야 할 타 민족을 형
상화하고 다민족 국가 '만주국'의 민족 관계에 대해 고민하였다. '만주국'
의 조선인 작가들도 예외가 아니었는데 안수길, 강경애, 백석, 염상섭 등
은 모두 작품이나 서문을 통해 타민족을 형상화하거나 '만주국'에서 조선
인과 타민족 간의 관계와 조선인의 민족적 현실 등에 대한 인식을 드러

---

9   이해영, 「만주국 '鮮계' 문학 건설과 안수길」, 『한국현대문학연구』 40, 2013, 293~299
     면 참조; 이해영, 「'만주국' 조선계 문단에서의 향토 담론과 안수길의 『북향보』」, 『만주
     연구』 23, 2017, 105~113면 참조.

10   이해영, 「'만주국'의 국가 성격과 안수길의 북향정신」, 『국어국문학』 160, 2012, 536면; 이
     해영, 「안수길의 장편소설 『북향보』의 현실 인식」, 『한국현대문학연구』 43, 2014, 431면.

11   1940년 3월 28일부터 광고하기 시작한 이 현상모집은 1등에 백원의 상금을 걸고 민
     족간 화합을 다룬 '협화미담'을 공모했다. '협화미담' 당선자는 『만선일보』 1940년 6월
     30일 자 신문에 발표되었다. 1등 박붕해, 2등 김현숙, 이형록, 3등 이홍주, 한찬숙, 박창
     징이다. 이선옥, 「'협화미담'과 '금연문예'에 나타난 내적 갈등과 친일의 길」, 『재일본 및
     재만주 친일문학의 논리』, 역락, 2004, 105~106면.

12   위의 글, 104면.

내었다.[13] 이들 작품들을 통해 우리는 '민족협화'에 대한 조선인 측의 수용의 맥락과 내적 논리 및 당시 '만주국'의 민족 관계의 제 양상 등을 살펴볼 수 있다. 이런 맥락에서 출발하여 이 글은 '만주'에서 오랜 기간 거주했고 '만주'체험을 많은 작품으로 남겼던 안수길의 '민족'에 대한 사유가 집약된 '만주' 시기의 중편소설 「벼」와 장편소설 『북향보』를 통해 '만주' 시기 그의 민족에 대한 사유와 인식을 살펴보고자 한다. 지금까지 안수길의 '만주' 시기 작품에 대한 연구는 주로 친일 / 민족주의의 대립적 구도로 작품을 바라보거나 혹은 생존 제일의 논리를 통해 이러한 이분법적 구도에서 벗어나고자 하였다.[14] 혹은 당시 만주국의 건국이념의 하나였던 '민족협화'와 '재만'조선인 사회의 한 이슈가 되기도 했던 조선인의

13　劉曉麗, 앞의 책, 16면.

14　안수길의 '만주' 시기 작품에 대한 기존 논의로는 다음과 같은 연구들이 있다. 김윤식, 『안수길 연구』, 정음사, 1986; 오양호, 『한국문학과 간도』, 문예출판사, 1988; 민현기, 「안수길의 초기 소설과 간도 체험」, 『한국 근대소설과 민족 현실』, 문학과지성사, 1989; 채훈, 『일제강점기 재만 한국문학연구』, 깊은샘, 1990; 김종호, 「1940년대 초기 만주 유민소설에 나타난 '정착'의 의미-「대지의 아들」과 「북향보」를 중심으로」, 『국어교육연구』 25, 국어교육학회, 1993; 최경호, 『실향시대의 민족문학-안수길 연구』, 형설출판사, 1994; 이상경, 「간도체험의 정신사」, 『작가연구』 2, 새미, 1996; 정덕준, 「안수길 소설연구」, 『한국문예비평연구』 15, 한국현대문예비평학회, 2004.12; 장춘식, 『해방전 조선족 이민소설 연구』, 민족출판사, 2004; 김재용, 「중일전쟁 이후 재일본 및 재만주 조선인문학의 분화와 식민주의 협력」, 『재일본 및 재만주 친일문학의 논리』, 도서출판 역락, 2004; 한수영, 「친일문학 논의와 '재만조선인문학'의 특수성」, 『재일본 및 재만주 친일문학의 내적 논리』, 도서출판 역락, 2004; 정현숙, 「안수길의 『북향보』론」, 『한국언어문학』 54, 한국언어문학회, 2005; 김미란, 「만주, 혹은 자치에 대한 상상력과 안수길 문학」, 『상허학보』 25, 상허학회, 2009; 오무라 마스오, 「안수길의 『북향보(北響譜)』에 대하여」, 『제국주의와 민족주의를 넘어서』, 역락, 2009; 김호웅, 「만보산 사건을 다룬 동아시아 3국 소설 비교」, 『만보산사건과 한국근대문학』, 역락, 2010; 장영우, 「만보산사건과 한·일 소설의 대응」, 『만보산사건과 한국근대문학』, 역락, 2010; 서재길, 「안수길의 초기 장편소설」, 『북향보 화환』, 글누림, 2011.

'자치'라는 두 측면에서 안수길의 현실 인식을 분석하기도 했다.[15] 이 글은 이러한 기존 논의에 기초하여 안수길의 '만주' 시기 현실 인식의 근간을 이루었고 '만주'에서 조선인의 삶의 방향을 모색하는데 중요한 좌표가 되었던 '만주국'의 민족 관계에 대한 그의 인식을 살펴보고자 한다.

2. 조선인 개척민이 아닌 건국에 기여한 양순한 공로자

'만주' 시기 안수길의 작품에서 '만주국' 건국 전의 '만주'는 조선인 이주민에게 수난의 공간이자 먹고 살기 위해 어쩔 수 없이 이주하지 않으면 안되었던 이민족의 땅, 남의 땅이었다. "되놈땅에 오장이 순순히 따라와서 손톱이 무즈러지두룩 일으했다오"[16]라는 초기작 「새벽」에서의 한 맺힌 부르짖음으로부터 "조선 농민은 만주에 덕德의 씨를 심은 사람들 일세. 조선 농민의 이주사를 줄잡아 70년이라고 한다면 70년 전이나 오늘이나 농민이 이곳에 이주한 까닭은 한결같이 여기 와서 처자 권속을 거느리고 먹고 살자는 것 밖에 없었네"[17]라는 '만주'에서의 마지막 작품 「북향보」의 감회 깊은 회고에 이르기까지 조선인은 희망에 찬 개척민의 형상과는 거리가 먼 생존형 이주자일 뿐이다. 이는 조선에서 '만주' 개척과 이민 열기가 한껏 고조되어 있던 무렵인 1941년에 창작된 그의 소설

15   이해영, 「안수길의 장편소설 『북향보』의 현실 인식」, 『한국현대문학연구』 43, 2014.8; 이해영, 「안수길의 해방 전후 '만주' 서사에 나타난 민족 인식」, 『한민족 문화연구』, 2015.6; 이해영, 「僞滿洲國 조선계 작가 안수길과 '민족협화'」, 『국어국문학』 172, 2015.9; 이해영, 「'만주국' 조선계 문단에서의 향토 담론과 안수길의 『북향보』」, 『만주연구』 23, 2017.6.
16   안수길, 「새벽」, 연변대 조선문학연구소 편, 『안수길』, 보고사, 2006, 196면.
17   안수길, 「북향보」, 위의 책, 525면.

「벼」를 통해 분명히 드러난다.

조선인의 '만주' 이주는 '만주사변'과 '만주국' 건국 이후인 1932년으로부터 1936년까지 폭발적인 증가세[18]를 보였으며 이는 조선인의 '만주' 이주 정책에도 변화를 가져와 조선인의 '만주' 이민은 초기의 자유 이민 즉 방임 정책기로부터 '이민회사' 설립을 통한 식민기관의 통제 정책으로 바뀌었다.[19] 「벼」가 발표되기 2년 전인 1939년 말, 일본제국은 관동군 및 만주국과의 본격적인 협의를 거쳐 「만주개척정책기본요강」을 입안·발표하였는데 이 요강에 의해 조선인 이민은 일본인 이민에 준하는 국책 이민으로 규정되고 집단 및 집합 이민에게는 전에 없었던 정부 보조금도 약간 지급하게 되었으며[20] 그동안 조선인 이주 정책을 관할하던 만선척식회사가 1941년에 만주척식공사로 통합되어 명실상부하게 일본제국 내의 모든 지역의 '만주' 이주 정책이 일원화되었다.[21] 그리하여 1939년이면 조선 농민의 '만주' 이주에 대해 정책당국은 이주, 이민에서 '개척'이라는 말로 용어를 바꾼다. 이는 그 이전까지 일본 농민을 조선에 이주시키면서 조선 농민을 '만주'로 밀어내는 이주의 형식에서 일본과 조선의 농민을 동등하게 '만주'의 '개척'민으로 대우한다는 것이다. 그러면서 '만주개척문학'을 쓰도록 작가에게 요구하였다. 이주와 개척의 거리는 '만주국'을 바라보는 시선과 긴밀히 연관되어 있다. 그리고 '개척'이라고 했을 때 그곳은 새로운 삶을 열 수 있는 희망의 땅이 되는 것이다.[22] 이러한 이

18 金哲, 『韓國の人口經濟』, 岩波書店, 1965, 28~29면.
19 김기훈, 「만주의 코리안 디아스포라-제국내 이민(intra-colonial migration) 정책의 유산」, 『만주, 동아시아 융합의 공간』, 2008, 소명출판, 206~208면 참조.
20 위의 책, 208면.
21 손춘일, 『만주국' 시기 조선 개척민 연구』, 연변대 출판사, 2003.
22 이상경, 「이태준의 「농군」과 장혁주의 『개간』을 통해서 본 일제 말기 작품의 독법과 검열」, 『만보산사건과 한국근대문학』, 역락, 2010, 121~122면.

주 정책의 변화와 함께 1938년 10월 무한 삼진의 함락 이후 널리 유포된 '동아신질서'와 1940년 6월 파리 함락 이후 그것의 '동아공영권'으로의 확대는 '만주'를 조선인의 정치적 위상 제고 및 자치를 꿈꿀 수 있는 공간으로 상상하게 함으로써 '만주' 개척과 이주 열기를 한껏 고조시키는 또 하나의 원인으로 되었다. 그리하여 이 무렵 '만주로 가자'는 "일을 하러 가고 희망을 갖고 간다고 할 수 있게끔 되었다."[23] 『조선일보』 1939년 1월 1일 자 신년호의 지면은 '만주' 열기를 보여주는 기사로 도배되었고[24] 『조광』 1939년 7월호 역시 '만주' 문제를 특집으로 다루고 있는데 대륙진출의 문제와 '만주'와 조선과의 관련, 그리고 당대의 '만주붐'을 확인할 수 있는 글들로 특집이 구성되었다.[25]

작가들 역시 예외가 아니었는데 1938년과 1939년에만 해도 이태준,[26] 이기영,[27] 함대훈[28] 등이 신문사나 잡지사의 기획으로 '만주'의 개척농장 등을 견학하고 견문기나 이를 바탕으로 소설[29]을 발표하기에 이른다. 특히 이기영의 소설 『대지의 아들』은 '만주개척민소설'임을 표나게 내세우고 있으며[30] 실제로 조선일보사가 '대륙문학' 창작을 위해 일부러 농민문학의 대표 작가인 이기영을 선택하여 모든 비용을 대주면서 '만주'를 '시

---

23 함대훈, 「남북만주 遍踏記」, 『조광』, 1939.7.

24 이상경, 「이기영 장편소설 『대지의 아들』을 읽는 방법」, 『대지의 아들』, 역락, 2016, 510면.

25 서영인, 「만주서사와 반식민의 상상적 공동체―이기영, 한설야의 만주서사를 중심으로」, 『우리말글』 46, 2009, 333면.

26 이태준, 「이민부락견문기」, 『조선일보』, 1938.4.8~4.21.

27 이기영, 「만주와 농민문학」, 『인문평론』, 1939.11; 「만주견문―'대지의 아들'을 찾아」, 『조선일보』, 1939.9.26~10.3.

28 함대훈, 「남북만주 遍踏記」, 『조광』, 1939.7.

29 이태준, 「농군」, 『문장』, 임시증간호, 1939.7; 이기영, 『대지의 아들』, 『조선일보』 1939. 10.11~1940.6.1.

30 이상경, 앞의 글, 506면.

찰'하고 쓰게 한 작품이다.[31] 여기서 주목을 요하는 것은 이들 견문기나 소설들이 일제히 1931년의 '만보산사건'을 기억하고 호명하고 있다는 점이다.[32] 일본[33]과 중국[34]의 작가들이 '만보산사건' 발생 이후, 거의 동시간적으로 그것을 소설화한 것과는 달리 식민지 조선의 작가들은 사건 발생 당시에는 그것에 대해 작품화하지 않았고 거의 무관심했으며 오히려 그로부터 10년 가까운 시간이 흐른 1938년 이후의 시점에서야 그것을 역사 속에서 불러내고 환기하고 있는 것이다. 이는 이 무렵 앞서 이야기한 '만주' 개척 열기가 불러온 관심의 효과일 것이다. 일제 말기 만보산 마을은 '만주' 개척에서 상징적인 지명이 되었다. 중국 군벌, 마적과 싸워 이기고 일본의 보호 아래 안정된 농촌 마을을 건설했다고 하는 상징성, 시범성 때문에 '만주' 시찰단이 으레 들리는 곳이었던 것이다.[35] 이태준도 장혁주도 이 마을을 시찰하고 작품을 썼다.

안수길이 만보산 마을을 시찰하고 「벼」[36]를 썼는지는 직접적인 기록이

---

31 위의 글, 508면.

32 이기영의 『대지의 아들』은 직접 '만보산사건'을 다루지는 않았으나 작품 속에서 당시 수전 개발을 둘러싼 조선 농민과 만주 농민의 충돌을 다루고 있다.

33 한, 중, 일문학에서 '만보산사건'을 가장 먼저 작품화 한 것은 일본의 프로문학 작가 이토 에이노스케(伊藤永之介)인데 그는 1931년 10월 『개조』에 단편소설 「만보산」을 발표하였다(김호웅, 「만보산사건을 다룬 동아시아 3국 소설 비교」, 『만보산사건과 한국근대문학』, 역락, 2010, 193면).

34 중국 작가 이휘영은 1933년 3월 상해의 호풍서국을 통해 장편소설 『만보산』을 펴냈다(위의 책, 196면).

35 이상경, 「이태준의 「농군」과 장혁주의 『개간』을 통해서 본 일제 말기 작품의 독법과 검열」, 『만보산사건과 한국근대문학』, 109면.

36 「벼」에 대해서는 '만보산사건'을 소재로 했다는 입장과 관계없다는 입장이 대립해 있지만 필자는 이 소설의 주된 소재인 학교 건설 역시 조선 이주 농민의 '만주' 정착이라는 면에서 수전 개간과 같은 성격을 띤다는 점에 비추어 이 작품을 '만보산사건'을 소재로 한 것으로 보고자 한다.

없어 확인이 불가하지만 『만선일보』 기자 출신의 그가 만보산 마을을 답사했을 가능성은 무엇보다 크다. 그런데 이태준이 「이민부락견문기」와 단편소설 「농군」에서 중국인 원주민의 횡포에 목숨으로 대항해 수로를 개척하는 조선 농민들의 강인한 민족성을 부각했고 이기영은 농민문학에서 생산문학으로의 변화를 보여준다는 평가를 받을 정도로 '만주'의 조선인 농민들의 생산과 개척의 열의를 부각했으며 장혁주는 일본인의 비호하에 수로를 개척하는 조선인의 형상을 통해 내선일체를 보여주었다면 안수길의 「벼」에는 예의 조선인의 개척의 열기가 전혀 드러나지 않는다. 오히려 박첨지의 아들 익수의 죽음을 대가로 하고서야 매봉둔의 조선인 이주민들이 '만주'에 거주하고 수전을 개간할 권리를 가졌다[37]는 논리 위에 있는 「벼」에서는 후대들의 교육을 위한 학교 건설이 배타적 민족주의로 무장된 중국 국민정부 측 관리 소현장의 저지에 부딪히자 "피치 못할 경우라면 학교는 없어져도 괜찮다. 그러나 십여 년간 이룩한 이 고장에서 떠나지 않아서는 안 된다는 것은 학교 문제보다 더 큰 것이었다"[38]는 체념에 가까운 생각을 드러낸다. 개척에 대한 열망이나 앞날을 위한 투쟁의 열의보다는 현재의 삶의 터전을 지키자는 소극적 대응 논리로 일관되고 있는 것이다. 이는 국민당의 대 조선인 정책의 충실한 현장 집행자의 한 사람인 소현장에 대한 평가에서도 잘 드러난다.

소설에서 "종래의 매관매직의 부패한 정치를 쇄신하고 삼민주의에 의거한 새롭고 힘센 정치를 펴"[39]기 위해 소위 정예분자로 발탁되어 파견

---

37 이해영, 「안수길의 해방전후 '만주' 서사에 나타나 민족 인식」, 『한민족 문화연구』 50, 2015.6, 15면.
38 안수길, 「벼」, 『안수길』, 보고사, 2006, 314면.
39 위의 글, 304면.

받아왔으며 "북경의 대학을 졸업하자 동경에 가서도 모 대학에서 정치를 배운 일이 있어 지식으로나 패기에 있어서나 또는 정치적 의식에 있어서나 가위 진보적 인물이었다"[40]고 서술된 소현장은 그러나 일본인에 대한 반감을 조선인에게 전이시켜 약자인 조선인을 괴롭히고 억압하는 배타적 민족주의자에 지나지 않는다. 특히 그는 일본에 대해서 극도로 경계하고 배일사상으로 무장되었으나 정작 현내에 거주하는 일본인 나카모도에 대해서는 노골적인 수사는 못하고 마침 그의 송화양행에 도적인 든 것을 핑계로 그의 양행과 학교와 가택을 샅샅이 수사하나 이에 대해 나카모도의 항의를 받자 그 후 사람을 내세워 그날 밤의 일을 사과하고 겉으로는 친밀한 듯한 태도를 취한다. 그러나 나카모도의 집에 드나드는 찬수를 통해 매봉둔 조선인들의 학교 건설에 대한 소식을 접하자 그는 전임현장이 허가한 학교 건축을 중지하고 학교의 경영을 허가할 수 없다고 일방적으로 통보한다. 매봉둔 조선인들이 학교 건설을 지속하자 그들의 촌장격인 홍덕호를 잡아다 반죽음이 되게 때리며 그들더러 다짜고짜 내일 안으로 모두 매봉둔을 떠나 조선으로 도로 나가라는 구축 통고를 내린다. 일본인 나카모도를 대할 때의 핑계 찾기 내지 무리한 수사에 대한 사과와 같은 외교적 예의는 전혀 찾아볼 수 없으며 매우 무단적이고 폭압적이다. 다같이 중국 땅에 이주한 외래인이지만 제국주의 강대국 국민인 일본인과 일본의 피식민지 출신 조선인을 대하는 소현장의 태도는 사뭇 다르며 매우 이중적이다.

그의 지론으로 한다면 조선 사람이 많이 모여 사는 곳에는 그 사람들을 보

40   위의 글.

호하기 위하여 '링스관領事館'이 들어온다는 것이었다.

다른 곳에서는 조선 사람을 민국에 입적시키고 중국옷 입기를 강조하여 자기나라 백성으로 취급해버리나 소현장의 지론은 그런 미지근한 방법이 틀렸다는 것이었다.

중국복을 입으나 국적에 드나 조선놈은 어디까지든지 조선놈이고 조선놈인 이상 일본신민으로서 보호할 의무가 있다 주장함은 당연한 일로서 여기에 비로소 영사관 설치가 문제되며 영사관이 설치된다는 것은 곧 일본의 정치세력이 이 나라에 진을 친 것을 의미하는 것이라는 것이었다.

그리고 조선 사람은 천성이 간사하여 이익을 위하여 필요한 편에 잘 들어붙으나 그것이 불리하면 배은망덕하고 은혜 베푼 사람에게 침 뱉기가 일쑤라는 것이었다.[41]

조선인에 대한 소현장의 뿌리 깊은 불신과 편견을 잘 보여주는 대목이며 일본의 중국 침략의 도구로 이용당할 수 있는 조선인의 애매한 처지를 잘 보여주는 대목이다. 소현장의 목표는 분명히 배일에 있고 일본의 영사관 설치를 막는 것이지만 일본인에 대해 직접 조치를 취하지는 못하고 애매한 조선인에게 화살을 돌린다. 중국 침략의 야심을 품고 호시탐탐 기회를 노리는 일본이야말로 중국의 진정한 적임을 뻔히 알면서도 정작 그 적국민인 일본인에 대해서는 당당하지 못하고 오히려 약자인 조선인에 대해서는 온갖 횡포를 부리고 원주민과 조선인 농민들 사이를 이간질시키는 등 온갖 비열한 행위를 일삼는 소현장은 그러므로 애국적 정치인이라기보다는 극단적 민족주의자에 불과하다. 이런 소현장에 대해 안수

---

41   위의 글, 306면.

길은 중국이란 국가로 본다면 "국책에 충실하고 의식적인 정치를 행하는 데 있어서는 소현장은 발탁될 만한 자격이 충분히 있"다고 극력 객관적이고 관대한 평가를 내린다. 이러한 타자 이해적[42] 입장은 이태준의 「농군」이 보여주었던 수로 개척을 방해하는 만주인 원주민들에 대한 목숨을 건 사투와는 매우 다른 입장이며 여기서 조선인은 그 강인하고 적극적인 개척자가 아닌 그저 생존을 위해 몸부림치는 수동적인 이주민일 뿐이다.

이와 함께 안수길은 조선인의 '만주' 이주는 개척을 위한 스스로의 결정이 아니라 만주인 토호 나아가 중국정부의 조선인 유치 정책 때문이었음을 강조하고 있다. 매봉둔의 토호 방치원이 홍덕호의 수전 개간 제안을 통쾌히 수락하고 또 조선인 이주민들에게 후한 조건을 제공한 것은 그 자신이 산동 태생으로 젊어서 조선 인천에 건너가 작은 포목전을 경영하면서 조선에서 자수성가한 사람으로서 입쌀밥에 맛을 들인 관계도 있었지만 가장 근본적인 이유는 '만주'에서도 한전보다 수전이 훨씬 이윤이 많다는 것을 안 까닭이다. 실제로 그는 홍덕호의 제안을 받기 전부터 이용가치가 충분히 있으면서 그대로 팽개쳐 있는 수십만 평의 황무지를 수전으로 개간할 생각을 가졌으나 이곳 원주민은 그런 기술이 없어 그가 조선 있을 때 친하던 사람에게 그런 뜻을 편지하였는데 그 사람이 회답이 없어 안타까워하던 차에 홍덕호의 제안을 받게 된 것이다. 그러나 조선인 이주민들을 받아들여 수전을 개간하는 것은 방치원 개인의 의사에 의한 것만은 아니었다.

그것은 방치원의 개인적 후의만이 아니었다. 당시의 정부에서도 대체로 방

---

42   이해영, 「안수길의 해방전후 '만주' 서사에 나타난 민족 인식」, 위의 책, 17면.

치원과 같은 견해를 가졌었다. 그들은 이주민에게 안식처를 제공하는 것이 대국으로서의 금도라 자임했다. 그리고 인구가 희박하고 개간 지역이 엄청나게 많은 만주에서 수전의 개간은 자원의 발굴로서 국력의 증강을 의미하는 것이라 하였다. 그들은 이주증移住證을 발급함으로써 월경越境하는 백성을 환영하였다. 즉 그들은 조선 백성의 힘을 빌어 만주의 황무지 개간을 꾀하였던 것이었다.

한현장이 홍덕호의 청을 일언하에 받아들인 것은 이 정부의 국력 증강책에 부합된 까닭이었다.[43]

소설에서 '만주'의 수전 개간 초기, 중국 정부의 조선인 이주민 유치 정책의 배경과 목적하는 바를 잘 보여주는 대목이다. 위의 인용문에 의하면 당시 중국 정부는 인구가 희박하고 땅이 넓은 '만주'에서 조선인의 수전 개간 기술을 이용하여 수전을 개간함으로써 토지자원을 발굴하고 국력을 증강하려고 했던 것이다. 소설은 당시 중국 정부가 월경하는 조선인 농민들에게 이주증移住證을 발급하기까지 하였다고 쓰고 있는데 이주증의 발급은 조선인 이주민들의 '만주'에서의 거주와 수전 개간 종사 자격에 대해 국가의 공식 증명서로 합법적임을 인정한 것으로 법적 효력을 지니는 것이다. 이를 통해 안수길은 조선인의 '만주' 이주와 수전 개간은 조선인 이주민들의 자발적인 개척이 아니라 실은 초기 중국 정부 측의 '만주' 개발 계획에 따른 조선 농민 유치 정책에 따른 것으로서 자발성보다는 오히려 수동성의 일면이 있음을 확인하고 있다.

이러한 조선인 농민의 '만주' 개척의 비자발성 내지 수동성에 대한 강조는 '만주국' 건국 이후를 다룬 장편소설 『북향보』에 이르러서는 조선

---

43 안수길, 「벼」, 위의 책, 272~273면.

농민들이 '만주국' 건국 이전, '만주'에서 "넓고 거칠어 쓸모없는 땅에 옥답 玉畓을 만들"강조-인용자[44]었음을 강조하는 데로 나아가고 있다. 안수길은 조선 농민이 '만주'에 이주한 까닭은 70년 전이나 지금이나 "한결같이 처자 권속을 거느리고 먹고 살자는 것 밖에 없었"음을 즉 오로지 생존 그 자체를 위한 것이었음을 강조하고 있으며 '만주'에서의 생존방식 역시 "고스란히 누워서 이곳에 마련되어 있는 것을 냠냠 집어먹자는 비루한 생각이 아니었"음을 즉 이미 개간된 땅을 차지하려는 것이 아니었음을 강조한다. 안수길은 조선 농민들이 "넓고 거칠어 쓸모없는 땅" 즉 원주민들이 버린 황무지를 수전으로 개간했음을 강조하고 있으며 그 기여를 통해 이곳 '만주'에 거주할 자격을 얻고자 했음을 강조하고 있다.

이처럼 안수길의 「벼」와 「북향보」는 중일전쟁 이후부터 1939년을 전후하여 조선 문인들의 '만주' 견문기나 이에 기초한 소설들에 만연되었던 개척 열기를 최대한 숨기고 은폐시키고자 했다. 즉 안수길은 자신의 작품이 '만주' 개척문학으로 읽혀지는 것을 최대한 회피하고자 했던 것이다. 이는 그와 '만주' 시기 위만주국의 중국계 문예잡지 『신만주新滿洲』의 주간 오랑吳郞 부부와의 교류를 통해서도 보여진다. 그는 오랑을 만난 자리에서 "당신네나 우리나 다 같은 처지니 협조해서 문학 활동을 하자"[45]고 했다. 또한 신경의 고재기의 소개에 의해 '만주국'의 중국계 잡지 『신만주』가 기획한 '각계 작가전在滿 日滿鮮俄' 특집에 그를 일약 '재만조선계' 문단을 대표하는 개척민 작가로 올려놓았던 「새벽」 계열의 조선인의 만주 개척 이민사를 형상화한 작품이 아닌 만주 개척과는 전혀 무관한 자리에 있는 「부엌녀」를 출품했다. 안수길은 만계한족 포함가 조선계를 일본계와 같은 침

---

44 안수길, 「북향보」, 위의 책, 525면.
45 안수길, 「龍井·新京時代」, 위의 책, 609면.

략자 내지 그들의 앞잡이로 보는 것을 경계했으며 중국인의 입장에서는 조선인의 개척 이민사가 조선인 이주민의 생존 서사가 아닌 말 그대로 '개척문학'으로, 어쩌면 일본인의 그것과 같은 성격, 같은 범주의 것으로 받아들여질 수 있음을 염려했던 것이다.[46] 안수길의 이러한 염려와 걱정이 괜한 기우가 아니었음은 당시 '각계 작가전' 특집을 기획했고 훗날 안수길과 서신 교류가 있었던 오랑이 조선계에 대한 인상기 「나와 선계의 촉안을 기록하다記我与鮮系的觸顔」에서 예의 안수길의 「부엌녀」에 대해 "작가는 무지無知와 무예無藝한 사회와 사람들의 형상을 간결하고 엄숙한 필치로 그렸으며 나는 이러한 처리가 정말 적절하다고 생각한다. 안수길이 묘사한 이야기는 장혁주의 작품에 비해 훨씬 더 친절한 느낌을 준다"[47]고 쓰고 있는 데서 단적으로 드러난다.

나아가 오랑은 이 글에서 조선인과 만인의 '협화'에 대해 말하면서 "만계와 선계가 오랜 기간 '만주'에서 섞여 살았지만 왜 이상적인 경지에 이를 수 없을까?"라는 의문을 제기한 뒤, "솔직하게 말하자면 대부분 선계인들은 '만주'에서 일여의 정신을 발휘하지 못하고 있으며 그들은 때로는 '만주'에서의 그들의 유리한 조건을 이용하여 만계인과 그들 사이가 절연에 이르도록 하는데 나는 이것이 가장 고쳐야 할 점이라고 생각한다. 선계는 마땅히 그들의 지위와 그들이 갖고 있는 협화의 유리한 조건으로써 만계와 일계 사이의 중개자적 위치에 서야 하며 나아가 협화의 공적을 쌓아가는 것이야말로 선계인이 마땅히 가야할 유일한 길이라고 생각한다"[48]고 만계 작가로서 조선계 사회를 향해 '만계'의 소감과 희망을 토로

---

46   이와 관련해서는 김윤식, 『안수길 연구』, 정음사, 1986, 105~113면 참조.
47   吳郎, 「記我与鮮系的觸顔」, 『盛京时报』, 1942.6.24.
48   위의 글.

한다. 오랑은 만계와 선계가 오랜 기간 '만주'에서 섞여 살았지만 이상적인 경지에 이르지 못한 원인을 주로 조선계가 일여 즉 '선만일여鮮滿一如'의 정신을 발휘하지 못한 데 있다고 보았다.

여기서 '선만일여'란 글자 그대로 해석하면 조선과 '만주'는 하나라는 뜻으로 관동군 총사령관 출신 미나미 지로가 1936년 조선총독으로 부임하면서 내세운 일제의 침략 정책을 위한 이데올로기의 하나이며[49] 조선과 일본을 연결시키는 '내선일체'와 같은 논리 위에 있었다. '선만일여'는 일제의 '만주국' 중시에 위기를 느낀 재조 일본인 사회가 위기를 타개하기 위해 내세운 슬로건[50]이기도 하지만 '만주국' 내에서는 조선인과 만인과의 일체화 즉 협화를 의미하게 되었으며 '내선일체'와 묘한 경쟁 관계 내지 갈등 관계를 보이고 있었다. '만주국'의 조선인이 만인과의 관계를 더 중시하면 '선만일여'가 되고 일본인과의 관계를 더 중시하면 '내선일체'가 되었는데 이는 겉으로 보기에는 조선인의 자유로운 선택의 문제인 것처럼 보였으나 실은 만인과 일본인 사이에서 조선인은 늘 선택을 강요받는 애매한 위치에 있었다. 따라서 오랑이 "조선계가 일여의 정신을 발휘하지 못한 데 있다"고 지적한 것은 그러므로 만계의 입장에서 볼 때 조선계가 만계와 일계 사이에서 부유하면서 만계와의 관계에 확고히 중점을 두지 않고 있음을 비판한 것이다. 나아가 오랑은 조선계가 유리한 조건 즉 '내선일체'를 이용하여 일본인과 결탁함으로써 만계인과 절연 즉 적대적 관계에 이르고 마는 것이 조선계가 가장 고쳐야 할 점이라고 못 박아 말하고 있는 것이다. 그리고 오랑은 선계가 만계와 일계 사이

---

49 송규진, 「일제하 '선만 관계'와 '선만일여론'」, 『韓國史研究』 146, 2009.9, 259면.

50 임성모, 「중일전쟁 전야 만주국·조선 관계사의 소묘 – '일만일체'와 '선만일여'의 갈등」, 『역사학보』 201, 역사학회, 2009 참조.

에서 중개자적 위치에 서서 그 역할을 잘 발휘하는 것이야말로 조선계가 선택해야 할 유일한 길이라고 희망하였다. '만주국'에서 조선인의 위상과 처지, 그리고 조선인에 대한 만계인의 입장과 태도를 잘 보여주는 부분이다. '만주국' 조선계의 작가로서 안수길은 이러한 조선인의 '사이에 낀' 처지를 그 누구보다 날카롭게 인식하고 있었던 것이다. 그래서 안수길은 개척자가 아닌 양순한 공로자로서의 조선인의 이미지를 부각시키려고 했던 것이다.

이를 두고 한수영은 '이주자-내부-농민'[51]의 시선이란 도구적 개념을 적용하여 '재만조선인문학'의 특수성의 층위에서 안수길의 문학을 바라보아야 함을 주장하였다. 즉 '이주자-내부의 시선'이란 '이주자의 삶'을 '이주자'의 주체적 시선으로 파악한다는 것을 뜻하는데 이것은 '이주자-외부의 시선'이 비교항으로 존재함을 의식한 발언이다. '만주'를 짧은 기간 여행하고 답사하고 그 체험을 작품화했던 이태준이나 이기영, 장혁주가 '이주자-외부'의 시선으로 '만주'와 그곳의 조선인 이주민들을 보았고 그 개척의 열기와 투쟁의 의지를 작품화했다면 '재만조선인사회'의 구성원의 한 사람으로서 안수길은 '이주자-내부'의 시선으로 조선인의 애매한 처지를 꿰뚫어보고 있었던 것이다. 여기에는 이민자 내부의 시선 깊이에 있는 안수길의 날카로운 현실 인식 및 조선인의 삶에 대한 고뇌가 녹아 있다.

---

51 한수영, 「친일문학 논의와 '재만조선인문학'의 특수성」, 『재일본 및 재만주 친일문학의 논리』, 역락, 2004, 123면.

3. '만주인' 오해와 편견을 넘어 화합해야 할 형제 같은 이웃

안수길의 '만주' 시기 작품에 나타나는 만인의 형상은 대부분 긍정적이고 조선인에게 호의적이며 객관적으로 그려지고 있다.[52] 특히 '만주'에서 수전 개간을 둘러싸고 일어난 조선 농민과 만인한족 농민 간의 유혈사태인 '만보산사건'을 다룬 「벼」에서마저도 만인 즉 중국인의 형상은 매우 객관적으로 묘사되고 있는데 조선인에게 호의적인 부류와 악의적인 부류로 나누어 그러한 호의와 악의가 나타나게 된 원인과 배경을 역사적이고 사회적인 측면으로부터 자세히 분석함으로써 그 근원을 찾고 있으며 화해의 가능성이 있음을 제시하고 있다.

> 방치원은 일행을 끔찍이 환영하였다. 그는 산동山東 태생이었으며 젊어서 조선에 건너가 인천 근방에서 작은 포목점을 경영한 일이 있었다. 대체로 조선안에서 자수성가한 사람으로서 조선말도 의사를 소통할 정도는 되었거니와 그 자신이 신세진 조선 사람에게 대하여 깊은 이해를 가졌었다.[53]

우선 조선인들을 매봉둔에 불러들이고 후한 조건으로 수전 개간을 하게 함으로써 조선인들의 매봉둔 정착을 도운 토호 방치원이 이주민 조선인들에게 호의적인 것은 그가 젊은 시절 조선에서 생활했고 가업을 일구었으며 조선 사람에게 신세를 졌기 때문이다. 즉 안수길은 1882년 '임오군란' 시기로부터 이루어진 산동 출신 화교의 조선 이주 및 거주라는 역

---

52   이해영, 「안수길의 해방전후 '만주' 서사에 나타난 민족 인식」, 위의 책, 13면; 「僞滿洲國 조선계 작가 안수길과 '민족협화'」, 위의 책, 405면.
53   안수길, 「벼」, 앞의 책, 272면.

사적 사실을 근거로 조선인과 '만인'의 교류는 조선인의 '만주' 이주 썩 이전에 '만인'이 조선에 건너감으로써 이루어졌고 또한 그러한 '만인'에 대해 조선인들이 매우 우호적이었음을 보여준다. 젊은 시절 조선 이주 경험과 조선인들과 어울려 살면서 신세를 지고 그들의 생활을 충분히 이해하게 된 방치원은 안식처를 찾아 '만주'로 이주한 조선인들을 후하게 대했고 약속대로 개간비용을 대인 것은 물론 "이 고장 주인으로서의 아량과 후의를 충분히 가지고 있었다". 이처럼 조선인에 대한 '만인' 토호 방치원의 후의를 안수길은 조선 거주 화교의 체험에서 우러러 나온 정이라는 역사적 맥락에서 그 근거를 찾고 있다.

이러한 방치원과는 달리 이곳의 원주민인 '만인' 농부들은 "바가지를 보통이에 매어달고 거지떼같이 몰려오는 백성들에게 적지 않은 적개심을 느끼고 그들을 모멸하였"는데 이는 조선인 이주민들로 인해 그들의 기경지旣耕地가 침해당하는 불이익을 당할 수 있다고 여겼기 때문이다. 이러한 오해와 편견을 갖게 된 근본적인 원인은 그들이 조선인과의 교류나 공동 생활 경험이 전무하여 조선인들의 풍습 특히 '수전' 개간에 대해 전혀 이해를 하고 있지 못하며 수전 개간이 그들에게 이익을 가져다 줄 것이라는 것을 믿지 않기 때문이다. 특히 그들은 조선인들의 '수전' 개간이 그들이 쓸모없다고 버린 황무지를 개간하여 논을 만든다는 것에 대해 믿지 못하며 조선인들이 그들이 이미 개간한 땅을 뺏음으로써 그들의 삶을 위협하고 이익을 해칠 것으로 오해하고 있는 것이다. 이러한 오해를 가중시킨 것은 조선인 이주민들에 대한 그들의 지주 방치원의 '편애'이다.

방치원은 홍덕호와 의논하고 원주민 작인의 집 한 채를 내어 위선 일행의 여장을 풀기로 하였다.

추수에 한창 바쁘던 만주인 작인들은 하던 일을 집어치우고 모여들었다. 방치원이 그들에게 제일 큰 집을 내라는 말을 하였고 그 집까지 지목하였으나 얼른 그 말에 순종치 않는 눈치었다. 그리고 그들끼리 무어라 볼멘소리를 하며 좀체로 가구를 옮기려 하지 않았다. 방치원은 골을 버럭 내며 그 집문을 열어 제끼고 이불 보퉁이며 밀가루 자루며를 닥치는 대로 밖에 내던졌다. 그 기세에 눌리어 그들은 억지로 짐을 다른 집으로 옮기었으나 얼굴에는 불만의 기색이 농후하였다.[54]

방치원은 원주민 작인들에게 사전 양해를 전혀 구하지 않은 상태에서 추수에 바쁜 작인들을 불러 그들에게 제일 큰 집을 내어 조선인들의 여장을 풀라고 했으며 그들이 불만을 표출하며 선뜻 따르지 않자 화를 내며 다짜고짜 그들의 이불이며 밀가루 자루 등 살림살이를 밖으로 내던진다. 이러한 방치원의 과격한 행동은 원주민들의 불만을 불러오기에 충분했으며 원주민들은 그들의 주인의 이러한 행동이 조선인 이주민들 때문이라고 여겼을 것임은 불 보듯 뻔한 일이다. 이들 원주민들에게 조선인 이주민들은 그저 자기들의 집을 빼앗는 불청객에 불과했던 것이다. 그러므로 그 뒤 일어나게 되는 조선인 이주민들에 대한 원주민들의 불의의 야밤 습격과 난투 중에서 익수의 죽음은 이미 이때 그 갈등의 씨앗이 뿌려진 것이다. 지주인 방치원으로서는 원주민 작인이나 그가 '수전' 개간을 위해 불러온 조선인 이주민들이나 모두 그의 집을 빌려 사는 작인에 불과했기에 원주민에게 충분히 설명하고 이해시킬 필요성을 구태여 느끼지 못했으나 정작 원주민들은 조선인들의 출현으로 인해 달라진 주인

---

54 위의 책, 273면.

의 태도에서 위협을 느꼈을 것이고 그 불만은 고스란히 조선인 이주민들에게로 향할 수밖에 없었다. 결국 조선인 이주민들과 '만주인' 원주민들 간의 갈등은 박첨지의 아들 익수의 죽음을 대가로 일단락 되었고 조선인 이주민들은 '수전' 개간에 악착같이 달라붙어 이듬해 추수에 벼 풍작을 안아오는데, 그동안 조선인들이 결코 자기들에게 손해와 해를 끼치지 않은 것을 보고 원주민들은 미안한 마음을 갖게 되며 "낫살이나 먹은 원주민은 익수의 묘 앞에 가 꿇어 앉아 절을 하며 묵도를 하는 이도 있었"다. 조선인들도 "부인들은 원주민에게 떡과 술을 대접하"고 "아이들에게는 전을 주"는 것으로 이들 원주민들을 용서하고 너그럽게 받아들임으로써 조선인과 '만주인' 원주민들은 결국 화해에 이르게 되었다.

이처럼 조선인 이주민들의 희생과 기여를 대가로 '만주인' 농민들이 이들을 이해하고 이웃으로 받아들이기 시작했다는 담론 방식은 당시 '만주인' 작가 이교李喬가 1944년 5월 발표한 희곡작품 〈협화혼協和魂〉[55]에서도 나타난다. 흥미로운 것은 이 작품 역시 서문에 시간배경을 "'만주'사변이 일어나기 얼마 전"이라고 분명히 밝히고 있으며 절기는 가을이라고 함으로써 자연스레 '만보산사건'을 피해가는데 이는 당시 조선인 작가들이 '만보산사건'을 소재로 하면서도 모두 그 시간, 배경을 '만보산사건' 이전으로 못 박음으로써 '만보산사건'과 관계없음을 극력 강조하려 했던 것과 유사하다. 작품은 연일 퍼붓는 폭우로 강물이 제방을 넘어 마을이 홍수에 덮칠 위험에 놓이게 된 장면으로부터 시작된다. 유일한 방법은 강 하류를 막은 갑문을 여는 것인데 갑문은 오랫동안 열지 않고 내버려두었던 관계로 녹이 슬어 그만 힘을 좀 주자 축이 끊어져버려 열 수가 없게 된다.

---

55   李喬, 「協和魂」, 『靑年文化』 2卷 5期, 1944. 5.

유일한 방법은 갑문 외부에서 나사를 틀어 갑문을 분리해내는 것인데 그 경우 갑자기 물이 불어나면서 나사를 틀러 들어간 사람은 꼼짝없이 죽게 되는 것이다. 누군가의 목숨을 대가로 해야 하는 위험천만한 일이므로 마을 전체가 속수무책으로 있을 때, 갑문이 열리며 불었던 물이 방출되어 강 양안의 농민들은 홍수의 위험에서 벗어나게 되는데 그때 강물에 떠내려온 시체가 바로 외래인인 조선인 농민 한씨네 둘째였다는 것이다. 이 한씨네는 마을에서 유일한 조선인으로 새로 유입된 수전 개간민이며 마을의 '만주인' 원주민들로부터는 조선인이기 때문에 온갖 오해와 멸시와 편견에 시달렸던 것이다. 작품은 조선인이기 때문에 마을 사람들한테 따돌림을 당하던 한씨네 둘째가 위기일발의 시각에 목숨을 바쳐 강 양안의 농민들을 구했고 그의 희생을 통해 조선인 및 외래인에 대한 '만주인' 원주민들의 인식이 바뀌었다는 것으로 결말을 맺고 있다. 이처럼 조선인 작가가, '만주인' 원주민과의 화해와 융화는 조선인이 희생을 감수하면서까지 이루어야 할 바람직한 관계라고 보고 있었다면 '만주인' 작가는 조선인의 희생이 있었기 때문에 '만주인' 원주민들이 외래인인 조선인에 대한 불신과 편견에서 벗어나 진심으로 조선인을 공동체의 일원으로 받아들일 수 있었음을 보여주었다. 양측 모두 조선인의 희생이 기초로 되었다는 인식을 갖고 있음은 유의미한 부분이다.

「벼」에서 조선인에게 끝까지 악의적인 부류는 바로 앞에서 살펴본 소현장인데 이 소현장에 대해서마저도 안수길은 그것을 일본의 중국 침략 위협이라는 객관적인 상황에 대비하기 위한 것이라며 중국 국가의 입장에서라면 이해할 수도 있다고 타자 이해적 태도를 취하고 있다. '만주국' 건국 이전에 이렇게 어렵게 이룩한 원주민과의 화해와 융화의 관계는 '만주국' 건국 이후의 『북향보』에 이르면 '호형호제'의 사이로 발전한다.

"만인滿人 말이유. 우리 조선서는 어쩌니 저쩌니 하구 말들이 많드니만 여기 와서 서로 같이 살아보니, 그에 더 좋은 사람들이 없고, 정드는 사람 없어유."

"강 서방, 반潘 서방과 친하다지요."

"어느 사이에 그렇게 됐는지 친형제는 몰라두 촌수를 따진다면 육촌 맞잡이 로는 친할거유 –."[56]

'만주인' 반 서방과 육촌 맞잡이로 친하게 지낸다는 조선인 이주민 강 서방의 '만인'에 대한 위의 평가는 매우 의미심장하다. 실제로 '만주'에 와 서 함께 살아보니 '만인'들이야말로 정말 좋은 사람들이라고 하면서 '만 주'에 오기 전 조선에서 '만인'에 대해 가졌던 생각들이 얼마나 편면적이 고 잘못된 것이었는지를 반성한다. 이런저런 선입견들이야말로 오해나 편견에 의한 것이었음을 솔직하게 인정하면서 이를 통해 서로에 대해 이 해하고 화합하기 위해서는 실질적인 교류와 삶의 현장에서의 부딪침에 기반해야 함을 강조하고 있으며 대부분의 오해나 갈등이 실은 근거 없는 뿌리 깊은 편견이나 타자화에서 온 것임을 비판한다. 이 '만주인' 반성괴 는 조선인 마을인 마가둔의 네 호밖에 안되는 '만인' 중의 하나로 조선인 마을에 오래 섞여 살다보니 조선말도 유창하게 할 뿐만 아니라 조선인의 감정까지도 속속들이 깊이 이해하게 되었고 조선인 마을의 대행사인 모 내기에도 함께 참여하여 능숙하게 모를 꼽는 등 조선인에 의한 '만주인' 의 상대적 변화[57]를 보인다.

---

56 안수길, 「북향보」, 앞의 책, 408면.
57 이해영, 「안수길의 장편소설 『북향보』의 현실 인식」, 『한국현대문학연구』 43, 2014. 8, 417면.

"성님, 나도 그 소리 배와주오."

"무슨 소리."

"아까 논 안에서 성님이 부르던 소리를."

(…중략…)

"동생네는 그런 노래 없소?"

"우리 나라 말도 있긴 있소. 밭이나 맬 때 하는 노래. 꽤 좋은 것이 있긴 있소."

"그 소리 들어봅시다."

"우리는 듣기 좋지만 조선 사람이 듣기 나쁠게요."

"그럴 까닭이 있겠소. 하여튼 그럼 우리 노래는 동생네 귀에 듣기 좋소?"

"네, 모두 같이 부르는 게 듣기 좋소."

"동생네 노래는 혼자 부르는거요?"

"아-니, 그런 게 아니지만 여기 사람 얼마 없소."

(…중략…)

"그럼, 동생, 날 동생네 노래 가르쳐주오. 그러면 난 또 우리 노래 동생 가르쳐주께. 서로 엇바꾸잔 말이야."

강 서방의 이 제안을 재미있게 여기는 듯 성괴는 대뜸 찬성하였다.

"그거 좋소. 나는 조선 소리 하고, 성님은 만주 노래 부르고, 그 아주 좋소."[58]

조선 사람들이 모내기때 함께 부르는 '덩지' 노래를 재미있다고 하며 강 서방에게 배워달라고 하는 반 서방은 자기네 '만인'들이 비록 조선에 못 가봤지만 강 서방이랑 마가둔 사람들을 사귀어서 조선 사람이 좋은 사람인 줄 알고 조선이 좋은 줄 안다고 하였다. 이를 통해 민족 간의 상호

---

58 안수길, 「북향보」, 앞의 책, 530~531면.

이해와 화합에서 실질적인 인적 교류가 얼마나 중요한지 잘 보여주며 그러한 민족 간의 인적 교류가 활발하게 이루어지고 있는 '만주'야말로 민족 간 화합을 이룰 수 있는 가장 이상적인 공간임을 보여주었다. 조선 사람들의 공동 노동의 가요인 '덩지'에 큰 관심을 보이는 반 서방에게 강 서방은 그들 '만인'들에게는 그런 노래가 없는지 물어본다. 이에 반 서방은 밭을 맬 때 부르는 '만인'들의 노래가 있다고 하면서 그러나 조선 사람들이 듣기에는 별로일거라고 한다. 이에 반 서방은 조선 사람들의 모내기 노래가 재미있는 이유를 묻는데 반 서방은 "모두 같이 부르"기 때문에 듣기 좋다고 하며 '만인'들의 노래도 여럿이 부르는 것이나 현재 마가둔에 '만인'이 얼마 없으므로 함께 불러야 듣기 좋은 효과에 이를 수 없다고 말한다. 그러는 반 서방에게 강 서방은 조선 노래와 '만주' 노래를 서로 배워서 엇바꾸어 부르자고 제안하며 이에 반성괴도 쾌히 찬성한다. 그리하여 강 서방의 옆에서 모를 심으면서 강 서방이 먹이는 소리를 받아 부르는 반성괴의 모내기 소리는 조금도 어색하지 않으며 조선 농부들의 소리 속에 화해버린다. 말 그대로 한목소리로 화해버리는 속에서 진정한 화합과 융화가 이루어지는 것이다. 이처럼 안수길은 '만주'의 주인인 만주인'은 오해와 편견을 넘어 화합하고 융화해야 할 이웃이라고 보았다.

4. 일본인 진정한 화합이 불가한 만주국의 실질적인 지배자

지금까지 재'만'조선인 소설들에는 '만주인'의 형상과 '만주인'과의 관계에 대한 묘사가 다수 나타났으나 일본인의 형상은 매우 드물게 나타났으며 일본인과의 관계에 대한 묘사 역시 극히 소략하게 나타났다. 안수길의 '만주' 시기 작품도 예외가 아니었는데 이 시기의 대부분의 작품에 '만주인'이 나타났던 것과는 달리 일본인이 등장한 작품은 「벼」와 『북향보』뿐이며 그 비중 역시 '만주인'에 비해 훨씬 적다. 이는 조선 국내에서와 별반 다름없이 '만주'의 조선인 작가들에게도 일본인은 여전히 부담스운 존재였음을 보여준다.

안수길의 「벼」에 등장하는 일본인은 현성에서 송화양행을 경영하면서 만인들과 조선인들에게 많은 혜택을 베푸는 '선량한' 성품의 나카모도가 유일한데 기존 연구는 주인공 찬수가 나카모도를 통해 일본 영사관과 연계하려한 것에 주목하여 작품의 친일 여부를 판단하는 데 초점을 두었다. 이 글에서는 '선량한' 성품에 가려 지금까지 주목하지 않았던 나카모도의 특수한 신분과 그와 일본 영사관과의 관계 및 매봉둔 조선인 학교 건설에 대한 그의 아낌없는 '지원' 등에 대해 중점적으로 살펴보고자 한다. 매봉둔의 조선인들에게 나카모도는 "벼를 항상 사주고 여러 가지로 매봉둔 사람에게 고맙게 굴어"주는 좋은 사람이었다. 늘 '만주복'을 입고 '만주말'을 유창하게 하는 나카모도는 얼핏 보면 '만주인'과 구별하기 힘들었으며 현성의 '만주인'들에게는 '친중파'로 존경받았다. 나카모도는 송화양행을 경영하는 일편 고아원 유치원 같은 것을 경영하고 나중에는 소학교도 여는 등 교육 사업에 열의를 보였는데 이는 아동을 통해 자기의 주의와 신념을 실현하기 위해서였다.

그는 기독교도는 아니었으나 그가 신앙하는 아지 못할 종교가 있어 다만 그것을 아동들에게 선전하는 것으로 만족해 하였다. 일종 세계 동포애와 같은 교리였다. 그는 그것을 추상적으로 이야기 한 일이 없고 아동을 통하야 그의 주의와 신념을 실행에 옮기는 것으로 일생의 업을 삼았다.

왜 일본에서 일을 못하였는가 의심이 되나 그러지 못할 심각한 이유가 있었는지는 차치하고 외국에 와서 외국사람을 상대로 일하는 것이 그의 신념의 실행에 더 의의가 있다 생각한 것인지도 알 수 없었다.[59]

이처럼 나카모도가 신앙하는 종교는 아지 못할 종교인데 일종의 세계 동포애와 같은 교리로서 그는 '만주'의 아동들을 통하여 그의 주의와 신념을 실현하고자 하였다. 그런데 그의 이 주의와 이념이 무슨 성격의 것인지는 누구도 몰랐는데 문제는 그가 이런 의미 있는 일 즉 자기의 주의와 이념을 실현하는 일을 본국인 일본에서 못하고 외국 즉 '만주'에 와서 외국사람 즉 '만주인'을 상대로 한다는 것이다. 소설은 이에 대해 '일종 세계 동포애와 같은 교리'라고만 쓰고 있는데 그것이 구체적으로 어떤 성격의 것인지는 밝히지 않고 있다. 여기서 우리는 잠깐 왜서 나카모도가 군이 '세계 동포애'와 같은 주의와 이념을 굳이 쓸쓸한 '만주'의 벽지에 와서 '만주인'들 속에서 실현하고자 하는지에 대해 유의할 필요가 있다. 또한 순수한 인간애로부터 출발하여 지극히 개인적인 차원에서 일하는 듯이 알려진 나카모도가 실은 일본 영사관과 밀접한 관계를 갖고 있고 일본어가 능통한 조선인 지식인 찬수를 만나서는 그의 정신적 지도자 격의 역할을 하고 있으며 매봉둔 조선인 학교 건설 문제에서 대단히 정치적인 해결책을 제시하는 등의 모습을 통해 그가 결코 평범하고 개인적 영역에만 머문 일본인이 아닐 수도 있음을 유의할 필요가 있다.

찬수는 이튿날 일즉 매봉둔을 떠나 현성의 나카모도를 방문하였다. 나카모

---

59 안수길, 「벼」, 위의 책, 299면.

도한테 학교에 대한 현장의 통고를 이야기하였다.

　나카모도는 그것은 결국 중국 정권의 배일 정책으로 나오는 것이라 말하며 내일 길림에 갈 일이 있으니 영사관에 그 사실을 이야기하겠노라 말하였으며 어떻게 하든지 처음 뜻을 굽히지 말고 학교는 문을 열도록 하라 격려하였다.[309면]

　매봉둔 조선인 학교 건설에 대한 소현장의 무자비한 금지령 및 고압적인 정책이 실은 중국 정권의 배일 정책에서 나온 것이라고 그 정치적 배경을 예리하게 짚어내며 길림의 일본 영사관에 그 사실을 이야기하겠노라고 말하면서 찬수에게 학교 건설의 뜻을 굽히지 말라고 격려하는 나카모도를 결코 평범한 일개 일본인 개인으로 볼 수는 없다. 그러한 나카모도에 비하면 매봉둔 조선인들의 지도자 격인 찬수는 이러한 중일간의 국제적인 역학 관계에 대한 이해와 정치적 감각이 전무하다. 나카모도의 계몽과 지도를 받기 전까지 찬수를 포함하여 매봉둔 조선인들은 배일을 명분으로 내세운 소현장의 횡포와 억압에 직면하여 속수무책으로 당하기만 할 뿐 길림에 있는 일본 영사관에 연락하여 문제를 정치적으로 해결할 생각 자체를 하지 못하였던 것이다. 나카모도의 귀띔을 받고서야 찬수는 비로서 사태의 해결을 위한 방향을 찾게 되는데 "그럼으로 학교를 폐쇄하라면 시키는 대로 하고 시일을 천연하여 나카모도를 중간에 넣어 길림영사관에 매봉둔사건을 진정하여 문제를 정치적으로 해결 짓는 것이 순서라 생각하"[60]게 되었던 것이다. 이어 찬수는 "이백여 호가 모아 살면서 지금까지 영사관과 연락이 없는 것은 여기에 그럴듯한 지도자가 없은

60　위의 책, 314면.

까닭이었다"[61]고 스스로의 정치적 무지를 반성한다. 이처럼 '만주국' 건국 이전의 '만주'에서 일본인은 조선인들에게 정신적인 지도자이자 계몽자의 역할을 하며 또한 중국 국민당의 배타적 민족주의 앞에서 일본 영사관을 인지시키고 그들이 일본 영사관의 보호를 요청하도록 연결시키는 매개자의 역할을 한다.

'만주국' 건국 이후의 『북향보』에 이르면 이제 일본인은 조선인들에게 정신적 지도자를 넘어 모든 영역에서 완전히 통제의 입장에 서게 되며 일본인과 조선인의 관계는 수직상하, 감시와 피감시의 관계에 이른다. 우선 소설에서 성공서, 경찰서 등 모든 주요 부서의 관리들은 일본인이며 마가둔의 둔장 역시 일본인이다. 이들은 오찬구의 북향목장 건설에 호의적이며 박병익의 농간으로 북향목장이 위기에 처했을 때 최대한 이들에게 도움을 준다. 그러나 이들의 호의는 어디까지나 조선인들이 하는 일이 일본제국 및 '만주국'의 법적 질서와 테두리 안에서 이루어질 때에만 가능한 것이며 이를 위해서는 우선 조선인들에 대한 감시와 통제가 선행되는 것이다. 이는 탄광을 일본재벌에 팔아넘기기 위해 정학도의 북향정신을 자기의 사상인 듯이 떠벌이는 박병익에 대한 의심으로부터 시작된 북향목장에 대한 조사 과정에서 잘 드러난다.

"그러면 북향정신이란?"

(…중략…)

"북향정신이란 별것이 아니지요."

(…중략…)

---

61 위의 책.

"목장과 도장에 대한 참고서류를 가지고 오시오."

(…중략…)

"북향정신을 자세히 말해보오" 하고 어제 미진했던 이야기를 끄집어내었다.

찬구는 비교적 자세히 또 구체적으로 설명하였고 서원은 혹은 머리를 끄덕이고 혹은 기우뚱해가며 찬구의 말을 빼지 않고 듣고 있었는데 가끔 왕청 같은 말을 들어 북향정신이란 불온한 생각이 아니냐 하는 것을 밝히려는 태도도 있었다.

그랬으나 급기야 서원도 학도의 이상을 십분 이해하였다. 즉 부동성이 많은 조선 농민으로 하여금 한 농촌에 정착케 하여 농업만주에 기여케함은 건국정신에 즉한 것이요 제 사는 고장에 애착을 부침으로서 일로증산에 매진하여 곁눈을 뜨지 않게 하는 것은 농촌사람의 생각을 온건하고 똑바른 길로 인도하는 일이고.[62]

위의 인용문에서 볼 수 있듯이 현성의 경찰서원이 조사 과정에 가장 우선적으로 관심을 갖고 집중적으로 확인하는 것은 소위 '북향사상'이다. 이에 대해 마가둔 조선인의 대표이자 사망한 스승 정학도의 유지를 받들어 북향목장을 이끌어가는 오찬구는 "북향정신이란 별것이 아니"라는 말로 정학도의 '북향정신'의 사상성을 극력 제거하며 경찰서원을 안심시켰으나 경찰서원은 여전히 찬구에게 북향목장과 도장의 참고서류를 가지고 경찰서에 출두하기를 요청했다. 이튿날 찬구가 목장건설취지서, 도장건설계획서, 결산보고서 등을 가지고 경찰서에 출두하자 경찰서원은 자료들을 뒤적거려보고 여전히 북향정신에 대해 자세히 말해보라고 하였

---

62   안수길, 「북향보」, 위의 책, 486~487면.

다. 친구의 자세한 설명에도 불구하고 경찰서원은 가끔 엉뚱한 말을 들어 북향정신의 불온성에 대해 의심하고 확인하였는데 이에 대한 친구의 자세한 설명을 듣고 곧 '북향정신'이란 부동성이 많은 '만주'의 조선 농민을 안착시키고 농업만주에 기여케 함으로써 조선 농민을 온건하고 똑바른 길로 인도하기 위한 것임을 이해하게 되었다. 이러한 과정을 통해 우리는 일본이 '만주'에서도 여전히 조선인에 대한 강력한 사상통제와 감시를 늦추지 않고 있으며 사상의 불온성 여부가 여전히 조선인에 대한 사회 통제의 가장 중요하고 핵심적인 기준이 되고 있음을 알 수 있다. 또한 '만주'의 조선인 역시 최대한 일본과 '만주국'이 정해놓은 '법' 질서와 사상의 테두리 속에서 삶의 방향을 모색해나가야 했음을 알 수 있다. 이를 통해 다시 확인할 수 있는 것은 '만주'에서의 일본인과 조선인 사이의 '내선일체' 즉 대등한 황국신민의 관계가 아닌 수직상하, 감시와 피감시, 통제와 피통제의 강력한 등급 관계였다. 이런 '만주'의 사회질서 속에서 일본인은 조선인에게 아무리 함께 일을 도모하는 사이어도 그리고 도움을 주는 고마운 존재여도 마음속으로부터 진정한 친구 내지 화합해야 할 대상으로 되지 못한다.

'만주국'에서 조선인과 일본인의 관계가 얼마나 껄끄럽고 애매한지는 [63] 친구와 그와 이전에 현공서에서 함께 근무한 적이 있는 일본인 기좌 사도미 마끼히도와의 대화를 통해 잘 드러난다. 친구에 대해 호감을 갖고 그를 성공서에 전근시키려고 따로 만난 술자리에서 사도미는 간도 조선인 농민들의 목축에 대한 사상을 함양하고 발전시킬 필요성을 역설하면서 은연중에 조선인의 결점을 지적한다. 즉 선계의 젊은이들이 '만주국'

---

63   이해영, 「안수길의 장편소설 『북향보』의 현실 인식」, 위의 책, 420면.

의 수전 개간과 수전 경작에 큰 기여를 함으로써 조선인의 '만주국' 국민의 자격 확보에 공헌한 자기들 선계의 농민들에 대해 존경하고 감사할 대신 멸시를 하고 함부로 대하는 것을 지적하였는데 이에 대해 찬구는 부끄럽고 언짢은 기분이다. 사도미 역시 자기의 '솔직함'이 찬구의 오해를 살가봐 걱정한다. 이처럼 '만주국'에서 '일본인'과 '조선인'은 지도와 피지도, 계몽과 피계몽의 사이이자 도움을 청해 받는 사이이기도 하지만 마음과 마음이 어우러지는 진정한 내면의 화합은 이룰 수 없는 것이다.

5. 맺으며

이 글은 '만주'에서 오랜 기간 거주했고 '만주' 체험을 많은 작품으로 남겼던 안수길의 '민족'에 대한 사유가 집약된 '만주' 시기의 중편소설 「벼」와 장편소설 「북향보」를 통해 그가 위만주국에서 '우리'의 위치를 어떻게 자리매김했고 또 '만주'라는 공간에서 함께 삶을 도모하면서 어쩔 수 없이 '우리'가 관계를 맺지 않으면 안 되었던 동아시아의 이웃이자 우리의 '타자'였던 '만주인'과 일본인을 어떻게 바라보았는지 살펴보았다.

안수길은 위만주국에서 '우리' 즉 조선인을 개척민이 아닌 건국에 기여한 양순한 공로자로 자리매김하였다. 익수의 죽음을 대가로 하고서야 '만주'에 수전을 풀게 되었고 일본의 침략에 맞선다는 명분으로 애매한 조선인에 대한 횡포를 일삼는 소현장에 대해서도 중국이라는 국가의 입장에서 이해할 수 있다는 타자 이해적 태도, 조선인의 초기 '만주' 이주의 이면에는 중국 정부 측의 '만주' 개발 계획에 따른 조선 농민 유치 정책이 있었다는 것, 그리고 조선 농민은 이미 개간된 땅이 아닌 원주민들이 버린 황무지를 수전으로 개간했음을 강조함으로써 조선인은 개척과는 거리가 멀다고 주장하였다. 이는 '만주국' 조선계 작가로서 안수길이 조선인의 '사이에 낀' 처지를 날카롭게 인식하고 있었기 때문인데 실제로 만주인 작가 오랑은 '내선일체'와 '선만일여' 사이에서 조선인의 중개자적 위치의 중요성을 역설하였다. 그래서 '만주'를 짧은 기간 여행했던 이태준이나 이기영 등이 '만보산사건'을 호명하면서 조선인의 개척의 열기를 작품화했다면 안수길은 조선인의 애매한 처지를 꿰뚫어보고 있었던 것이다.

'만주'의 절대적 다수를 차지하는 원주민이자 조선인에게 가장 중요한 타자의 한 축인 '만주인'에 대해서는 안수길은 오해와 편견을 넘어 화합해야 할 형제 같은 이웃으로 보았다. 안수길의 '만주' 시기 작품에 나타난 만인의 형상은 대부분 긍정적이고 조선인에게 호의적이며 객관적으로 그려지고 있는데 악의적인 경우에 대해서는 그러한 악의가 나타나게 된 원인과 배경을 역사적이고 사회적인 측면으로부터 자세히 분석함으로써 그 근원을 찾고 있으며 화해의 가능성이 있음을 제시하고 있다. 특히 조선인 이주민들의 희생과 기여를 대가로 '만주인' 농민들이 이들을 이해하고 이웃으로 받아들이기 시작했다는 안수길 식 담론 방식은 당시 '만주인' 작가 이교의 작품에서도 나타나는데 조선인 작가가 '만주인' 원주민과의 화해와 융화는 조선인이 희생을 감수하면서까지 이루어야할 바람직한 관계라고 보고 있었다면 '만주인' 작가는 조선인의 희생이 있었기 때문에 '만주인' 원주민들이 외래인인 조선인에 대한 불신과 편견에서 벗어나 진심으로 조선인을 공동체의 일원으로 받아들일 수 있었다고 하였다. 양측 모두 조선인의 희생이 기초로 되었다는 인식은 유의미한 부분이다.

일본인의 형상은 다른 작가와 마찬가지로 안수길의 작품에서도 매우 드물게 나타나는 형상인데 안수길은 일본인에 대해 진정한 화합이 불가한 만주국의 실질적인 지배자로 보았다. 「벼」에서의 나카모도의 특수한 신분에 대한 분석을 통해 '만주국' 건국 이전의 '만주'에서 일본인은 조선인들에게 정신적인 지도자이자 계몽자였으며 또한 중국 국민당의 배타적 민족주의 앞에서 일본 영사관을 인지시키고 그들이 일본 영사관의 보호를 요청하도록 연결시키는 매개자의 역할을 했음을 알 수 있었다. '만주국' 건국 이후의 『북향보』에서는 일본인은 조선인들에게 정신적 지도자를 넘어 모든 영역에서 완전히 통제의 입장에 서게 되며 일본인과 조선인의 관계는 수직상하, 감시와 피감시의 관계를 이루었다. '만주국'에서 '일본인'과 '조선인'은 지도와 피지도, 계몽과 피계몽의 사이이자 도움을 청해 받는 사이이기도 하지만 마음과 마음이 어우러지는 진정한 내면의 화합은 이룰 수 없는 것이다.

안수길 단편소설 「부억녀」 번역 연구

박려화
옌청사범대학교 한국어학과 강사

1. 들어가며

만주국의 주요잡지이자 당시 가장 영향력 있는 잡지인 『신만주』의 편집자 오랑은 1941년 만주국 각 민족의 문학 작품을 모아놓은 특집을 계획한다. 그중 조선인 작가로는 안수길이 고재기의 추천을 받아 출품 제의를 받는다. 오랑의 작품 출품 제의는 조선인 작가에게 크게 다가왔을 것이다. 1939년을 즈음하여 재만조선인 문단은 문단건설에 큰 관심을 가지고 힘을 쏟았다. 그 일환으로 진행된 것이 1940년 1월 16일부터 2월 6일까지 20회에 걸쳐 『만선일보』에 연재된 '만주 조선문학 건설 신제의'다. 『만선일보』는 당시 만주의 영향력 있는 조선인 작가들을 섭외하고 재만조선인문학의 경향, 작품의 소재, 발표지면 등 여러 면의 관점을 실은 그들의 문장을 모아 게재한다. 그중 그들이 관심을 가지고 있는 한 가지 관점이 바로 재만조선인 문단과 만주국 타민족 문단 간의 교류 부족 상황을 개변시켜야 한다는 것이다. 그들은 만주국의 이른바 '민족협화' 특성상 타민족 특히 일본인과 중국인과의 교류가 없이 고립된 채로는 문단의 건설이 어렵다고 여겨 그들과의 교류를 바랐다. 1940년 조선 내에서 강제 실행된 '창씨개명' 등 황민화 정책이 만주국의 조선인에게까지 만연된 상황도 그들이 타민족 문단과 교류를 해야겠다는 마음을 굳히게 된 데에 한몫했다. 재만조선인 작가들은 1939년 당시부터 활성화하기 시작한 만주국의 중국인 문단과 일본인 문단의 교류를 지켜보면서 만약 만주국에서 재만조선인 문단의 위치를 확립하지 못하고 중국인과 일본인의 인정을 받지 못한다면 재만조선인 문단은 그저 흐지부지해질 것이며 심지어는 일본인문학에 묻혀버리거나 종속되어 그들의 지류支流쯤이나 될 것임을 인지하고 있었다.

이런 상황을 타개하고자 『만선일보』는 만주국의 중국인 작가들과 일본인 작가들을 모아놓고 좌담회를 연다.[1] 일본인 작가들의 태도는 예상을 빗나가지 않았다. 그들은 노골적으로 조선인 작가들이 조선어가 아닌 일본어로 작품을 창작하기를 강요한다. 따라서 그들이 재만조선인문학에 대한 소개나 번역 등 도움은 기대할 수 없었다. 중국인 작가들도 언어를 문제 삼아 빙빙 둘러댈 뿐 재만조선인 문단에 대해 관심을 가지지 않았다. 재만조선인들의 작품을 중국인 문단에 번역하여 소개한다는 것도 별로 기대할 수 없는 상황이었다. 염상섭이 1943년에 출판된 『북원』의「서」에서 "전년年前에 만선재보간滿鮮日報刊으로 출판出版된 재만조선인작품집在滿朝鮮人作品集『싹트는 대지大地』로 말할지라도 필시예문운동선必是藝文運動線에 나타나 그중 수삼편數三篇은 일만문日滿文으로 번역소개飜譯紹介될 줄로 기대期待하였던 바인데 지금까지于今 그러한 소식消息을 듣지 못함은 유감遺感"[2]이라고 한 것처럼 재만조선인 문단이 중국인 문단, 일본인 문단과 서로 교류하고, 서로 작품을 번역 소개하려는 바램은 그 뒤로도 이뤄

---

1   좌담회 내용은 1940년 4월 5일부터 4월 11일까지 6회에 걸쳐 『만선일보』에 연재된다.
2   염상섭, 「서」, 『북원』, 글누림출판사, 2011, 1면.

지지 않았다. 바로 이런 상황에서 『신만주』 잡지의 편집 오랑이 만주국 각 민족의 문학 작품 특집을 계획한 것이다.

안수길은 출품 요청을 받고 분명 고민이 많았을 것이다. 결국 1941년 11월호 『신만주』에 '재만일만선아 각계 작가전 특집'이 게재됐고, 안수길은 단편소설 「부억녀」를 내놓는다. 사실 「부억녀」는 안수길의 작품 중에서 그리 뛰어난 작품이 아니다. 또한 안수길이 추구하던 문학적 지향을 담은 작품도 아니다. 이에 대해 김윤식은 "어째서 안수길은 만주문학의 조선계 작품으로 「원각촌」이라든가 「벼」, 「새벽」 등을 내세우지 않고, 만주와는 아무 관련 없는 「부억녀」를 제출한 것일까"[3]라는 의문을 제기했다.

안수길이 '재만일만선아 각계 작가전 특집'에 「부억녀」를 출품한 이유는 계속 연구되고 있지 않다가, 2000년대에 들어서면서 이와 관련한 두 편의 중국 측 연구논문이 나온다. 하나는 김장선의 연구[4]이고, 다른 한편은 사경의 연구[5]이다. 김장선은 '재만일만선아 각계 작가전 특집'에 실린 일계, 만계, 아계의 작품 성격을 상세히 분석하면서 안수길이 「부억녀」를 선택한 이유는 『신만주』 잡지의 편집인 오랑의 부인이자, 만주국의 유명한 여류 작가인 오영의 창작 경향의 영향을 받은 것이라고 분석했다. 사경은 만주 이주와 개척의 역사는 일본인의 침략과 동일한 성격을 지닌 행위로 오해받을 소지가 있음으로 「부억녀」처럼 만주의 밖에서 만주를 자유연애의 신천지로 생각하는 문학 작품이야말로 중국인들에게 접수

---

3   김윤식, 『안수길 연구』, 정음사, 1986, 106면.
4   김장선, 「'부억녀'의 중국어 번역문 소고」, 『만주문학 연구』, 도서출판 역락, 2009.
5   사경(謝瓊), 「만주국의 잡지 '작풍'과 조선문학 번역」, 문학연구, 2015; 「소외된 응시(凝視), 만주국 '내선만문학' 교류」, 선양사범대학학보, 2017.

되기 쉬운 작품이라고 분석했다.

필자 역시 두 연구자의 분석이 모두 일리가 있다고 여겨진다. 이 글은 이들의 연구를 바탕으로 하며 또 다른 시각에서 안수길의 「부억녀」 출품의 이유에 대해 알아보도록 하겠다.

2. 재만조선인에 대한 오랑, 오영의 태도가 안수길의 작품에 미친 영향

'재만일만선아 각계 작가전 특집'이 실린 『신만주』[1941.11]가 출판되고 나서 1년 뒤에 잡지의 편집인 오랑은 1942년 6월 24일 자 『성경시보』에 「나와 선계의 촉안을 말하다論我與鮮系的觸顔」라는 문장을 싣는다. 문장에서 오랑은 "최근 나는 안수길 씨의 「부억녀」를 읽은 적 있는데 재만 선계 작가의 상에 대한 새로운 감정이 나의 마음을 자극한다. 작가는 무지무식無知無識의 사회와 인민의 태態를 간결하고 엄숙한 필봉으로 아주 타당하게 처리했다고 생각된다. 안수길이 묘사한 이야기는 느낌상 장혁주 씨의 작품보다 더욱 친절한 느낌을 준다"라고 밝히고 있다. 당시 만주국에서 제일 많이 알려진 작가는 당연 장혁주다. 그 시점 장혁주의 작품은 이미 중국에 여러 편 소개된 바 있었다. 만주국에 소개된 작품만도 세 편[6]이 된다. 오랑은 안수길의 작품 「부억녀」가 장혁주의 작품보다 더 친절하게 느껴지는 이유를 '무지무식의 사회와 인민의 태'를 잘 그려낸 것에서 찾았다. 문장의 첫 머리에서 오랑은 "천백 년 동안 서로 혼효混淆 잡처雜處한 관

---

6   張赫宙, 「山狗」, 『명명(明明)』, 『朝鮮短篇小說選』, 1937.12에 재수록; 「李致三」, 『黎明』, 『朝鮮短篇小說選』에 재수록; 「춘향전」, 『藝文志』 제1회, 1939.6.18.

계로 한·만 민족의 관계는 간도 일대에서 복잡하고 긴밀한 관계가 있었다. 이에 대해 어떤 느낌도 없다는 것은 거짓이다"라고[7] 했다. 따라서 안수길이 「부억녀」에서 그려낸 '무지무식의 사회와 인민의 태'가 바로 오랑이 느끼고 있는 재만조선인의 '태'와 맞닿아 있다고 해도 무방하다. 그렇기 때문에 오랑은 안수길의 「부억녀」를 장혁주의 작품보다 더 친절하게 느꼈던 것이다.

오랑이 인식하는 재만조선인의 사회상, 이른바 '무지무식의 사회와 인민의 태'는 그의 아내이자 만주국의 유명 여류 작가인 오영[8]의 작품에서 보다 잘 드러난다.

오영은 오랑이 「나와 선계의 촉안을 말하다」를 발표하기에 앞서 단편소설 「시골이야기」를 1940년 12월 17일 자 『성경시보』에 발표한다. 소설은 500자 남짓한 짧은 편폭임에도 불구하고 재만조선인에 대한 태도를 너무나 잘 보여주고 있다. 중요한 내용이기에 전문을 인용한다.

　　나는 순이라 불리는 남자아이의 시골 이야기를 들으면서 그곳에 가야 할지 말아야 할지 머뭇거렸다.

　　"순, 길을 가로막고 강탈하는 사람도 있어?"

　　시작은 그냥 재미로 13~14세 되는 이 아이에게 물은 것이었다.

7　염상섭, 앞의 글, 1면.

8　김장선, 『만주문학 연구』, 역락, 2009 참조. 오영은 1936년 『봉황』 월간에 단편소설 「밤중의 변동」을 발표하면서부터 문단의 주목을 끌었고 소홍(蕭紅)의 뒤를 이어 만주에 나타난 재능이 뛰어난 여성 작가로 평가 받았다. 24세에 단편소설집 『양극(兩極)』(1939)을 출판하였고 뒤이어 「황폐한 원림」, 「말라버린 꽃」 등 중·단편소설들을 발표하여 만주 문단의 다산 작가로, 영향력이 있는 여류 작가로 불렸다. 오영의 대부분 작품은 여성을 주인공으로 하고 있으며 여성의 시각으로 여성의 영혼을 탐색하면서 여성의 사회적 문제들을 많이 폭로하였다.

"길을 막고 강탈하는 놈을 진짜 만나면 나 혼자서 그놈을 쥐어뜯을 거예요. 노상강도는 손에 무기가 없거든요."

남자아이는 일부러 분개하는 양으로 팔을 펴면서 한쪽 발을 들었다가 힘 있게 내리 굴렀다.

"내가 쥐어뜯어도 될까? 순, 진짜 만난다면 말이야."

"당신은 여자라서 안돼요. 놈들이 나를 만나면, 흥, 그들이 무조건 도망치지 못하게 할 거예요."

남자아이는 하찮다는 듯이 나를 보다가 다시 자랑스러운 눈빛을 하며 조용히 앉았다.

"그럼 무서울 게 뭐가 있어? 아무렴 가야겠다."

"간다고요? 시골에 거주하는 외지에서 온 놈들은 너무 나빠요. 여자들을 손에 잡기만 하면 놔주질 않아요. 어린 처녀를 잡기라도 한다면 물고 뜯고 난리예요. 안 무서워요?"

"그건 무슨 뜻이야?"

"데리고 노는 거죠, 괴롭히는 거죠. 정신병원 사람들 같아요."

"들어서는 이해가 안 가는데, 그렇게 무서울까."

나는 나지막한 소리로 말했다. 남자아이는 큰 소리로 웃었다.

"그렇게 무섭다고 여겨집니까? 제 말 들으세요. 미친놈 같아도 그들하고 진짜 붙기라도 한다면 피가 날 때까지 때리세요. 그러면 그놈들이 오히려 무서워할 거예요."

"정말 너의 말처럼 그런 거야?"

"네, 그렇습니다. 한번은 제가 그들 중 한 놈을 상하게 한 적이 있어요. 머리가 퉁퉁 부을 정도로요. 그후부터는 그 나약한 놈이 저를 피해 다녀요."

결국 나는 시골에 갔다. 그 남자아이도 함께 나를 동무하여 떠났다. 나는 시골의 수전에서 일하고 있는 많은 남녀의 선인^{鮮人}들을 보았다. 남자들은 일그러진 얼굴이었고 여자들은 허둥대면서 고된 일을 하고 있었다.

이들을 보면서 나는 우리와 같은 언어를 사용하는 사람들을 떠올렸다. 왜일까? 모르겠다.

작품 중 작가가 조선인에 대한 태도는 조선인을 눈으로 확인하기 전과 눈으로 확인한 후로 나눌 수 있다. 작품의 주인공 '나'는 시골작품에서 시골은 조선인 밀집 거주 지역으로 보인다에 갈 일이 있어서, '나'를 동행할 아이한테서 시골 사람들에 관한 이야기를 전해 듣는다. 어린아이의 입에서 전해지는 조선인들은 현대의 문명과는 거리가 너무도 먼 야만적이고 엽기적인 모습으로 그려진다. 그야말로 '무지무식의 사회와 인민의 태'를 하고 있다.

오영의 소설에는 주목해야 할 부분이 더 있다. 소설에서 어린아이는 시골의 조선인을 외지인으로 일컫는다. 외지라는 말은 현지와 상대되는 말이다. 즉 중국인들에게 있어서 조선인은 외지에서 자신들이 살고 있는 현지에 이주해 온, 이곳에 속하지 않는 외지인일 뿐이다. 그런데 외지인이면서도 조선인들은 길가는 사람들과도 충돌하고, 또 그들을 강탈하고, 여자를 마음대로 유린하는 무법자와 같은 무서운 존재다. 말인즉슨 외지에서 들어와 자기의 것도 아닌 현지인의 것을 무차별적으로 차지하고 점유하려는 그런 악한 존재라는 것이다. 그러나 또 강한 사람들 앞에서는 바로 꼬리를 내린다. 이것이 바로 만주의 일반 중국인들의 눈에 비춰진 조선인의 형상이다. 중국인들의 이런 태도를 잘 알았기에 안수길은 단편소설「벼」에서 "원주민인 이곳 농부들은 바가지를 보통이에 메어 달고 거지 떼 같이 몰려오는 백성들에게 적지 않은 적개심을 느끼고 그들을 모멸하였다"[9]와 같은 묘사를 할 수 있었다.

오영이 작품에서 쓴 조선인에 대한 불만스런 태도는 오랑의 문장「나와 선계의 촉안을 말하다」에서도 보여 진다.

오래전부터 만주에는 만선 민족이 혼거한 사실이 있다. 그러나 이상적인 경지에 이르지 못한 이유는 무엇일까? 바로 앞에서 말한 조건이 결여되었기 때문이다. 좀 더 솔직히 말한다면 선계인들은 만주에서 자신의 좋은 조건의 역할을 발휘하지 못하고 오히려 만계인들이 그들과 절연하게 만든다. 나는 이것이 제일 수정되어야 할 부분이라고 여겨진다. 선계는 자신의 지위와 가지고 있는 협화의 좋은 조건으로 만계와 일계의 중개적 지위에 서서 협화의 실적을 내는 것이 유일한 길이다.[10]

문장에서 오랑이 말하는 재만조선인들이 가지고 있는 "협화의 좋은 조건"은 중국인 입장에서 본 조선인의 일본인과의 이른바 친밀한 관계를 가리킨다. 오랑은 재만조선인들은 일본인과 친밀한 관계를 이용해 만계와 일계의 관계 개선을 도모하여 이른바 만주국의 민족 '협화'에 힘을 더해야 하는데, 오히려 중국과 절연絶縁하려고 한다는 것이다. 즉 오랑이 보기에 재만조선인들은 일계와의 친밀한 관계를 이용하여 중국인들과 충돌을 일으키고, 이런 충돌은 직접적으로 만주 중국인과 재만조선인의 관계를 악화시킨다는 것이다. 더불어 중국인이 조선인에 대한 안 좋은 태도를 가져온다는 것이다. 오랑의 이런 관점은 안수길이「벼」에서 새로 부임한 소현장이 중국인에 대한 태도를 묘사하는 부분 "조선 사람은 천성이 간사하여 이익을 위하여 필요한 편에 잘 들러붙으나 그것이 불리하면 배

---

9   안수길,「벼」,『북원』, 글누림출판사, 2011, 177면.
10   오랑,「나와 선계의 촉안을 말하다(論我與鮮系的觸顏)」,『성경시보』, 1942.6.24.

은망덕하고 은혜 베푼 사람에게 침 뱉기가 일쑤"[11]와 닮아 있다.

오랑은 「나와 선계의 촉안을 말하다」의 마지막을 "선계 문화인들도 내가 생각한 문제를 잘 알고 있었을 것"[12]이라고 맺고 있는데 이는 아마도 오랑이 안수길과 고재기를 비롯한 조선 문화인들과 교류한 후에 얻은 결론이 이것이었기 때문이라고 여겨진다.

안수길이 당시 조선인에 대한 중국인들의 이런 보편적인 편견을 잘 알고 있었음은 그가 1944년 12월부터 『만선일보』에 연재한 소설 「북향보」에서 제일 잘 드러난다.

조선 농민은 만주에 덕의 씨를 심은 사람들일세. 조선 농민의 이주사를 줄잡아 70년이라고 한다면 70년 전이나 오늘이나 농민이 이곳에 이주한 까닭은 한결같이 여기 와서 처자 권속을 거느리고 먹고 살자는 것밖에 없었네. 그 살자는 것도 고스란히 누워서 이곳에 마련되어 있는 것을 냠냠 집어먹자는 비루한 생각이 아니었었네. 그들은 볍씨와 호미를 가지고 왔네. 넓고 거칠어 쓸모없는 땅에 옥답을 만들고 거기에 볍씨를 심어 요즈음 말로 하면 농지 조선 농산물 증산에 땀을 흘린 값으로 이곳에서 먹고 살자는 것이었네. 얼마나 깨끗한 생각이요, 의젓한 행동인가. 하늘을 우러러 부끄러울 것이 없고 땅을 내려 보아도 역시 부끄러울 데 없는 바일세. 그러나 (물론 건국 이전의 일이지만) 이런 깨끗한 생각과 뻔한 이치가 이해되지 못하고 가지가지의 곤경을 겪었으니 이런 억울할 데가 어디 있겠나……

그러나 여기에 한 가지 통탄되는 일이 있네. 그것은 다른 것이 아니라 깨끗하고 떳떳한 동포였었지. 그러나 양복선인이라고 누가 말한 것을 들은 일이 있

---

11 안수길, 앞의 글, 210면.
12 오랑, 앞의 글.

지만 그 명사야 무어든 건국 후 경의선 함경선 직통열차를 타고 들어온 돈벌이 꾼들일세. 그들은 건국 전에야 이 땅에 동포가 살고 있는지 괭이새끼가 있는지 관심 가져 줄 까닭이 있었겠는가만 건국이 된 후 너도 나도 무력천지의 이 바닥에서 돈 벌러 떠나는 것과 꼭 같은 생각으로 몰려 들어온 것이니 그들이 예서 하는 행동이란 조선 사람의 체면을 염려하는 지각 있는 것이었을 수가 있겠나. 한다는 노릇이 몰의리요, 거짓말이요, 사기횡령이요, 부정업이요, 또 닿지 않은 자존심에다가 쓸데없는 권리 주장이요, 심한 데 이르러는 만인을 경멸하는 언동이요, 했으니 조선 사람의 신용이 일계나 만계에게 두터울 리가 있겠나. 그런 분자란 2백만 중 지극히 적은 수효인 것은 두말할 것이 없이 악한 분자란 어느 민족들한테나 다 있느니라 양해해준다면 그만 되겠지만 어디 세상이 그런가. 결점은 속히 눈에 띄는 대신 장점을 들추어내려 보지 않는 것이 세상 인심이고 보니 이런 분자의 행동으로 조선 사람 전체를 율律하기가 첩경이 아니겠는가.[13]

위의 인용문은 『북향보』의 14장 「모내기」 부분에서 학도가 친구한테 '농민도'에 대해 이야기하면서 말한 내용인데 중국인이 조선인에 대한 오해를 절실하게 해명하는 부분이라고 할 수 있다. 대부분 조선인들이 만주에 이주한 원인은 다만 먹고 살자는 것, 중국인들이 이미 일궈놓은 땅을 넘보는 것도 아니고, 일제의 침략 정책이나 이런 것과는 상관없이 그저 만주의 황지를 개간하여 거기에 벼를 심어 생존을 이어간다는 것이다. 그러나 그들 속에는 '경의선 열차' 이른바 일제의 만주 침략 물결을 타고 들어온 소수의 돈벌이꾼들이 끼어 있는데 그들은 '몰의리, 거짓말, 사기횡

13 안수길, 「북향보」, 『안수길 전집』 3, 글누림출판사, 2011, 220면.

령, 부정업, 쓸데없는 권리주장, 만인滿人, 중국인을 가리킴을 경멸하는 언동'들로 일본인에게나 중국인에게 신용을 잃어간다는 것이다. 비록 그들은 이주 조선인의 소수를 차지하지만 세상인심으로 보아 만주의 중국인들은 이들의 행동으로 쉽게 조선인 전체를 판단하여 편견을 가진다는 것이다.

이렇게 오랑과 오영은 재만조선인 사회를 '무지무식의 사회와 인민의 태'로 인식함과 더불어 편견을 가지고 있었다. 그러나 재만조선인에 대해 무관심했던 기타 중국인 작가들에 비해 그들은 우호적인 면도 보여주었다. 재만조선인에 대한 오랑과 오영의 태도는 가히 모순적이라고 할 수도 있다. 예컨대 오영의 소설 「시골이야기」는 마지막에 논밭에서 고된 일을 하는 조선인 남녀들을 보면서 "나는 우리와 같은 언어를 사용하는 사람들을 떠올렸다. 왜일까? 모르겠다"[14]라는 말로 결말을 맺는다. 이런 결말은 작품 속 조선인에 대한 남자아이의 부정적 묘사와는 크게 대조된다. 조선인에 대한 남자아이의 부정적인 묘사가 당시 조선인에 대한 만주국 중국인들의 인식이라면 이와는 다르게 오영은 조선인의 생활상을 보면서 동질감을 느끼고 있는 것이다.

오랑도 마찬가지다. 비록 재만조선인에 대한 편견도 있었지만 재만조선인 작가들에 대해서는 우호적인 면도 보여주었다. 그는 안수길의 「부억녀」 외에도 고재기의 문학 평론 「재만조선인문학」을 1942년 6월호 『신만주』 잡지에 게재하기도 했다. 「부억녀」와 「재만조선인문학」은 만주 중국인 문단에 소개된 유일한 재만조선인문학 작품이다. 『만선일보』에서도 오랑의 평문 「작년도만계문학 회고」를 1941년 1월 21일부터 29일까지 연재한다. 오랑이 재만조선인 작가들과 문학적으로 상호 교류가 있었

---

14   오영, 「시골이야기」, 『성경시보』, 1940.12.17.

음을 더 잘 증명해주는 대목이다.

재만조선인에 대한 오랑과 오영의 태도는 비록 모순적이기는 하나 재만조선인에 대해 아예 무관심한 기타 중국인 작가에 비하면 우호적이다. 따라서 중국인을 독자로 하고 있는 『신만주』 잡지에서 작품 출품제의가 들어왔을 때 안수길을 비롯한 재만조선인 문단은 퍽 기뻤을 것이고, 또 잡지 편집인 오랑, 그의 아내 오영의 태도와 중국인 독자 전반의 감정을 고려하지 않을 수 없었다. 만약 안수길이 자신의 문학적 지향을 나타내는 작품, 당시 재만조선인 문단에서 주장하던 조선인의 특수성을 보여주는 작품, 염상섭의 말을 빌자면 "일망무애一望無涯의 황막荒漠한 고향高粱 밭에서 진흙 구덩이를 후벼 파고 돋아 나온 개척민開拓民의 문학文學" 작품을 내놓았다면 이는 오랑, 오영 나아가 중국 독자들의 재만조선인에 대한 태도와 맞먹어 이를 절대 우호적으로 받아들였을 리가 없다.

그렇다면 도무지 안수길의 문학적 지향을 나타내는 작품이라고 할 수도 없고, 그렇다고 작품성이 뛰어난 것도 아닌 「부억녀」는 왜 괜찮았을까? 「부억녀」는 한국 전근대 사회를 시대적 배경으로 하여 주인공 '부억녀'의 짧은 일생을 그린 소설이다. 이름도 없이 부엌에서 태어났다고 하여 부억녀로 적에 올려 진 그녀는 태생부터 험난한 일생이 예고되었다. 열여덟에 시집을 가서도 죽도록 일만 하였다. 학생 신분인 남편은 바람나서 집에 들어오지 않고 애지중지하던 아들은 요절한다. 친정에서도 시댁에서도 천대를 받아 삶의 희망이 보이지 않을 때 옆집에서 머슴살이하던 장손이가 나타나 새로운 감정을 느낀다. 장손이는 부억녀에게 만주로 가서 살자고 제안했고 전형적인 전근대적인 여성의 형상인 부억녀는 이를 거절한다. 그 후 주위 사람들의 천대 속에서 1년을 못가 부억녀는 병으로 일생을 마감한다. 부억녀의 이런 전근대적인 형상은 오랑이 말한 '무지무

식의 사회와 인민의 태'이자 오영이 쓴 '허둥대면서 고된 일을 하는 여인'
인 것이다. 또한 공간적 배경을 만주가 아닌 조선으로 함으로써 미리 중
국인들의 오해를 일으킬 수 있는 요소는 아예 만들지 않았다. 따라서 재
만조선인에 대한 오랑과 오영의 태도와 관련된 맥락 속에서 봤을 때「부
억녀」는 '재만일만선아 각계 작가전 특집'에 출품할 수 있는 안성맞춤인
작품이었던 것이다.

3. 안수길이 만주국 중국인에 대한 인식

재만조선인에 대한 중국인들의 태도가 안수길의 작품 선정에 영향을
주었을 뿐만 아니라 중국인에 대한 안수길의 인식 역시 그의「부억녀」작
품 선정과 밀접한 연관이 있다.「용정·신경시대」에 따르면 안수길은 오
랑을 만난 자리에서 "당신네나 우리나 다 같은 처지니 협조해서 문학 활
동을 하자"고 말했고, 오랑은 "시시룬룬"라고 호응했다고 한다.[15] 오랑은
「나와 선계의 촉안을 말하다」에서 안수길과 문통이 있었으며, 안수길이
문학적 교류를 하자고 했다고 밝혔다. 그럼 안수길이「용정·신경시대」에
서 중국인이나 한국인이나 다 '같은 처지'라고 한 말은 과연 무엇을 의미
하는 것일까? 안수길의 많은 독자들은 현재의 시각에서 출발해 '같은 처
지'를 일제의 식민통치로 해석한다. 필자가 보기에 그렇게 단편적으로 해
석하기에는 무리가 있다. 일제의 식민통치를 받는 것이 '같은 처지'기에
협조해서 문학 활동을 하려고 하는 것으로 해석한다면 자칫하면 중국인

---

15   안수길,「용정·신경시대」,『해방전 문학평론집』, 민족출판사, 2013, 481면.

과 조선인이 연합하여 일제에 저항하는 문학을 하려고 했다는 것으로 해석할 수 있다. 그러나 재만 시기 안수길의 전반문학을 살펴보면 그는 일제의 통치에 적극적으로 맞선 작가가 아니다. 그는 어디까지나 일제의 통치를 받고 있는 현실을 받아들이는 상황하에서 재만조선인문학의 생존의 길을 모색했다. 또 그 당시의 정치적 상황하에서 문학을 계속 하려면 그렇게 하는 수밖에는 없다. 이점은 일제가 패망하자 '북향'을 외치던 안수길이 만주를 떠나 바로 한국으로 귀국한 원인이기도 하다. 일제의 실질 통치를 받는 만주국에서 조선인의 살길을 모색해 왔는데 일제가 패망하고 만주국이 사라지자 그의 '북향' 모색도 의미를 잃은 것이다.

오랑도 안수길과 마찬가지로 일제의 만주국에서 중국인문학의 살길을 모색했다. 만주국에서의 그의 활동을 살펴보면 제일 중요한 것은 『신만주』 편집으로 활약한 것이다. 또한 그는 1943년 제2차 '대동아문학자대회'에 참가하기도 했다. 오랑은 어디까지나 만주국의 울타리 안에서 최대한 많은 작가들에게 문학 작품 발표의 장을 제공해주고, 또 본인도 문학 활동을 하려고 했다.

따라서 안수길이 말하는 '같은 처지'를 일제의 통치를 받는 현실이라고 단편적으로 이해하는 것은 무리가 있다.

그렇다면 안수길이 말하는 '같은 처지'에는 또 어떤 것이 포함되어 있을까? 오랑이 「부엌녀」가 장혁주의 작품보다 더 친절하게 느껴진다고 한데에는 앞에서 말한 '무지무식의 사회와 인민의 태'를 잘 묘사한 것 외에도 한 가지 이유가 더 있다. 바로 작품에서 묘사된 만주 공간이다. 작품에서 머슴살이를 하던 삼손이는 남편의 사랑을 받지 못하고 아이까지 요절하여 고달픈 인생을 살고 있는 부엌녀에게 애틋한 감정을 품어 그녀에게 탈출을 제안한다. 탈출의 장소가 바로 만주이다. 한국어 판본 「부엌녀」를 살펴보면 만주는 '맘 놓고 살 수 있는 곳', '썩 좋은 곳'으로 묘사된다. 즉 만주는 살기 어려운 조선을 벗어날 수 있는 이상적인 공간이라는 것이다. 중국어 판본을 보면 번역 과정에서 만주가 '맘 놓고 살 수 있는 곳'임이 더욱 강조된다. 한국어 판본에서 삼손이가 부억녀에게 한 말 "만주에 가서 맘 놓고 살지 않겠소"는 번역문에서 "가자, 우리 두 사람 만주에 가서 태평세월을 한번 살아보자走吧,咱俩一块往满洲跑,到那儿去过太平日子去"[16]로 번역된다. 번역문의 '태평세월'은 '맘 놓고 살 수 있는 곳'보다 느낌상 더 강한 이상적 공간의 느낌을 준다. 사전적 의미에서 볼 때 중국어의 '태평'은 사회가 안정되고 평안무사하다는 뜻이다. 그 반대말로는 '난세', '동란', '전쟁', '정치적 동요' 등 사회의 불안정과 관련이 있는 어휘들이 있다. 따라서 중국어 판본에서 장손이가 부억녀한테 만주에 '태평 생활'을 하러 가겠다고 하는 것은 그들이 현재 살고 있는 곳은 태평하지 않다는 것을 의미한다. 바로 이 점이 오랑을 비롯한 중국인 독자들의 공감을 불러일으킬 수 있는 또 하나의 점이자 앞에서 말한 '같은 처지'인 것이다. 왜냐하면 만주의 중국인 역시 대부분은 만주를 이상적인 생존공간으로 바라보고 태평하지 않는 고향 관내關內를 떠나 목숨을 걸고 만주로 이주해 온 사람들, 또 그들의 2세, 3세들이기 때문이다. 중국인들의 만주 이주 역사는 청나라 말기로 거슬러 올라갈 수 있다. 청나라 시기 만주 지역은 통치계급인 만인滿人의 발상지로 불가침한 성스러운 지역이라고 여겨져 봉금封禁되었다. 청나라의 순치順治 시기부터는 인구의 증가로 인한 토지의 부족, 전쟁, 자연재해 등으로 인하여 만주의 부분 지역에 대한 해금과 봉금을 번갈아하였다. 빈번한 전란과 지속되는 빈궁은 중국 관내의 백성들로 하여금 더는

---

16   안수길, 「부억녀(富億女)」, 『신만주』, 1941.11, 119면.

고향에서 살길을 도모하기 어려워 가솔을 이끌고 부득이하게 사람이 희소하고 토지가 비옥한 만주 지역으로 이주를 하게 하였다. 청말 1840년의 조사에 의하면 당시 만주 지역에 거주하고 있는 인구는 약 300만 명이었는데 이는 백 년 전보다 약 7~8배가 증가한 숫자였다. 1897년 만주 지역은 완전히 해금되었다. 그 결과 1910년까지 불과 십여 년 사이에 만주 지역의 인구는 1,800만 명으로 급증하였다. 중국 관내 인구의 대량적인 만주 유입은 만주사변이 일어나기 전까지 끊임없이 이어졌다. 1949년에 이르면 만주 지역의 인구는 4,000만 명으로까지 증가한 것으로 확인된다. 만주 지역으로 이주한 이들은 대부분 중국 관내의 산동성, 산서성, 하남성, 하북성 등 지역의 백성들이었다. 그들 중에서도 다수를 차지하는 것은 산동성의 백성이었다. 만주에 이주한 산동성 인구는 1949년 기준 약 1,839만 명이었다. 이는 만주에 이주한 중국 관내 인구수의 절반을 차지한다. 만주국의[17] 중국인 작가들이 작품에서 중국인의 이주 역사를 그리고 있는 대목을 살펴보면 산동성에 이주한 것으로 설정되어 있는 것이 많다. 현재 중국은 역사상 이들의 만주 이주를 '틈관동闖關東'[18]이라고 부

---

17 张善余, 『中国地理人口』, 科学出版社, 2007.

18 이 시기의 이주 역사를 틈(闖)이라는 단어를 쓴 이유를 살펴보면 다음과 같다. 틈은 '충돌하다, 돌진하다'의 뜻이 있는데 여기에서도 당시 중국인의 만주 이주가 아주 힘들게 이루어졌음을 알 수 있다. 후에 '闖'은 점점 '개척'의 의미로 사용하게 되었다. 관내의 이주민들이 빈손으로 가솔들을 이끌고 만주 지역에 도착하였을 때 그들의 눈에 들어온 것은 다만 개간이 되어 있지 않은 허허벌판뿐이었다. 따뜻한 남면 지역에서 북상하여 온 그들은 살기 위해서 매서운 자연과 싸우며 죽기내기로 황무지를 개간하여 밭을 일구고 자리를 잡았다. 만주의 토지 개척은 순전히 이들의 손에 의해 이루어졌다고 해도 과언이 아니다. 이들 이주민들 앞에 닥친 어려움은 고단한 황무지 개척뿐만이 아니었다. 또 하나의 문제는 원래부터 만주 지역에 거주하고 있던 이주민(己住民)들과의 갈등이었다. 문화와 전통 그리고 역사의 차이에서 오는 갈등은 필연적인 것이었다. '闖關東'하여 온 중국인들은 고단한 세월을 연속하면서 점차적으로 진정한 이 지역의 주인이 되었고 이주민인 만주족이 오히려 한족에게 완전히 동화되었다.

르는데 이는 인류역사상 최대의 이민 활동 중 하나다. 안수길은 누구보다도 중국의 이 역사를 잘 알고 있었고, 또 이를 작품에서 표현해 낸 유일한 재만조선인 작가다. 이를 증명할 수 있는 제일 유력한 작품이 바로 장편소설『북간도』이다. 북간도는 시작 첫 장을 전체를 이용해 이 역사에 대해 서술하고 있다.

기경지의 부족, 전쟁, 자연재해 등 원인으로 인해 고향에서는 더는 살 수 없어 살길을 찾아 만주로 떠나온 중국인의 만주이주,「부억녀」에서 장손이가 만주로 이주하려는 원인도 이것이 아닌가? 쉽게 중국인의 공감을 자아낼 수 있는 대목이다. 또 작품에서는 배경이 되는 시대의 특징도 드러나지 않는다. 다만 전근대적인 사회 환경 속에서 어렵게 생활을 이어가고 있는 인물들만 있을 뿐이다. 그렇기 때문에 장손이의 만주 이주 생각은 일제의 식민 정책과는 무관한 단순히 생존의 어려움을 극복하기 위한 이주로 이해할 수 있다. 장손이의 만주 도피 제안에 전근대적 사고방식을 지닌 부억녀는 거절한다. 결국 1년이 못 되어 부억녀는 결국 병으로 사망한다. 사망하기 전 마지막으로 부른 것이 장손이의 이름이었다. 어떻게 보면 장손이를 따라 만주로 향하는 것이 부억녀의 유일한 살길이었다. 이를 거절한 부억녀 앞에 놓인 세상은 더는 부억녀의 힘으로 살아갈 희망이 없는 세상이다. 부억녀와 장손이가 만주 이주를 해야만 살아갈 수 있는 처지가 만주 이주를 실행하게 된 중국인들이 당시 놓인 현실이기도 했다.

안수길이 만주 중국인들의 이주사실을 잘 알고 있었음은 만주 시기 소설에서도 어느 정도는 증명된다. 안수길의 만주 시기 소설 중 중국인에 대한 묘사를 살펴보면 한 가지 공통점이 있다. 바로 만주 중국인의 태생을 밝히고 있을 때 모두 관내 지역으로 설정했다는 것이다.「새벽」에서의 지팡주 호씨는 북경 태생이고, 「벼」의 지주 방치원은 산동 태생이다. 「목축기」의 중국인 로우숭 역시 산동 태생이다. 『북간도』에서는 직접 '산동 지방에서 이주해 온 사람들'이라는 표현이 등장한다. 산동 지역에서 만주로 이주해 온 인구수가 당시 만주 인구수의 거의 반을 차지하는 사실을 감안하면 안수길은 중국인의 '틈관동闖關東' 역사를 잘 알고 있었고 이를 주목하고 있었음을 의미한다.

안수길한테 만주의 중국인은 조선인과 마찬가지로 먹고 살려고 이 땅에 발을 디딘, 가슴 아픈 이주역사를 가지고 있는 민족으로 인식되었다. 본국에서는 도저히 살 수 없어서 남부여대하고 떠나온 현실, 낯선 이 땅에서 황지를 일구며 거기에다 타민족의 통치를 당하며 살아가는 처지, 이런 복합적인 처지가 바로 안수길이 말하는 조선인이나 중국인이나 '같은 처지'인 것이다.

4. 나오며

안수길이 작품 「부엌녀」를 1941년 11월호 『신만주』 '재만일만선아 각계 작가전 특집'에 출품했을 때의 느낌은 복합적이었다. 거기에는 중국인 문단에서 조선인 문단에 손을 내민 것에 대한 기쁨도 있고, 조선인에 대한 만주 중국인의 편견을 의식해야 하는 부득이함도 있었다. 오랑이 '재만일만선아 각계 작가전 특집' 출품을 제안해 왔을 때 중국인 문단과의 교류를 바라고 있었던 조선인 작가에게는 희망으로 다가왔을 것이다. 또 조심스러웠을 것이다. 따라서 작품선정에 신중을 기할 수밖에 없었다. 오랑과 오영은 당시 재만조선인에 대해 편견과 우호적인 태도를 동시에 가지고 있었다. 그들은 조선인들은 일본인과 친밀한 관계를 가지고 있으며 자신들이 힘들게 일궈놓은 만주에 들어와 살면서 중국인과의 '협화'를 저해하며 충돌을 일으키는 존재로 이해했다. 안수길은 그들의 이런 태도를 인식하지 않을 수 없었다. 따라서 자신의 문학적 지향을 대표할 수 있는 작품, 즉 만주 개척사를 쓴 작품을 내놓을 수 없었다. 또 중국인의 만주 이주사를 잘 알고 있는 안수길은 여러 가지 고민 끝에 중국인의 공감을 이끌어 낼 수 있는 「부억녀」를 내놓았던 것이다. 「부억녀」의 출품은 모종의 견지에서 보면 당시 재만조선인 문단이 중국인과 일본인 문단의 틈새에 끼어 생존해 가는 모습의 발현이라고 할 수도 있다.

만주국 시절의 염상섭과 외지 의식

김재용
원광대학교 국어국문학과 교수

1. 내선일체와 오족협화의 온도차

1936년 9월 무렵부터 제국 일본은 조선에서 내선일체를 공개적으로 표방하면서 정책을 시행하기 시작하였다. 제국 일본은 조선을 식민지로 만든 직후에 내선일체에 대해서 유보적이었다. 당시 일본 학계 내에서 내선일체를 주장하는 이들이 적지 않았지만 정책으로 수용하지 않고 오히려 내선융화를 내세웠다. 그러던 일본이 1936년 9월에 들어 내선융화를 버리고 내선일체를 내세웠다. 미나미 지로 총독을 식민지 조선에 보내면서 제국 일본은 내선일체의 새로운 장을 열었다.

이 내선일체의 정책이 조선인들에게 실감나게 다가온 것은 손기정 선수 일장기 말살사건이었다. 베를린 올림픽에서 금메달을 딴 소식이 전해지자 조선에 있던 3개의 민간 신문 중 『동아일보』와 『조선중앙일보』는 원 사진에 있었던 가슴의 일장기를 지우고 내보냈다. 막 부임한 미나미 지로 총독은 헌병대를 동원하여 이 일에 관여한 기자들을 잡아들이고 2개의 신문을 정간하였다. 실제로 이 타격으로 인하여 『조선중앙일보』는 완전히 사라졌고, 『동아일보』는 8개월이 넘는 휴간을 거쳐 다시 복간되는 일이 벌어졌다. 3·1운동 이후 등장한 민간신문들이 받은 수난은 이루 말할 수 없는 고통을 조선인들에게 안겨주었다. 관례로 보면 이런 정도는 총독부에서도 넘어가기 때문에 기자들이 이런 일을 감행했지만, 이번에는 묵과하지 않았기에 처음에는 어리둥절하였다. 차츰 시간이 지나면서 이것이 새로 부임한 미나지 지로 총독이 제국 일본으로부터 위임받아 시행한 내선일체 정책 탓이라는 것을 알게 되었다. 내선융화에서는 좀체 생각하기 어렵던 일이었지만 내선일체에서는 일상이 되었다.

미나지 지로 부임으로 시행된 내선일체는 식민지 조선 사회를 완전하게 바꾸기 시작하였다. 여러 신문을 거쳐서 『매일신보』에 근무하게 된 기자 염상섭은 이 사태를 어렵지 않게 파악할 수 있었다. 염상섭은 올 것이 오고 말았다는 판단을 하게 되었지만 과연 자신이 이러한 억압적인 상황을 버틸 수 있는가에 대해서는 의문을 가졌다. 그동안에는 기자로서 생계를 유지하면서도 소설을 통하여 자신의 소신을 어느 정도 지킬 수 있었지만 내선일체가 기본 식민지 지배 정책이 되는 마당에서는 어렵다고 생각한 것 같다. 이 시기에 그가 떠올린 곳이 바로 만주국이었다. 기자로서 제국 일본의 판도와 정세를 너무나 잘 알고 있던 염상섭이 만주국을 고려한 것은 그곳에서 행해지는 오족협화 때문이었다. 국제적 압력 때문에 만주국을 독립국으로 만들어야 했던 제국 일본이 고안한 묘책이 바로 오족협화였다. 염상섭은 내선일체보다는 오족협화가 조선인에게 낫다는 판단을 하였다. 조선에서 내선융화가 실행될 때에는 오족협화가 큰 의미를 가지지 않았지만 내선일체가 시행되면서부터는 오족협화의 장점이 부각되었다. 내선일체에서는 내가 조선인이다 이렇게 말하는 것이 어렵지만, 오족협화에는 가능하기 때문이다. 조선에서는 일본인이지만 만주국에서는 일본인이 아니라 조선인일 수 있는 까닭이다. 염상섭은 바로 이 온도차를 적극 활용하려고 마음먹었던 터라 『만선일보』로부터의 제안이 왔을 때 이를 선뜻 받을 수 있었던 것으로 보인다.

2. 외지 의식과 북향 의식

만주로 이주한 조선인 지식인들이 본 만주국에는 크게 두 가지가 있다. 제국 일본에 협력하는 자세로 만주국을 보는 것과, 제국 일본에 협력하지 않는 태도로 만주국을 보는 것이다.

우선 제국 일본에 협력하는 태도는 만주국을 제국 일본의 자연스런 확장으로 간주한다.명치 유신 이후 제국주의 국가가 된 일본이 식민지로 삼은 지역 즉 오키나와, 타이완, 조선에 이은 지역 중의 하나로 만주국을 보는 것이다. 그렇기 때문에 조선이나 만주국 사이의 차이가 별 의미를 갖지 않는다. 물론 만주국이 독립국을 표방하였기 때문에 다른 지역과는 표면상으로 차이가 있어 보이지만 실제로는 차이가 거의 없다고 판단하였다. 이러한 인식은 중일전쟁 이후 특히 무한 삼진 함락 이후 더욱 강화되었다. 일본이 중국의 핵심 지역을 점령하면서부터 '동아신질서'를 내세웠기에 만주국을 제국 일본의 한 영역 정도로 보는 인식이 더욱 강화될 수밖에 없었다. 무한 삼진 함락 이후 일제가 그동안 견지하던 내면 지도를 버리고 직접적으로 지배하게 되자 만주국을 제국 일본의 확장으로 보는 태도는 한층 강화될 수밖에 없었다. 태평양전쟁이 터지면서 미국을 비판하는 글을 『만선일보』에 쓴 이들도 바로 이러한 인식의 연장선상에 놓여 있었다.

다른 하나는 제국 일본에 비협력하는 차원에서 만주국을 보는 태도이다. 고국을 떠나 만주국으로 간 이들 중에는 일본제국의 확장으로서의 만주국에 대해서 대단히 비판적인 이들이 있었다. 이들은 고국에서 살고 싶었지만 여러 가지 이유로 만주국으로 이주했는데 거기에는 적극적으로 탄압을 피해 가는 이들이 있는가 하면 생활상의 이유로 이주한 경우도 있었다. 전자에 속하는 이들은 만주를 외지라고 생각하였다. 후자에 속하는 이들은 만주국을 또 다른 고향 즉 북향으로 생각하였다. 외지로서의 만주국이든 북향으로서의 만주국이든 모두 협력과는 무관하게 만주국을 바라보았다.

내선일체 이후 만주국으로 이주한 염상섭은 자신의 만주행이 임시적인 것이며 내지의 상황에 따라서 언제든지 귀국할 수 있다고 생각한 것 같다. 그런 점에서 장기 거주를 상정한 북향 의식과는 일정한 거리가 있었다고 할 수 있다. 내선일체보다는 오족협화가 자신이 조선인임을 증명하는데 유리하다고 생각하였기 때문에 만주국을 선택하였기에 일종의 난민 신세였다고 할 수 있을 것이다. 장기적인 이주를 상정한 북향 의식의 소유자들이 이민이라면 임시 거주를 생각한 외지 의식의 소유자들은 난민이라고 할 수 있을 것이다. 유민들 내부에서 난민과 이민을 구분하는 것은 만주국 내의 비협력적 문학인 및 지식인들을 파악하는 데 있어 매우 중요하다고 할 수 있다. 염상섭과 백석이 바로 이러한 난민으로서의 자신을 규정하였던 이들이다. 무한삼진 이후 피부로 다가오는 내선일체의 억압을 피해 만주국으로 간 백석과 달리 더 일찍 내선일체가 시작되는 시점에 만주로 간 염상섭은 한층 이 문제에 민감했다고 볼 수 있다. 실제로 염상섭의 이러한 태도는 이후의 행적에서 아주 명확하게 드러난다.

만주국을 외지로 생각하는 이들은 자신들이 내지인 조선에서 살고 싶지만 정치적인 이유 즉 내선일체 때문에 제대로 조선인으로 살 수 없다는 생각에 만주국으로 이주하였다. 만주국은 비록 조선과는 다르지만 이미 많은 조선인들이 이주하여 살고 있기에 새로운 난민의 근거지가 될 수 있다는 판단을 한 것이다. 만주국을 조선의 연장선상에 놓여 있는 또 다른 장소로 생각하였던 것이다. 자신들을 언제든지 돌아갈 수 있는 처지의 신분으로 생각하였고 따라서 신경이나 안동과 같은 곳을 자신의 근거지로 삼았다. 왜냐하면 이들은 주로 농촌에서의 생활과는 거리가 있는 삶의 방식을 조선 내에서 영위하였기 때문에 만주국에 가서도 농촌보다는 조선인 집단 거주지가 있는 도시를 선택하였다. 특히 안동과 같은 곳은 외지로서의 특장을 잘 갖춘 곳이라고 생각하였던 것 같다. 신경으로 갔다가 안동으로 이주하여 그곳에서 해방을 맞이한 염상섭과 백석 등이 그 대표적인 인물이라고 할 수 있다. 백석의 시 「흰 바람벽이 있어」는 이러한 외지 의식을 가장 잘 드러낸 작품이다. 어머니가 살고 있는 내지와 아들이 살고 있는 외지는 분절되어 있으면서도 내적으로 연결되어 있다.

만주국을 북향으로 생각하는 이들은 생활상의 이유로 만주국을 선택하였고 제국 일본에 협력하지 않은 채 살았다. 이주민과 그 후손들은 자신들의 거주지를 일종의 새로운 고향 즉 북향으로 간주하게 되었다. 안수길이나 윤동주안수길에 비해 윤동주는 이 문제에 대해서 항상 갈등하였다는 이러한 유형에 잘 들어맞는다고 할 수 있다. 조선을 고국으로 생각하고 만주국을 새로운 북쪽의 고향으로 생각하였기에 임시적인 외지 의식과는 달랐다. 도시보다는 농촌을 선택하고 이곳을 근거지로 삼아 삶을 영위하였다. 안수길의 『북원』과 『북향보』는 이런 북향 의식을 잘 드러낸 작품이다.

3. 오족협화에 대한 비판적 지지

내선일체 이후 만주국으로 이주한 염상섭은 자신의 만주행이 임시 거주라 내지의 상황에 따라서 언제든지 귀국할 수 있다고 생각한 것 같다. 그런 점에서 장기 거주를 상정한 북향 의식과는 일정한 거리가 있었다고 할 수 있다. 내선일체보다는 오족협화가 자신이 조선인임을 증명하는데 유리하다고 판단하고 만주국을 선택하였기에 일종의 난민 신세였다고 할 수 있다. 장기적인 거주를 상정한 북향 의식의 소유자들이 이민이라면 임시 거주를 생각한 외지 의식의 소유자들은 난민이라고 할 수 있다. 유민들 내부에서 난민과 이민을 구분하는 것은 만주국 내의 비협력적 문학인 및 지식인들의 내면을 파악하는 데 있어 매우 중요하다. 무한삼진 이후 강화된 내선일체의 억압을 피해 만주국으로 간 백석과 내선일체가 시작되는 시점에 만주로 간 염상섭은 공히 만주국에서 난민이었다.이 글에서는 백석은 뒤로 하고 염상섭을 중심으로 살피겠다.

난민을 자처하였던 염상섭의 태도가 가장 잘 드러내는 대목 중의 하나는 무한삼진 함락 이후『만선일보』를 떠나는 일이다.『만선일보』의 편집국장으로 근무하던 염상섭은 만주국의 오족협화를 잘 활용하면 자신이 조선인임을 주장할 수 있는 공간이 충분히 열릴 수 있다고 생각하였다. 『만선일보』는 만주국이 그러한 것처럼 제국 일본의 영향력에서 완전히 벗어나 있지 않은 것은 사실이다. 하지만 내선일체에 시달리는 조선 내지와는 상당히 다른 것이었기에 그 온도차를 이용하여 활동할 수 있었던 것이다. 그런데 무한삼진 함락 이후 제국 일본은 그동안 국제사회의 눈치를 보면서 견지하였던 간접의 내면지도마저 무시하고 직접적으로 만주국 각 방면에 개입하였다. 무한삼진을 함락한 제국 일본은 더 이상 국제

사회의 눈치를 보지 않게 되고 독자적으로 동아시아에서 자신의 영역을 넓히려고 하였다. 만주국 성립 무렵만 해도 중국 정부의 존재를 일정하게 인정하면서 영향력을 행사하였지만 중국 정부가 국민당 공산당 할 것 없이 모두 오지로 몰려간 이후에는 중국 정부는 물론이고 국제 사회의 눈치를 전혀 보지 않았다. 그 단적인 것이 바로 '동아신질서'였다. 일본을 중심으로 동아시아를 새롭게 재편하고 지배하겠다고 한 일본의 의도가 노골적으로 드러난 것이었다. 그렇기 때문에 더 이상 중국과 국제사회의 눈치를 보지 않게 되고 만주국도 마치 일본의 식민지처럼 대하기 시작하자 오족협화가 무력화되었다. 가장 취약한 것이 만주국의 조선인이었다. 만주국에 조선인들이 이미 많이 이주한 상태이기에 이들을 오족을 구성하는 하나의 민족으로 취급하였지만, 오족협화가 무력화되면서부터는 일본은 만주국의 조선인을 일본인처럼 다루게 되었다. 제국 일본은 만주국의 조선족 영역과 사회에 깊숙이 개입하게 되었고 조선인들의 자치 공간은 현저하게 좁아들 수밖에 없었다. 그동안 일본 헌병대로부터 다소 자유로웠던 『만선일보』에도 일본 헌병대의 직접적인 개입이 시작되자 염상섭은 1939년 초에 그만두게 된다. 신경을 떠나 안동으로 이주한 것은 외지 의식의 소유자였던 염상섭의 자연스러운 선택이었다.

만주국을 외지로 바라보았던 염상섭의 태도를 확인할 수 있는 대목은 태평양전쟁 직후 이다. 태평양전쟁 직후부터 일본은 대대적으로 아시아주의를 설파하였고 그 연장선에서 대동아공영권을 유포하였다. 동아신질서가 작은 아시아주의라면, 대동아공영권은 큰 아시아주의라고 할 수 있다. 서구는 악이고 일본을 중심으로 한 아시아는 선이라는 구도 위에서 펼쳐진 이 논리는 근대 초극이란 이름으로 한층 그 내면을 확보하게 되었다. 그리하여 많은 이들은 서구 근대를 넘어선다는 해방감 속에서 대동아공영권이라는 큰 아시아주의에 급격하게 빨려들었고 이에 호응하는 글을 대대적으로 발표한다. 조선에서 발간되던 유일한 한글 신문인 『매일신보』에는 태평양전쟁 이후 매일 작가들이 이 전쟁을 옹호하는 글을 발표한다. 그런데 『만선일보』도 꼭 같은 기획을 하여 유치환을 비롯하여 적지 않은 작가들이 참여한다. 그런데 흥미로운 것은 염상섭이 이 기획에 참여하지 않는다는 점이다. 당시 조선의 『매일신보』가 이광수를 비롯하여 많은 문학인들을 동원했던 것을 고려하면, 『만선일보』도 유명하였던 염상섭에게 청탁을 하였을 것이다. 그런데 염상섭은 이에 응하지 않았던 것으로 보인다. 염상섭이 제국 일본의 아시아주의에 결코 호응하지 않았다는 점을 잘 보여주는 대목이다. 당시 『만선일보』의 태평양전쟁 대동아공영권 옹호 기획에 참여했던 이들의 면모와 그 내용들을 고려할 때 이는 반드시 음미해야 할 대목이라고 생각한다. 물론 이 기획에 글을 쓴 모든 이들이 협력이라고 할 수는 없지만 참여를 거부한 것은 큰 의미를 가진다고 할 수 있다.

세 번째로 고려해야 할 대목은 『싹트는 대지』[1941]의 서문이다. 만주국에 거주하는 작가들이 쓴 단편소설을 묶은 이 단편집에 『만선일보』를 그만둔 후 침묵하던 염상섭이 서문을 썼다. 흥미로운 것은 염상섭이 오족협화를 강하게 지지하고 있다는 점이다.

그 어느 작품에서나 만주의 흙내 안 남이 없고 조선문학의 어느 구석에서도 엿볼 수 없는 대륙문학 개척자의 문학의 특징과 신선미 신생면을 발견할 수 있는 것은 전 조선문학을 위하여 큰 수확이 아니면 아닐 것이요 작가와 편자의 자랑이라 할 것이다. 그러나 비록 흙에서 나오고 흙내가 배였다 할지라도 본질적으로 진정한 흙의 문학에까지 발전되어야 하겠고 또 이 작품들의 취재의 범위가 전기 개척민 생활의 특수한 유형적 사실에 국한된 감이 있는 점으로 보아 이것이 신만주의 협화정신을 체득한 국민문학에까지 전개되어야 할 것을 그 섬부한 장래에 크게 기대하며 또 기대에 어김없을 것을 믿는 바이다.[1]

내선일체를 상대화하기 위하여 오족협화를 비판적으로 지지하는 염상섭의 전략을 이해하지 못하는 이들은 이 서문의 인용 대목을 보고 염상섭이 일본의 만주국을 지지하는 것처럼 생각할 수도 있다. 하지만 이는 이 무렵 염상섭의 전반적 활동과 지향을 이해하지 못한 데서 비롯된 것이라 할 수 있다. 또한 만주국의 조선인문학을 조선 내지와 연계시켜 보지 못하고 오로지 만주국 자체에서만 생각하는 것에서 비롯되었다고 할 수 있다. 이 시기의 염상섭의 활동과 지향을 거시적으로 이해할 때 이 대목은 조선인의 정체성을 주장하기 위하여 오족협화를 비판적으로 지지하는 것으로 이해하는 것이 맞다. '신만주의 협화정신을 체득한 국민문학'이란 말을 이런 맥락에서 이해하여야 할 것이다. 오족협화의 비판적 지지를 통하여 조선인의 정체성을 강화하고 이를 바탕으로 내선일체를 비판하는 염상섭의 깊은 뜻은 이 시기에 조금도 바래지 않았음을 확인할 수 있다. 또한 이 글에서 흥미로운 것은 '전조선문학'이라는 어휘이다. 만주국의 조선인 작가들의 작품을 두고 조선문학의 어느 곳에서도 발견할 수 없는 것이라고 한 것은 조선 내지의 문학에서 발견할 수 없는 것을 외지의 문학에서 발견할 수 있다는 의미로 이해해야 할 것이다. 다시말해 내지의 조선문학과 외지의 조선문학을 합쳐 전 조선문학이라고 불렀던 것이 아닌가 한다. 그가 말한 대륙문학은 곧바로 외지의 조선문학인 것이

---

1   신형철 편, 『싹트는 대지』, 『만선일보』사, 1941, 3면.

다. 예의 외지 의식을 강하게 가졌음을 알 수 있으면 항상 외지를 조선 내지와 함께 사고했음을 알 수 있다. 또한 이 외지 의식은 조선인의 정체성을 지키기 위한 오족협화의 비판적 지지로 이어진다.

네 번째로는 안수길의 『북원』1944에 쓴 서문이다.

> 연전에 『만선일보』 간으로 출판된 재만조선인 작품집 『싹트는 대지』로 말할지라도 필시 예문운동선에 날아나 그중 수삼 편쯤은 일만문으로 번역 소개될 줄로 기대하였던 바인데 우금 그러한 소식을 듣지 못함은 유감이거니와, 조선문 작품이라고 예문운동에 참가할 방도가 없는 것이 아님은 번설할 것도 없는 것이다.[2]

『싹트는 대지』에 실린 작품들이 일본어와 중국어로 번역되지 못한 것을 책하고 있는 위의 인용문을 잘 이해하기 위해서는 당시 만주국 문학장 전체를 살펴볼 필요가 있다. 일본 내지에서 활동하고 있으면서 만주국에 관심이 많았던 가와바다 야스나리와 만주국에서 직접 활동하고 있던 야마다 세이자부로 등이 편집위원이 되어 일본에서 만들어낸 『만주국각민족창작선집』1 1942을 염두에 두어야 한다. 물론 일본 내지에서 나왔지만 만주국에서 널리 알려져 있던 이 작품집에는 일계와 만계는 물론이고 러시아 몽고의 작가의 작품도 들어 있었다. 그런데 정작 조선인의 작품이 한 편도 들어 있지 않은 것이다. 이미 『싹트는 대지』가 출판되어 있음에도 불구하고 한편도 집어넣지 않은 것을 보면서 염상섭은 이러한 태도가 내선일체에서 나온 것이라고 보는 것이었다. 만약 오족협화의 차원에

---

2   안수길, 『북원』, 예문당, 1944, 3면.

서 만주국의 조선인과 그 작품을 바라보았다면 이러한 편집은 나오지 않았을 것이다. 이 작품집에 조선인의 작품을 넣으면 그 자체로 내선일체와 상충하는 것이기에 넣을 수 없었던 것이다. 설령 이 편집위원들이 넣으려고 하여도 해도 검열 당국에서 허락하지 않았을 것이다. 염상섭은 내선일체를 부정하고 조선인의 정체성을 지키기 위한 일환으로 오족협화를 주장하였던 터라 이런 내선일체의 시각이나 태도를 우회적으로 비판하고 있다.

4. 외지파 염상섭과 백석

재만조선인 작가들 중에서 제국주의 일본에 협력하지 않은 이들을 외지파와 북향파로 구분할 수 있다면 염상섭은 이 외지파의 핵심적인 인물이라고 할 수 있다. 내선일체를 피해 만주국으로 이주하였고 조선인의 정체성을 지키기 위해 오족협화를 비판적으로 지지하면서 임시로 거주하였던 이 외지파는 염상섭에 그치지 않는다. 일본 제국주의의 내선일체가 한층 강화되었던 무한삼진 함락 직후에 만주국으로 이주한 백석도 여기에 속한다고 할 수 있다. 오랜 기자 생활을 하였던 염상섭과 달리 백석은 내선일체가 시행된 초기만 해도 이것이 가져올 수 있는 억압을 쉽게 예측하지 못하였던 것 같다. 하지만 무한삼진 함락 이후 일제의 내선일체 정책이 가속화되고 여기에 영합하는 문인 지식인들의 행태를 보면서 위기 의식을 느낀 백석은 만주국으로 이주하여 난민 생활을 영위하였다. 신경에서 한글 잡지인 『문장』과 『인문평론』 마지막 호 1941년 4월호에 많은 시를 보냈던 백석은 이후 침묵하였다. 염상섭과 마찬가지로 안동에 머물면서 서랍 속에 시를 넣어 두었던 백석도 이 외지파로 볼 수 있을 것이다. 염상섭의 장편소설 『개동』이 발굴되어 한층 깊은 논의가 진행되기를 바란다.

'만주^{북방}', 내적 망명 또는 환대의 장^場

백석^{白石}의 '만주시편'론

최현식
인하대학교 국어교육과 교수

1. 백석의 '만주', '현실'과 '가상'의 사이

1940년 5월 낯선 만주의 삶에 익숙해질 무렵 백석1912~1996은 "이 넓은 벌판에 와서 시 한 백 편 얻어가지고 가면" 정지용과 이태준의 "『문장』을 뵈올 낯도 있"[1]겠다는 연둣빛 소식을 편집기자 정인택에게 띄웠더랬다. 그러나 대동아공영권과 대륙 문화 건설의 '총력전'에 돌입했던 만주(국)의 살벌한 정황은 넓게 잡아 3년간 시 10편과 산문 4편수필 3편, 소설 1편하여 총 14편의 글쓰기를 허락했을 따름이다. 내심 다짐했던 100편에 비하면 매우 실망스러운 소출이 아닐 수 없다. 그렇지만 유종호의 예리한 통찰처럼 「북방에서」와 「흰 바람벽이 있어」 등은 "절정에 달하는 예사로움"을 성취함으로써 백석 시세계 전반에 대해서 "대표성 혹은 상징성"을 획득하고 있기에 그 값어치가 한결 돌올하다.[2]

백석의 만주 체험이 깊이 담긴 8편의 시는 크게 보아 두 가지 성격으로

---

1   이태준, 「백석씨가 정인택씨에게 보낸 편지」, 『서간문강화』, 박문서관, 1943, 219면.
2   유종호, 「백석시원회귀와 회상의 시학」, 『다시 읽는 한국시인』, 문학동네, 2002, 244~245면.

분류된다. 첫째, 낯설고 불우한 상황에 처한 개인적 내면을 꼼꼼하게 성찰하기, 둘째, 타자로서 이민족의 풍물과 풍속을 세심하게 관찰하고 가치화하기가 그것이다.[3] 전자에서는 '만주' 체험 자체보다는 낯선 이향의 환경이 강제하는 우울함과 좌절감이, 후자에서는 물질문명의 근대에 반하는 동양-유토피아적 상상력이 압도적이다. 물론 둘을 내향적, 외향적인 것, 또는 자기 인식적인 것, 목가적인 것[4]에 각각 대응시킨다고 해도, 서로 다름없이 공통적인 것이 하나 있다. 현실과 일정한 거리를 둠으로써 불우한 환경을 되레 '시인'의 삶을 이끌고 갱신하는 운명애愛/ 孝로 표상했다는 것 말이다. 이것은 식민 현실의 중압을 견디며 '윤리적 타락'을 벗어나는 자기 구원의 기제, 곧 '내면적 모럴'로 작동했다는 점[5]에서 각별히 기억해둘 만한 백석 시의 개성이자 장점에 해당한다.

현재 백석의 '만주시편'을 둘러싼 핵심적 논란은 두 가지로 압축될 법하다. 하나, 이성 문제, 가정불화, 결벽증적 성격 등의 사적 요인을 제외한다면, 시인이 입만入滿하게 된 결정적 계기와 까닭은 무엇인가. 둘, 시인이 기록한 만주 생활에서의 현실성 부족, 바꿔 말해 과거의 이상화된 중국 문화를 지향하며 발생하는 과도한 '낭만성'을 어떻게 볼 것인가.

한 연구자는 백석의 만주행이 '고토故土'로의 귀환 욕망 약간을 빼고는, 농토 개척과 부의 축적에 관련된 '만주 붐'이나 새로운 '만주국'에서 의사-제국적 주체로 거듭 나려는 권력적 야욕과는 거의 무관하다고 보았다. 그런 만큼 이상화된 과거의 중국에 대한 향수를 엑조티시즘exoticism의

---

3 이희중, 「백석의 북방 시편 연구」, 『우리말글』 32, 우리말글학회, 2004, 318~319면.

4 심원섭, 「자기 인식 과정으로서의 시적 여정 – 백석의 만주 체험」, 『세계한국어문학』 6, 세계한국어문학회, 2011, 187면.

5 남기혁, 「백석의 만주시편에 나타난 '시인'의 표상과 내면적 모럴의 진정성」, 『한중인문학연구』 39, 한중인문학회, 2013, 38면.

결과물이자 낯선 세계에 대한 보편적 호기심과 동경의 산물로 파악했다. 백석의 이런 태도는 그가 만주의 실제 역사와 현실, 그리고 만주인들에 대해 매우 무관심했음을 암시한다. 따라서 과거의 '그때 거기', 곧 '이상화 된 중국(문화)'으로의 회귀는 현실 도피적 성격의 '정신적 망명'에 지나지 않는다는 것이다.[6] 이곳에서 백석의 방랑벽과 이국취향을 개인적 습관癖 사취미을 넘어선 오리엔탈리즘의 어떤 변종 — 비록 식민주의적 관점이나 태도와는 무관할 지라도 — 으로 파악하는 비평적 관점이 생겨난다.

이에 반해 다른 연구자는 백석의 만주행을 '조선적인 것'을 일체 부정 하는 '내선일체'의 참화를 피해 '조선 담론'의 설파가 어느 정도 허용되는 만주국 '오족협화五族協和'의 개방성을 활용하려는 탈식민의 욕망에서 찾 았다. 그러나 시인은 '오족협화'의 문학적 현실, 곧 '황도문학皇道文學'의 추 구와 달성을 위해 이미 법제화된 것이나 다름없던 「예문지도요강藝文指導要 綱」1941.3의 지도 편달이 조선어문학의 박탈과 삭제에 직결되어 있음을 예 민하게 간파한다. 여기서 백석이 "현대문명 이전의 삶에 대한 공간적 은 유"에 해당하는 자연적·이상적 문화가 살아 숨쉬는 '북방' 세계로 파고들 게 되는 결정적 까닭이 발생한다. 연구자는 백석의 매우 의식적인 '북방' 선택을 일제의 폭력적 식민주의에 대한 비판으로, 또 끔찍한 '대동아공 영'의 허구성을 넘어서기 위한 일종의 '내적 망명'으로 규정짓는다. 그럼 으로써 백석의 만주행을 개인의 구원과 민족의 잠재성을 전면화하기 위 한 '미적 저항'의 수행으로 가치화하기에 이른다.[7] 이럴 경우, 백석의 '북 방 의식'은 개인적 사건이나 이국취향과는 크게 관계되지 않는 '정치적

---

6   오성호, 「'그때 거기'의 꿈과 좌절」, 『백석 시 꼼꼼하게 읽기』, 경진출판, 2021, 205~ 221면.
7   김재용, 「만주 시절의 백석과 현대성 비판」, 『만주연구』 14, 만주학회, 2012, 162~166면.

무의식', 곧 자유와 해방의 열망 가득한 '탈식민'의 욕망으로 해석될 가능성이 더욱 농후해진다.

양자의 백석의 만주행에 대한 해석의 차이, 곧 백석의 미학적 '망명'을 바라보는 입장의 다름은 다음의 문제를 초점화한다. 백석의 '만주시편'에 노출된 '현실성'의 결핍과 낭만적 '가상'의 과잉을 어떻게 평가할 것인가. 이것은 본문의 과제이기도 하므로, 여기서는 만주에서 수행된 백석의 문학 관련 활동에 대한 맥락을 짚어보는 것으로 그의 정신사적 현황을 잠시나마 엿보기로 한다. 이를테면 만주국의 폭력적 현실에 대한 이해와 분석의 능력을 논외로 친다 해도 조선어 말살과 '국어일본어' 강제의 '언어제국주의'에 대한 격렬한 거부와 실천만큼은 누구도 부인하기 어려운 백석의 의욕적 행동이었다. 이를테면 조선과 만주, 일본 문학자가 함께 참석한 내선만內鮮滿 문화좌담회1940.3.20에서의 의도된 침묵, 박팔양 시집 평「슬픔과 진실－여수(麗水) 박팔양(朴八陽)씨 시초(詩抄) 독후감」, 『만선일보(滿鮮日報)』, 1940.5.9~10에서 보여준 "높은 시름"과 "높은 슬픔"을 갖춘 시혼의 열렬한 강조, 박팔양, 유치환, 함형수, 김조규 등 만주 거주 조선시인 대부분이 참여한 『만주시인집』과 『재만조선시인집』1942에 대한 출품 거부, 해방 이전까지 시 쓰기, 아니 시 발표의 자발적 중지를 보라. 이것은 단순히 '조선어'의 유지와 보존의 욕망에 그치는 행동이 아니었다. "'동아 공통어'의 옷을 입고 '국가의 언어'라는 지위"를 누리련다[8]는 '제국 일본어'에 대한 저항 그 자체였다. 백석의 '고쿠고國語, 일본어' 불용不用이 그게 '내선일체'든 '오족협화'든 '황국의 도'를 따르는 일제의 '국민정신'에 대한 전면적 거부였음이 여기서 더욱 뚜렷해진다.

8　야스다 도시아키(安田敏朗), 「제국 일본의 언어 편제－식민지 시기 조선·'만주국'·'대동아공영권'」, 미우라 노부타카(三浦信孝) 외, 이연숙 외역, 『언어 제국주의란 무엇인가』, 돌베개, 2005, 98면.

백석의 언어적·미학적 저항을 적극화한다는 뜻에서 그것이 '초월'이든 '숨어듦'이든 내부적 잠행과 실천의 의미가 승한 정신적 또는 내적 '망명'의 의미를 더욱 새롭게 되새겨보면 어떨까. 그것이 미학적이든 정치적이든 백석의 '망명' 의식과 태도는, 해방 당시까지 이어진 시 발표의 자발적 중지에서 엿보이듯이, 스스로를 "근신과 분노와 비애"의 "심각한 고통" 「조선인과 요설(饒舌)―서칠마로(西七馬路) 단상의 하나」, 『만선일보』, 1940.5.25~26 으로 몰아간 핵심적 요인이었다. 이 고통스런 '만주시대'를 견디고 버티게 해준 것이 있다면, 그것은 단연 '만주시편'에 가득한 "세상의 온갖 슬프지 않은 것에 슬퍼할 줄 아는 혼", 곧 "슬픈 정신"「슬픔과 진실」이었다.

　　"슬픈 정신"은 백석이 '나'가 아닌 '타자'의 시선으로 세계의 사물과 인간 존재를 바라보는 연민과 동정의 시선과 태도를 낳고 실천하는 원동력이 되었다. 그도 그럴 것이 '만주시편'은 만주인과 그들의 생활만을 그린 것이 아니었다. 마치 그의 「모닥불」처럼 보잘 것 없으나 타자를 위해 희생할 줄 아는 어떤 것들의 존재와 맥락을 추적하다 보면 뜻밖의 시야가 열리고 은폐되었던 진실들이 새롭게 드러난다. 이를테면 '만주시편'의 둥근 사슬은 조선과 만주를 넘어 심지어 일본 내부의 하위주체subaltern의 참된 말을 새로 찾아내고 또 응당 '있어야 할 것'으로 조직하고 있다. 그러므로 백석의 타자와 이민족에 대한 감춰진 의식과 맥락을 톺아내기 위해서라도 '망명'의 뜻을 더욱 입체적으로 해석하고 그것을 '환대'의 개념과 잇대어 보는 해석의 유연성이 더욱 요구된다.

　　에드워드 사이드에 따르면, '망명exile'은 생명과 신체 보존을 위한 정치적 행위를 넘어, 일상적·관습적 논리를 거부하며 대담무쌍한 행위와 변화를 추구하는 세계와 자아의 갱신 행위에 속한다. 그러므로 망명자는 권력자보다는 여행자에 가깝고, 관습적인 것보다는 임시적이고 위험한 것에 더욱 끌린다. 그가 현 상황에 이미 주어진 권위보다 앞날을 위한 혁신과 실험에 더욱 민감하게 반응하는 것도 이 때문이다.[9] 이와 같은 상황은 망명자를 필연적으로 일상적 질서를 벗어난 삶으로 이끌며, 또 유목적이며 분권적인 생활을 더욱 소망하게 만든다. 그런 만큼 망명자는 비유컨대 봄의 잠재력만이 아니라 여름과 가을의 파토스에도 가까이 서 있게 된다. 또한 이 모순을 견디고 넘어서기 위해서라도 봄 속에서조차 "겨울의 마음"을 항상 살아가는 시선과 태도를 견지해야 한다.[10]

시든 삶이든 '권력(자)·현대·중심'에 대해서는 무관심·거부하며, '약자-과거-주변부'에 대해서는 뜨거웠던 백석의 '만주시편' 속의 연민과 애정은 분명 망명자의 시선과 태도에 가까이 서 있다. 물론 '만주시편'에 역력한 '뒤돌아보는 자'의 시선과 태도, 곧 '북방'으로의 귀환 욕망이나 중국의 이상적인 과거 문화에 대한 동경은 미래를 획기적으로 전망하는 청년의 영혼과는 꽤나 멀리 떨어져 있다는 느낌을 준다. 오히려 "역사의 매정한 전진"에 의해 잊혀지거나 뒤에 남겨진 "영토로의 되돌아감"을 더욱 입체화하게 된다는 점에서 에드워드 사이드가 말한 '말년의 양식'에 가까이 서 있다 해도 좋을 것이다.[11] 하지만 그럼으로써 백석은 「북방北方에서—정현웅鄭玄雄에게」에서처럼 '오래되고 비인간적인 것'들에 대해 우리가 꿈꾸는 이상적인 인간상을 불어넣는 데 성공하게 된다. 또한 「두보杜甫와 이백李白같이」에서처럼 현실을 초월하는 미적 극치의 표상으로 남겨질 뻔했던 시적 영웅, 곧 예외적 영혼들에게 '범속한 인간'의 논리, 그러니까 누구나에

---

9   에드워드 사이드, 최유준 역, 『지식인의 표상』, 도서출판 마티, 2012, 77면.

10   Edward W. Said, "Reflections on Exile", *Reflections on Exile and Other Essays*, Harvard University Press, 2000, p.172.

11   에드워드 사이드, 장호연 역, 「그 밖의 말년의 양식들」, 『말년의 양식에 관하여—결을 거슬러 올라가는 문학과 예술』, 도서출판 마티, 194면.

게 주어진 보편적인 생명의 원형과 구조를 부여하는 데 성공하게 된다.[12]

과연 시인은 긍정적 의미의 '말년의 양식'에 시의 언어와 구조를 내맡김으로써 다음과 같은 예외적인 깨달음에 도달하게 된다. "높은 시름이 잇고 높흔 슬픔이 잇는 혼은 복된 것"이며, 이 혼이 있어 "진실로 인생을 사랑하고 생명을 아끼는 마음"으로 가득한 "슬픈 사람"으로의 행보가 가능하다는 각성이 그것이다. 이 깨달음에는 이후 공식화되는 시인의 운명, 곧 "가난하고 외롭고 높고 쓸쓸하"게, 또 "언제나 넘치는 사랑과 슬픔속에 살도록「흰 바람벽이 있어」 애초에 결정지어진 시인의 본래성에 대한 담담한 수용이 감춰져 있다. 하지만 시적 운명의 수용은 "모든 것을 다 잃어버리고 넋하나를 얻는다는 크나큰 그 말「허준(許浚)」의 세계로, 또 내 뜻과 힘보다 훨씬 "더 크고, 높은 것이 있어서, 나를 마음대로 굴려가는 것「남신의주유동박시봉방(南新義州柳洞朴時逢方)」의 지평으로 시인을 밀어가는 절망적이어서 더욱 희망적인 시도[13]의 근본적 힘으로 작동한다. 백석은 어쩌면 이와 같은 망명자의 세계에 기꺼이 섬으로써 "시인은 진실로 슬프고 근심스럽고 괴로운 탓에 이 가운데서 즐거움이 그 마음을 왕래하는「슬픔과 진실」 '겨울의 마음'을 하나의 필연적 생리와 감각으로 내면화하게 되는 것일지도 모른다.

우리는 백석의 '만주시편'에서 이 슬픔과 즐거움의 가장 빛나는 통합체로서 "그 맑고 거룩한 눈물의 나라에서 온 사람"과 "그 따마하고 살틀한 볓살의 나라에서 온 사람「허준」, 『문장』, 1940.11을 함께 발견한다. 바로 이들의 호명과 시적 구조화에서 진정한 '환대'는 시작되고 맺어진다. 그러나 이때 놓치지 말아야 할 것은 백석이 주인의 입장에서 이들을 부르는 '초

---

12 예술 활동을 통한 인간성과 생명의 새로운 가치화에 대해서는 에드워드 사이드, 위의 글, 200면.

13 Edward W. Said, Op.cit., p.179.

대의 환대'가 아니라, "기대되지도 초대되지도 않는" 모든 낯선 자들에게
조차 자신의 세계와 내면을 개방하는 방식으로 그들을 찾아가는 '방문의
환대'에 목말라 하고 있다는 사실이다.[14] 이것은, 「흰 바람벽이 있어」의 마
지막 부분이 암시하듯이, 백석의 '만주시편'이 자연이든 사람이든, 삶이
든 문화든, 이곳저곳에서 밀려드는 도래자와 이방인, 그리고 타자가 스스
로 찾아드는 '열린 환대'의 장場으로 제공되고 있음을 뜻한다. 이후의 글
쓰기가 백석의 그 "진지한 모색"이 가 닿은 높이와 깊이에 동참해보는 것,
그럼으로써 백석의 '만주시편'이라는 '미학적 망명'의 장에 담긴 객관적
가치와 의미를 조망해보는 것에 할애되어야 하는 이유다.

2. '북방', '신화적 장소'와 '역사적 공간'의 사이

백석의 첫 만주 체험은 1938년 5월 함흥영생고보 수학여행에 인솔교
사로 참여했던 것에서 찾아진다. 경로는 인천-뤼순旅順-신징新京, 현 창춘-북
간도-투먼圖們-주을온천-함흥이었다.[15] 거쳐 간 곳을 살펴보면, 제국의 승
전과 팽창을 상징하는 몇몇 신흥도시, 만주의 농업 개척을 대표하는 간도
의 농경지 등이 함께 포함되었다. 이 행로의 숨겨진 뜻을 찾다보면, 조선
의 수학여행조차 '공업일본, 농업만주'로 상징되는 만주 개척과 경영=식민
화을 선전하고 각인하는 '국가주의적 이벤트'로 기획, 실천되고 있음이 자
명해진다. 당시 조선 곳곳을 여행하며 다녀간 지역의 물정과 인심을 때로

---

14 이곳의 '환대' 개념은 김애령, 『듣기의 윤리-주체와 타자, 그리고 정의의 환대에 대하
    여』, 봄날의박씨, 2020, 182~186면 참조.
15 정철훈, 『백석을 찾아서』, 삼인, 2019, 39면.

는 즐겁게 때로는 아프게 그려냈던 「남행시초」[1936], 「함주시초」[1937], 「서행시초」[1939]의 존재를 생각하면, 시 쓰기에서 '만주' 체험을 제외시킨 것은 매우 뜻밖의 선택으로 여겨진다. 회피의 까닭을 최대치로 끌어올린다면, "황국정신皇國精神을 감득케 하야 교육상 효과를 최대한도로 수득收得케"[16] 하려는 일제의 교육 정책에 대한 의도적 무시 또는 반발로 여겨진다.[17]

그렇지만 이런 판단은 구체적 자료가 현저히 부족하기 때문에 상상과 짐작의 차원을 넘어서지 못한다. 이를 감안하면 『조선일보』 기자로 방문했던 '안동'현 단둥 체험을 상쾌하게 점묘한 「안동安東」『조선일보』, 1939.9.13은 꽤나 문제적일 수밖에 없다. 압록강 너머 만주의 첫 도시인 '안동'은 어떤 곳인가. 조선의 신의주가 그랬듯이, 그곳은 백두산에서 벌채한 나무가 뗏목이 되어 압록강 하구까지 흘러오면 그것을 군사적·경제적·문화적 용도로 가공하여 이윤과 번영을 창출하던 신흥 산업도시였다. 그러나 총칼의 병참과 거친 노동에 포섭된 유흥과 성性 산업이 공존하던 도시의 기이한 구조는 그곳을 "생계 밑천을 잡아보려는 온갖 부류의 사람들"이 이합집산하기를 반복하는 "인력 대기소"[18]와 같은 곳으로 타락시켰다. 백석은 이 흥성하고도 스산한 풍경을 '비'와 '안개'가 눅눅하게 흐르고, "콩기름 쪼리는 내음새"와 "섭누에번디 삶는 내음새"가 번지며, "독기날도끼날-인용자 벼리는 "돌물네 소리"와 "되광대 켜는 되양금 소리"되'는 중국-인용자[19]가

16 강원지사 편집부, 「수학여행 목적지는 성역을 택하라」, 『매일신보』, 1941.9.18.
17 조윤정은 『백 년 전 수학여행』(세창미디어, 2018)을 통해 일제의 '국가주의적 이벤트'로서 '수학여행'의 다양한 의미와 효과를 살폈다. 특히 일본과 만주 수학여행에 담긴 조선학생의 복잡한 반응에 주목함으로써 일제와 학교 당국의 기대를 배반하는 불협화음과 균열 양상을 밝혀냈다.
18 노형석, 『한국 근대사의 풍경』, 생각의나무, 2004, 182~183면.
19 이 글의 텍스트 인용은 백석, 김재용 편, 『백석전집』(개정증보판), 실천문학사, 2011; 백석, 고형진 편, 『정본 백석 시집』, 문학동네, 2007; 백석, 고형진 편, 『정본 백석 소설·수

뒤섞여 울리는 장면으로 입체화했던 것이다. 문제는 그러나 아래의 장면을 어떻게 이해하고 해석할 것인가이다.

> 손톱을 시펄하니 길우고 기나긴 창짜쓰를 즐즐 끌고 시펏다
> 만두饅頭 꼭깔을 눌러쓰고 곰방대를 물고가고 시펏다
> 이왕이면 향香내 노픈 취향이梨돌배 움퍽움퍽 씹으며 머리채 츠렁츠렁 발굽을 차는 꾸냥과 가즈런히 쌍마차 몰아가고 시펏다
>
> 「안동」 부분

조선(인)과 확연히 구분되는 만주인의 몸치장과 복색, 일상의 습속과 식습관을 묘사한 장면으로 해석하기에는 어딘지 꺼림칙하다. 그렇다고 낯선 곳에 대한 호기심과 거기 뒤섞여들고 싶은 '이국 취향'의 발로만으로 이해하기도 어렵다. 이유는 두 가지 때문이다. 첫째, 만주 복색을 하고 '꾸냥'으로 대표되는 만주 여성과 함께 하고 싶다는 '낭만적 충동' 속에서 열띤 이국취향을 넘어 그녀를 소유하고 10싶다는 남성의 '세속적 욕정' 또는 '피세의 욕망'을 확인한다.[20] 둘째, 만약 이 사실을 부인할 수 없다면 문제가 더욱 심각해진다. 시인의 뜻과는 무관하게 식민주의에 물든 '전도된 오리엔탈리즘'이라는 구설수에 시달릴 위험성이 높아지기 때문이다. 이국적인 만주 여성의 신비한 성적 자태는 남성의 성적 욕망을 자극하는 대상으로 그치지 않는다. 그것은 '만주' 자체를 정복·지배하고 싶다는 제국주의적 식민의 욕망으로도 얼마든지 읽힐 수 있다. 이런 은유의 폭력을 안고 있는 까닭에 「안동」은 백석 시의 대표적 성취에서 곧잘 제외되는 불

필』, 문학동네, 2019.
20   오성호, 앞의 글, 212면.

우를 면치 못했던 것이다.

'만주 여성'에 대한 동일화 욕망은 망명자로서 '겨울의 마음'을 살며 "도저히 상상할 수 없는 시공간의 감각"[21]을 탐색하려는 태도와 결코 친화할 수 없다. 이 때문에 현실의 '만주'와 시인 자신의 일상적 결을 거슬러 올라가며 예외적·혁신적 세계를 발견^{發明}하는 지혜와 서정의 감각이 시급해진다. 백석은 스스로의 필요성에 부응하여 '만주', 아니 그 명칭으로 특정할 수 없는 새로운 땅에 대한 '지도 그리기'에 나선다. 두 번째 '만주시편'으로 제출된 「북방에서―정현웅에게」^{『문장』, 1940.7}가 그것이다. 그렇게 선택된 땅 이름 '북방'이 망명지로서 제대로 역할하려면 '지금 여기'의 현실과 그것 특유의 고유한 본질을 동시에 드러내는 시공간으로 제시되어야 한다. 백석은 이에 대한 응답으로 '북방'을 '신화적 장소'이자 '역사적 공간'으로 동시에 입체화하는 방법을 취했다.

> 아득한 녯날에 나는 떠났다
> 부여^{夫餘}를 숙신^{肅愼}을 발해^{渤海}를 여진^{女眞}을 요^遼를 금^金을,
> 흥안령^{興安嶺}을 음산^{陰山}을 아무우르를 숭가리를,
> 범과 사슴과 너구리를 배반하고
> 숭어와 메기와 개구리를 속이고 나는 떠났다
>
> 「북방에서―정현웅에게」 부분

"떠났다"는 시공간의 흐름과 교체를 분명히 하는 동사다. 이 때문에 고대국가, 자연 세계, 동식물이 한데 어우러지고 있는 '북방'은 권력의 부침

---

21 에드워드 사이드, 장호연 역, 앞의 책, 10면.

과 문화의 교체가 빈번한 '역사적 공간'을 벗어나지 않는다. 이 약육강식의 공간을 '신화적 장소'로 밀어 올리는 요소가 있다면, '나'의 떠남을 슬퍼하고 붙들면서 잔치와 배웅을 잊지 않던 자연사물과 이민족의 뜨거운 사랑과 연대 의식이었다. 이것들의 이타적 행위는 연약한 존재의 돌이킬 수 없는 죽음과 불확실한 삶을 (상징적으로) 멈추게 하는 원초적 삶의 효과를 낳는다. 그럼으로써 자신들을 버리고 멀리 떠나는 야속한 타자에게 영원하며 거룩한 시간을 아낌없이 허락하는 뜻밖의 베풂을 가져온다.[22] 이것이 '나'가 생의 기원이자 지속의 땅인 '변방'으로 다시 돌아온 이유다.

> 그동안 돌비는 깨어지고 많은 은금보화는 땅에 묻히고 가마귀도 긴 족보를
> 이루었는데
> 이리하야 또 한 아득한 새 넷날이 비롯하는 때
> 이제는 참으로 익이지 못할 슬픔과 시름에 쫓겨
> 나는 나의 넷 한울로 땅으로— 나의 태반胎盤으로 돌아왔으나
>
> 「북방에서—정현웅에게」 부분

백석은 그러나 "나의 태반"인 '북방'으로의 귀환을 절대화하지 않는다. 오히려 '지금 여기'의 현실에서 정다운 식구와 이웃, "그리운 것과 사랑하는 것", "우럴으는 것"과 "나의 자랑"과 "나의 힘"을 상실한 상황에 주목한다. 이 상실감은 '북방'을 이제는 되찾을 수 없는 좌절과 우울의 공간으로 간주하는 까닭이 되어 왔다. 하지만 '북방'은 엘리아데의 말처럼 예나 지금이나 "우리를 오늘의 우리"로 형성하는 일에, 또 그럼으로써 "우리 자신

---

22 멀치아 엘리아데, 『성과 속—종교의 본질』, 학민사, 1983, 87면.

의 역사의 일부"를 이루는 것에 기여한 장소로 파악하는 편이 옳겠다. 그럴 때 상실감은 '북방'을 되찾아 복된 미래의 영토로 영위하겠다는 희원의 원천으로 몸 바꾸게 되기 때문이다.

백석의 표현대로, 해와 달, 바람과 구름이 다 늙고 파리하며 혼자 "넋없이 떠도는" 현실은 "몸에 남루를 걸치고 굶주려 안색이 창백한 듯한 사람과 한 민족에 천근의 무게"「조선인과 요설」를 일상화하기 마련이다. 그러나 이토록 슬픈 '나'에게는 "나의 녯 한울과 땅", 곧 '너'와 '나', 그들과 저것들을 낳고 기른 '북방'이 그 무엇과도 바꿀 수 없는 '신화의 장소'로 여전히 살아 있다. '나'가 신화와 역사를 함께해온 만주 사람이라면 그가 누구고 어떤 족속이든 간에 포기할 수 없는 우정과 연대의 대상으로 불러들일 수밖에 없는 까닭[23]이 여기 있다. 아무려나 '나'는 이 과정을 통해 허구적인 만주국에 결코 포섭되지 않는 '참된 장소'인 '북방'에서 조화로운 과거를 현재화하고 더 나은 미래를 구체화하는 '망명 의식'을 존재와 삶의 원리로 깊숙이 각인하게 되는 것이다. 이곳에 「북방에서」를 '만주시편' 전반을 관통하는 완미한 세계를 향한 서정과 서사 충동의 이상적 모델로 간주하게 되는 이유가 숨어 있다.

3. '북방'의 심상지리, 드러난 '중국'과 감춰진 '일본'

'만주시편' 몇몇에는 누구나 들어봤을 법한 시인의 이름이 보이는데 '이백'과 '두보', '도연명'이 그들이다. 이들은 백석 자신의 '시인됨'을 확인

---

23 이경수, 「백석의 기행시편에 나타난 장소의 심상지리」, 『백석 시를 읽는 시간』, 소명출판, 2021, 147면.

하는 장치로, 또 중국의 뛰어난 음률과 이미지 문화를 거칠고 메마른 '만주'와 대비하는 방법으로 호명되었을 법하다. 그러나 후자의 사례에 대한 산뜻한 동의는 간단치 않다. 시인이 이상적 '북방'과 대비되는 '만지蠻地'나 '붉은 땅'의 형상을 짐짓 지나치거나 몰래 감춰두고 있기 때문이다. 이 지점, 백석은 왜 그 '시의 절정'들을 만주의 허허벌판에 내세웠는가라는 질문과 소명이 동시에 필요해지는 곳이다. 그런 점에서 흔히 시성詩聖과 시선詩仙으로 불리는 두 시인이 등장하는 「두보나 이백같이」『인문평론』, 1941.4(폐간호)에 먼저 눈길이 간다.

> 우리네 조상들이 먼먼 옛날로부터 대대로 이 날엔 으레히 그러하며 오듯이
>
> 먼 타관에 난 그 두보杜甫나 이백李白 같은 이 나라의 시인詩人도
>
> 이 날은 그어늬 한고향 사람의 주막이나 반관飯館을 찾아가서
>
> 그 조상들이 대대로 하든 본대로 원소元宵 라는 떡을 입에 대며
>
> 스스로 마음을 느꾸어 위안하지 않았을 것인가
>
> 「두보나 이백 같이」 부분

뜻밖에도 '나'의 두 시인에 대한 동일시는 시의 뛰어남 때문이 아니다. 또 그들도 명절에 "새옷을 입고 새신도 신고 떡과 고기도 억병 먹"을 것이란 즐거움 또는 풍요로움 때문도 아니다. 그와는 반대로, '나'와 "조상들"이 그랬듯이, 이들도 "마른 물고기 한토막으로 외로히 쓸쓸한 생각"을 하며 거친 세파와 매서운 전란에 시달리던 고통과 상처를 달랬을 것이라는 안쓰러운 동정심과 연대감 때문이다. '역사적 공간'으로서 '만주'는 과거 숱한 제왕들의 권력욕과 물욕을 위한 제물로, 현재 천황 지배의 왕도낙토王道樂土만이 '천국'이며 '지나支那' — 애초에 이 말은 중국을 폄하하는 말

로 발명되고 널리 쓰이기 시작했다 — 의 영토인 한 '지옥'이라는 프로파
간다[24]를 위한 식민의 땅으로 끊임없이 던져졌다. 특히 만주국시대 일제
는 「천국과 지옥」이라는 선전 포스터를 만주와 화북華北 지역 전역에 내
걸었다. 이 포스터는 일제가 지배하는 '만주'와 '화북' 일대를 '비무장지
대'를 벌써 실현한 '천국'으로, 군벌과 국민당이 지배하는 중국 본토를 '혼
란'과 '패괴敗壞'가 난무하는 '지옥'으로 묘사했다. 그럼으로써 일왕의 절
대이념인 '팔굉일우'의 당위성과 미래성을 널리 알림과 동시에 계몽하고
자 했던 것이다.

그렇지만 제왕의 '과거'와 일왕의 '현재'는 언어의 문제에서 상당한 편
차를 지닌다는 점에서 문제적이다. 과거에는 '제국의 표준어' 따위는 존
재하지 않았지만, 현재에는 그것이야말로 제국의 힘과 가능성을 상징하
는 영광스런 표지로 우뚝 서게 되었다. 백석은 '시인'이자 '망명자'라는 위
치상 오랫동안 한 나라의 언어에 불과했던 일본어를 동양 전체를 포괄하
는 '제국의 언어'로 강제하며 그것을 '유일하고도 진실한 언어'로 간주하
는 '언어제국주의'에 대해 매우 민감하게 반응했다. 이 사실은 '오족협화'
라 했지만 그 분류에 벌써 언어 차별과 서열의 의식이 분명한 '내지인'과
'만주계', '선계鮮系'가 모여 1940년 3월 22일 개최한 「내선만內鮮滿 문화좌
담회」『만선일보』, 1940.4.5~6 · 8~11, 6회 연재에서 어렵잖게 확인된다.

이 회의의 주된 논점은 만주국 '국민문학'의 건설을 위해 조선 작가도
'고쿠고國語'인 일본어 창작과 번역에 경주하라는 것이었다. 내지內地 출신
작가의 주장과 압박에 대해 뜻밖에도 만주인 작가도 동의를 표했는데 이
것은 이채로울 것 없는 현상이었다. 왜냐하면 만주국의 공용어가 일본어

---

24   기시 도시히코(貴志俊彦), 전경선 역, 『비주얼 미디어로 보는 만주국─포스터 · 그림엽
     서 · 우표』, 소명출판, 2019, 130면.

와 만주어 이중체계였기 때문이다. 이런 상황에서 '만주계' 작가들은 '황도사상'의 주입과 선전을 제외하고는 '만주어'의 자유로운 사용에 아무런 제약도, 금지도 없었다. 이런 이중적 압박에 대해 박팔양, 이갑기 등의 '선계' 작가들은 "생활의 상이한 언어로서 그 생활의 재래在來로 가젓든 미묘한 것을 독자들에게 전하기"박팔양가 매우 어렵다는 표현과 이해의 난점을 들어 일본어로 창작하겠다는 약속을 피해 가기에 급급했을 따름이었다. 이때 백석은 내내 침묵을 지키다가 "그러면 지금 만주인 문단의 현황을 말하자면 현세나 문학 경향이 엇덧습니까"라는 말 한마디 던지는 것으로 좌담회 참석의 소임을 다했다. 이 질문이 의미하는 바는 두 가지 정도로 짐작된다. 제국의 '고쿠고' 일본어 상용에 대한 거부가 하나이다. 다른 하나는 '만주어' 또한 자유로운 사용을 제외하곤 그 사상과 이념, 감정의 표현에서 이미 '고쿠고'의 식민지가 아닌가라는 회의감의 표시이다.

과연 백석은 이 질문에 대한 스스로의 답변에서 용감했고 명민했다. 해방의 시점까지 체제협력의 글쓰기를 단 한 글자도 수행하지 않았다는 점, 그리고 좌담회 두 달 뒤 '만주어'와 만주의 역사, 그리고 그곳 생활이 왜 독립적이고 자율적이어야 하는지를 담백하게 토로한 「수박씨, 호박씨」『인문평론』, 1940.6를 식민지 조선에서 발표했기 때문이다. 미리 말하건대, 백석의 저런 의도를 깊이 새겨본다면, 이 시의 주체와 대상은 식민지 조선의 하위주체들이자 조선어 금지와 처벌의 위급한 상황으로 내몰리던 조선 시인들이었다. 그러므로 백석이 일부러 「수박씨, 호박씨」를 체제협력의 기조가 짙어지기 시작한 『만선일보』나 만주국 건국 10주년 축하의 물결이 언뜻언뜻 일렁이는 『만주시인집』과 『재만조선시인집』에 제출할 하등의 이유도, 의무도 없었던 것이다.

수박씨 호박씨를 입에 넣은 마음은

참으로 철없고 어리석고 게으른 마음이나

이것은 또 참으로 밝고 그윽하고 깊고 무거운 마음이라

이마음안에 아득하니 오랜 세월이 아득하니 오랜 지혜가 또 아득하니 오랜

인정人情이 깃들인 것이다

태산泰山의 구름도 황하黃河의 물도 옛님군의 땅과 나무의 덕도 이 마음 안에

아득하니 뵈이는 것이다.

「수박씨, 호박씨」 부분

'개척'의 즐거움도, '생산'의 기쁨도 모른 채 보잘 것 없는 "수박씨 호박씨"나 까먹는 행위는 "참으로 철없고 어리석고 게으른 마음"이 아닐 수 없다. 더군다나 "(서구의)인용자 침략과 식민지화 만능의 시대에 만주 땅에 민족이 협화하는 이상국가를 만들려"[25] 했던 일제의 입장에서 보면, 이 가난한 습속은 어이없음에 대한 '통탄'을 넘어 당장이라도 '금지'시키고 싶은 시대착오적 행위에 지나지 않는 것이었다. 그런데 백석은 다음 행에서 바로 만주中國의 어리석은 습속을 "참으로 밝고 그윽하고 깊고 무거운 마음"으로 긍정하고 가치화하고 있어 어떤 표현의 모순을 느끼게 한다.

그렇지만 백석의 입장에서는 만주인들이 작물 씨앗을 까먹는 행위가 존중할만한 지혜의 소산으로 여겨졌던 듯하다. 이유는 역시 두 가지 정도이다. 하나는 궁핍한 현실 속에서 작은 씨앗들을 취해 굶주림을 면함과 동시에 입맛의 즐거움을 찾을 줄 아는 여유와 지혜를 엿보았기 때문일 것이다. 다른 하나는 이 '식음食飮'의 즐거움과 지혜를 시를 노래하는 옛

25　야마무로 신이치(山室信一), 윤대석 역, 『키메라-만주국의 초상』, 소명출판, 2009, 35면.

중국 선인의 모습에서도 발견했기 때문이다. 이 시 종반에 나오는 "오두미五斗米"와 "버드나무"에 얽힌 옛 일은 '도연명'의 것이며, "나물먹고 물마시고 팔벼개하고 누었든 사람"은 공자의 『논어』의 일절이다. 둘 다 지혜로운 처세술과 '안빈낙도'의 즐거움에 관련된 이야기들인데, 백석은 둘을 만주인들의 보잘 것 없는 씨앗 먹기의 즐거움으로 전유했던 것이다.

물론 이러한 근거만으로 백석이 '만주', 아니 '북방'과 그곳 사람들을 "어진 사람이 많은 나라에 와서 어진 사람의 즛을 어린 사람의 마음을 배워" 주는 존재들로 가치화했다고 보기는 어렵다. 이 문제는 백석도 잘 알았을 '사서삼경', 곧 공자의 교육 자료 가운데 하나였던 『시경』의 기원과 구성 방식을 참조하면 얼마간 해결될 성질의 것이다. 여기 실린 총 311편의 노래民謠는 고명한 시인의 목소리가 아니라 이름 없는 백성과 지식인의 '거짓 없는 마음思無邪'에 의해 불려진 것으로 알려진다. 시는 애초에 '이름 없는 자'들의 서정의 발로이자 생활의 지혜가 응축된 노래에서 출발했다는 것, 이른바 '시인'과 '학자'란 그 "밝고 그윽하고 깊고 무거운" 목소리와 감정을 어려운 문자로 받아 적은 자에 불과했다는 것. 바로 여기에 도연명의 시와 공자의 말씀이 "수박씨, 호박씨" 까먹는 자들의 웃음과 동등의 가치를 부여받는 참뜻이 숨어 있는 것이다. 그런 의미에서 백석이 이상적인 것으로 상상하고 가치화한 것은 무언가 '가진 자'들의 언어와 문화가 아니라 '못 가진 자'들의 그것이었을 것이라는 추측도 가능해진다.

그런데 이 지점에서 한 가지 궁금한 점이 있다면, '북방시대'의 백석은 과연 자신의 인문학적 교양과 전공의 소양에 많은 도움을 주었을 '일본적인 것'에 어떤 입장을 취했을까 하는 것이다. '북방'의 풍요로운 신화를 압도하겠다는 '왕도낙토'의 허구성과 모든 소수어 — 특히 정치적·문화적·생활적 지평의 — 를 압살하겠다는 '고쿠고' 제일주의에 맞선다는 신념으로 그것이 무엇이든 '일본적인 것'에 대한 거부와 저항의 입장만을 취했을까. 이것과 관련된 말과 글도 아직 찾아지지 않아 아쉬울 따름이다. 이를 고려하여, 이 글은 1930~1934년 일본 유학 시절의 경험이 담긴 몇 편의 시와 산문을 빌려올 수밖에 없다.

이즉하니 물기에 누긋이 젖은 왕구새 자리에서 저녁상을 받은 가슴 앓는 사람은 참치회를 먹지 못하고 눈물 겨웠다

어득한 기슭의 행길에 얼굴이 핼슥한 처녀가 새벽달 같이
아 아즈내인데 병인病人은 미역냄새 나는 덧문을 닫고 버러지 같이 눕었다

「가키사키柿崎의 바다」 부분

일본 체험을 다룬 두 편[26] 가운데 하나인 「가키사키柿崎의 바다」『사슴』, 1936.1.20이다. 만선滿船으로 흥성한 어시장과 대비되는 궁핍한 마을 사람들의 모습과 느낌을 처연한 서정으로 점묘했다. 백석 자신의 개인적 경험과 거리가 멀지만, 그가 식민지 조선에서 경험했던 궁핍한 삶의 고통과 슬픔이 녹아 있다는 느낌이다. 이별과 굶주림의 결핍에 대해서조차 말을 아낄 수밖에 없는 하위자들의 아픔과 슬픔이 매우 사실적인 동시에 감각적인 인상으로 전해지는 이유인 것이다.

백석은 이들의 가난과 슬픔을 산문 「해빈수첩海濱手帖」『이심회회보(以心會會報)』, 1934에서 '개'와 '가마구', '어린아이들'의 상황에 비겨 이미 문자화한 바 있다. 이 산문은 일본의 전통적 습속과 그곳 특유의 분위기가 강렬하게

---

26   다른 한 편은 「이즈국주가도(伊豆國湊街道)」(『시와 소설』 창간호, 1936)로, "싱싱한 금귤을 먹는 것"의 즐거움을 그렸다.

묻어 있어 백석의 기록과 감정을 쉽게 공유하기 어려운 산문이라는 평가를 받기도 한다. 그러나 고형진의 통찰처럼, '일본적인 것'의 깊은 내면을 "'개'가 상징하는 시적, 철학적 명상, '까마귀'가 상징하는 죽음과 생존 본능, '어린아이'가 상징하는 삶의 단련"을 통해 드러냈음은 분명해 보인다. 이 세 가지 국면은 인간 모두에게 적용되는 "세 갈래의 삶의 방식이자 의식"임은 물론인데,[27] 백석의 예민한 자의식은 이것을 조선어로 바꿔 읽는데 게으르지 않았던 것이다.

이처럼 타자의 보편적 삶과 개성적 문화에 대한 이해와 공감의 능력이 탁월했기에 만주 목욕탕의 벌거벗은 "지나支那 사람들"에게서 발견되는 이중성에 대한 정감어린 동일화도 가능해진 것인지도 모른다. '북방'의 "딴나라 사람들"의 "한가하고 게으르고 그러면서 목숨이라든가 인생生이라든가 하는 것을 정말 사랑할 줄 아는 그 오래고 깊은 마음들"조당藻塘)에서,, 『인문평론』, 1941.4도 좋아하고 우러르게 되는 시선과 태도가 그것이다. 이 말에 동의할 수 있다면, 백석의 연민과 슬픔은 10년 후에도 여전히 일본 제국 내만주와 대만, 오키나와와 홋카이도를 포함에서 소외되고 억압되는 소수자나 약자에게도 큰 변함없이 주어졌을 것이라는 짐작에 대해서도 손을 들어줄 수 있을 것이다.

이 자리가 '만주'를 다루는 곳이니만큼, 일본인이 만주에서 체험한 결핍과 소외의 최대치를 든다면 두 가지 정도가 먼저 손에 짚인다. '낭자군娘子軍'이란 별칭 아래 "시작된 여급 진군", "홍군의 에로 진군"[28] 같은 기이한 전투 용어로 의미화되었던 최하층 여성들에 대한 거친 소비와 무자비

---

27 고형진, 「삶의 세 가지 풍경과 새로운 문학의 신호탄」, 백석·고형진 편, 『정본 백석 소설·수필』, 2019, 28면.
28 한석정, 『만주 모던—60년대 한국개발체제의 기원』, 문학과지성사, 2016, 81~82면.

한 경멸이 그것이다. 요리점, 술집, 유곽, 카페 등에서 기예와 섹슈얼리티를 팔던 이들 일본 접대부들은 '댄스'의 즐김조차도 재만 일본 가정주부의 그것과 차별화되어 돈벌이를 위한 매춘 활동의 일환으로 분류되기에 이른다. 신경新京에 거주하며 세상 소식을 취재하고 편집하던 『만선일보』의 박팔양 등과 가까웠고 만주국 국무원에서 직장 생활을 했던 백석에게 이 모습은 어떻게 비쳤을까. 아마도 일본인들끼리의 광란에 가까운 섹슈얼리티의 점유와 소비, '댄스'마저도 건전한 취미와 매춘 행위로 구분하는 차별과 소외의 폭력적 시선[29]에 대해서는 제국의 허구적 윤리에 대한 끔찍함과 쓰디쓴 고소苦笑를 지었을 것이다. 또 그것의 대상이 된 최하위 여성들에 대해서는 10여 년 전 '가키사키柿崎'에서 마주쳤던 가난하고 고통스런 "가슴 앓는 사람"이나 "얼굴이 햇슥한 처녀"의 모습을 다시 떠올렸을지도 모른다.

4. '북방', 서로 다른 '타자 환대'의 참된 장소

'북방시편'에서 아직은 낯선 땅에 대한 '이질감'을 토로하면서도 그곳을 '친밀한 장소'로 어떻게든 전유해보려는 '망명 의식'이 가장 잘 드러난 시편은 「조당藻塘에서」로 보인다. 조선인 '나'는 "지나支那나라 사람들"과 "발가들벗고 한물에 몸을 씻"음으로써 그들을 "서로 나라가 달은 사람"이 아니라 "내가 좋아하는 사람들"로 받아들이게 된다. 이 친밀성은 만주인한족과 만주족의 '발가벗은 몸'에 대한 인정과 환대에서 비롯된 듯하다. 처음 만

---

29   林葉子, 「『滿洲日報』にみる〈踊る女〉−滿洲國建國とモダンガール」, 生田美智子 編,
     『女たちの滿洲−多民族空間を生きて』, 大阪大學出版會, 2015, 153~158면.

난 "지나 사람들"은 조상, 언어, 의식주가 모두 다른 낯선 타인에 불과했다. 그렇지만 몇 번의 대중목욕탕^{조당} 체험은 첫째, 그들의 '발가벗은 몸'이 '나'와 크게 다르지 않다는 것, 둘째, 그 목욕의 모습이 '한가함'과 '게으름'을 넘어 '목숨'과 '인생'에 대한 진정한 사랑에 방불하다는 것을 새삼 깨치게 했던 것이다. 특히 후자의 깨달음은 '친밀성'과 '환대'의 기초 조건, 곧 "얼굴은 그것을 갖고 있는 사람의 내부나 표면이 아니라, 만남을 구성하는 사건들의 흐름 속에 퍼져 있다"[30]라는 말을 자연스럽게 환기시킨다. 백석이 말한 '목숨'과 '인생'은 사람들 서로가 서로를 응시하고 성찰하며 그 관계를 되돌아보고 또 새로 꾸려가는 기본요소이다. 여기서 존재에 대한 문학적 탐구와 표현은 출발하는 것이며, 이것들을 통해 존재의 "만남을 구성하는 (기초적이며 결정적인) 조건"을 폭넓게 이해하게 된다.

'북방시편'에서 이 관계 구성의 친밀성이 가장 잘 드러난 텍스트는 「귀농^{歸農}」^{『조광』, 1941.4}일 듯싶다. 만주국 수도 신경^{현 장춘}의 신산한 생활을 떠나 만주인 농토를 소작하며 경험한 여러 사건과 느낌이 섬세하게 표현된 텍스트다. 사실 「귀농」은 백석이 감행한 '귀농'의 실제성 여부를 두고 논란이 분분한 텍스트였다. 이에 대해 중국인 연구자 왕염려는 시인의 귀농지로 알려진 '백구둔^{白狗屯}'에 대한 실제 답사 및 주민과의 대화를 통해 그의 '귀농'이 정착 단계에 이르지 못한 임시적인 것임을 밝혀냈다.[31] 사실이 그렇다면 「귀농」에서 우세한 것은 실제 체험과 현장에 주목하는 '사실성'이 아니라 시인의 전언에 초점을 맞추는 '미적 가상'임을 알 수 있다. 어

---

30   사회학자 어빙 고프먼(Erving Goffman)의 말. 여기서는 김현경, 『사람, 장소, 환대』, 문학과지성사, 2015, 87면 재인용.

31   왕염려, 「백석의 '만주' 시편 연구―'만주' 체험을 중심으로」, 인하대 석사논문, 2010, 32~39면.

떤 장면에서 이런 현상이 두드러지게 나타나고 있을까.

> 노왕老王은 집에 말과 나귀며 오리에 닭도 우울거리고
> 고방에 그득히 감자에 콩곡석도 들여 쌓이고
> 노왕老王은 채매도 힘이 들고 하루종일 백령조白鈴鳥 소리나 들으려고
> 밭을 오늘 나한테 주는 것이고.
> 나는 이젠 귀치 않는 측량測量도 문서文書도 실증이 나고
> 낮에는 마음 놓고 낮잠도 한잠 자고 싶어서.
> 아전 노릇을 그만두고 밭을 노왕老王한테 얻는 것이다.
>
> 「귀농」 부분

'노왕'이라는 별칭의 만주인 지주에게서 일용할 양식을 키울 밭 뙤기를 얻는 장면이다. 재산 많은 밭주인은 소출이나 이윤의 창출에 큰 관심이 없으므로 '나'에게 큰 대가도 없이 노는 밭을 내어준다. 사실 '나'의 관심도 배 불리는 식량 자체가 아니다. "측량"과 "문서"로 상징되는 국무원 경제부의 "아전노릇"을 그만 두고 작품을 쓰거나 충분한 휴식을 취하고 싶은 마음이 우선이다. 백석은 서로의 계약이 원만하게 성사된 기쁨을 "밭을 주어" 한가한 마음과 "밭을 얻어" 편안한 마음으로 상호 연결시켰다. 시인은 서로에 대한 배려와 환대를 "노왕은 나귀를 타고 앞에 가고 나는 노새를 타고 뒤를 따르고"라고 표현했으며, 그것의 궁극적 행차를 "충왕묘虫王廟"와 "토신묘土神廟"를 찾아 뵈러 가는 종교적 행위로 숭고화했다.

사실대로 말해, 두 사람의 행렬은 밭주인 '노왕'과 소작인 '나'의 현실적인 계급 관계를 나타낸다. 그렇지만 앞서거니 뒤서거니 길을 가는 두 사람의 관계는 거의 격의가 없어 보인다. 이를 고려한 것인지는 알 수 없지

만, 김재용은 이 장면을 "중국인과 조선인의 종족적 구별에서 발생하는 그런 불편한 관계가 아니라, 서로 필요한 것을 나누어 가지는 공존의 관계"로 파악했다. 이와 같은 해석은 두 에스닉ethnic 사이에 "경제적으로도 종족적으로도" "차별이 개입할 공간이 없"[32]어지는 것으로 이해하게 한다는 점에서 그 의미가 남다르다.

두 사람의 제의祭儀 행위를 개인의 구복과 안녕을 비는 것으로 단순화해도 문제시될 것은 없다. 그러나 앞서의 '목숨'과 '인생'을 떠올리면, '일상의 공간'과 구분되는 '종교적 장소'를 찾아드는 행위는 좀 더 고차적인 의미를 함축하게 된다. 엘리아데가 『성과 속─종교의 본질』 어느 곳에서 말했듯이 그것은 모든 것이 조화로운 근원적 시공간으로 복귀하고 싶다는 것, 그럼으로써 한 번 더 새로운 삶을 시작하고 싶다는 것, 즉 '상징적 재생'에 대한 열망 및 현실화와 깊이 관련된다. 우리는 여기 담긴 '서사 충동'이자 '종교적 열망'을 백석의 「북방에서─정현웅에게」에서 잠시 만난 적이 있다. 구체적인 예를 들자면 "나의 녯 한울로 땅으로─ 나의 태반으로 돌아"온 것, 곧 '북방'으로의 귀환과 그를 통한 자기성찰, 그리고 미래에 대한 긍정적 전망의 획득이 그것이다.

'나'의 옛 '하늘'과 '태반'으로의 귀환은 단순히 자신이 떠났던 실제적 공간 및 역사와의 화해만을 뜻하지 않는다. 신과 우주, 땅과 하늘을 포함하는 자연 사물, 그리고 유한한 인간 생명에 대한 긍정적 개방과 수용을 뜻한다. 그런 의미에서 "충왕묘"와 "토신묘"는 단순한 중국이나 만주 일대의 토속신앙을 넘어 '거룩한 시공간과 신화'를 감추고 있는 '우주적 성소聖所'로 읽혀 무방하다. 이 영적인 공간은 하이데거가 '아낌sparing'이라고

---

32   김재용, 앞의 글, 172면.

부른 돌봄과 관심, 곧 서로 대립되고 갈등하는 것들을 하나로 통합하고 화해시키는 진정한 장소에 해당한다. 그러므로 과거와 타자의 세계를 함부로 변화시키거나 지배하려 하지 않고 주어진 어떤 것들 자체를 관대하게 포용하려는 특성을 장소의 성격으로 가지게 된다.[33]

이런 점에서 「귀농」에서의 종교적 행위와 신화적 장소의 발견-발명 행위는 '개척 만주'의 심장부 '신경'에서의 "아전노릇"과 생활환경, 그리고 그곳에서의 인간관계가 얼마나 피폐하고 고통스러운 것이었는가를 상징적으로 암시한다. 백석의 신경 생활에 대한 이모저모는 그 자신의 「조선인과 요설」 및 이갑기抄衡의 「심가기尋家記」『만선일보』, 1940.4.16~23를 통해 얼추 재구성된다. 가난한 조선인들이 모여 살던 '동삼마로東三馬路' 시영주택의 비좁고 더러운 "토굴 같은 방"이 백석의 거처였다는 것, 이에 비해 체제협력의 관료나 상인으로 종사하며 의사-제국의 주체로 거듭난 조선인들은 비교적 넓고 깨끗한 주택들이 즐비한 '서칠마로西七馬路'에 살았다는 것 말이다.[34]

만주국의 '이등공민'이기는 마찬가지였으나, 매우 상반된 처지의 조선인 두 부류는 서로를 외면하거나 서로가 낯 붉히기 딱 좋을 만한 환경에 처해 있었다. 백석은 특히 체제협력의 대가로 풍족한 일상을 누리는 '서칠마로'의 조선인을 가리켜 어떤 긴장과 흥분, 분노와 적막, 그리고 비애도 모두 잃어버린 자들로, 또 근신하며 침묵할 줄 모르고 "게으른 놈의 실행 대신의 호도糊塗"인 '요설'에만 능한 자로 맹렬히 비난했다. 그러면서

33 하이데거의 '아낌'과 관련된 진정한 장소의 성격에 대해서는 에드워드 렐프, 김덕현 외 역,『장소와 장소상실』, 논형, 2005의 '제2장 공간과 장소' 참조.
34 백석의 '신경' 생활에 대한 전반적 설명과 당시의 '동삼마로', '서칠마로'에 대한 지도는 김응교,『서른세 번의 만남, 백석과 동주』, 아카넷, 2020, 248~257면 참조.

그 죄과를 닦으려면 "입을 담을고 생각하고 노하고 슬퍼하"면서 "진지한 모색"을 앞세워 "감격할 광명"을 찾아 나서야 함을 적극적으로 주문했다.

백석의 이런 태도는 만주에 거주하는, 아니 내던져진 조선인 또는 이주민의 생활상을 떠올려보면 지극히 당연한 비판이자 주장이었는지도 모른다. 왜냐하면 만주의 안동, 봉천현 심양, 신경, 하얼빈 등 식민도시에 거주하는 조선인들은 안정된 직장을 갖지 못한 채 하인, 막노동꾼, 가게 점원, 장사꾼, 마약상, 포주 등 불안전하거나 비합법적인 직업에 주로 종사한 것으로 알려져 있기 때문이다.[35] 백석이 살았던 '동삼마로'의 조선인들도 여기서 크게 다르지 않았을 것이다. 백석은 그러나 '서칠마로'의 체제협력적인 조선인에 대한 날선 비판과 달리 '동삼마로'의 조선인들에게는 별다른 비판의 언설을 거의 남기지 않았다. '만주국'에서 일등 신민인 일본인을 제외하고 나면 기껏해야 2등, 3등 공민에 불과했던 조선인과 만주인의 낮은 신분서열은 그들의 일상생활을 곤궁한 것으로 밀어갔음에 틀림없었을 것이다. 어쩌면 이 때문에 백석은 1936년 무렵 보편적인 조선인상像으로 제시했던 가난하고 서러운 '나'와 '너'의 "엄매 아배"「여우난곬족」들을 다시 호명하는 작업에 나서지 않은 것인지도 모른다. 그 대신 만주 체재 상황에 걸맞게 "수박씨 호박씨"를 입에 넣고 '기쁨'과 '근심'을 번갈아 "앞니로 까서" "혀끝"에 무는 "어진 사람", 곧 만주인들을 구체적인 관심의 대상으로 밀어올림으로써 '동삼마로'에 사는 불우하고 일탈적인 조선인들의 숨겨진 긍정적 부면을 간접적으로 제시했던 것으로 이해되기도 한다.

그런 점에서 「귀농」에서 "아전노릇" 운운했던 것은 다음과 같은 해석도 가능해질 법하다. 비록 '동삼마로'의 궁핍한 처지에 놓여 있기는 하나, 만

---

35   한석정, 앞의 책, 107~108면.

주국의 녹을 받는 백석 그 자신 '서칠마로' 군상들의 잘못된 '요설'과 삶의 행로를 뒤따라 갈 수도 있다는 잠재적 오류에 대한 비판적 성찰이 그것이다. 그러므로 두 글 뒤에 발표된 「허준」『문장』, 1940.11은 직장을 핑계로 '남루한 의복'과 '굶주린 안색'의 가난한 조선인들을 배반하지 않겠다는 망명자의 '겨울의 마음'을 벗어나지 않으려는 의지의 응축물로 읽혀 과할 것 없을 듯하다.

> 눈물의 또 볏살의 나라 사람이여
>
> 당신이 그 긴 허리를 구피고 뒤짐을 지고 지치운 다리로
>
> 싸움과 흥정으로 왁자짓걸하는 거리를 지날때든가
>
> 추운 겨울밤 병들어 누은 가난한 동무의 머리맡에 앉어
>
> 말없이 무릎우 어린 고양이의 등만 쓰다듬는 때든가
>
> 당신의 그 고요한 가슴안에 온순한 눈가에
>
> 당신네 나라의 맑은 한울이 떠오를 것이고
>
> 당신의 그 푸른 이마에 삐여진 억개쭉지에
>
> 당신네 나라의 따사한 바람결이 스치고 갈 것이다
>
> 「허준」 부분

시적 자아에 따르면 문우文友 허준은 현실 저편의 "눈물의 또 볏살의 나라"에서 '요설'로 오염되고 파괴된 "이세상에 나드리"를 온 숭고한 성자聖者이다. 인용한 2~5행의 행위들은 가난하고 약한 자들을 쓰다듬고 감싸 안는 눈물겨운 치유에 해당된다. 물론 이것은 실제의 행위라기보다 "일등가는 소설" 속의 상상적 행위이며, "아모것도 모르는 듯이 어드근한 방안에 굴어 게으른 것을 좋아하는 그 풍속"의 지혜를 상징하는 행동이다. '당신'의 눈

물겹고 빛살 찬란한 행위는 궁극적으로 "당신네 나라", 곧 식민지 조선의 "맑은 한울"과 "따사한 바람결"을 떠올리고 다시 감각하게 한다는 점에서 한시도 포기하거나 그 무엇과는 바꿀 수 없는 해방과 생명의 운동 자체이다. 이와 같은 '허준'의 미학적이며 윤리적인 실천은 백석이 일찌감치 절대화했던 '모닥불'을 둘러싼 낮은 자들의 공동체「모닥불」,1936를 더욱 간절하게, 또 더욱 스스럼없이 떠올리게 하는 '환대'의 진정한 장소로 백석을 이끌었을 가능성이 크다.

그것의 최대치는 짐작컨대 하늘이 내려준 숭엄한 생명과 행복의 권리를 빼앗긴 소외된 타자들 모두를 절대적으로 환대하는 것, 곧 그들 모두에게 합당한 자리를 다시 내주고, 그 자리의 불가침성을 선언하는 것에 존재했을지도 모른다.[36] 이 '환대의 윤리'를 레비나스는 타자의 방문에, 나의 공간, 주인의 자리를 내어주는 일, 다시 말해 낯선 타자의 도래를 있는 그대 수용하는 것으로 명제화한 바 있다.[37] 이상화된 '허준'의 형상은 그가 벌써 아름답고 궁휼한 '방문의 환대'를 실천하고 있는 조선의 진정한 '어진 사람'임을 뜻한다. 이런 의미에서 「허준」의 문맥상에 드러난 방문자와 초대자의 위치와 역할은 거꾸로 읽혀도 문제의 소지가 전혀 없을 법하다. 즉 소설가 허준이 시인 백석을 찾아온 게 아니라 허준이 백석을 맞이하고 있는 장면으로 말이다. 이런 설정의 진실성이 인정될 수 있다면, 「흰 바람벽이 있어」에서 온갖 선한 타자들에 대한 부름도 백석의 '초대'가 아니라 그들에 대한 시인의 방문으로 얼마든지 바꿔 읽을 수 있게 된다.

물론 엄밀하게 말한다면, '허준'의 이상적 모습에서 그것 모두를 '조선적인 것'에 대한 자랑과 그 위엄의 표상으로, 또 그것들에 대한 열렬한 귀

---

36 김현경, 앞의 책, 247면.
37 레비나스의 '환대'에 대한 개념과 설명은 김애령, 앞의 책, 186·260면 참조.

환의 욕망이나 방문의 호소로 읽을 필요는 없다. 어쩌면 제 말과 조상마저 빼앗기다시피 한 '내선일체'의 식민지 현실을 뚫고 나가기 위해 실천해야 할 "진지한 모색"의 이상적 내용이자 그렇게 획득될 "감격한 광명"의 빛나는 모델로 보는 편이 옳을지도 모른다. 「귀농」에서 그의 마지막 행위가 밭 농사 아닌 '주술적 공간', 아니 '신화적 장소'의 "충왕蟲王"과 "토신土神"을 "찾아뵈려" 가는 것으로 표현된 사실도 저 희원과 깊이 연관되는 것인지도 모른다. 백석은 이 과제의 완성을, 다시 말해 그것의 영광된 실현을 세속에 찌든 어른들이 아니라 "맑고 참된 마음"을 지닌 "촌에서 온 아이"에게서 찾았던 듯하다. 그렇지 않고서는 너무 배고파 "닭의 똥을 주어먹는 아이"를 향해 "너는 분명히 하늘이 사랑하는 시인이나 농사군이 될것이로다"「촌에서 온 아이」, 『문장』, 1941.4 라고 아낌없이 북돋고 예찬할 수 없었을 것이다.

한편 "촌에서 온 아이"에 대한 시인의 관심은 만주 전역에서 가난한 하위자, 그것도 불법과 일탈의 방식으로 일용할 양식을 구하거나 목숨을 부지해야 했던 조선인들에 대한 백석의 양가적 시선과 태도를 암시한다는 점에서 자못 중요하다. 이들과 함께 신경 '동삼마로'의 가난과 굴욕을 함께 했던, 또 광활한 벌판의 측량 (보조)기사로 일했던 백석이 '개척의 땅'으로 위장된 또 다른 식민의 '적토붉은 땅'로 쫓겨 온 조선인들의 불우에 대한 연민과 동정에 인색했을 리 없다. '백구둔'으로의 '귀농'을 통한 안정적이며 풍요로운 삶의 모색, 그것을 더욱 적극화한 가난한 '조선 아이'의 현실 및 그의 미래에 대한 세심한 관심은 이 소소한 장면들을 불행 너머의 희망으로 삼았을 법한 조선인 하위자들의 정황이 반영된 결과물로 수용한다고 해서 그릇될 것 없다.

물론 백석은 '만주행'이 곧 가난과 불행의 장소 이전에 불과했음을 아프게 노래했던 이용악의 「전라도 가시내」나 유치환의 「나는 믿어 좋으랴」의 방향으로 시의 기축機軸을 돌리지 않았다. 이후 보겠지만, 「흰 바람벽이 있어」나 「남신의주유동박시봉방」에서처럼, 우주와 자연, 동식물, 시인 등 주변의 선한 자 속으로 걸어 들어감으로써 절대가치를 지닌 "갈매나무"의 그늘을 그들과 함께 누리고 공유하겠다는 '환대의 장'을 노래하는 쪽으로 시의 방향타를 잡았다. 사실대로 말해, 이러한 태도는 바람직한 '망명 의식', 곧 생명력 넘치는 봄-여름-가을 속에서도 차갑고 매서운 '겨울의 마음'을 사는 것과 온전히 일치하지 않는 것처럼 느껴질 수도 있다. 그렇지만 선한 타자들과 함께 "갈매나무" 아래로 모여들어 과거의 본원적 세계를 상기想起하거나 미래로 열린 낯선 공동체를 상상한다는 것은 그것이 내적 망영이든, 실질적 망명 생활이든 다음과 같은 뜻을 가지게 된다. 시간이 확고히 지시된 망명 이전의 달력과는 현저히 다른 예상 밖의 어떤 달력에 따라 움직인다는 것, 또 관습적이며 고착화된 집-고향에서의 삶보다 훨씬 불연속적이며 탈중심적인 생활환경을 자청하게 된다는 것 말이다.[38]

문제는 그러나 총력전시대에 돌입하면서 시와 산문을 막론한 백석의 글쓰기에서 "눈물의 또 볏살의 나라 사람"의 방문에 대한 뜨거운 감격도, 또 그들의 아들딸인 '가난한 아이'의 외적 성장과 내면적 성숙도 더 이상 찾아보기 어려워졌다는 사실이다. 잘 알다시피 백석은 『문장』과 『인문평론』1941년 4월호를 끝으로 그게 만주시편이든 북방시편이든 만주 경험을 담은 운율의 언어를 단 한 편도 발표하지 않았다. 물론 소설 「사생첩寫生帖의 삽화」『매신사진순보』 275호, 1942.2.1와 수필 「당나귀」『매신사진순보』 294호, 1942.8.11를 발표하긴 했다. 그러나 두 작품은 체제협력과는 전혀 무관하게 인간 본연의 죽음에 관련된 이야기와 당나귀의 선한 품성을 그린 이야기를 넘

---

38   Edward W. Said, op. cit., p.186.

어서지 않았다. 그런 의미에서 이런 이야기들은 총력전의 기치 아래 조선과 만주 곳곳에서 울려 퍼지던 일왕 찬양과 보위의 목소리, 곧 기꺼이 지원병, 꼬마병정, 군국軍國의 여성으로 몸 바꿔 죽음을 각오하고 성전聖戰을 자청케 하는 끔찍한 폭력과 사령死靈/邪靈의 언어를 피하기 위해 작성된 매우 의도적인 자기 방어와 피난의 양식으로 간주되어도 괜찮겠다.

그렇지만 아이러니하게도 백석은 10~15여 년 뒤 이와 거의 동일한 사태, 다시 말해 시와 내면의 충만함에 대한 열렬한 희망과 미래를 어느 순간 박탈당하는 불우한 상황에 다시 직면하게 된다. 해방을 맞아 인민과 함께 진군하던 백석은 김일성 유일체제로 향하는 사회주의 건설의 폭력성과 퇴폐성을 경험하면서 새로운 글쓰기와 이념의 혁신이 더 이상 가능하지 않음을 깨닫게 된다. 그때 백석은 주저 없이 동시의 창작과 동화의 번역으로 나아가며 새로운 전망을 엿보고자 했다. 그렇지만 김일성 유일체제의 문이 본격적으로 열리기 시작하는 1960년대 '천리마운동'시대를 맞아 그는 세상과 단절된 오지奧地 '삼수-갑산三水·甲山'의 양치기로 쫓겨나게 되었다. 그 결과 이상적 '시인'이나 '농사군'이 될 것이라던 아이들과 영영 이별하는 가혹한 운명에 처하게 된다.

5. "흰 바람벽" 속 '갈매나무'들의 '환대' 결어를 대신하여

백석의 '만주시편'에서 시인의 고매한 자존심과 내면적 모럴의 진정성이 가장 처연하면서도 아름답게 드러난 시편으로 「흰 바람벽이 있어」『문장』, 1941.4(폐간호)를 드는 데는 거의 이견이 없다. 이 시도 마침 조선어 금지와 처벌을 공식화한 상징적 사건 중의 하나인 『문장』 폐간호에 실렸다. 이

상황에 좀 더 착안한다면, '나'의 존재감과 운명, 곧 "나는 이 세상에서 가난하고 외롭고 높고 쓸쓸하니 살아가도록 태어났다"라는 대목은 더욱 적극적으로 해석되어도 괜찮겠다. 이를테면 에드워드 사이드의 말처럼 "쉼 없는 운동이며, 영원히 불안정한 상태의 타자"가 되고, 또 그것을 삶과 존재의 일용할 양식으로 삼는 '겨울의 마음'망명 의식으로 본다면 어떨까. 이 시는 잃어진 고향과 멀리 떨어져 있는 가족에 대한 애틋한 그리움을 거쳐 자아에 대한 '슬픔'과 '자랑'으로 동시에 나아간다. 이 굴곡진 감정의 "쉼 없는 움직임"과 자아에 대한 "불안정한 상태"에 대한 고백, 곧 타자화를 거친 끝에서야 시인은 마침내 "어쩐지 쓸쓸한 것만이" 오가던 "좁다란 방의 흰 바람벽"에서 어디선가에서 끊임없이 밀려들거나 찾아와 웅성거리는 선한 타자들을 발견하게 된다.

> 하눌이 이 세상을 내일적에 그가 가장 귀해하고 사랑하는 것들은 모두
> 가난하고 외롭고 높고 쓸쓸하니 그리고 언제나 넘치는 사랑과 슬픔 속에 살도록 만드신 것이다.
> 초생달과 바구지꽃과 짝새와 당나귀가 그러하듯이
> 그리고 또 「프랑시쓰·쨈」과 도연명陶淵明과 「라이넬·마리아·릴케」가 그러하듯이
>
> 「흰 바람벽이 있어」 부분

여기 등장하는 자연 사물과 시인들은 자신들을 버리고 막무가내로 떠나는 '나'를 따뜻하게 환송하고 응원하던 「북방에서」의 이웃과 동료들, 곧 '친밀한 타자'들의 변신물이다. 그렇다는 것은 이들은 그 쓰라리고 고통스런 '역사적 시공간' 속에서도 멀리 떠났던 '나', 곧 그들을 배반한 한

때의 '친밀한 타자'를 계속 기다려왔음을 뜻한다. 「흰 바람벽이 있어」가 '나'가 '너'와 '그'를 부르는 '초대의 환대'가 아니라 '나'가 '너'와 '그'에게 다시 돌아가는 '방문의 환대'인 까닭이 여기 있다. 이것은 그러나 '나'와 '너' 서로의 일방적 행위가 아니라 서로에 대한 방문과 만남에 의해 성취되는 상호적 환대의 형식이다. 왜냐하면 「북방에서」에서의 '나' ― 귀환과 「허준」에서의 '너' ― 도래가 공통적으로 '북방'으로 상징되는 '신화적 장소'를 사이에 두고 벌어지는 사건이기 때문이다.

비록 해방 후에 작성된 것이 명백해질지라도 「남신의주유동박시봉방」 『학풍』, 1948.10이 최후의 '만주시편', 아니 '북방시편'으로 지목되는 것도 이러한 정황과 깊이 관련된다. 전반부의 "습내 나는 춥고, 누굿한 방"에서 존재의 가장 저점에 부딪혀 가며 "내 슬픔이며 어리석음이며를", "쌔김질" 하는 행위는 관습의 논리를 거부하며 새로운 세계를 개척하기 위한 대담한 행위와 변화를 표상하는 일에 존재를 걸고 모험을 강행하는 적극적 망명자의 태도와 상당히 다르다. 어쩌면 이 '슬픔'과 '어리석음'은 총력전의 시기 단 한 편의 시도 쓰지發表하지 못하고, 심지어 호구지책상 안동 세관원으로 근무하기 위해 '시라무라 기코白村夔行'로 창씨개명[39]했던 비극적 사태와 잇닿아 있는지도 모른다. 이 비참한 체험 뒤에 갑자기 들이닥친 해방이 곧바로 분단체제의 성립을 향해 치닫던 시절, 그것이 남이든 북이든, 자본주의든 사회주의든, 자유민주주의든 인민민주주의든, 특히 지식분자라면 저것들에 대한 양자택일의 선택은 결코 피해갈 수 없는 '희

---

39 백석의 '창씨개명'에 대해서는 김응교, 앞의 책, 258~266면. 실제로 재만조선인의 '창씨개명'은 주로 만주국 업무나 상공업 분야에서 일했던 공공 관리와 자영업자, 회사원 등을 중심으로 이뤄졌다. 더욱 자세한 내용은 미즈노 나오키(水野直樹), 정선태 역, 『창씨개명―일본의 조선지배와 이름의 정치학』, 산처럼, 2008, 267~272면 참조.

망의 형벌'이나 마찬가지였다. 그러므로 당시 상황은 자신을 늘 배려하고 아껴주던 '북방'의 '친밀한 타자'들만이 의지할 곳으로 남아 있던 형국이 아닐 수 없었다.

> 나는 이런 저녁에는 화로를 더욱 다가 끼며, 무릎을 꿀어 보며,
>
> 어니 먼 산 뒷옆에 바우 섶에 따로 외로이 서서,
>
> 어두어 오는데 하이야니 눈을 맞을, 그 마른 잎새에는,
>
> 쌀랑쌀랑 소리도 나며 눈을 맞을,
>
> 그 드물다는 굳고 정한 갈매나무라는 나무를 생각하는 것이었다.
>
> 「남신의주유동박시봉방」 부분

'갈매나무'는 '신화적 장소'로서 '북방'의 한 가운데 서 있는 일종의 '우주수宇宙樹'에 해당된다. 이럴 경우 그것은 생명의 끝없는 출현과 지속적 갱생을 상징하는 거룩한 나무로 '북방'의 중심을 이루게 된다. 하지만 동시에 그것은 '역사적 공간'으로서 만주국의 폐색적인 현실에 방불한 '지금 여기'에서 새로운 세계의 성취를 위해 '너'와 '나'가 "마음대로 굴려 가는 것"을 가능케 하는 망명자의 0정신이자 비전이기도 하다. '신화'와 '역사'에 동시에 얽힌 "갈매나무"와 그것의 둥근 터전을 포괄하는 말이 있다면, 「북방에서」에서 벌써 보았던 "또 한 아득한 새 넷날이 비롯하는"이라는 구절일 것이다. 백석은 "새 넷날"로 돌아와 다시 비극적 현실을 날카롭게 조망하고 더 나은 미래를 풍요롭게 꿈꾸고자 했다. 그럼으로써 "슬픈 사람"인 시인의 변함없는 임무, 곧 "진실로 인생을 사랑하고 인생을 아끼는 마음"을 다하여 "감격할 광명"의 세계를 되찾거나 새로 발견하고자 했다. 그러나 애석하게도 백석은 자발적으로 선택했던 사회주의 체제의 북

녘 땅에서 끝내 "어두어 오는데 하이야니 눈을 맞"는 비극적 현실과 운명
을 피하지 못했다.

유치진의 〈흑룡강〉

'민족협화' 및 그 균열의 의미

이복실
중국해양대학교 한국연구소 연구원

1. 들어가며

해방 전, 동랑 유치진은 극예술연구회와 현대극장을 통해 극작가 겸 연출가로 활약하면서 한국 근대연극의 발전에 큰 족적을 남겼다. 해방 후에도 다양한 작품을 발표하며 극작가로서의 맥을 이어감과 동시에 극예술협회를 창립[1946]하고 드라마센터를 건립[1962]하며 연극 교육 사업에도 크게 기여했다. 그러나 일제 말기 현대극장을 통해 전개했던 일련의 친일연극 활동은 일생 동안 쌓아온 그의 연극 업적에 크나큰 오점을 남겼다. 즉 '친일반민족행위자'로서 『친일인명대사전』에 오르게 된 것인데, 〈흑룡강〉은 바로 그 불명예에 씨앗을 뿌린 작품이었다.

〈흑룡강〉은 현대극장의 창립공연작이다. 이 단체는 1941년 3월, "국가國家이념理念을 연극演劇 속에 집어 넣어 가지고 이 순화純化된 연극 문화演劇文化를 국민國民 대중大衆에게 보급普及시키자"는 이른바 "국민연극수립國民演劇樹立을 목표目標로"[1] 출범한 신극 극단이었다. 한마디로 현대극장은 대중

---

1 鹹大勳, 「國民演劇의 첫 烽火 — 劇團現代劇場創立에 際하야 上」, 『매일신보』, 1941.3, 3·4면.

적인 연극을 통해 일제의 국책을 선전하는 일종의 프로파간다 단체였다. 〈흑룡강〉은 현대극장의 이러한 국책 성격을 체현한 첫 작품으로 같은 해 6월 6일부터 8일까지 3일 동안 경성 부민관에서 공연되었다. 이 공연은 국민총동원이 가동되던 시기에 '새로운 신극' 수립을 목표로 상정한 첫 무대였던 만큼 일제 식민당국과 문화예술계 인사들로부터 큰 주목을 받았다.[2] 김사량은 "스케일과 전개에 있어서 능히 셰익스피어 무대를 연상하는 정도"[3]라고 극찬했으며 극작가 박영호는 "작자의 의도처럼 선이 두껍고 힘차며 다이나믹한 작품"으로 "서양화적인 스타일을 이루고 있다"[4]며 호평했다. 이들의 호평과 상응하는 자료로 당시의 관객 수를 꼽을 수 있다. 〈흑룡강〉은 3일 동안 5회 공연하여 총 10,061명의 관객을 동원[5]함으로써 회당 평균 2,012명의 관객 수를 기록했는데, 이는 당시 부민관의 대극장 수용 인원정원이 1,800명[6]이었다는 점을 감안하면 그야말로 초만원의 대성공을 거둔 공연이었다. 여기에는 국민연극 담론과 〈흑룡강〉에 대한 대대적인 선전 및 기존의 극예술연구회로부터 새롭게 거듭난 현대극장 / 유치진에 대한 관객들의 기대가 큰 몫을 했을 것이다.

---

2 당시 총독부 사무관 나라데(星出壽雄), 국민총력연맹 문화부장 야코 사부로(矢鎬三郎) 등 일본 관리들과 김사량, 이광수, 박영희, 박영호 등 조선 문화예술계 인사들이 『매일신보』와 『삼천리』 등을 통해 〈흑룡강〉에 대한 관극 소감을 밝혔다. 이에 관한 세부 내용은 이재명, 『일제 말 친일 목적극의 형성과 전개』, 소명출판, 2011, 91~93면 참조.

3 김사량, 「〈흑룡강〉을 보고-현대극장 창립공연평」, 『매일신보』, 1941.6.10.

4 박영호, 「〈흑룡강〉의 인상 ①-현대극장 창립공연평」, 『매일신보』, 1941.6.11.

5 이재명, 앞의 책, 93~95면 참조(이재명은 1941년 7월 『삼천리』에 실린 〈흑룡강〉 공연보고에 관련된 관객수와 수지표를 상세하게 인용하고 있으며 이 글은 그 자료를 참조했다).

6 김순주, 「식민지시대 도시 생활의 한 양식으로서 '대극장'-1930년대 경성부민관을 중심으로」, 『서울학연구』 56, 서울시립대 서울학연구소, 2014, 24면. 이 글의 같은 면에 의하면 정원 1,800명 규모의 부민관 대강당은 행사 당 몇 천 명의 관람자를 수용함으로써 기존의 소극장에 비해 관람 규모를 확대시켰다.

어쨌든 성공적인 첫 공연을 시작으로 〈흑룡강〉은 현대극장의 주요 레 퍼토리로 자리매김하여 1942년까지 조선은 물론 만주, 상해까지 진출했 다. 〈흑룡강〉은 1942년 3월에 상해 문화 동호회에 의해 '상해제일가무기 좌上海第一歌舞伎座'에서 공연[7]되었고 1941년 12월에는 '극단만주劇團滿洲'에 의해 하얼빈을 비롯한 북만 지역에서 순회공연된 바 있다.[8] 이처럼 〈흑룡 강〉이 국경 안팎의 무대를 주름잡았던 이유는 이 작품이 "만주건국에의 이념을 주제로 하야 민족상극民族相克에서 민족협화民族協和로 발전發展되는 대동아건설大東亞建設의 국가이상國家理想의 일단一端을 구상화"[9]함과 동시에 "활극적·멜로드라마적 요소를 통해 대중성을 추구"[10]한 작품이기 때문 이다. 즉 국책성과 오락성이 적절히 배합된 작품으로 일정한 시대적·예 술적 가치를 지녔기 때문이다. 하지만 〈흑룡강〉은 작품이 공개되지 않아 [11] 그에 대한 본격적인 연구가 유치진의 기타 작품에 비해 상대적으로 늦 게 이루어졌다. 〈흑룡강〉의 공연대본은 2004년에 비공식적이나마『해방 전 공연희곡집』에 별쇄본 형태로 묶여 출판되면서 비로소 〈흑룡강〉에 대 한 집중적인 논의가 이루어지기 시작했다. 〈흑룡강〉의 창작배경과 국책

---

7   「문화운동의 봉화, 본사 상해지국 후원 하 공연−상해 문화동호회 유치진 작 흑룡강 공 연」,『만선일보』, 1942.3.8. 그 밖에『삼천리』1941년 9월호에 실린 글에 따르면 상해 극예술연구회에서도 제1회 공연작〈父歸る〉(菊池寬 作)에 이어 유치진의 〈흑룡강〉을 공연할 예정이었다(「上海에 朝鮮人으로 組織된「上海劇藝術研究會」創立」,『삼천리』, 1941.9).

8   「劇團「滿洲」地方公演 마치고 歸京」,『만선일보』, 1941.12.9, 3면.

9   유치진,「國民演劇의 具象化 문제−黑龍江 上演에 際하야」,『매일신보』, 1941.6.5, 4면.

10 이상우,「일제 말기 유치진의 만주 체험과 친일극」,『근대극의 풍경』, 연극과인간, 2004, 160면.

11 2004년에 일제 말기 국민연극 작품 다수를 수록한 선집이 출간된 지금까지도 〈흑룡 강〉은 유족의 반대로 공개되지 못하고 있다. 다행히 평민사에서 출판한『해방 전 공연 희곡집』의 별쇄본 형태, 비공식적으로나마 그 전모를 확인할 수 있다. 이 글은 별쇄본 〈흑룡강〉을 참고하기로 한다.

성 및 대중성을 중심으로 논의한 이상우는 〈흑룡강〉을 '민족협화'와 동아
건설이라는 국책성을 역동적이고도 감상적으로 구현한 '만주 개척극'[12]
이라 평가했다. 또한 문경연은 〈흑룡강〉의 '창작과 공연 및 후기 등 모든
과정이 철저히 기획된 전형적인 국책극'[13]으로, 백승숙은 〈흑룡강〉이 '친
일을 표방하면서 조선인들의 삶을 옹호하고 우선시한 작품'[14]으로 평가
했다. 그 밖에 〈흑룡강〉의 선전 기법과 인물형상을 연구한 논문으로 김재
석과 이재명의 논문[15]이 있다.

　이 글은 이상의 연구 성과를 토대로 그동안 논의되지 않았던 〈흑룡
강〉의 민족 문제에 주목해 보고자 한다. '만주국' 건국 과정을 배경으로
한 이 작품에는 조선인을 비롯하여 한족, 만주족, 몽고족 등 다양한 민족
이 등장하는데, 흥미로운 점은 각 민족이 조선인과 매우 밀접하면서도
입체적인 관계를 맺고 있다는 데 있다. 이를테면 작품 속 조선인은 한족
의 계층과 신분 — 지주, 농민, 상인, 동북군 등 — 에 따라 그들과 다층적
인 관계를 형성하고 있으며 소수민족인 만주족, 몽고족과도 매우 밀접한
관계를 맺고 있다. 〈흑룡강〉이 주목되는 것은 바로 이러한 부분이다. 만
주 / '만주국'을 배경으로 한 소설이나 희곡 중에서 조선인과 여러 민족의
관계, 특히 오족의 관계를 한 텍스트에 그려낸 작품은 찾아볼 수 없다. 그
런 점에서 〈흑룡강〉에 부각된 여러 민족의 관계는 상당히 주목된다. 그

12　이상우, 앞의 글, 170면.

13　문경연, 「1940년대 국민연극과 친일협력의 논리 - 유치진을 중심으로」, 『드라마연구』
　　29, 한국드라마학회, 2008, 69면.

14　백승숙, 「만주, 담론의 불안, 혹은 헤테로토피아 - 1940년대 만주 소재 희곡, 유치진의
　　〈흑룡강〉을 중심으로」, 『인문연구』 74, 영남대 인문과학연구소, 2015.

15　김재석, 「〈흑룡강〉에 나타난 계몽선전의 기법과 작가적 의미」, 『한국연극학의 위상』, 태
　　학사, 2002; 이재명, 「유치진 희곡의 인물형상화 연구 - 해방 전에 발표한 장막극을 중
　　심으로」, 한국극예술학회 편, 『유치진』 2, 연극과인간, 2010.

렇다면 작품 속 조선인은 한족을 비롯한 여러 민족과 구체적으로 어떠한 관계를 형성하고 있으며 서로를 어떻게 인식하였을까? '민족협화'는 과연 유치진의 창작 의도대로 구현되었을까? 그리고 그 '민족협화'는 과연 진정한 의미의 '협화'일까? 이 글은 〈흑룡강〉에 구현된 민족 관계와 각 민족 간 상호 인식에 대한 분석을 통해 이상의 문제들을 해결해 보기로 한다. 그 과정에서 유치진이 의도했던 '민족협화'의 균열을 포착함과 동시에 그 균열의 의미를 밝혀보고자 한다.

2. 조선인과 만·몽 소수민족의 '협화적' 공존

1940년에 유치진은 3개월 동안 만주 노야령老爺嶺, 현 흑룡강 동남부에 위치에 체류한 바 있는데, 〈흑룡강〉은 바로 그때의 체류 경험을 바탕으로 쓴 작품이다.[16] 유치진은 '오족협화'라는 '만주건국의 이념'이 정치적 구호처럼 생경하게 표현되지 않도록 하기 위해 심혈을 기울여 창작했으며 이 점은 「국민연극國民演劇의 구형화具象化 문제 – 흑룡강黑龍江 상연上演에 제際하야」[17] 라는 글에서 잘 나타난다. 이 글에 따르면 유치진은 "리알을 기반으로" "만주 여러 민족이 고투"하는 과정에서 "점차적으로 국가이념"에 다가감으로써 관념적인 이념 선전을 피하고자 했다. 물론 송영의 평가대로 '작품의 결말이 기계적'[18]으로 맺어지기는 했지만 전쟁과 마적단의 습격, 민족 간의 갈등 등 혼란스러운 정치, 사회 환경 속에서 만주의 여러 민족이

---

16   「'흑룡강' 공연 보고」, 『삼천리』, 1940.7.24, 24~25면. 이상우, 앞의 글, 147면에서 재인용.
17   유치진, 앞의 글, 1941.6.5, 4면.
18   송영, 「국민극의 창작」, 『매일신보』, 1942.1.15~20.

고투하는 모습이 입체적으로 비교적 풍부하게 그려졌으며 그 속에서 '민족협화'의 모습이 자연스럽게 묻어나기도 했다.

1932년 2월, '만주국' 건국 직전의 북만주 농촌을 시·공간 배경으로 삼고 있는 〈흑룡강〉에서 협화적인 민족 관계는 만주의 소수민족인 조선인과 만주족, 몽고족을 통해 부각되었다. 특히 조선인과 만주족의 관계는 단편적으로 비추어진 것이 아니라 극의 전반적인 전개와 긴밀히 연결되어 묘사되었다. 이들의 협화적인 관계는 만주사변 이후, 장학량의 동북군에 쫓겨 다니다가 겨우 마을로 돌아온 조선인과 지주의 서사인 고이남이 재회하는 1막 첫 장면에서부터 그려진다.

고이남 나는 우리 만인滿人을 대신해서 여러분께 사죄합니다. 여러분의 큰 뜻으로서 용서해 주세요.

성천 비가 와야 땅이 굳어지듯이 피를 흘려야 나라가 자리잡힌답니다. 이 땅에 그만한 경난이 있었기에 만주국이라는 새 나라도 생기게 되지 않겠어요.

고이남 만주국이라니요?

성천 아직 못 들으셨수? 선통제宣統帝께서 새 나라의 임금이 되신대요.

고이남 선통제께서요? 만주滿洲의 주인主人이 만주로 돌아오십니다 그려. 선통제께선 저와 같은 만주족滿洲族이거든요.

성천 노고老賈, 지낸 일은 물론이고 앞으로 많이 도와주세요. 아무리 세상이 뒤집혀도 만주에서는 당신네들은 주인이고 우린 나그넵니다.

고이남 그렇게 사양하실 게 뭡니까? 우리가 만주국 국민이 된다면 당신네들도 만주국 국민이죠. 다 같은 의무와 권리를 가졌어요. 이젠 새 나라를 위해서 같이 힘씁시다.^{인용자 강조, 이하 동일[19]}

여기서 우선 주목되는 것은 만주에 대한 고이남과 조선인 성천의 인식이다. 곧 '만주국'이 세워지고 '선통제'가 임금이 된다는 성천의 말에 고이남은 '만주의 주인이 만주로 돌아온다', '선통제는 저와 같은 만주족'이라며 '만주가 만주족 고유의 영토'임을 강조한다. 즉 만주에 대한 고이남의 주인 의식이 두드러지게 표현되었다. 성천은 고이남의 이러한 의식에 '아무리 세상이 변해도 만주의 주인은 만주족'이라며 격하게 동조하는 한편 '우린 나그네'라며 조선인을 만주의 이방인으로 인식한다. 이는 사실상 만주족 외의 재만 기타 민족을 모두 '만주의 이방인'으로 간주하는 것이나 마찬가지다. 당시의 시대 의식에 반하는 이 '위태로운 발언'은 '만주국 국민'이라는 새로운 인식으로 치환됨으로써 '국민연극으로서의 정당성'을 획득한 듯 보인다. 그러나 '우리 모두 만주국 국민'이라는 대사는 관념적이고도 추상적인 정치적 구호에 불과한 것으로 앞에서 강조된 '만주 고유의 주인 = 만주족'이라는 역사적 진실 앞에서 무력해지고 만다. 좀 더 나아가 말하자면 영토-만주에 대한 강렬하고도 본질적인 역사 인식은 오히려 '만주국'의 식민주체인 일본의 침략성을 돌출시키는 효과를 낳고 말았다. 사건이 전개됨에 따라 드러나는 '만주국' 주체 민족인 일본에 대한 타자 인식은 이처럼 작품의 첫 대목부터 예고되고 있었다.

다음으로 주목을 요하는 것은 성천의 대사를 통해 전해지는 조선인과 만주족의 관계이다. '예전에 늘 도와주었듯이 앞으로도 도와 달라'고 부탁하는 성천의 대사를 통해 알 수 있듯이 만주족인 고이남은 사변 이전부터 지속적으로 조선인들을 도와주었다. 그 과정에서 양자의 관계는 조선인 성천이가 고이남을 '노고老賈'라고 친근하게 부를 정도로 친밀해졌

---

19 이재명 외편, 『해방 전(1940~1945) 공연희곡집』, 평민사, 2004의 별쇄본 『유치진 희곡』, 342~343면(이하 인용문 뒤 면수만 밝힘).

던 것이다. 사변 이후, 마을로 다시 돌아온 조선인들이 일본 영사관의 보호를 받았다는 이유로 한족 주민들의 배척을 받을 때에도 고이남은 변치 않고 조선인을 도와주었다. 당시 한족들은 조선인들이 수확한 곡식을 사지 않았을 뿐더러 자신들의 곡식도 조선인들에게 팔지 않았다. 조선인들의 이와 같이 딱한 사정을 알게 된 고이남은 대신 나서서 한족에게 곡식을 팔아 조선인들의 생계 문제를 해결해 주었다. 뿐만 아니라 고이남은 마적의 습격 소식을 조선인들에게 알려 제때에 피신할 수 있도록 도와주기도 하고 조선인과 지주가 우호적인 관계를 회복하여 서로 협력할 수 있도록 적극 중재하기도 한다. 그런데 문제는 중재자 역할을 자처한 고이남의 목적이 순수하지만은 않다는 데 있다. 그 이유는 고이남의 궁극적인 목적이 양자의 화해를 도모하려는 데 있는 것이 아니라 자신의 민족주의적 욕망을 실현하려는 데 있기 때문이다. 〈흑룡강〉의 고이남은 조선인들과 마찬가지로 '만주국'의 탄생을 기대하는 인물이다. 하지만 그의 기대감은 오족이 협화적으로 공존하는 신생 다민족국가에 대한 열망이 아닌, 만주족이 다스렸던 '청 왕조 복벽'에 대한 욕망으로부터 비롯된 것이다. 민족주의에 기반한 그 욕망은 고이남이 '만주족이 만주의 주인'이라며 은근히 긍지감을 드러낸 부분에서도 표출되었지만 무엇보다 '만주국'을 "현대에 부흥된 청나라 낙원"[359]이라고 설명하는 대사를 통해 가장 적나라하게 노출되었다. 고이남은 바로 그 욕망을 실현하기 위해 무기를 숨기려는 지주를 향해 '선통제가 임금으로 등극'하는 '만주국' 건국을 운운하며 일본군사에게 반납하고 '투항'할 것을 제안하기도 하고 건국의 걸림돌인 동북군 패잔군을 제거하기 위해 지주와 조선인 사이에서 중재 역할을 하기도 했던 것이다.

고이남	(두 사람이 안 보이기를 기다려서) 대인大人, 대인께서는 이우에 저 테병 놈들의 손에 휘둘리고 싶습니까? 왜 조선 사람들만 미워하시구 테군을 잡을 생각을 못하세요?
지주	무슨 좋은 수가 있니?
고이남	테군을 잡자면 조선 사람과 짜야 합니다. 때마침 테군한테 쫓겨서 조선 사람들은 지금 죽을 지경이에요. 그들의 울분은 하늘에 뻗혔습니다. 이제는 조선 사람들의 원수가 우리의 원수예요. 그 사람들만 앞장세우면 피 한방울 흘리지 않고 테군을 잡을 수가 있어요.
지주	그만 두게. 손에 무기 하나 없고 게다가 끼니를 굶어서 기진맥진한 놈들하고 짜면 뭘 해?
고이남	그 사람들의 배후에는 수백만의 일군이 있지 않습니까?
지주	그래 그게 어떻단 말야?
고이남	그 군사를 부릅시다.387면

위 인용문의 앞부분에서 고이남은 지주에게도 미움 받고 패잔군에게 마저 쫓겨 다니는 조선인의 처참한 신세를 대신 토로하는 한편 '조선인의 원수가 우리의 원수'라며 지주가 조선인과 협력하여 패잔군을 제거하도록 권유한다. 이때는 패잔군의 습격으로 조선인은 물론 지주마저 집과 아내를 빼앗기고 산 속으로 피신한 상황이었다. 따라서 고이남의 적극적인 중재는 마치 곤경에 빠진 조선인과 지주를 도와주기 위한 것처럼 보인다. 하지만 '조선인을 앞장세워 그 배후에 있는 수백만 일군의 힘'을 빌리면 '피 한 방울 흘리지 않고' 패잔군을 잡을 수 있다는 뒷부분의 대사와 그의 욕망을 결부하여 볼 때, 고이남의 적극적인 중재를 결코 순수하게 볼 수 없다. 그 노력 속에는 조선인과 지주의 힘, 더 정확하게 말하면 일

군의 힘을 빌려 반만항일反滿抗日 세력-패잔군을 효과적으로 제거함으로써 민족 부흥의 욕망을 실현하려는 속셈이 은폐되어 있기 때문이다. 고이남의 바람대로 작품의 말미에서 조선인과 지주는 힘을 합쳐 패잔군을 제거함으로써 '만주국' 건국에 일조하게 된다. 일방적으로 도움을 받던 조선인이 자의적이지는 않지만 결과적으로는 고이남의 욕망 실현에 지대한 도움을 주게 된 셈이다. 이처럼 〈흑룡강〉의 조선인과 만주족 고이남은 사심 없이 서로 도움을 주고받는 순수한 관계인 듯 보이다가 고이남의 욕망이 발견되는 순간 그 순수함은 변질되고 만다.

　이와 더불어 새롭게 드러나는 것은 바로 조선인에 대한 고이남의 인식이다. '조선 사람을 앞장세워 그 배후에 있는 일군의 힘을 빌리면 패잔군을 제거할 수 있다'는 그의 말을 통해 알 수 있듯이 고이남은 조선인을 일본의 보호를 받는 민족, 즉 일본의 앞잡이로 인식하고 있는 것이다. 이는 조선인에 대한 당시 한족들의 인식과 같은 것인데, 다른 점이라면 만주족-고이남은 조선인을 자신의 민족적 이익에 도움을 주는 민족으로 혹은 이용가치가 있는 민족으로 인식하는 반면 한족은 조선인을 자신들의 민족적 이익에 충돌을 일으키는 민족으로 인식한다는 데 있다. 고이남의 이러한 인식은 작품 전반부에서 조선인을 수전에 능한 우수한 민족으로 인식하고 친구처럼 생각하며 진심으로 도와주었던 것과 대조를 이룬다. 어쩌면 그 도움은 같은 소수민족에 대한 동질감에서 기인한 것이며 조선인이 만주족을 '만주의 주인'으로 인식한다는 것을 확인하고 '선통제가 만주로 돌아온다'는 소식을 접하는 순간부터 고이남의 민족주의 욕망이 싹틈과 더불어 조선인에 대한 인식이 변질했을지도 모른다. 어쨌든 〈흑룡강〉의 조선인과 만주족의 관계는 결코 순수하지 않으며 서로에 대한 인식 또한 결코 긍정적이지만은 않음을 알 수 있다.

한편 〈흑룡강〉의 조선인과 몽고인은 상부상조하며 함께 삶을 영위하는 모습으로 부각되었다. 작품에서 조선인의 수전 농사는 몽고인 챠리부하의 중요한 삶의 수단으로 그려졌다.

①

몽고인 제발 이젠 이 고장에서 떠나지 말아주우. 물속에 발 담그고 농사짓다가 몽고 사막에 가서 어떻게 삽니까? 당신네들이 없으니까 난 수전 농사 질 염두를 못 내겠습니다.

고이남 수전 농사야 조선 사람이 제일이지. 이분들이 없으면 흉내도 못 내고 말고.^{343면}

②

챠리부하 (마대麻袋를 내려 놓고) 지줏댁 서사 나리가 소개를 해줘서 이 챠리부하 할아범이 팔아췄다우

박선생 세세, 챠리부하

몽고인 (가만히) 밭에 (장네) 놓는 당거唐車 알죠. 그 자헌테서 팔았죠. 조선 사람하구 거래한다는 게 알리문 동리에서 돌린다구 제발 비밀로 해달랍디다.

박선생 동리에서 우릴 여간 미워하질 않는 모양이군요.

몽고인 걱정말우. 내가 살아 있잖아요. 당신네들이 이 동리에서 안 살면 죽은 우리 여편네가 울어요. 제사에 쌀밥을 못 얻어 먹어서…….^{349면}

인용문 ②를 통해 알 수 있듯이 조선인들이 중국인들의 미움을 받고 있는 상황에서 챠리부하는 고이남과 함께 조선인들 대신 나서서 곡식을

팔아 주었다. 자칫 일본의 앞잡이-조선인들을 도와주었다는 이유로 본인 역시 중국인들에게 배척당할 수 있는 상황임에도 불구하고 발 벗고 나선 이유는 ①에서 드러나듯이 만주에서의 수전 농사가 그의 중요한 생존수 단이 되었기 때문이다. 따라서 조선인들에게 '제발 이 고장에서 떠나지 말아 달라'고 하는 대목은 몽고인 챠리부하가 조선인을 자신의 생명선으 로 생각하고 있음을 말해 준다. 뿐만 아니라 다음 인용문을 통해 챠리부 하가 조선인을 진정한 친구로도 간주하고 있음을 확인할 수 있다.

> **양칠산**　나헌테서 가지고 간 방청료農賣金 내놔.
>
> **몽고인**　다 써 버렸어.
>
> **양칠산**　이 의리 없는 녀석! 나헌테서 농사 짓겠다고 돈까지 갖다 쓰고서 내
> 　　　　가 미끄러지니까 또 여기 와서 붙어?
>
> **몽고인**　임자하고는 작년에 만났지만 이 사람들은 나하고 같이 농사 짓던 이
> 　　　　전 친구야. 이 친구들이 하던 수전을 가로채선 안 된다구 내가 그래도
> 　　　　임자는 조선 사람든 다 죽었으니 걱정 말고 수전 농사 어떻게 짓는지
> 　　　　좀 가르켜 주우? 이러면서 싫대도 자꾸 그 돈을 갖다 맡겼지. 한 푼
> 　　　　인들 내가 어디 달랬어?365~366면

위 인용문은 양칠산이 수전 기술을 익혀 조선인들의 땅을 빼앗으려는 음모를 챠리부하가 폭로하는 대목인데, 여기서 챠리부하는 돈의 유혹을 뿌리치고 조선인에 대한 의리를 선택했다. 조선인을 배신하고 양칠산과 손을 잡고 수전을 가꿀 수 있었음에도 불구하고 의리를 지킨 이유는 바 로 조선인을 진정한 친구로 간주했기 때문인 것이다. 즉 조선인과 챠리 부하는 함께 수전 농사를 지으며 삶을 영위하는 과정에서 돈독한 우정을

쌓았던 것이다. 결국 조선인에 대한 챠리부하의 의리로 인해 양철산의 계략은 수포로 돌아가고 이로써 조선인들은 어렵게 개척한 땅을 수호하게 되었다. 이후 조선인에 대한 챠리부하의 의리는 생명의 위험을 무릅쓰고 호만복 일당에게 납치당한 조선인 연이를 보호하고 호만복을 제거할 수 있는 중요한 정보를 조선인들에게 전달하려던 대목에서도 두드러지게 표현되었다.

요컨대, 〈흑룡강〉은 조선인과 소수민족인 만주족, 몽고인의 관계를 비교적 풍부하게 부각시켰다. 개인의 정치적 욕망이 얽힌 탓으로 조선인과 만주족이 결코 이상적인^{또는 진정한} '민족협화'의 관계를 보여주지 못했다면, '남의 땅-만주'에서 우호적으로 공존해나가는 조선인과 몽고족은 상대적으로 이상적인 '민족협화'의 관계를 보여주었다고 할 수 있다. 이러한 관계 속에서 조선인은 만주족과 몽고족을 긍정적^{친구, 이웃}으로 인식했으며 몽고족 역시 조선인을 긍정적^{생명선, 친구}으로 인식했다. 그러나 만주족은 조선인을 이중적으로 즉 긍정적^{수전 기술에 강한 능력자, 친구}으로 인식함과 동시에 정치적 욕망의 개입에 따라 부정적^{일본의 '앞잡이'}으로도 인식했다.

3. 조선인과 중국인의 협화·비협화적 공존

1) 조선인과 한족 지주의 유동적인 관계와 상호 인식

〈흑룡강〉에 등장하는 한족은 지주 장거강과 그의 서사書司 당을진唐乙珍, 마을 사람들로 등장하는 농민들, 그리고 아편 장사꾼 양칠산梁七山과 만인 장사치 등이다. 이 글은 주로 건국 직전의 조선인들이 만주 농촌의 중요한 두 계층인 지주, 농민과 맺는 관계 및 그들 간의 상호 인식을 살펴보기로 한다.

기본적으로 장거강과 조선인은 지주와 소작농으로 일종의 생산 관계를 맺고 있는데, 만주사변 이전 이들의 관계는 마치 가족과도 같이 화목한 사이였다. 이는 토지계약서를 둘러싸고 벌어진 성천과 장거강의 언쟁을 통해 알 수 있다.

성천　우리를 친자식같이 봐주시던 대인께서 이게 무슨 말씀입니까? 온 세상이 우릴 배반해도 지둥[地主]만은 그러지 않으실 줄 알았어요.

지주　나는 언제든지 약한 자의 편이다. 십 년 전에 자네들이 의지가지 할길이 없어서 수십 명 식구를 거느리고 나를 찾아 여길 올 때를 생각해보게. 그때는 자네들은 목자 없는 양이었다. 그래서 나는 자네들헌테 땅을 빌려준다 종자를 해댄다 양식을 꾸어준다, 나는 내 힘껏 해주엇어, 그나 그 뿐이냐, 자네들이 마적한테 약탈을 당할 땐 말할 것도 없고 공산당이니 독립군이니 하고 거짓탈을 쓴 도적이 못살게 굴 때에도 나는 자네들을 보호해 주었다. 그래서 자네들의 살길을 열어 주었단 말야.

성천　저희도 사람이에요. 저이들은 대인께 대한 그 의리만을 지켜왔습니다.

지주　사변 전에는 사실 자네들은 의리 있는 사내였어. 나도 그 의리에 감격한 적이 한두 번이 아니야. 하지만 지금에 와서 자네들의 그 태도는 뭐야?[361면]

위의 대화에 의하면 지주는 조선의 이주민들에게 땅을 빌려주고 종자도 구해주며 만주에서 수전을 개척할 수 있도록 도와주었을 뿐만 아니라 마적의 습격으로부터 보호해주는 등 그야말로 친자식처럼 보살펴주었다. 즉 조선인들이 만주의 농촌에 정착하는 데 지주가 물심양면으로 도와주었다는 것이다. 한편 조선인들 역시 그런 지주를 은인으로 생각하며 그에 대한 의리를 지켜왔다. 이처럼 만주사변 이전에 조선인과 지주는 수직적인 생산 관계 속에서도 서로 인정을 나누며 화목하게 지냈다. 하지만 만주사변 이후, 조선인들이 동북군에 쫓겨 일본 영사관의 보호를 받다가 돌아왔다는 소문이 마을에 퍼지면서 조선인들은 '친일민족'으로 낙인찍히게 되었다. 그 와중에 양칠산이 사변 당시 조선인들이 동북군의 은신처를 일본군에게 밀고했다며 지주에게 고발하고 성천이가 '조선인을 잘 보살펴 주라'는 일본 영사관의 편지를 지주에게 전달하면서 조선인과 지주의 관계는 크게 틀어지게 되었다. 그러자 성천이는 '동방'이라는 보다 큰 집단의 이익을 내세우며 화목하게 지낼 것을 호소해 보지만 오히려 지주의 반감을 사고 만다. 지주는 "아무리 천하가 곤두서도 장작림은 내 친구요. 난 장학량 편이다. 장학량을 몰아내친 자와 부동허는 자네들은 내 원수요."[362면]라며 장학량에 대한 믿음을 저버리지 않는 한편 조선인을 '장학량을 몰아내친 자–일본'과 한통속으로 간주하며 원수로 못 박는다. 요컨대, 이 대목은 만주사변 전후, 서로 다른 조선인과 한족 지주의 민족 관계 및 상호 인식을 잘 보여준다. 사변을 계기로 이들의 관계는 친부모자식과도 같은 화목한 사이로부터 서로 의리를 저버린 원수 사이로 변화했으며 서로에 대한 인식 또한 긍정적으로부터 부정적으로 급변했다. 하지만 이들의 관계는 여기서 끝나는 게 아니라 호만복의 마을 습격 및 지주 아내의 납치사건을 계기로 또 한 번의 변화를 맞게 된다. 호만복은 장학량이 이끌던 동북군 퇴군의 두목으로 마을을 습격하여 조선인은 물론 지주의 재물과 아내마저 빼앗아간다. 겨우 산 속으로 피신하여 아내의 소식을 애타게 기다리던 지주는 하녀로부터 아내를 납치해간 인물이 장학량의 부하 호만복임을 알고 격분해한다.

> 지주   듣고 보니 생각난 일이 잇다. 그 녀석이 우리 집엘 몇 번 놀러 온 적이 있었어, 음 내가 의심한 게 맞았구나. 적실이 이것들이 내 눈을 속이구 내통한 게다. 아 — 내가 가장 존경하는 장학량張學良의 부하가 내가 금이야 옥이야 애끼는 여편네를……. 세상이 이렇게도 원통한 일이 있을까? 아 — 분해라. (…중략…) 내 마지막 명줄은 끊어졌다. 종월棯月이와 장학량張學良 군벌은 이 어두운 만주 벌에서는 내 생활의 유일의 등불이엇다. 헌데 이게 뭐야? 내겐 아무 것도 없어졌다. 붙들레야 붙들 게 없어졌어.
>
> (…중략…)
>
> 성천   우리와 생사를 같이 하시렵니까?
>
> 지주   이 땅에 죄악의 씨를 모조리 무찌를 수만 잇다면 내게는 종월棯月이만이 이젠 문제가 아니다.
>
> (…중략…)
>
> 지주   나를 막지 말아라. 나는 오랫동안 헤매다가 이제야 겨우 내 갈 길을 찾았다. [399~400면]

호만복의 정체를 알게 된 순간 과거 몸담았던 조직을 '만주의 유일한 등불'로 간주했던 지주의 믿음은 철저히 깨지게 되었다. 고립무원의 처지에 놓이게 된 지주는 결국 조선인들과 손을 잡고 아내를 구하기로 결심한다. 다소 충동적이고 갑작스러운 전개로 극작술이 문제시되는 대목이지만 조직에 대한 지주의 믿음과 아내에 대한 사랑을 감안하면 전혀 설득력이 없는 것은 아니다. 결국 지주는 조선인과 힘을 합쳐 호만복 일당을 제거하고 건국을 맞이한다. 이로써 사변 이후 적대적인 관계로 변화했던 조선인과 지주는 호만복의 출현으로 협력적인 사이로 급변한다. 그리고 이들의 협력은 결과적으로 호만복을 제거하고 '만주국' 건국에 일조하게 된다. 하지만 유의해야 할 점은 지주의 협력 목적이 결코 '만주국' 건국에 있지 않다는 데 있다. 위 인용문에서 잘 드러나지만 지주의 목적은 철저히 믿었던 조직에 대한 배신감 및 그에 대한 복수심과 아내에 대한 사랑에서 기인한 것이다. 조선인과 협력하여 반만항일세력인 호만복을 제거하고 '만주국' 건국에 일조했다고 하여 지주가 강조한 '내 갈 길'을 '만주국' 건국을 옹호하는 길 내지 친일의 길로 이해하는 것은 다소 비약적이다. "내게는 동월이만이 이젠 문제가 아니다"라는 말이나 조선인과의 협력 동기 등과 연결하여 볼 때, 그가 강조한 길은 사랑하는 아내 동월 즉 가족을 수호하는 길로 이해하는 편이 더욱 타당하다.

위에서 논의한 바와 같이 〈흑룡강〉의 조선인과 지주는 친부모자식과 같은 화목한 관계로부터 시작하여 원수와도 같은 적대적인 관계로 변화하였다가 또다시 협력적인 관계로 나아갔다. 처음에는 수전을 통한 양자의 경제적 이익을 기반으로 화목한 관계가 이루어졌으나 일본에 대한 양자의 정치적 입장이 다르다는 점이 확인됨과 동시에 만주 땅에 대한 조선인의 잠식을 위협적으로 감지하는 순간 양자의 관계는 악화되었다. 그러다 조선인의 생존권익 쟁취와 지주의 정치적 신념의 붕괴 및 가족 수호의 의지가 서로 맞물리면서 악화되었던 관계가 협력적으로 변화되었다. 즉 조선인과 지주의 정치·경제·민족적 이익 득실은 이들의 관계 형성과 변화에 작동되었던 주요 메커니즘이었다. 조선인과 지주의 상호 인식 또한 양자의 관계 변화에 따라 긍정적 또는 부정적으로 움직였다. 조선인은 지주를 만주 정착을 도와준 은인으로부터 의리를 저버린 배신자로, 또다시 함께 적을 제거한 협력자로 인식했다. 반면 지주는 조선인을 경제적 생산자로부터 정치·민족적 '반역자'로, 또다시 협력자로 간주했다.

〈흑룡강〉에 부각된 조선인과 한족 지주의 이와 같은 유동적인 관계와 상호 인식은 당시 만주 농촌의 실제 상황이었다. 윤휘탁의 연구에 의하면 당시 대부분 한족 지주들은 조선인들이 자신들의 척박한 땅을 개척하여 경제적 수익을 높여 줄 때에는 그들의 존재 가치를 높게 평가하면서 조선인의 정착을 돕고 민족 위상을 높여줌으로써 비교적 협화적인 관계를 유지하고 서로 긍정적으로 인식했다. 하지만 시간이 흘러 수지타산이 맞으면 다시 땅을 회수하여 직접 농사를 짓거나 중국인 농민에게 소작을 주어 분쟁을 야기하는 경우가 많았다. 그리하여 결국 양자의 관계가 악화되면서 조선인은 한족 지주를 부정적으로 인식하게 되었다.[20] 〈흑룡강〉은 지주 장거강과 조선인들의 관계를 통해 이와 같은 실제 상황을 여실히 보여주었다. 이 부분에 있어서는 "시대적 이념을 반영하되 사실에 기반하여 그 이념을 점차적으로 드러내야 한다"[21]고 강조했던 〈흑룡강〉 및 국민연극에 대한 유치진의 구상이 일정하게 빛을 발했다고 볼 수 있다. 하지만 지주를 설득하고자 목소리를 높인 성천의 관념적인 대사가 보여주듯이 유치진의 〈흑룡강〉은 결코 프로파간다극의 한계에서 완전히 벗어나지 못했다.

---

20 윤휘탁, 「근대 조선인의 만주농촌체험과 민족 인식」, 『한국민족운동사연구』 64, 한국민족운동사학회, 2010, 295~296면.

21 「上海·京城'兩地'藝術家交驩'座談會」, 『삼천리』 제9호, 1941.

2) 조선인과 기타 한족의 적대적 관계

〈흑룡강〉에서 지주 외에 등장하는 한족은 주로 외부에서 흘러 들어온 협잡꾼 양칠산과 호만복 및 조선인과 함께 살아가는 '마을 사람들'^{이하 '한족}^{들'로 지칭}이다. 이들은 조선인과 시종일관 적대적인 관계를 맺고 있는데, 그 중 작품 전반에 걸쳐 직·간접적으로 중요하게 부각되고 있는 것은 바로 조선인과 한족들의 관계이다. 이들의 적대적인 관계 역시 정치·경제·민족적 이익의 충돌과 밀접히 연관되어 있다. 한족들에게 있어 조선인은 만주를 침략한 일본에 '협력적'인 민족인 동시에 언젠가는 자신들의 생존권을 앗아갈 위협적인 민족이었다. 작품은 이 두 가지 측면을 둘러싸고 양자의 갈등을 전개했다. 조선인을 일본의 앞잡이로 간주하며 적대시하고 배척하는 내용은 작품 전반부에서 직접적으로 묘사되었다. 마을의 한족들이 조선인을 일본의 앞잡이로 간주하는 이유에 대해 작품이 직접적으로 내세우고 있는 것은 만주사변 당시 조선인들이 일본 영사관의 보호를 받았다는 사실이다. 이러한 사실로 인해 조선인들이 한족들에게 배척당하고 봉변당하는 내용은 다음과 같은 두 대목에서 가장 적나라하게 묘사되었다. 그 밖에 다소 민감한 '만보산사건'과 사실 확인이 되지 않은 밀고소문^{사변 당시 동북군의 거처를 일본군에게 밀고했다는 소문}을 간접적인 이유로 언급했다. 조선인을 적대시하는 장면은 다음과 같은 두 대목에서 가장 직접적이고도 적나라하게 묘사되었다.

이웃 여자	다섯 그릇만 주우. (하면서 돈을 내준다. 서씨^{徐氏}도 돈을 끌러내서 손에 든다.)
만인 장사치	(돈을 받으려하지 않고 이웃 여자와 서씨^{徐氏}를 훑어보고는) 꺼져.
이웃 여자	아이 이 녀석 보게

성천	이 녀석!
만인 장사치	에 더러워(하면서 성천 앞에 침을 뱉는다).

(…중략…)

성천	왜 욕을 하느냐 말야?
만인 장사치	너희들이 개노릇을 하니까 그렇지 뭐.
성천	개?
만인 장사치	너희들 하얼빈 일본 영사관에 있었잖아? 거기서 밥 얻어 먹고 돈 얻었지? 금방 그 돈이 바로 그 돈 아냐. 그런 돈을 뻔뻔스럽게두 남의 앞에 내놔?[347면]

길보	우릴 일본 영사관에 있다가 왔다고 온 동리가 들구 일어나서 지랄이라우.
박선생	여기보다도 거긴 더 심하군 그래.
길보	딱한 소리지. 우리더러 몇십 년 해먹은 농토를 두고 나가라니 어딜 가나 갈 데가 있어야 가죠. 그래 죽었으면 죽었지 이 만주 땅에서는 비켜서진 못하겠다구 버텼지요. 그랬더니 총뿌리로 우리 형님의 양가슴팍을 사정없이 칩니다 그려. 단번에 폭 쓰러졌죠. 말 마세요. 입에서 시뻘건 피가 흐르는데 에이 참 아직도 피가 묻었군 그래.[351면]

위 두 인용문에서 잘 드러나듯이 한족들은 조선인들이 일본 영사관의 보호를 받았다는 이유로 그들에게 음식을 팔지 않을 뿐만 아니라 폭력까지 휘둘러 몇십 년간 가꾼 터전에서 무자비하게 쫓아내기까지 한다. 이러한 갈등 속에서 양자는 서로를 부정적으로 인식할 수밖에 없는데, 이는 서로를 '꺼우리', '개', '테놈'이라 폄하는 용어를 통해 잘 드러난다. 그 밖

에 땅 문제를 둘러싼 한족들의 위기 의식은 조선인이 개척한 땅을 빼앗으려는 양칠산의 심리와 고이남의 대사를 통해 대변되었다.

> 양칠산   놈들은 우리의 원수에요. 지난 난리에 쌍성보雙城堡에서 쫓겨온 동백군東北軍이 여기 숨어 있는 줄을 일군이 어떻게 알았겠소. 조선 놈들이 다 가르쳐 준 거에요. 그래서 전멸을 당한 겁니다. 대체 농민이란 군대보다 더 무서운 놈들이에요. 군대는 전쟁만 끝나면 본국으로 다 돌아가지만 농민이란 소진드기 모양으로 땅에 붙어서 끝까지 땅기운을 빨아 먹거든요. 우린 어떻게 해서라도 조선 농민을 이 땅에 발을 못 붙이게 해야 합니다. 이 주테에다가 대인께서 도장만 하나 찍어 주세요. 그러면 이걸 핑계로 난 놈들을 다 쫓아낼 테에요.
>
> 지주   조선 놈을 몰아 내치구 자네가 수전 농사를 지어 보겠단 말이지?
>
> 양칠산   네. 그렇습니다. 조선 사람이 하는 걸 우리 한족漢族이 왜 못한단 말이에요.
>
> 지주   새 주테를 맹글 게 없어. 좀 기다리게. 조선 농민을 불러서 그자들에게 내가 해준 토지사용계약서土地使用契約書를 도로 빼앗아 줌세.³⁶⁰면

위 인용문은 양칠산이 지주와 조선인 사이에 이간을 붙이는 대목인데, 여기서 양칠산은 지주가 조선인에 대한 의리를 깨야 하는 이유를 두 가지로 피력하고 있다. 하나는 사변 당시 조선인들이 동북군의 은신처를 일본군에게 밀고했기 때문이고 다른 하나는 결국 조선인들이 한족들의 땅을 모두 차지하게 될 것이기 때문이라는 것이다. 후자는 "조선 사람을 그냥 두면 자꾸 몰려 들어와서 한전이 수전이 급기야는 만인이 다─ 내쫓기고 만다고. 그래서 온 동리가 디집혀서 조선 사람을 잡으려 든다"³⁸⁷면는

마을사람들의 생각을 전달하는 고이남의 대사를 통해 한 번 더 강조되었다. 〈흑룡강〉은 조선인에 대한 한족들의 이러한 인식을 두 민족 갈등의 요인이자 조선인들이 수난을 겪는 요인임을 강조하여 표현했다. 특히 땅 문제는 '만주국' 건국 전후 한족과 조선인 농민 간의 중요한 갈등이었다. 실제로 당시 한족 농민들은 만주 농촌으로 이주한 조선인들을 '농업 경쟁자' 내지 '침입자'로 간주했으며, 이에 따라 두 민족 사이에 갈등과 분쟁이 자주 빚어지면서 서로를 적대시하게 되었다.[22] 〈흑룡강〉은 바로 이러한 사실들을 여실히 반영한 것이다. 이는 유치진의 만주 농촌 체험과 리얼리티를 중요시했던 그의 연극관이 작용한 결과라고 할 수 있다. 그러나 유치진은 지주와의 갈등과 달리 조선인과 한족들의 갈등은 봉합하지 않은 채 시종 적대적 / 비협화적인 관계로 처리했다. 이는 〈흑룡강〉을 통해 '민족 상극에서 민족협화로 나아가는 면모'를 보여주고자 했던 유치진의 창작 의도를 고려할 때, 분명 균열이 드러나는 지점으로 흥미롭고도 문제적이라 할 수 있다. 이 문제 역시 마지막 장에서 보다 소상히 논의하기로 한다.

4. 타자화된 제국 일본

〈흑룡강〉의 일본과 각 민족의 관계는 전면에 등장하지 않고 등장인물들의 대화를 통해 간접적으로 전해진다. 작품 전반부[1~3막]에 일본 영사관에 얽힌 내용이 그려지는데, 그 부분이 집중적으로 전개되지는 않지만

---

22   위의 책, 297~298면.

조선인과 일본, 한족과 중국인 및 한족과 일본의 관계를 파악할 수 있는 매우 중요한 대목이다. 우선 작품 속 일본 영사관과 일본 군인은 동북군에 쫓기는 조선인을 보호해주고 호만복의 피습으로부터 구해줄 수 있는 조선인의 든든한 배후 세력으로 그려졌다. 하지만 '보호자' 일본에 대한 조선인의 인식이 이중적이라는 점을 아래 두 인용문을 통해 파악할 수 있다.

①

박대규   (성천 앞에 닥아 서며) 여보, 그 정말이유?

성천   영사관은 우리의 은인이유, 우리가 장학령張學良의 군사헌테 쫓겨 다닐 때마츰 하얼빈 영사관에 수용이 됐었기에 망정이지 그러지 않았으면 떼죽음했죠.

박대규   에이 더러운!(하면서 성천을 한 대 갈긴다. 성천은 더 반항하지 못하고 쓰러진다).

만인 장사치   (웃으며 나간다.)

박대규   (가지고 왔던 보퉁이를 도로 들고) 그 썩은 오장으로 얼마나 잘 사나 보자. 347면

②

고이남   여러분 이렇게 고생하지 말고 군대를 부릅시다. (⋯중략⋯)

수철   우리의 분한 것을 두고 말하자면 단박에 군대를 불러서 무찌르고 싶소. 하지만 그 뒤가 무섭소. 지낸 사변 때만 해도 이 땅에 군대가 들어온 것은 우리의 농간이라고 동리 사람이 들고 일어나서 우리를 못살게 굴고 심지어 양식까지도 안 팔지 않았소. 이런 후환을 또 어찌 겪는단 말이오. 미우나 고우나 이 땅이 아니면 우리는 발을 붙이고 살

데가 없는 사람이랍니다. 우리는 이대로 견디지요. 영사관에서도 견디는 사람이 최후에 이기는 사람이라 했다오.[397면]

　인용문 ①은 사변 때, 성천과 마을의 조선인들이 일본 영사관의 보호로 목숨을 부지했다는 사실을 알게 된 다른 마을의 조선인 박대규가 분개하며 짐을 들고 나가는 대목이다. 박대규가 왜 그런 태도를 보이는지 명시하지 않았지만 마지막에 장학량 부하인 호만복 패잔군에서 등장하는 모습을 통해 조선을 침탈한 일본에 대한 원한에서 그러한 태도를 보였음을 알 수 있다. 분명한 것은 일본을 은인으로 간주하는 주인공 성천과 달리 박대규는 일본을 원수로 취급하고 있다는 사실이다. 물론 결말 부분에서 박대규가 호만복의 만행에 자신의 경솔함을 깨우치며 결국 성천을 돕지만 이를 일본에 대한 그의 태도 변화와 일치시키기에는 무리가 있다. 죄 없는 백성들을 납치하고 그들의 재산을 빼앗는 호만복 패잔군의 만행을 '죄악'으로 강조하는 박대규의 태도는 오히려 조선을 침탈한 일본에 대한 인식을 완곡하게 보여준 것이라 할 수 있다. 일본에 대한 조선인의 부정적인 인식은 호만복을 효율적으로 제거하기 위해 일본군을 부르자는 고이남의 제안을 거절하는 수철의 태도-인용문 ②를 통해서도 드러난다. 사변을 겪으면서 일본과 조선인에 대한 한족들의 입장을 확인하게 된 수철은 일본 군인의 도움을 요청하면 한족들과의 관계가 반드시 악화될 것임을 강조한다. 이어 그는 만주에 정착하려면 조선인 스스로 문제를 극복해야 함을 피력한다. 이는 만주 / '만주국'에서 조선인들이 생존권을 획득하려면 한족과의 관계를 원활하게 처리해야 하며 그러기 위해서는 일본과 거리를 두어야 한다는 의미로 읽힌다. 역으로 해석하자면 수철이가 일본을 조선인과 한족의 협화적인 민족 관계를 위협 내지 파괴하는 존재로 인식하는 것이다. 좀 더 나아가 말하자면 '민족협화'의 기치를 내걸고 '만주국'을 건립한 제국 일본을 오히려 그 협화적 기치에 금을 내는 '파괴자'로 타자화한 것이다.

일본에 대한 〈흑룡강〉 조선인의 부정적인 인식이 주변 인물을 통해 간접적으로 표출되었다면 한족들의 일본 인식부적은 매우 직접적이고도 강렬하게 표출되었다. 〈흑룡강〉은 조선인을 일본의 '앞잡이'로 간주하는 한족들의 인식을 강조하여 표현했는데, 이는 곧 일본에 대한 한족들의 증오심을 표현한 것이나 마찬가지다. 작품은 지주 장거강의 입을 통해 일본에 대한 이러한 심리를 직접적이고도 강렬하게 드러냈다.

지주　(혼자 생각하며) 이 사람 생각해보게. 테군도 내 원수지만 조선 놈들도 내 원수가 아닌가? 지금은 온 동리가 들고 이러나서 조선 놈을 잡으려 하는데 나로서 그 원수의 손을 빌려 원수를 갚아? 그것은 비겁한 일이다. 내 손으로 그런 짓은 못하겠다. (…중략…)

지주　나는 그 같은 장수가 아닐세. 내가 애초에 장작림張作霖이와 의견이 틀려서 서로 헤어진 것도 내 성미에 그런 이의에 어그러지는 것을 못했기 때문이었어. 그래서 나만이 시골로 돌아와서 농사애비가 되고 말았네. 나는 내 마지막 피를 흘리드래도 결백하게 죽고 싶으이.

고이남　그러면 할 수 없죠. 조선 사람은 보내버리죠.

지주　그래라. 어떻게 해서라도 난 내 마누라를 찾고 그리구 테군을 개유시켜서 장사령의 부하로서 일본에 대항할 힘을 기르겠어.[388면]

위의 인용문에서 드러나듯이 지주와 마을의 한족들은 조선인을 원수로 생각하는데, 사실 그 근본적인 이유는 일본에 대한 증오심에서 비롯되었음은 더 말할 필요가 없다. 따라서 '죽어도 결백하게 죽고 싶다', '장사령의 부하로서 일본에 대항할 힘을 기르겠다'는 지주의 심리는 곧 민족의 원수인 일본군의 손을 빌려 개인적인 원한을 갚음으로써 민족의 죄인-'한간'이 되고 싶지 않기 때문에 스스로의 힘으로 항일하겠다는 의지인 것이다. '건국공신'인 성천이가 건국 맹세를 하고 일장기와 오색기가 휘날리는 순간에도 지주는 "동월이를 다리고 행복스럽게 성천의 말을 듯고 섯"416면을 뿐 그의 맹세에 동조하지 않는다. '행복스러운' 그의 표정은 개인적인 원한을 갚고 아내를 구해낸 사실에 대한 희열 그 이상도 이하도 아니다. 이처럼 만주사변 이후부터 '만주국' 건국에 이르는 과정까지 일본은 후경화 되었으며 그에 대한 부정적인 인식은 조선인과 한족들의 대사를 통해 간접적이지만 강렬하게 부각되었다. 이에 따라 '만주국' 오족협화의 구심점이 되어야 할 일본은 〈흑룡강〉에서 그 중심을 잃고 오히려 각 민족 간의 협화적인 공존을 위협하는 존재이자 기타 민족이 경계하는 대상으로 타자화되었다. 유치진의 창작 의도는 여기서 또 한 번 균열을 드러낸다.

5. 체화하지 못한 식민 논리 '민족협화'

〈흑룡강〉을 통해 '민족상극에서 민족협화'로 나아가는 '만주국'의 건국 이념과 대동아건설의 이상을 체현하고자 했던 유치진의 창작 의도는 조선인과 지주의 갈등 및 '화합'을 통해 가장 잘 표현되었다. 그 밖에 조선인과 마을의 한족 및 한족과 일본(인)은 '상극'으로, 조선인과 만주족, 몽고족은 비교적 '협화'적인 관계로, 일본과 조선인은 '협화'적인 듯 보이지만 한쪽조선인이 다른 한쪽일본을 '경계'하는 이중적인 관계로 부각되었다. 이처럼 유치진이 핵심적으로 보여주려 했던 '민족협화'는 모든 민족 관계를 통해 균일하게 체현되지 못함으로써 일정한 균열을 드러내고 있다. 그렇다면 왜 이와 같은 균열을 드러내게 된 것일까? 이 문제에 대해 이 글은 아래와 같이 풀이해보고자 한다.

우선, 큰 틀에서 볼 때, 〈흑룡강〉은 조선인을 비롯한 각 민족이 '만주국' 건국에 협력하는 내용을 그리고 있다. 다음, 이 큰 틀을 채우며 극을 이끌어가고 있는 것은 바로 각 민족 간의 관계이다. 그중, 가장 핵심적으로 그리고 있는 것은 재만조선인과 지주 및 기타 한족들의 갈등 관계이다. 또한 그 갈등 관계 안에서 작품이 지속적으로 강조하고 있는 것은 바로 조선인들의 만주 개척과 생존권이다. 이를테면 작품은 "조선인이 흑룡강 연안을 문전옥답으로 만들어 놓았기 때문에 지주가 이 땅의 아버지라면 조선인은 그 땅의 어머니이다"350면, 성천, "몇십 년 해먹은 농토를 두고 절대 만주 땅을 떠날 수 없다"351면, 길보, "만주 땅이 아니면 조선인은 발붙일 곳이 없다"396면, 수철, "만주 땅에서 목숨을 잃은 수천 수만의 조선인을 위해서라도 만주 땅을 지켜야 한다"396면, 학창라며 만주 개척의 일등공신으로서의 재만조선인의 생존권을 강하게 주장하고 있다. 특히 주인공 성천은 토지계약서를 빼앗으려는 지주에게 아주 강경한 태도를 보였는데, 조선인들의 개척 공로와 더불어 그에게 큰 힘을 실어주었던 것은 바로 '만주국'의 건국이념인 '민족협화'와 일제의 '대동아건설의 이상'이었다. 즉 만주 개척과 '민족협화', '대동아건설의 이상' 등은 성천을 비롯한 재만조선인들이 당당하게 만주 / '만주국'에서의 생존권을 주장할 수 있는 근거이자 명분이었다. 〈흑룡강〉은 또한 생존권 주장에 그치지 않고 이를 쟁취하는 방법을 두 가지 측면에서 제시하고 있는데, 그중 하나가 바로 '민족협화' 및

'대동아건설의 이상'과 연관되어 있다. 이는 아래 성천의 격정적인 호소를 통해 확인할 수 있다.

성천 　대인大人, 목전의 일만 생각하지 마시고 널리 천하 대세를 살펴보세요. 하후 바삐 일어서서 동방東方 사람의 힘으로 이 동방東方을 지켜야 합니다. 그러질 못하면 만주국 대국이 구 일본이고 할 것 없습니다. 한꺼번에 다— 망하고 맙니다. 우리는 북北으로 저— 우랄 산맥山脈에 만리장성萬裏長城을 쌓고 남으로 쟈바섬島에다가 봉화 뚝을 세워야 합니다. 그래서 안으로 각各 민족民族이 화목허구 밖으로 도적을 막아야 해요. 그래야만 비로소 이 만주 두 맘 놓고 사람 사는 나라가 될 거에요.

지주 　그게 무슨 잠고대람.

성천 　잠고대일지는 모르지요. 하지만 그렇게 하지 않으면 우린 못 삽니다. 대인大人께서도 진실로 만주를 사랑할 양이면 먼저 제 뜻에 찬동해 주세요. 우린 여태까지 만주에서는 방황하는 양이었어요. 하지만 이젠 제 갈 길을 붙들었습니다.

지주 　(대소大笑한다) 하하하…… 갈 길을 붙들어? 맘대루 붙들고 늘어지게. 하지만 아무리 천하가 곤두서도 장작림張作霖은 내 친구요. 난 장학량張學良 편이다. 장학량張學良을 몰아내친 자와 부동하는 자네들은 내 원수요. 잔소리 말고 내가 해 준 주테나 도로 내놓게.[361~362면]

위 인용문에서 성천이는 "동방 사람의 힘으로 이 동방을 지켜야" 비로소 만주와 일본 등 동방의 각 나라를 지킬 수 있으며 그러기 위해서는 "각 민족이 화목하고 밖으로 도적을 막아야" 할 것임을 지주에게 피력하고 있다. 일제 말기 제국 일본의 정치적 이념을 상기할 때, 성천이가 부르짖는 '동방 수호'는 곧 '대동아공영'과 연결되며 '도적을 막는 것'은 곧 '영미귀축'과 연결된다. 따라서 성천의 연설은 곧 '대동아공영'을 위해 만주의 각 민족이 협화적으로 공존하며 적군에 맞서야 한다는 의미로 해석된다. 이는 곧 〈흑룡강〉의 주제를 가장 직접적으로 표현한 대목이다. 하지만 그의 이러한 연설이 잠꼬대라는 지주의 말에 "그렇게 하지 않으면 우린 못삽니다", "우린 여태까지는 이 만주에서는 방황하는 양이였어요. 하지만 이젠 제 갈 길을 붙들었습니다"라며 결의에 찬 목소리로 대응하는 성천의 말을 좀 더 들여다보면 그 내적 의미를 파악할 수 있다. 그 의미인즉 '여러 민족이 협화적으로 공존하며 동방을 수호하지 않으면 — 대동아공영을 위하지 않으면 우리 — 만주의 조선인은 살지 못할 것'이므로 부득이하게 '인젠 제 갈길 — 민족협화 및 대동아공영의 길'을 선택할 수밖에 없다는 뜻이다. 다시 말하면 재만조선인의 생존권을 쟁취하기 위해 '민족협화'와 '대동아공영'이라는 일제의 정치적 이념을 따를 수밖에 없다는 것으로 해석된다. 주인공 성천을 비롯한 조선인이 지주를 설득하여 함께 '만주국' 건국에 협력한 것 역시 이러한 목적과 연관된다. 요컨대, 〈흑룡강〉은 재만조선인의 생존 이익을 우선시함과 동시에 '만주국' 건국 협력 및 '민족협화'와 '대동아공영'에 대한 추구를 재만조선인의 생존권 쟁취 방법으로 제시했다고 볼 수 있다.

그 밖에 민족 간의 갈등 해결을 또 하나의 방법으로 제시하고 있는데, 이를 위해 작품은 조선인이 한족, 만주족, 몽고족 및 일본과 맺는 관계를 하나하나 보여주었다. 그중, 민족 갈등과 관련하여 작품이 직 / 간접적으로 부각시키고 있는 것은 조선인과 일본, 한족과 일본 및 조선인과 한족, 이 세 민족의 상호 관계이다. 또한 재만조선인의 생존권 확보에 있어서 반드시 해결해야 할 문제로 〈흑룡강〉이 강조하고 있는 것은 바로 조선인과 한족의 갈등이다. 〈흑룡강〉은 이들의 갈등 요인을 두 가지 측면에서 강조하고 있는데, 하나는 땅을 둘러싼 경제적 갈등이고 다른 하나는 일본을 둘러싼 정치적 갈등이다. 전자는 조선인들이 만주 땅을 수전으로 모두 잠식할 것이라는 한족들의 불안감에서 비롯된 것인데, 작품은 이 갈등이 폭발하는 지점에서 조선인들의 만주 개척을 운운하며 생존권을 강하게 주장했을 뿐 갈등을 해소하지는 못했다. 〈흑룡강〉은 재만조선인들이 현실적으로 한족들의 배척에 대응할 수 있는 최소의 '무기'이자 양자의 갈등을 해소하고 생존권을 보장 받는 데 필요한 이론적 근거로서 만주 개척의 공로를 강조한 것이었다. 이는 작품이 제시하고 있는 가장 기초적이고 현실적인 대안이다. 하지만 그 대안이 갈등 해결로까지 나아가지 못함으로써 창작 의도에 균열을 드러내고 말았다.

한편 일본을 둘러싼 조선인과 한족들의 갈등은 작품에서도 잘 드러나듯이 한족과 일본의 원한 관계로부터 비롯되었다. 청일전쟁에서부터 시작된 한족과 일본의 원한 관계는 일본의 만주 점령을 계기로 더욱 깊이 발효되었으며 이는 〈흑룡강〉의 한족들, 특히 지주 장거강을 통해 가장 직접적으로 노출되었다. 한족들이 조선인을 미워하고 배척하는 이유 중 하나는 바로 조선인이 원수와도 같은 일본의 보호를 받는다는 사실이다. 앞에서 논의한 바와 같이 〈흑룡강〉은 시종일관 이 점을 중요하게 부각시키고 있으며 작품의 말미에 이르러 조선인들이 일본을 경계하는 모습을 보여주었다. 즉 작품은 재만조선인들이 일본과 일정한 거리를 유지함으로써 한족들과의 갈등을 완화할 것을 암시했다. 이처럼 유치진은 한족과 일본을 시종 원수 관계로 각인시킴과 동시에 조선인과 일본 또한 완전히 '협화적'이지만은 않은 사이로 그려냄으로써 자신의 창작 의도에 또 하나의 균열을 가했다. 이 글은 이 역시 유치진이 재만조선인들의 생존이익을 우선시한 결과라고 본다.

요컨대, 〈흑룡강〉은 재만조선인을 만주 개척 및 '만주국' 건국의 공로자로 강조함으로써 '조선인이 만주 / 만주국에서 충분히 살아갈 권리가 있다'라는 이른바 재만조선인의 정당한 생존 권리를 주장하고 그 권리를 확보하는 방법을 제시했다. 그 방법인즉 일제의 정치이념인 '민족협화', 나아가 '대동아공영'을 추구함과 동시에 '만주국' 다수의 민족인 한족과의 갈등을 해결하는 것이었다. 작품은 또한 그 갈등을 해결하기 위해 재만조선인들이 만주 개척 및 '건국 협력'을 근거로 생존권을 주장할 것을 강조한 한편 일본을 경계할 것을 암시했다. 한마디로 유치진이 〈흑룡강〉을 통해 체현하고 있는 '민족협화'는 조선인의 이익을 중심으로 한 '협화'로 귀결된다. 또한 중요한 것은 유치진〈흑룡강〉이 어디까지나 '만주국' 및 '대동아 건설의 이상'이라는 일제의 식민논리 속에서 재만조선인의 이익을 추구하고 있다는 점이다. 따라서 조선인의 이익 여부에 따라 〈흑룡강〉의 '민족협화'는 일정한 균열을 드러낼 수밖에 없었던 것으로 보인다. 이 작품이 '만주국' 건국 9년 뒤인 1941년에 공연되었다는 점에서 볼 때, 이러한 균열은 곧 '만주국'의 이상과 현실의 괴리, 즉 '만주국'의 허상을 간접적으로 비춘 셈이다. 이는 일제의 식민논리에 부풀었던 유치진의 이상이 국민연극이라는 구체적인 행동 실천으로 이어지는 과정에서 겪은 괴리감과 같은 것이었다. 문경연은 〈북진대〉 공연 이후, 유치진이 국민연극에 회의를 느낌과 동시에 〈대추나무〉를 끝으로 해방 전까지 더 이상 창작을 이어가지 않은 사실에 대해 유치진이 "국민연극의 논리에는 경도되었지만 그것의 예술적 성취에는 의심"했으며 "이 의심은 제국의 담론이자 자신의 신념에 균열을 내는 것에 다름 아니다"라고 밝혔다.[23] 이 글은 이 모든 균열이나 괴리감이 결국 유치진이 일본인이 아닌 식민지 조선인 또는 재만조선인의 입장에서 일제의 식민논리를 수용함으로써 초래된 결과가 아닌가 한다. 환언하자면 일제의 식민논리를 완전히 체화하지 못한 채, 국민연극을 실천한 결과라고 할 수 있다는 것이다. 한편, 이 작품을 통해 유치진이 상상했던 '대동아공영' 역시 조선인의 이익을 우위로 고려한 '공영'이라 단정 지을 수 없다. 하지만 앞에서 언급한 주인공 성천의 호소로부터 볼 때, 이 관점이 유치진의 '대동아공영' 상상에 접근할 수 있는 하나의 통로가 되지 않을까 한다.

---

23 문경연, 앞의 책, 65면.

'만주국' 시기 중국인문학과 타자 인식

제2부

위만주국, 동아시아 연대의 테제와 안티테제

류샤오리
화둥사범대학교 중문학과 교수
번역_ 김혜주, 이화여자대학교

1. 동아시아 식민주의를 반대한 동아시아의 연대

한국 학자들은 일찍이 중국과 한국 사상계에 "중국에 '아시아'란 관념이 있는가?"란 질문을 던졌다.[1] 한국 지식인들은 동아시아 지식계에서 중국 현대 지식인들이 한국과 일본보다 중국을 동아시아의 범주에 넣어 사고하려는 시각이 부족하고, 직접 서구에 대항하려 한다고 생각하는 것 같다. 중국 지식인이 동아시아 연대에 대한 '수평적 사고'가 부족하다고 지적하는 비평은 일면 타당하면서 근거가 있다. 일본 학자들이 제기한 '문명으로서의 아시아'오카쿠라 텐신(岡倉天心)나 '방법으로서 아시아'다케우치 요시미(竹內好), 한국 학자가 제기한 '지성 실험으로서의 아시아'백영서(白永瑞)와 달리, 중국은 이에 상응하는 동아시아 담론을 제기한 바가 없다. 비록 20세기 초, 중국의 지식인 량치차오梁啓超나 혁명가 쑨중산孫中山이 일찍이 동아시

---

1   白永瑞, 『世界之交再思東亞』, 『讀書』 8, 1999; 「在中國有亞洲嗎?-韓國人的視角」, 『東方文化』 4, 2000. 여기서 '아시아(亞洲)'는 아시아 대륙 전체를 지칭한다기 보단 한국인의 시각에서 동아시아를 가리키는 것이며, 때로는 한, 중, 일 삼국 또는 중국, 일본, 한반도를 특정하기도 한다.

아 / 아시아에 깊은 관심을 보인 적은 있으나 그 후에 이와 관련된 논저는 찾아보기 힘들다. 이는 항일전쟁 시기 일본이 제기한 '동아시아 신질서', '대동아공영' 등 동아시아 통합을 강압한 이데올로기의 영향 때문이기도 하고, 전후 냉전 시기 동아시아가 적대적인 두 진영으로 나누어져 있었기 때문일 것이다. 냉전 종식 후, 동아시아 경제가 통합되면서 동아시아라는 시각도 중국 지식계에 유입되기 시작했지만, 학자 쑨거孫歌가 관찰하였듯이 동아시아 논의는 "우리들의 지식적 토양에서 '자연스럽게' 자라난 것이 아니라" "이식된 색채를 크게" 띠고 있다.[2] 일본과 한국에서 동아시아 연구 성과가 풍부하게 축적되고, 미국 대학에서 동아시아 학과가 설립되는 등 학문이 세계화된 오늘날의 환경은 중국의 동아시아 연구를 재촉하고 있다. 쑨거는 중국의 동아시아 논의를 전통 유학의 시각, 동아시아를 서구의 현대에 대항하는 또 다른 현대로 바라보는 '현대화'의 시각, 전쟁 상처로 바라보는 시각 등 몇 가지 측면으로 정리하면서 이같은 동아시아 논의가 가진 공헌과 한계를 지적하였고, 동아시아의 원리를 찾아 인식론 면에서의 동아시아를 제안하며 포스트 동아시아시대에 어떻게 동아시아 공동체를 구축할 것인가란 문제를 직시한 바 있다.[3] 쑨거와 같은 학자들의 추동 아래, 중국 지식계도 동아시아 관점에서 바라보는 연구가 점차 심화하고 있다.

앞서 기술한 동아시아에 관한 사고들은 동아시아를 실체화하는 것, 특히 전후의 동아시아 사고를 구축하는 과정에서 전시의 '동아시아 신질

---

2   孫歌, 『尋找亞洲 – 創造另一種認識世界的方式』, 貴州出版集團 貴州人民出版社, 2019, 136면.

3   이와 관련된 쑨거의 저작은 다음과 같다. 『我們爲什麼要談東亞 – 狀況中的政治與歷史』, 『尋找亞洲 – 創造另一種認識世界的方式』, 『從那霸到上海 – 在臨界狀態中生活』.

서-동아시아 공영권' 같은 함정에 빠질 위험을 피하고자 노력하며, 동아시아 사고와 근대 일본의 침략 이데올로기를 구분 짓고 관념적인 동아시아 개념을 가져와 다양한 사고의 가능성을 열고자 하였다. 동아시아라는 개념적 범주를 빌려 사상 분야와 이론 공간에서 새로운 위치, 상호 관계, 나아가 세계적인 시스템을 발견하고, 더불어 인식론에서의 새로운 변화를 꾀하고자 한 것이다. 그런데 동아시아 연대, 동아시아 공동체는 과연 관념적인 존재일까 아니면 그 실체가 있는 존재일까? 일본이 폭력적으로 결합한 동아시아 통합 외에 또 다른 동아시아 연대, 동아시아 공동체는 존재하지 않았을까?

근대 일본에서 반反서구 식민주의로 구축된 아시아주의는 일본 정치무대에 들어선 후에 일본제국주의의 동아시아 식민지 침략전략으로 재빠르게 변모했고, '아시아는 아시아인이다'란 이름 아래 일본은 중국, 조선, 동남아시아에서 자신들의 제국, 식민지를 확장해 나갔다. 일본 식민 폭력에 의해 강요된 동아시아 통합이 일본제국 내의 시각에서 '아시아주의-동아시아 신질서-대동아공영권'으로 재조명되었다면, 일본 식민 침략에 의해 광적으로 약탈당한 류큐, 타이완, 한반도, 만주국 그리고 화베이·화중 윤함구 지역을 포함한 동남아시아 등지에서는 반식민, 반침략의 다양한 저항 및 상호연합운동을 통해 또 다른 동아시아 연대, 동아시아 공동체가 형성되었다. 일본제국이 주도한 동아시아 질서 이면에는 또 다른 동아시아 질서이자 동아시아 연대, 즉 반反동아시아 식민주의, 반反일제국주의 동아시아 연대가 있었던 것이다. 이와 같은 동아시아 연대, 동아시아 공동체 의식은 반항 속에서 자연스럽게 형성됐고, 삶에서 흘러나온 진정한 동아시아의 연대감을 이루었다. 이러한 동아시아 연대감은 동아시아를 이해하는 데 있어 간과할 수 없는 유산이자 동아시아란 의제를 고

민하는 데 빠질 수 없는 기본적 사실이다.

이를 위해 본 논문은 만주국의 문학 활동을 사례로 삼아 일본의 식민 통치 지역이자 '동아시아 통합의 실험장'이던 중국 둥베이에서 다민족 문학자들의 교류 실상을 살피고, 반反동아시아 식민주의의 동아시아 연대 의식, 동아시아 공동체 의식이 어떻게 발생했는지, 어떻게 문학 활동과 문학 형식을 통해 드러났는지 고찰해 본다. 이들 중국 지식인들에게 동아시아에 대한 인식은 절대 부족하지 않았고, 동아시아의 시각도 이식된 것이 아니라 일상생활과 일상적인 교류 속에서 자연스럽게 자라난 것이었다. 강요된 동아시아 공동체 실험에 반항하기 위해, 만주국에 생활한 지식인들은 오히려 동아시아를 자기 것으로 삼아 저항에서 주체의 형성까지 반일 민족주의와 국제주의를 결합한 동아시아 연대 의식을 발전시켰다.

2. 만주국 '동아시아 통합의 실험장'

만주국을 이 과제의 연구 사례로 선택한 이유는 만주국이 일본이 상상했던 실체적인 '동아시아 통합'의 핵심 지역이며, 일본이 망상한 '동아시아 통합의 실험장'으로 '대동아'의 원형에 부합하기 때문이다. 괴뢰국 수도인 '신징新京'은 일본식 건물, 중국식 탑루, 인도식 아치창, 시암풍식 외벽장식을 볼 수 있고, 중국어, 조선어, 러시아어, 몽골어가 거리에서 들려오는 마치 작은 동아시아 세계 같았다. 일본은 만주국에서 정치, 경제, 문화 방면에서 다양한 실험을 진행했고, 이러한 실험은 '대동아건설'에 직접 이바지하였다. 예를 들어, 일본 관동군이 참여해 세운 만주국의 '건국대학建國大學, 1936[4]'은 '아시아대학亞細亞大學'으로 개명하며 '아시아 연맹'

을 위해 봉사할 계획이었다. '주식회사 만주영화협회'株式會社滿洲映畫協會', 즉 '만영'1937는 '대동아영화권'을 구축하고자 동남아시아를 포함한 일본 점령지에 끊임없이 확대되었고, '만영'의 여배우 리샹란李香蘭은 '대동아 이미지'의 대변인이었다.[5] 만주국에서 추진된 '만주문학'은 훗날 '대동아문학'의 모태가 되었으며, '동아시아 신질서'1938, '대동아공영권'1940은 만주국의 이념이 되었다. 이같은 '동아시아 통합의 실험장'에서 우리는 동아시아 통합을 구상했던 일본의 패권적 성격을 엿볼 수 있으며, 식민패권이 태동시킨 동아시아 연대의 진실이 무엇인지도 발견할 수 있다. 만주국은 그야말로 동아시아 연대의 테제이자 동아시아 연대의 안티테제였다. 일본은 만주국을 실험장으로 삼아 동아시아 통합을 강압적으로 추진하며 중국과 동아시아 지역을 위기에 빠뜨렸지만, '동아시아 통합의 실험'을 반대하는 동아시아 연대감 역시 단련될 수 있었다.

일본은 메이지유신 이후 '문명개화文明開化', 식산흥업殖産興業', '부국강병富國強兵'을 제창하고 서구 열강과 맺은 불평등 조약을 점진적으로 개정하면서 서구의 동아시아 식민지확장 방식을 모방하기 시작했다. 타이완1895과 조선1910을 병합하고 중국 둥베이를 침공1931하여 괴뢰 정권의 만주국을 지원했고 1937년 전면적인 중국 침공을 계기로 동남아시아까지 전쟁의 불길이 타올랐다. 동아시아 침략의 확대 과정에서 일본의 식민 통치는 다양해졌는데, 만주국의 식민 통치는 들인 판돈이 가장 컸던 '큰 도박판'이었다.[6] 9·18사변 이후 1932년 일본 관동군은 중국 둥베이에서 만주

4　山根幸, 「"滿洲"建國大學與日本」, 周啟乾 譯, 『抗日戰爭硏究』 4, 1993.

5　斯蒂芬森, 「到處是她的身影－上海, 李香蘭和大東亞電影圈」, 張英進 編, 『民国时期的上海电影与城市文化』, 斯福大学出版社, 1999 참고.

6　만주국에는 '아시아호'라고 하는 동아시아에서 가장 빠른 기차가 있고, 동아시아의 가장 현대적인 도시 '신징(창춘)'이 있고, 동아시아의 가장 크고 가장 최신의 문화공장인

국이란 인위적인 '국가'를 만들어냈다. 이는 서구의 오래된 제국주의 식민지배 방식과 다르고, 일본이 초기 타이완, 조선, '관동주'뤼순, 다롄에서의 식민지배 방식과도 다른, 제국주의 새로운 식민통치 방식이었다. 만주국의 국가원수는 청 왕조의 순제遜帝인 아이신쥐뤄 푸이愛新覺羅·溥儀, 1906~1967였지만 실제 조종자는 일본 관동군과 일본 관리들이었다. 만주국이란 이름은 복합적인 민족으로 구성된 동양의 현대적 독립 '국가'를 의미하였고, '왕도낙토王道樂土', '민족협화民族協和', '순천안민順天安民', '민본주의民本主義' 등 일련의 '건국' 이데올로기가 추진되었다. 만주국은 이념적으로 '패권주의'에 반대하고 '왕도주의'를 추진하며 아시아주의亞細亞主義 / 대아주주의大亞洲主義를 실행했다. 이런 만주국이 맞닥뜨린 문제는 약육강식의 현대 세계에서 어떻게 생존하느냐가 아니라 현대 세계에 새로운 문명의 가치를 어떻게 제공할 것인가였다.

만주국의 「건국선언」은 "왕도주의를 실행하면 경내의 모든 민족이 태평성세를 이루어 희희낙락하고, 동아시아의 영원한 영광을 보존하여 세계정치의 모델이 될 것이다"라고 공언하고 있지만,[7] 관동군과 일본 관리가 주도한 만주국은 사실상 일본의 '황도사상'이 만주국의 정치·사회 계획에 강하게 개입할 수밖에 없었다. 1935년 푸이는 방일 후 돌아와서 「회란훈민조서回鑾訓民詔書」를 반포하며, "짐과 일본 천황폐하의 정신은 하나다. 우방과 일덕일심一德一心으로 양국의 영원한 토대를 다져서 동방 도덕

'만영'이 있었다. 일찍이 '만영'의 이사장을 역임하였고, 만주국의 '밤의 황제'로 불리던 아마카스 마사히코(甘粕正彦, 1891~1945)는 일본 패전 후 자살을 했는데, 죽기 직전 사무실 칠판에는 다음과 같이 쓰여 있었다. "값비싼 한 탕의 도박은 본전만 날리고 건진 것이 아무것도 없었다."

7   원문 "實行王道主義, 必使境內一切民族, 熙熙皞皞, 如登春台, 保東亞永久之光榮, 爲世界政治之模型". '만주국건국선언'는 정부가 대동 원년인 1932년 4월 1일에 공포했다. 中根不羈雄 編譯, 『滿洲新六法』, "滿洲行政學會"印制, 1937, 16면.

의 진의眞義를 발양한다"고 선언하였다.[8] 이른바 '정신은 하나'란 것은 일본 천황에게 주체성을 완전히 양도하겠다는 것이고, '일덕일심'은 식민지 신분을 인정하는 것이었다. 만주국은 표면적으로 유가의 왕도주의를 표명했지만, 실상은 일본의 황도주의와 다름없었다. 반反서양 식민주의를 부르짖는 '아시아주의'도 결국엔 일본의 동아시아 식민지배로 변형되었다. 이른바 '동아시아의 신질서'는 '일日·만滿·화華' 3국이 서로 협력하는 것이었지만 만주국과 중화민국 두 개의 괴뢰 정권이 일본에 완전히 봉사하도록 강요되었고, 이를 모델로 삼아 더 큰 범위의 '대동아공영권'이 구상되었다. 무장 점령 이후 확장의 야망에 봉사하는 독립국 또는 괴뢰 정부를 만든다는 점에서, 만주국의 실험이 '동아시아 신질서'로, 또다시 '대동아공영권'으로 발전되는 발상은 기본적으로 동일한 성격을 갖고 있었다. 이같은 동아시아적 발상이 추진되자 동아시아는 멈추지 않는 '빨간 구두'를 신게 되었고 확장된 동아시아는 영원히 멈출 수 없게 되었다. '대동아공영권'의 범위는 동아시아, 러시아 극동 지역, 동남아시아에서 머지않아 오세아니아, 인도, 아프가니스탄을 포함하는 것까지 상상되었고 캐나다, 미국 서부, 중앙아메리카 등으로 더 나아갔다. "아시아는 하나"오카쿠라 텐신의 말가 아니라 세계는 하나였다. 더 중요한 것은, 이 망상 속에서 일본은 자신을 세계의 중심, 세계의 유일한 주인이라고 상상했다는 것이다.

만주국의 또 다른 실험적인 '건국' 이념인 '민족협화'는 스스로 복합 민족의 동양 현대국가임을 선언한다. 단일 민족인 일본이 중국 둥베이를 무장 점령한 이후 다른 일본 점령지와 달리 직면했던 새로운 문제는 바로 국족國族의 복잡다단함이었다. 구체적으로 보면 둥베이는 중국 변방에 위

---

8   吉林省檔案館 編, 『溥儀宮廷活動錄(1932~1945)』, 檔案出版社, 1987, 78~79면.

치하여 조선과 러시아에 인접해 있었고, 더불어 일본과 러시아가 각각 북만철도와 남만철도의 부설권을 강탈하면서[9] 러시아 교민, 일본 교민 및 조선의 이민자가 생겨났다. 둥베이는 원래 다양한 민족의 섞여 살던 지역으로 한족 외에도 둥베이에서 오랫동안 거주하던 만주족, 몽고족, 오르촌鄂倫春, 허저赫哲 등이 있었고, 그 외에 여러 가지 이유로 이주해 온 조선인, 러시아인, 일본인 등이 존재했다. 둥베이사회는 동아시아의 여러 나라와 민족이 농축된 작은 동아시아 사회와 같았다. 일본이 만주국에서 다양한 국족 / 민족을 다루는 방식은 훗날 '대동아공영권'이란 국가 간의 관계를 구상하는 데 길잡이가 되었다. 둥베이사회의 복잡한 민족 현실에 직면하여 만주국에서는 '민족협화'라는 이념이 제기되었고, 「건국선언」은 "새로운 국가의 영토에 거주하는 모든 사람은 인종의 차별, 존비의 차이가 없으며, 본래 한족, 만주족, 몽고족 및 일본, 조선의 여러 민족 외에도 다른 나라 사람들이 오랫동안 거주하기 원한다면 역시 평등하게 대우를 하고 그에 합당한 권리를 보장하여 조금도 침해받지 않도록 한다"[10]고 선언하였다. 한족, 만주족, 몽고족, 일본, 조선의 다섯 민족의 평등과 공존공영을 꾀하였고, 이후 '민족협화'는 '오족협화'로 직접적으로 홍보되었다.[11] 그

---

9 청 말기에 제정 러시아는 동북에 철도를 건설하고는 철도 주변지의 일방적인 점령을 선언하였다. 1904년 일본은 동북을 분할하고 이익을 취하기 위해 둥베이 땅에서 러시아와 전쟁, 즉 러일전쟁을 일으켰다. 1905년 러시아 패하고 일본과 러시아는 '포츠머스' 조약을 체결하여, 러시아가 가진 남만주 철도 부속지의 권리를 일본에게 이양하도록 규정했다.

10 中根不羈雄 編譯, 『滿洲新六法』, "滿洲行政學會"印制, 1937, 16면.

11 '오족협화'는 한인, 만인, 몽골인, 일본인, 조선인의 다섯 민족으로 규정된다. 국무총리 관아에는 일, 한, 만, 몽, 조선의 다섯 소녀가 함께 춤을 추고 있는 벽화가 있었고, 훗날 이 그림이 우표로 발행되기도 했다. 나중에는 일, 만, 몽, 조선, 러시아를 오족이라 하는 또 다른 정의가 나타나기도 하는데 이런 구분에서는 한인과 만주인을 합쳐 만주족이라 부른 것이며, 당시 대중적인 선전 포스터에서 이러한 다섯 민족을 쉽게 볼 수 있었다.

러나 '오족협화'를 선전한 정부 문서와 달리 현실에서는 민족의 위계질서가 가득했다. 일상생활과 밀접한 식량 배급과 임금 등급 규정에서 민족적 등급 차이가 숨김없이 드러났다. 식량 배급에 있어 1급은 일본인으로 쌀을 배급하고, 2급은 조선인으로 쌀과 수수를 반반씩 배급하고, 3급은 만주인각 민족의 중국인-인용자 주으로 수수만 배급한다고 규정되어 있었다. 만영의 스타였던 리샹란은 전후 만주국 시절을 회상하며, "만찬이나 연회에서 모두 같은 원탁에 둘러앉아 같은 음식을 먹고 같은 술을 마셨지만 일본인은 흰 쌀밥을, 중국인은 수수밥을 먹었다"고 말한 바 있다.[12] 임금소득 등급에서도 일본인, 조선인, 만주인 순으로 소득이 점진적으로 줄었다. 1939년 '노동조합'의 조사 자료에 따르면, 만주국 22개 주요 도시의 근로자 중 일본 남성과 여성의 일일 평균 임금은 각각 3.66위안과 1.5위안, 조선 남성과 여성의 일일 평균 임금은 각각 1.37위안과 0.59위안, '만주' 남성과 여성의 일일 평균 임금은 각각 0.94위안과 0.92위안이었다.[13] 일반 근로자뿐만 아니라 관청도 예외가 아니어서, "일본계 추천 임관은 본봉의 40%를, 위촉관은 본봉의 80%를 더 지급했다".[14] 일상생활 속 교통수단 이용에도 규정이 있었는데, 일본인은 특등석을 타고 중국인은 일반석만 탈 수 있었다. 『만주평론滿洲評論』의 일본인 직원 타치바나 호우橘樸은 이런 실상을 보고 개탄하며, "만주국을 구성하던 모든 민족은 예외 없이 건국 초기에는 뜨거운 기대를 보냈으나 점차 기대감이 떨어지면서 냉담함

또한 '오족협화'란 구호는 쑨중산이 제창한 '오족공화'와도 쉽게 연상될 수 있었다.

12 山口淑子・藤原作彌, 天津編譯中心 譯, 『她是國際間諜嗎?日本歌星李香蘭自述』, 中國文史出版社, 1988, 94면.

13 高樂才・高承, 「僞滿洲國時期日本對朝鮮族的統治政策」, 『東北師大學報』 1, 哲學社會科學版, 2012.

14 東北淪陷十四年史吉林編寫組 譯, "滿洲國"史編纂刊行會 編, 『滿洲國史』 上, 1990, 44면.

을 보였다"고 말했다.[15] '뜨거운 기대'는 일본인의 상상이었지만 '민족협화'에 대한 '냉담'한 태도는 진짜 현실이었다.

일본이 만주국을 실험기지로 삼아 구축한 '동아시아 통합'은 각종 동아시아 이론, 동아시아 통합의 이데올로기 담론을 고안해냈고, 실시 과정에서 일본을 동아시아의 지도국으로, 일본민족을 중심으로 삼아 지배민족으로서 일본인의 특권을 보장했다. 동아시아 각국에서 일본을 가장 높은 지위로 두고, 다른 나라와 민족들이 식민 정도에 따라 민족 등급의 네트워크를 구성하도록 강압했으며, 일본의 고압적인 태도 아래 생활했던 만주국의 각 민족은 다양한 자세로 이른바 '왕도낙토'·'오족협화'에 도전하고자 했다. 본 논문은 만주국문학과 문학 활동을 예로 들어 이러한 항쟁과 항쟁으로 맺어진 진정한 동아시아의 연대를 드러내고자 한다.

3. 탈제국의 동아시아 연대

만주국에서는 일본의 새로운 식민방식의 이데올로기 선전에 발맞춰 문화적으로 '오족협화'의 '만주문학'이 구축되었다.[16] 각 민족이 자신의 언어로 문학 작품을 창작할 수 있도록 허용 및 장려하였고, 일본인이 일본어로 창작한 '일계문학日系文學', 중국인이 중국어로 창작한 '만계문학滿洲文學', 조선어로 쓴 '선계문학鮮系文學', 러시아어로 쓴 '러시아계문학俄系文

15　橘樸, 「弱小民族諸問題」, 『滿洲評論』, 1934.11.26.
16　'만주문학' 개념에 관한 더 자세한 토론은 다음의 논문을 참고할 것. 劉曉麗, 「"滿洲文學"-誰的文學, 何種文學, 是否實存」, 『吉林大學學報』, 2020.1.

學'등이 형성되었다.[17] 이같은 모습을 잘 보여주기 위해, 일본 국내에서는 '일계', '만계', '러시아계', '몽고계' 작가의 작품이 수록된『'만주국' 각민족창작선집"滿洲國"各民族創作選集』2집[1942, 1944][18]이 전문적으로 출판되었다. 잡지『신만주新滿洲』[1941.11]에서도 '재만일만선 러시아각계작가작품전在滿日滿鮮俄各系作家作品展'이란 특집호를 펴내며, '러시아계' 작가 알마니 네스미로프阿爾魔尼·聶斯迷羅夫, '선계' 작가 안수길安壽吉, '만계' 작가 톈랑田瑯과 '일계' 작가 시부타미 효치키澁民飄吉의 작품을 출간한 바 있다. 그러나 이러한 문학적 제도의 배치 속에서 문학 작품은 또 다른 모습을 드러내고 있었는데, '일계' 작품을 제외한 다른 언어의 작품에서 일본인 이미지가 거의 나타나지 않고, 있더라도 추상적인 이미지로 드문드문 보이는 경우가 많다는 것이다. 일본 학자 오카다 히데키岡田英樹 역시 "작품을 조금만 읽어봐도 중국 작가들이 작품에서 일본인의 등장을 피하고 있는 경향을 발견할 수 있다"고 언급하였다.[19] 중국 작가의 작품뿐만 아니라 '선계'와 '러시아계' 작품에도 이러한 증후가 엿보이는데 '만계', '선계' 및 '러시아계' 작품에서 또 다른 '민족협화'가 분명하게 드러나고 있던 것이다.

안수길安壽吉,[1911~1977]은 '만주'를 배경으로 한 소설을 대량 창작한 만주국 '선계' 대표 작가로, 대표작으로 장편소설『북향보北鄕譜』[20]가 있다. 소

---

17 만주국 각 언어의 문학 작품은 다음을 참고할 것. 劉曉麗 外編,『"僞滿時期文學資料整理與研究"之"作品卷"』, 北方文藝出版社, 2017.

18 『滿洲国各民族創作選』第一卷(1942), 第二卷(1944), 東京 : 創元社(편집명 : "當地一側"(만주), 山田淸三郎·北村謙次郎·古丁, "內地一側"(일본), 川端康成·岸田國士·島木健作).

19 岡田英樹, 靳叢林 譯,『僞滿洲國文學』, 吉林大學出版社, 2001, 159면.

20 안수길의『북향보』원문은『만선일보』1944년 12월 1일에서 1945년 4월 7일까지 연재되었으며, 중문판은 다음의 서적을 참조하였다. 崔一·吳敏 編,『僞滿洲國朝鮮系作家作品集』, 北方文藝出版社, 2017.

설은 조선의 지식인과 농민들이 중국 둥베이 땅에서 힘겹게 살아가는 이야기를 그리고 있다. 작품에서 조선인과 중국인, 일본인 사이의 관계가 언급되고 있으며, 마가둔馬家屯에서 조선인과 중국인은 마찰을 빚지만 곧 서로를 이해하고 서로에게 배우게 된다. 중국 농민 반성괴潘成魁[21]는 조선인과 함께 오래 살다 보니 자연스럽게 조선어를 구사하면서 그들과 교류할 수 있었고, 조선인 강 서방도 반성괴에게 '만인滿人'의 노래를 배운다. 이들의 화목한 관계와 상반되게 조선인과 일본인의 교류 속에서는 굴욕감이 존재한다. 분량이 많지 않으나 소설 속에서는 일본인 사무관 사도미沙道美가 등장하는데, 그는 조선인 오찬구吳燦九와의 대화 속에서 "아편 밀매에, 지하 거래에, 불안정하고, 의리가 없고, 약속을 안 지키고, 건강하지 못하고, 무책임하다"고 조선인의 결점을 줄줄이 나열하고 있다. 여기에서 우리는 조선 작가 안수길이 말하는 '민족협화'가 무엇인지 알 수 있다. '민족협화'가 필요하지만 일본인과의 협화가 아니라, 함께 어려움을 버티며 살아가던 일본인에게 함께 멸시받던 '만주인'과의 협화를 뜻하고 있음을 알 수 있다. "안수길의 내면 깊은 곳에서는 그들중국인-필자 주이 만주의 진정한 주인임을 믿고 있었다."[22] 이와 짝으로 언급할 수 있는 작품은, 중국인 작가 리차오李喬1919~?가 같은 소재로 쓴 「협화혼協和魂」이다. 제목만 보면 '민족협화'에 영합하는 작품이지만, 작품에서 말하는 '민족협화'는 「북향보」와 마찬가지로 '일만협화'가 아니라 '만선협화'다. 「협화혼」은 『청년 문화靑年文化』1944.2에 실린 극본으로, 줄거리가 그다지 복잡하

---

21 [역자 주] 潘成魁는 중국어 발음으로 판청쿠이로 읽으나 안수길의 소설 본문에서 '반성괴'로 쓰여 이를 반영하였다.

22 李海英, 「安壽吉解放前後"滿洲"敍事中的民族認識」, 李海英 外編, 『記憶與再現』, 上海交通大學出版社, 2016, 91면.

지 않다. 조선인 다라오한大老韓은 둥베이 어느 마을에 벼농사를 짓기 위해 이민 왔으나 마을에는 이민족에 대한 적대감이 가득 차 있었다. 때마침 마을에 물이 불어나서 누군가 수문을 열어 물을 방류해야 했는데, 물살이 세서 수문을 열어 방류하려는 사람은 목숨이 위험할 수 있었다. 이때 다라오한이 용감하게 나서며 앞장서 위험을 무릅쓴다. 극본에서는 일본인이 등장하지 않고 중국인과 일본인의 관계도 다뤄지지 않는다. 극본은 "원래 우리 모두의 삶은 우리 모두가 서로 협력해야만 합니다. 외부인, 다른 민족이 우리를 구하려고 할 때 우리도 마땅히 하나가 되어 협화해야 합니다. 모두가 사이좋은 형제니 모두가 손을 잡아야 합니다. 함께 살아가기 위해 함께 마음을 모으도록 노력해야 마땅합니다"라는 촌장의 연설로 끝을 맺는다.[23] 여기서 '하나가 되어 협화해야 한다'는 것은 일본인이 없는 '협화'을 뜻했다. 1944년 '대동아공영권'이 추진되었을 때 조선어로 된 『만선일보』와 중국어 잡지 『청년 문화』는 서로 호응하며, 동시에 일본인이 없는 동아시아의 협화를 내세웠고, 문학은 하나의 특수한 방식으로 패권자가 없는 동아시아라는 새로운 동아시아 상상을 만들어냈다.

'만계'나 '선계'에 비해 '러시아계' 작가는 만주국의 문화 교육 감시, 감독의 변두리에 있었고, 그들의 동아시아 상상은 더 급진적이었다. '만주의 첫 번째 러시아 시인'으로 불리는 아르마니 네스미로프阿爾魔尼 聶斯迷羅夫, 1892~1945의 소설 「붉은 머리 렌케紅頭發的蓮克」[24]는 동아시아를 두루 유람하는 이야기를 담고 있다. 도시, 원시림, 러시아, 조선과 만주중국 동북 등의 동

---

23 李喬, 「協和魂」, 『青年文化』 제2권 제5기, 1944. 5.
24 阿爾魔尼·聶斯迷羅夫, 「紅頭發的蓮克」, 『新滿洲』 3, 1941. 11. 이후 『偽滿洲國俄羅斯作家作品集』, 北方文藝出版社, 2017에 수록. 작가와 제목이 阿爾謝尼·涅斯梅洛夫, 「紅褐色頭發的蓮卡」으로 번역되었다.

아시아 지형과 러시아 기생, 시인, 중국인 상인, 조선 농민, 중국인 보초병 같은 각양각색의 인물들, 그리고 다리를 벌리고 서 있는 검은 두꺼비까지 잇달아 소설 속에서 밀치락달치락하며 동아시아 모습을 마법처럼 드러낸다. 블라디보스토크에서 있던 러시아 기녀 렌케蓮克는 쑨孫 씨 성을 가진 중국 상인의 눈에 든다. 그는 하얼빈에 가서 살게 해준다며 꼬드기며 렌케에게 청혼하지만 쑨은 렌케를 속이고 하얼빈이 아닌 만주 시골로 데리고 온다. 쑨은 성격이 고집스럽고 제멋대로인 렌케에게 실망하여 그녀를 또 다른 '만주' 농민에게 팔아버렸고, 이 이름도 없는 사람은 그대로 렌케를 조선 농민에게 팔아 넘긴다. 강인했던 렌케는 조선인이 훈춘琿春에 일을 보러 간 틈을 타서 도망쳐 나오고, 중국, 러시아, 조선의 접경지대 황야에서 길을 잃는다. 러시아 시인 레바도르프列瓦多夫도 이 황야를 헤매고 있었는데, 두 사람은 만나 14일 동안 함께 황야를 떠돌다가 마침내 중동철로의 첫 번째 역인 포그라니치니波格拉尼契內 / 수이펀허綏芬河역에 도착한다. 시인 레바도르프는 하얼빈을 향해 계속 여행길에 오르고, 렌케는 포그라니치에 남아 여급으로 일하게 된다. 소설은 정보가 가득한데, 작가 아르마니 네스미로프는 동아시아 지리학, 종교학, 지정학 등 다방면의 지식을 동원해 블라디보스토크-훈춘 / 칼라스키노-수이펀허 / 포그라니치니를 연결하는 '중국-러시아-조선'의 삼각지대를 그려내며 변화무쌍한 동아시아 정세를 묘사하고 있다. 그러나 이 동아시아 정세 속에서 작가는 중요한 역할을 맡고 있던 일본을 간과한 듯 보인다. 동아시아 정세를 묘사할 때 어떻게 일본을 빠뜨릴 수 있을까? 일본이란 역할을 저자는 어디에 놓아둔 걸까? 시인 레바도르프는 황야를 떠돌아다니는데, 작가는 황야의 풍경을 묘사하는 대신 검은 두꺼비 한 마리에 집중한다. 황야에서 사냥꾼과 심마니가 이용하는 버려진 작은 오두막 안 "부서진 아궁이 돌 위에는 그을음이 남아 있었고, 그곳에 검은 두꺼비가 다리를 벌리고 서서 레바도르프를 바라보고 있었다. 레바도르프도 두꺼비를 바라봤다. 두꺼비가 숨을 쉬자 누렇게 변한 목에 물이 차오르더니 찌그러졌다가 다시 부풀어 올랐다. (…중략…) 레바도르프는 두꺼비에게서 시선을 옮겨 위를 향했다. 지붕의 구멍을 통해 겨울 나는 오두막에 황량함이 침투하고 있었다. 레바도르프가 눈길을 아래로 거두니 또다시 두꺼비와 시선이 마주쳤다".[25] 작품에서 반복적으로 언급되는 이 신비한 생물은 "이게 무슨 두꺼비인지 하느님만이 알 수 있다"고 하며, 불길한 조짐과 풀리지 않는 의구심을 던져준다. 그렇다. 작가는 일본을 검은 두꺼비 속에 숨겼다. 동아시아 각지를 점령하고는 온갖 사람들을 똑바로 바라보며 몸이 근질근질 달아올라 추하기 짝이 없는 모습으로 말이다. 이 소설은 마치 한 편의 우화처럼 20세기 전반의 동아시아 역사를 풀어낸다. 동아시아에 사는 러시아인, 중국인, 조선인은 온갖 마찰을 겪고 서로를 속이고 배신도 하고 괴롭히기도 했다. 그들은 같은 부류이기에 교류도 하고 이해도 할 수 있었지만 추악한 동아시아 식민지배자는 동아시아 각 민족과 결코 같은 부류가 아니었다. 동아시아 민족에게 일본은 마치 '다리를 벌리고 서 있는 검은 두꺼비'와 같이 무섭고 혐오감을 일으키는 존재였던 것이다.

만주괴뢰국이라는 이 사뭇 다른 시공간에서 문학은 식민통치의 도구로서 '민족협화'란 동아시아 통합의 이데올로기를 구축하기도 하고, 또는 이를 해소하기도 하였다. 문학은 일본이 강요한 '민족협화'에 반응하며, 지배구조와 통합의 가능성 영역을 가로질러 일본인이 없는 동아시아 연대, 탈제국화 된 동아시아 연대를 구축하였다.

---

25 위의 책.

4. 국제주의와 결합한 동아시아 연대

만주국이라는 '동아시아 통합의 실험장'에서 탈제국화 된 동아시아 연대의 상상은 문학 작품뿐만 아니라 구체적인 문학 활동이나 문인과의 실제 교류에서도 드러난다. 문인의 초超민족적 연대 의식과 공동체 감각은 자민족 중심의 민족주의에서 벗어나 넓은 세계와 연결된 반일 민족주의와 국제주의가 결합한 동아시아 연대로 발전하였다.

만주국이 제창한 '오족협화'의 전제조건은 다른 모든 민족이 일본 민족에게 복종하고, 일본인을 만주국의 가장 높은 민족으로 삼는다는 것이었다. 그리하여 민족 관계에서 '분할통치分而治之'라는 이간질적인 통치 방식을 취해졌고, 각 민족은 직접적으로 일본 민족에게 종속되고 각 민족 간의 교류가 제한되었다. 만주국의 문학장에서 '만계' 작가와 '선계' 작가의 교류는 하나의 난제였다. 조선인은 만주국에서 신분이 애매했는데, 그들은 만주국에서 '오족협화' 중 하나인 조선민족이면서 '내선일체內鮮一體' 일본제국의 황민皇民이었고, 제국의 식민 체제 속에서 비교적 높은 위치의 식민협력자가 될 수 있었다. 만주국에서 '만계' 작가와 '선계' 작가는 서로 거리를 두고 있었고 직접적인 교제가 드물었다. 이런 경직된 국면을 깬 것이 1940년 3월 22일 『만선일보滿鮮日報』 신문사에서 조직한 '내선만 문화좌담회內鮮滿文化座談會'[26]였으며, 『만선일보』에 실린 회의 기록을 통해 당시의 교류 상황을 이해할 수 있다. 좌담회에는 '선계' 작가 박팔양樸八楊(시인), 백석白石(시인), 김영팔金永八(극작가), 이마무라 에이지今村榮治(작가), '만선일보' 신문사의 이갑기李甲基과 '사회부장' 신언용申彦龍, '일계' 작가 스기무라 유

---

26 이 좌담회 기록은 『만선일보』에 1940년 4월 5일에서 11일까지 실렸다.

조杉村勇造, 오우치 다카오大內隆雄, 요시노 지오吉野治夫, 나카겐레이仲賢禮, '만계' 작가 쥐칭爵青과 천쑹링陳松齡이 참여했다. '선계' 작가들이 조직한 이 좌담회는 조선어문학을 만주국 문단에 진출시켜서 일본어나 중국어로 번역될 수 있는 기회를 제공하였고, 다른 언어 문학과 꾸밈없고 평등한 교류를 가능케 했다. 하지만 '일계' 작가들은 조선인들이 일본제국의 2등 황민으로서 일본어로 글을 써야 한다고 오만하게 생각하고 있었다. 나카겐레이가 조선에서 생활하는 작가들이 일본어로 글을 쓴다는 사실에 비추어 '선계' 작가들에게 다음과 같이 질문했다.

선계 작가들이 조선어로 글을 쓰면 이단으로 볼 수 있는 것 아닌가요? 아니면 이미 주류가 되었습니까?

많은 조선 작가들이 만주국으로 이주한 데에는 '내선일체'의 일본어 동화 정책을 피해 만주국의 '오족협화' 정책을 이용해 자기 민족의 언어로 문화 생산을 하기 위한 이유가 있었다.[27] 이같은 문제 제기에 '선계' 작가 이갑기는 대답했다.

그 문학이 모국어를 담아내는 것은 무엇보다 중요한 일이 아니겠습니까? (…중략…) 조선문학이라면 조선어로 된 문학이 우선 조건이겠지요. 그런 의미에서 조선 작가가 문학 창작에 종사한다는 것은 조선어로 글을 쓴다는 것이고요…….

---

27   한국 학자 김재용(金在湧)은 만주국의 조선인문학에 대해 심도 있는 연구를 진행했으며, 관련된 중문 저작은 다음과 같다. 『韓國近代文學和偽滿洲國』, 北方文藝出版社, 2017; 「東亞脈絡下的在滿朝鮮人文學」, 李海英·李翔宇 外編, 『西方文明的沖擊與近代東亞的轉型』, 中國海洋大學出版社, 2012.

민족 언어란 문제를 건드리자, '만계' 작가 췌칭이 '선계' 작가와 함께 일어나 토론에 참여했다.

> 언어는 원래 하루아침에 만들어지는 것이 아닙니다. 언어는 민족의 전통, 정서와 떼려야 뗄 수 없는 문화적 표현입니다. 그래서 만주인의 생활을 소재로 창작할 때 만어滿語를 사용하지 않고서는 그 정서와 전통을 오롯이 독자들에게 전달할 수 없습니다.[28]

식민지 역학 관계가 가득 차 있던 좌담회는 근본적으로 문인 간의 평등한 교류가 될 수 없었다. 약자에 속한 '선계'와 '만계'는 자연스럽게 동맹을 맺어 상대방의 민족 언어를 옹호했고, 자신들의 민족 언어를 지키고자 힘을 합쳐 강자인 '일계'에 맞선 장력을 만들어냈다.

이 좌담회를 계기로 식민지 계급에서 서로 다른 위치에 처한 문인과 문학이 제국의 중개를 넘어 직접적인 교류를 진행할 수 있었다. 『신만주』 잡지는 『만선일보』에 연재된 소설 「부억녀富億女」를 번역했고,[29] 또한 '재만일만선러시아각계작가작품전'이란 특집호를 발간하여 '선계'문학이 유일하게 각기 다른 언어 문학과 함께 선보일 수 있던 공동의 장을 만들었다. 그 후 일본 국내에서 출판된 『'만주국' 각민족창작선집滿洲國'各民族創作選集』에서는 일, 만한, 러시아, 몽골어로 된 작품이 수록되었으나 '선계' 작품을 수록되지 않았다. 『신만주』 잡지의 편집자였던 우랑吳郎, 1911~1968은 '선계' 작가 안수길과 친분을 쌓기도 했다. 몇 년 뒤 안수길은, "우랑을 만

---

28 內鮮滿文化座談會 之四, 「國民文學的建設! 在滿洲也會有所考慮嗎? 文學, 語言論及其他」, 『滿鮮日報』, 1940. 4. 9.

29 위의 글.

날 때, 나는 '당신과 나는 같은 처지이니 문학 활동을 협력하자'고 했더니 '스스昰昰(네네)'라고 바로 호응했다. 그 후 우랑 선생과 계속 서신을 주고받았다"라고 회고했다. 얼마 안 되어 『신만주』 잡지는 '선계' 평론가 고재기高在騏의 「재만선계문학在滿鮮系文學」[30]이란 글을 실어서 '선계' 작가의 작품을 소개하였다. 우랑은 「나와 선계의 인연을 기억하며記我與鮮系的觸顔」[31]라는 글을 썼는데, 이 글에서 자신의 조선인 선생님을 기억하고 조선 무용가 최승희崔承喜에 대한 존경심을 표하며 작가 안수길에 관해서도 이야기한 바 있다. 우랑의 글과 비슷한 것으로 양쉬楊絮, 1918~2004가 실제 사건을 기록한 산문인 「도선실연잡기赴鮮實演雜記」[32]가 있으며 이 글은 양쉬가 상부의 명을 받고 조선 '경성'에 가서 '조선대박람회朝鮮大博覽會'에 참석한 일을 담고 있다. 양쉬가 깊은 인상을 받은 것은 박람회의 내용이 아니라 조선의 전통 무용인 춘앵무春鶯舞, 조선 관현악, 사물놀이, 판소리, 승무 등이었으며, 글 속에는 다른 민족의 전통을 소중히 여기고 자기 민족의 전통을 개탄하며 자연스레 생겨난 동병상련의 느낌이 잘 묻어나 있다. 좌담회 이후, 『만선일보』는 '만계'문학에 대한 소개와 평론을 시작하였고, 천쑹링陳松齡의 「문학건설의 여명기 ─ 만계문학의 과거와 현재文學建設的黎明期 ─ 滿系文學的過去與現在」1940.6.30, 오카모토 류조岡本隆三의 「최근 만계문학의 동향最近滿系文學的動向」1940.8.9~10, 우랑의 「작년도 만계문학 회고昨年度滿系文學回顧」1941.1.21~29, 구니모토 쇼우國本生의 「만계문학의 작풍滿系文學的作風」1941.11.26~29, 기타지마 쇼우北島生의 「만계연극견식滿系演劇管見」1942.2.7~11[33] 등의 문장을 발표했다.

---

30 高在騏, 「在滿鮮系文學」, 『新滿洲』 4, 1942.6.

31 吳郞, 「記我與鮮系的觸顔」, 『盛京時報』, 1942.6.24.

32 楊絮, 「赴鮮實演雜記」, 『大同報』, 1940.10.17, 19~20면; 『楊絮作品集』, 北方文藝出版社, 2017에 수록.

33 관련된 문장에 대한 상세한 소개와 토론은 다음을 참조할 것. 謝瓊, 「被忽視的凝視 ─

'오족협화五族協和'라는 이름 아래 '분할통치'라는 식민지 체제 내 제한이 있던 만주국에서 제국을 넘어 민족끼리 직접 교류한다는 것은 그 자체로 식민지배자에 대한 도전이었다. 억압받고 식민화된 민족이란 공통된 운명은 두 민족을 하나로 묶었고, 일본이 만들어낸 허울뿐인 '오족협화'나 '동아시아 통합'이란 환상을 공동으로 저항했다. 이뿐만 아니라, 작가 간의 교제와 문화 교류를 통해 민족 간의 상호 이해를 촉진하고 다른 민족의 문화적 전통과 문화적 현실을 소중히 여기며, 자민족의 미래와 타민족의 미래를 연결 지어 국제주의적 성격을 갖춘 연대를 형성했다. 동아시아 내부의 억압 받는 민족뿐만 아니라 세계의 다른 민족과도 연결 지어 본다면, '작풍간행회作風刊行會' 및 그들이 번역한 잡지 『작풍作風』[34]도 이러한 문학적 이상을 품고 있었다고 할 수 있다.

'작풍간행회'는 1939년 말 펑톈奉天에서 설립되었으며 『작풍』이란 잡지 발간을 기획했다. 당시 만주국에서 '문선文選·문총파文叢派'와 '예문지파藝文志派' 같은 두 개의 문학단체가 문학 창작을 주도했던 것과 달리, 이들은 문학 번역을 주요 내용으로 삼았다. 출간된 『작풍』[1940] 1권을 살펴보면 366쪽 24만 자 총 27편의 번역문이 실려 있는데, 불가리아, 스페인, 호주, 러시아, 노르웨이, 독일, 조선, 영국, 미국, 프랑스, 일본 11개 국가를 포함하고 있으며, 작품 내용으로 향수, 반전, 반反 침략, 반反약탈 등의 내용뿐만 아니라 애정, 모성을 포함한 인류의 영원한 주제도 담고 있었다. 『작풍』의 편집자였던 톈빙田兵, 1912~2010은 이 잡지가 "침략전쟁 및 일본 침략자와 괴뢰 정권이 실시한 '국병법', '노동자 검거', '사상교정법', 및 '출하',

---

偽滿洲國"內鮮滿文學"交流新解」,『沈陽師範大學學報』6, 2018.

34 "작풍간행회" 및 잡지 『작풍』에 대한 구체적인 정황은 다음을 참조할 것. 劉曉麗,『異態時空中的精神世界－偽滿洲國文學研究』(修訂版), 北方文藝出版社, 2017.

'배급제도' 등의 세태에 맞서기 위해 번역하였다"라고 밝힌 바 있으며,[35] 간행회는 "우리가 번역 문집을 엮어내려는 것은 일본어, 영어, 프랑스어, 러시아 등 외국어를 할 수 있는 작가들을 단결시키려 하기 위해서고, 우리는 그들을 단결시켜서 장래에 색다른 작품을 써낼 수 있게 하려는 것이다"라며 보다 장기적인 계획을 제시하기도 했다.[36] 유감스럽게도 자금 문제와 일본의 검열 제도[37]로 인해 '작풍간행회'는 1941년에 해산되었다.

당시 일본제국의 문화권에서는 '동아시아 / 일본 문명으로 영미 문화에 맞서 싸운다'는 선전이 주요한 방침이 되어, 일본 또는 일본을 중심으로 한 동아시아 문명을 더 큰 범위의 세계 문화와 연결 지으려고 했기에 이같은 활동은 제국 문화권에서는 중요한 의의가 있었다. 『세계저명소설선世界著名小說選』,[38] 『세계명소설선世界名小說選』,[39] 『근대세계시선近代世界詩選』[40] 등 만주국에서 출판된 다른 번역 작품도 이러한 측면에서 특별한 의미를 갖고 있었다. 일본제국이 통제하는 '동아시아 통합'을 벗어나 더욱 넓은 범위의 인류 정신과 연결 짓게 된 것이다.

---

35   金田兵, 「作風刊行會始末」, 沈陽市 文聯地方志辦公室 編輯, 『沈陽文藝資料』(內部資料), 1986. 2, 13~14면.

36   2003년 8월 15일, 필자가 선양에 진탕(金湯, 톈빙(田兵))선생을 방문했을 때 이같이 말했다. 그의 인터뷰는 녹음 자료로 보관 중이다.

37   자금 및 검열 제도와 다 연관해서, 진탕 선생은 필자에게 잡지 출판 과정에서의 짤막한 에피소드를 들려주셨다. "우리는 심사비준을 위해 잡지를 보내면서 일본이 위조하지 않을까 하여 돈을 모아 뇌물을 주었고, '평톈경찰청' 경무과 사상검열 고가쿠 츠요시(股霍爾剛)에게 150위안으로 주고 매수해 원고를 검사 없이 회수할 수 있었습니다. 출판 후에 무펑(木風)이 번역한 「셸리와 현대(雪萊與現代)」란 글 한 편을 삭제하라는 명령이 떨어지자, 다시 뇌물을 주고 십여 페이지를 없앤 판본을 건네 위기를 슬쩍 넘어갔었습니다." 필자가 진탕 선생님을 방문한 인터뷰 자료, 2003. 8. 15.

38   東方印書館編譯所, 『世界著名小說選』, 東方印書館, 1939.

39   王光烈 編, 『世界名小說選』, 滿洲圖書株式會社, 1941.

40   위의 책.

5. 맺으며

1930년대 일본은 중국과 국제사회의 반대를 무릅쓰고 중국 둥베이를 군사적으로 점령하고 만주국을 만들었다. 괴뢰국은 시험장이 되어 작은 동아시아 사회를 만들어냈다. '대동아'라는 망상에 봉사하게끔 각종 동아시아 이론, 동아시아 통합의 이데올로기적 담론을 고안되었고, 만주국을 통제하는 통치 기술로서 동아시아 세계를 조종하려 했다. 그러나 이러한 역사 공간 속에서도 만주국에 거주하는 사람들은 실생활 속에서 국족을 초월한 동아시아 연대를 감지할 수 있었다. 이러한 연대감은 평범한 생활 속에서 존재하였고 반ㄸ동아시아 식민주의 항쟁으로, 또는 국제주의의 초국가적 상호 이해와 협력으로 나타났다. '동아시아'는 결코 일본 식민 지배자들이 쏘아 올린 정확한 의미의 화살이 될 수 없었고, 동아시아라는 단어 역시 일본 식민자가 결정한 방향, 힘, 목표의 의미를 담고 있지 않다. 일본의 억압을 받은 동아시아의 각 민족 또한 '동아시아'란 의미 형성에 참여하며, '동아시아'를 '동아시아 신질서-대동아공영권'이라는 일본 군국주의의 의미 범주를 뛰어넘어 새로운 공간에서 동아시아의 의미를 다시금 배분하고 있었다. 만주국의 '합법적 정체성'을 빌린 '동아시아'란 단어는 반대로 각자의 민족 감정과 문화적 반항 의식을 연결시켜 패권이 없는 '다국족 / 민족 '협화'의 상상을 구성해냈다. 이러한 새로운 동아시아 상상 속에서 동아시아 각 민족의 시각에 기반해 국제주의를 담아내고 다른 민족을 포용한 탈제국적 동아시아의 현대적 주체가 출현할 수 있었으며, 이것이 바로 만주국이란 환경이 만든 '동아시아'의 테제와 안티테제라 하겠다.

오늘날 동아시아는 '포스트동아시아시대'로 불리며 식민주의의 종식과 냉전의 종식, 경제협력의 복잡한 새로운 양상을 띠기 시작했다. 우리는 역사적으로 동아시아를 출발점으로 한 여러 가지 사고를 새롭게 진행하면서, 포스트동아시아시대의 동아시아 공동체가 가진 다양한 가능성과 한계를 인식하고 있다. 지역적 관점에서 출발하여 역사가 어떤 공간에서 어떻게 전개되는지를 탐색한다면, 역사로부터 미래를 생각하는 깨달음을 얻을 수 있을 것이다. 식민주의시대에 동아시아를 폭력적으로 뒤흔든 일본은 만주국을 동아시아 통합의 실험장으로 삼아 이 사회 공간에서 동아시아의 각 민족을 하나로 주조하며 각종 형식의 동아시아 연대, 동아시아 상상에 연결 지었다. 이러한 유산은 제2차 세계대전 이후 동아시아의 복잡한 정세에 겹겹이 덮여 있다. 그런 까닭에 관련된 사료에 대해 초보적인 발굴과 탐구를 진행한 이 글이 전통 유학의 시각, '현대화' 시각, 전쟁 상처 기억에 대한 시각 외에 오늘날 동아시아 연구에 새로운 차원의 시각을 제공하였으면 한다.

복수의 '타자^{他者}'

동아시아 식민지에서 '보는 것'과 '보여지는 것'에 관한 변증 :
메이냥 작품 속 '타자' 서사에 대한 고찰

류샤오리
화둥사범대학교 중문학과 교수
번역_ 정겨울, 단국대학교

1. 동아시아 식민지의 '타자' 문제

서구 학계에서 시작된 식민지 '타자' 서사의 연구는 다음의 두 가지 방향으로 요약할 수 있다. 하나는 '자아'를 구축하기 위해 '타자'를 형성하는 것으로, 좀 더 극단적으로 말하자면 '동양학 및 동양과는 전혀 관계가 없는 것', '상상적 공간과 그에 대한 서사'[1]로 말할 수 있다. 다른 하나는 이와 같은 자기중심적 '타자' 서사를 해체하며 서구 고전 문화에 내재한 제국주의적 요소를 폭로하는 것이다. 에드워드 사이드^{Edward W. Said}의 『동방학東方學』과 『문화와 제국주의』와 같은 저서들은 바로 이러한 연구의 초석이라 할 수 있다. 상술한 두 종류의 '타자' 서사 연구는 비록 그 방향성은 다르다고 하지만, 사실은 양자 모두가 서구 문화 내부를 대상으로 삼고 있다는 점에 있어서는 동일한 선상에 있다고 말할 수 있다. 하나는 '제국의 눈'을 자신을 재단하는 시각으로 삼는 것이고, 다른 하나는 제국이 해체된 이후 제국시대에 대한 자기 회고라 할 수 있다. 그러나 서구 학자

---

1 愛德華. W. 薩義德, 王宇根 譯, 『東方學』, 生活·讀書·新知三聯書店, 1999, 61면.

들 스스로조차 이와 같은 자아 구축 및 해체의 이론적 게임에 만족하지는 못하였다. 그리하여 결국 이들은 자신의 관심을 '타자'가 ― 식민지의 문화 생산을 ― 어떻게 바라보는가에 대한 문제로 돌렸고, '제국에 역행하는 서사逆寫帝國' ― '로컬地方 영어가 영국영어를 능가하는'[2] ― 를 제시하기 시작했다. 프레드릭 제임슨Fredric Jameson의 연설 「트랜스 내셔널 자본주의시대에 처한 제3세계의 문학」은 일종의 '제3세계문학의 인지 미학 이론'[3]인 '민족우언民族寓言'을 제시한다. 이러한 연구는 식민지적 시각에 대한 호소의 방식을 통해 '타자' 서사 연구의 일원적 관점을 돌파하고, '타자'가 가지고 있는 고유한 이론적 정위定位 ― 수하의, 저등한, 주변적인, 미개한 ― 를 고집하지 않고자 노력한다. 게다가 '자아'를 오히려 '타자화' ― '자아'는 '타자'의 '타자'이다 ― 화며 식민자와 그 제국도 결국에는 식민지인의 눈에 비친 '타자'로 간주해야 할 것을 주장한다. 그렇다면 식민지인의 눈에 비친 식민자의 모습은 어떠한가? 이전의 식민지는 '타자' / 제국 / 식민자를 토대로 어떻게 자신의 주체성을 구축했나? 이러한 문제는 식민지 '타자' 서사 연구에 있어 점차 중요한 과제가 되고 있다. 그러나 안타깝게도 서구 식민지의 '토착' 문화는 거의 뿌리째 뽑혀버린 상태로, 지금은 이른바 '로컬 영어', '로컬 스페인어', '로컬 프랑스어'문학 혹은 '제3세계문학', '크리올Creole문학'식민지에서 태어난 식민자 후손의 문학, '미믹맨The Mimic Man문학'종주국 교육을 받고 자란 토착민 엘리트들이 식민지문학을 모방한 문학과 문화의 '혼종성'이 그 주요 특징으로 자리 잡고 있을 뿐이다. 이에 호미 바바Homi K. Bhabha 등과 같은 식민지문학 연구자들은 모방mimicry, 하이브리드화

---

2   阿希克洛夫特(Ashcof, B.) 外, 任一鳴 譯, 『逆寫帝國』, 北京大學出版社, 2014, 208면.

3   弗裏德裏克·傑姆遜, 張京媛 譯, 「處於跨國資本主義時代的第三世界文學」, 『當代電影』 12, 1989.

hybridization, 망상paranoia과 같은 문제[4]에 더욱 집중하였지만, 여전히 식민지 인들이 보는 '타자' 문제에 대한 충분한 논의는 전개되지 못하였다.

그러므로 우리는 우리의 시선을 동아시아 식민지의 '타자' 문제로 돌릴 필요가 있다. 동아시아 식민지란 일본이 서구 유럽의 식민지 모델을 모방하여 확장한 결과를 의미한다. 그러나 여기에는 서구의 식민지와는 확연히 다른 차이들이 다수 존재하는데 이는 다음의 몇 가지로 말할 수 있다.[5] 첫째, 서구 식민지와 종주국 사이에는 문화나 인종적으로 큰 차이가 존재한다. 제국의 식민 프로젝트는 대체와 덮어쓰기라는 방식을 통해 식민지의 문화와 언어를 완전히 말살시켰고 종주국의 문화와 언어로 이를 대체하고자 했다. 이에 따라 소위 '로컬 영어' 및 '로컬 스페인어'문학, '로컬 프랑스어'문학 같은 것이 등장하게 된다. 그러나 일본의 점령하에 있던 동아시아 식민지타이완, 조선 반도 및 만주국들은 일찍부터 동일한 한자 문화권에 속해 있으면서 유교 문화를 숭상하는 등 문화적으로 큰 접점을 가지고 있었다. 그렇기에 만약 '같은 문자와 같은 종족同文同種'이라는 단어를 정치적 수사로 사용하지 않는다면 이는 일정 부분 사실이라고 말할 수 있다. 사실상 근대 이후에도 동아시아 각국은 의식적으로 자국의 문화를 발전시켜 나가고 있었기에 일본이 서구와 동일하게 대체와 덮어쓰기라는 방식으로 제국의 식민지 프로젝트를 진척시키기에는 어려움이 있었다. 게다가 일본은 제국주의 국가의 후발 주자였기 때문에 동아시아 지역을 식민지배했던 시간이 서구 유럽이 미국이나 아프리카를 점령했던 시

4　Homi K. Bhabha(霍米·巴巴), *The Location of Culture*(文化的位置), New York∶Routledg, 1994.

5　동아시아 식민주의와 관련한 논술은 졸고 「東亞殖民主義與中國現代文學」, 『福建論壇』 9, 2020를 참고할 것.

간과 비교해 현저히 짧았다. 이러한 상황 속에서 동아시아 식민지의 본토화는 여전히 자주적 발전의 여지가 남아 있었다. 그러므로 '로컬 일본어' 문학이 잠시 등장하기도 했지만 이내 사라졌고, 식민지에서 모국어를 사용한 글쓰기는 계속해서 존재할 수 있었다. 만주국을 예로 들자면, 문학의 가장 중요한 형식은 한어漢語, 중국어문학이었다. 게다가 만주국의 한어문학은 중국 신문학운동 이래 중국 현대문학과 같은 선상에서 발전해온 것이었다. 둘째, 이는 상술한 내용과도 연관이 있는데, 완전히 생경한 문화는 오히려 쉽게 '타자화'되기 마련이다. 서구 유럽은 제국 식민 문화 프로젝트를 통해 비서구 세계의 문화를 열등하고, 종속되고, 미개한 것으로 낮게 평가했다. 그리하여 서구 유럽은 이들을 계몽시켜야 할, 구제해야 할, 새롭게 갱신하고 대체해야 할 것으로 여기며 식민지 본토 문화의 독립적 성격은 무시했다. 그러나 동아시아 세계의 문화는 일찍이 중국의 주도 아래 상호 융합하였고, 중국 문화는 조선을 거쳐 일본으로 전파되기도 했다. 근대 이후 일본은 강력한 권력을 가진 군국주의 국가로 변모하며 문화적으로도 부단히 자신감을 키워나갔고, 이에 중국과 조선의 문화를 업신여기는 동시에 이를 '타자화'하기에 이른다. 그러나 천 년의 시간 동안 축적되어 온 동아시아의 문화 질서는 단시간 내에 소멸시킬 수 없는 것이었고, 식민자의 배후에는 여전히 제거할 수 없는 중국 문화에 대한 강력한 신념이 남아 있었다. 예를 들어, 일본제국의 문화인들은 중국 문화를 폄하하면서도 여전히 한시漢詩를 좋아했고 중국 문인들과의 교류를 원했다. 식민자들은 '타자'의 문화를 순조롭게 건설할 수 없게 되자 식민지 본토 문화의 보존과 개척이라는 공간을 남겨주었다. 셋째, 일본제국은 식민지에서 다양한 식민 정책을 채용했는데 하나는 '외지外地'로 부르던 타이완과 조선을 본토로 흡수하는 방식이었고, 다른 하나는 '만주국'

과 같은 형식의 독립국 건설이었다. 식민자들은 만주국 내에서 본토의 저항 문화를 억압하면서도, 다른 한편으로는 본토의 문화사업을 지지했다. 이들은 각 민족이 자신들의 언어를 사용하여 문화적 산물을 만들어 내는 것을 허락하였는데, 이는 소위 '만계문학滿系文學', '일계문학日系文學', '선계문학鮮系文學', '아계문학俄系文學'과 같은 형태로 등장했다.[6] 이는 만주국 시기가 중국 둥베이 현대문학이 확장하던 시기이기도 했다는 사실을 보여준다. 넷째, 동아시아 식민지는 본래 천년이 넘는 세월의 문화적 질서가 존재하던 곳으로 일본의 식민 통치하에서도 중국인의 문화적 자신감은 사라지지 않았다. 일반 백성의 눈에 비친 억압적인 일본인은 여전히 '소일본小日本', '소귀자小鬼子 : 일본에 대한 멸칭—역자 주'에 불과했다. 게다가 일본은 중국의 영토 전체를 완전하게 점령했던 적이 없었기에 식민 통치 지역과 중국의 주권이 미치는 영토는 병존하는 상태였다. 그렇기에 식민지에 있는 중국 지식인들은 여전히 자기 문화에 대한 자신감이 충만했고, 민족문화의 계승과 발전 역시 가능했다. 또한, 만주국은 '오족협화五族協和'라는 구호 아래 조선에서는 유지하기 어려웠던 조선어문학의 생존 기회를 제공하기도 했다. 이를 통해 우리는 동아시아 식민지문학 속에서 발견할 수 있는 '타자에 역행하는 글쓰기逆寫他者' — 피식민자들은 어떻게 식민자를 바라보았는가? 식민지는 어떻게 '타자' / 제국 / 식민자를 근거로 스스로의 주체성을 형성했는가? — 를 상상해 볼 수 있다.

그러나 동아시아 식민지문학 연구에 있어서, 특별히 만주국 시기 둥베이문학에서 우리가 발견할 수 있는 문제는 상상 이상으로 복잡하다. 우선 '타자'는 복수의 '타자'가 된다. 만주국이 제창한 '오족협화'는 사실상 일

---

6   만주국 각 민족의 문학 작품은 劉曉麗 外編, 『僞滿時期文學資料整理與硏究』의 『作品卷』15, 北方文藝出版社, 2017 참고.

본인의 절대적 통치를 기반으로 각 민족에 대한 상이한 통치 방식의 선택을 의미했다. 그렇기에 만주국의 각 민족은 '협화'할 수 없었을 뿐만 아니라 민족 간의 인위적인 갈등이 발생할 수밖에 없었다. 사실상 만주국 중국인 작가의 입장에서 보는 '타자'는 단순히 일본인에만 국한되는 것이 아니라 조선인, 러시아인까지도 포함하는 것이었으며 이들 민족은 각기 다른 '타자'의 위치를 차지하고 있었다. 또한, 중국인들은 자신의 문화적 주체성을 완전히 상실했던 적이 없었기에 '타자'를 통해 자신들의 주체성을 만들어갈 필요가 없었다. 이처럼 '타자'에 대한 중국인들의 태도는 사실 관계에 대한 시비를 따지는 정도였지 자아 형성의 의미를 내포하고 있지는 않았다. 이를 통해 알 수 있듯이, 동아시아 식민지문학에서 '타자' 서사는 서구 식민지의 '타자' 서사와는 전혀 다른 기능과 이론적 함의를 내포하고 있다. 그러므로 동아시아 식민지문학 속에 등장하는 '타자' 서사를 통해 우리는 식민지 '타자' 이론을 다시금 사유하고 '타자'에 대한 새로운 태도를 형성할 수 있게 된다.

그렇다면 동아시아 식민지문학에서 식민지 본토 작가의 '타자' 서사는 어떠한 방식을 통해 드러나는가? 이에 대한 논의에 앞서 우리는 다음의 사실에 주목할 필요가 있다. 동아시아 식민지문학에서 만주국의 한어^{중국어}문학을 예로 들면, 이들의 작품에서 '타자' ― '복수의 타자' ― 의 출현은 매우 드물다. 특히 일본인 형상은 항상 추상적인 방식을 통해 단순하게 언급될 뿐 세밀한 묘사가 이루어지는 경우가 거의 없다. 조선인과 러시아인 형상에 대한 묘사 역시 마찬가지이다. 이와 관련해서는 다양한 원인이 있겠지만 그중에서도 가장 주된 원인으로는 식민지에서 식민자를 묘사하는 것이 매우 위험한 일이었기 때문에 대다수 작가는 이러한 위험을 되도록 피하고자 했다는 점을 들 수 있다. 또 다른 원인으로는 식민자가 일부러 서로 다른 민족들의 관계를 이간질하고 이들의 교류를 방해한 사실을 들 수 있다. 이런 연유로 인해 만주국 내 서로 다른 민족들은 각자의 구역에서만 생활하며 상호 교류의 기회를 얻지 못했다. 그러므로 이러한 조건에 부합하는 작가의 사례를 찾기는 결코 쉬운 일이 아니다. 이에 이 글은 메이냥梅娘, 1916~2013 작품에 등장하는 '타자' 서사를 연구 대상으로 삼고자 하는데, 그 이유는 메이냥의 동아시아 유랑 경험에서 기인한다. 그녀는 유년기에 창춘長春, 지린吉林 등지에서 생활했으며, 청년기에는 일본에서 두 번이나 거주했던 경험이 있다. 그렇기에 메이냥은 자신의 작품에서 수많은 '타자'를 묘사하고 있다. 이와 더불어 그녀는 여러 일본 작가의 작품을 번역하기도 했다. 이를 통해 우리는 식민자들의 '타자' 서사에 대한 메이냥의 반응 역시 살펴볼 수 있다. 그리하여 이 글에서는 메이냥 작품 속 '타자' 서사를 통한 동아시아 식민지 '타자' 서사의 복잡성과 이론적 의미를 고찰하고자 한다.

메이냥, 본명은 쑨자루이孫嘉瑞이며 1916년 러시아 블라디보스토크에서 태어나 창춘일찍이 제정 러시아의 중동철도 '부속지'였던 곳으로 러일전쟁 이후 러시아와 일본은 이를 기점으로 자신들의 세력 범위를 분할한다에서 성장했다. 메이냥은 유년 시절 자신의 집에 대해 다음과 같이 묘사한다.

왼편에는 바티칸에서 파견한 프랑스 신부님이 주관하는 천주교 교회가, 오른편에는 러시아 소유의 화아도승華俄道勝은행 창춘분점이 있었다. 맞은편에는 영국 브루너 몬드Brunner Mond 회사와 미국의 싱어Singer 미싱기 회사가 있었다.

1938년 메이냥의 가족은 일본의 조계지였던 터우다우거우頭道溝로 이사를 하게 되는데, 그 주변에는 모두 일본인과 조선인들뿐이었다.[7] 메이낭은 어렸을 때부터 외국인에 대한 거부감이 없었다. 이는 메이냥이 동시기 다른 작가들과 비교해 자신의 작품 속에서 외국인이민족에 대한 묘사를 많이 했던 원인으로도 이해할 수 있다. 메이냥은 고등학교를 졸업하자마자 소설집『소저집小姐集』1936을 출판했고, 이후 두 차례 일본에서 유학하며 소설집『제2대第二代』1940를 출판한다. 1942년에는 남편 류룽광柳龍光, 1911~1949과 베이징에서 생활하며 각종 문예 활동에 참여했고,「게蟹」1944와「물고기魚」1945 등의 작품을 출판하기도 했다.

2. "그들도 다 목욕을 한 것인가?" vs. "그녀는 큰 개구리 같다"

1940년 9월 18일,『대동보大同報』에 메이냥의 번역작「만주에서 만난 아이在滿洲所見的孩子」가 실렸다. 원작자는 일본의 아동문학가 하세 겐長谷健, 1904~1957으로 이는 만주를 여행하는 도중 그의 눈에 들어온 '만주 아이'에 대한 기록이다.

'만주 슬럼가'인 다롄 항구에 몰려 있는 '만주 아이'들은 '깨알 같은 파리들'이는 일본의 속어로 소매치기를 의미한다과 같다. 남루하고 지저분한 옷을 입고 품행이 불량한 아이들은 부끄러움 따위는 잊은 채 항구 위의 화물들을 훔친다.

인력거를 모는 쿨리는 차 꼬랑지를 끌었다. 그는 손잡이를 꽉 잡은 채 앞으

---

7   梅娘, 張泉選 編,『梅娘－懷人與紀事』, 中央廣播電視大學出版社, 2014, 29~60면.

로 달려갔고, 큰 소리로 욕설을 퍼부으며 아이들을 쫓아냈다. 아마도 화물이 모두 촘촘하게 포장되어 있기 때문이라. 그러나 아이들은 쉽게 떠나려 하지 않았다. 먼저 5살 정도로 보이는 벌거벗은 사내아이가 작정한 듯 차가 지나가지 못하게 길을 막아섰다. 그러자 뒤이어 앞쪽에서 어슬렁거리던 10살 남짓한 소녀가 자연스레 그 대열에 끼어 들었다.

그물 바구니 안에는 흙덩이 같은 아기가 잠들어 있었다. 간장에 삶은 듯한 옷을 입은 소녀는 깨알처럼 몰려든 파리떼를 쫓아내며 익지도 않은 수박 껍질을 뜯어 먹고 있었다.[8]

이러한 '만주 아이'를 본 작가는 매우 기이한 질문 하나를 던진다. "그들도 다 목욕을 한 것인가?" 제국 지식인의 천진함과 잔혹함이 잘 드러나는 대목이다. 이 아이들에게 있어 '목욕'은 아라비안나이트와 같은 것이다. 그들의 생활에서 목욕이라는 항목은 존재하지 않는다. 그들에게는 '물건을 훔쳐 되팔아 생활에 도움이 되는 것'이 가장 시급한 일이다. 아마도 작가는 목욕을 문명의 지표로 생각했고, 일본인들이 목욕을 하기에 문명적인 생활을 누릴 수 있다고 여겼던 것 같다. 그래서 '만주 슬럼가'의 아이들도 목욕을 한다면 문명적인 사람으로 변해 품행이 단정해지고 부끄러움을 알 수 있다고 생각했다. 여기에서 볼 수 있듯이, 자칭 어린아이들을 이해하는 것이 특기인 아동문학가의 눈에 들어온 '만주 아이'는 그저 생소하고 이해할 수 없는 '타자'에 불과한 것이었다. 폄훼와 경멸의 시선과 함께 작가는 이들을 제국 식민 프로젝트에 포함해야 할 대상으로

---

8   長谷健, 梅娘 譯, 「滿洲文化一面觀(一)－在滿洲所見的孩子」, 『大同報』, 1940.9.18.
     이 글의 인용문은 모두 해당 작품에서 인용함. 이하 각주 생략.

여겼다. 표면적으로 보면 그들을 씻기고 교육하는 것 자체가 아동문학가의 선량한 의도 같아 보이지만, 이와 같은 견해는 그저 신기루에 불과한 것이자 제국 지식인의 감상적 나르시시즘에서만 존재하는 것일 뿐이었다. 반면 작가의 동행자다롄(大連)의 어느 청년학교에서 일하는 친구 F는 나름 현실적인 식민자였다. 작가의 질문에 그는 다음과 같이 대답한다. "저것들이 목욕탕에 들어갈 수나 있겠는가?" 그의 눈에 '만주 아이'는 사람이 아니라 그저 '물건'에 불과했다. 어느 때고 쓰고 버릴 수 있는 감정이 없는 그런 물건 말이다.

'만주'를 여행한 하세 겐은 현지에 거주하는 일본인과 동행하며 일본인들이 거주하는 지역에서 생활했다. 그러므로 그가 만주에서 만나고 교류했던 '만주 아이' 대다수는 '식민지에 사는 일본 아이들'이었다. 그의 눈에 "식민지에서 아이를 양육한다는 것은 그야말로 온갖 노심초사할 일로 가득한 것"이었다. 그는 하얼빈에서 쑹화강을 건너 자무쓰로 향할 때 배 위에서 만난 '긴勤'이라는 일본 아이에 대해 다음과 같이 기록한다. 우선 작가는 '긴' 아버지의 교육 방식에 의문을 던진다. 그의 아버지는 인내심이 전혀 없는 사람으로 아이를 때리거나 욕을 퍼붓기 일쑤다. 반대로 그의 어머니는 아이를 완전히 방임한다. 비록 긴은 '목욕'을 하는 아이지만 제멋대로 날뛰며 모난 성격을 가졌다. 식당에서는 이리저리 뛰어다니고, 갑판 위에서 "몸을 난간 중간으로 쭉 내밀고는 한쪽 다리를 사용해 비상벨의 밧줄을 건드렸다. 만인滿人 선원이 그 모습을 보고는 큰 소리로 고함을 쳤지만 긴은 아무렇지 않다는 듯 다리를 다시 끌어올렸다". 작가와 긴의 대화는 다음과 같다.

"어디에서 오셨어요?"

"도쿄에서."

"그럼, 돈을 얼마나 들고 오셨어요?"

"아!"

"차비로 얼마를 쓰셨나요? 현재 남은 돈은 얼마고요?"

"아……."

"남은 돈은 어디에 쓰실 건가요?"

작가는 긴이 '돈, 돈, 돈'과 관련한 질문을 연속해서 던지자 '어찌할 바를 모른다'. 비록 언어가 통하기에 이들은 서로 대화가 가능하지만, 긴 역시 아동문학가의 이해 범위를 벗어나는 그런 아이이다. 이런 아이에 대해 작가는 그저 놀라며 의아하게 여길 뿐, 그 아이를 이해하려는 의도는 전혀 보이지 않는다. 마찬가지로 그는 이 아이 역시 제국의 프로젝트에 집어넣어야 할 대상으로 간주하며 "민족화합을 식민지 교육의 근본 방안으로 세우지 않으면 안 된다"는 것을 주장한다.

마지막으로 작가는 '만주'에서 생활하는 일본 여성에 관한 내용을 잊지 않고 덧붙인다. 긴의 엄마는 "히스테리하고 애처로운 표정을 짓고 있었는데", "나는 이 여성의 표정에서 식민지 여성의 성격 일면을 보게 되었다".

당시 이 글을 번역하며 메이냥이 어떤 심정이었을지는 모르겠다. 그녀 역시 한때는 '만주 아이'였으며, 일본에 거주할 당시에는 '식민지의 여인'이기도 했다. 그런데 이로부터 일 년 후, 메이냥의 소설 「여난女難」[9] 역시 『대동보』에 실리게 된다. 그리고 여기에서는 메이냥과 하세 겐의 서로에 대한 시선이 드러난다. 「여난」은 실제 이야기가 아닌 허구적 소설이라

---

9   梅娘, 「女難」, 『大同報』, 1941.10.29. 이 글의 인용문은 모두 해당 작품에서 인용함. 이하 각주 생략.

는 타이틀이 붙어 있는데 이와 관련해서는 털어놓기 어려운 작가의 개인 사정이 있으리라 생각된다. 소설은 일본으로 이주한 두 모녀의 이야기를 그려내고 있다. 작품 속 아이의 이름은 '항航'인데 메이냥 큰딸의 이름 역시 류항柳航이다. 소설에 등장하는 여성 역시 당시 메이냥이 머물던 고베 출신으로 그려진다. 「여난」의 줄거리 자체는 단순하다. 초여름, 두 모녀는 고베에서 타카라즈카로 공연을 보러 간다. 공연이 끝난 후 그들은 어느 찻집에 들어가는데, 소설의 내용은 손님인 두 모녀가 찻집에서 보고 들은 것들을 주로 묘사한다. 이 작품은 '보는 것', 특별히 '두 개의 시선'을 통해 '보는' 방식을 통해 전개된다. 순진무구한 '만주 아이'가 '보는 것'과 사물을 훤히 꿰뚫어 보는 '만주 여인'이 '보는 것'들을 말이다.

'만주 아이'는 가게의 여직원이 말하는 일본어를 알아듣지 못하고, 그들의 행동이 무슨 의미를 지니는지도 알지 못한다. 천진난만한 아이는 두 눈을 크게 뜨고는 "나뭇가지처럼 가녀린 다리와 비둔한 몸집을 가진" 여종업원이 춤추는 모습을 바라볼 뿐이다. "항은 작은 손으로 손뼉을 치며 '엄마, 그녀는 큰 개구리 같아요'라고 말한다." 순진한 아이는 그 여종업원을 비웃으려는 것이 아니다. 그저 자기에게 익숙한 사물을 통해 생경한 이 세계를 이해하려던 것뿐이다. 즉, 아이는 자기의 유한적인 세계 안으로 여종업원을 받아들이고자 노력한다. 그러나 여기에서 작가는 되레 아이의 눈을 빌어 다음과 같은 사실여종업원들의 정신과 신체 상태을 알려준다. 청개구리 같은 그녀들의 신체사지가 마르고, 비대한 복부는 의학 교과서에 등장하는 전형적인 영양불량 상태의 모습이다. 이는 곧 그녀들의 경제 상황이 좋지 않고, 영양상태가 불량하다는 것을 설명한다. 게다가 이들은 부끄럼도 모른 채 계속해서 즉흥적으로 춤을 추거나 신경질적으로 구는데, 이 모습을 보면 그녀들의 정신상태가 실로 걱정스럽다.

그녀가 다시 두 다리를 벌리고 비둔한 몸을 흔들자 머리 위에 꽂힌 꽃나비가 들썩들썩거렸다. 항이 웃고 있는 모습을 보자 춤을 추는 여인은 동료에게 말했다.

"봐, 저기 작은아가씨가 웃고 있네, 내가 춤추는 모습이 예뻐서 그렇지?"

춤추는 여인은 의기양양해 다시 어깨를 흔들었다. 민망한 '나^{만주} 여인'는 재빨리 머리를 숙이고 앞에 놓인 빵에 시선을 고정했다.

'만주 여인'이 찻집에서 본 것은 무엇인가? 나태하고 굶주린, 교양 없고 정신이 나간, 피곤함에 찌든 일본 여인이었다. 모녀가 가게에 들어서자 "어떤 여종업원은 음식이 나오는 입구 쪽 병풍 앞에 앉아 있었고, 어떤 이는 얼굴을 단장하고 있었다. 또 다른 여종업원은 하얀 옷을 입은 요리사와 시시덕거리고 있었다. 얼굴에 구레나룻이 덥수룩한 요리사는 장난스러운 표정을 짓고 있었고" 아무도 이들에게는 관심을 보이지 않았다. 그러나 이들이 '만주'에서 왔다는 사실을 알게 되자 여종업원들은 태도를 바꿔 갑자기 친절하게 굴기 시작했다.

앉아 있던 여자들이 벌떼처럼 몰려들더니 앞다투어 우리 자리를 둘러싸고 앉았다. 어떤 사람은 하마터면 식탁을 엎을 뻔했다. (…중략…) 내가 빵을 먹자 그녀들의 시선은 내 입의 움직임을 따라 오르락내리락했다.

'벌떼'와 '식탁을 엎는', '둘러 앉아 손님이 먹는 모습을 보는 행위', 이러한 행위들은 대중매체에서 보여주는 우아하고, 얌전하고, 근면 성실한 일본 여성들의 모습과는 완전히 딴판이었다. 어쩌면 그들은 피식민자들 앞에서의 행동거지 따위는 전혀 신경 쓰지 않았을지도 모른다. 상대방을 둘러싸고는 그가 먹는 모습을 지켜보며 상대의 감정 따위는 전혀 신경 쓰지 않듯이 말이다. 그러나 작가의 눈은 또 다른 단면을 보여준다. 이 여자들이 벌 떼처럼 몰려든 이유는 사실 '만주 남자'에 관해 물어보고 싶어서였다.

"만주에는 남자가 많다지요!"
"듣자 하니 만주 남자는 사람을 절대 때리지 않는다면서요?"
"듣자 하니 만주의 남편은 모두 아내의 말을 잘 듣는다던데요."
"만주의 남자는 모두 로맨티시스트라면서요."
"만주의 남자는……."

이렇듯 스스럼없는 질문들은 이 일본 여성들의 현실을 직접적으로 보여준다. 첫째, 전쟁으로 인해 일본 남성 다수가 전장으로 나갔기 때문에 여자들은 남자를 만나기가 어려운 상황이었다. 소설의 첫머리에도 서술했듯이 극장에서 공연을 하는 사람이나 관중 대다수는 모두 여성이며, 찻집의 유일한 남성 역시 '얼굴에 구레나룻이 덥수룩한' 요리사뿐이다. 둘째, 대다수의 일본 남성은 가정 내에서 독단적으로 행동하고 횡포를 부리기 일쑤인데 아마도 이런 남성들은 그녀들의 아버지였거나 전남편이었을 것이다. 그러므로 그녀들은 '만주 남자'의 부드럽고 다정한 성격에 대한 환상을 가지고 있었다. 셋째, 그녀들은 당시 일본 정부가 제창하는 '대륙의 신부' 정책[10]을 알고 있었다. "만주로 가자, 정부도 대륙의 신부를 장

---

10 '대륙의 신부'는 일본 식민지 이민 정책의 일환으로 일본 여성들을 초기 만주로 이주했던 일본 남성들과 결혼시키는 프로젝트이다. 1938년 '대륙의 신부'는 이미 일본 사회 내에서 유행하는 단어였다.

려하고 있지 않은가?" 그러나 막상 '만주'에 도착한 신부들은 '만주 남자'와 결혼하는 것이 아니었고 일본인 남성과 결혼을 해야 했다. 게다가 그들은 '몸빼일본 농촌 여성이 노동할 때 입는 통이 큰 바지'를 입고 시골에서 남자들과 같이 노동을 해야만 했다.

이어서 우리는 '만주 여인'의 시선을 따라 이 여종업원들의 성욕이 점차 상승하고 있음을 확인할 수 있다. 키가 작고 마른 남학생 한 명이 찻집에 들어서자, "여자들은 즉시 고기를 본 개 마냥 그 남학생을 서로가 차지하려고" 각종 교태 / 추태를 부렸고, 남학생을 꼬시기 위해 비위를 맞추며 지극정성을 다했다. "세 명의 젊은 여성은 그 남학생에게 어찌나 가까이 다가갔던지 머리를 숙인 채 필사적으로 소다수를 빨아 마시고 있는 남학생의 얼굴과 부딪칠 뻔했다." "식탁 아래 빨간 신발을 신고 있는 다리가 검고 긴 바짓가랑이를 움켜쥐고 있었다. 검은 바지는 주눅이 들어 점점 몸을 이동했다." '나'는 이러한 모습을 더 이상 볼 수 없었기에 아이의 손을 잡고 찻집을 나온다.

메이냥의 번역작 「만주에서 만난 아이」와 창작소설 「여난」을 대조해 읽는다면 하세 겐의 시각에 대한 메이냥의 반응을 볼 수 있는데, 이는 명백하게 하세 겐의 시선을 전복시키고 있다. 우선, '만주 아이'는 더 이상 제국 프로젝트의 객체가 아니라 자신의 시선을 통해 주변 사물을 평가하고 이해하는 주체로 존재한다. 게다가 '만주 아이' 역시 깨끗한 옷을 입고, 영양상태가 양호하며, 교양이 있는 아이로 그려진다. '만주 여인'은 교육과 우아한 행동거지란 것에 대해 잘 알고 있다. 메이냥이 이에 호응하는 시선 역시 매우 신랄하다. 그녀는 자신의 시선이 거쳐 간 곳곳에 대해 가차 없는 언사를 뱉어내며 제국 여종업원의 볼품없는 신체와 정신적 병태를 폭로한다.

하지만 이는 결코 평등한 응시라 할 수 없으며 여기에서 우리는 여전히 제국의 시선과 피식민자의 시선을 구분할 수 있다. 전형적인 '제국의 눈'인 하세 겐의 시선은 근대 이래 또 다른 일본인들의 중국 유람기에서도 쉽게 발견할 수 있다. 이는 근대 이래 전세계 식민자들의 시선이라고도 할 수 있는데 바로 제국의 계획으로부터 파생된 '타자'를 바라보는 시선이다. 그리고 이러한 시선은 제국 프로젝트가 순조롭게 진행되는 데 필요한 것이기도 했다. 그러나 「여난」에 등장하는 '만주 아이'와 '만주 여인'의 시선은 개인화된 것으로 그 배후에는 어떠한 이데올로기도 존재하지 않는다. 이들은 그저 우연한 기회 — 찻집으로 들어간 것 — 로 인해 또 다른 여성들의 찰나의 상태를 목격하게 된다. 비록 '만주 여인'은 그녀들을 신랄하게 조소하지만, 한편으로는 그녀들에 대한 이해와 동정심을 보여준다. 「여난」의 소설 제목^{여성의 고난}은 바로 일본 여성들에 대한 메이냥의 태도를 분명하게 보여준다. 표면적으로 본다면 하세 겐의 시선은 매우 객관적이고 평화로운 반면, 「여난」에 등장하는 '만주 여인'의 시선은 날카롭고 냉혹하게 느껴진다. 그러나 하세 겐은 마치 자신과는 전혀 상관없는 이질적 존재, 즉 종속되고, 신기하며 미개한 '타자'를 보는 것과 같다. 반면 「여난」에 등장하는 '만주 아이'의 시선은 자신만의 이해 방식을 소유하고 있으며, '만주 여인'의 시선은 슬픔과 동정의 마음으로 자신과 같은 부류의 존재들을 바라보는 시선이다.

메이냥의 또 다른 작품 「사토 부인^{佐藤太太}」[11]은 「여난」과는 또 다른 일본인 여성 형상을 그려낸다. 중국 음식을 좋아하는 사토 부인은 겸손한 태도로 '나^{일본에 머물고 있는 '만주 여인'}'에게 중국 음식 만드는 방법을 가르쳐 줄 것을 요청한다. '나'는 나를 평등하게 대하는 그녀가 좋아 "비록 내 요리 솜씨가 보잘것없지만 기꺼이 그녀에게 중국 음식 만드는 법을 가르쳐 주기로 한다. 게다가 총명하고 세심한 그녀라면 분명히 내가 알려준 보잘 것없는 요리법으로도 맛있는 음식을 해낼 수 있을 것이다". 물론 작품 속에 등장하는 사토 부인 역시 비밀스러운 구석이 있는 인물이기는 하다. 처음 방문했을 때 "그녀는 아이들에게 귀한 과자를 한 대접이나 갖다 주었다". 두 번째 방문했을 때 "그녀는 아이들에게 보여준다고 희귀한 닭을 데리고 왔다". 이것들을 '귀하고', '희귀한' 것으로 묘사한 것은 당시 일본의 경제 상황을 반영하는 동시에 일본인과 일본에 거주하는 피식민자 사이의 차이를 설명한다. 그러나 '나'는 이를 좋은 의미로 받아들인다. 사토 부인 역시 매우 예의 바르고 조심스럽게 행동하며 나의 중국 음식에 대해 '귀하고', '희귀한' 선물로 답례를 한다. 이 작품에서는 서로를 향한 '타자'의 시선은 등장하지 않고, 오히려 이웃 여인들 간의 진솔한 교류를 보여준다.

3. '토끼'와 어디에도 어울리지 못하는 조선인

1980년대 이르러 메이냥은 작품 창작과 함께 식민지 시기에 창작했던 작품에 대한 대대적인 수정을 병행한다. 그중에서도 가장 많은 수정이 가해진 작품은 「해질녘의 희극傍晚的喜劇」과 「교민僑民」이다. 이는 그녀가 위두 작품을 매우 중요하게 여겼음을 설명하는데, 아마도 해당 작품들에는

---

11   메이냥의 「사토 부인(佐藤太太)」 초판은 오사카외국어대학교 『지나 및 지나어(支那及支那語)』 1941년 4월호에 실렸다. 이후 1949년 9월 『문예잡지(藝文雜誌)』 1권 3기에 다시 실렸다. 논문의 인용문은 모두 『문예잡지(文藝雜誌)』에서 인용한 것이다. 이하 표기는 생략.

당시로서는 표현할 수 없는 내용들이 있었을 것이다. 그렇기에 그녀 스스로도 이 시기에 쓴 작품에 대해 불만스러운 부분이 있었을 것이다. 이밖에 두 작품이 지니는 또 다른 공통점은 모두 동아시아 식민지의 또 다른 '타자'인 '조선인'을 그려내고 있다는 점이다. 동아시아 식민주의에서 우리는 조선인을 어떤 위치에 두어야 하는가? 조선인은 두 가지 상태 ― 즉 피식민자이면서도 허구적인 식민자의 신분 ― 에 처해 있었다. 이는 정치적 난제인 동시에 글쓰기에 있어서도 큰 난제였다.

일본인 형상과 비교해 그 중간 지점에 끼어 있는 조선인 형상은 당시 중국인 작가들의 작품 속에서는 더욱 드물게 출현한다. 메이냥은 세 편의 소설집에서 조선인 형상을 그려냈는데, 당시의 다른 작가들과 비교했을 때 이는 상당히 특이한 점이라 할 수 있다. 상술한 두 편의 소설 외에 조선인이 등장하는 메이냥의 또 다른 작품은 1939년 『화문 오사카 마이니치華文大阪每日』에 게재한 소설 「빗속의 충돌在雨的沖激中」[12]을 들 수 있다. 해당 소설은 도시에 살고 있는 서로 다른 세 계급의 조선인 아이들의 만남과 갈등을 묘사하고 있다. 폭우 속, 도시에서 넝마를 줍는 다섯 아이들[13]은 버려진 벤또일본 도시락 하나를 줍고는 기뻐하며 이를 나눠 먹는다. 이때 장화를 신고 우산을 든 깔끔한 차림의 중산층 남매가 길을 지나간다. 그중 오빠로 보이는 사람이 이들을 보더니 얼굴을 찡그리며 "더러운 놈들! 거지새끼들!"이라며 욕을 한다. 이를 본 넝마주이 아이들은 분노하며 두

---

12 梅娘, 「在雨的沖激中」, 『華文大阪每日』 2卷 9, 1939.5. 논문의 인용문은 모두 해당 작품에서 인용함. 이하 각주 생략.

13 [역자 주] 형, 동생, 영삼, 금희, 취화. 일반적으로 중국에서 阿大는 장자를 의미한다. 여기에서는 형 / 큰형 정도로 해석할 수 있겠고, 阿二는 차남 / 남자형제 중 동생을 의미한다. 즉, 둘은 특정 이름이 없는 것으로 추정이 되어 중국식 의미에 따라 '형'과 '동생'으로 표기했다.

남매에게 진흙을 던지려고 한다. 그 순간 차 한 대가 지나가며 남매의 몸에 흙탕물을 튀긴다. 곧이어 그 차에서는 반짝반짝 빛이 나는 가죽구두를 신은 상류층 아이 세 명이 내린다. 그러자 중산층과 상류층 아이들 사이에 말다툼이 시작된다. 운전기사의 권유로 부잣집 도련님들과 남매 두 사람은 겨우 싸움을 멈춘다. 이때 넝마주이 아이들은 "검은 우산의 오빠를 향해 가소롭다는 표정을 지어 보인다". 그리고는 "쓸모없는 놈! 너보다 돈이 많아 보이니 그저 하릴없이 개소리나 얻어먹고 말이야"라며 욕을 한다. 넝마주이 아이들과 검은 우산을 쓴 오빠는 또 다시 말다툼을 하기 시작한다. 수세에 몰린 검은 우산의 오빠는 부잣집 자제들의 운전기사에게 도움을 요청하기에 이른다. 이 가난한 아이들을 줄곧 못마땅하게 여겼던 운전기사는 "썩 꺼져, 공처럼 저리 굴러가라고, 어서!"라고 고함을 치며 그들을 내쫓는다. 상류층의 세 아이들 역시 다시 합세해 검은 우산을 쓰고 있는 두 남매에게 "너희 둘도 꺼져버려, 진흙공은 저리 굴러가라고!"라며 소리친다. 넝마주이 아이들은 도망가며 "잡종 새끼 셋에, 썩어 빠진 새끼 같으니! 어디서 허튼소리를 지껄여! 아무리 빼입어도 네 아비는 기둥서방이다!", "토끼^{'남창'을 의미-역자 주} 새끼들 같으니"라며 욕을 지껄인다. 그러자 화가 잔뜩 난 부잣집 세 형제는 그들에게 달려들어 주먹을 휘두른다. 이때 빗속에서 우산을 받쳐 들고 앞을 향해 걸어가던 오빠는 여동생에게 소름 끼치는 말을 한다.

내가 나중에 어른이 되면 반드시 쟤네 차보다 더 큰 차를 사고 말 테야. 그러고는 저 셋한테 흙탕물을 잔뜩 튀겨서 아주 목덜미까지 진흙투성이가 되도록 만들어 줄 테야. 그리고, 그리고 나서는 저 거렁뱅이 자식들을 차로 짓이겨 버릴 거야.

사실상 이 소설의 내용은 도시 빈민들의 생활을 묘사한 메이냥의 기타 작품들과 큰 차이가 없다. 이름을 제외한다면 이들이 조선인이라는 민족 신분도 작품에서는 크게 드러나지 않는다. 그렇기에 독자는 이 작품이 조선인 아이들을 그려내고 있다는 사실을 알아차리지 못할 수도 있다. 문제는 해당 작품에서 작가가 인물들의 이름을 밝힐 필요가 전혀 없었다는 점인데, 다섯 아이들과 김씨의 이름을 밝히지 않는다고 해서 작품의 내용이나 표현에 영향을 끼치는 것이 아니기 때문이다. 그러나 이렇게 이름이 출현한다는 것은 한 가지 사실을 말해준다. 바로 작가가 작품 속에서 묘사하고 있는 인물이 조선인이라는 것을 독자들에게 알려주고자 한다는 것이다. 이렇게 본다면 작품 속에 등장하는 아이들의 신분을 세 계급으로 나눈 것은 상당히 의미가 깊다. 이것은 동아시아 식민지라는 구조 속에서 조선인의 위치 — 사이에 끼어 있는 — 를 상징한다. 위로는 높디높은 일본제국이 있고, 아래로는 비록 해체되었지만 여전히 질긴 생명력을 가지고 있는 인구 대국의 중화 제국이다. 게다가 이러한 상황에서 중간 계층의 욕망^{오빠의 결심}은 자신을 억압하는 상류층에 대한 복수를 넘어 보잘것없는 하층민을 짓밟아 버리는 것으로까지 이어진다. 작품 속에서 넝마주이 아이들이 일본인이 먹는 음식을 맛있는 것으로 여기는 것도 사실은 풍자적인 의미를 지닌다. 또한 "어디서 허튼소리를 지껄여! 아무리 빼입어도 네 아비는 기둥서방이다", "토끼 새끼들−"과 같이 넝마주이 아이들이 하는 욕 역시 중간 계층의 애매한 생존 현실을 폭로한다. '왕빠^{王八 : 기둥서방을 의미−역자 주}'는 다른 남자에 기생해 사는 여성의 남편을 일컫는다. '토끼'는 남창을 의미하는데 이들은 남자이면서 여자이기도 하다. 이러한 주제는 조선인이 등장하는 메이냥의 또 다른 작품 속에서 한층 더 명확하게 드러난다.

「해질녘의 희극」[14]의 내용은 '남창' 형상에 대한 전개 / 확장으로 볼 수 있다. 「빗속의 충돌」이 전지적 작가 시점에서 서술하는 것과 달리, 「해질녘의 희극」은 '샤오류즈小六子'라는 어린아이를 이야기꾼 / 서술자로 설정하고 있다. 이야기는 두 가지 방향으로 전개되는데, 하나는 샤오류즈라는 가난한 어린 일꾼의 생활상을 보여주고, 다른 하나는 샤오류즈가 보고 말해주는 이야기들로 구성된다. 집이 가난한 샤오류즈는 잡화점의 일꾼으로 일하는데, 그가 일하는 가게의 안주인은 내로라하는 '암호랑이심술궂고 성질이 사나운 여자를 비유-역자 주'이다. 그녀는 '토끼' 한 마리를 키우고 있는데 이는 바로 조선인 당唐 형이다. 가게의 남자 주인은 아내를 무서워하면서도 밖에서는 '사창가'를 몰래 드나드는 인물이다. 어느 날 저녁, 샤오류즈는 주인집 도련님에게 자전거 타는 법을 가르쳐 주다 우연히 길에서 바깥주인과 두 명의 기생이 희희덕거리는 모습을 목격한다. 이를 본 안주인은 남편과 기생에게 달려들어 노발대발하기 시작했다. 사람들은 마치 '저녁 무렵의 희극' 한 편을 구경하듯 이들을 둘러쌌다. 그러나 당 형이 나타나자 안주인은 얼굴에 미소를 띠며 이내 사라졌고, 구경하던 사람들 역시 흩어져 버렸다. 상술한 내용은 어린아이의 혼란스러운 시선을 통해 전달되고 있다. 샤오류즈는 '암호랑이'가 호통을 치다가도 왜 "당 형이 나타나기만 하면, 안주인의 화가 열에 아홉은 바람 빠진 공 마냥 사그라들어서는 어떻게 해도 다시 부풀어 오르지 않는 것인지" 도저히 이해할 수가 없다. 샤오류즈는 당 형이 있을 때면 안주인에게 얻어맞지도 않는다. 그렇기에 샤오류

---

14 梅娘, 「傍晚的喜劇」, 『文選』 1, 1939.12. 이후 소설집 『第二代』(益智書店, 1940)에 수록. 수정본 「傍晚的喜劇」은 『小說月刊』 11(1992)과 『梅娘小說散文集』(北京出版社, 1997)에 각각 실림. 해당 소설의 초판 원문은 3,800자 정도였지만 개작한 이후에는 5,600자 정도의 분량으로 늘었다. 논문의 인용문은 모두 1939년 『文選』 판본과 1992년 『小說月刊』 판본에서 인용함. 이하 각주 생략.

즈는 당 형에게 호감을 가지고 대한다. 그러나 주위 사람들은 모두 당 형을 '토끼 새끼'라고 부르며 멸시한다. 인물이 훤한 당 형과 안주인이 외출을 하면 "아이들은 폭탄이 터지듯 큰 소리로 웃어대기 시작한다". 만약 주위에 있는 할머니들에게 "차에 타고 있는 사람이 누구예요?"라고 물으면 그들은 "암호랑이와 눈 맞은 놈이지, 샤오라오탕小老唐:당 형의 중국식 명칭−역자 주 말이야. 생활비까지 다 대준다는데 쏨쏨이가 제법 크다고. 너는 커서 마누라 간수 잘해야 한다!"고 말하며 합죽이처럼 웃기 시작했다. 아이들은 무지해서 그렇다고 하지만 다른 사람들 역시 모두 당 형을 비웃었다. 그러나 같은 일을 하는 또 다른 '창기' 두 명은 당 형을 놀리지 않았다. 당 형은 가게에서 가장 힘이 있는 안주인에게 붙어 있었지만, 안주인은 그를 보호하기는커녕 되레 사람들에게 욕을 먹도록 내버려 두고 있는 꼴이었다.

메이냥은 이 '샤오라오탕'이라는 인물을 항상 머릿속에 생각하고 있었던 것 같다. 메이냥은 수정한 「해질녘의 희극」에서 당 형을 샤오류즈와 같이 안주인 집에서 일하는 '조선인 미남'이라고 바꿔 쓴다. 그러고는 그에 대한 설명을 덧붙이는데, "조선인 미남은 얌전했고, 항상 의기소침하다"고 묘사한다.

어떤 이들은, 안주인이 조선인 미남을 고용한 것이 아니라 사 온 것이라고도 한다.

그는 항상 샤오류즈를 보호해 주는데, 안주인이 화가 나 샤오류즈를 매질할 때면 조선인 미남은 그를 용서해 달라고 말했다. 그러면 안주인의 화는 바로 사그라들었다. 이처럼 샤오류즈에게 조선인 미남은 상당히 유용한 인물이다.

이 미남은 조선인인데, 조선인들은 둘째 마나님二太君 : 이등 매국노를 의미―역자 주이 다. 비록 그는 부모가 없는 고아지만 조선인이다. 이 조선인의 말은 상당히 쓸 모가 있다.[15]

그러나 샤오류즈 눈에 비친 조선인 미남은 그저 하나의 수수께끼와 같 았다. 그리고 샤오류즈는 그의 눈을 쳐다보는 것이 두려웠다.

얼굴은 웃고 있는 듯하지만, 눈빛은 여전히 음침했다.

샤오류즈는 그가 쳐다보기만 해도 울음이 터질 것 같았다. 샤오류즈와 함께 자전거 타는 연습을 하던 주인집 도련님은 "주둔지에서 전화가 왔 는데 우리 엄마보고 토끼 새끼를 보내 마나님일본인을 의미―역자 주을 위문하라 던데"라고 말한다. '해질녘의 희극'이 끝난 후, 안주인은 샤오류즈를 꾸짖 으며 말한다.

저리 꺼져버려! 달걀 넣은 홍설탕물 한 사발을 떠서 그이조선인 미남가 쉬고 있 는지나 확인해 봐.

샤오류즈는 이상하게 생각했다.

아이를 낳고 산후조리 하는 여자들이나 달걀 홍설탕물을 먹는데, 왜 조선인 미남이 그걸 마신단 말인가, 또 식은땀이 나서 그런가?

---

15   「수정본 「傍晩的喜劇」 후기」, 『小說月刊』 11(1992)에서 메이냥은 "반식민지 사회에 대
     한 묘사를 약간 더 보충했다"고 솔직하게 말한다.

샤오류즈는 빠른 걸음으로 조선인 미남의 방문 앞에 다다랐다. 눈을 감고 침대에 비스듬히 누워 있는 그의 이마 위로는 가는 땀줄기가 흘러내리고 있었다.

여기에서 작가는 한 아이의 눈을 통해 중간에 끼어 이도 저도 아닌 애매한 식민지 중간 계층의 비참한 생활을 적나라하게 보여준다. 일본인과 '만인' 사이에 끼어 있는 조선인은 유연하면서도 비굴한 방식을 통해 사람들과의 관계를 맺는다. '만인' 아이 샤오류즈는 이런 조선인 미남을 이해할 수 없지만, 자기에게 친절을 베푸는 그를 친근한 시선에서 바라본다.

「해질녘의 희극」의 조선인과 달리 「교민」[16]에서 메이냥은 일본에서 생활하는 조선인으로 그 시선을 돌린다. 「교민」의 조선인은 '나_{일본에서 생활하는}'라는 설정은 생략하고, '만주 여인'가 한큐선 전차를 타면서 우연히 마주친 인물이다. 만약 그 조선인 남성이 자신과 동행한 조선인 여자에게 '나'에게 자리를 양보해 주라고 하지 않았다면, 이들 사이에는 아무런 일도 발생하지 않았을 것이다. 자리 양보라는 우연한 사건으로 인해 이들의 시선에는 연결점이 발생한다. '나'는 이 기회를 틈타 종주국에서 생계를 도모하는 조선인 남성을 관찰한다. 건장한 체격의 그는 현대적인 옷차림에 구두는 정성스레 기름칠을 한 상태였다. 그는 차에 타자마자 자신만만한 태도로 주변인들을 관찰했다. 화려한 복장을 한 일본인 여성 두 명이 차에서 내리자 그의 시선이 닿은 곳은 '나' ─ 깨끗하게 잘 차려입은 젊은 여성 ─ 였다. 그는 '나'를 일본 여성으로 착각했다. 그래서 매너 있는 남성처럼 시원스러운 태도로 여성에게 자리를 양보하고자 했다. 그런데 사실은 자기가 자리를 양보하는 것이 아니었고, 동행한 조선인 여성에게 자리를 양보하라고 한 것이었

16　梅娘, 「僑民」, 『新滿洲』 第3卷 第6期, 1941.6; 修改稿, 「僑民」, 『尋找梅娘』, 明鏡出版社, 1998. 이 글의 인용문은 모두 『新滿洲』 판본을 인용함. 이하 각주 생략.

다. 그러나 그의 '문명적 행동'은 예상했던 반응을 얻지 못했다.

나는 움직이지 않은 채 그저 그를 바라보며 신문을 들고 서 있었다. 아까의 자신만만한 태도가 온데간데없이 사라진 그는 매우 난처해했고 얼굴은 더욱 시뻘게졌다. 그는 몸을 반쯤 굽힌 채 입으로 무언가를 말하듯 중얼거렸다.

자신감으로 가득 찼던 사람이 피식민자의 위치로 되돌아가는 순간이었다. 게다가 '나'의 주시하에 그는 어쩔 줄 몰라 하며 불안한 표정과 함께 얼굴이 더욱 붉어지더니 "손으로 셔츠보다 약간 짧은 양복 소매를 잡아당겼다". 바늘방석에 앉아 있는 듯한 그는 "높은 지위에 있는 사람처럼 위엄 있는 표정을 짓고자 노력했다". 그러나 그의 몸이 따라주지 않았고, 그는 오히려 "두 손을 포갠 채 무릎 위에 올려 두었다. 마치 예의를 가장 중요시 여기는 일본 여자와 같았다". 그러다 그는 동행한 조선인 여자에게 화를 냈는데, 그 분노는 행동으로까지 이어졌다. "그는 그녀의 손에서 짐보따리를 낚아채 열어보더니 마치 그 위에 더러운 것이 묻어 있는 것마냥 보따리를 아래쪽으로 힘껏 흔들어댔다." 그는 조선인 여자의 당황함과 순종적인 태도에서 약간의 거짓스러운 자존감을 획득했다. 차에서 내릴 때 그는 "고개를 들고 큰 걸음을 내디뎠다". 이 남자를 처음 보았을 때 그는 생기 가득하고 자신감 넘치는 조선인 남성으로 스스로 열심히 노력해서 식민자와 비슷한 위치에 서고자 하는 사람 같았다. 그는 일본인의 옷차림, 정신상태, 행동거지를 모방했다. '나'의 추측에 의하면 "그는 아마 십장什長일 것이다! 이제 막 일반 노동자에서 지위가 오른 것이다. 그는 오랫동안 열심히 일해 어느 정도의 돈을 모았고, 상사의 신임을 얻었기에 승진을 했을 것이다". 그러나 그의 생기와 자신감은 비누 거품만도 못한 것으로, 누군가 그를 응시하기만 해도 바로 산산조각 나 버리는 것이었다. '나'는 이 조선인 남자를 이해하면서도 한편으로는 혐오했다.

동아시아 식민지 시기의 조선인은 제국의 식민 정책"일본인이 조선인을 다스리고, 조선인이 만인을 다스린다"으로 인해 애매한 신분에 있었다. 요컨대 이들은 피식민자인 동시에 가짜 식민자의 신분을 가지고 있었고, 이에 희망과 환멸의 사이를 방황했다. 이들은 본토를 떠나 만주국에 와서 다시 조선인으로 되돌아가고자 하는 꿈을 가지고 있었다. 혹은 '이등 매국노'의 신분으로 만주국에서 생활하며 종주국 일본인을 모방하여 일본인이 되고자 했다. 그러나 이들은 결국 그 어디에도 어울리지 못하는 '타자'에 불과했다.

4. 맺으며

메이냥은 「나의 감상과 일본我底隨想與日本」이라는 글에서 식민지에서 생활하는 일본인 남성을 다음과 같이 묘사한다.

일본에서는 여태껏 한 번도 술에 취한 사람을 본 적이 없다. 그러나 베이징에서는 항상 술에 취해 진흙같이 땅에 널브러져 있는 일본인 남성을 보게 된다. 술에 취한 남성은 본래도 아주 혐오스러운데, 일본인은 더군다나 언어적으로 소통도 되지 않으니 이런 자를 길에서 마주치기라도 한다면 온몸에 전율이 난다. 언젠가 깊은 밤, 친구와 함께 영화관 입구에서 술에 취한 일본인에게 쫓겼던 적이 있었다. 그때 놀랐던 감정이 아직도 남아 있기에, 거나하게 취해 얼굴이 붉어진 일본인 남성을 보게 될 때면 나는 가슴이 뛴다.[17]

식민지는 '타자'를 만들어 내는 근원지이다. 식민자는 종속적이고 열등한 '타자' 형상을 만들어 낼 뿐만 아니라, 아무런 이유 없이 '타자'를 제국의 개조 프로젝트에 가두어 둔다. 식민자 역시 식민지에 진입한 이후에는 점차 '타자'화 되어간다. 식민지 사람들 눈에 이들은 '공포스럽고', '불안정한 타자'로서 가까이할 수도, 이해할 수도 없는 대상이 된다. 동아시아 식민지에서 식민자와 피식민자 사이의 문화적 수렴과 문화 등급의 편차는 복수의 '타자'를 '보는 것 / 보여지는 것'의 순환에서 단절과 연속을 통해 상호 교차한다. 메이냥의 작품을 통해 우리는 종주국 일본에서 생활하는 피식민자들의 모습을 볼 수 있다. 그들은 식민자에 대한 이해와 동정과 함께, 심지어 이들을 높이 평가하기도 한다. 그러나 한편으로는 이들을 멸시하고 조롱하며 그들로부터 멀어지고자 하는 심리도 가지고 있다. 여기에는 모방과 아첨이 있으며, 인식하지 못하는 좌절감 또한 존재한다. 무엇보다 각 식민지 민족 사이에는 간극이 존재한다. 그렇기에 이들은 가까우면서도 서로를 이해하지 못하고, 서로를 이해하지만 혐오하기도 한다. 게다가 식민자는 동아시아 식민 통치 구조 속에서 인위적으로 피식민자들의 위치를 배치하는데, 이는 그들의 혼란스러운 자아 인식과 이민족에 대한 오해를 불러일으키기도 한다. 「교민」에 등장하는 한 큐선 전차 위의 조선인 남성이 만약 '나'가 '만주 여인'이라는 것을 알았더라도 자리를 양보했을까? 동아시아 식민지의 각 민족은 도대체 어떤 관계를 형성하고 있는가? 서로가 '타자'인 관계? 아니면 같은 운명공동체? 그들은 때로는 서로를 거부하고, 때로는 연결되며, 때로는 동맹한다. 이처럼 그들의 관계는 변화무쌍하기에 이를 정의하기는 매우 어렵다. 그

17　梅娘, 「我底隨想與日本」, 『華文每日』 135, 1944.11.1.

러나 동아시아 식민지 본토인의 '타자' 인식은 '타자'를 이해하기 위한 문을 여는 데 있어 매우 중요한 실마리를 제공한다. 물론 이해한다는 것이 반드시 동의한다는 것을 의미하지는 않는다. 하지만 충분한 이해를 수반하는 비판은 '타자'를 자신과 동류同類라는 시각에서 비판하게 만든다. 이는 '타자'를 어떤 대상으로 여겨 이에 대한 개조, 파괴, 리모델링을 시도하는 것을 방지한다.

바로 이러한 의미에서 동아시아 식민지문학 속에 등장하는 '타자' 서사는 서구의 '서양과 동양', '자아와 타자', '본토와 외지'라는 이원적 구조를 파괴한다. 나아가 이는 포스트식민주의 이론의 '역행하는 타자 서사' 및 사이드의 '망명', 스피박의 '비연속성', 호미 바바의 '제3공간' 등의 이론과도 현저한 차이를 드러낸다. 그렇기에 이는 곧 식민지 '타자' 문제의 새로운 논의 공간을 제공하는 것으로 이해할 수 있다.

만주 서사 내부의 분열과
만주인의 암묵적 담론 저항

리리
헤이룽장대학교 만주학연구소 연구원

번역_ 이여빈, 전남대학교

1. '만주국'이라는 맥락하에
역설적이게도 '만주'는 사라졌다.'

1932년 일본 군국주의는 푸이를 지지하여 그를 꼭두각시 황제로 삼았고, '만주국'을 세웠다. 만주국은 건립되면서 대량의 만주 역사를 도용하여 만주국의 만주 서사를 만들었다. "만주와 몽골은 과거 본래 하나의 나라였으나, 오늘날은 시국의 필요성에 따라 스스로 세우지 않을 수 없게 되었다. 3천만 민중의 뜻에 따라 이를 선언한다", "과거 정치가 청명했던 시기인 당·우·삼대唐虞三代를 그리워한다",[2] "군왕의 후예가 옛 땅에 이르렀다"[3]라고 하였는데, 이는 만주가 일찍이 만주인 조상의 땅이었다는 것을 의미하는 것으로, 이는 만주국 성립의 역사적 근거가 되었다. 만주국

---

1 만주국의 '만주' 서사는 모종의 주체성을 가진듯하다. 사실 만주어 담론 장치의 가공을 거쳐서 만주를 '공허하게' 하는 것은 그것으로 하여금 의미가 복잡한 공허한 기표가 되게 하였다. 이러한 관점은 청화대학 박사인 타이완의 왕팅춘(汪亭存)과 필자가 토론하는 중에 왕팅춘이 제기한 것이다.

2 「滿洲國建國宣言」, 『滿洲國政府公報』 1, 1932.4.1.

3 「傲霜, 「新國家漫言」, 『盛京時報』 1, 1932.3.1.

의 국기는 북양군벌 시기 오색기 중 만주인을 대표하는 노란색이 '국기'의 4분의 3을 차지하도록 확대하였다.

만주국의 만주 서사는 만주국의 '합법성' 획득이라는 측면에서 중요한 부분이라고 할 수 있다. 그러나 일본 군국주의는 단지 그들의 침략 확대라는 실제 목적을 감추기 위해서 만주의 역사를 도용했다. 그리고 도용한 만주 역사를 매우 조심스럽게 사용했다. 그들은 '예전의 나라를 새로이 만든다舊邦新造'는 말을 써서 만주 역사를 역사에 한정하였고 만주 역사를 둥베이 지역의 '과거 역사前歷史'로 한정시켰으며, 중국을 만주 밖으로 분리하고자 한 동시에 만주 역사를 현실 밖으로 분리하고자 하였다. 한편으로는 '만滿' 자를 이용하여 '중中'을 지워버리고, '만주국'을 '탈중국화'하고자 하였다. 예컨대 1936년 만주국에서 공문서에 "중외中外"라는 표현 대신 "만외滿外"를 사용하였고, 문화적으로도 중국 둥베이 지역과 중국의 혈맥 관계를 분리하고 '만주'를 이용하여 '탈중국화'하고자 노력하였다. 또 한편으로는 '한漢' 자를 사용하여 '만滿' 자를 대신하였는데, 만주국에서 만주어는 만주인의 언어가 아니라 한어漢語이며 '만계滿系'는 만주인과 한족을 혼합한 명칭이었다. 결국 만주국의 '만주'는 의미가 매우 복잡한 단어가 되었으며 공허한 기표로 변하였다.

이로 인해 만주국이라는 매우 기이한 현상을 만들었고, '만주'라는 이름을 국가명에 집어넣은 것은 마치 주체성을 갖는 것 같지만, 현실 속에서 '만滿'은 오히려 사라지게 되었다. '만滿'이 만주국에서 사라진 이 너무나도 기이한 사건에 대한 해석은 '기旗-만滿' 문화의 복잡성이라는 문제에 직면하게 할 수 있으며, 만주국 권력의 운영 메커니즘을 파악하고 만주국의 복잡한 실제 맥락으로 들어갈 수 있게 한다.

2. 은폐된 만주인의 만주 서사

둥베이 지역은 만주의 발상지이자 줄곧 만주인들이 모여서 사는 지역으로, 그 문화는 선명한 만주인의 색채를 띠고 있다. 민국 초 둥베이 지역으로 돌아간 베이징의 만주인 작가와 현지의 만주인 작가는 함께 둥베이 지역의 현대문학 창작에 지대한 공헌을 하였다. 만주국에서 왜곡한 만주 서사에 비해 당시 둥베이 지역 만주인의 만주 서사는 역사적인 뿌리를 가진 진정한 만주 서사이다. 만주인 작가인 라오서老舍가 항전 시기에 쓴 유명한 소설 「사세동당四世同堂」에서 서술한 것처럼 "이전 세대의 둥베이 사람은 영원히 중국인이다".[4] 9・18만주사변 전후로 둥베이 지역에서 여러 해 동안 살아온 만주인 작가 무루가이穆儒丏와 타오밍쥔陶明濬 등은 차례로 둥베이 지역을 벗어났다. 둥베이 지역이 점령되기 전에 지역 사안에 적극적으로 참여하고 현실을 비판했던 적극적인 태도와는 달리, 그들은 화베이華北 지역이 점령된 이후 다시 둥베이 윤함구淪陷區로 돌아와서 '유민遺民'의 태도로 만주인의 역사나 문화와 관련된 많은 작품을 창작하였으며 만주국과 전혀 다른 만주 서사를 형성하였다. 만주국이 출현함에 따라 국가를 분열시키고 만주인의 역사와 문화 내부에 거대한 분열을 일으켰으며, 만주국의 만주 서사와 만주인의 만주 서사라는 두 종류의 만주 서사 방식이 출현하게 되었다. 이들은 모두 만주의 역사를 담론하고 있지만, 내부의 논리는 전혀 다르다.

이들 만주 서사의 차이는 당시의 역사적 맥락에서 종종 국통구國統區와 해방구解放區 작가들에게 간과되었으며, 심지어 이 둘을 하나로 섞기도 하

---

4   老舍, 「四世同堂」, 『老舍全集』 4, 人民文學出版社, 2013, 288면.

였다. 예컨대 무루가이의 소설 「복소창업기福昭創業記」는 역사 연의의 형식으로 청이 중국 관내로 들어가기 전 만주에서 굴기한 역사를 서술하였다. 소설 속 "복福"과 "소昭"라는 두 글자는 선양沈陽에 있는 누르하치努爾哈赤와 홍타이지皇太極, 누르하치의 아들로 청나라 제2대 황제−역자 주의 능묘인 복릉福陵과 소릉昭陵에서 따왔다. 장위마오張毓茂가 편찬한 『둥베이현대문학사론東北現代文學史論』에서는 "여기에서 무루가이가 창작한 「복소창업기」의 필자 주석에 따르면 무루가이의 청년 시절에 생긴 협애한 민족주의는 극단적으로 왜곡된 표현을 하게 하였다"[5]고 평가하였다. 1986년에 「복소창업기」는 길림문사출판사吉林文史出版社에서 일부 삭제된 후 『만청민국소설연구총서晚淸民國小說研究叢書』라는 이름으로 재판되었는데, 삭제의 이유 중 하나는 "작가의 논설 가운데 정치색을 띤 잘못된 의론을 삭제한다"[6]는 것이다.

이는 결코 연구자들의 메타민족주 의식 편견이 아니다. 1937년에 발표된 아잉阿英의 수필 「매국노의 신문 한 묶음一束漢奸報紙」에는 당시 무루가이의 「복소창업기」를 읽은 아잉의 반응을 다음과 같이 기록하고 있다.

둥베이의 3성이 함락된 이후, 그곳에서 온 신문지를 보지 못했다. 올해 노구교蘆溝橋사건에 이어 핑진平津 또한 함락되어 핑진의 신문을 보지 못했다.

그러나 나에게는 전혀 아쉬울 게 없다. 왜냐하면 신문은 읽을 수 없지만, 온통 괴뢰 일당의 파렴치한 "우방 황군皇軍"에 대한 찬양 일색일 것이라는 점을 상상할 수 있기 때문이다.

최근 우연히 신문지 한 묶음을 얻었다. (⋯중략⋯)

『대동보大同報』 부간에 문예 작품을 게재하였다. 무루가이의 장편소설 『복소

---

5   張毓茂 外編, 『東北現代文學史論』, 沈陽出版社, 1996, 151면.
6   玉漫, 『「福昭創業記」前言』, 吉林文史出版社, 1986, 8면.

창업기』를 현재 5회째 연재하고 있는데, 「아홉 단계를 거쳐 오른 중신들이 표를 올려 태조가 명나라를 침공한 일에 대해 아홉 가지 한탄스러운 마음을 적다.踐九重群臣捧表, 書九恨太祖伐明」라는 제목의 글에서는 왜구의 일을 왜곡하여 묘사하고 있다.

(…중략…)

『성경시보盛京時報』는 일본인이 운영하였으며, 글쓴이의 대부분은 당연히 '매국노'이다. 뉴스는 여전히 과장과 속임수, 유언비어로 가득 차 있다. 9월 3일 자 보도를 통해 펑톈奉天에서도 '종교인 시국 기원 대회'가 개최되어 '우방황군'을 축복한다는 것을 알게 되었다.

(…중략…)

부간『신고잡조神皐雜俎』에 실린 글은 무루가이의 「복소창업기」인데, 제6회의 "시퍼런 칼을 빼어 칭허성清河城을 점령하고, 명나라의 군사를 살이호薩爾滸 대전에서 격파하다冒白刃刀取清河城, 破明兵大戰薩爾滸"라는 내용의 이야기이다. 정말로 '루가이'답게 파렴치하기 그지없다.[7]

당시 둥베이 지역에서 항일 활동을 하였던 지강紀綱은 "그 암울한 시대를 대표할 수 있는 한두 가지의 예를 든다면, 당연히 제일 먼저 『성경시보』의 진정한 매국노 무루가이로쿠타(六田)를 들 수 있다. 그는 만주 역사소설 「복소창업기」를 써서 거짓된 왕조를 찬양하였다"라고 회고하였다.[8]

류다셴劉大先은 무루가이의 만주 서사와 만주국 관방官方의 의도 간의

7   阿英,『一束漢奸報紙』, 廣州戰時出版社, 1938.5;『阿英文集』, 三聯書店, 1981, 358~360면 재인용.
8   紀綱,「敵偽時期東北文壇概志」,『葬故人―鮮血上飄來一群人』, 延邊出版社, 1995, 406면.

복잡한 관계에 대해 다음과 같이 서술하였다.

　　루가이의 민족주의 서사를 모방하는 논리는 당시 전국에서 일어난 '국족일
체國族一體'의 항일 사상과 전혀 다르다. 만주주의를 강조하는 것 역시 일본제국
주의와 거리가 먼 것으로, 그 결과 분명히 만주와 민국이 일본과는 다른 역사
적 담론 사이에서 다양한 의견의 불일치를 초래할 것이다.[9]

　하지만 두 가지 만주 서사를 명확히 구분하지 못했기 때문에 무루가이
의 만주 서사는 만주국 관방 담론에 대한 일종의 무의식적인 영합 혹은
만주국 관방 이데올로기의 하나의 지류로 간주될 뿐이다.

　　일본제국주의의 중국 침략이라는 배경 아래 지역 민족주의의 색채를 띤 무
루가이의 서사는 일본제국주의가 지원하는 만주국의 이데올로기 요구에 정확
히 영합한다.[10]

　이를 통해 볼 때 그는 두 가지 만주 서사를 결코 상호 대립시키지 않았
으며, 진정한 만주 서사는 만주 내부에서 만주국의 합법성 획득을 따져
묻고 더 나아가 만주국 합법성을 부정하는 차원에서 분석되었다.
　항일전쟁 시기 국통구와 해방구의 저항문학을 기준으로 만주국문학과
문화를 평가한다면 만주국문학과 문화의 복잡성을 드러낼 수 없을 것이
며 더욱이 당시의 시대적 맥락을 꿰뚫어 볼 수 없을 것이다. 만주국이라
는 맥락에서 직접적인 문화저항은 지속될 수 없었고, 간접적이고 다양하

9　劉大先, 『八旗心象』, 社會科學文獻出版社, 2021, 222면.
10　위의 책.

며 은밀한 방식으로 문화저항이 행해졌는데, 이는 이미 윤함구 문화 연구 학계에서 공통적으로 인식하는 바이다. 이렇게 간접적이고 다양하며 은밀한 저항방식을 어떻게 구체적으로 묘사하였는지의 문제는 윤함구 문화 연구의 중요한 명제이다. 역사적인 맥락을 벗어나 만주국 시기 문화저항을 고찰한다면, 이러한 저항과 동시기 항일문학을 비교했을 때 그것은 분명히 타협적이고 나약하며 심지어 조국을 배반한 것이다. 그러나 만주국의 고압적이고 폐쇄적인 담론체계로 인해 문화저항은 순조롭게 이루어질 수 없었으며 이질적인 문화의 침략에 대항하는 힘은 방향을 바꾸어 각각의 이질적인 문화 형식과 담론 형식 사이에서 발휘되었다. 이는 원래 정치나 반항과 관계가 없는 문학과 문화의 표현 형식에 만주국 특유의 문화적 맥락에서 저항적인 의미의 공통된 지향점이 생겨나게 하였다. 문화저항력은 서로 다른 문학 표현 형식 간의 간극을 줄이고 '합법'적인 경로를 빌려 문학과 문화가 각종 형식을 '뒤섞이게' 하고, 작가와 독자, 심지어는 매체 간에 일종의 암묵적인 의미 전달 과정을 만들었다.

한편 이러한 반항은 '중일친선中日親善'과 '오족협화五族協和' 등의 '합법적인' 담론을 빌려야지만 나올 수 있었다. 저항문학 속 '중일친선'과 '오족협화'는 더욱이 일종의 보호색과 같아서 이러한 저항담론이 양산되게 하였다. 담론과 만주국 관방의 의도를 자세히 분석해보면, 말은 비슷한 것 같지만 일본과 만주국의 '중일친선'과 '오족협화'의 논리에 따르지 않고 오히려 그 의미를 없애버렸다. 필자는 이러한 문화현상을 '암묵적 담론潛話語'이라고 칭하고자 한다.

만주라는 맥락에서 두 가지의 '만주 서사'를 구분하여야 하는데, 하나는 '만滿'이 비어 있는 만주국 만주 서사이고, 또 하나는 만주의 진실성과 '만'을 비워놓는 것에 대항하는 만주인의 만주 서사이다. 만주인의 만주 서사는 만주인의 역사와 문화 내부에서 암묵적 담론의 형식으로 비어 있는 '타자'에 반항하는 문화저항 책략으로, 이는 만주국의 암묵적 저항 담론에 실질적인 본보기를 제공하였다.

3. 만주인 만주 서사의 암묵적 담론을 통한 저항 전략

1) 만주 서사의 최소한의 윤리 의식과 '탈만주화'

무루가이는 1920년대에 둥베이 지역의 현실에 적극적으로 개입하여 시대적 폐단을 지적하는 논설문을 썼지만, 만주국 시기에는 평소와 전혀 다르게 논설문을 거의 창작하지 않았다. 그리하여 1936년에 무루가이가 『성경시보』 첫 장에 발표한 논설문 「만외滿外」는 특별한 의미를 지닌다. 당시 만주국은 중국과의 관계를 끊기 위해 만주국 공문에서 "중외中外"라는 단어 대신 "만외滿外"라는 단어를 사용하였는데, 이는 "만滿"으로 "중中"을 대체하여 "중中"의 사용 범위를 줄이고 "만滿"의 사용 범위를 확대한 것이다. '만주계' 작가인 무루가이는 이러한 점에 대해 반감을 가지고 있었다.

최근 공문서와 사문서에서 "滿外"라는 두 글자를 자주 사용하는데, 이는 "中外"라는 글자를 오독한 것에서 비롯된 것이다. "中" 자는 중국의 간칭인데, 지금 만주국이 세워졌으니 "中" 자가 방해가 된다고 보아 "滿" 자로 바꿨다. 그러나 "中外"라는 말이 "內外"와 같다는 것은 전혀 모른다. 하나의 나라로 말할 것 같으면 중앙정부가 "中"이고 지방정부가 "外"이다. 국제적으로 말하자면 본국은 "中"이고 타국은 "外"이다. 그리하여 "중외"라는 말은 국제에만 해당하는 것이 아니라 국내에도 사용된다. 예전 청대의 공문에서는 자주 "본 유지를 중외中

外에 선포하노라"라는 말을 했었다. 여기에서의 "중외"는 "중외"와 "지방"을 가리키는 말이다. 오늘날 "만외"로 바꾼다면 전혀 말이 안 된다. "중외"를 쓰지 않고 "내외"를 쓰는 것은 괜찮은데, 여기서 "內"는 "中"을 가리킨다.[11]

그는 여러 차례 중국 역사의 변천을 겪은 노인으로서 만주국의 공문서와 사문서에서 "중외"를 쓰지 않고 "만외"를 쓰는 진짜 의도를 모를 수 없었는데, 이 글 속에 담긴 미묘한 감정을 어렵지 않게 알아차릴 수 있다.

무루가이가 이 글에서 "만외"를 "중외" 대신 사용하는 것을 배척하는 내재적인 감정은 청나라의 정치 문화 유산에서 비롯된 것이다. 옹정雍正이 편찬한『대의각미록大義覺迷錄』에서는 "역적들은 우리가 만주의 군주를 중국의 주인으로 세운다고 서로 경계를 정하고 땅을 나눈다는 허황된 말을 하는데, 이는 비방하는 말일 뿐이다. 우리 만주 또한 중국의 것임을 모르는 것이다"[12]라고 하였는데, 이는 당시 성행한 '화이지변華夷之辯'이 청나라의 통치와 건립에 합법성을 제공한다는 내용에 대한 반박문이다. 청나라로부터 시작된 '만주는 중국과 별개가 아니다'라는 역사 서사는 청나라가 다민족 다 문화 국가를 세웠다는 증거이자 만주인 문화가 자부심을 느끼는 근간으로, 만주인 문화에는 이와 같은 최소한의 윤리적 성격이 내포되어 있다.

청나라에서 비롯된 '만주는 중국과 별개가 아니다'라는 전통이 현대로 이어지면서 근대 국가주의적인 요소를 흡수하여 '만주 조정을 몰아내고,

---

11 穆儒丐,「滿外」,『盛京時報』1, 1936.9.5.
12 在逆賊等之意, 徒謂本朝以滿洲之君, 入主中國爲主, 妄生此疆彼界之私, 遂故爲訕謗詆譏之說耳. 不知本朝之爲滿洲, 猶中國之有籍貫. 雍正,『大義覺迷錄』, 中國城市出版社, 1999, 2면.

중화를 회복하자驅除韃虜, 恢復中華'는 구호와는 다른 '오족대동五族大同'의 현대 국가 상상의 방식을 형성하게 되었다. 무루가이는 청말에 일본에서 유학하던 시기에 만주인 유학생의 정치 활동에 참여하였고 『대동보大同報』를 창간하였다. 당시에 개방적인 만주인 청년들은 혁명파의 '만주 조정을 몰아내고, 중화를 회복하자'는 배만 언론 속 종족 혁명에 대해 다음과 같이 반박하였다.

> 춘추春秋의 형荊과 초楚, 전국戰國의 강국 진秦의 조상은 모두 이민족이었으며, 당시 외국인으로 여겨졌다. 그러나 오늘날에는 도움을 주는 주변국으로, 호胡나 월粤이라고 병칭할 따름이니, 지금은 도대체 어디에 있는가? 하물며 당시의 소위 융戎이나 적狄이라는 곳은 대부분 여러 나라와 같은 성씨이거나 주나라의 종실이었다. 예컨대 강융薑戎은 제齊와 같은 성씨이고 여융驪戎은 희姬성으로, 주나라의 종족이었다. 이러한 사실에 의거해보면, 당시 중국에 사는 사람들은 모두 이주해 온 도란都蘭민족임을 알 수 있다. 특히 당시 법제가 아직 완벽하지 않아서 사람들은 본래 단결되어 있었지만 봉건제로 인해 나뉘게 되어, 원래 같은 민족이었지만 화華와 이夷로 나뉘어 오랫동안 서로를 의지하지 못하고 그 본모습을 잃게 되어 동족 간의 상잔이 끝이 없게 되었다.[13]

이와 동시에 일어난 혁명파들과의 논쟁에서는, 팔기八旗제도가 만주인이 한족을 압박하는 것이 아니며 일종의 병제兵制 아래의 다민족 공동체라고 하였다. 팔기는 병제로서 이미 현대 국가의 요구에 적합하지 않으며 민족 간의 충돌이 발생하지 않도록 병제와 팔기제도를 개혁하는 것이

---

13 穆都哩, 「蒙回藏與國會問題」, 『大同報』 5, 1907.

좋다. 어쨌든 현대에 들어오고 나서 만주인 문화는 여전히 일종의 종족을 초월한 공동체 구축을 고수하며 '오족대동五族大同'이라고 하는 초기 중국의 다민족 공동체 초기 상상을 만들어냈다. 헝쥔恒鈞은 "중국이 20세기 세계에 존재하는 것은 만주인의 이익도, 한족의 이익도 아닌 중국의 이익임을 알아야 한다. 중국이 갑자기 망하는 것은 만주인의 손해도, 한족의 손해도 아닌 중국의 손해이다. 만주인과 한족은 중국을 벗어나 이해 관계만을 따질 수 없다"[14]라고 하였다.

만주국 시기에 무루가이는 이러한 만주 서사를 고수하였다.

> 명나라와 청나라는 비록 적국이지만, 정치를 제외한 문화와 민족 간의 소통을 따진다면 이 시기는 청신한 민족이 노쇠한 국가에 수혈하여 구원한 시대이다. 두 나라는 랴오허遼河의 동쪽과 서쪽에서 2, 30년 동안 전쟁을 하였지만, 전쟁을 통해 친구를 사귀게 되었다. 한두 명의 이름난 장수뿐만 아니라 양측의 백성들과 병사들도 감정을 소통하고 문화를 교류하면서 서로 연결되었고 결합하게 되었다.[15]

이를 통해 청나라 때부터 현대에 이르기까지 만주인의 머릿속 '만주는 중국과 별개가 아니다'는 말은 그 자신의 합법성을 획득하는 데에 매우 중요한 근거가 됨을 알 수 있다. 만주와 중국의 관계를 끊고 중국을 만주와 분리하는 것은, 청대 이래 만주인들이 자부심을 느끼는 집단 윤리 의식을 부정하고 만주인 문화 내부에서 만주인 역사를 배반함을 의미한다.

1940년에 무루가이는 슬픔과 분노가 가득한 「노동자의 죽음死的勞工」이

14　恒鈞,「中國之前途」,『大同報』1, 1907.
15　穆儒丐,『福昭創業記』下, 滿日文化協會, 1939, 574면.

라는 제목의 글을 발표하였는데, 이 글은 1940년 4월 23일에 관내로부터 만주국으로 생계를 꾸리려고 온 한 노동자가 출근하는 도중에 선양沈陽의 기관機關이 빽빽이 늘어선 길가에서 목숨을 잃었다는 내용이다. 무루가이는 만주에 온 노동자를 학대한 감독을 비판하면서, 그들은 미국에서 흑인 노예와 돼지 새끼를 판매하는 것보다 더 비열하다고 하였다. 왜냐하면 그들이 학대한 것은 같은 언어를 쓰고, 같은 풍속을 가진, 같은 피부색의 동포이기 때문이다. 무루가이가 관내의 노동자가 길가에 쓰러져 죽어 있는 참극에 분개한 것은 "같은 언어를 쓰고, 같은 풍속을 가진, 같은 피부색의 동포"로 인한 공동체 인식에 기인한 것이다.

만주국 관방의 만주 서사는 청대 이래 '만주는 중국과 별개가 아니다'라는 주장을 폐기했다. 만주인은 일종의 '병제兵制' 아래 다민족 공동체이지, 단일 종족의 역사 전통 서사가 아니라는 것이다. 만주국은 한편으로는 역사 서사에서 만주를 종족화하여 처리하였는데, 현실에서는 그것을 모호하게 하였다. 이러한 암묵적인 활용은 저항구抵抗區의 한漢 문화 문인들에게 비웃음거리가 되었고, 만주인으로 하여금 자신의 본성과 전통을 져버렸다는 커다란 수치감이 들게 하였다. 만주국의 만주 서사에 만주인의 역사는 있지만, 만주인의 역사적 감성을 져버렸으며 더욱이 만주인의 공존 의식이 없다. 만주국僞滿의 "위僞"는 만주인의 감정 구조 속에서 외부인에게 이해되지 않고 굴욕적으로 느껴진다. 집단의 역사를 이야기하면서 전통을 배반한 만주국 만주 서사를 비판하는 것은 만주인의 만주 서사의 핵심이다. 그리하여 만주국의 만주 서사에 대한 '탈만주화'는 근본과 윤리 의식을 가진 만주인 만주 서사의 반항 방식 가운데 하나이다.

무루가이의 「만외」가 '탈만주화' 처리를 한 것과 유사한 작품으로는 같은 만주인 작가인 라오서老舍가 항전 시기에 쓴 장편소설 『사세동당四世同

堂』이 있다. 「사세동당」 속 인물은 대부분 분명한 만주인의 색채를 가지고 있지만, 라오서는 그들의 만주인이라는 흔적을 일부러 감추었다. 「사세동당」 속 치씨 노인祁老人에 대해 "노인은 어려서부터 베이징에서 자랐으며 자연스럽게 만주 출신에게서 많은 규율과 예절을 배웠다"[16]라고 묘사하면서, 치씨 노인에 대해 만주인이 아니라고 했지만, 치씨 노인의 치祁라는 성은 치旗, 만주인의 의미함—역자 주와 동음이다. 소설에서는 그가 북경의 골목길에서 이미 4, 50년을 살았다고 언급하였는데, 이 노인이 집을 샀던 청말에는 북경의 만주인과 일반인은 여전히 분리되어 있었으며 일반인 중에서 내성內城에 거주하는 이는 극히 드물었다. 샤오양취안小羊圈 골목의 사람들 간의 관계를 살펴보면, "성격·학식·취미를 논할 때 치씨 노인은 첸錢 선생과 친구가 될 가능성이 전혀 없어 보였다. 그러나 그들은 뜻밖에도 친한 친구가 되었다". 치씨 노인과 리李씨 집안 넷째 할아버지 사이의 "대화는 대부분 5, 60년대 전의 이야기에서 시작되었는데, 적어도 한두 시간은 반드시 필요했다"라고 하거나 각 가정들 간의 상호 돌봄은 모두 만주인 문화 중 '만주인은 친척이 아니면 친구'라고 하는 문화적 분위기를 보여준다. 샤오양취안 골목 안의 대다수의 주민들도 모두 분명히 만주인의 흔적을 가지고 있다.

류劉씨 집안 넷째 할아버지는 다음과 같이 말했다.

정말 생각지도 못했어! 정말 생각지도 못했어! 우리의 구성九城과 팔조八條대로, 동단東單과 서사西四의 고루鼓樓 앞에 이렇게 많은 사람들이 있는데, 일본 놈들을 이길 수 없다니, 그놈들 때문에 이렇게 힘들게 될 줄이야.

---

16   老舍, 「四世同堂」, 『老舍全集』, 4, 人民文學出版社, 2013, 4면.

넷째 할아버지가 말한 지역은 청대 만주인들이 거주하던 내성이다. 북경이 함락된 이후 리씨 집안 넷째 할아버지는 홰나무 그늘 아래에서 처참한 목소리로 그들에게 "하얀 천을 준비하자! 만일 국기를 꼭 걸어야 할 때가 되면 그때 연지로 붉은 원을 칠해서 쓰면 돼! 다들 경자년에 걸어봤잖아!"라고 말하였다. 이 말은 샤오양취안 골목의 각 가구들이 1900년에 8국 연합군이 북경으로 들어오는 것을 경험했음을 의미한다. 이처럼 「사세동당」 속의 주요 인물은 대부분 만주인이었지만, 라오서는 그들이 만주인 신분임을 분명하게 밝히지 않고 그들을 일본 침략에 저항하는 중국인으로 묘사하였다.

무루가이와 라오서라는 두 명의 저명한 만주인 작가는 같은 시기에 다른 문화적 맥락 속에서 동일한 '탈만주화' 서사 방식을 택하였는데, 이는 모두 동일한 만주인 집단의 감정 표현에 기초한 것이다. 그들이 열심히 만주를 감추고자 농도 짙은 감정으로 창작하는 태도는 만주 서사의 분열로부터 기원한 것이다. 두 사람의 '탈만주화' 창작 현상의 이면에는 만주인 만주 서사의 표의表意적 우려가 숨겨져 있다. 즉, 민족과 국가라는 이름을 빌려 중국이라는 하나의 공동체를 분열시키는 것을 수용할 수 없다는 것이다. 이러한 논리와 감정은 청 제국의 유산으로부터 비롯되었으며 현대에 만주인 특유의 만주인-중국이라는 공동체 의식을 형성하였는데, 이는 만주인 문화 내부에서 생겨난 일종의 공동체 의식이다. 이는 항전 저항 시기의 중국 주류 문화가 청 제국과 만주를 관찰한 방식과는 다르다. '탈만주화' 서사 책략은 오명을 뒤집어쓰고 유용流用 및 유린된 집단 역사에 존엄성을 부여한다. 이러한 감정은 온몸이 상처투성이가 된 채 타자화된 집단 역사에서 나온 것으로, 그것은 '만주 종말'이라는 만주인의 암묵적 담론을 통해 만주 집단에 마지막 존엄성을 부여한다.

2) 만주 역사의 재구성

「복소창업기」는 역사연의소설의 형식으로 청이 중국 관내로 들어가기 전 만주 굴기의 역사를 서술하였다. 이 소설로 인해 윤함구 연구자들은 무루가이를 '매국노'로 평가한다. 「복소창업기」를 만주 서사 분열이라는 맥락에서 살펴보면, 만주인의 만주 서사가 만주국의 만주 서사에 대항하는 의도를 알 수 있으며, 심지어는 만주인 문화 내부의 만주국의 '만주를 없애는' 암묵적 담론에 대한 대항이라고 말할 수 있다. 소설에서 그는 줄곧 만주와 중국 문화의 기원이 같다는 점을 강조하였다.

> 만주국은 숙신肅慎 시대 때부터 은상殷商의 영향을 받았다.[17]

> 우리는 만주가 결코 외지의 야만적인 곳이 아님을 알아야 한다. 은상시대와 숙신씨 때부터 중원 지역과 교류했기 때문에 서경書經에도 숙신의 명을 받았다는 기록이 있다. 중세 이후 고구려·발해·요·금이 연이어 나라를 세웠는데, 이들은 풍속과 제도를 독자적으로 갖추고 있었고 부족장도 있었다. 이들은 명초에 분열되었지만, 나라의 사상과 민족 의식은 여전히 존재하고 있었다.[18]

여기에서 그는 서주시대 중국의 예법이 세워지기 전에 만주와 중원 지역 간에 문화교류가 있었다고 주장하였다. 이러한 만주와 중국의 뿌리가 같다는 역사관 아래 만주의 빛나는 역사를 기술하는 것은 만주국이 의존하는 만주가 만주인의 조상의 땅이라고 하는 주장과 둥베이 지역과 중국의 혈통 관계를 끊는 논리와 전혀 다르다.

17　穆儒丐,『福昭創業記』上, 滿日文化協會, 1939, 317면.
18　위의 책, 580면.

소설 속에는 만주인의 집단 역사에 대한 넘치는 자부심과 현실 속 굴욕감이 서로 뒤엉켜 있는 감정이 곳곳에 드러난다.

만주인들은 본래 어느 곳에서나 사람들에게 무시당했는데, 오늘날에도 여전히 천대당하기 일쑤다.[19]

대청제국이 무너지고 앞으로 어떻게 될지는 누가 일으키는지를 보면 된다.[20]

이는 만주국의 '예전의 나라를 새로이 만든다'는 맥락에서 매우 의미심장한 말이다. 소설에서는 결코 만주국을 집단의 부활로 여기지 않으며, 만주국에서 조상의 영광을 말하고 집단 굴욕의 현실을 개탄하면서 집단 부활의 희망을 예견할 수 없는 미래에 두고 있다. 이는 집단 내부에서 조상의 영광을 따져 묻고 만주국을 모욕하는 것이다. 무루가이의 만주 굴기 서사는 만주국의 '예전의 나라를 새로이 만든다'는 논리에 따라 전개된 것이 아니라, 중국 자체의 다원일체多元一體의 문화에 따라 만주 또한 다원 가운데 중요한 일원이라는 것이다. 만주국의 '오족' 역시 일종의 '여럿'을 만들었지만, 만주국은 일종의 도구적 다원화이고 다원화의 이면에는 일원화가 있다. 게다가 기타 문화에 대해 오만함과 악의가 가득한 통치의 일원화는 모든 타자로 하여금 근본을 잃게 한다. 이러한 갈등의 중심에 있는 만주 서사는 그중의 가장 은밀한 투쟁이다. 무루가이는 출신과 정체성이 있는 만주 문화의 수호자로서 도처에 만주를 썼지만, 만주가 철저히

---

19 穆儒丐, 『福昭創業記』 下, 滿日文化協會, 1939, 729면. 『복소창업기』 후기를 인용하였는데, 후기는 1986년 길림문사판(吉林文史版)에서 삭제되었다.

20 穆儒丐, 『福昭創業記』 上, 滿日文化協會, 1939, 269면.

타자화된 맥락에서 이민족이 느끼지 못하게 비밀스럽게 제거되는 것을 참아야 했다. 이 역시 그가 「복소창업기」를 창작하면서 자부심과 굴욕 사이의 양가감정을 느낀 부분이기도 하다.

무루가이는 소설에서 명나라가 멸망한 원인을 분석할 때, 주순수이朱舜水[21]의 『양구술략陽九述略』 속 세 구절을 인용하여 명말 백성들이 통치자에게 심각하게 착취당하였음을 증명하였다. 그는 또한 주순수이가 명나라 멸망 후에 베트남과 일본에서 떠돌다가 외국 세력을 빌려서 병사를 일으켜 청나라에 대항하고자 했던 경험을 글 속에 집어넣었다. 이 단락의 서사와 텍스트에서 그는 명나라 멸망의 원인과 만주 굴기의 역사는 확실히 직접적인 관계가 없다고 분석하였다. 무루가이는 주순수이가 외국 군대를 동원해서 청나라에 대항하고 명나라를 부활시키려 했던 행위에 대해 암묵적 담론을 이용하여 현실적인 평가를 했다.

청나라 군대가 남하할 때 선생은 일본·베트남·태국·미얀마 등 해외의 여러 나라를 다니면서 유세하였다. 당연히 외국의 힘을 빌려서 자신이 싫어하는 만주 왜구를 쫓아내고자 하였다. 그러나 선생은 이러한 나라들도 같은 오랑캐라는 사실을 잊었다. 다행히 당시 선생이 호의를 가진 여러 나라 중에 일본을 제외한 나머지 나라는 얼마 지나지 않아 모두 청나라의 속국이 되었다. 만일

---

21 朱舜水(1600~1682), 명청대 학자, 이름은 之瑜, 字는 楚嶼, 魯嶼, 만년의 호(號)는 舜水이다. 위야오(余姚, 오늘날 저장(浙江)) 사람으로, 명대의 제생(諸生)이었다. 숭정(崇禎) 말에 여러 차례 조정의 부름을 받았지만, 벼슬길로 나아가지 못하였다. 명나라가 망하고 나서 반청운동을 하였다가 반청운동이 실패하자 일본, 베트남, 태국 등지로 망명했다. 청 순치(順治) 16년(1654년)에 정청공(鄭成功)과 장황옌(張煌言) 등이 주도한 반청복명(反淸復明) 투쟁에 참여하였다. 투쟁이 실패한 후에 일본에서 머물면서 20여 년 동안 강학에 전념하였다. 일본 미토(水戸)의 번주(藩主) 토쿠카와 미츠니(德川光圀)의 칭송을 받았고, 사후 일본 학자들은 그를 문공선생(文恭先生)이라고 칭했다.

그중에 한두 나라, 혹은 전체가 모두 오늘날의 강국이 되어서 군대를 동원하여 중국에 개입한다면, 선생의 희망이 설사 원대하더라도, 선생의 나라는 어디에 있겠는가?[22]

이러한 평가에서 무루가이는 주순수이가 만주를 왜구로 여기는 것에 불만을 품는 것 외에도 주순수이가 외국 군대를 동원하여 청에 반항하고 명을 부활시키고자 한 행위를 비웃고 만주국의 현실에 정곡을 찌르며 비난했다. 당시 주순수이가 유세를 했던 나라는 모두 소국이었지만, 만약 당초에 유세를 했던 나라가 지금의 강국이고, 그들의 군대를 동원하여 중국에 진입했다면 중국은 명말에 이미 멸망했을 것이라고 말하고 있다. 무루가이는 외국의 병력을 빌려 자기 나라 내부의 문제를 처리하는 것에 대해 인정하지 않으며, 특히 '오늘날' 강국에 의지하여 나라를 구하는 것은 나라의 멸망을 가져올 뿐이라고 보았다. 일본군에 의지하여 괴뢰 정권을 세운 만주국이라는 맥락 아래 이러한 암묵적 담론의 표현이 숨겨져 있지만, 소설 텍스트를 자세히 분석해보면 그 속의 논리는 오히려 매우 명확하다. 「복소창업기」 속 무루가이의 만주와 중국의 관계 및 중국의 역사에 관한 독특한 해석은 항전 시기라는 특수한 시대에 만주국 괴뢰 문화에 의해 이용되었다. 1938년 10월에 '성경문예상盛京文藝賞'을 받았고, 1939년에는 제1회 '민생부대신문예상民生部大臣文藝賞'을 받았으며, 1939년 6월에는 만일 문화 협회에 의해 '동방문고東方文庫' 총서 중 한 권의 단행본으로 발간되었다. 이러한 특별한 요인들이 민국 이래 만주인과 중국인의 만주인에 대한 인식의 차이와 겹쳐 「복소창업기」는 항일지식인에 의

---

22   穆儒丐, 『福昭創業記』 下, 滿日文化協會, 1939, 399면.

해 오해를 받게 되었다. 「복소창업기」의 복잡한 문화적 함의를 가렸을 뿐만 아니라 근본과 윤리 의식이 있는 만주인 역사 서사가 만주 문화 내부에서 만주국에 대해 심판하는 것을 가렸다.

3) 유민의 모습을 통한 저항의 의미

'베이징'은 무루가이의 고향이자 청나라의 수도이다. '베이징'은 무루가이의 묘사에서 시기에 따라 그 의미가 다른데, 민국 초기 무루가이가 묘사한 베이징은 가슴 아픈 곳이었다.

당시의 이 말은 비록 분노에 찬 말이었지만 언젠가 그날이 올 것이다. 지켜보시길, 베이징은 이미 끝났다. 이미 끝나버린 베이징을 다시는 보지 못한다. 그녀는 몇 차례나 괴롭힘을 당하였고, 그녀의 영혼은 이미 사라졌다. 우리는 머릿속으로 그녀를 잊어야 할 뿐이다. 그녀가 화산에 의해 붕괴되었거나 홍수에 휩쓸려 간 것으로 생각하자. 현재와 미래의 베이징은 인간의 세계로 생각할 필요가 없다. 악마의 소굴이자 도적의 소굴, 음탕한 거처이며 차마 보고 들을 수 없는 지옥이다.[23]

만주국이 세워진 후에 무루가이의 작품 속 베이징은 따스한 곳이 되었다. 그는 베이징에서의 생활을 담은 산문을 많이 창작하였는데, 대부분 '북경몽화록北京夢華錄'이라는 제목을 달았다. 「북경몽화록北京夢華錄」은 송대 맹원로孟元老의 「동경몽화록東京夢華錄」을 모방하였는데, 그 기조는 북송 도성이 옛날에 번영했지만, 이제는 존재하지 않는다고 하는 남송 유민의 기

---

23   儒丐, 『北京』, 盛京時報出版社, 1924, 87면.

록을 이어받았다. 무루가이의 감정 세계에서 둥베이가 함락되고, 베이징이 함락된 후에 자신은 비로소 진정한 유민이 되었다.

한편 무루가이는 언론인 겸 작가의 신분에서 완전히 작가로 전향했다. 근대 베이징 만주 문화의 특징 가운데 하나는 바로 이렇게 문인이 언론인과 작가의 신분을 겸했다는 점이다. 관지신關紀新은 무루가이를 포함한 만주인 문인에 대해 논할 때에도 이점을 강조하였다.

그들의 첫 번째 신분은 언론인이지, 작가가 아니다. 언론인즉 현대의 저널리스트의 주된 임무는 현실에 관심을 가지는 것이다.[24]

무루가이는 1917년에 베이징에서 둥베이로 온 이후 줄곧 언론인과 작가라는 이중 신분을 가지고 있었다. 9·18사변 이전에 그는 많은 글을 발표하며 현실에 적극적으로 개입했다. 그러나 만주국 시기에 그는 다시는 논설문을 쓰지 않게 되었다. 당시에 무루가이와 함께 일했던 왕추잉王秋螢은 만주국 시기 무루가이의 상황에 대해 다음과 같이 회상하였다.

그는 '편집장'이 아니며 감사문학을 주도한 적도 없다. 둥베이가 함락된 후에 그는 이미 노년기에 접어들었고 더욱이 편집 업무에 관여하지 않았다. 명목상은 논설위원이었지만, 사설社說조차도 쓰지 않았다. 매일 출근하면 여유를 즐겼고, 소설을 쓰는 것으로 위안을 삼았을 뿐이다.[25]

베이징은 만주인의 고향으로서 항전 시기에 서로 다른 유형의 만주인

---

24 關紀新, 『滿族書面文學流變』, 北京社會科學出版社, 2015, 284면.
25 黃玄, 「艱難的探索 - 「東北淪陷時期文學新論」 讀後」, 『社會科學戰線』 4, 1993.

문학에서 강렬한 감정이 투입되었다. 라오서의 「사세동당」에 내포된 만주인 문화가 주입된 "백탑白塔"과 "서산의 눈덮인 산봉오리西山的雪峰"[26]는 이들이 재기하기 위한 정신적인 기반이 되었다. 윤함구의 만주인 작가들은 유민의 필치로 옛날의 베이징을 묘사하였는데, 이러한 서사 방식은 무루가이에게서 나타났다. 칭다오青島 윤함 시기의 만주인 무협소설가인 왕두루王度廬의 무협소설 역시 동일한 경향을 보여준다.

---

26 베이하이(北海)는 베이징 서원(西苑)에 있는 황실 정원 중 하나, 백탑(白塔)은 청대 순치(順治) 8년에 세워진 티베트불교 불탑이다. 백탑은 제사 기능 외에도 감시와 경계의 역할을 하였다. 순치 10년(1653년)에 백탑 신호포가 세워졌는데, 청대 『백탑신포장정(白塔信炮章程)』에 따르면 백탑의 신호포는 북경 전체의 안위와 관계되며 북경에 위기가 발생하면 군사적으로 사용되었다. 백탑의 신호포대에서 위험 신호를 보내면 바로 즉시 북경 내성과 교외의 모든 전투 역량을 집결시킬 수 있었다. 청 중기에 청조의 통치가 안정됨에 따라 백탑의 경계 기능은 줄어들었지만, 여전히 조종(祖宗)의 선한 법과 좋은 뜻이 내포되어 있다. 민국 시기에 백탑은 이미 감시를 할 필요가 없어졌다. 라오서가 1930년대에 쓴 「낙타상자(駱駝祥子)」에서 샹즈(祥子)는 후뉴(虎妞)에게 속아서 결혼을 하게 된 이후 단성(團城)에 서서 생각했다. "발을 한 번 구르고 걷는 거다. 샹즈는 걸을 수 없다. 베이하이의 백탑을 지키러 가게 하면 그는 기꺼이 갈 거다"라고 하였는데, 이는 만주인 문화의 맥락에서 백탑을 바라본 것이다. 1930년대 라오서의 글 속에서 샹즈의 눈에 비친 '백탑'은 "창백하고, 또 창백한 것"이었다. 베이징이 함락된 시기에 「사세동당」에서 "베이하이공원의 백탑은 여전히 꿋꿋이 우뚝 서 있다"라고 하였는데, 백탑은 만주인의 정신이 결집되는 장소가 되었다. 백탑에 서서 서산을 바라보는 것은 만주인의 시각이고, 만주인의 눈에 비친 베이징 서면의 만주인 마을은 특별한 의미를 지닌다. 무루가이의 소설 「북경」에서 주인공 닝보융(寧伯雍)은 만주인의 눈에 비친 베이징 서면 만주인 마을을 보여주었다. "군사 훈련장 속 원성(圓城), 연무청(演武廳), 마성(馬城), 제자루(梯子樓)는 어렴풋하게 존재하고 있다. 더욱이 보융에게 잊혀지지 않는 것은 비석 정자 안에 있는 공적을 기록한 비석이다. 하얀 돌에는 만한몽장(滿漢蒙藏)의 네 종류의 문자가 새겨져 있는데, 일부에는 진촨(金川)을 정복한 역사가 새겨져 있다." 그리하여 뤼쉬안(瑞宣)은 "눈이 온 후에 그는 분명히 베이하이의 백탑에 올라 서산의 눈 덮인 봉우리를 볼 것이다. 그곳에서 그는 한 시간 동안 우두커니 서 있을 거다"라고 하였는데, 만주인의 문화 의상이 응축된 이 한 폭의 역사적 장면은 라오서가 종족의 시각으로 항일전쟁 중 중국인이 일본의 침략에 반항하고자 하는 의미를 표현하고자 하였음을 보여준다.

왕두루의 정치와 역사 의식은 만주인 작가로서 많은 선배들의 무협소설 창작 전통을 계승하여 여전히 역사와 인생을 피하지 않고 출판 환경의 틈새를 이용하여 역사와 인생에 대한 자신의 생각을 표현하였다. 윤함구 지역의 타향이라는 환경 아래 여전히 베이징이라는 만주인의 근거지이자 자신의 출생지에 대한 깊은 그리움을 떨쳐버리기가 어렵다.

장수제張書傑는 이 시기 왕두루의 창작에 대해 다음과 같이 평가하였다.

우리는 심지어 왕두루가 일본군과 괴뢰 정권 문화 선전기관의 '둥지'를 빌려서 자신의 '알'을 낳고자 노력하였다고 말할 수 있다.[27]

서로 다른 문화적 맥락에서 만주인 작가들은 베이징이 함락된 이후 모두 다시 베이징에 초점을 맞추어 글을 쓸 수 있었다. 비록 표현의 제재와 의미가 지향하는 바는 다르겠지만, 모두 만주국의 출현 및 만주 서사의 분열과 관련된다. 또한 모두 자신의 집단과 기타의 집단에 대해 표현할 때 만주국의 만주 서사를 쓰지 않으려 하였다. 무루가이가 '만주국'에서 청대 수도의 과거 번영했던 모습은 이미 사라졌고 기억 속에만 존재한다는 유민의 창작 태도로써 만주국의 만주 서사에 저항했다는 사실 역시 자명하다.

4) 자식의 결혼을 통한 만주 현실의 언급

통속소설을 통해 정치와 역사 의식을 표현하는 것은 만주인문학의 전

27　張書傑, 『別樣英風』, 北京出版社, 2021, 100~101면.

통이다. 이러한 문학 전통은 청대 차오쉐친曹雪芹의 「홍루몽紅樓夢」과 원캉 文康의 「아녀영웅전兒女英雄傳」의 창작으로까지 거슬러 올라갈 수 있다. 5·4 신문학이 구소설에 대해 '심심풀이'니, '오락'이니 하면서 비판하는 것은 결코 이러한 청춘남녀의 감정을 제재로 하여 시대를 언급하거나 역사와 현실에 대한 생각을 표현하고 집단의 운명을 예견하는 만주인 소설에 적용할 수 없다. 이러한 소설은 청춘남녀의 사랑과 결혼을 중심으로 전개되는데, 통속성은 이러한 류의 소설에 있어서 주요 뼈대일 뿐이며 그 속에는 역사와 현실에 대한 생각, 집단과 국가의 운명에 대한 예언이 내포되어 있다. 또한 이러한 전통은 현대 만주인 소설에서 계승되고 있다. 예컨대 청말 민초 베이징 만주인의 백화소설인 렁포冷佛의 「춘아씨春阿氏」와 무루가이의 「매란방梅蘭芳」 등의 작품은 모두 청춘남녀의 감정적인 갈등을 다루고 있지만, 작가가 소설을 통해 나타내고자 한 것은 결코 남녀의 애정에 국한되지 않고 그 이면의 사회적 현실이다. 둥베이 윤함구 문화의 고압적인 환경 속에서 무루가이는 남녀의 사랑을 제재로 하고 은유적인 암묵적 담론이라는 방식으로 만주인 문화 내부에서 만주국에 대해 심판하였고 집단운명에 대해 묘사했다.

무루가이는 만주국 초기에 「재색혼인財色婚姻」을 창작하였는데, 여자가 남자를 속이는 이러한 재색소설財色小說의 이면에는 시대에 대한 은유가 분명하게 존재하였다. 소설의 시간적 흐름은 명확하며 줄거리는 다음과 같다. 주인공인 진주金珠의 어머니는 1911년 추석 무렵에 일어났던 신해혁명과 같은 시기에 임신한다. 그녀는 1912년에 진주를 낳았는데, 이 해는 또한 민국이 건국되었던 해였다. 1931년 9·18사변 이전에 진주는 베이징 연화대학燕華大學을 졸업하고 하얼빈에서 세무사로 재직하게 되었다. 만주국 건립 초기에 진주는 장인어른의 권유로 만주인 종실 신분으로서 새로운 수도에서 직장을 구하고자 했지만, 결국 구직에 실패하고 전염병에 걸려 죽게 된다. 이 소설에서는 9·18사변과 만주국 건국에 대해 은유적으로 묘사한 부분이 많다.

1922년에 무루가이는 중편소설 「동명원앙同命鴛鴦」을 창작하였는데, 북경 서산西山 젠뤼잉健銳營의 청년인 징푸景福와 친親 아가씨의 비극적인 사랑을 다루었다. 징푸와 인더蔭德, 그리고 친 아가씨는 모두 같은 만주인 마을에서 자라난 청년으로, 징푸와 인더 두 사람 모두 친 아가씨를 좋아한다. 징푸와 인더는 보부保府 무비학당武備學堂을 졸업한 후 금위군禁衛軍에 들어갔다. 신해혁명 이후 금위군의 주요 부서는 육군 16사로 개편되어 난징南京에 주둔하게 되었다. 징푸는 친 아가씨와 결혼하고 얼마 안 있어 부대로 복귀하게 되었고, 이후 16사는 1921년에 외몽골이 독립할 때 몽골로 파병되었다. 후방의 군량 공급이 끊어지고 이 부대만 적진으로 깊이 들어갔으며 1922년에 전체 부대가 해산되면서 대다수가 사망하여 사막에 묻히고 소수만이 살아남게 된다. 인더는 서산으로 도망쳐와서 징푸가 전사했다는 소식을 퍼뜨리고 약탈한 돈으로 친 아가씨의 외삼촌 내외를 유혹하여 그들로 하여금 징푸의 큰아버지 내외를 압박하게 하여 친 아가씨가 인더에게 시집 오도록 종용한다. 친 아가씨는 깊은 슬픔에 빠진 나머지 중병에 걸려버린 징푸의 큰아버지 내외가 날마다 시달리지 않고, 안정된 환경에서 그들을 돌보기 위해 인더의 제안을 수락하게 된다. 징푸의 큰아버지 내외를 보살펴드리다가 그들이 세상을 떠나자 친 아가씨는 인더가 자신을 맞이하는 신부 가마 안에서 목숨을 끊고 만다. 친 아가씨가 죽고 나서 한 달 후, 징푸는 천신만고 끝에 마을로 돌아왔다. 친 아가씨가 이미 죽었다는 소식을 듣고 그는 그녀의 무덤 앞에서 목숨을 끊는다. 그는 "우리가 이런 나라, 이런 사회에서 살고, 또한 이런 친구를 만났는데 어떻게 죽지 않을 수가 있겠는가"라고 쓴 유언을 남겼다.

　무루가이와 이 소설에 나오는 금위군은 나이가 같은데, 무루가이는 민국 초에 금위군에서 서기書記를 했었던 경험이 있었다. 무루가이는 금위군의 역사나 외몽골에서 살아서 돌아온 만주인 금위군을 소재로 한 작품을 많이 썼다. 무루가이는 16사가 전멸한 해에 금위군의 역사를 제재로 한 비극적인 소설을 창작했다. 16사가 몽골로 파병된 사건과 베이징 서쪽의 만주인 마을의 쇠락이라는 두 가지 주제를 통해 집단이 겪는 불공정함에 대한 슬픔과 분노 및 군벌이 자신들의 이익만을 추구하고 국가의 안위는 돌보지 않는 행위에 대해 분개하였다.

　약 20년 후인 1941년에 무루가이는 「신혼별新婚別」이라는 소설을 창작하였는데, 「동명원앙」 이야기를 모티브로 하였다. 이 소설에서는 「동명원앙」 속 남자 두 명이 여자 한 명을 차지하기 위해 다툰다는 이야기가 삭제되었고, 원래 금위군 군인이었던 자오원잉趙文英과 평鳳 아가씨의 사랑 이야기를 다루었다. 두 소설의 가장 큰 차이점은 바로 소설의 결말이다. 「동명원앙」 속 친 아가씨는 마지막에 자살하였지만, 「신혼별」 속 평 여인는 시어머니를 잘 돌보겠다고 했던 남편과의 약속을 지키기 위해 기원妓院에 3년 계약을 하고 자신을 팔아 희생해서 시어머니를 돌본다. 3년 후에 남편이 돌아와서 그녀를 찾았는데, 그녀는 시어머니를 남편에게 보내고 갖은 고생을 하다가 결국 두 사람이 재회하게 된다.

　「동명원앙」에서 16사가 몽골로 파병되는 것을 자세히 묘사한 것과 다르게 「신혼별」 속 두 가지의 주된 줄거리의 중점은 변화되었다. 「신혼별」은 몽골로의 파병을 주요 줄거리로 삼지 않고 베이징 서쪽 만주인 마을의 쇠락을 주요 줄거리로 삼았고, 자오원잉에게서 아무런 소식이 없었다는 점에 초점을 맞추었다. 평 여인과 시어머니의 생활은 절망의 나락으로 떨어졌고 그녀는 남편과의 약속을 지키기 위해 자신의 몸을 팔아서 시어머니를 봉양하였다. 무루가이는 펑 여인의 행위를 「조씨고아趙氏孤兒」 속 청잉程嬰, 추주杵臼와 비교하여 다음과 같이 서술하였다.

그녀의 마음 속에서 시어머니는 그 어떤 것보다 중요한 존재로, 마치 조씨고아와 같다. 그녀는 청잉과 추주를 알지 못해도 〈고아를 찾아서 구하다搜孤救孤〉라는 제목의 연극은 알고 있다. "사람들은 왜 자신이 사랑하는 아이와 자신의 생명을 아끼지 않고 저 고아를 구해주는 것일까?"라고 그녀는 자신에게 물었고, 그 결과 그녀는 그것이 책임이고 믿음임을 깨닫게 된다. 그녀는 자오원잉에게 '저에게 시어머니를 보내세요'라고 했으니 그가 언제 돌아오던지 간에 살아서 건강한 시어머니를 그에게 보내야 한다. (…중략…) 그녀는 결코 죽음이 두렵지 않은 것은 아니었다. 그러나 그녀는 자신이 죽으면 시어머니가 살 수 없다는 사실을 알고 있었다.[28]

「신혼별」에서 펑 여인이 시어머니를 돌보기 위해 기녀가 된다는 내용은 만주국이라는 시대적 맥락에서 그 의미가 배가되었다. 무루가이는 줄곧 세상의 도의와 인심이라는 측면에 있어서 여성의 명예와 절개가 어떠한 의미를 가지는가 하는 점에 관심을 가졌다. 1918년에 그는 한 편의 논설문을 발표하였는데, 그는 사오싱紹興의 천陳 여인이 남편을 따라 죽은 사건을 통해 신해혁명 이래 사회 도덕과 풍기가 나날이 나빠지는 현상에 대해 분개하였고 천 여인이 남편을 따라 죽은 일은 마땅히 제창되어야 한다고 하였다.[29] 그는 소설에서 명예와 절개를 잃은 여성을 매우 부정적

---

28   儒丐, 「新婚別」, 『麒麟』 8, 1942.
29   穆儒丐, 「陳烈女殉夫」, 『盛京時報』 1, 1918.6.27.

으로 묘사하여, 소설 「북경北京」 속 절개가 있지만 불행히도 기녀가 된 슈칭秀卿 역시 비참하게 죽는 것으로 끝을 맺는다. 명예와 절개를 잃었지만 살아갈 수 있는 긍정적인 여성은 만주국 시기에 창작한 「신혼별」과 「여몽령如夢令」에만 등장한다. 무루가이는 만주인의 만주국에서의 처지를 평여인에게 투영시켰다. 만주국의 굴욕적인 상황에서 '약속'을 지키기 위해 명예와 절개를 희생하고 치욕을 씻을 수 있는 날이 오길 기다린다는 것이다. 하지만 만주국에서 만주인이 수치를 씻을 수 있는 방법은 자신을 만주국의 만주 서사와 단절시키고 종족의 역사와 근본을 굳게 지키는 것이다. 이러한 심오한 감정은 라오서의 글에서 살펴볼 수 있다. 라오서의 「사세동당」에서의 관샤오허冠曉荷의 첩 유통팡尤桐芳은 부모가 없는 고아로, 어려서부터 선양瀋陽의 작은 강가에서 기예를 팔면서 생계를 꾸렸다. 그녀는 비록 관샤오허에게 시집갔지만, 그의 매국노 행위를 경멸하였다. "그녀는 결혼을 했지만, 주부가 될 수는 없었다. 그녀는 자신이 여관에 사는 창녀 같다고 생각하였다"고, "부모가 없는 고아"이자 "선양의 작은 강가에서 극을 했"던 그녀는 어쩔 수 없이 관샤오허와 결혼했지만, 그가 매국노가 된 이후에는 첸모인錢默吟을 도와서 극장 폭발을 계획하며 항일 활동에 동참했다. 여기에서 윤함구 만주인의 종족 반항을 은유적으로 보여주었다.

만주국은 현대의 집권 국가로서, 역사적 근거가 있는 것처럼 보이는 서사를 이용해 자신을 '정당화'하려 했지만, 동시에 어떤 근본적인 것은 두려워하였다. 이는 만주국이 만주 서사를 어떻게 '정신적 착란'처럼 다루었는지, 만주 역사를 자신의 근거로 삼았지만, 결과적으로는 스스로도 합리화할 수 없는 만주 서사를 만들어냈다는 것을 반영한다. 만주국 서사에서 '만滿'은 모호하고도 명확한 단어이자, 집단이자 문화라고 할 수 있다.

그 소리의 강도를 조절하는 도구는 집권과 침략이라고 할 수 있는데, 집권과 침략의 마각이 드러날 때면 만주 역사를 내던져서 온화한 환경 속 만주의 소리는 모호하다 못해 투명하게 변한다. 만주와 중국이라는 두 문화 속에서 생활하는 만주인에게 그 고통은 이중적이다. 그리하여 오늘날까지도 무루가이의 「복소창업기」는 매국노의 작품이라고 여겨진다. 이 글을 통해 무루가이가 계승한 민족 관념은 결코 만주국이 정치적 목적 달성을 위해 모방하여 만든 만주 관념이 아님을 알 수 있었다. 그것은 만주라는 문화적 지위와 그 자체의 본질적 특성에서 비롯되었으며 전통과 현대의 기초 위에서 전통적 연속성을 가지고 있다. 그러나 이러한 것들은 특수한 맥락에 의해 가려졌고, 중국 문화 중심의 새로운 시각에서 살펴보면 여전히 소홀히 여겨지고 있다. 무루가이와 라오서를 대표로 하는 만주인의 만주 서사는 그 존재 자체로 '만주국'을 반박하는 힘을 가진다.

산딩山丁 소설 속 '타자' 형상[1]

왕웨
청다오농업대학교 중문학과 부교수
번역_ 이여빈, 전남대학교

만주국은 사실상 동아시아 각 민족에 교류와 교전의 공간을 제공하였다. 정부의 선전에 따르면, 만주인·일본인·중국인·조선인·백러시아인은 '오족협화五族協和'의 이념에 따라 공동으로 생활해야 했지만, 실제로 식민지배자와 피지배자 양측은 모두 잘 알고 있었다. '오족협화'니 '일만일덕일심日滿一德一心'과 같은 구호는 식민 화술에 불과할 뿐, 실행할 방법도 가능성도 없다는 것을. 식민 당국에서 상상한 민족 관계의 '유토피아' 외에 또 하나의 진짜 '만주국'이 존재하였다. 만주국 시기의 소설·산문·기행문 등의 허구와 비허구 텍스트 속 이민족의 '타자' 형상을 통해 식민지 민족 관계의 진상을 파악할 수 있을 것이다.

비교문학의 형상학形象學에서 형상形象이란 결코 객관적으로 존재하는 것이 아니라 감정과 생각의 혼합물이며 관찰자가 이국과 이민족 타자에 대해 형상화·묘사·상상하는 것이라고 본다. 형상학은 또한 주체와 타자

1   이 글은 2020년도 국가사회과학기금 프로젝트의 "14년 항전 시기 둥베이 지역문학 사단과 작가 문화심리상태 연구(20CZW042)"의 단계적 연구 성과이다(本文系2020年国家社会科学基金项目"十四年抗战时期东北地区文学社团与作家文化心态研究"(20CZW042)的阶段性成果).

의 상호 관계를 강조하여, "'내'가 타자를 관찰하고, 타자 형상 또한 '나'라는 관찰자이자 화자, 서사자의 형상을 전달한다"[2]고 본다. 주체에 대한 연구는 현대 형상학의 중요한 변화이며 이는 식민지문학 연구에 도움이 된다. 식민지 문화 맥락에서 탄생한 만주국문학에서 타자 형상에 대한 연구는 식민지의 복잡한 민족 관계를 효과적으로 해석하는 시각을 제공해 줄 뿐만 아니라 작가의 문학적 심리상태 및 그가 처한 사회의 총체적인 문화 심리상태를 분석할 수 있게 해준다.

구체적으로 식민지 작가들은 자신의 문화적 입장이나 민족적 입장을 표현하는 데에 타자 형상을 이용함으로써 식민주의를 인정하거나 제거하려는 목적을 달성할 수 있다. 산딩 소설 속 타자 서사와 이국 상상은 만주국에 출현한 몇몇 민족 관계 형태를 기록하였고, 또한 일종의 자신을 비추는 거울로서의 기능이나 환유의 방법을 통해 텍스트 속 '자아'와 '타자'가 서로를 비추어보고, 작가는 이국 형상에 대한 인식과 상상 속에서 자신에 대해 이야기하기도 한다. 모하莫哈는 이국 형상에 다음과 같은 세 가지의 중요한 의미가 있다고 지적한다.

이국 형상은 하나의 민족적·사회적·문화적 형상으로부터 나온 것으로, 결국 작가의 특수한 경험을 통해 창작된 형상이다.[3]

그리하여 우리는 이민족의 '타자' 형상을 고찰함으로써 관찰자의 형상을 살펴보고, 작가의 문화적 심리상태를 분석함으로써 만주국문학의 복잡성을 더욱 잘 드러낼 수 있을 것이다.

---

2   孟華, 『比較文學形象學』, 北京大學出版社, 2001, 4면.

1. 거울로서의 '타자' 산딩 소설 속 러시아인 형상

모든 형상학적 의미에서의 형상과 마찬가지로 산딩 소설 속 '러시아인 형상'은 '자아'와 '타자', '본토'와 '이국'의 관계에 대한 자각적인 의식에서 출발한다. 1944년에 출판된 단편소설집 『향수鄕愁』에는 총 10편의 작품이 수록되어 있는데, 산딩은 그중에서 「진집鎭集」[4]과 「향수」[5]에서 러시아인의 이미지를 형상화하였다. 「진집」의 주인공인 포수炮手 샤오싼즈小三子는 마을 회장의 딸 아이아이艾艾와 눈이 맞아 몰래 도망을 쳤는데, 이들은 고향인 다싱진大興鎭에서 북만특별구北滿特別區, 즉, 북만주 철도 부속 지역의 작은 기차역 근처로 도망간다. 생계유지를 위해 고군분투한 끝에 샤오싼즈는 기차역의 화물부서류 통역관의 포수가 되었고, 류 통역관과 그의 러시아인 부인에게서 많은 도움을 받게 된다. 소설의 마지막에서 아이아이는 러시아인 부인의 도움을 받아 아이를 무사히 출산하였고, 샤오싼즈 역시 기차역 사람들의 성원에 힘입어 류 통역관에게서 빌린 권총으로 그들을 잡으러 온 마을회장을 겁줘서 쫓아버린다. 소설은 북만주의 작은 기차역을 중심으로 만주국 초기 북부 작은 마을의 생활 모습을 묘사하였다. 소설의 줄거리는 담담하고 작품 서사의 중점은 모순과 충돌에 있지 않으며 인정과 경치의 묘사에 있다. 소설 속 인물의 대부분은 마을의 일반 시민들로, 시장에서 농산물을 판매하는 농민, 야채상, 곡물 중개상, 회계사, 하급 기

---

3   莫哈, 「試論文學形象學的硏究史及方法論」, 孟華 編, 『比較文學形象學』, 北京大學出版社, 2001, 25면.

4   「鎭集」은 원래 『文選』 1, 文選刊行會, 1939에 수록되어 있었는데, 이후 山丁의 『鄕愁』, 興亞雜志社, 1943에 수록됨.

5   「鄕愁」는 원래 『新滿洲』 제3권 제5기, 滿洲圖書株式會, 1941에 수록되어 있었는데, 이후 山丁의 『鄕愁』, 興亞雜志社, 1943에 수록됨.

녀, 역에서 일하는 통역관, 물 배달꾼, 철도 작업자 등인데, 그들은 신분과 직업이 각기 다르지만 하나의 완전체로서 공동으로 마을을 구성한다. 작품 속 변경의 작은 마을은 소설 첫머리에 묘사한 시장처럼 시끌벅적하지만, 소탈함과 인간미가 가득하다.

산딩은 만주국 시기에 "현실을 묘사하자", "어두운 면을 폭로하자"고 주장하였는데, 그는 작품을 통해 하층 민중의 고통스러운 생활을 주로 묘사하고 계급 억압에 대해 성토하였으며 일본의 식민 책략을 보여줄 기회를 찾고자 하였다. 「진집」은 산딩이 '온정'을 바탕으로 창작한 몇 편 되지 않는 소설 가운데 한 편이다. 이 소설에서 산딩은 이국 형상에 대해 '다름'이 아닌, '같음'을 강조하였다. 소설 속 러시아인은 중국인과 마을에서 함께 생활하는데, 그들은 함께 정원에서 막대 던지기 놀이를 하거나 역의 식당에서 함께 밥을 먹는 등 본지인과 대등하였고 특별 대우를 받지 않았다. 작품 가운데 가장 온정이 넘치는 사건은 아이아이가 아기를 낳기 전에 발생하였다.

러시아 부인은 하얼빈에서 돌아오는 길에 아기용 옷과 소변기, 기저귀 등을 특히나 많이 샀다. (…중략…) 류 통역관은 아이아이가 분만하기 전 며칠 동안 매일 역사의 모퉁이에 있는 예수의 상 앞에서 묵상하였고 알아들을 수 없는 노래를 불렀다.[6]

이곳에서의 온정은 샤오싼즈 부부에 대한 류 통역관 부부의 관심과 러시아인 부인이 중국인 부인을 도우려는 마음이다. 산딩은 이민족에 대한

---

6   山丁, 『鄕愁』, 興亞雜志社, 1943, 70면.

차별을 버리고 인성을 민족성보다 중시했다. 소설은 고향과 역이라는 두 개의 세계를 설정했는데, 샤오싼즈는 두 군데서 모두 포수이지만, 고향에 서는 마을 회장에게서 '잡놈'이나 '노예'라고 불렸고, 역에 온 후에는 류 통역관과 '러시아인 부인'의 다정한 친구가 되었다. 계급의 차이가 민족 의 차이를 초월한다는 것 역시 「진집」을 통해 볼 수 있는 산딩의 또 하나 의 중요한 사고이다.

「진집」에서 이국 형상은 부수적인 인물을 통해 보여주었지만, 「향수」 에서는 타자로서 이국 형상은 소설의 중심이 되었다. 산딩의 대다수 작 품과 비교하여 볼 때 「향수」의 줄거리는 간단하며 모순과 충돌이 거의 없 다. 소설은 아동의 시각으로 서술하는데, 늙은 약제사인 러시아인 니콜라 는 서술자인 '나'의 친한 친구로, 상냥하고 친절하며 특히나 아이들에게 다정하게 대해준다. 소설의 표면적인 이야기는 처자식과 헤어져 혼자 '만 주국'에서 생활하는 러시아 노인 니콜라의 향수에 관한 것이다. 니콜라는 종종 혼자 『성경』을 펼쳐서 읽고 중국 아이들에게 코사크 민요를 불러주 는데, 고향이 그리워지면 눈물을 흘리면서 "돌아가고 싶다"고 하면서 목 메어 운다. 이러한 것은 모두 서술자 '나'로 하여금 그의 향수를 깊이 느 끼게 한다. 결국 니콜라는 선원 자리를 얻어서 고향으로 돌아갔다.

우리는 소설 속 표면적인 이야기의 기능이 심층의 이야기 서사를 완성 하기 위한 것임을 알고 있다. 「향수」에서 서술하는 향수는 도대체 누구의 '향수'인가? 다니엘 앙리 파조Daniel-Henri Pageaux는 "형상은 일종의 타자에 대 한 번역이자 자아에 대한 번역이다"[7]라고 하였다. 니콜라가 아이들에게 자신의 고향에 대해 이야기해주는 장면은 소설에서 다음과 같이 묘사되 었다.

우리는 모두 숨을 죽이고 그가 하는 말에 귀를 기울였다. 그의 자상하지만 떨리는 말투는 먼지와 뒤엉켜 우리에게 흡수되고 있었다.,

그의 목소리 속에는 고향의 드넓은 기운이 가득 차 있었고 이 기운은 우리를 집어삼키고 있었다.[8]

여기에서의 니콜라는 '우리'를 비추는 거울이 되었고 함께 '만주국'의 피지배자가 되었다. '우리'와 니콜라는 이러한 향수를 '공유'하였다. 소설 속 니콜라가 여러 차례 고통스럽게 외친 "돌아가고 싶다"라는 말 또한 산딩 자신의 마음 속 외침이다.

이 소설에서 관찰자가 구축한 '타자' 형상은 주체의 인식, 이해 및 감정을 담고 있으며, 그 이면에는 자신의 운명에 대한 주체자의 상상과 기대가 담겨 있다. 소설의 결말은 의미심장하다. 러시아인 리콜라가 결국 고향으로 돌아가고, '나'는 그를 배웅하러 갔다가 "조용히 돌아와서" "일종의 광활한 공허함을 느꼈다"[9] 이는 소설의 심층적인 의도로, 이러한 적막과 공허함이야말로 작가가 표현하고자 했던 진정한 향수이다. 니콜라의 향수가 몸의 향수였다면 고향으로 돌아갔을 때 치유될 수 있었을 것이다. 그렇다면 산딩이 '나'의 입을 빌려서 말하고자 한 것은 해소되지 않는 '영혼의 향수'이자 '정신의 향수', '문화의 향수'이다. 다니엘 앙리 파조는 "이국의 형상은 사실 본토 문화^{관찰자 문화}에 대해 때로는 느끼고 표현하고 상상하기 어려운 어떠한 것들을 말해줄 수 있다. 따라서 이국의 형상^관

---

7   巴柔, 「形象」, 孟華 編, 『比較文學形象學』, 北京大學出版社, 2001, 165면.
8   山丁, 앞의 책, 10면.
9   위의 책, 15면.

칠되는 문화은 분명하게 표현되거나 정의되지 않을 수 있다. 그리하여 '이데올로기'에 종속된 각종 '국적'의 현실은 일종의 은유적인 형식으로 치환된다".[10] 니콜라는 '만주국'을 떠났고, 그의 '타자' 신분은 사라졌다. 또한 '타자'로서의 니콜라가 없어져서 식민지 '타자'인 우리의 신분이 비로소 두드러지게 되었다. '나'는 내가 태어난 곳에서 '타자'가 되었다. 니콜라는 자신의 영혼이 의지하는 『성경』이 있었지만, '우리'의 민족 문화는 식민이라는 족쇄에 묶여서 전파될 수 없었다. 이러한 문화 정체성의 뿌리가 없다는 느낌과 정처 없이 떠돌아다니는 느낌이야말로 '나'의 적막함과 공허함의 근원이다.

산딩은 심혈을 기울여 러시아인 니콜라라는 자신을 비추는 거울을 형상화하였다. 표면적으로는 타자를 서술하는 것처럼 보이지만, 사실은 자신을 의미하는 것으로, 망명한 러시아인을 통해 자신의 고국에 대한 그리움과 문화적으로 정착되지 않은 감정을 기탁한 것이다. 이는 산딩이 1937년에 제기한 '향토 문예' 주장의 심리적 논리와 유사하다. 1937년에 산딩은 「향토 문예와 「야광나무 꽃」鄕土文藝與「山丁花」」과 「향토와 향토문학鄕土和鄕土文學」이라는 두 편의 글을 통해 '향토 문예'의 주장을 제기하였다. 그 목적 가운데 하나는 식민지 동화에 대항하고, 『예문지도요강藝文指導要綱』에서 주장하는 '이식문학移植文學'을 배척하며, 일본과 만주국의 문화 통치 아래 혼란스럽고 침체된 둥베이문학을 쇄신하기 위한 것이었다. 또 하나는 식민지 환경 아래 합법적인 표현방식을 찾아서 '고향'·'향토'·'토지' 등의 용어를 사용하여 '중국'을 은유적으로 표현하고 조국과 민족에 대한 윤함구淪陷區 작가의 향수를 표현하고자 한 것이다. 산딩이 이 작품

---

10 巴柔, 孟華 編, 앞의 책, 156면.

의 제목을 자신의 두 번째 소설집의 제목으로 채택한 것은 매우 의미 있는 일이다. 이 책이 출판될 때에 그는 만주국을 떠나 북경에 가 있었는데, 이 시기의 북경 역시 윤함구가 되어 한 식민지에서 또 다른 식민지로 이동한 셈이 되어서 그는 「향수」 속의 "광활한 공허함"을 느꼈다. 바로 이점이 그와 니콜라의 다른 점이다.

2. 책략으로서의 '타자' 산딩 소설 속 일본인 형상

만약 러시아인의 타자 형상이 산딩에 의해 자신의 민족을 비추는 거울로 사용되어 직접적으로 말하기 어려운 고국에 대한 생각을 표현하는 데에 사용되었다면, 작품 속 일본인 형상은 산딩에 의해 문학 창작의 합법성을 보장받도록 하였다. 산딩은 작품 속 일본인 형상을 복잡하게 처리하였는데, 만주국 초기에 발표한 일부 작품은 다시 출판할 때에 수정되었다. 예컨대 1940년에 소설집을 출판할 때 산딩은 일부 작품을 수정했는데, 그중에는 1933년에 발표한 「냄새나는 안개 속臭霧中」[11]이라는 제목의 단편소설에서 일본인 사병의 형상을 삭제한 예가 있다. 신문에 발표된 「냄새나는 안개 속」이라는 작품에 "매번 차가 오면, 일본인들은 창문으로 남은 도시락을 휙 던져버린다"는 구절이 있는데, 단행본『산바람山風』에서는 이 부분을 "남은 나무 도시락을 창문 밖으로 휙 던져버린다"로 바꾸었다. 신문에서 일본 주둔군을 가리키는 "대병大兵"이라는 용어가 단행본에서는 "징집병征人"으로 바뀌었다. 「냄새나는 안개 속」은 처음에 『대동보大同

---

11 단편소설 「냄새나는 안개 속(臭霧中)」은『大同報』(1933.11, 5·12·19면)에서 처음 발표되었고, 이후 단편소설집『산바람(山風)』, 益智書店, 1940에 수록됨.

報』문학 부간인『야초夜哨』에 발표되었는데, 이 잡지는 만주국 시기에 가장 반항적인 문학 부간으로 샤오쥔蕭軍·샤오훙蕭紅·진젠샤오金劍嘯·수췬舒群·바이랑白朗을 포함한 많은 작가의 글이 발표되었다. 이 부간에 실린 작품들은 일본의 침략 및 계급 억압에 대한 반대·식민지 현실 폭로·하층민의 고통과 농촌의 암울한 현실 폭로, 봉건 가족제도 비판, 청년의 각성을 호소하는 등 다양한 주제를 다루고 있다. 예컨대 소설 「여명黎明」[12]에서는 여러 차례 '선구자'를 언급하면서 공산당 군대의 반일 활동과 둥베이 민중 속에서 공산주의 사상이 전파되는 것을 암시적으로 묘사하였다. 만주국 시기 문학 작품의 반항성을 다룬 작품 가운데『야초』가 최고점을 찍었으며, 심지어 류샤오리劉曉麗 교수는 현대문학 속 항일문학의 한 계통이 이 작품으로부터 시작되었다고 보았다.[13] 「냄새나는 안개 속」의 두 가지 판본 속 일본 사병의 타자 형상은 치환되었으며 일본적인 요소를 대표하는 "나무 도시락"은 은유적인 표현으로 사용되었다. 이야기 자체는 훼손되지 않았지만, 1933년부터 1940년까지 만주국의 문학 생태와 작가의 심리상태는 이미 변화하기 시작했음을 보여준다.

1936년부터 만주국은 언론 정비를 시작하여 문학 검열 제도가 날이 갈수록 엄격해졌고 출판물의 내용을 엄격하게 검열할 뿐만 아니라 작가에 대한 감독과 체포, 암살까지 자행되었다. 열악한 문학 생태는 작가의 분산을 가속화시켰고, 둥베이 작가 내부나 전체 만주국 문단에서도 문학적 태도가 다르거나 지향점이 다른 작가나 작가 그룹이 등장하기 시작하였다. 작가들은 좁은 창작 공간 속에서 어렵사리 이리저리 유용되었는데, 그들은 모든 가능한 창작 책략을 사용하여 문학 이상을 실현하는 것과

---

12   星, 「黎明」, 『大同報』, 1933.12.24.
13   劉曉麗, 「九一八事變與東北文學」, 『社會科學輯刊』 2, 2022.

개인의 안전을 확보하는 것 사이에서 균형을 찾아야만 했다. 그중에서 작품 속 일본인 형상을 어떻게 처리할 것인가 하는 것은 그들이 반드시 직면하고 해결해야 하는 난제였다. 그리하여 일본인 형상과 그 변화를 중심으로 이 시기의 문학을 고찰하는 것은 식민주의의 속박 아래 피지배자문학이 점점 어려움을 겪게 되는 과정을 볼 수 있을 뿐만 아니라 이를 통해 작가의 문화 심리상태를 엿볼 수 있다. 현대 형상학에서 "이국 형상은 '관찰자' 문화의 취사와 관념을 충분히 보여줄 때" 이국에 관한 문학이나 문화 형상이 '감정의 역사'나 '심리상태의 역사'를 제공할 수 있다고 본다.[14] 이러한 점은 만주국 시기 문학 타자 형상을 고찰하는 데에 중요한 의미를 지닌다.

「냄새나는 안개 속」의 일본인 형상을 수정한 것이 만약에 산딩이 억압된 상황에 의해 어쩔 수 없이 했던 행동이었다면, 「녹색 골짜기」의 창작은 식민지문학의 복잡성을 더욱 두드러지게 보여준다. 「녹색 골짜기」는 산딩이 창작한 유일한 장편으로, '향토 문예' 주장을 잘 실천한 작품이다. 이 작품의 창작 과정은 꽤나 복잡했는데, 처음에는 『대동보』에 연재되었고,[15] 얼마 안 있어 오우치 타카오大內隆雄에 의해 일본어로 번역되었으며 동시에 일본 신문 『하얼빈 일일신문哈爾濱日日新聞』에 연재되었다. 이와 같

---

14 巴柔, 孟華 編, 앞의 책, 198면.

15 장편소설 「녹색 골짜기(綠色的谷)」는 중국어와 일본어로 번역되었으며 여섯 종류의 판본이 있다. 연재판 가운데 중문판 신문으로는 『大同報』(1942), 일문판 신문으로는 『哈爾濱日日新聞』(1942)이 있다. 1943년에 「녹색 골짜기」의 중문판과 일문판 단행본이 長春文化社와 沈陽吐風書房에서 각각 출판되었다. 1987년에 산딩이 수정한 단행본은 春風文藝出版社에서 출판되었다. 2017년에 류샤오리(劉曉麗)가 편집한 『偽滿時期文學資料整理與研究叢書』 중 한 권인 『山丁作品集』(牛耕耘 編)에는 「녹색 골짜기」 가운데 일부분을 발췌하여 수록하고 있다(1943년에 중국어 단행본이 재판되었다). 각 판본의 내용은 다른데, 「녹색 골짜기」에 대한 판본 비교 연구 가운데 왕웨(王越)의 『梁山丁「綠色的谷」版本比較研究』(『外國問題研究』 1, 2013)를 참고함.

은 방식은 분명히 작품의 영향력을 넓혔으며 『야초』의 정간과 뤄펑羅烽의 감옥행, 진젠샤오金劍嘯의 희생 등의 문예계 재난을 직접 목도한 산딩에게 이러한 '관심'이 가져온 창작에의 압박은 문학 검열과 특수 감찰보다 더 심했다. 이에 대해 산딩은 다음과 같이 솔직하게 말했다.

우선 나는 일본어 번역가를 의심하고 불안감을 느끼게 되었고 정신적으로는 일종의 외부 압력을 견뎌야 했다. 이는 또한 나의 창작 구상의 단계와 깊이에 영향을 끼쳤다.[16]

이 소설은 『석간夕刊』에 발표된 지 8일 만에 일본인 오우치 타카오흔곧 예문지파(藝文志派)의 작품을 번역함에 의해 일본어로 번역되었다. (…중략…) 나는 원래 농민군을 묘사하고자 하였는데, 일본어로 번역된 이후 이 작품은 나의 창작 의도에 영향을 주었다.[17]

산딩은 장편소설을 창작하면서 연재라는 특수성을 활용하여 창작 계획을 조정하였다. 그리하여 원래 중점적으로 묘사하고자 하였던 조정에 반항하는 영웅과 농민군에 대한 긍정적인 묘사를 없애고 작품의 반항성을 약화시켰다.[18] 더욱 중요한 조정은 바로 산딩이 소설 속 일본인 형상을 삭제하거나 추가한 것인데, 즉 남만주역 대륙상사의 일본인 사장을 없애고 일본 소녀 '미코美子'의 형상을 추가한 것이다.

---

16 梁山丁,「萬年松上葉又靑-「綠色的谷」瑣記」,『綠色的谷』, 春風文藝出版社, 1987, 226~227면.

17 陳隄 外編,『梁山丁硏究資料』, 遼寧人民出版社, 1998, 236면.

18 이 글은 梁山丁의「「綠色的谷」出版前後 下」,『來自地球的一角』77, 1995; 岡田英樹, 靳叢林 譯,『僞滿洲國文學』, 吉林大學出版社, 2001, 111면 재인용. 이 글은 산딩의 만년의 기억으로, 참고할 만하다.

산딩의 이러한 방식은 창작 논리에 전혀 부합하지 않는다. 「냄새나는 안개 속」과 「녹색 골짜기」의 텍스트 내부에 초점을 맞추어 핵심 줄거리를 살펴보면 두 소설의 서사 의도가 유사하다는 점을 발견할 수 있다. 「냄새나는 안개 속」에서 냄새나는 안개를 끄는 '기관차'가 타오자시陶家市에 들어가는 것은 일본의 무장 침략과 군대 주둔을 암시한다. 「녹색 골짜기」는 일본에 의해 통제된 남만주역에서 철로를 랑거우狼溝에 건설하면서 랑거우의 향토생존 패턴과 경제 질서를 깨뜨렸다는 내용이다. 두 작품은 텍스트 간의 유사성이 두드러지고 군사 침략과 경제 침략이라는 두 방면에서 각각 식민주의의 진상을 밝혔다. 「냄새나는 안개 속」에서 산딩은 은유적으로 일본 병사의 형상을 처리할 수 있었고, 「녹색 골짜기」에서는 식민 경제 침략의 가장 상징적인 인물인 남만주역 대륙상사의 일본인 사장을 텍스트 속에 감추어두어 독자는 시종 그 숨겨진 의도를 알 수 없다.

「녹색 골짜기」는 지주·빈농·비적·매판 자본가·청년 지식인·일본상인식민자 등의 다양한 인물을 묘사하였다. 산딩의 원래 의도는 랑거우를 각 세력의 각축장으로 형상화하는 것이었다.

> 원래 린林·스石·첸錢·위于씨의 네 가문의 흥망성쇠를 다루고자 하였다. 즉 린가 오두막집의 위아래 세대의 대립, 노년·중년·청년 3세대 농민의 고난, 세 마리의 용, 즉 혼강룡混江龍·소백룡小白龍·전여룡錢如龍이 커우-허寇河에서 힘 겨루는 모습, 랑거우와 반대인 남만주역의 약탈, 한평생을 흐리멍덩하게 보내는 부자들, 지주의 노비 훠펑霍鳳, 지주 후계자 샤오뱌오小彪가 지주 가문을 배신하고 토지를 진짜 주인인 랑거우의 농민에게 돌려주는 내용이다.[19]

19   梁山丁, 「萬年松上葉又青-「綠色的谷」瑣記」, 『綠色的谷』, 春風文藝出版社, 1987, 226면.

이러한 의도에 따라 소설 전체는 강렬한 우언적 성격을 띠며 랑거우는 만주국 농촌의 축소판이 되었다. 소설은 린씨 가족의 해체를 이민족에 대한 식민 침략, 자본주의 경제 침입, 농민의 무장운동 폭발이라는 시대적 배경 아래 두고 식민지 시기 둥베이 지역 시골의 사회 현실을 전면적으로 묘사하였고 산딩의 '향토문예' 주장을 실천하였다. 유감스럽게도 문학 검열과 갑작스러운 일본어 번역 및 이로부터 생겨난 일본 독자를 직면하면서 이러한 창작 구상은 제대로 실천되지 못하였다. 민족 모순을 숨기고, 식민통치자의 형상을 지우고, 계급의 모순을 드러내는 것은 식민지 환경에서 산딩의 서사 책략 가운데 하나가 되었다.

「녹색 골짜기」에서 일본인 형상에 대해 산딩이 이용한 방식은 전체 만주국 문단에서 보면 매우 특이하고 드문 것이었다고 말해야 할 것이다. 일반적으로 장편소설의 이야기 구성과 인물은 창작 초기에 이미 확정되지만, 산딩은 창작 과정에서 갑자기 일본인 미코라는 인물을 추가하였다. 미코는 남만주역 대륙상사 일본인 사장의 딸로, 주인공 린뱌오林彪와 사랑하게 되어 함께 일본으로 가서 유학하기로 약속한다. 이에 대해 산딩은 두 차례 다음과 같은 해석을 하였다. 한 번은 1943년에 중국어 단행본 「녹색 골짜기」의 후기에 나온 것으로, "나는 이야기 속에 활발하고 꿈 많은 소녀를 집어넣고 그녀를 이용해 침울한 분위기를 조절하고자 하였다. 나는 이것이 불필요하다는 것을 알고 있지만, 추가하거나 삭제할 겨를도 없이 이렇게 인쇄되었다"[20]라고 하였다. 또 한 번은 1995년에 산딩이 일본 기간지 『지구 한쪽으로부터來自地球的一角』에 발표한 「「녹색 골짜기」 출판 전후「綠色的谷」出版前後」에서 "내가 쓰고자 한 것은 조정에 반항하는 영웅이었지

---

20   梁山丁, 『綠色的谷』, 文化社, 1943, 365면.

만, 일본 독자도 읽을 테니 일본인도 등장시켜야 해서 미코를 출현시킨 것이다. 하지만 원래의 원고에는 이러한 인물이 없었다"[21]라고 언급하였다. 만주국문학의 복잡성과 건국 이후 정치 환경 및 작가의 심리상태와 입장의 변화로 인하여 우리는 산딩의 해석이 얼마나 진실한지 논증하기는 어렵지만, 여기서 우리는 아래의 두 가지 정보를 얻을 수 있다. 먼저, 산딩이 1943년에 이미 이것이 "불필요한" 형상이라고 직설적으로 말한 점이다. '미코'라는 인물을 창조한 것이 일본 식민통치자에게 영합하기 위한 것이라면 산딩은 「후기」에 직접적으로 그것이 "불필요한" 형상이라고 지적할 수 없었을 것이다. 그리하여 우리는 그가 '미코'라는 인물을 추가한 것이 일본인들에게 잘 보이기 위해 그렇게 한 것이 아님을 추측할 수 있다. 다음으로, 1995년에 산딩이 "하지만 기왕 일본 독자들도 읽는다고 하니 일본인도 등장시켜야 했다"라고 했던 말의 의미는 상당히 복잡하다. "일본 독자들"이라고 말한 집단은 매우 모호하여 일반 독자들을 제외하고도 신분이 복잡한 번역가와 수시로 작가를 체포하고 살해할 수 있는 문학 검열관 등이 있다. 번역가와 문학 검열관은 산딩이 두려워하는 대상으로, 그렇다면 '미코'는 그들을 위해 추가된 것이라고 말할 수 있다. 산딩이 미코의 형상을 처리할 때, 그녀의 식민통치자의 후손으로서의 신분을 강화하지 않고 소녀다운 순진하고 아름다운 면을 두드러지게 하여 그녀를 주요 줄거리에서 멀리 떨어뜨려 놓았다. 바꾸어 말해, 작가는 이 이민족 형상의 국적과 신분, 서사 기능을 최대한 약화시켰다. 여기에서 산딩이 이렇게 한 진짜 의도를 알 수 있다. 만주국의 작가는 식민지라는 환경 속에서 창작 의도를 완전히 실현하거나 어느 정도 실현하기 위해서는 천시天時와 지리

---

21   이 글은 梁山丁의 「「綠色的谷」出版前後 下」, 『來自地球的一角』 77, 1995; 岡田英樹, 靳叢林 譯, 앞의 글, 111면 재인용.

地利, 인화人和가 없이는 이룰 수 없는 일임을 잘 알고 있다. 이 시기 작가들의 독자 의식은 이중적이었는데, 그들은 일반 독자들이 작품의 진짜 의도를 이해하길 바라면서도 동시에 문학 검열관들이 의도를 알아채지 못하도록 해야 했다. 미코라는 타자 형상은 바로 이러한 의미에서 만들어졌다. 일본 소녀와 중국 청년이 사랑에 빠지는 것은 보통 일본 독자들에게는 주요 줄거리보다 더욱 신기한 플롯이지만, 검열관에게는 식민지배 민족'他者'과 식민지 피지배 민족'我者'의 사랑은 '오족협화'나 '일만친선日滿親善'보다 더욱 조화롭다는 의미의 은유로 보일 수 있다. 이것은 산딩이 식민지배자의 '식민지 환상'이 헛된 것임을 보여주기 위해 의도적으로 만든 것이다. 즉, 미코라는 인물을 만든 것은 결코 임시로 생각해낸 것이 아니라 산딩이 문학 검열과 문학 이상 사이에서 저울질한 결과 이러한 방식을 선택한 것이다. 「녹색 골짜기」 속 일본이라는 타자 형상을 통해 우리는 문학에 대한 식민지 정치의 간섭을 알 수 있을 뿐만 아니라 여러 방면의 힘에 의해 견제되는 식민지 작가의 복잡한 심리 상태를 느낄 수 있다.

그 외에도 류샤오리 교수는 또 다른 관점에서 미코라는 이 인물 형상이 일본 식민지배자들에 의해 이용되었다고 지적하였다. 미코의 관점을 빌려 식민지배자들은 심미적 시선으로 정치적 통제를 대체하고, 식민 논리가 담긴 '풍경신화風景神話'를 창조하였다는 것이다. 이와 동시에 소설 속 '만주'의 아름다운 풍경을 묘사함으로써 실제로 일본의 '만주 농업 이민 백만 호 계획'이라는 식민 정책에 도움을 주었다. 즉, 산딩이 임시로 설정한 이 이국의 타자 형상은 양날의 검이 되었고 식민 양측 모두 그것을 자신들에게 유리한 방향으로 이용하고자 하였다.[22] 이는 「녹색 골짜기」를 식민지문학의 복잡성을 이해할 수 있게 하는 전형적인 텍스트가 되게 하였다.

3. 방법으로서의 '타자'

이국 형상은 일종의 구축된 인식과 시각으로서, 실제로 전달하는 내용은 결코 '타자'에 속하지 않고 '나'에게 속한다. 산딩의 작품에는 러시아 타자에 대한 인식의 변화가 나타났다. "털북숭이老毛子"라는 용어는 아편전쟁 이후 중국문학에 광범위하게 사용되었고 형상학적 의미의 상투어[23]가 되어 이민족 타자에 대한 증오와 두려움, 경멸의 의미를 모두 가진 일종의 사회 집단 상상을 대표한다. 역사적으로 중국 둥베이 지역은 러시아에 여러 차례 침략당하였기 때문에 둥베이 지역 사람들은 털이 많은 외모적 특징과 야만적인 침략 행위로 인해 러시아인을 '털북숭이'나 '털보毛子'라고 부르며 경멸하였다. 이는 중국어 단어 가운데 '이민족'을 대표하는 전형적인 묘사가 되었고 러시아 타자에 대한 고정된 인식을 보여준다. 하지만 만주국의 상황 속에서 산딩의 작품 「진집」 속 '털보 부인毛子太太'의 형상을 살펴보면 우리는 이 상투어가 가진 문화적 우의寓意와 민족주의 색채, 폄하하는 의미의 감정이 모두 제거되어 '털보'는 러시아인의 생리적 속성에 대한 묘사일 뿐임을 발견할 수 있다. 작품 속 중국인과 러시아인들의 조화로운 생활 풍경에 대한 묘사를 통해 우리는 산딩이 러시아 타자에 대해 기본적으로 평등하고 친근한 태도를 가지고 있음을 알 수 있다.[24] 일본 식민주의의 출현은 둥베이 지역의 중국인과 러시아인이 원

---

22 劉曉麗, 「自然寫作的詩學與政治－偽滿洲國殖民地的"風景"研究－以山丁的長篇小說「綠色的谷」爲中心的考察」, 『沈陽師範大學學報』(社會科學版) 1, 2018 참고.

23 형상학에서는 이 말을 '타자 정의의 담체(他者定義的載體)'라고 하는데, 이 말은 최소로 사회의 집체 상상을 담고 있으며 복잡한 문화 등급 관념을 포함하고 있어서 창조자의 감정과 태도를 효과적으로 반영할 수 있다. 그리하여 형상 연구의 가장 기본적인 단위가 되었다. 孟華, 『比較文學形象學』, 北京大學出版社, 2001, 160·186면 참고.

24 바러우(巴柔)는 관찰자는 타자에 대해 다음과 같은 세 가지의 기본적인 태도를 가지고

래 가지고 있던 민족 관계와 민족 인식을 변화시켰는데, 즉 '우리 민족이 아닌' '타자'가 만주국에서 운명을 함께하는 '내부 타자'로 바뀐 것이다. 이점을 이해한다면, 우리는 「향수」 속 러시아인 니콜라가 고향을 향해 외치는 "돌아가고 싶다"라는 외침의 의미가 이미 작가 자신의 민족 신분과 민족 문화에의 추구를 뛰어넘어 전체 동아시아 식민지 민중들을 대신해 외치는 것으로, 일종의 집단의 식민 체험을 표현하고 있다는 점을 이해할 수 있다. 이것이 타자 형상의 첫 번째 의미이다.

두 번째로 타자에 대한 연구 역시 작가의 문화 심리 상태를 살펴보는 데 있어 매우 중요하다. 이러한 연구는 연구 형상 자체를 연구하는 것이 아니라 주체가 타자로서의 이국과 이민족을 어떻게 이해하고 묘사하며 해석하는지를 연구하는 것이다. 타자 형상에 대한 작가의 묘사는 결코 허구적인 상상이 아니며 그것이 처한 문화 맥락의 진실한 문화 심리에 근거한다. 예컨대 「냄새나는 안개 속」과 「녹색 골짜기」에서 주제와 직접적인 관련이 있는 일본인 형상을 없애거나 숨기는[25] 수법은 만주국문학 정책이 점차 강화되던 시기 산딩의 문화 심리 상태의 변화를 보여준다. 이는 결코 개별적인 사안이 아닌데, 오카다 히데키岡田英樹 교수와 류샤오리 교수는 이 시기의 중국과 조선, 러시아 작가의 창작에 모두 이러한 경향이 나타나며 작품 속에서 일본인 형상을 없애거나 희석시키고 회피하는 것은 대부분의 식민지 피지배 작가들이 암묵적으로 선택한 결과라고 지적

있다고 보았다. 첫째는 정열, 타자 문화가 관찰자 문화보다 우수하다고 생각한다. 둘째는 증오, 관찰자 문화가 더욱 우수하다고 생각한다. 셋째는 우호, 타자 문화는 긍정적인 것이라서 관찰자와 평등하게 대화할 수 있다고 생각한다. 위의 책, 175면.

25 뉴경원(牛耕耘)은 작품집 『山風』을 출판할 때, 산딩이 『歲暮』, 『織機』, 『壕』 등의 작품도 수정하여 일본인의 존재감을 없애거나 약화시켰다는 사실을 발견하였다. 劉曉麗 外編, 『偽滿時期文學資料整理與研究叢書-『山丁作品集』, 北方文藝出版社, 2017, 2면 참고.

한다.[26] 말하지 않는 것이 일종의 말하는 것이 되고, '보이지 않는 일본인'의 다양한 형상은 이 시기 일본 식민지배자를 가리키는 특정한 묘사방식이 되었으며 식민지 피지배자들의 민족 태도를 구체적으로 보여준다.

더욱 중요한 것은 '타자'의 시각을 활용하여 복잡한 식민지문학 생태와 문학 현상을 더욱 깊이 해석할 수 있다는 점이다.

> 이국 형상은 일종의 문화 현실에 대한 묘사로, 이러한 묘사를 통해 해당 형상을 형성또는 찬성이나 선전하는 개인이나 집단은 자신이 처한 문화와 사회, 이데올로기 공간을 드러내고 보여준다.[27]

'오족협화'의 민족 정책과 식민지의 본질은 상호 충돌하는데, 이는 만주국 내부에 세 가지의 민족 교류 형태가 존재하게 하였다. 첫째는 식민주의 담론을 유지하는 허구적인 민족 형태이다. 예컨대 위만협화회僞滿協和會는 다섯 민족이 함께 손을 잡고, 사이좋게 지내는 것을 표현한 여러 종류의 선전 포스터와 엽서를 만들었다. 이러한 식민지배자의 거짓말은 산딩의 「녹색 골짜기」에서 역으로 이용되었는데, '미코'의 이민족 타자 형상은 작품의 합법성을 배가시키는 요소가 되었고 작가는 타자 형상을 이용하여 이야기의 부수적인 줄거리를 만들고 일본 독자들을 끌어들였으며, 번역자와 검열관을 혼동시켜서 작품이 지속적으로 창작되고 발표될 수 있도록 하였다. 두 번째로는 식민지배자의 입장과 이익에서 출발하여

---

26 岡田英樹, 靳叢林 譯, 앞의 책, 159면; 劉曉麗, 「僞滿洲國語境中東亞連帶的正題與反題」, 『廈門大學學報』 2, 哲學社會科學版社, 2021.

27 巴柔, 孟華 編, 「形象學理論研究-從文學史到詩學」, 『比較文學形象學』, 北京大學出版社, 2001, 202면.

만주국에서 실제로 자행되었던 일본 민족이 기타 민족보다 우위에 있었던 관계이다. 예컨대 「녹색 골짜기」에서 대륙상사의 일본인이 몰래 매판 자본가를 조종하여 경제 침략을 하도록 한 내용을 묘사하였다. 「냄새나는 안개 속」에서는 기관차가 마을로 들어가면 마을 사람들이 일본인 병사가 먹다 남긴 밥을 구걸하는 식민지 현실을 묘사하였다. 「진집」에서는 중국과 러시아 하층민의 상호 공조를 묘사하였다. 만주국의 '만주계'·'조선계'·'러시아계'·'일본계' 문학 속 다양한 이민족 타자 형상을 통해 당시 이민족에 대한 각 민족의 묘사와 식민지 현실을 총체적으로 엿볼 수 있다. 식민지 문화 맥락의 복잡성을 감안할 때 형상학적 시각은 식민지문학 연구에 있어서 매우 중요하며, 만주국문학을 고찰하는 중요한 시각과 방법으로서의 '타자'는 동아시아 식민주의문학을 깊이 있게 이해할 수 있게 한다.

구딩古丁 :
주체성을 쟁취한 피식민자

메이딩어
난징우전대학교 일본어학과 부교수
번역_ 김선유, 푸단대학교

1931년 9월 18일 관동군은 '9·18사변'을 일으켜, 중국 동북을 점령했다. 1935년 소련의 수중에서 중동 철로를 탈환한 뒤, 일본은 완전히 중국 둥베이 삼성을 점령하였다. 이로부터, 둥베이 삼성은 명목상 독립된 '만주국'이었지만, 실질적으로 일본의 식민지였다. 일본인은 이 지역의 통치자가 되었지만, 동북에 거주하는 삼천여만의 중국인은 피식민자가 되었으며, 식민자인 일본인 시야에서 '타자'가 되었다. 그러나 깨어 있는 많은 중국 지식인은 피식민자의 '타자' 신분을 수용하기를 거부하였고, 그 중에서 작가 구딩古丁(서장길), 1914~1964은 가장 대표적인 인물이다.

구딩은 일본어에 정통하였고, 일찍이 북경대학 국문과에서 수학하였고, 이전에 좌련 북방부 조직 부장을 역임하였고, 북방부 기관 간행물의 편집 출판 업무에 참여했다. 1932년 혁명이 실패한 후 장춘으로 돌아와 위만주국 국무원 총무청 통계처 소속의 관리를 역임했다. (나중에 사무관으로 승진하였다.) 1937년 이츠疑迟, 와이원外文, 천쑹링陈松龄 등과 함께 일본인의 경제적 도움을 받아, 중국어 종합 잡지 『명명明明』나중에 순문예잡지(纯文艺杂志)로 개명, 『예문지艺文志』를 창간하였고, 계속해서 문학 활동에 종사하였다. '예문지파艺文志派'의 대부분의 구성원은 좌익 혁명 경력이 있었고, 구딩은 그 중의 중요 인물이다.

1. 식민지 문화 정책하의 중국 주체성 상실

1935년 5월 '만주국' 황제 부의는 일본을 방문하고 돌아와 곧바로 선포한『회란훈민조서回鑾訓民詔书』에서 "짐과 일본 천황 폐하의 정신은 한몸과 같다"는 구를 친필로 덧붙이고, 이로부터, '일본과 만주국은 한마음으로 협력하여 나뉠 수 없음日满一德一心不可分'은 '만주국 건국 정신'의 근본내용이 되었다. 이로부터, 중국인의 중화민족 신분의 주체성을 박탈당했고, 종주국 일본의 '한마음으로 협력하는一德一心" 종속성으로 존재하였다.

1938년 1월 1일 위만주국은 '신학제'를 실시하기 시작하였고, 일어는 권한이 있는 언어로 대두되어, 국어 중의 하나가 되었으며, 원래의 국문한어, 당시에는 '한화'라고 함은 '만어'로 바뀌어 불리었으며, 중국인 집단은 '만인'이나 '만계'로 불리게 되었다. 그래서, '만인'은 부의를 대표로 하는 만족인을 전담하는 것이 아니라, 만족을 포함한 중국인이며, '만어'도 만족의 민족 언어가 아니라, 한어였다.

동시에, 학교에서의 '만어' 교육에도 변화가 나타났다. 중화민국 시기, 국문의 주음을 사용한 것이 주음 부호이다. 하지만 위만주국 정부는 주음 부호를 폐기하고, 일어의 자모 표기로 바꿔서 '만어' 한자 발음을 표시하였다. 이로부터, 일어의 자모를 숙달하는 것은 일어를 공부하는 전제가 될 뿐만 아니라, 한어를 배우는 전제가 되었다. 동북의 한어는 성공적으로 중국의 모체에서 잘려나가, 일어에 속박되어, 독립된 색채를 가진 '만어'가 되었고, 앞서서 '일본과 만주국은 한마음으로 협력함日满一德一心'을 실현하였다. 미루어 알 수 있는 바로는, 이러한 언어 정책 교육 아래 성장한 '만인'은, 중국인의 유전자를 가졌지만, 중화민국에 공동체 의식을 가질 수 없었고, 일본 문화에 가까운 '만주 국민'의 신분이었다.

식민 문화 정책의 실시는 전방위적이었는데, 문학의 통제도 포함되었다. 1935년 8월 18일 위만 정부 기관지 『대동보大同报』 문예 문화면의 『대동 클럽大同俱乐部』에 대동 신문사와 위만 국무원 정보처의 합작으로 출간한 '만주 제국 국민 문고를 간행하는 공모"에서 큰 상금을 걸고 작품을 모집한다고 게재되었고, '건국 정신 및 왕도 문화의 이해와, 더불어 전만 대중과 신흥 제국에게 활기 넘치는 향토 색채가 풍부한 문예의 공급"을 촉진할 것을 모집하였다. 공모 광고에 세 가지의 키워드가 있었는데, 바로 '건국 정신', '왕도 문화', '향토 색채' 로, 식민성의 '건국 정신'과 봉건성의 '왕도 문화'를 주제로 삼고, 둥베이 특색의 '향토 색채'를 제재로 삼아, '만주제국 국민문학'을 만들고, 식민지 위만주국문학의 기초를 세웠다. 1936년 일본계의 유서 깊은 중국어 신문지 『성경시보盛京时报』는 30주년 기념을 빌어 '만주국의 문예를 어떻게 독립적인 색채로 흥성하게 할 수 있을까"라는 제목의 공문을 발표하였고, 『대동보』에 공고한 '향토 색채'를 '독립적인 색채'로 바꾸었다. 무엇이 '독립적인 색채'인가? 제 1등상을 수상한 저술 작가 모시摩西는 글에서 다음과 같이 설명한다. 독립적인 색채는 즉 중화 민국에서 독립한 것 이외의 '만주'의 독립적 색채로, 이 독립적 색채는 '만주'의 농촌에 있다. 요컨대, '만주제국 국민문학'은 농촌의 향토를 묘사한 것이 있어야 하는 것이다.

'만주제국 국민문학'은 먼저 관내문학과의 연계를 단절했는데, '일국의 문학이 다른 국가문학의 지배를 받으면, 이것도 일국의 문화이고, 다른 나라에 의해 통치되면, 일국의 문화는 다른 국가의 통제를 받고, 이것은 한 민족의 의식을 지배하고, 사회 군중 심리를 좌우한다. 이것은 한 국가의 엄중한 문제이다. 이 문제는 이미 국가의 정치를 초월하고, 사회의 경제를 초월하였다"[1]라고 보았기 때문이다. 그래서, 위만 문단의 중국어문학으로 하여금 중국문학의 주체성을 잃게 한 것은 바로 식민 문화 정책의 중요한 일환이었다.

영토 침략이 꼭 한 민족의 멸망을 초래한 것은 아니지만, 정신과 문화의 식민은 한 민족을 지구상에서 소실시킨다. 문화 식민에 맞서, 일부 중국 지식인은 속수무책으로 침략을 기다리지만은 않았다. 구딩은 바로 이러한 깨어 있는 지식인 중의 한 명이었다. 일본제국주의의 문화 침략에 맞서서, 구딩의 저항은 주로 다음의 세 가지 방면에서 체현되었다.

① 중국어를 수호하여, 중국어 사용의 진영을 쟁탈하였다.
② 식민문학에 반대하여, 중국어문학의 중국 주체성을 지켜내기 위해 힘썼다.
③ 식민자에 맞서, 자아 진술의 주체성을 쟁취하였다.

2. 일본어 가나로 중국어 주음을 다는 것에 반대하여, 중국의 주체성을 지켜내다

상술한 바와 같이, 위만주국은 1937년 5월 「학교령 및 학교 규정学校令及学校规程」을 공포하고, 1938년 1월 시행하였다. 일본어를 '국어의 하나'로 규정한 것 이외에도, 중국어 독음을 주음 부호로 표시하는 것을 폐기하였다.

---

1   摩西, 「如何振兴满洲国之文艺使其有独立的色彩」, 『盛京时报』 5, 1936.11.9.

주음 부호의 전신은 주음 자모인데, 1902년 중화민국 교육부는 표준음 자모 제 1식을 의정하고, 1908년 정식으로 공포하였으며, 1928년 표준어 자모 제 2식인 주음부호를 공포하였다. 1930년 5월 초, 국민 정부가각 기관에 적극적으로 보급하기를 명령으로 내려, 이때부터 주음 부호는정식으로 중국어의 표음 문자가 되었다.

주음 부호는 기본 수가 40개이고, 성부와 운부로 나뉘어지며, 운부가조합되어 만들어진 결합 음부도 있다. 소수의 성부와 운부를 단독으로한자 독음으로 표시할 수 있을 뿐 아니라, 대다수의 한자 발음은 모두 성부와 운부의 결합으로 만들어진 것으로, 각 글자의 발음은 두 개 혹은 세개의 주음 부호의 조합으로 표시되는데,[2] 이것은 고대의 반절법의 연용이다. 하지만 일본어의 가나는 50개의 음으로 알려졌는데 사실은 50개가 되지 않고, 운모는 5개이나, 성모가 없고, 상호간에 표음 자모를 읽을수 없다. 그래서, 가나를 사용하여 주음 부호를 대신하는 것은 역사의 퇴보로, 그 목적에 두 가지가 있는데, 하나는 관내 국어의 연계와 차단하여'독립'하도록 하는 것이고, 다른 하나는 일본어에 얽매어서 독립된 존재의 주체성을 상실하게 하려는 것이다. 1938년 1월 1일부터 중국의 아동은 학교에서 국어 교육을 받을 때, 그들의 모어를 '만어滿语'라고 말해야했고, 표음 문자는 주음 부호가 아닌, '만어 가나'였다.

1938년 실시한 '신학제'에서 주음 부호를 폐지한 후, 1941년 10월 위만주국 당국은 다시 주음 부호 사용을 금지했고, 일본 패전 전야인 1944년 또 다시 '만어 가나'를 공포하고, 사성을 결합하여, 가나는 정식으로 중국어의 표음 문자가 되었다. 이 과정에서 구딩은 이 행위에 비판을 가하

---

2   蒋镜芙, 「国语注音符号」, 中华书局, 1935, 21면.

는 문장을 짓는 것을 포기하지 않았다.

　1938년 8월 『주음부호注音符号』는 일본어 통속 잡지 『월간만주月刊満洲』에 발표되었는데, 글은 일본어로 쓰여졌고, 독자는 일본인이었다. 이 글에서 주음 부호가 병음을 다는데 있어 일본어의 가나보다 우수하다고 지적하였는데, 한자를 폐지할 수 없는 이상, 주음 부호를 두려워 할 필요가 있겠는가라고 하였다. '무엇을 하든지, 먼저 제일 중요한 일은 그 역사를 이해하는 것이다. 나쁜 것은 버리고, 좋은 것은 보존해야 할 것이다"[3]라고 하였다. 일본도 한자를 폐지하기를 바랬지만 성공한 역사가 없었고, 한자의 중요성은 중국과 일본의 공통된 인식이었다. 한자를 폐지할 수 없게 된 이상, 주음 부호를 폐지하는 것에 정당한 이유가 없었고, 쓸데없는 일로 보여졌다. 이유가 없는데 폐지하려고 하는 것은, 식민 정책 제정자가 역사의 존재를 무시하는 것으로, 경솔한 행위였다. 이것은 이 글의 비판 논리로, 구딩이 가나로 주음 부호를 대신하는 운영 방식에만 비판을 제기하였고, 식민 정책 배후의 동기나 목적을 밝히지 않았음을 알 수 있다. 이 글은 사실에 입각한 것으로, 당국의 비합리적인 행위의 원인에 대한 지적은 논리적으로 합치되었는데, 이 글이 어렵지 않게 일부 일본인의 인정을 받았음을 짐작할 수 있고, 가나로 주음 부호를 대치하려는 진정한 목적에 대해서 그들의 생각을 계발하였다. 구딩의 일본어 문장은 일부의 윤리적이거나 일본제국의 식민 침략의 본질을 확실하게 이해하지 못한 일본인을 대상으로 한 것으로, 모든 가능한 동조자나 지지자를 얻기 위한 노력이었다.

　1940년 8월 구딩은 『"말"의 말话"的话』라는 문장을 또 발표하였는데, 이

3　　史之子, 「注音符号」, 『月刊満洲』 8, 1938, 162면.

글에서 중국 국어 학자인 리진시黎錦熙와 우징헝吳敬恒 및 일본 학자 하세가와 뇨제칸長谷川如是閑 등의 관련된 저작을 인용하고, 일본어의 가나와 주음 부호의 관계를 규명하였으며, "병음에서, '주음 부호'는 '가나'보다 우수하다"[4]라고 재차 제기하며, 주음 부호의 우월성을 지적하였다. 동시에 현실적 수업에서, 주음 부호를 폐지한 후, 초등학생은 한조로 퇴보한 독약법의 자전만을 사용할 수 있었고, "보습의 방법조차 없다"라고 언급하였다. 여기에서 구딩은 다시 한번 주음 부호를 폐지한 것의 잘못과 황당함을 드러내었지만, 여전히 단도직입적으로 식민자가 중국어의 주체성을 박탈한 진정한 의도를 지적하지 않았다.

1944년 만주 예문 연맹 기관지『예문지』제5기에, 구딩은 또『주음의 문제注音的問題』라는 문장을 발표하며, "근래에, 가나로 한자를 표음하는 것을 조사하려고 하였는데, 주음 부호의 결점에 대해 어떠한 지적도 없었다. 이것은 명백하게 병음이 독약법으로 복귀한 것이다. (…중략…) 대동아 선언은 이미 각 민족의 전통을 존중하는 것을 성명하였는데, 한자를 폐지할 수 없는 이상, 가지각색의 무려 5만 개의 한자 표음에 40개의 주음 부호를 달고, 결연하게 원용하였으니, 또 무슨 잘못이 있겠으며, 게다가 이 40개의 주음 부호는, 또한 일본어의 가나를 배우며 만들어진 것이다"[5]라고 하였다.

1943년 11월 일본은 왕징웨이汪精卫 정권을 규합하고, 위만주국, 인도, 필리핀, 태국 등의 수뇌와 도쿄에서 회의를 하여,『대동아선언大东亚宣言』을 공포하고, 각 민족의 전통을 존중하는 것을 선양하였다. 이 기회를 빌어, 구딩은 '각 민족의 전통을 존중'하는 시각으로부터 주음 부호를 금지하는

---

4   古丁,「"话"的话」,『满洲国语』(满语版) 3, 1940.8, 7면.
5   古丁,「思无邪」,『艺文志』 5, 1944.2, 6~7면.

식민 행위에 비판을 가하였다. 구딩은 날카롭게 식민 정책 중의 모순성을 간파하였고, 상대방을 자기 모순에 빠뜨리게 하여, 다시 한번 중국어의 주체성을 수호하였다.

1938년에서 1944년까지, 구딩은 당국이 주음 부호를 폐기함에 대한 비판을 고수하였는데, 이렇게 추구한 데에는, 그들이 언어와 민족간의 생사존망의 관계를 확실히 알고 있었기 때문이다. 만주 국어 연구회 기관 잡지 『만주 국어滿洲国语』 '만어' 판 제3호의 『편집 잡담編輯杂谈』에서, 편집자 신지아辛嘉는 다음과 같이 말했다.

언어 본질은 일종의 종교이다. 세계에서 가장 오래된 언어 계통은, 즉 이집트어, 인도어, 중국어인데, 오늘날 인도어와 그 창조자는 동시에 소실되었고, 이집트어는 근대 유럽어 계통으로 발전하였는데, 중국어는, 삼천년 동안 줄곧 문화를 추동하는 의무를 가져왔다. 세계 문화사는, 사실 언어 투쟁의 역사이다. 그래서, 의식 있는 인종은, 엄중하게 언어 문제를 주시하였다. 이 아름다운 종교를 소생하여, 활발한 생명력을 부여하고, 의식적으로 그것을 애호하였다.[6]

글에서 분명하게 언어, 문화, 인종민족 세 가지의 관계를 상세히 해석하였고, 게다가 중국어의 생명력에 자긍심을 가졌다. '의식 있는 인종'에 호소하여 언어 문제에 주의를 기울였는데, 당연히 모든 중국인이 만주 언어 정책이 민족을 멸절하는 엄중성을 의식한 것은 아니어서, 그들신지아, 구딩 등의 존재는 더욱 값진 것이었다.

당연히, 언어는 완전해야 하고 발전해야 한다. 『"말"의 말"话"的话』에서,

---

6   古丁, 「编辑杂谈」, 『满洲国语』(满语版) 3, 1940. 8, 30면.

구딩은 '중국어'에 생명력을 부여하기 위해, 중국어를 개혁할 것을 제창했고, 구체적인 개혁 조치를 제출하였는데, 먼저, 대문을 활짝 열어, 다른 언어에서 어휘, 어법 및 어맥을 흡수하고, 일상 언어와 전통의 백화 소설에서 언어 및 표현 방식을 흡수하였으며, 자전을 편찬하였다. 주음 부호와 교점 부호의 사용을 보완하고 규범화하였다. 주음 부호 이외에, 기타의 개선된 제안은 지금에도 여전히 적극적인 의의가 있다. 게다가, 번역에 있어 일본어를 견지하며 중국어를 번역하는 것은 중국어를 보호하고 중국 문화를 견지하는 일종의 방식이었는데, 이 점에 대해서 필자는 다른 장에서 따로 서술하겠다.

3. 식민문학에 반대하고, 중국어문학의 중국 주체성을 지속시키다

구딩은 식민문학에 반대하고, 중국문학의 주체성을 견지하는 행동을 세 가지 방면으로 나누었다

① '향토문예乡土文艺' 논쟁 참여
② 어두운 내용을 견지하며 묘사
③ 전쟁보고문학集纳里斯特 비판

1) '향토문예' 논쟁의 실질

상술한 바와 같이, 위만 정부가 제창한 식민지문학은 바로 '건국 정신'과 '왕도 문화'를 주제로 삼고, '만주' 특색의 향토를 제재로 삼는 문학이

었는데, 식민자는 둥베이 향토와 '건국정신'을 긴밀하게 얽히게 하여, 문학을 "일본과 만주국은 한마음으로 협력하다日滿一德一心"는 도구로 삼고자 하였다.

구딩이 보기에, 이 '향토문예'의 내함과 샤오쥔蕭軍, 샤오훙蕭红의 소설 중에서 '향토'를 묘사한 것은, 루쉰鲁迅, 마오둔茅盾이 언급한 '향토'와 '병' 모양은 같지만, 그 안의 '술'은 완전히 다른 것으로, 주체성을 제거한 것이었다. 그래서 『우연한 생각, 우연한 기록, 그리고 다하지 못한 이야기偶感偶记并余谈』에서 구딩은 먼저 "하나의 물건이, 비록 이름은 같지만, 다른 각도에서 보면 왕왕 변질, 변형될 수 있다"고 말하였다. 이어서 '향토문예'는 하나의 이름표일 뿐이어서, 와인 상인이 라벨을 붙이며 '가짜 술'을 담는 것이라고 지적하며, 이 '가짜 술'이 바로 '건국정신'이라고 하였다.

당연히, 산딩山丁이 제기한 '향토문예'의 내용은 "시간과 공간을 막론하고, 문예 작품이 표현한 의식과 글쓰기 기술은, 모두 현실에 중점을 둔 것 같다". 즉 '향토문예'의 내용은 바로 '현실'이며, '현실'은 바로 농민의 일년 동안의 노동 결과가 마시고 먹을 것이 없는 결과를 가지고 온 것으로, 어쩔 수 없이 움집에서 뛰쳐나와 "앞의 밝은 곳"으로 달려갈 수 밖에 없는 것으로,[7] 즉 항일 세력에 투신하는 것이었다. 그래서, 산딩의 향토 문예의 공간과 그 배후인 '착종상揯综相'은 현실의 반영이고, 통일된 전체인데, 이 항일의 정신 내함을 표현하는 것은 식민자에게 허락받을 수 없었다. 그래서 구딩이 보기에, 산딩의 '향토문예'는 하나의 이름표로, 식민 당국의 심사를 통과하며 작가의 작품을 보호하고, 스스로를 보호할 수 있는 '여권'이었다. 그러나, 병 안의 술이 비록 다르지만, 일반 사람들이 꼭 식별할 수

---

7   山丁, 「乡土文艺与〈山丁花〉」, 『명명(明明)』 제1권 제5기, 1937. 7, 27면.

있는 것은 아니었는데, 병이 같기 때문에, 산딩의 '향토문예'와 '만주제국 국민문학'의 '향토문예'는 구별하기 매우 어렵고, 헷갈리기 쉬었다. 그래서 구딩은 '향토문예'의 이름표를 반대하였는데, '진정한 라벨을 감히 붙이지 않고 내용 없는 라벨을 붙이기를 바라지 않았기 때문'이었고, 이로 인해 보고 들은 것이 헷갈리게 되어, '문단이 엉망이 되는 것'을 걱정하였다. 그래서, 구딩은 '방향 없는 방향'을 제출했는데, 표면적으로 보면 고정되어 있지 않은 문학의 방향이, 어떠한 방향도 가능해서, 무한한 가능성이 있었다. 하지만 실질적으로 이것은 하나의 책략에 불과할 뿐, 실제로 방향이 있는 것이었는데, 그것은 바로 "다른 사람이 읽었을 때 호감과 미감을 얻는 것을 쓰지 않고, 다른 사람이 읽었을 때 오묘한 것을 쓰지 않고, 다른 사람이 읽었을 때 낙관적인 것을 쓰지 않는 것이었다".[8]

그래서 구딩은 산딩이 제출한 '향토문예'에 반대하였는데, '향토문예' 자체를 반대한 것이 아니라, '향토문예'를 이용해서 투쟁의 수단으로 대항하는 책략에 반대한 것으로, 실제로 언사와 표현법상 식민문학의 내용과 선을 그어서, 중국어문학이 중국 문화 정신 내함의 주체성을 견지하도록 하였다.

2) '어둠'의 내용에 대한 고수

오우치 다카오大內隆雄가 일본에서 구딩과 샤오쑹小松 등의 작품 단편집인 『원야原野』를 번역 출판한 후, '만인滿人'문학은 일본 문화인의 시야에 들어왔고, 동시에 그 어두운 내용은 줄곧 일본인의 비판을 받았는데, 1945년 위만주국이 멸망하자, 이 문제는 줄곧 어떤 해결점도 찾을 수 없었다.

---

8   古丁, 「偶感偶记幷余谈」, 『新青年』 64, 1937.10, 18면.

먼저, 도대체 '어두운 내용'이란 무엇인가? 1939년 만주 문화회가 개최한 『원야』 비판 좌담회에서, 회의 참석자는 다음의 몇 가지 어두운 면을 제시하였다.

계절의 어두움, 가을과 겨울이 대부분. 제재 성질의 어두움. 인물의 어두움, 천민 혹은 구제할 수 없는 사람들이 대부분. 색조의 어두움, 작품에서 빛이 없고 희망이 없는 것. 작가 태도의 어두움, 사회를 부정하는 태도.

간단히 말해, 작품에서 묘사하는 것은 일본 식민지 침략하에 절망하는 중국인의 군상이었다. 이러한 내용에 대해, 일본 문화인 중에서는 작가 성격의 유약함에서 비롯한 것이라고 보는 사람이 있었는데, 하지만 일부는 공감하며, '만주' 현실 정치와 경제의 중압감에서 비롯된 것으로 보고, 이러한 내용을 묘사하는 것은 작가가 추구하는 이상의 적극성과 중압에 맞서는 강인함을 바로 반영하는 것이라고 하였다.[9]

하지만, 이러한 작품은 '향토 색채'를 가지고 있었지만, 식민자가 기대하는 '건국정신'의 그림자는 없었다. 관동군 신문반 시바노 소령柴野少佐은 "만주에 있는 일본 만주 청년들이여, 더욱 명랑하고 활발해야 하네. (특히 만인 청년들은, 더욱 일어나야 하네.) 새로운 문화운동은 명랑성과 적극성에서 세워지는 것이네. 만인 여러분에게, 특별히 기대를 하고 있네"[10]라고 호소하였다. 총무청 참사관 오카다 마스키치岡田益吉은 『만주문학에 바라는 것所望于滿洲文学者』에서 극단적으로 말했다.

9   山田清三郎,「満人作家のことども」,『文学者』, 제2권 제1호, 1940.1, 180~181면.
10   关东军新闻班柴野少佐,「希望」,『명명(明明)』,1938.1.

우리는 오랫동안, 현실, 실험, 체험, 생활, 비참, 추악, 풍속, 허위, 회의 등의 인생을 위한 것에 교시되어 왔다. 모두 사실주의가 아니라면 즉 문학이 아니라 간주하였다. 게다가, 영혼은 부숴지고, 공상은 돼지 우리처럼 파헤쳐 지고, 아름다움은 점포 창고에 투입된 것과 같았다. 이렇게 왜곡하는 사람은 문학을 논할 자격이 없다. 과거의 문학은 사람을 죽이는 것이었다.[11]

'비참, 회의' 등의 부정적인 인생을 묘사하는 작가는 '왜곡하는 사람'이고, 사실주의문학을 쓰는 것은 '살인'이었다. 오카다 마스키치岡田益吉은 전면적으로 사실주의문학을 부정하였고, 사실주의 작가를 폄하하였는데, 그가 주장하는 것은 '건국' 이상을 묘사하는 낭만주의문학이었다.

그러나, 구딩 등은 집요하게 추루함과 비참함을 느끼게 하는 현실을 묘사하였다. 1944년, 만주 문예 연맹 일본어 기관 잡지『예문芸文』7월호에, 가와바타 야스나리川端康成는『만주국의 문학満洲国的文学』을 발표하였고, "만주계 작가의 난점은 여전히 '어두움'에 있다고 언급하였는데",[12] 구딩은 바로『예문』8월호에 일본어 문장인『어두움에 대하여关于"阴暗"』를 발표하고, 이 글에서 '만인'이 계속해서 어두움에 대해 쓰는 것은, 바로 그들의 눈꺼풀에 들어온 것은 암흑이어서, 그들이 암흑만 볼 수 있었기 때문임을 지적하였다. 그들은 심지어 암흑 속에서 너무 오랫동안 파묻혀 있어, "오히려 '광명'이 눈을 어지럽게 하여 눈에 통증을 느꼈다."[13] 그래서, 어떤 사람은 이로 인해 실명하여, 어떤 작품도 쓸 수 없었다. 실명하지 않은 사람은 두 부류로 나뉘는데, 하나는 눈을 힘껏 떠서 광명에 직시하여, 민족의

---

11 岡田益吉,「所望于満洲文学者」,『芸文志』1, 1939.6.
12 川端康成,「満洲国の文学」,『芸文』, 1944.7, 41면.
13 古丁,「『暗さ』について」,『芸文』, 1944.8, 51면.

화합에 투신한 부류이고, 다른 하나는 눈을 감고 보양하여, 고전에 탐닉하는 부류인데, 당연히 두 가지 특징을 겸비한 부류도 있었다. 광명을 직시할 수 있는 사람은 창작할 수 없었는데, 창작한 사람의 시야에 가득한 것은 암흑으로, 당연히 광명의 작품을 쓸 수 없었다. 구딩古丁의 글은 가와바타 야스나리에게 '만계'문학의 어두운 난점을 해결할 관건이 '만계' 작가 자신에게 있지 않고, 암흑을 제작하는 사람에게 있다고 응답하는 것과 같았다. 비록 글에서 분명하게 말하지 않았지만, 그 창 끝이 가리키는 것이 일본 식민자임은 분명하다.

이로부터 알 수 있는데, 문학의 방향이든 문학의 내용이든, 구딩은 일관되게 식민의 요구를 거절하고 자기의 노선을 견지했고, 문학 창작의 주동권을 군건하게 자신의 수중에 쥐었으며, 그들은 끊임없이 쓰고, 끊임없이 번역하고, 그들은 이러한 방식으로 길고 긴 어두운 밤을 보내며, '내일'로 향하는 다리를 건설하였다.

3) 일본 문단의 저널리스트에 대한 비판

저널리스트集纳里斯特는 영어 journalist를 번역한 것이다. 일본인은 줄곧 매체의 선전 작용을 중시했는데, 일찍이 중국에서 중국어 신문을 창간하였고, 중국 사회 여론에 영향을 행사하였다.

중국과 일본에 전면적으로 전쟁이 발발하고, 보통 사병으로 일본의 중국 침략 전쟁에 참여한 히노 아시헤이火野苇平은 1938년 『개조改造』 잡지에서 『보리와 병정麦与土兵』을 발표하였는데, 베스트셀러가 되었다. 일본 정부는 다시 한번 문학이 전쟁을 선전하는 영향을 깨닫고, 일본 문예가 협회회장 키쿠치 칸(菊池宽)가 위탁하여 조직한 '펜부대笔部队'에, 작가를 파견하여 일본 침략군을 따라 중국 본토에 이르게 해서, 각지의 전쟁 상황을 보고

하였다. 이 시기 일본의 각 간행지 잡지의 범람은 중국을 침략하는 전쟁의 신문 보도식의 창작에서 나왔는데, 저널리스트는 일본 문단에 유행한 풍조였다. 1940년 2월 구딩이 '만주국' 작가의 대표로 일본을 방문했을 때, 일본 문단의 열렬한 성원을 받았는데, 오우치 다카오가 번역한 둥베이 작가 소설집 『원야』1939가 일본에서 출판된 후였기 때문으로, 문학계는 '만주열'이 흥기하였고, '만인' 작가의 작품을 읽어 보았는지 여부와 관계없이, 그들은 모두 추앙하는 일원이 되었는데, 오직 낙오되어 조류에 뒤처질까 두려워하였다.

1940년 3월 15일 『만주 문화회 통신滿洲文话会通信』에 구딩이 일본에서 일본어로 쓴 문장인 『일본 내신日本来信』이 게재되었는데, 이 글에서 도쿄에서 가마쿠라에 가고 간사이에 간 것과 일본 문예가 협회에서 일본 필회에 간 것을 자술하여, 일본 여행 공식을 형성하였다.

여관 출발 – 식사 – 여관 도착 = 여행

날마다 많은 작가를 만났는데, "작가가 많음에 놀랐다. 노인과 젊은이, 뚱뚱하거나 마른 사람, 검거나 흰 사람, 매우 많았다. 그다음 나는 다만 그들의 얼굴을 보았는데사람들이 잘생기지 않았고, 우리가 못생겼다고 하는 것과 크게 차이가 없다, 그들과 마음을 열고 교류할 시간이 없었다. (…중략…) 세계에는 아마도 문인보다 공론을 일삼는 인종은 없을 것인데, 나는 갑자기 염증을 느꼈다. 아! 문인이여!" 라고 하였다. '만주국' 작가에 떼지어 몰려가는 것은 모두 시국에 열심이고 당국의 전쟁을 지지하는 작가임을 알 수 있는데, 그들의 담론 내용은 중국 침략 전쟁에서 보고 들은 것에서 떠날 수 없는 것이거나, 마음 속 '낙후될 수 없는' 근심에 의해 추동된 것일 뿐이었는데,

말하는 목적은 내용을 표현하는 것에 있지 않고 그들의 말하는 행위 자체에 있어, 일종의 태도의 표현이었다. 그러나, 그들의 문학에 대해, 구딩은 보통 독자의 말을 빌어, 구치소를 참관할 때 만났던 백발의 구치소 소장과 그 부속 과장의 대화를 다음과 같이 풍자했다.

"신문 잡지에서 발표한 개도 상관하지 않는 문장을, 현대인은 오히려 재밌다며 읽고 있네. 두뇌 수준의 하락이 어느 정도인지 알 수 있겠어. 명치시대에는 꽤 괜찮았는데, (코다) 로한(幸田) 露伴 선생과 최근에 세상을 떠난 (이즈미) 쿄카(泉) 鏡花 선생은 정말 좋았지."
"맞아, 현재 작가는 각종 기교에 모두 능한데, 정신 내함은 없는 것 같아."[14]

문장에서 '저널리스트'를 따른 일본 문인이 문학자의 독립된 인격과 정신을 상실하고, 완전히 당국의 침략 정책에 예속되고 부추기는 자가 되었음을 풍자하고 비판했다.

가마쿠라 일본 필회 클럽에서, 구딩은 회장인 쿠메 마사오久米正雄와 클럽 구성원 하야시 후사오林房雄, 시마키 겐사쿠島木健作, 고바야시 히데오小林秀雄 등을 만났다. 후에 『"말"의 말"话"的话』에서, 구딩은 '가마쿠라의 문호'를 언급하며 어떤 사람들이 그들에게 일본어로 글을 쓸 것을 호소했지만, 동시에 이러한 호소에 반대하는 자도 있었음을 언급했다. 그는 후자의 의견에 동의하고, 다음과 같이 말했다.

저널리스트 문호는, 무작위로 문화의 자극을 좇을 줄만 알고, 문화를 어떻게 건설할지를 알지 못한다.[15]

또 일본의 침략 조류를 따른 작가에 대해서 신랄한 비판을 가했다. 그 후에, 하야시 후사오과 고바야시 히데오는 각각 위만을 방문하고, 구딩 古丁과 좌담을 했다. 담화의 내용에서 살펴보자면, 일본어로 글을 쓸 것을 호소한 자는 하야시 후사오이고, 반대한 자는 고바야시 히데오이었다.

1940년 8월 상순에 만주 신문사의 요청에 응해서, 키쿠치 칸菊池寛 등의 세 명은 위만을 방문했는데, 같은 달 출판된 예문지 사무회의 '독서인 연총读书人连丛'『문학인文学人』에『키쿠치 칸 선생이 만주에 와서 느끼는 바菊池宽先生来满有感』을 발표하고, 작가 M·M은 "이분은 도쿄에서 저널리스트에게 '문예의 대어소大御所' '문학의 본존本尊'이라 불리는 통속 작가로, 순문학만 안중에 있는 우리로서는, 이 작품을 매우 소홀하게 다루었는데, 예를 들면 저 같은 사람입니다"[16]라고 말했다. 작품은 보지 않고, 저널리스트의 "권위大御所"와 "문학의 본존本尊"의 경시를 드러내었다.

식민자의 설정을 거절하고, 중국어로 글쓰는 것을 견지하고, 자기의 문학 방향과 글쓰기 내용을 고수하였으며, 동시에 침략 전쟁 조류를 따른 일본 작가 및 작품을 비판하고 풍자하였는데, 구딩이 고압적인 식민 통치 중에 강권을 두려워하지 않고, 시종일관 맑은 정신을 유지하며, 식민자를 멸시하고, 동시에 적극적이고 군건하게 중국문학의 주체성을 견지하는 입장을 가졌음을 알 수 있다.

---

14   古丁,「日本便り」,『満洲文話会通信』, 1940. 3. 15, 4~5면.

15   古丁,「"话"的话」, 앞의 책, 4면.

16   M·M,「菊池宽先生来满有感」,『文学人』, 艺文志事务会, 1940. 8, 47면.

4. 자아 서술의 주체성을 획득하기 위한 노력

피식민자는 소환되어지는 운명만 있고, 자신의 권리를 서술할 수 없다. 일본 문화인이 내방할 때마다, 구딩과 줴칭爵青 등의 일본어가 능숙한 작가는 늘 좌담에 참여할 것을 요청 받았는데, 기록에서 살펴 보자면, 대부분 일본 작가가 고담준론을 주고 받았을 뿐, 그들은 질문을 받았을 때만 비로소 발언 기회가 있었다. 그들의 역할은, 바로 고담준론자가 그 증거를 제공하는 것을 편리하게 하기 위해 명령을 기다리는 것이었지, 문화인 간의 평등한 교류가 아니었다.

하지만, 의견을 표현해야 할 때, 구딩은 아낌없이 자아 서술을 하고, 자아 서술의 주체성을 쟁취하였다. 비록 구딩은 굳건하게 일본어로 소설, 시가를 창작하는 것을 거절했지만, 상술한 바와 같이, 그는 일본어 잡지에 일본어로 문장을 발표할 줄 알았는데, 일본 국내의『조일신문朝日新闻』,『문학계文学界』,『문학보국文学报国』과, 위만에서 출판된 앞의 글에서 언급한『월간 만주月刊満洲』,『만주 문화회통신満洲文话会通信』이외에, 또『만주일일신문満洲日日新闻』,『예문』,『만주공론満洲公论』등이 있다.

이러한 문장은 대부분 잡지, 신문사의 원고를 청탁받은 것이었다. 윗글에서 언급한『일본내신日本来信』이외에도, 1940년 2월 일본을 방문했을 때 26, 27일『조일신문朝日新闻』에 발표한『동경산기东京散记』상·하와『문학계文学界』제7권 제4호에 발표한『만주문예통신満洲文艺通信』, 일본어 잡지『예문』에 1942년 2월 호에 발표한『일본을 학습할 방법学习日本的方法』, 4월에 또『예문』제1권 제5호에 발표한『구딩과 하야시 후사오의 대담古丁·林房雄对谈』이 있다.

1) 식민자의 기이한 심리에 반대하다

　루쉰의 소설『판아이농范愛衣』에서 중국 유학생이 일본 해관을 통과할 때 일본인이 꽃신을 뒤지는 것을 매우 신기하게 묘사하였다. 이것은 대부분의 일본인의 중국에 대한 엽기적인 심리를 대표한다. 앞에서 서술한 월간 만주사 출판의 일본어 잡지『월간 만주月刊滿洲』의, 주요 독자는 일본 남성이어서, 실은 내용의 대부분은 아편, 기원, 소첩 등등의 일본인에게 호기심을 불러일으킬 내용이었다. 그래서, 월간 만주사는 중국어 잡지를 출판할 책략을 세울 때, 일본 측에서 먼저 고려한 것은『월간 만주』의 중국어판이었고, 이미 창간호의 내용을 계획하였는데, 연애의 새로운 이야기, 동양의 최음제, 홍등가 탐험 등이 포함되었다. 하지만 구딩 등의 중국 청년의 반대 때문에, 양측은 3개월에 달하는 기간 동안 토론을 지속하였고, 토론의 중심 화제는 시종 '낙원'과 '사막', '최음제'와 '문예' 사이의 주위를 맴돌았다. 마지막에 양측은 타협에 이르렀는데, 새로운 잡지의 이름은 마지막에 유가 경전『대학大学』의 한 구절인 "대학의 도는 밝은 덕을 밝힌다大学之道, 在明明德"에서 취해,『명명明明』으로 하였다.

　식민자는 자신의 '다른' 문화에 대한 인식을 의심하지 않았고, 그들은 자신이 좋아하는 것을 피식민자가 필요한 것으로 인식하였고, 심지어 피식민자의 수용을 강요하였다. 식민자는 둥베이 대지에 와서, 한편으로는 다른 사람의 토지를 탈취하여 자신의 '낙원'을 건설하고, 한편으로는 '최음제'와 아편을 팔아 피식민자의 육체와 정신을 약화시켰다. 피식민자가 느끼는 것은 다만 문화의 '사막'이어서, 그들은 '최음제'를 거절하였고, 그들은 다만 역량 있는 '문예文艺'를 가져다 줄 것을 갈망하였다.

　구딩 등이 쟁취를 성공한 것은, 식민자가 그들의 입장을 버렸기 때문이 아니고, 일본측 대표 이나가와 아사지로稻川朝二路가 구딩의 초등학교 선생님이었기 때문이었는데, 이전의 사승 관계와 개인 간의 정감은 그가 인내심 있게 경청하고 이해를 도모할 수 있게 하였고, 마지막에 양측이 모두 인정할 만한 해결 방식을 찾을 수 있었다. 이후에, 『명명明明』이 출판될 때, 편집인을 비록 '사쿠마 신키치佐久間幸吉'로 서명하였지만, 실제로는 구딩과 이츠 등이었다. 아마도 『명명』 출판 교섭의 경험 때문에, 구딩은 일본인과 교류할 때, 자주 서로간의 모종의 연락을 통해 인식의 일치성을 얻었는데, 이로부터 피식민자를 위한 가련한 회선 공간을 쟁취할 수 있었다.

동아 동문 서원 졸업생인 오우치 다카오는, 일찍이 좌익 활동을 하여 도쿄로 소환되었는데, 위만에 돌아온 후 계속해서 문학계에서 활발히 활동했다. 오우치 다카오와 창조사의 구성원은 접촉이 있었고, 중국문학에 대한 이해가 있었으며, 위만 중국 청년에 대한 동정이 있었다. 그가 번역한 단편 소설집 『원야』와 『포공영蒲公英』이 일본에서 출판된 후, 위만 중국어문학이 일본 문단에 알려졌다. 1940년 2월 구딩이 일본에 방문한 후, 야마다 세이자부로山田淸三郎의 알선으로, 오우치 다카오는 구딩의 장편소설 『평사平沙』를 번역했고, 중앙 공론사로부터 도쿄에서 출판되었다.

일본에 방문했을 때, 구딩은 일본 문단과 광범위하게 접촉하였는데, 저널리스트의 "무작위로 무리하게 행동하는 것隨机应景"을 감지하였고, 일본 문단의 '만주국' 작가를 멸시하는 태도를 느낄 수 있었다. 일본어 판 『평사』의 작가 서문에서, 구딩은 다음과 같이 말했다.

만주의 문학은 마침내 발아하였다. 이 책은 다만 몇 개의 뿌리 중의 하나의 뿌리로, 역자, 출판자, 여러 선배, 친구들의 두터운 사랑을 입어, 소설의 이름으로 일본 문단에 출판되었는데, 작가로서 나는 매우 불안함을 느낀다. (…중략…) 비록 원주민이 쓴 것이지만, 그러나, 일종의 엽기적인 심리로 읽어 나가

자면, 이 책의 작가가 바라는 것은 아닐 것이다. 왜냐하면 작가의 의도는 문학에 있지, 다른 어떠한 것에도 있지 않기 때문이다. 만약에 이러한 마음으로 읽어나가면, 작가의 의도와 차이가 너무나도 날 것이다.[17]

구딩은 먼저 자신의 문학이 아직 맹아 단계이고, 아직 성숙되지 않았음을 인정하였는데, 설사 이렇다 할 지라도, 기왕에 문학 창작인 바에야, 그는 독자가 그 중의 문학성에 주목하고, 소설 소재의 신기함에만 주목하지 않기를 바랬는데, 작가 구딩은 자기의 문학 작품이 일본 독자에게 정당한 존중을 받기를 소망하였다. 문학 작품이 번역되어 출판될 때, 작가 자신이 독자의 존중을 쟁취하기를 바래야 했는데, 이것은 매우 기이한 현상으로, 식민자의 오만함과 피식민자의 무력함을 잘 보여준다.

2) 일본 원 좌익 작가의 인정을 찾아서

중국 좌익 작가 연맹 북방부 조직 부장이었던 구딩은, 동북에 사는 일부의 원 좌익운동 경력자를 단결시켰는데, 소위 『명명』파' 혹은『명명』편집자 신지아, 천쑹링과 같은 '예문지파芝文志派'나, 작가 바이링百灵, 쉬바이린徐百林과 와이원外文, 단겅셩單更生 등의 사람으로, 그들은 모두 북경에서 공부한 적이 있고, 루쉰의 '북경에서 다섯 차례의 공개 강좌北平五讲'를 경험했으며, 9·18사변 후의 반일운동에 동참한 적이 있었으며, 게다가 그들 대다수는 일본어에 정통하여, 일본 사회와 문화를 이해하는데 어려움이 없었다. 그들은 바로 보통의 중국 지식인으로, 그들은 둥베이 항련처럼 무기를 들고 직접적으로 저항할 수 없었고, 또한 공산당이나 국민당 지하

---

17 古丁, 大內隆雄 訳,「平沙·序として」,『平沙』, 中央公論社, 1940.

당원처럼 조직된 통일 지휘와 행동이 있는 것도 아니었으나, 그들은 아주 강한 중화 민족의 귀속 의식과 깨어 있는 반식민주의 자각으로, 일본 식민 통치하의 동북에서, 그들이 할 수 있는 한 저항하였고, 식민 정책의 시행을 저항하였다. 그들이 사용한 투쟁 수단은 문학으로, 문학의 유대를 통해, 그들은 적극적으로 단결할 수 있는 사람을 단결시키려는 노력을 하였는데, 같은 이념을 가진 일본 문화인도 포함되었다.

위만에 사는 일본인 문화인 중에, 좌익 배경이 있는 사람은 적지 않았다. 구딩과 왕래가 비교적 밀접했던 사람은 만주 문화 회원인 오우치 다카오大内隆雄과 기자키 류木崎龙, 나카 요시노리仲贤礼 등이었다. 앞에서 이미 오우치 다카오를 언급했는데, 자세한 내용은 졸고 『오우치 다카오의 번역大内隆雄的翻译』『외국문학평론(外国文学评论)』 1, 2013을 참고 바라며, 여기에서는 예문지파와 나카 요시노리의 교유를 소개하겠다.

나카 요시노리1911~1943의 필명은 기자키 류로, 동경 제국 대학 재학 중에 학생운동에 참여한 적이 있다. 1937년에 '만주'에 와서, 6월 위국무원 홍보처에 입사하였다. 1940년 봄 관리 업무를 사직하고, 만주 영화 협회의 직무를 맡았으며, 1943년 1월 대련의 자택에서 서거하였다.

모두 국무원 총무청에서 근무했기 때문에, 나카 요시노리와 구딩의 교류는 비교적 밀접했다. 구딩은 『사람의 의기 투합에 대한 연구人的契合友的切磋』[18]에서, 1939년 그가 심경에 부침이 있고 회의에 빠져, '결코 문학을 하지 않겠다'라고 했을 때, 두 명의 일본의 '경외하는 벗'이 자주 그의 사무실에 와서 그와 이야기를 나누었는데, 그 중의 한명은 만주 문화회 간사 요시노 하루오吉野治夫이고, 다른 한명은 나카 요시노리이다. 그들 두 사람

---

18   古丁, 「人的契合友的切磋」, 『满洲文话会通信』, 1940.9.15, 18면.

은 그를 격려하였고, '툭 터놓고 말하였으나', 그는 당시에 들으려고 하지 않았다. 나중에 나카 요시노리는 구딩과 계속해서 교류하였으며, 게다가 "계속해서 나와 내 친구들에게 큰 도움을 주었고 이미 사그라진 재였던 나를 따뜻함으로, 다시 조금씩 연소시켜, 나의 의지를 견실하게 하였다". 이로써, 나카 요시노리가 그를 격려하고 그를 계도한 것에 그치지 않고, 구딩과 그의 친구들에게 실질적인 원조를 제공했음을 알 수 있는데, 이것은 결코 일반적인 식민자가 피식민자에게 행한 감정이 아니었다. 1940년 2월 나카 요시노리와 구딩, 와이원은 함께 일본에 방문했는데, 한 달 동안 그들은 서로 하지 못한 말이 없었고, 관계는 더욱 가까워졌다. 나카 요시노리의 영향으로, 구딩은 프랑스문학을 애호하기 시작하였고, 『말테의 수기马尔逖的手记』를 구입하였다. 1943년 나카 요시노리가 타계하자, 구딩은 장례식에 가서 조의를 표하였다.

1942년 위만주국 '건국' 10주년 때, 제2기 건설 임무가 시작되었는데, 즉 소위 제 2 건국으로, 새롭게 '민족 화합'의 구호를 크게 외쳤다. 구딩은 '지에반즈解半知, 절반만 알다' 라는 필명으로 만주 예문 연맹 기관 잡지 『예문艺文』의 "건국 10주년" 특대호 상에, 일본어로 『제1건국에서 제2건국으로从第一建国到第二建国』第一建国から第二建国へ를 발표하고, 민족의 화합을 제기하고 '흉금을 털어 놓고 얘기하자'라고 하며, 진정한 교류를 진행하였는데, 표면적인 교류가 아니어서 실질적으로 경시되었다. 이것은 식민자와 피식민자 간의 민족의 장애가 매우 넘기 어려운 것을 설명해 주는데, '흉금을 털어 놓고 얘기하는 것'이 쉽지 않았다. 아마도 나카 요시노리와 구딩처럼 좌익운동 경험이 있기 때문에, 그들은 식민자와 피식민자의 계급 국한을 넘어설 수 있었고, 공통의 언어와 정서적 친밀감, 상호 신뢰가 있었기 때문에, 격의 없이 동등한 입장에서 교류할 수 있었다.

북경의 좌련 활동 기간에, 구딩은 일본에서 조선 작가 박능朴能의 소설
『너희는 일본인이 아니라 형제이다你们不是日本人,是兄弟』를 번역하였는데,[19]
이 소설은 민족 감정을 초월하는 계급 연합을 구가하였다. 위만 시기에,
구딩은 자주 일본 원 좌익 문화인과 접촉하며, 그들과 연합하기를 소망하
였고, 식민 통치에 공동으로 저항하기를 바랬다. 이 점은 야마다 세이자
부로와의 교유에서 더욱 두드러진다.

　　야마다 세이자부로1896~1987는 1922년 『신흥문학新兴文学』 창간에 참여
하였고, 『파종하는 사람種蒔く人』, 『문예전선文芸戦線』의 동업자이자, 전 일본
무산자 예술 연맹 중앙 위원으로, 『전기戦旗』를 편집하였다. 그는 1934년
체포되어 투옥되었는데, 1938년 석방되어, 1939년 5월 위만에 돌아왔
다. 그가 아직 '만주'에 남기로 결정하지 않았을 때, 구딩은 나카 요시노리
를 통하여 이 사실을 알게 되었고, 그에게 말하길, 그가 남아 있기를 바라
는데, 그들은 '모질게 살아나갈 것'이기 때문이었다. 그들은 좌익운동에
참가했던 사람들로, 위만주국 헌병의 감독하에 문학 활동에 종사하였고,
살아남아야 할 뿐 아니라, 자기의 문학 이상을 실현해야 했다. 하지만 마
지막에, 개인의 역량으로는 폭력적인 식민 통치와 겨룰 방법이 없었는데,
1941년 7월 이후, 그들 두사람은 일본인과 '만인'을 대표하는 작가로 나
뉘어, '대동아 문학자 대회'에 세 번 참가하였고, 식민자에게 이용당했다.

19　朴能·古丁 譯, 「你们不是日本人, 是兄弟」, 『文学杂志』 2, 1933.5.

5. 맺으며

구딩은 북경에서 좌익 혁명과 반일 물결의 세례를 받아, 뚜렷한 중화 민족의 의식이 있었고, 모든 식민 문화 정책 뒤에 숨겨진 식민지 침략의 본질을 분명하게 이해하고 있었다. 원 혁명 조직과 연계가 떨어져 나간 개체로서, 생존을 위해, 신체와 행동은 식민자 통치에 제한을 받았지만, 오히려 적극적으로 사상의 자유를 견지하였고, 문필로 할 수 있는 노력을 다해 저항하였다. 그는 중국어와 일본어의 구속을 반대하고, 번역에 호소하여, 중국어 문화의 주체성을 수호하였다.

'건국 정신'의 식민문학을 표현하는 것에 반대하고, 식민 통치 하의 어두운 현실을 묘사하는 것을 견지하였다. 일본 원 좌익 작가 연합과 문학 활동의 주동권을 획득하기를 도모했다. 그들은 마침내 식민 통치의 질곡을 벗어날 수 없었지만, 그들이 제한된 공간에서 부분적으로 타협하면서, 중국 문화의 주체성을 지키기 위한 노력을 했음을 인정해야만 한다. 그들의 노력은 식민 정책의 불합리성을 드러내었고, 사람들에게 침략의 본질을 생각하게 이끌었으며, 피식민자의 '어두움'을 인내하는 강인함을 강화시켰고, 식민 정책의 추진과 실행을 객관적으로 약화 혹은 둔화시켰다.

줴칭爵青의 「하얼빈」 속
퇴폐적인 서양의 타자

마틴 블라호타
체코과학원 동방연구소 연구원
번역_ 김혜주, 이화여자대학교

줴칭은 당시 만주국에서 아시아주의를 확산시킨 주요 사상가 중 한 명이며, 이는 1940년 초 그가 쓴 수많은 문장에서 확인할 수 있다. 예를 들어, 1943년 줴칭은 서양에 대항하는 동아시아 연대로서 만주국의 중요성을 강조했다.

동양의 각국이 뒤늦게 서구 문화를 받아들인 후로 '유로파'나 '서양'에 대한 반박으로서 독자적인 '아시아'나 '동양'을 해석을 하다 보니 자주적이고 자신감 넘치던 용기를 완전히 잃어버렸다. 만주국 건국으로 비로소 '아시아'나 '동양'이 상대적인 위치에서 절대적인 위치로 옮겨졌다.[1]

필자는 줴칭이 가진 아시아주의 사상이 단지 공허한 구호만은 아니었다고 생각한다. 사실, 그는 초창기 문학 작품에서 이미 '아시아'에 대한 다양한 서사를 담아냈다. 두아라는 만주국 사회의 특징을 현대적이고 합법화된 언어와 아시아 본질주의 사상 간의 긴장 관계로 지적한 바 있는데,[2]

---

1   爵青, 「出席大東亞文學者大會所感」, 『麒麟』, 1943. 2, 49면.
2   Prasenjit Duar, *Sovereignty and Authenticity : Manchukuo and the East Asia*, Ox-

필자는 초기 만주국의 이데올로기에서 '민족협화民族協和'란 개념이 만주국 이데올로기의 현대성 요소와 관련이 있다고 본다. '민족협화'의 본질이 만주에서 일본인의 합법화에 있었고, 만주에서 일본인의 존재는 일반적으로 진보나 현대화 개념과 관련되었기 때문이다. 이와 상대적으로 '왕도王道'란 개념은 아시아 본질주의 표현으로 이해할 수 있으며, 이러한 맥락에서 왕도는 아시아주의자의 전통에 대한 발명Invention of tradition이라 할 수 있다. 쉐칭의 경우, 그는 만주국 초기에 왕도 개념을 중심으로 한 아시아주의 사상의 재구성에 몰두해 있었고, 만주국의 건국 이데올로기에 부분적으로 공감하고 있었다. 다시 말하면, 쉐칭의 문학 생애 초기에 그의 이야기 속에는 만주국의 관방 이데올로기의 초기 버전인 아시아주의적 본질주의 혹은 전통주의의 요소가 담겨 있었고, 쉐칭의 이러한 경향은 그의 유명한 단편소설 「하얼빈」에서 가장 뚜렷하게 드러난다. 본문은 쉐칭에게 본질화된 아시아주의 경향이 있었고, 이 때문에 그가 서양에 대해 부정적인 태도를 보이며 서양을 퇴폐적이라고 생각하게 되었다는 점을 밝히고자 한다.

3인칭으로 서술된 「하얼빈」은 1936년 만주국문학 기간지 『신청년新青年』에 발표되어 대성공을 거뒀고, 같은 해 일본어로도 번역됐다. 이야기의 주인공은 무마이穆麥라는 젊은 가정교사로, 북만주에서 가장 큰 도시로 와서 공장주의 아이에게 영어, 프랑스어, 수학, 그림을 가르치는 인물이다. 그는 하얼빈이란 현대화된 대도시를 열정적으로 관찰하며 이에 매료되면서도 병으로 쓰러질 정도로 대도시의 삶이 주는 우울감에 끝없이 혼란과 피로를 느끼고 있었다. 이야기는 주인공 무마이와 공장주의 셋째

---

ford : Rowman & Littlefiel, 2003, p.76. 한국에서는 한석정 역, 『주권과 순수성－만주국과 동아시아적 근대』, 나남, 2008으로 출간되었다.

부인이자 예전에 무희였던 링리靈麗와의 관계를 둘러싸고 전개된다. 링리는 쇼핑을 하거나 무마이 같은 남자를 유혹하는 일, 이 두 가지에만 관심이 있는 인물이다. 「하얼빈」에서 방탕한 링리는 이 도시의 부도덕함을 상징하는 주요한 인물로, 그녀의 부도덕한 행위는 자신의 마음을 가까스로 억제하고 있던 젊은 무마이를 자주 불안하게 만들었다.

그러나 도시의 소란스러움이 주인공을 짜증 나게 하면서도 매료시켰듯, 무마이는 링리에게 혐오감을 느끼면서도 동시에 그녀에게 끌린다. 이야기는 시작 부분에서 무마이와 링리 사이의 모순된 관계를 묘사하고 있다. 무마이의 방에 들어온 링리는 외롭다면서 그에게 상하이 잡지의 프랑스 만화의 의미를 설명해 달라고 조르고, 그가 앉은 소파에 바짝 붙어 앉는다. 무마이는 잡지를 펼쳤다.

　　"아……."

　　그녀의 몸에서 풍겨오는 향기 속에 감각을 잃어버린 듯, 그는 화보를 펼쳐서 노란색 불빛 아래 놓고는 이따금 시선을 링리의 얼굴로 옮겼다. 굶주린 불꽃 같은 그녀의 두 눈망울이 단번에 무마이를 녹였다. 화보 표지에는 막 세상을 떠난 어떤 음악가의 초상화가 그려져 있었다. 한두 장을 넘기니 추계 살롱전에 전시된 입체파의 괴상한 그림 몇 점이 나왔고, 이어서 1934년형 최신 유행 스타일의 여성복이 보였다. 시사時事 사진이 나오는 페이지로 넘겼을 때, 그녀는 마치 침략자처럼 그의 곁에 다가와 있었다. (…중략…) 달콤한 위협이 엄습해 왔다. 무마이는 여인의 품에서 몸을 살짝 움직였고, 계속 말하기가 곤란해졌다. 그는 신사적인 손님이라는 품격을 지키기 위해 즉시 자리에서 일어나 차 두 잔에 뜨거운 물을 부었고, 이러한 동작을 핑계 삼아 맞은편 자리로 옮겼다.[3]

이야기의 시작 부분에서는 궁지에 몰린 무마이가 링리의 유혹을 이겨 낼 수 있었지만, 나중에는 함락되고 만다. 이야기의 결말에 이르면, 링리 는 그를 호텔방으로 끌고 갔고 이 우는 소년의 육체를 빼앗았다. 그는 겁 에 질려 저항하려 하지만 결정적인 순간에 완전 마비가 되어버린다.

류수친柳書琴은 「하얼빈」에 관한 글에서 상하이와 하얼빈의 현대문학 사이에 흥미로운 연관성이 많다는 것을 지적하였다.[4] 준코 애그뉴Junko Agnew는 주인공이 대도시 생활에 염증을 느끼는 이유에 대해 깊이 탐구하 였는데, 필자의 주장은 특히 애그뉴의 연구에 동의한다. 애그뉴는 1930 년대 남성 작가들이 세속적이고 물욕 넘치는 도시가 주는 소외의 두려움 을 모던걸을 통해 표현해냈음을 지적하며, 셋째 부인 링리가 남자를 정복 하려는 위험한 유혹자로서, 중국문학의 모던걸 형상의 원형이 된다는 점 을 설득력 있게 제시했다. 애그뉴의 견해에 따르면, 「하얼빈」에서 링리는 구체적으론 '비정치화된 현대성'을 대표하는 우언식 인물이며, 줴칭은 이 를 통해 하얼빈의 현대성을 비판하면서 일본 식민주의에 대한 비판도 교 묘하게 회피할 수 있었다.[5]

두 학자는 모두 「하얼빈」에서 여러 가지 중요한 측면을 강조했지만 줴 칭이 아시아주의 사상 참여한 의미를 어떻게 해석할지는 충분히 고려하 지 못하고 있다. 이 글에서 필자는 줴칭이 가진 아시아주의 사상 경향을 진지하게 살펴보면서 또 다른 해석을 제시하고자 한다. 이러한 해석은 애

---

3 爵靑, 「哈爾濱」, 『歐陽家的人們』, 藝文書房, 1941, 4면 참고; 건국대 아시아 문화정치연 구소, 『만주국 시기 중국소설』, 산지니, 2023, 532~533면.

4 류수친의 논문은 문학에서 현대주의가 어떻게 상하이에서 줴칭이 있는 하얼빈까지 전 해졌는지 고찰하고 있다. 柳書琴, 「魔都尤物－上海新感覺派與殖民都市啟蒙敘事」, 『山東社會科學』, 2014.2, 43면.

5 Junko Nakajima Agne, "Rewriting Manchukuo : The Question of Japanese Literary Colonialism and Chinese Collaboratio", University of Washingto, Dissertatio, 2009.

그뉴의 이해에 기초하고 있지만, 필자는 쭤칭이 점차 반서양주의로 나아간다는 점을 고려하여 그의 태도가 1930년대 중반 만주국에서 점차 대두된 '아시아' 담론의 일부며, 쭤칭이 「하얼빈」 속에서 가한 현대성에 대한 비판은 내재적인 정치성을 띄고 있다고 생각한다.

우선 링리에 대해 좀 더 깊은 논의가 필요하다. 애그뉴의 해석을 보면, 링리는 비정치화된 현대성을 대표한다. 물론 그러한 지적도 일리가 있지만 위의 인용문에서 "그녀는 (이미)인용자주 마치 침략자처럼 그무마이의 곁에 다가와 있었다"라는 부분을 만주국의 반ᄇ식민지적 배경과 결합해서 읽는다면, 이 대목은 프레드릭 제임슨이 지적한 문학 작품이 가진 사회적 상징행위 이론에 근거해 링리란 인물이 가진 정치적 기능이 드러난 부분으로 볼 수 있다.[6] 음탕한 링리는 어떤 침략자와 닮아 있는가? 이런 관점을 좇으면, 일본의 만주 점령 후 5년 뒤에 출판된 이 소설 속의 투영이 일본 점령자를 두루뭉술하게 암시한 것으로 생각된다. 그러나 필자의 독해로 보면, 주인공 링리는 일본의 현대성 구현이거나 애그뉴가 생각하는 것처럼 보편적인 현대성의 구현으로 보기 보단 구체적인 서양의 현대성 구현으로 이해해야 한다. 아시아주의자들은 종종 서양 식민지배자들의 점령 결과가 서양의 현대성이라고 생각했다.

필자의 이같은 해석은 만주국 시기 이데올로기의 배경 아래서 해석되는 쭤칭의 초기 문학 작품을 분석하는데도 적용할 수 있다. 예를 들어, 1935년 단편소설 「국제 아가씨國際孃」에서 쭤칭은 이미 현대성에 대해 냉담한 태도를 가진 류 선생劉先生이라는 인물을 그려낸 바 있다.

---

6   Fredric Jameso, *The Political Unconscious : Narrative as a Socially Symbolic Ac*, London : Routledg, 1983, pp. 4~5.

축음기에서 떠도는 낭랑한 마르세유의 곡은 동방의 오래된 나라에서는 감상하면 안 되는 서구 악보라는 느낌을 주었다.[7]

이 작품은 줴칭이 주인공인 류 선생과 마찬가지로 글을 쓰기 시작한 초기에 서양의 현대성에 대해 복잡한 생각을 갖고 있었다는 것을 보여준다. 이점은 그가 하얼빈의 인상에 관해 쓴 산문에서도 분명하게 드러난다. 줴칭은 1934년에 하얼빈으로 이사했는데, 하얼빈은 현지인들에겐 '동방의 작은 파리'로 불리는 곳으로 현대성의 상징이자 빈곤의 상징이었다. 한 예로, 1937년 「이국 정서異国情调」라는 산문에서 줴칭은 그가 하얼빈으로 오기 전에는 하얼빈에서 미국과 러시아의 현대 문화를 찾아보리라 꿈꾼 적이 있다고 썼다. 그러나 그가 발견한 것은 세계주의적이지만 퇴폐한 도시였다.[8]

20세기 전반 아시아주의자들은 세계주의와 복잡한 관계를 맺고 있었다. 일본에서 어떤 이는 아시아주의를 세계적인 국제주의의 일부로 이해했고, 또 어떤 이는 아시아주의의 배타성과 반서양의 측면을 강조하기도 했다.[9] 1930년대 일본에서는 진정성에 대한 호소와 현대성에 대한 반발이 자유 세계주의를 점차 대체하고 있었다.[10] 1933년 일본이 국제연맹을 탈퇴한 후 반反현대의 물결은 최고조에 달했고, 그전까지 정치 담론의 변두리에 있던 반反서양의 아시아주의 사상이 일본에서 주류로 떠올랐다.[11]

---

7   爵青,「國際娘」,『同軌』, 1935.2, 88면.

8   爵青,「異國情調」,『哈爾濱五日畫報』 3, 1937.2.5.

9   Torsten Webe, *Embracing 'Asia' in China and Japan. Asianism Discourse and the Contest for Hegemon, 1912~1933*, Cham : Palgrave Macmilla, 2018, p.17.

10   Alan Tansma, *The Culture of Japanese Fascis*, Durham : Duke University Press, 2009, pp.8~9.

11   Cemil Aydi, *The Politics of Anti-Westernism in Asia : Visions of World Order in Pan-Is-*

이같이 새롭게 떠오른 반反서양의 아시아주의 사조는 1930년대 만주국의 관방 이데올로기의 중요한 구성 부분이 되었다.

이같은 경향은 『신청년』 잡지의 1936년도 일부 기사^{「하얼빈」}이 본 기관지에 발표된 시기에서도 확인할 수 있다. 한 예로, 1936년 1월 「이탈리아의 에티오피아 침공과 유색인종意阿戰爭與有色人種」이란 글에서 일본은 '백인종'이 가하는 위협과 피해를 보지 않게 모든 '유색인종'을 보호하는 자로 묘사되었다. 이 글은 일본이 러일전쟁에 승리하면서 이같은 지위에 올라섰고, '대大 아시아민족이 이에 멸망하지 않도록' 보호하였다고 선언하고 있다. 이 글은 일본이 이탈리아, 독일과 동맹을 맺기 전에 쓴 것이라 줴칭이 언급한 '침략자'가 모든 백인이며 이들을 식민지배자로 분류하였음을 알 수 있다. 여기서 구체적으로 지적한 백인 / 식민지배자는 이탈리아인뿐만 아니라 영국인, 독일인과 러시아인도 포함되어 있었다.[12]

이러한 맥락에서 위의 인용문을 살펴보면, 링리는 잡지 속의 '입체파의 그림', '최신 유행 스타일의 여성복'과 함께 무마이를 '습격'하고 있으며, 서양 문화 요소와 함께 '침략자'가 되었다.[13] 우리는 이 링리란 인물을 정치색을 띤 서양 현대성의 화신으로 해석할 수 있으며, 이러한 현대성은 이야기 속에서 강한 매력을 가지고 있지만 어떤 면에서는 부정적인 것이었다.

다음은 무마이에 대해 좀 더 자세히 살펴보자. 무마이는 중국이나 아시아 지식인의 형상을 대표하며, 그는 동양적 도덕과 저촉되는 서양의 현대성에 저항하고 있다. 무마이의 가장 눈에 띄는 특징은 그가 가진 불안감

---

lamic and Pan-Asian Though, New York : Columbia University Press, 2007, p.167.

12   草公, 「意阿戰爭與有色人種」, 『新青年』, 1936.6·7·8, 18면.

13   爵青, 「哈爾濱」, 『歐陽家的人們』, 藝文書房, 1941, 4면.

으로, 서술자는 하얼빈의 떠들썩함과 부도덕한 현상이 무마이의 불안을 유발하고 있다고 반복적으로 지적한다. 구체적으로 살펴보면, 그는 링리의 행위는 말할 것도 없고, 불충한 관계나 러시아 무희, 다른 음탕한 여인들의 존재를 목도하며 괴로워한다. 또한, 무마이는 사회주의자 쑨궈타이孫國泰의 외설적인 말에 격노하면서도 그를 욕하지 못하고 참고만 있으며, 근심을 이겨내기 위해 그저 침대에서 휴식을 취하며 담배를 한 개비 또한 개비 피워댔다. 이야기의 마지막에는 스스로 진정하고자 수면제까지 산다. 독자는 서술자를 통해 알게 된다. 그가 떠나고 싶어 할 정도로 하얼빈의 인상이 그에게 얼마나 버거웠는지 말이다.

「하얼빈」에서 무마이가 대도시 환경에 염증을 느끼며 전통적인 순결을 지키고자 하는 모습은 마치 프란츠 파농이 묘사한 식민지 신경증 증상과 같아 보인다. 파농은 그가 프랑스에서 느낀 열등감과 다른 사람은 이해 못 하는 멸시 때문에 불안감이 생겼고, 이 때문에 자신이 대다수의 사회 구성원들이 생각하는 것처럼 원시적이고 후진적이지 않다는 것을 비이성적인 방식으로 스스로 증명하려고 했다고 쓴 바 있다. 파농이 묘사한 비이성적인 방식은 바로 "흑인의 과거가 없고 흑인의 미래가 없으면 자신도 흑인으로 살 수 없다"는, 흑인의 오랜 정신적 역사와 미래에 대한 낭만적인 집착이었다.[14]

식민지의 파편화된 주체성에 대한 파농의 분석은 주체의 비이성적 반응을 명확하게 설명해줄 수 있으며, 이는 「하얼빈」을 해석하는 데도 참고할 수 있다. 파농이 인종적 의미에서 '흑인 정체성'의 낭만화된 역사와 미래를 받아들였듯, 무마이는 서양의 현대성에 대항하기 위해 비이성적이

---

14 Frantz Fano, *Black Ski, White Mask*, London : Plut, 1986, pp.82~108.

고 낭만적인 '아시아'의 과거와 미래를 포용하였다. 그는 아시아주의와 유사한 정의를 사용해 '백색 인종'에 저항하려는 '황색 인종'의 연합에 동의하였다. 따라서 필자는 무마이가 전통의 요소로 서양 현대성을 대체할 수 있다고 낭만적으로 생각하며, 직접적인 반항의 행동이 아니라 전통 유가 문화와 관습을 고수하려는 상징으로 서양 현대성에 저항하고 있다고 생각한다. 주인공 무마이가 「하얼빈」에서 부흥을 꿈꾸는 부분은 이 작품이 출간될 당시 만주국에서 성행하던 중국 중심의 아시아주의 사상이 구현한 전통과 맞닿아 있었다.

왕도 개념을 중심 혹은 일부로 삼아 유교적 도덕 교리로 구성된 아시아 중심주의는 중국의 아시아주의자뿐만 아니라 일본의 일부 아시아주의자들이 19세기 말부터 주창하기 시작하였다. 「하얼빈」이 출판될 무렵, 『신청년』에서는 왕도와 관련된 각종 논문이 출현하고 있었는데, 1930년대 중기 만주국 정부 부장을 역임했던 만청 정치가 위안진카이袁金鎧, 1870~1947가 문언문으로 쓴 「왕도경개억설王道梗概臆說」이란 제목의 '강의'연재도 그 예로 들 수 있다. 이런 점에서 본다면, 무마이가 지켜내고자 한 정조와 인내는 만주국 초기 관방에서 홍보한 아시아주의판 유가 도덕의 반영으로 볼 수 있으며, 실제로 「하얼빈」에서도 우리는 유가 도덕과 관련된 문구들을 발견할 수 있다. 예를 들어, 링리가 무마이를 유혹하는 부분에서, 그에게 "당신의 머리가 그렇게 단순하고 직선적인 줄 몰랐네요"라고 하며, 그가 진짜 대도시에는 적합하지 않은 사람이라고 말하는 부분이 있다.[15] 이 말은 위진카이가 수신修身이 없으면 왕도도 없다고 한 주장이나 수신을 하려는 사람은 천자나 범인까지 모두 '성의를 중심으로诚意中心'

---

15   爵青, 「哈爾濱」, 『歐陽家的人們』, 藝文書房, 1941, 16면.

해야 한다는 권고를 떠올리게 한다.[16]

주목해 볼 것은, 무마이에게 아시아 전통을 새롭게 발명하려는 낭만적인 본성이 있었고, 이로 인해 그의 주체성 가운데 서양 현대성에 대한 대립이 형성되었음을 이야기 시작부터 암시하고 있다는 점이다. 구체적으로, 우리는 무마이가 매일 작은 언덕에서 한 시간 동안 산책을 하고 하얼빈을 관찰하며 도시의 떠들썩함에서 벗어나 쉬고 있다는 것을 볼 수 있다. 서술자는 그의 목적을 다음과 같이 설명한다.

> 그는 도시의 소란을 자연의 완전무결한 원시적 경치로 대체할 생각은 없으나, 전원적인 분위기로 일상의 피로를 푸는 것은 필요하다고 느꼈다.[17]

중국시에서 '전원田園'은 일반적으로 시골의 조화로운 삶을 의미한다. 소설 속 이같은 표현은 서술자가 독자들에게 알려주는 것으로 원시사회로 서양의 물질주의 현대성을 대체할 수 있고, '아시아' 문명의 전통과 조화를 이루는 삶으로 현대성을 대체할 수 있다고 말하고 있다. 「하얼빈」에서 전원의 삶에 대한 동경만이 무마이에게 위안을 줄 수 있었다.

「하얼빈」에서 무마이의 열등감에 대해 직접적으로 언급하고 있진 않지만, 당시 하얼빈에서 주요한 서양의 타자였던 러시아인이 중국 문화를 매우 원시적이라고 생각했다는 점은 널리 알려져 있다. 한 예로, 샤오홍蕭紅은 중국 학생이 하얼빈에서 러시아인에게 받는 수모를 예술적 필치로 묘사한 바 있다.[18] 1939년의 글을 보면, 줴칭은 동양 전체가 서양의 식

---

16   袁金鎧, 「王道梗概臆說」, 『新青年』, 1935.4, 1면.

17   爵青, 앞의 책, 1면; 건국대 아시아 문화정치연구소, 앞의 책, 528면.

18   장징(Jiang Jing)의 논문은 샤오홍의 단편소설 「손(手)」을 통해 하얼빈 러시아인에 대

민화되는 수모를 당했다고 생각하고 있었다. 그는 서양 문화가 유입된 후 동양의 '영혼과 정신이 모두 모욕당하고 있다'고 지적했다.[19] 재미난 것은, 서양 현대성에 대한 불안감이 있던 주인공 무마이가 원시적인 자신의 문화를 부인하면서도 반대로 중국 전통 문화와 유가 도덕을 대표로 하는 본질화된 아시아의 낭만적 과거와 미래를 품고자 했다는 점이다. 이런 점에서, 우리들의 주인공은 파농이 묘사한 식민 주체의 실제화 과정에서 생겨나는 열등감이란 증상을 갖고 있었다. 동시에 서양의 현대성을 대표하는 링리에 대한 무마이의 혐오는 열등감의 정서가 보여준 정체성 분열의 상징으로 이해할 수 있다. 소설에서 시골 출신 젊은 교사는 자신이 있는 곳이 현대 공업과 문화가 서양화된 사회란 것을 순간 발견했다. 무마이의 편협하고 전통적인 행위는 만주국이란 반(半)식민지 환경이 만들어낸 불안에 대한 비이성적인 낭만적 반응으로 볼 수 있다.

결론적으로, 필자는 류수친과 준코 애그뉴와 마찬가지로 「하얼빈」을 만주의 중국 지식인이 식민억압에 저항하는 작품으로 이해하고자 한다. 그러나 이 두 연구자와 달리, 필자는 이 작품을 통해 줴칭이 만주국의 아시아주의 논쟁에 특별한 공헌을 하고 있다고 보였다. 필자의 독해에 따르면, 「하얼빈」의 작가는 아시아주의 사상의 추세와 동일하게 일본의 식민주의가 아닌 서양에 반대하고 있다. 이안 부루마Ian Buruma와 아비샤이 마르칼리트Avishai Margalit는 전시 일본 및 당대 아프가니스칸 등지의 반서양 정서에 관해 연구하며 서양에 대한 원한의 전형적인 표현의 하나가 기녀들이 가득한 서양 도시와 정신적으로 깨끗하고 오염되지 않은 시골의 대

한 열등감에서 생겨난 불안에 대해 논하고 있다. "From Foot Fetish to Hand Fetish : Hygien, Clas, and the New Woma", *Position* no.1, 2014, pp.131~159.

19   爵青,「靑春冒瀆之二」, 『歐陽家的人們』, 藝文書房, 1941, 116면.

비시키는 것이라고 지적했다.[20] 필자는 「하얼빈」을 이같은 반서양의 표현으로 이해하고자 한다. 구체적으로, 쉐칭은 「하얼빈」에서 전직 무희였던 링리를 화신으로 삼아 서양에 대한 반대를 묘사하면서 정신면에서 순결한 '아시아' 전통과 대립시켰고, 전통은 '전원'이나 시골을 통해 연결되고 있다.

이 작품을 만주국 정권의 비非관방 선전으로 보는 것이 약간 과장일지 모르겠지만, 그 정치적 함의가 반半식민지의 초창기 이데올로기 속 중화 중심 아시아주의와 공명하고 있다고 결론을 내릴 수 있다. 그러나 필자는 쉐칭의 「하얼빈」이 정권에 대한 작가의 지지를 표현했다기보단 만주국이 어떤 정체성을 고수해야 하는지 하나의 아이디어를 제시했다고 해석하고자 한다. 본문은 만주국 시기 쉐칭의 문학 작품이 반半식민지 전통의 '아시아' 특징을 강조하면서 유입된 서양 타자의 문화와 생활방식에 반대를 표하고 있다고 보았다.

---

20   Ian Buruma and Avishai Margali, *Occidentalism : The West in the Eyes of Its Enemie*, New York : Penguin Press, 2004, p.19.

기타무라 겐지로北村謙次郎의 소설 속 러시아인 형상의 선택과 필연

한링링
장수이공대학교 일본어학과 부교수
번역_ 김혜주, 이화여자대학교

기타무라 겐지로北村謙次郎, 1904~1982는 만주국 시기 일어문학의 대표 작가이다. 유년 시절 도쿄와 다롄大連에서 살았던 그는 1930년대 초 일본 문단에 등단하며 아카마츠 츠키후네赤松月船나 황잉黃瀛, 키야마 쇼우베이木山捷平, 다자이 오사무太宰治 등 시인이나 작가와 친밀하게 교류했다. 1937년 기타무라는 만주영화협회滿洲映畵協會, 이하 만영에 채용된 계기로 만주국의 수도인 신징新京, 현 창춘에 왔지만 얼마 못 가 사직하고 만주국의 유일한 전업 작가가 되었다. 만주국에서 생활하는 동안 기타무라는 기자키 류木崎龍, 요시노 치오吉野治夫, 미도리카와 곤綠川貢, 하세가와 준長谷川濬 등과 문예종합지『만주낭만滿洲浪曼』을 창간했고, 「학鶴」, 「모루站」, 「그 환경那個環境」, 「춘련春聯」 등 많은 작품을 써냈다. 전후 기타무라는 회고록『북변모정기北邊慕情記』를 발표했다. 이 회고록은 만주국 시기 일본인의 문학과 문화 활동의 구체적인 실상을 기록하여 만주국의 문화 활동을 연구하는데 귀중한 증언이 되었다. 기타무라는 평생 400여 편의 장·단편소설과 수필을 창작했는데, 그 안에서 러시아인의 형상이 나타난 작품으로는 「독신 기숙사獨身宿舍」, 「군맹群盲」, 「탑그림자塔影」, 「16호 아가씨十六號姑娘」, 「춘련春聯」과 「고배苦杯」 등의 여섯 편이 있다. 지금까지 이 여섯 편 작품에 관한 연구는 만주국에 생활하던 백계 러시아인의 삶의 모습과 러시아인의 개인적 심리나 사상 변화에 머물고 있으며,[1] 기타무라의 문학 작품 속에서 백계 러시아인 형상을 분류하여 그가 백계 러시아인을 모델로 삼아 작품을 쓰게 되었는지 사상적 발전이나 심리변화에 관한 체계적인 연구는 아직 발견하지 못했다.

1. 호기심, 환상 그리고 관찰

「독신 기숙사」, 「군맹」, 「탑 그림자」, 「16호 아가씨」

기타무라가 백계 러시아인을 자신의 창작 소재로 삼게 된 것은 그들의 삶에 대한 호기심 때문이었다. 1912년 기타무라가 가족과 다롄에 온 후, 그의 생활 환경은 러시아 문화 요소로 가득 차 있었다. 예를 들어, 기타무라가 처음 전학 온 다롄 제2쉰창소학교大連第二尋常小學校는 학교의 기숙사가 러시아풍의 거리와 이웃해 있던 베이다산퉁北大山通[2]에 있어서, 어린 시절 기타무라가 손쉽게 러시아 문화를 접할 수 있었다. 중학 시절에 기타무라는 친구들과 함께 하얼빈 여행을 가기도 했다. 여행길에 그는 창춘 교외의 콴청즈寬城子에 러시아인이 많이 산다는 것을 알게 되고 이에 큰 흥미가 생긴다. 하얼빈에 있던 짧은 며칠 동안, 그는 가까운 거리에서 러

---

1   상세한 정황은 다음 필자의 졸고 참고. 「滿洲國における北村謙次郎の創作ー「春聯」を中心に」, 『日本硏究』48, 國際日本文化硏究中心, 2013;「北村謙次郎文學における白系ロシア人のイメージー「苦杯」を中心に」, 『綜硏大文化科學硏究』11, 綜合硏究大學院大學文化科學硏究科, 2015;「北村謙次郎の小說シリーズ『或る環境』とその社會的背景ー一九一〇～一九二〇年代の大連」, 『日本硏究』51, 國際日本文化硏究中心, 2015.

2   오늘날 다롄(大連) 시강구(西崗區) 성리교(勝利橋) 북면.

시아인의 삶을 관찰할 기회를 얻을 수 있었다. 이 부분은 호기심이 가득하고 세련된 언어로 쓰인 기타무라의 단편 수필 「독신 기숙사」[3] 속에 기록되어 있다. 글 속에서 백계 러시아인에 대한 묘사는 두 군데서 찾아볼 수 있다. 먼저, 부인을 잃은 오타太田 군이 백계 러시아인에게 바이올린을 배우는 부분에서다.

> 서양의 불타는 구름, 사물의 색과 냄새, 모든 것이 조국과 확연히 달랐다. 느릿느릿 이중주가 시작되자 그림자 속에서 보이지 않는 바이올리니스트는 고향에 대한 그리움을 갑자기 끄집어냈다.[필자 역, 이하 동일]

글은 소리에 대한 묘사에서 출발하여 느릿한 이중주 속에서 떠도는 바이올리니스트의 감상적 정서를 언급하고 있다.[4] 또 다른 곳은, 사촌 형을 따라 전선 안전점검을 나갔다가 러시아인 세 명을 우연히 만나게 된 부분에서다. 여자 하나, 남자 둘이 어깨동무를 한 채 사촌 형의 질문에는 아랑곳하지 않고 그들을 스쳐 지나가는데, 마치 영화 속에서 순식간에 지나가는 장면처럼 유일하게 러시아 여자의 하얀색 여름옷이 소년 기타무라에게 깊은 인상을 남긴다. 당시 기타무라가 백계러시아인의 음악이 자아낸 타향에서의 '슬픔'에 공감할 수 있던 것은 자신이 생활하는 곳이 조국이 아님을 확실히 알고 있었기 때문으로 보인다. 그래서 백계 러시아인은 만주국에 사는 일본인과 자연히 동맹을 맺었고, '자신'과 백계러시아인 사이에 감정적 공통점이 생길 수 있었다. 그 밖에도, 글 속에서 백계 러시아 여성에 대한 묘사는 소년 시절 기타무라가 백계 러시아인의 생활 방

---

3   北村謙次郎, 「獨身宿舍」, 『文芸プランニグ』 7, 1931.
4   위의 책, 28면.

식에 대해서도 호기심을 갖고 있었음을 보여준다.

1923년 기타무라는 다롄을 떠나 도쿄로 유학을 갔다. 이때부터 그의 관심사는 도쿄의 근대 문화로 옮겨갔고 백계 러시아인에 관해선 더는 글을 쓰지 않았다. 1937년 기타무라가 만주국으로 돌아와 창춘의 콴청쯔에서 살게 된 이후, 백계 러시아인의 삶은 그의 시야 속에 다시 한번 들어오게 된다.

1938년 기타무라는 『만주행정滿洲行政』에서 중편소설 「군맹群盲」을 발표한다.[5] 오늘날에는 4회 연재 중에서 2회분의 내용만 확인할 수 있어 소설의 전체 내용을 판단하기 쉽지 않지만, 이 2회분의 내용 속에서 주인공이 백계 러시아 학자의 딸과 결혼한, 성이 청靑인 중국인 남성이란 것을 확인할 수 있다. 청靑은 〈오공서행悟空西行〉이란 영화를 제작하는 과정에서 실명하게 된다. 예민했던 그는 자신이 앞으로 부모 말만 듣는 아내에게 의지하지 않으면 앞으로의 삶이 크게 불편해지리란 것을 깨닫는다. 하지만 독립성을 잃고 싶지 않던 그는 절망 속에서 발버둥 치다가 아내 배 속에 있는 아이가 '인체실험'의 대상이란 사실을 알게 되고 괴로워한다. 그래서 영화 〈오공서행〉의 시사회가 열린 날, 그는 스스로 목숨을 끊는 선택을 한다. 이같은 침통한 소식을 접하게 된 그의 아내는 그 자리에서 기절하고, 그녀가 깨어났을 때 아이는 이미 태어나 실험대 위로 보내진 상태였다. 소설의 마지막은 생후 20일 된 아이가 실험을 거쳐 스무 살까지 성장하고, 아버지와 마찬가지로 적막한 사람이 된다는 것으로 끝이 난다. 소설 속에서 등장한 백계 러시아인은 청의 아내로, 남편을 사랑하고 부모 말을 잘 듣고 상류사회의 사교 활동에 열중하는 인물이나 마지막엔 자신

---

5   北村謙次郎, 「群盲」, 『滿洲行政』 제5권 제10·11호, 1938.

의 아이를 과학자인 아버지에게 실험품으로 바치게 된다. 소설을 집필할 당시에 기타무라는 만주영화협회滿映의 제작부에서 근무하며 영화 시나리오를 쓰던 때여서 이 작품에는 영화 시나리오가 가진 특색이 아주 많이 반영되어 있으며, 이야기 줄거리에서 '흑장미전시회'나 '오공서행의 촬영', '인체실험의 발명' 등 플롯의 요소가 뚜렷하다. 인물의 형상을 제시함에도 기타무라는 묘사에 힘을 들이기보단 대화의 형태로 이야기의 줄거리를 발전시키고 인물의 성격을 그려내고 있다. 전체적으로 이 소설은 공상 과학적 색채를 띄고 있으며, 인물의 성격 묘사보단 스토리 전개에 중점을 두고 있다. 이로 보아 기타무라의 백계 러시아인에 대한 인식은 관찰과 상상의 단계에 머물러 있음을 알 수 있다.

1940년에 발표한 「탑 그림자」[6]와 「16호 아가씨」[7]는 모두 「독신 기숙사」와 같은 소재를 담고 있지만, 줄거리 서사 면에서 전자보다 훨씬 충실해졌다. 동시에 이 두 편의 소설은 「그 환경」과 같이 기타무라가 소년 시절을 소재로 한 단편소설 계열에 포함된다. 이런 소설들은 주이치忠一라는 일본 소년이 도쿄에서 다롄으로 오게 되면서 현지 중국인과 사귀고 식민지 환경 속에서 공부하고 성장하여 마지막엔 성인이 되어 만주국에서 살게 되는 이야기를 담고 있다.

「탑 그림자」는 중학 4학년인 주이치가 중국인 친구 위칭런於慶仁과 함께 하얼빈 여행을 하기 위해 사촌 형과 숙부의 도움으로 아버지의 허락을 받아내어 인생의 첫 장거리 여행의 휘장을 열게 되는 이야기다. 이에 그의 시야도 관동주 다롄에서 선양, 창춘 그리고 하얼빈까지 넓어진다. 선양에서 주이치는 위런칭을 따라 중국인 가정에서 머물게 되고 중국인끼

---

6   北村謙次郎, 「塔影」, 『滿洲行政』 제7권 제6호, 1940.
7   北村謙次郎, 「十六號の娘」, 『新天地』 7, 1940.

리의 친밀한 교류에 묘한 질투심을 느낀다. 창춘에서 차에서 우연히 마주친 군관의 제안에 따라 위칭런과 창춘 헌병대 기숙사에 묵게 되는데, 그는 일본 악기인 샤쿠하치ĸ 소리를 듣지만 아무런 감동을 느끼지 못한다. 그러나 하얼빈행 기차 안에서 주이치는 러시아 소년들과 소통하려고 노력하며 적극적으로 다른 민족과 교류하는 열성을 보여준다. 이 소설에서 주이치는 처음으로 관동주 다롄을 벗어나 중국을 탐색하기 시작한다. 재미난 점은, 이 시기의 주이치는 다른 사람과 긴밀한 관계를 맺기 위해 애쓰는데, 중국인과는 적극적, 주동적으로 관계를 맺으려 하지 않고 백계 러시아 소년과는 관계를 맺고자 한 것이다. 그가 이미 중국인과 일본인 사이에 존재하는 대립을 의식하고 있었고, 중국과 일본 외의 다른 민족과 친밀한 관계를 맺고자 힘썼다는 것을 증명한다. 그 밖에, 창춘 헌병대에서 샤쿠하치의 악기 소리를 듣는 부분에서도 중국인 위칭런은 듣고선 확실하게 슬픔과 비정한 마음이 들지만 주이치는 오히려 아무렇지 않은 것을 보면, 그가 중국에서 사는 일본인 사이에 만연했던 향수를 아직 느끼지 못하는 것을 알 수 있다.

「16호 아가씨」는 주이치가 하얼빈에서 보고 들은 내용을 다루고 있다. 사촌 형의 동행 아래 주이치는 일주일간 하얼빈 관광을 하게 된다. 신시가지의 서커스단부터 소피아 대성당까지, 쑹화강 요트 관광부터 둥칭 클럽에서의 식사까지, 이어지는 일련의 관광 여정은 하얼빈이란 도시의 면모를 소년 주이치에게 펼쳐 보이며 그의 호기심과 생각을 불러일으킨다. 그는 백계 러시아인의 생활 방식이 어떠한지 궁금했고, 하얼빈에서 일하는 일본인의 어디서 와서 어디로 가는지 생각했다. 이 과정에서 16호 아가씨가 배경 인물로 여러 차례 그의 시야에 들어오게 된다. 베라라고 불리는 열여섯 살 된 백계 러시아 소녀는 가슴에 16번이란 명찰을 달고 둥칭 클럽에서 일하는 웨이트리스이다. 평일에는 아버지뻘 되는 일본인 노자와野澤와 지내다가 밤이면 다른 백계 러시아인들과 함께 하얼빈 교외의 허름한 거리에서 잠을 잤다. 이런 인물의 형상을 통해 소설은 백계 러시아 소녀의 아름다움과 마치 모순된 것처럼 보이는 생활 방식 간의 극명한 차이를 보여준다. 이 소설에서 기타무라는 일본인이 하얼빈에 머물기를 꺼리는 것을 이해하지 못하며, 처음 와 본 하얼빈에 친근감을 느끼는 모습을 보여주고 있다. 눈여겨볼 것은, 이때의 기타무라는 바이올린 이중주가 불러일으킨 향수에도 자신의 소속감을 별달리 의식하지 못했고 오히려 중국에서의 생활이 충실하고 풍성하다고 여겨 중국에 머무르려는 경향이 강했다는 점이다.

2. 정치 목적과 이상의 기탁 「춘련」

「춘련」은 기타무라 겐지로가 1941년 1월부터 5월까지 『만주일일신문滿洲日日新聞』이하『만일(滿日)』에 연재한 소설로, 1942년 도쿄신조사東京新潮社에서 단행본으로 출간되었다. 이 소설은 창춘의 콴청쯔 지역을 무대로 1940년대에 살았던 일본인 두 형제가 이웃이던 오노 코타로小野浩太郎에게 만주국 건국의 내막을 듣고 깊은 감명을 받아 만주국 건설에 뛰어든다는 이야기를 그리고 있다. 그중 형은 콴청쯔에 남아 이전과 같은 생활을 이어가고 동생은 농업 지도자로 헌신하게 된다.

「춘련」이 연재되기 전날, 『만일』에서는 소설의 내용을 다음과 같이 소개했다.

'춘련'은 새해 1월에 중국인이 가정의 복을 기원하며 방문에 장식하는 긴 종이를 말한다. 이 소설에서는 백계 러시아인의 문제, 만주국 건국 초기의 쑨빙원苏炳文사건, 아름다운 떠돌이 벙어리 여인, 콴청쯔에서 사는 쇠락한 백계 러시아인의 삶, 그리고 가슴 벅찬 건국의 소식과 함께 추진된 낙토의 서막을 그려내고 있다. 오늘날, 세계에서 전래없는 민족협화의 낙토 건설에 참여하고 있는 우리는 백계 러시아인의 문제를 어떻게 처리하고 어떤 방향으로 이끌어야 할지를 평등한 자세로 고려해야 하며, (이 소설이) 독자들의 마음을 사로잡기를 바란다.[8]

이 소개글을 누가 썼는지 알 수 없지만 분명히 『만일』의 편집진이 기타무라와 상의하여 썼을 것이며, 어떻게 백계 러시아인의 문제를 제기하고 어떻게 인도할지 지적한 마지막 부분은 명확한 정치 이데올로기가 담겨있다. 본문의 내용으로 추정하건대, 이 역시 기타무라 겐지로가 이 작품을 창작하며 가졌던 문제 의식일 가능성이 크다.

이 작품 속에서 백계 러시아인은 세 가지의 형상으로 등장한다. 첫째는 만주국 일본인 생활의 배경으로 존재하는 군중, 둘째는 경제적으로 독립한 농장주, 셋째는 꿈을 좇는 개인이다.

만주 일본인의 생활 속에서 배경으로 출현하는 백계 러시아인은 대부분 도시에서 일본인이 일하는 곳에서 살았다.

바닥을 닦거나, 차를 따르고, 장작을 패고 하는 것이 백계 러시아인의 일이야. 남루한 옷에 심술궂어 보이는 늙은 아줌마들 손에서 찻잔을 건네받는 것

---

8   朝刊, 「夕刊新小説 春聯」, 『満洲日日新聞』, 1941.1.10.

은 그리 유쾌한 일이 아니지. 해진 치마를 입고 엉덩이를 삐쭉 내밀고서 양손에 젖은 걸레를 들고 무릎을 꿇고 바닥을 닦는 여인의 모습을 보면 실로 비참한 나머지 불편한 기분마저 든다니깐. 그들에게 주어진 일이 마지막에 이렇다저렇다 하며 적당히 얼버무려지거나 임금이 부족하여 갑자기 일자리가 없어질 성싶으면 동료와 상의하여 중간에 파업을 일으켰어. 듣자 하니 돈만 밝혀서인지 이런 부분에는 특히 민감하고 똑똑하다고 하더라고.[9]

이 부분은 「춘련」에서 형이 백계 러시아 사람을 관찰하고 나온 생각을 묘사한 것이다. 위에서 아래로 내려다보며 깔보는 듯한 태도가 담긴 이 말은 만주국에서 일본인의 신분 지위가 백계 러시아인보다 높다는 사실을 분명히 보여주며, 만주에 사는 백계 러시아인의 비참했던 생활상을 간접적으로 묘사하고 있다.

농장주의 형상으로 등장하는 백계 러시아인은 목장과 제분공장을 운영하는 비오드로 부부比奧德路夫婦를 들 수 있다. 그들은 백계 러시아 고아 나타샤娜塔莎를 거두어 키우면서 오노 코타로가 중국군의 추격을 피할 수 있게 돕는 일본의 만주국 통치의 조력자다. 이들을 등장시킨 의미는 백계 러시아인의 이상적인 생활상을 오노에게 보여주려는 데 있다. 오노가 보기에 그들은 "현지 유명 목장주임에도 불구하고 집에는 옷가지와 가구, 주방용품 등 일상용 기구만 있어 자신의 필요를 최저한의 정도까지 내려놓고 있었다".[10] 이 부분은 「춘련」의 앞부분에서 일본인이 빈번하게 이사가는 장면이나 수많은 생활기구와 선명한 대비를 이룬다. 일본인이 이사가는 장면을 묘사하며, 기타무라는 소설 첫머리에 이렇게 쓰고 있다.

---

9 北村謙次郎, 『春聯』, 東京: 新潮社, 1942, 27면.
10 위의 책, 255면.

책상, 옷장, 솜이불, 장아찌 통 및 그 밖에 잡다한 가구와 주방용품이 차례차례 쌓여 있는 모습은 다른 곳의 이사 풍경과 다를 바가 없었다.[11]

기타무라는 이를 통해 다음과 같이 지적한다.

아주 적은 물품만 챙긴 생활의 단순함은 삶에 활력과 창조성을 부여했을 것이다. 이같은 단순함은 그들의 종교와 결합하고 대지와 결합하여 흔들리지 않는 안정감을 가져다줬다.[12]

나아가 다음과 같이 제안한다.

만주에 오면, 만주 풍토에 맞는 생활 방식을 가져야 한다.[13]

여기에서 기타무라는 오노의 입을 빌려 만주 풍토에 적응한 비오드로 부부의 소박한 생활 방식을 찬양하고 일본인의 전통적 생활습관과 고유한 문화에 대한 집착을 비판한다. 일본인이 백계 러시아인에게 배워 만주 풍토에 적응한 방식으로 만주에서 정착해야 하며, 이것이야말로 "만주국의 미래 문명"이라고 지적하고 있다.

꿈을 좇는 개인의 형상은 나타샤라는 백계 러시아 소녀에게서 살펴볼 수 있다. 그녀는 어디서 왔는지 알 수 없는, '알몸에 가까운' 상태로 하이랄 강가에서 우연히 오노를 만나 농장주 비오드로의 집으로 가게 된다.

---

11   위의 책, 16면.
12   위의 책, 255~256면.
13   위의 책.

그 후 비오드로 집의 하인인 그레고리와 결혼해 아들 하나를 낳는다. 오노가 '신징'으로 돌아올 무렵, 그녀는 남편과 함께 도시로 오게 되고 도시 생활에 적응하지 못하고 남편이 죽자 나타샤는 하이랄 비오드로의 농장으로 다시 돌아간다. 나타샤는 기타무라가 처음으로 그려낸 살아 숨 쉬는 백계 러시아인의 형상이라 할 수 있다. 이 인물은 소설 속에서 두 가지 역할을 하고 있는데, 첫째, 그녀의 등장은 소설에서 오노와 비오드로가 만나는 기회를 제공하고 오노가 비오드로의 후원을 받는 데 도움을 주고 있다. 바꿔 말하면, 나타샤의 존재로 인해 오노는 근거리에서 백계 러시아인의 생활상을 관찰할 수 있었고, 위에서 언급한 '만주국의 문명 청사진'을 그릴 수 있었다. 둘째, 나탸샤는 기타무라가 정성을 들여 창조한 이상적 형상으로, 기타무라 문학이 가진 이상을 실현하는 매개체라 할 수 있다. 처음 등장했을 때, 이 소녀는 "청춘의 얼굴에 피로가 가득한 모습이었다. 커다란 파란 눈동자는 초점 없이 몽롱했고 그 속에는 의지할 곳 없는 공허한 그림자가 비추고 있었다. 창백하고 메마른 입술이 살짝 열리자 아름다운 앞니가 드러났다. 깜짝 놀란 나머지 입에서 나오는 소리는 그저 모음의 합성일 뿐이었다. 파란색 옷은 닳아 있었다".[14] 아름다우면서 허무함을 지닌, 몸과 마음이 지친 소녀의 모습이 나타나 있다. 이랬던 소녀가 오노에 의해 비오드로의 저택에 보내진 이후, 아름답게 변할 뿐만 아니라 말도 할 수 있게 되고 결혼까지 해서 아이도 낳는다. 오노의 도움으로 도시에서 생활하겠다는 꿈을 이루지만 남편 그레고리가 병을 죽자 그녀는 또다시 오노에 의해 비오드로 집으로 돌아가게 된다. 기타무라는 오노의 입을 빌려 백계 러시아인은 "땅에 뿌리를 박고 사는 것이 더 행복할 것이

---

14   위의 책, 80면.

다"란 결론을 내린다. 또한, 소녀 나타샤가 보여주는 '낭만적인 색채'는 기타무라가 그동안 추구해온 창작 스타일과 잘 들어맞으며, 기타무라는 나타샤의 형상에다 작품의 영혼을 투영하였다. 소설에서 이 점이 가장 잘 표현된 곳은 소녀의 신앙을 묘사한 부분이다.

> 인적없는 한밤중에 광야에서 고독한 강물 같은 비탄이 들려왔고, 거기엔 겁도 없이 노래하며 걷고 있는 한 소녀만 있었다. 이것만으로도 충분히 겁먹을 만했다. 게다가 마치 요정이라도 된 듯 아무도 그 모습을 본 적이 없어서 이 불가사의한 전설에 사람들이 두려워하고 추앙하게 된 것도 무리가 아니었다.[15]

하이랄강가에서 노래하며 방황하는 나타샤의 형상은 잠재 의식 속 신앙과 자연, 대지의 결합을 구현하며 인간과 대지 사이의 일체감을 노래하고 있다. 이러한 감정은 그야말로 기타무라가 말한 '만주 낭만'이란 문학적 이념의 구체적 재현이라 할 수 있었다. '만주 낭만'은 기타무라 겐지로가 「탐구와 관조探求と観照」란 글에서 제시한 이념으로, 인간의 삶이 자연의 풍토와 결합해야 지역적 특색을 갖춘 문학 작품을 창조해 낼 수 있다고 강조했다.[16] 이런 점에서 볼 때, 만주국 일본인이 창작한 문학 작품 속에서 「춘련」은 기타무라 특유의 낭만주의를 만주 풍토에 이식한 성공적 사례였다.

이 작품에서 기타무라는 집단으로서 백계 러시아인의 형상을 주조할 뿐만 아니라 개성을 지닌 백계 러시아인의 개인 형상을 만들어내고 있다. 그 가운데 다양한 생활 상태에 처한 백계 러시아인의 형상이 묘사되

---

15   위의 책, 149면.
16   北村謙次郎, 「探求と観照」, 『滿洲浪曼』 5, 1940.

고 있으며, 특히 나타샤의 형상은 외부 묘사에서 정신적 추구까지 다다르고 있다, 창작 과정에서 지나치게 이상화하였다는 문제가 여전히 존재하나 이전 작품과 비교하면 피와 살, 영혼을 가진 백계 러시아 소녀를 만들어내려 한 기타무라의 의도는 분명하게 알 수 있다.

또한, 기타무라는 이 작품에서 두 가지를 분명하게 주장하고 있다. 첫째, 그는 전통적인 생활양식을 고집하는 일본인들을 비판하고, 일본인들이 백계 러시아인들에게 배워 검소하게 살아야 한다고 지적하며 그것이 '만주국의 미래 문명'이라고 강조한다. 둘째, 기타무라는 백계 러시아인의 집단 형상과 나타샤의 개인 상황을 빌려 백계 러시아인은 도시보다 농촌에 살기에 더 적합하고 일본인은 농업 지도자의 형상으로 존재해야 한다고 지적한다. 이러한 관점은 1930년대 후반부터 일본 정부가 추진해 온 이민 정책에 부합한 것으로, 1941년 출간된 「로마노프카 마을」[17]에도 나타나고 있다.

실제로 일본 정부의 백계 러시아인에 대한 관심은 1930년대 후반부터 시작되었다. 당시 일본 정부는 '백만호이민계획百萬戶移民計劃'을 실시하였고, 만주에 이민 온 일본인도 점차 많아졌지만 이에 따라 그들이 만주 기후에 적응하지 못하는 문제가 발생하고 있었다. 추운 기후에 적응하지 못하는 일본 이민자들에게 현지 적응의 샘플을 제공하기 위해, 일본과 만주국은 '만몽개척' 정책을 추진하는 연구소와 조사기관을 통해 중국 동북에 사는 소수민족의 농업 경영과 생활 실태를 조사하도록 하였다. 백계 러시아인이 일본 정부와 만주국 시야에 들어온 것은 바로 이때였다.[18] 예를 들

---

17 藤山一雄, 『ロマノフカ村』. 이 책은 1941년 만일 문화 협회(滿日文化協會)에서 출판하였고, 1942년 도쿄만주이주협회(東京滿洲移住協會)에서 재차 출판하였다.
18 阪本秀·伊賀上菜穗, 『舊「滿洲」ロシア人村の人々』, 東京: 東洋書店, 2007.

어, 1941년 「로마노프카 마을 이야기洛馬諾夫卡村的故事」야마조에 사부로(山添三郎), 만주사정안내소(滿洲事情案內所), 「로마노프카 마을洛馬諾夫卡村」야마조에 사부로(山添三郎), 만주사정안내소(滿洲事情案內所), 1942년 「북만의 백계러시아인 마을北滿的白俄人村落」후쿠타 신세이(福田新生), 다마서방(多摩書房), 「백계 러시아인의 농업 경영과 생활白俄人的農業經營與生活」테루오카 교우(暉峻義) 등, 오사카 야코서점(屋號書店) 등에서 이같은 내용을 살펴볼 수 있다. 만주 문화계에서는 1930년대 후반부터 바이코프의 「호랑이虎」을 시작으로, 백계 러시아인을 다룬 문학 작품이 등장하기 시작했고, 백계 러시아인의 생활 양상도 점차 일본인의 관심을 끌게 되었다. 기타무라의 「춘련」은 이러한 배경에서 탄생한 것으로, 「춘련」의 창작에 『만일』과 당시 정치 상황이 기타무라에게 끼친 영향이 적지 않음을 알 수 있다. 동시에, 기타무라는 당시 이미 만영의 일을 그만두고 글쓰기에 전념하고 있었기 때문에 원고료는 생활 유지를 위해 반드시 신경 써야 할 부분이었고, 『만일』에서 제공한 95회 연재가 가져다줄 경제적 이익도 분명 염두에 두었을 것이다. 이런 상황에서 탄생한 「춘련」은 기타무라의 문학 창작에서 가장 정치적 색채가 짙은 문학 작품 중 하나가 되었다.

3. 정신적 공명 「고배」

「고배」[19]는 기타무라 겐지로가 1966년 2월 1일에 『만주평론滿洲評論』에 발표한 단편소설이다. 소설은 백계 러시아 노인 카즈로프스키卡茲羅夫斯基의 회상을 중심축으로 삼아 그가 젊을 때 만주에서 와서 분투하는 이야

---

19   北村謙次郎, 「苦杯」, 『滿洲公論』 제3권 제2호, 1944.

기를 그린다. 카즈로프스키는 30여 년 만에 순정純正한 포도주를 주조할 수 있게 되지만 그 무렵 '중동철도 양도'라는 역사적 사건의 영향으로 친척과 친구들이 만주를 떠나게 되고 자신도 통제 때문에 정식 경로로 포도주를 팔 방법이 없어 그저 말없이 자적하며 남은 생을 보내게 된다는 내용이다. 이 소설에서 전면에 등장하는 인물은 둘인데 하나는 백계 러시아 노인 카즈로프스키이고, 다른 하나는 카즈로프스키의 친구 이반 모로소프伊凡·莫羅索夫이다.

앞서 언급했듯이, 이 소설의 주인공 카즈로프스키는 30년에 걸쳐 포도주를 제조하는 자영업자이다. 그는 북만철도가 막 건설되었을 무렵 만주로 이주했었고, 중동철도가 양도되는 날 그의 심정은 다음과 같았다.

> 중동철도의 이전 기념식을 지켜본 카즈로프스키의 마음속은 여명이 밝아올 때의 희열에 형언할 수 없는 슬픔이 겹쳐졌다. 그 자신도 어찌할 도리 없는 모순되고 복잡한 심경이었다.[20]

여기서 카즈로프스키의 말한 '희열'은 고향을 잃은 망명 인사들이 만주국에 걸었던 기대로 이해할 수 있을 것이다. 틈바구니에서 살아남은 카즈로프스키에게 중동철도의 양도는 그를 '망명' 신분에서 벗어나 만주국 국민의 신분을 갖게 한 대사건이었다. 이 사건을 통해 조국을 잃어버린 그가 다시 한번 자신만의 나라를 갖게 되었고, 소속감이 생긴다는 것은 그가 바라던 일이었다. 그러나 새로운 국적을 가진다는 것은 이전의 국적을 철저하게 버린다는 것을 의미하기에 비록 떠돌이 신세이긴 하나 고향에

---

20   위의 책, 136면.

대한 그리움도 이루 말할 수 없었다.

소설에서 기타무라는 일본의 북만 철도 인수 정책에 대해서는 일절 언급하지 않았지만, 중동철도의 양도 이후 만주국의 경제 상황에 대해서는 이처럼 묘사했다.

동양의 전화戰火가 전 세계로 확대되어 장사할 길이 막히고 세금은 늘어나고 물자의 수량통제 역시 강화되었다. 그처럼 구식 장사밖에 모르는 노인은 울고 싶었고 마음이 암담해졌다. 손 쓸 새도 없이 완전히 절망의 구렁텅이에 빠진 듯했다.[21]

이 글에서는 술을 빚는 노인 카즈로프스키의 절망적인 심리 상태를 형상화하여 기술하고 있다. 30년이 걸려 겨우 완성한 포도주를 시대적 격변으로 팔 수가 없었으니 포도주 양조업자에겐 얼마나 우울한 일이었겠는가!

당시만 해도 장사를 유지하려면 통제 대상이 된 포도주를 암시장에 내다 팔면 됐다. 그러나 카즈로프스키는 이런 방법을 알고도 이렇게 생각했다.

수익을 내겠다고 밀매를 한다는 것은 포도주 신에 대한 중대한 모독이었다. 술은 실력이라고 늙은이는 굳게 믿고 있었다. 술수나 사기를 허용하지 않은 신성한 경지에서야 진하고 좋은 술을 얻을 수 있고, 사심 없이 손님에게 술을 권할 수 있다. 그렇지 않으면 세상에 술을 만들고 파는 것보다 더 무서운 거래가

---

21   위의 책, 140면.

어디 있단 말인가? 그리하지 않으면 사람을 취하게 만들 수 있는 술은 죄악을 일으키는 근원이 될 것이다. 이런 상황을 바로잡으려면 양조업자의 솔직한 양심과 술을 파는 사람이 손님을 즐겁게 하려는 순수한 마음만 있어야 한다.[22]

다른 포도주 양조업자가 암시장에서 거래한다는 소식을 들었을 때 그 심정은 "다른 사람이 장사를 빼앗을까 우려하기보단 포도주 제조업자가 양심을 잃었다고 한탄하였다".[23]

여기에서는 카즈로프스키의 술에 대한 사랑이 묘사되어 있다. 우선, 그는 암거래가 '술의 신에 대한 모독'이라며 술의 신성함을 강조하고 있다. 둘째, 그는 '술은 실력'이라며 술을 존중하는 마음이 부족하면 맛 좋은 술을 만들 수도 팔 수도 없다고 주장한다. 반대로 술은 사람을 취하게 하는 것이라 죄를 짓게 할 가능성도 컸다. 그렇기에, 사람들을 죄악에서 구하기 위해선 양조업자의 양심에 의지할 수밖에 없었다. 이렇게 기타무라는 카즈로프스키가 가진 포도주에 대한 신념을 묘사함으로써 양심적인 포도주 양조업자의 형상을 창조해냈다.

기타무라에게 문학 창작 활동도 그러했다. 시대의 흐름에 따라 좌우되는 것이 아니라 마음에서 우러나오는 사랑이었다. 「고배」는 1944년 만주국에서 창작됐는데, 그때는 일본이 이미 태평양전쟁으로 총력전에 들어간 시기였다. 문예란 각도에서 보면, 1941년 3월 만주국 홍보처가 『예문지도요강藝文指導綱要』을 발표하며, "국가의 산업 경제발전보다 문예 활동의 발전이 늦어지고 있다. 정부가 이를 적극 지도 육성하고 만주의 문예가들이 안심하고 그 길을 따라 문예 국책에 이바지하도록 다양한 전문분야의

---

22   위의 책.
23   위의 책.

협회를 설립할 것을 건의한다"고 명시하였다.[24] 이러한 조치는 작가들의 글쓰기 활동을 국책에 묶어놓은 것으로, 문예·문화 통제가 이미 시작되었다는 뜻이었다. 기타무라 겐지로뿐만 아니라 만주에 있던 수많은 작가가 광산의 증산 현장, 개척단, 근로 봉공대勤勞奉公隊 또는 관동군 부대에 파견되어 보도문학報道文學을 쓰는 임무를 수행했다. 특히 1944년을 전후로 만주국의 문예 통제는 절정에 치달았고 재만 작가로서 정부의 지도를 따르지 않으면 창작 활동을 할 방법이 없었다. 카즈로프스키의 처지와 비슷하게 기타무라도 자유롭게 창작할 수 없는 적막함과 시대의 흐름에 좌우될 수밖에 없는 무력함을 느꼈다. 이루 말할 수 없는 이 슬픔은 카즈로프스키라는 인물을 통해 교묘하게 묘사되었다.

카즈로프스키의 모습이 기타무라의 문학에 대한 사랑의 반영이라면, 이반 모로소프에 대한 기타무라의 묘사는 삶에 대한 그의 태도의 구현이라 할 수 있다. 소설 속의 이반 모로소프는 시대에게 우롱당하는 존재다. 그는 "진정한 볼쇼비키가 아닌 생존의 필요성 때문에 겉으로만 붉게 물든, 이른바 넓은 프롤레타리아당원 중 하나였다. 이 지경이 되고 나니 철도 일을 그만두고 새로운 직업을 찾을 용기가 없어 모두 함께 귀국했다."[25] 이 부분에서 시대의 흐름에 좌지우지하는 이반 모로소프의 모습이 묘사된다.

소설에서 이반 모로소프의 상황이 걱정되던 카즈로프스키는 포구라니차泡古拉尼恰에서 발행되는 주간지 『나 구라니체那 古拉尼采』를 통해 그의 소식을 추측할 수밖에 없었다. 이 주간지에는 소련으로 철수한 옛 북만철도 사원들의 소식과 이들이 포구라니차에서 살고 있는 친지들에게 보낸 편

---

24   滿洲國史編纂委員會, 『滿洲國史 各論』, 滿蒙同胞援護, 1971, 1140면.
25   北村謙次郞, 앞의 책, 140면.

지가 실려 있었다. 그중에는 철수한 사람들이 가지고 있던 물품을 압수당해 미쳐버렸거나 자살을 했거나 혹은 실종되었다는 정황이 실려 있었고, 소련으로 돌아간 사람들이 생활물자 부족으로 궁지에 몰린 상황까지 적혀 있었다.

이런 배경에서 이반 모로소프가 얼마나 삼엄하고 가혹한 상황에 놓이게 됐는지 짐작할 수 있다. 기타무라는 이반이 소련으로 돌아간 경험을 정면으로 묘사하지는 않았지만, 측면에서 독자들이 상상할 수 있도록 충분한 보조자료를 제공하였다. 바꿔 말하면, 다른 사람의 말과 행동을 통해 이반 모로소프와의 처지를 전달하여 독자의 상상력을 더욱 자극하는 효과를 거두었다. 이는 북만철도의 양도사건이 백계 러시아인의 정신 면모에 끼친 변화에 대한 생생한 표현이기도 했다.

7, 8년 간의 유랑 생활 끝에 이반 모로소프는 카즈로프스키의 집에 찾아오게 된다. 그때의 그는 "수염이 덥수룩하고 옷차림이 남루하여" 카즈로프스키도 얼핏 봐선 그를 알아보지 못할 정도였다. "이 자식이, 요 몇 년 동안 어디에 가서 뭘 했던 거야?"라는 카즈로프스키의 물음에 이반은 "당연히 말해줘야지. 말로 다 할 수 없는 얘기들, 온갖 사건들. 그런데 나는 이제 아무것도 가진 게 없고 기억조차 사라졌어"[26]라고 답했다. 카즈로프스키의 포도주를 마시던 옛 시절의 마음가짐이 더는 남아 있지 않던 그는 그저 씁쓸하게 웃으며 "그저 마시기만 하고 취할 수만 있다면……, 바로 이 시대의 분위기지"[27]라고 중얼거릴 뿐이었다. 이렇게 기타무라는 중동철도 양도라는 시대적 배경 아래 시간의 변화에 따라 파괴된 인물의 형상을 그려냈다.

---

26 위의 책, 142면.
27 위의 책, 143면.

이는 젊은 나이에 도쿄에서 일자리를 구하다 실패하고 만주에 와서 당시 일본의 만주국 건설이란 순항선에 몸을 실었던 기타무라의 과거를 떠올리게 한다. 초반의 의기양양한 모습은 중반이 되어 차근차근 다져졌고, 기타무라는 프로 작가라는 꿈을 이루게 되었다. 하지만 동시에 그도 시대의 속박에 점점 더 얽매일 수밖에 없었다. 후기인 1944년에 이르러선 문학 창작 활동을 뜻대로 할 수 없는 지경이 되었고, 그저 벌목과 관련된 사실적인 산문밖에 쓸 수 없었다. 이런 상황에서 「고배」는 그의 후기 창작 역량을 총망라한 역작이라 할 수 있다.

이 작품에서 기타무라는 두 명의 백계 러시아인의 형상을 만들어냈다. 한 명이 이상과 목표를 가지고 시대와 상황이 어떻게 변하든 상관없이 시종일관 굳건한 인물이라면, 다른 한 명은 시대의 흐름에 휘청이다가 결국 실의에 빠지는 인물이다. '카즈로프스키 할아버지', '미카엘 할아버지', '할아버지' 등으로 카즈로프스키를 부르며 친근감을 드러내고, 카즈로프스키가 창고에 있는 포도주를 얼마나 마실 수 있는지 계산해 보는 장면에서 섬세한 필치로 노인의 매력을 종이 위에 생생하게 그려낸 것을 보면, 이 두 인물 형상을 그려내면서 기타무라가 누굴 선호했는지 분명하게 드러난다. 이러한 인물의 형상은 만주에 살던 중국 작가들에게도 인정을 받았다. 1944년 2월 1일 이 소설의 일본어 번역본이『만주공론滿洲公論』에서 발표된 그날, 「주송酒頌」란 제목으로 줴칭의 중국어 번역을 통해『예문지藝文志』에 발표되었다.

4. 맺으며

1931년 「독신 기숙사」에서 1944년 「고배」에 이르기까지, 기타무라의 창작에서 백계 러시아인의 형상은 만주국의 14년 세월을 관통하고 있다. 그 사이에 기타무라 겐지로의 문학 및 사상의 노정에도 크나큰 변화가 있었다. 초기의 「독신 기숙사」, 「군맹」, 「탑 그림자」, 「16호 아가씨」에서 만주에 사는 백계 러시아인은 아직 기타무라 문학 창작의 주요한 대상은 아니었다. 호기심 어린 눈으로 그들의 삶의 모습을 묘사할 뿐이라 창작 스타일 면에서 객관적인 관찰보단 상상이 많았고 깊이 있는 사고도 부족했다. 중기에 쓴 「춘련」은 기타무라가 만주국의 정치 이데올로기의 영향으로 받아 창작한 문학 작품이었다. 이 작품에서 백계 러시아인은 주인공이 되었을 뿐만 아니라 평범하고 무위도식한 집단의 모습, 소박한 친일적인 소농장주의 형상, 그리고 개인의 이상을 좇는 나타샤란 인물 형상 등 다채로운 군상으로 등장했다. 작품 속에서 백계 러시아인의 형상은 기타무라의 의도적인 묘사를 통해 겹겹이 부각 되어 입체적인 효과를 거두고 있다. 그중에서 백계 러시아인 집단 형상이나 소농장주의 형상은 기타무라가 정치 이데올로기에 영향을 받아 만들어 낸 것으로, 소설 마지막에서 만주국 건설사업에 투신한 일본인들이 만주에서 생활하는 백계 러시아인을 도와 농사를 짓는다는 부분을 보면 백계 러시아인과의 동맹을 통해 전쟁의 책임에서 벗어나려 한 의도를 엿볼 수 있다. 1944년 발표된 「고배」에서 기타무라는 글쓰기의 초점을 한 인물의 심리 변화에 맞췄다. 소설 속 인물이 인성에 대해 관찰하며 깊은 통찰을 얻는다는 점은 그의 문학 창작의 큰 특징이 되었다. 이상을 지키려는 백계 러시아인의 형상을 성공적으로 형상화한 이 작품은 자유롭게 창작할 수 없었던 시대에 대한 기타무라의 울분을 표현하였고, 또한 만주국의 중국 작가들의 공감도 불러일으킬 수 있었다. 창작 사상 면에서, 기타무라가 처음에는 환경의 영향을 받아 백계 러시아인에게 관심을 가지고 백계 러시아인의 만주 생활 방식을 일본인이 본받아야 할 시사점으로 제시했다면, 마지막에는 백계 러시아인과 정신적인 공감을 통해 인물 형상을 완성시키고 문학 창작의 정점에 도달할 수 있었다.

창간 초기 『만주영화滿洲映畫』 이미지 서사 속의 '자아'와 '타자'

장레이
지린대학교 신문학과 교수
번역_ 이복실, 중국해양대학교

1. 잡지 『만주영화』의 이미지 내용

프랑스의 비교문학가 파조Daniel-Henri Pageaux에 의하면 "모든 이미지는 자아와 타자, 본토와 타 지역 관계에 대한 자각에서 비롯된다".[1] 『만주영화』 잡지 속의 이미지는 대부분 피식민지인 중국 둥베이東北 지역과 둥베이 사람들에 대한 잡지 발행인 '자아'의 관찰을 표현한 것이다. 그 시각과 심리는 본토와 타 지역, 자아와 피식민자인 '타자'의 관계에 대한 상상과 표현을 반영했다.

1) 잡지의 특수성 이중언어와 이미지

『만주영화』는 영화잡지로 동시기 위만주국僞滿洲國의 화보류 간행물과 비교할 때 일정한 특수성을 지닌다. 우선, 이 잡지는 이중언어로 발행되었고, 중국과 일본의 문화인을 집결시켜 중국인과 일본인의 이미지를 보여주었으며 '만영'의 초기 건설과 발전을 보여주었다. 위만주국 시기에는 중국어, 일본어, 조선어, 몽골어, 영어, 러시아어 등 여러 언어매체가 존재

---

1   巴柔, 「總體與比較文學」, 孫景堯 外編, 『比較文學』, 高等敎育出版社, 2007, 167면.

했지만 절대다수의 간행물은 한 가지 언어만을 사용했으며, 『만주영화』
와 같이 중국어와 일본어 두 판본을 동시에 발행한 간행물은 드물었다.
당시 중국어와 일본어, 두 언어로 발행되었던 『만주국정부공보滿洲國政府公
報』는 공문의 성격을 지니고 있었으며 일반 독자를 대상으로 한 대중적인
이중언어 간행물은 드물었다. 『만주영화』의 언어적 특성은 식민지배를
받았던 중국 둥베이 지역과 둥베이 사람들에 대한 일본 영화인과 문화인
의 시각을 보여주는 한편, 피식민 위치에 놓여 있던 중국인 편집자와 영
화인의 느낌과 반응을 보여주기도 한다. 잡지는 내용상 '만영'의 영화와
일본 영화, 세계 영화에 대한 연구와 평론을 다루었고 영화 각본을 게재
했으며 영화인들의 생활 등을 반영했다. 『만주영화』의 이미지는 대부분
일본 사진 작가들의 작품이며 촬영 대상에는 중일 영화배우와 둥베이의
일반인들이 포함되었다. 이는 식민자 '자아'와 피식민자 '타자'의 이미지
가 어떻게 드러나는지, 그리고 양자가 어떠한 관계를 맺고 있는지를 관찰
하는 데 매우 유용하다.

『만주영화』의 일문판과 중문판은 다르게 발행되었는데, 이는 곧 '자아'
신분의 일본 편집자와 '타자' 신분의 중국 편집자 사이에 미묘한 입장 차
이와 심리·시각 차이가 존재한다는 것을 말해준다.

다음, 『만주영화』창간 초기에는 많은 이미지가 실려 있기 때문에 이미지
서사를 분석하기에 적합하다. 『만주영화』 창간 전후와 동시에 존재했던
화보는 꽤 있는 편이다. 이를테면 중문 화보로 『사민斯民』1934~1941, 『강덕화
보康德畫報』1936~1941?, 『하얼빈오일화보哈爾濱五日畫報』1932~1941 등이 있었고, 일
문 화보로 『만주그래프滿洲グラフ』가 있었다. 그러나 『만주영화』창간 초기의
쪽수와 이미지 수록 양은 이상의 화보들보다 많다. 『사민』은 한 달에 2회,
매회 20쪽 분량으로 발행되었고, 『강덕화보』와 『하얼빈오일화보』는 순

간으로 매회 4~8판 발행되었다. 한편 1938년 1월에 발행된『만주영화』의 일문판은 총 60쪽으로 73장의 사진이 실렸고, 중문판은 총 30쪽으로 30장의 사진이 실렸다.

따라서 이 글은『만주영화』창간 초기 3개월 분량을 연구대상으로 일본 영화인 및 사진 작가의 눈과 카메라에 담긴 '타자'^{'만주인'}이라 불렸던 중국인 이미지를 정리하고 식민지 '타자'에 대한 편집자의 이미지 구축 및 그 이면의 현실적 수요와 복잡한 문화 요인을 탐구하고자 한다.

2) 사람과 사물 시리즈 자아, 타자와 화신^{化身}으로서의 사물

'자아'를 대표하는 인물은 중국 둥베이^{즉 '만주'}의 일본인이다.『만주영화』이미지에 등장한 일본인으로는 '만영'의 지배자인 하야시 아키조^{林顯藏}, 사진 작가 요시다 히데오^{吉田秀雄}, 그리고 만주를 방문한 일본 영화인 코스기 이사무^{小勇杉} 등이 있다. 잡지에 등장하지는 않았지만 목소리를 낸 일본인으로는 배우훈련반의 교사 곤도 이요키치^{近藤伊與吉}, 잡지 편집장 이이다 히데요^{飯田秀世}, 작가 겸 영화인 오우치 다카오^{大內隆雄}와 기타무라 겐지로^{北村謙次郎}, 민속학자 오쿠무라 요시노부^{奧村義信}, 작가 아마노 코타로^{天野光太郎} 등이 있다. 이들 일본인은『만주영화』이미지 서사의 권력자들이었다.

잡지 이미지에 등장하는 '타자'는 '만주인'이다. 일본 사진 작가의 카메라에는 '쿨리^{苦力}'라 불리던 중국인 노동자도 담겼고 영화의 전당에 오른 '만영'의 배우도 담겼다. 지저분하든 화려하든 그들은 모두 전시·교화의 대상이었으며 발언권과 결정권이 없는 대상들이었다.『만주영화』에 글을 실은 중국인 작가와 편집기자 역시 일본인이 규정한 범위 내에서 글을 쓰고 발표했다.

그 밖에 잡지의 이미지에는 자연풍경과 근대적인 도시 상품이 담겨 있는데, 이들을 서로 다른 인물 화신을 상징하는 '사물'로 간주할 수 있다. 일본의 근대 기업과 상품 광고, 만주의 도시 건설 등은 근대화, 산업화, 도시화의 특징을 드러내는데, 이는 곧 강대한, 그리고 침략적인 특성을 지닌 '자아'의 화신이다. 또한 둥베이의 지리적 풍경과 민속 활동 장면은 바로 '타자'의 생존환경이자 또 다른 '타자'의 존재이다. 그리고 '사물'과 환경은 '자와'와 '타자'에 대한 은유적 표현을 구성한다. '진화론'으로 해석하자면 식민자는 '우승열패'를 기치로 침략에 대한 합리적 구실을 만들어냈던 것이다.

2. 강하고 고등高等한 '자아'

『만주영화』에 등장하는 '자아' 이미지는 아주 강해 독자들로 하여금 중압감을 느끼게 한다. 그들은 체격이 튼튼하고 옷차림이 고급스러우며 무기와 근대화 기자재들을 지니고 있다. 뿐만 아니라 그들은 표정이 거만하고 행동이 자유로워 보이며 일본인 신분을 강조하고 있고 승자로서의 즐거움이 흘러넘치는 모습을 하고 있다. 얼굴을 노출하지 않은 '자아'의 텍스트 서사 속에는 우월감과 강한 태도 및 조종욕과 통제욕이 더욱 직접적이고 뚜렷하게 표현되었다.

1) 이미지에 등장하는 '자아'

① 침략자, 사진 작가 요시다(사진 1·2)

처음으로『만주영화』에 등장하는 사진 속 일본인은 '만영'의 기록 영화 사진 작가 요시다이다. 1937년 12월에 그는 화베이華北 전선으로 돌아와

〈사진 1·2〉「북지사변 영화촬영일지(北支事變映畫撮影日誌)」, 『만주영화』(일문판), 1937.12

「북지사변 영화촬영일지北支事變映畫撮影日誌」를 발표했다. 여기서 요시다는 자신의 작업 사진을 선보였는데, 사진 작가인 그는 카메라 대신 한손에는 소총, 다른 한 손에는 일장기를 든 채 승자의 자태로 중국 북방의 광야에 서 있다. 그는 분명 침략군 중 한명이었다. 대동운강大同雲岡 석불사 앞에서 찍은 사진 속 요시다는 식민자·점령자로서의 득의양양한 모습을 더욱 잘 보여주었으며 옷차림과 자태는 모두 서양인 흉내를 냈다.

촬영기술이 뛰어난 요시다는 1937년 전후로 중요한 기록 영화를 여러 편 촬영했을 뿐만 아니라 1940년 6월, 푸이溥儀가 일본을 방문할 당시, 실황 촬영에 동행한 '만영' 제작팀 주임을 맡기도 했다. 「북지사변 영화촬영일지」에 배포된 사진을 보면 그는 카메라 언어를 잘 구사할 줄 아는 사진 작가였다. 〈사진 3〉이 보여주는 촬영 현장에는 삼각대, 카메라, 사진 작가의 뒷모습 및 사막의 먼 행렬과 총을 멘 사람들의 실루엣이 보인다. 이처럼 작은 사진 속에 많은 내용을 담고 있으며 화면 또한 비교적 간결하다. 또 다른 사진에서 그는 실루엣과 사선을 이용해 사막과 낙타, 행진 대열

〈사진 3·4·5〉 「북지사변 영화촬영일기」, 『만주영화』(일문판), 1938.1

〈사진 6·7〉 「만영 상무이사의 훈화」, 『만주영화』(일문판), 1938.1

을 아름다운 이미지로 편집했다. 그럼에도 불구하고 공포스러운 전쟁 분위기가 드리워서 보는 사람들의 숨통을 조인다. 긴 소총을 메고 행진하는 사진 속 일본기병들의 뒷모습 역시 전쟁의 참혹함과 긴장감을 드러낸다.

② '만영'의 권력자 하야시

1938년 1월, 『만주영화』는 '만영'의 전무이사 하야시가 훈화하는 사진을 실었는데, 이는 곧 '만영'의 권력자를 보여주는 장면이다. 하야시는 '만영' 설립 초기에 실권을 장악했던 인물이다. '만철' 서무과 과장이었던 그는 영화 제작에도 매우 익숙하여 연속 10년 동안 '만철' 시사기록 영화 촬영을 책임진 바 있으며 첼로 연주가이기도 했다. 1937년 7월, '만영'이 설립된 후, 하야시는 전무이사직을 맡았다. 〈사진 6〉에서 하야시는 옆모습만 드러내고 있지만 그의 뚱뚱한 몸매와 반듯한 양복차림, 깔끔하게 다듬은 짧은 헤어스타일과 원고를 읽고 있는 자태는 권력자의 신분을 충분히 과시하고 있다.

③ '만주'의 삼림 관리자

요시다가 기록한 '문화 영화' 〈만주의 삼림滿洲の森林〉 촬영수기에는 이름을 알 수 없는 일본인 삼림 관리자가 등장한다. 〈사진 8〉은 추운 겨울날에 삼림을 벌채하고 있는 사진인데, 그 속에는 중국인으로 보이는 벌목공 3명이 도끼를 휘두르는 모습이 담겨 있다. 그 옆에는 분명 일본인으로 보이는 한 남자가 두꺼운 방한복을 입고 서 있다. 사진 설명란에 이 사람이 바로 텍스트에 언급된 옌지延吉 잉린서營林署의 일본인 관리라고 표기하지 않았지만 외모로부터 그 사람을 일본인으로 단정 지을 수 있다. 그는 뚱뚱한 체격에 안경과 가죽모자를 쓰고 있고 털 카라와 벨트가 부착된 방한

〈사진 8〉「문화 영화 〈만주의 삼림(滿洲の森林)〉 촬영수기」, 『만주영화』(일문판), 1938.2　　〈사진 9〉『만주영화』(일문판), 1938.1

복을 입고 있으며 가죽 부츠를 신고 있고 손에는 가느다란 지팡이를 짚고 있다. 그의 이러한 모습은 뒤에 있는 세 명의 벌목공과 확연히 구분된다.

④ 일본 영화배우〈사진 9〉

일본 닛카츠 다마가와日活多摩川 촬영소의 영화배우 코스기의 성실하고 듬직해 보이는 이미지 역시 일본이 애써 만든 이미지를 대표한다. 그는 여배우 구로다 키요黑田記代, 다치바나 키미코橘公子, 마쓰다이라 토미코松平富美子와 함께 닛카츠 촬영 부장 마키노 미쓰오牧野滿男를 따라 창춘으로 건너와 만주 영화배우와 교류했다. 이는 위만주국 최초의 만일 영화배우 교류였다. 일문판에서는 이를 '은막의 일만친선銀幕の日滿親善', '영화일만교환映畫·日滿交驩'이라 불렀고 중문판에서는 '은막의 만일친선銀幕之滿日親善', '만일 영화배우의 첫 교류滿日銀星的初次交歡'라 불렀다. 즉 중문판은 '만'을 '일' 앞에 붙였다. 코스기는 전쟁 기간에 여러 편의 전쟁 영화를 찍었으며 1945년에는 '만영'이 제작한 〈난화 특공대蘭花特攻隊〉 촬영에 참여했다.

그는 1938년 1월 8일에 닛카츠 촬영 부장 마키노를 따라 '만영'에 왔으며
마키노는 반년 후인 1938년 6월부터 '만영'에서 근무했다.

〈사진 10〉 〈사진 11〉

〈사진 12〉 〈사진 13〉

〈사진 10〉 『만주영화』(일문판) 1938.1에 실린 일본 영화 스틸사진 일본 아이들의 건강함과 활발함을 표현.
〈사진 11〉 『만주영화』(일문판) 1938.1에 실린 영화 〈애국육인낭〉 스틸사진.
〈사진 12〉 『만주영화』(일문판) 1938.1에 실린 영화 〈에짱의 천인침〉 스틸 사진.
〈사진 13〉 『만주영화』(일문판) 1938.1에 실린 영화 〈군국의 신부〉 스틸 사진.

⑤ 스틸사진으로 출현한 '일본인'⟨사진 10~13⟩

『만주영화』는 일본 영화의 스틸컷을 실었는데, 그 목적은 영화 탐구에만 있었던 것이 아니라 국민정신 전시에도 있었다. 오우치의 「영화견물映畫見物」 속 스틸사진은 영화 제목을 명시하지 않았지만 사진을 통해 일본 어린이들의 건강하고 활발한 모습을 엿볼 수 있다. 『만주영화』는 일본이 촬영한 '애국 영화' 스틸사진을 많이 실었다. 예를 들면 ⟨애국육인낭愛國六人娘⟩, ⟨에짱의 천인침悅ちゃんの千人針⟩, ⟨군국의 신부軍國の花嫁⟩ 등이다. ⟨애국육인낭⟩은 여섯 명이 한 팀으로 구성된 여학생들이 일지사변日支事變 후, 길거리에서 헌금하며 군국을 지원하는 이야기로 칸다 치즈코神田千鶴子, 노세 타에코能勢妙子, 츠바키 스미에椿澄枝, 사사키 노부코佐々木信子, 야마네 히사코山根壽子 등이 출연했다. ⟨에짱의 천인침⟩은 군국주의를 선전하는 영화로, 한 일본 소녀가 거리에 나가 천인침을 만들어 일본 부대에 사기를 불어주는 내용이다. ⟨군국의 신부⟩는 일본군이 승리한 후의 결혼식을 다룬 영화이다.

2) 얼굴 없이 소리만 내는 '자아'

① '사상전'을 강조한 작가 오우치

오우치[2]는 만인 작가와 가장 가까이 지냈던 작가이다. 구딩古丁, 샤오쑹小松 등의 소설은 모두 오우치의 번역으로 일본에 소개되었다. '만영'에서 근무했던 왕두王度는 오우치가 구딩, 류이츠劉疑遲 등과 술을 자주 마셨다고 말한 바 있다. 당시 일본 문인들은 "만인문학 하면 오우치이고, 오우치 하면 만인문학이며 오늘날의 만인문학은 오우치가 한 손으로 떠맡았다"[3]고 했다.

오우치는 '중국통'이라 할 수 있다. 그는 1921년[14세]에 창춘으로 왔으며 창춘상업학교를 졸업한 후, 1925년부터 1929년까지 상하이동아동문서원上海東亞同文書院에서 공부했는데, 그 기간에 위다푸, 톈한 등 좌익 작가들과 교류했다. 졸업 후, 그는 중국 둥베이로 돌아와 '만철'에서 근무하면서 『만주평론』을 편집했다. 그는 1932년에 중국공산당 이론서를 번역하다가 일본 관동군에게 체포되었다. 그 후, 1933년에 출옥했으며 1935년에 창춘으로 돌아왔다.

오우치가 중국 작가와 친하게 지냈기 때문에 흔히 그를 친중국적이고 침략을 반대하는 작가로 상상한다. 하지만 『만주영화』에 '야마 히사시', 오우치라는 필명으로 쓴 글을 볼 때, 중국인에 대한 오우치의 거부감은 꽤 큰 편이었다. 그는 '만영'의 사명은 선전전, 사상전에서 영화의 임무를 다하는 것이라고 밝혔는데, 이는 식민자인 '자아'의 입장을 대변하는 것이었다.

창간호에 실린 오우치의 『만독영화협정론滿獨映畵協定論[矢間晃]』은 '만영' 및 『만주영화』의 기조 — 영화는 선전무기이며 기존의 영화시장을 장악했던 미국 영화는 배제해야 한다는 것 — 를 다진 글이다.

---

2   오우치 다카오(大內隆雄, 1907~1980)는 일본의 번역가이자 문학가로 본명은 야마구치 신이치(山口愼一)이며 필명으로 오우치 다카오(大內隆雄), 쉬황양(徐晃陽), 야마 히사시(矢間恒) 등이 있다. 일본 후쿠오카 출신으로 1921년에 창춘에 와 창춘상업학교를 졸업한 뒤 동아동문서원(東亞同文書院)에 입학했다. 위다푸(鬱達夫), 톈한(田漢) 등과 아는 사이다. 1929년 만철에 입사하여 『만주평론』 편집에 참여했고, 1932년에 책임편집자로 승진했다. 1932년 말에 중국공산당 이론 저술 번역으로 체포되었다가 1933년에 석방된 후 도쿄로 돌아갔다. 1934년에 다시 창춘으로 돌아와 신징일일신문사에 취직했다. 1937년부터 1944년까지 '만영' 오민영화(娛民映畵) 부서의 문예과장을 지냈고, 만주잡지사 편집장을 맡았다. 중국 작가 구딩과 샤오쑹 등의 작품을 번역했으며, 저서로는 『지나연구논고(支那研究論稿)』(정치경제학 편), 『만주문학 20년(滿洲文學二十年)』, 『문예담총(文藝談叢)』 등이 있다.
3   「十幾歲開始對支那文學的熱情」, 『滿日』, 1940.5.11; 岡田英樹, 靳叢林 譯, 『僞滿洲國文學』, 吉林大學出版社, 2001, 229면에서 재인용.

1938년 2월, 오우치는 『만주영화』에 「북지의 영화계北支的映畫界[矢間晃]」를 발표했다. 이 글에 첨부된 사진이 '만영'의 기획과장이자 『만주영화』의 발행인인 야마우치 유이치山內友一라는 점으로부터 짐작컨대, 오우치의 화베이 행은 완전히 공무상의 출장이었다. 오우치는 글의 첫 머리에서 '성전 5개월'을 맞아 베이징, 톈진天津을 여행하며 '중화민국 신정권 수립' 분위기를 만끽하고 있다고 썼다. 그는 1937년 12월 상순에 북지 영화계의 실상을 시찰하러 떠났는데, 당시의 화베이 행은 화베이 영화 상영 상황을 조사하기 위해서였다.

그는 중국에 대한 사상공작 내지 선전사업에 있어서 어떻게 영화를 활용할 것인가를 조사의 핵심으로 삼아야 한다고 강조했다. 그는 '북지 영화 정책 내지 영화 이용방책'을 중심으로 시찰보고서를 작성했다. 이 글은 조사보고의 일부분인데, 그 속에는 톈진, 베이징, 장자커우張家口의 인구와 영화관 상황에 대한 조사 및 각 지역 영화관의 명칭, 장소와 인원수 등이 열거되어 있다. 또한 이 글에서는 대부분의 미국 영화가 시설 좋은 영화관을 차지하고 있고 모든 미국 영화가 중국 영화관에서 상영되고 있으며 일지사변, 상하이사변과 관련된 영화는 제작과 상영에 어려움이 존재한다고 밝혔다. 글은 또한 '지나 대중의 교육교화'와 '선무 영화의 제작 문제' 등을 언급했으며 북지 영화를 놓고 볼 때, 영화가 곧 선전전 및 사상전의 무기라고 명확하게 밝혔다.

'만영'에서 근무했던 작가 기타무라는 「영화의 인생映畫的人生」1938.1, 20면을 발표했고, 마츠모토 미츠노부松本光庸는 '목송木公'이라는 필명으로 영화각본 「스타의 탄생明星的誕生」1938.1, 42면을 발표했다. 마츠모토는 만주신문사 기자로 활동하다가 '만영'에 입사했으며 그 후, 줄곧 영화를 위해 헌신했다. 〈스타의 탄생〉은 스토리가 거의 없으며 오로지 '만영' 스타를 소개하기 위해 기획된 것이었다. 시인이기도 한 영화감독 야하라 레사부로矢原禮三郎는 『만주영화』에 하이쿠俳句「신징의 밤新京の夜」1938.2,22면을 발표하기도 했다.

② 민속학자 오쿠무라와 박물관 학자 사에쿠사 아사시로三枝朝四郎

오쿠무라는 민속학자이자 만주사정안내소滿洲事情案內所 소장이기도 했다. 그는 1938년 1월, 『만주영화』에 「이국 이야기異國物語」를 발표했으며 부제는 '만몽의 영화자료'였다. 이 글에는 조선의 사진도 실려 있는데, 이는 '만몽'과 조선을 모두 '이국'으로 간주했음을 보여준다.

문화인 아마노는 「만주영화 금서담滿洲 · 映畫今昔譚」1938.1,9면; 1938.2,36면을 통해 다롄에서 설립한 만철의 영화사업을 정리했다. 아마노는 음악, 시가 등도 섭렵했으며 월간 만주 잡지사에 잡문집 『썩은 딸기腐爛的草莓』1939.9를 발표하기도 했다.[4] 그는 또한 신징 문화회가 개최한 오우치의 『벌판原野』 번역 축하회에 참가했으며 1941년 4월 13일에는 『만주신문』에 「만주 음악 회고만담滿洲音樂回顧漫談」을 게재하기도 했다.[5]

사진 작가 사에쿠사는 만일 문화 협회의 주임이자 고고학·박물관 학자였다.

③ 일본의 사진 작가와 잡지 편집자

『만주영화』에 이름을 올린 사진 작가는 총 13명인데, 그중 일본인은 후미카 야시오馬場八潮, 차오페이전(曹佩箴) 촬영, 가타야마 고타로片山幸太郎, 「은막의 일만친선」촬영, 야마우치, 마에다 미츠아키前田光秋, 야스타케 사다메安武定, 후지이 마사유키藤井正行, 이와사키 다이고岩崎大子, 사에쿠사, 고쵸 빈메이古長敏明,

---

4   大內隆雄, 『滿洲文學二十年』, 北方文藝出版社, 2017, 147면.
5   劉春英 外, 『僞滿洲國文藝大事記』上, 北方文藝出版社, 2017, 170면.

이마니시 아이노스케今西愛之助 등 10명이고 중국인은 위전민裕振民, 쟈오진 탕焦錦堂, 대륙사진관(大陸照像館), 가오멍환高夢幻, 채화(彩畵) 등 총 3명이다.

야마우치, 후지이, 사에쿠사 등 일본 사진 작가들은 다른 직업이 있었으며 전담 사진 작가는 아니었다. 야마우치는 1938년 초에 '만영'의 기획과장 및 『만주영화』 창간 초기의 발행인1938.1·2으로 활약했다. 그의 사진 작품은 「북지의 영화관」『만주영화』 일본어판, 1938.2, 50면이다. 그는 "위만협화회를 대표한 영화국책심의위원회 준비위원회 위원이기도 했다"[6]

잡지의 초기 편집자는 I.S.F이름 약자, 이이다, 야마우치였다. 이 중 이이다는 일본 작가로 『만주낭만滿洲浪曼』의 준동인이었으며 '백상'白想의 기획 참여자였다.

3. 지배당하는 저등低等한 '타자'

『만주영화』에서 일본 식민자들은 만인의 이미지를 어떻게 정의했을까? 고찰을 통해 알 수 있듯이 그 이미지는 일본인 '자아'의 이미지와는 정반대로 미개하고 이질적이며 희극적이다. 그런데 이는 만들어진 것이었다.

1) 미개한 '야만인'

1937년 12월 창간호는 「'만주영화'의 자원'滿洲映畵'的資源」이라는 제목으로 만주의 풍경을 담은 사진을 게재했는데, 사진 속에는 언덕과 흐르는 물이 있고 초원과 양떼들이 있으며 말을 타고 방목하는 아이들도 있다.

---

6 「滿洲映畵史」, 『宣撫月報』 4, 53~54면 참조; 胡昶·古泉, 『滿映—國策電影面面觀』, 中華書店, 1990, 28면에서 재인용.

〈사진 14〉『만주영화』(일문판) 1937.12　　　　〈사진 15〉일본 영화 스틸사진 속 건강하고 활발한 일본 어린이

〈사진 16〉『만주영화』(중문판·일문판), 1937.12, 뒤표지　　〈사진 17〉'철제 책장' 광고, 『만주영화』(일문판), 1937.12, 40면

이 모든 것은 개화되지 못한 모습으로 마치 외부인에 의해 근대문명으로 진화될 필요가 있음을 말해주는 듯하다. 아래 〈사진 14〉의 어린이는 표지에 등장한 경극 여배우 외에 처음으로 『만주영화』에 등장한 중국인인데, 길고 헝클어진 머리를 다듬지 않은 채 땋아 내리고 있어 마치 고대 어린이처럼 보인다. 이는 같은 호에 실린 영화 스틸사진〈사진 15〉 속 일본 어린이와 선명한 대조를 이루고 있는데, 두 사진 속 어린이는 마치 반세기나 차이 나는 듯하다.

　1938년 2월호에 발표된 「만주의 삼림」 속 벌목공은 '만주' 노동자인데, 그 역시 옆에 있는 일본인과 선명한 대조를 이룬다.

　이와 대조를 이루는 것은 잡지에 등장하는 다양한 근대 생활 용품에 대한 광고이다. 이를테면 일본 전기 주식회사, '쿠마다이라^{熊平} 철제 책장', 미나카이^{三中井} 백화점 등에 대한 광고이다. 도시를 처음 본 광고 속 만주 여성은 미나카이 문 앞에서 기쁨을 금치 못하며 근대적 물질 생활에 대한 동경과 기대감에 부풀어 있는 모습을 하고 있다.

'만주국'의 도시건설, 산업건설과 관련된 문화 영화 즉 기록 영화 역시 이와 대조를 이루는데, 이는 일본인이 '만주국'을 근대문명으로 진화시켰다는 메시지를 전달하고 있다.

2) 포장된 '만영' 스타

'만영'에는 몇 명의 스타가 있었을까? '총 3기' 모집한 '만영'의 배우훈련반에는 100여 명이 있었다. 후창^{胡昶}은 「만영─국책 영화 면면관^{滿映─國策電影面面觀}」에서 츠보이 아타에^{坪井與}의 회고담 『회상^{回想}』에 근거하여 제1기 학생이 43명^{남자 22명, 여자 21명}이라 밝혔다. 하지만 필자가 조사한 1938년 1월 『만주영화』^{일문판}의 훈련반 학생 소개에 의하면 제1기 학생은 46명^{남자 21명, 여자 25명}이었다.

'만영'이 모집한 배우 훈련생은 『만주영화』가 핵심적으로 보여주려 했던 것이다. 영화배우를 홍보함에 있어서 다음과 같은 세 유형의 배우를 부각시켰다.

① 아역배우

1938년 1월 『만주영화』^{일문판과 중문판}의 표지 인물은 12세의 차오페이전이었다. 「편집후기」에 의하면 차오페이전은 최연소 '만영'배우 훈련생이었으며 호랑이 해는 바로 그가 태어난 해였다. 표지 속 이 어린이는 작고 마른 체구에 어른스러운 짙은 치파오를 입고 있으며 파마머리에 눈썹을

〈사진 18〉『만주영화』(일문판) 1938.1 표지. 　　〈사진 19〉 3명의 '만영' 아역배우 차오페이전, 예링, 쑨룽쥐안
12살의 '만영' 배우 차오페이전

그렸고 볼과 입술을 붉게 칠했으며 작은 손에는 천으로 만든 호랑이인형을 들고 있다. 『만주영화』 창간 후, 첫 신년호 표지에 등장한 이 어린이는 곧 '만영'과 '만주국'을 상징했다. 이들은 모두 일본에 의해 만들어졌는데, 매우 약하고 피지배적 위치에 놓여 있으면서 실제와는 어울리지 않는 아름다운 외모로 '포장'되어 있다.

1938년 1월에 『만주영화』 일문판는 루쉬안璐璿[7] −금붕어 미인金魚美人을 등장시켰는데, 그 역시 차오페이전과 마찬가지로 순진한 소녀의 모습을 하고 있다. 일문판 루쉬안 사진 설명란에는 "대륙의 맑은 눈동자는 마치 금붕어와 같아 금붕어 미인이라 부른다"『만주영화』, 일문판, 1938.1고 적혀 있었다. 반면 중문판에는 '금붕어 미인'이라고만 적혀 있다. 이를 통해 일본인이 루쉬안을 '대륙'의 대표적인 미인으로 간주했음을 알 수 있다.

훗날, 만영은 아역배우 예링葉苓과 쑨룽쥐안孫容娟을 캐스팅했다. 음악 스타로도 불리던 예링은 바이올린도 켤 줄 알았으며 일본에서도 활동한 적 있다.

7 　루쉬안(璐璿), 본명 치쟈쥔(戚家俊). 1941년 7월 9일, 국도악극단(國都樂劇團)의 공연작 「쥐원쥔」(卓文君)에서 쥐원쥔 역을 연기했다.

〈사진 20·21〉「뚱보 특집」,『만주영화』(중문판), 1938.1

② 코미디언

1938년 1월,『만주영화』중문판는 세 명의 뚱보 배우를 소개하는「뚱보 특집」을 발행했다. 이 특집은 사진 7장과 시 3편을 크로스 페이지로 구성했다. 그중, '큰 뚱보'는 체중이 150여 킬로그램인 허치런何奇仁이었고 '작은 뚱보'는 체중이 90킬로그램인 류언쟈劉恩甲[8]였다. 그리고 '뚱보 아가씨' 마쉬이馬旭儀의 사진도 실었다. 이는 사실『만주영화』가 처음으로 영화배우를 소개하는 글에 시를 첨부한 사례다.

『만주영화』는 1937년 12월에 창간되었다. 1938년 1월호 일문판과 중문판「편집후기」를 통해 알 수 있는 바와 같이 1938년 1월에『만주영화』는 창간호 발행을 불과 10여 일 앞두고 편집에 바쁜 시간을 보냈다. 편집 과정에서 관례적으로 7명의 새 미녀스타를 내세운 것 외에 크로스 페이지 형식으로 사진에 시를 첨부한「뚱보 특집」을 펴냈는데, 이는『만주영

---

8   류언쟈(劉恩甲, 1916~1968), 1937년에 '만영' 훈련반에 합격했으며 첫 영화는〈장지촉천〉이다. 류언쟈는 '만영'의 유명한 희극배우이다.

화』가 비교적 일찍 배우를 소개한 글이었다.

'만영'이 특이한 체격의 배우 3명을 1기생으로 캐스팅한 것은 코미디 영화를 위해서였다. 코미디 영화의 목적은 '오락'으로 관객을 동원하여 흥행을 끌어올리는 데 있었다. '만영'은 설립해서부터 〈스타의 탄생〉, 〈허니문 익스프레스蜜月快車〉 등 가벼운 코미디를 촬영했으며 허치런, 류언쟈와 마쉬이는 이 코미디 영화에서 중요한 역할을 했다.

이들 세 배우 중에서 류언쟈는 유머러스하고 체격도 좋아 입학하자마자 훈련반 친구들로부터 "배우 중에 살아 있는 보물"[9]이라는 소리를 들었다. 류언쟈는 훗날 마른 장수다張叔達와 함께 '만영의 로레와 하디'로 불렸으며 1949년에 홍콩으로 간 뒤, 국어 영화의 '추생왕醜生王'으로 불렸다.

같은 기수로 '만영'에 입사한 허치런은 류언쟈보다 더 뚱뚱해 '특대'로 불렸는데, 그는 당시 겨우 17세였다.[10] 허치런은 '만영'이 주목하던 배우였다. 1938년에 촬영한 코미디 뮤지컬 〈스타의 탄생〉은 바로 그를 위해 제작한 영화로 전해진다. 이 영화에는 34명의 배우가 출연했는데, 이는 '만영'의 배우들이 거의 총출동한 셈이었다. 허치런은 훗날 허치런何奇人으로 개명했으며 1958년에 치치하얼齊齊哈爾 곡예단曲藝團 감독으로 활동했다.

뚱뚱한 마쉬이는 "어깨가 넓고 허리가 굵으며 눈에 빛이 도는"[11] 아가씨로 불렸다. 그녀는 뚱뚱하지만 연기 분량이 많았다. 사진에 첨부한 시「뚱뚱한 아가씨 마쉬이를 노래하다詠胖姑娘馬旭儀」에 의하면 '첫 영화에서 노파 역을 맡아' 늙은 아낙네를 연기했다. 마쉬이는 1938년 리샹란李香蘭이 주

---

9   於夢堂,「訓練所拾零」,『滿洲映畫』中文版, 1938.1, 16면.

10   竹影,「詠大胖子何奇仁」,『滿洲映畫』中文版, 1938.1, 14면.

11   위의 책, 15면.

연을 맡은 〈허니문 익스프레스〉와 왕푸춘王福春[왕치민·王啟民]이 주연을 맡은 〈대륙장홍大陸長虹〉 등 많은 영화에 출연했다. 그는 1947년, 진산金山이 창춘영화제작소 소장을 맡을 당시에 영화 〈송화강에서松花江上〉에 출연하기도 했다. 사진에 첨부한 시에서 '옥당춘玉堂春을 높이 부르는 소리가 은은하고 구수하구나'라고 표현한 것으로 보아 경극도 부를 줄 알고 목소리도 좋았던 것으로 보인다.

편집자는 두 남자 뚱보 스타를 그다지 존중하지 않았다. 허치런에 대해서는 "양복 속 두터운 살은 똥차 다섯 대만하다"[12]라고 표현했으며 류언쟈에 대해서는 "도살꾼이 칼을 휘두르니 갑자기 아연실색해지는구나. 그대에게 안심하고 두려워하지 말라고 권하노라, 돼지고기는 향기롭지만 인육은 비리니라"[13]라고 묘사했다.

③ 뛰어난 미녀스타

일본 민속학자 오쿠무라는 만몽 영화를 소개하면서 '이국 이야기'라는 용어를 사용했다. 이를 통해 알 수 있듯이 비록 '오족협화'를 부르짖었지만 실제로 일본인에게 만주와 조선은 여전히 '다른 나라'였으며 재만일본인은 결코 '만주국'인이 될 생각이 없었던 것으로 보인다.

『만주영화』는 만영 여배우 훈련생滿映 스타에 대해 "눈 덮인 광야에 샛별이 떠올랐네, 매서움과 화려함이 우뚝 서 있는 은호를 방불케 하누나"[14]라고 묘사했다. '눈 덮인 광야'는 바로 '만주'에 대한 일본 식민자들의 표현으로 개간되지 않은, 춥고도 넓은 처녀지를 뜻한다. 점령자로서의 '자

---

12   위의 책, 14면.
13   위의 책, 15면.
14   사진 「大陸の花束」, 『滿洲映畫』, 1938.1, 6면.

〈사진 22〉 「대륙의 꽃송이」 여배우 사진, 『만주영화』(일문판) 1938.1. "눈 덮인 광야에 샛별이 떠올랐네, 매서움과 화려함이 우뚝 서 있는 은호를 방불케 하누나"라는 시가 적혀 있음.

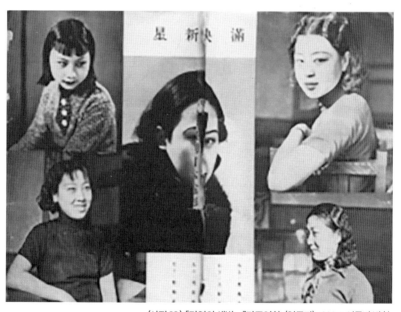

〈사진 23〉 「만영의 샛별」, 『만주영화』(일문판) 1938.1, 이름만 밝힘.

아'는 아름다운 여성 원주민을 '우뚝 서 있는 은호'라고 묘사했다. 즉 아름다운 여성을 '여우'에 비유했는데, 이는 곧 여우에 대한 일본 문화의 체현이다. 중국과 일본의 호녀狐女에 대한 수용 및 '여우'의 상징성은 매우 다르지만 호녀는 양국에서 모두 다른 종족을 의미한다. 이를테면 인간들에게 받아들여지는 존재이기는 하지만 시종 인간과 다른 종족으로 간주되는『요재지이』속 호녀와 같은 경우이다.

'은호'라는 표현은『만주영화』중문판에는 사용되지 않았다. 일문판과 중문판은 동일한 주제와 내용을 다른 용어로 표현했는데, 이는 '타자'에 대한 '자아'의 태도를 더욱 분명하게 보여준다. 1938년 1월『만주영화』의 일문판과 중문판은 만영 여배우의 사진을 실었는데, 두 판본의 표현은 좀 달랐다. 일문판의 제목은「대륙의 꽃송이」이었고, 중문판의 제목은「만영의 샛별」이었다. 여기서 '대륙'이라는 용어는 일본인의 시각을 나타낸다. 인물 소개에 있어서도 일문판은 여배우 정샤오쥔鄭曉君, 리후이쥐안李慧娟, 거만리葛蔓莉, 츄잉샤邱影俠, 왕단王丹[15]을 소개했고, 중문판에서는 리후이쥐안 대신 왕잉잉王影英을 소개했다. 외모로부터 볼 때, 생머리에 앞머리를 내린 리후이쥐안은 겸손하고 온순해 보였고, 파마머리를 한 왕잉잉은 더욱 활발하고 대범해 보였다. 다음, 정샤오쥔과 왕단의 일문판과 중문판 사진이 다르다. 문무에 능한 정샤오쥔은 '만영'의 첫 극영화 〈장지촉천壯志燭天〉에 출연했으며 '만영'의 첫 주연 여배우였다. 그녀는 일문판에서는 소박하고 어색해 보인 반면 중문판에서는 성숙하고 자연스러워 보였다.

---

15 왕단(王丹), 하얼빈 출신으로 본명은 왕쿤둬(王坤鐸)이다. 둥성(東省) 특별구 사범전문학과 미술전공을 졸업했으며 교사직에 몸담은 바 있다. 리샹란은 회고록에서 그녀를 '하얼빈의 여왕'이라 불렀다. 見山口淑子·藤原作彌, 陳喜儒·林曉兵 譯,『李香蘭之謎』, 遼寧人民出版社, 1988, 78면 참고.

일문판에서는 만영의 여배우들이 공손해 보이기를 바란듯하다.

　『만주영화』는 '사막의 바람 속'이라는 표현으로 만주의 환경을 묘사했다. 남자 배우 소개란의 제목은 "수은등 아래의 젊고 건장한 청년, 사막의 바람 속 대영웅"이었다. 이 세 명의 '만영 남자 배우 훈련생'은 모두 잘 생겼는데, 그중, 가오허高翮는 비교적 말랐고, 궈사오이郭紹儀는 중국식 두루마기를 입었으며 차오민曹敏은 비교적 건강해 보였다.

　'자아'와 '타자'가 동시에 등장할 때 역시 일문판과 중문판은 서로 다른 사진을 실었는데, 이는 곧 편집자의 서로 다른 심리를 말해준다. 예를 들면 1938년 1월에『만주영화』일문판과 중문판은「만영의 하야시 상무이사의 훈화滿映林常務理事之訓話」라는 같은 제목으로 사진을 실었는데, 두 사진의 초점이 서로 달랐다. 우선, 일문판은 하야시[16]에 초점을 맞춘 사진을 실었다. 사진은 상무이사 하야시의 키 큰 이미지를 강조했으며 통통한 체구를 시각의 중심에 위치시켰다. 반면 훈화를 듣는 '만영' 배우 훈련반 학생들은 일부 — 남학생만 보이고 여학생은 보이지 않음 — 만 보여주었다. 사진에서는 훈화 장소도 보이지 않는다. 하지만 중문판의 '훈화' 사진은 훈련생 즉 중국인을 강조했을 뿐만 아니라 남녀 배우 모두를 카메라에 담았다. 또한 남녀 배우를 사진 가운데로 집중시킨 반면 훈화를 하는 하야시는 아무런 특징을 포착할 수 없는 뒷모습만 담았다. 중문판 '훈화' 사진은 장소도 명시했는데, 그 장소는 바로 '일본모직회사' 건물 옥상이었다. 당시 '만영' 사무실이 이 건물 2층에 있었다.

　그 밖에 만영 배우 훈련생, 즉 최초의 '만영' 여배우에 대한 소개에 있어 중문판은 시험 에피소드에 초점을 맞췄고, 일문판은 훈련생 훈계와 교

16　'만영'의 배우 장이(張奕)의 회고에 의하면 하야시는 초기 사무이사였다.

육에 관한 일본 측의 교과 일정에 중심을 두었다.

또한 1938년 1월『만주영화』의 중문판과 일문판에 실린 일본 영화의
비중이 서로 달랐다. 일본 영화를 소개하는 일문판 사진은 32장에 17쪽
10쪽 분량, 5쪽의 크로스페이지 포함으로 해당 호 전체 사진 양의 절반에 육박했다. 반
면 중문판에는 일본 영화 사진이 2장밖에 실리지 않았다. 또한 중문판
『만주영화』는 상하이 영화를 소개하지 않았지만 일문판은 상하이 영화
〈첫사랑初戀〉을 소개하는데 3쪽1쪽의 크로스페이지 포함으로 적지 않은 지면을 할
애했다. 이는 일종의 미묘한 심리를 드러내는데, 말하자면 상하이 영화
소개에 있어 '자아'로서의 일본인 편집자는 거리낌이 없었던 반면 '타자'
로서의 중국인 편집자는 신중을 기했던 것이다.

이상 홍보 목적으로 소개된 세 유형의 '만영' 스타를 살펴보았는데, 스
타의 이미지 메이킹에는 또 하나의 디테일이 숨어 있다. 그것은 바로 스
타들이 하얼빈에서 창춘 기차역에 도착할 때 손에 '만일' 국기를 들고 있
는 장면이다.

하얼빈에서 창춘으로 오는 '만영' 배우 훈련생을 환영하는 사진에서 많
은 훈련생들이 손에 깃발을 들고 있는데, '만일' 깃발도 있고 '만영' 로고
가 찍힌 깃발도 있다. 기차역에서 찍은 모든 단체 사진에서는 위만주국
국기가 많이 보이고 기차역 계단에서 내려오는 사진에서는 일본국기도
몇 개 보이는데 이 깃발들은 어디서 생긴 것일까? 배우 가오허가「스타?明
星?」를 통해 그 출처를 밝혔다. "몇 시간이 흐른 뒤에 신징에 도착했다. 나
는 우리들을 마중 온 사람들이 '스타'라고 크게 쓴 깃발을 들고 있는 것을
보았다. 그때 구멍이라도 있었다면 나는 반드시 기어들어갔을 것이다. 수
많은 눈빛이 우리들에게 집중되었다. 작은 깃발은 휘날리고 있었고 카메
라맨은 이리 찰칵, 저리 찰칵 셔터를 누르느라 바빴다"고 밝힘과 동시에

〈사진 24〉 　　　　　　　　　　　　　　　　　〈사진 25〉

〈사진 24〉 『만주영화』(일문판) 1938.1에 실린 사진 「훈련생이 신징역으로 들어오는 풍경」,
배우들이 손에 위만주국 국기를 들고 있음.
〈사진 25〉 『만주영화』(중문판) 1938.1에 실린 사진 「신징역의 플랫폼, 생활전선에 내딛은 첫 걸음」,
배우들 손에 위만주국 국기가 들려 있음.

"우리의 교실과 모든 설비를 보라, 이것이 바로 스타 제조원이다"[17]라며
자신을 만들어진 이미지로 인식하고 있었음을 밝혔다.

3) '타자'가 기록한 '타자' 이미지

『만주영화』 중문판은 '만영' 배우 훈련생 모집시험 기사에서 '만인'의
명예롭지 못한 일면을 폭로했다. 즉 도시의 망나니들도 시험을 보러 온
점, 대부분 돈 때문에 응시한 점, 남자 수험생들이 오후의 여성 수험생 시
험을 보기 위해 버티고 있는 모습, 시험에 떨어지자 떼쓰며 사정하는 모
습 등이다. 또한 무희 출신으로 '결백하지 않아' 합격하지 못한 사람도 있
었는데, 이는 모두 '만인'의 이미지였다.

위전민은 가장 일찍 『만주영화』에 등장한 작가로 그가 쓴 〈아씨의 다
이아반지少奶奶的鑽石戒指〉는 창간호 1호부터 3호까지 게재되었다. 이 극본
은 훗날 〈칠교도七圖圖〉라는 제목의 영화로 제작되었는데, 이는 '만영' 초
기 영화 중, 처음으로 중국인 작가가 쓴 작품이었다. 작품은 1막, 2막, 그
리고 '개막 순서'가 있어 연극 대본과 흡사했다. 극본에는 다이아몬드 혼

17　高融,「明星?」,『滿洲映畫』(中文版) 1938.1, 22면.

수를 지니고 있지만 병들어 위독한 아씨, 방탕하고 탐욕스러운 아씨의 남편, 독단적인 시아버지와 그의 첩, 그리고 아씨의 작은 딸과 아씨 곁을 지키는 가정부 장씨 어머니 등 6명의 인물이 등장한다. 이 인물들과 그들 간의 관계는 '만주'인과 사회 현상에 대한 묘사를 구성하고 있는데, '만주' 가정은 우매하고 낙후하며 근대 교육이 결여되어 있다. 극 중, 아씨는 딸이 자신의 길을 걷지 않기를 바라면서 다이아몬드 혼수를 팔아 딸을 공부시키려 한다. 이는 중국인이 쓰고 일본인이 인정한 '타자' 이미지다. 1938년 2월 『만주영화』에 게재한 위전민의 또 다른 시나리오 〈사랑의 길 愛之路〉은 콘티를 사용한 작품이다.

그 밖에 영화인들이 전하는 말에 의하면 『만주영화』는 '권내문학圈內文學'을 개설하여 배우들의 창작을 격려하기도 했다. 처음으로 글을 쓴 배우는 위멍쿤於夢堃이다. 그는 1937년 11월에 '만영' 배우 훈련반 1기생으로 입사했으며 1938면 3월에 영화 〈칠교도〉의 조감독을 맡았다. 1938년 9월에 그는 화베이영화와 합작하여 영화 〈갱생更生〉을 감독·제작했으며 1939년에는 흥아영화제작소興亞影片制作所에 가입했다. 가오허, 숭라이未來, 지옌펀季燕芬, 왕원타오王文濤 등은 모두 '권내문학'에 글을 발표하여 자신의 영화계 종사 경력과 연기에 대한 생각을 풀어 놓았다.

4. 또 다른 '자아'의 등장 근대적인 사물

1) 근대화 상품 광고

『만주영화』에는 상품 광고가 매우 많다. 이와 같은 근대산업 상품 광고는 일본의 선진적인 기술과 풍부한 재력을 과시하는 것이었다. 예를 들어

「영사기계의 혁명－경이로운 영사기 출현映寫機界の革命－驚異的映寫機出現」[18]은 제품 광고이기도 하지만 일본의 근대화를 대변하여 일본이 문화 강대국임을 과시하는 광고이기도 하다. 독일산 16밀리미터 필름 핸드레이크 광고는 일본 사쿠라무라櫻村 외국상사대리점를 밝힌 한편, 만영과 관동군 등 부대 사령부가 사용하는 카메라임을 밝히기도 했다.

그 밖에 공업용 롤러 광고도 있는데, 광고에는 '국산기계의 왕좌'라는 문구가 적혀 있다. 여기서 국산은 '만주국' 산이 아니라 일본산임을 의미한다. 회사 본사와 지사 모두 일본에 있었으며 신징에는 출장소만 있었다.

2) 일본의 기업 광고

1938년 1월, 뒤표지 안쪽에 실린 광고 「창업 문화 원년 / 자본금 천이백만 위안 / 주식회사 시미즈구미 본점創業文化元年 / 資本金壹仟貳佰萬圓 / 株式會社 清水組本店」의 배경은 높고 모던한 스타일의 건물이다. 그리고 사진 위쪽 가장자리에 "만주영화만주영화잡지 일본모직주식회사건물, 만주국 신징 다퉁거리大同大街, MAUSHUEIGA(MANCHOUMOVIEMAGAZINE)Nikke Bild., Daidotaigai, Hsinking, Manchouku"라는 영어 문구가 적혀 있다.

사진 속 이 건물은 당시 '만영' 소재지였던 일본모직주식회사 빌딩이 아니다. 일본모직주식회사 빌딩의 전각은 곡선형인데, 이 건물의 전각은 직선이기 때문이다. 또한 1938년 당시 '만영'의 사옥이 완공되지 않았기 때문에 사옥도 아니다. '만영'의 스튜디오 및 청사 건물은 분명 시미즈구미淸水組가 시공한 것이다. 이 건축단지는 도쿄 일본사진화학연구소PCL의 건축가 마스타니 린增穀麟이 독일 우파UFA 영화제작소의 설계에 따라 1937년

---

18 광고, 「映寫機界の革命－驚異的映寫機出現」,1938.1, 『滿洲映畫』 표지 안면.

11월에 착공했다. 1939년 7월에 완공할 예정이었으나 실제로는 1939년 10월에 완공된 이 건축단지는 분명 시미즈구미를 대표하는 건축물이다.

이 광고의 오른쪽 상단에는 '희囍'라는 붓글씨가 짙게 쓰여 있는데, 붓글씨이기는 하지만 전형적인 일본 스타일이다. 광고에는 '자본금 천이백만원'이 언급되어 있는데, 당시 시미즈구미는 실제로 천이백 만원의 자본금을 투자했다.

광고에는 시미즈구미의 도쿄 본점 주소와 전화번호, 오사카에 있는 간토關東 총무부의 주소와 전화번호 및 일본 국내와 조선, 만주, 대만 등 7개 지점과 23개 출장소가 적혀 있다. 7개 지점에는 나고야 지점, 교토 지점, 오사카 지점, 규슈 지점, 경성 지점, 만주 지점, 대만 지점이 포함되었다.

이처럼 탄탄한 시미즈구미는 당시 중국 둥베이에서 사업을 개시했다. 시미즈구미는 다롄시 관청, 동양척식주식회사 다롄지사, 펑톈奉天 야마토 여관을 건설했는데, 이는 모두 일본이 중국 둥베이를 식민침략하는 과정에 건설한 중요한 건물들이다. 1922년에 시미즈구미는 창춘에서 요코하마 쇼진正金은행 창춘 지점과 조선은행 창춘 지점을 지었고, 1933년에는 일본 관동군 사령관저를 지었다. 1934년 푸이가 황위에 오르기 전, 위만주국 정부가 근민전勤民殿을 보수할 때에도 시미즈구미가 참여했다. 1934년 6월, 시미즈구미는 다퉁거리의 일본계 백화점인 미나카이 백화점도 시공했다. 시미즈구미는 1935년에 신징특별시립 제1병원을 지었고 1937년 4월에는 위만주국 정부의 위탁으로 황궁 마당에 동덕전同德殿을 짓는 공사를 맡았으며 1937년 7월부터는 위만주국 경제부 청사를 시공하기 시작했다.

이 광고는 시미즈구미를 위한 것이기도 했지만 '만영' 및 일본 식민지의 경제력과 근대화 기술 수준을 반영하는 것이기도 했다.

3) 위만주국의 도시 건설

1938년 1월에 기록 영화 〈뻗어 나가는 수도伸展的國都〉의 사진 몇 장을 실었는데, 이는 만영의 '문화 영화'였다. 극영화 촬영에 앞서 '만영'은 이미 선전과 기록을 목적으로 한 기록 영화를 촬영하기 시작했으며 이 역시 '만철'로부터 인계 받은 업무였다.

5. '자아'와 '타자'간의 권력 관계

1937년 창간호 속 '자아'와 '타자'는 긴장 관계에 놓여 있었으며 '자아'는 매우 강했다. 오우치는 미국 영화의 식민 문화 침략에 반격하겠다며 영화 창작의 목표를 발표했으며 일본의 사진 작가는 총과 일장기를 들고 중국 화베이에 나타나 무력으로 위협을 가했다. 그러나 시간이 흐름에 따라 식민자 '자아'는 온화해지기 시작했고, '타자'와의 관계도 완화되어 '타자'를 좌지우지하고 포장하기 시작했다. 하지만 식민 관계는 결코 변하지 않았으며 변화한 것은 식민침략일 뿐이었다.

1) 주체와 비非주체의 관계

'일선日亘'이라는 필명을 쓴 사람은 극본 창작을 논한 글 「우리나라 영화에 바라는 것所望於我國之映畫」[19]에서 만주인과 일본인은 다른 점이 매우 많다고 밝혔다. 그는 두 민족이 습관도 다르고 국기에 대한 태도도 다르다고 했다. 짐작컨대, 글쓴이는 일본인이다. 이른바 '일선'은 '일본선전대

---

19   日宣, 「所望於我國之映畫」, 『滿洲映畫』中文版, 1938.1, 10면.

표'를 의미하며 이 글을 쓴 목적은 '만인들의 풍속습관에 맞지 않는 극본은 인기가 없다'는 문제를 해결하기 위한 데 있었다. 그렇다면 만인과 일본인은 어떻게 다를까? 이 글에서는 만인은 '왕챵즈王床子'라는 이름을 짓지 않으며 숙질叔侄의 성도 다르지 않다고 밝혔다. 또한 '만주의 촌장은 우방의 촌장과 다르다. 국기에 대한 만인의 관념도 우방에 미치지 못한다. 이러한 이야기는 만인을 크게 감동시키지 못한다'고 강조했다. 나아가 작가는 만주의 대도시 중상층 민중은 사랑, 탐정, 사회 등 모든 분야를 다 좋아하지만, 외진 곳의 문화 수준이 낮은 민중들은 무협과 귀신을 다룬 극과 익살극만 좋아한다고 밝혔다.

〈표1〉'일선'이라는 필명의 작가가 귀납한 '만인'의 특징

일본인 필하의 만인	만인의 실제 상황
모 성공서 서관의 이름이 '왕챵즈'임.	'챵즈'는 과일을 파는 잡화 진열대의 이름으로 인명에 쓰이지 않음.
(왕챵즈)그의 삼촌 이름은 차이제민(蔡介民)으로 조카와 삼촌의 성이 다름	만주 원주민 외에 숙질의 성씨는 같음
'촌장이 마을주민을 이끌고 비적에 대항하여 마을을 수호, 마을주민들에게 진행한 강연이 마을의 한 여성을 감동시켜 국기를 보호하게 함.'	'만주의 촌장은 우방의 촌장과 다름. 국기에 대한 만인의 관념도 우방에 미치지 못함.'

2) 고등함과 저등함의 관계

『만주영화』는 중일 영화 스타들이 함께 찍은 사진을 여러 차례 실었으며 일부는 표지에 싣기도 했다. 1938년 2월『만주영화』는 「은막의 일만친선」이라는 제목으로 대표 여배우 정샤오쥔과 구로다가 함께 찍은 사진잡지 표지, 대표 남자 배우 쑨징孫晶과 코스기가 함께 찍은 사진, 그리고 6명의 여배우가 함께 찍은 사진 2장서 있는 것과 앉아 있는 사진 1장, 일본의 남자 배우 코스기와 3명의 '만영' 여배우가 함께 찍은 사진, 3명의 '만영' 남자 배우와 3명의 일본 여배우가 함께 찍은 사진 등 총 6장의 사진을 실었다.

<사진 26> 『만주영화』 1938.2 표지,　　　　　<사진 27> 『만주영화』 1938.2
정샤오쥔과 구로다 키요　　　　　　「은막의 일만친선」 속 쑨징과 코스기 이사무

　사진 속 정샤오쥔과 왕단, 류춘룽은 치파오를 입었고 구로다[20]와 마쓰
다이라 및 다치바나는 기모노를 입었는데, 왕단과 류춘룽의 기품이 뛰어
나다. 초등학교 교사였던 왕단은 '하얼빈여왕'이라 불렸다. 일본의 남자
배우 코스기와 '만영'의 남자 배우 쑨징, 차오민, 가오허는 모두 양복에 넥
타이를 메고 있다.

　신체 언어와 신체 거리 면에서도 영화계의 '자아'와 '타자'의 위계를 발
견할 수 있다. 대표적인 남자배우들이 함께 찍은 사진 속에서 '만영'의 쑨
징과 일본의 코스기는 키와 이미지 차이가 비교적 크다. 쑨징은 코스기보
다 머리 하나만큼 키가 더 크고 잘생겼다. '만영'의 남자배우 위밍쿤의 말
에 의하면 쑨징의 키는 '1장 2척 반'이었는데, 아마도 1.9미터는 되었을 듯
하다. 쑨징은 열정적이고 적극적인 태도로 두 손을 뻗어 코스기의 손을 잡
고 있는 반면 코스기는 오른손만 내밀어 쑨징과 악수하고 있으며 왼손 중

20　구로다 키요(黑田記代, 1916~), 1942년 〈홍콩공략전(香港攻略戰)〉에서 여주인공으
　　로 출연.

〈사진 28〉 '만영' 남자 배우와 일본 여배우들.
남자 배우들의 어색한 표정

〈사진 29〉 일본 배우 코스기와 '만영' 여배우들.
코스기의 자연스러운 표정과 여배우들의 엄숙한 표정

〈사진 30, 31〉 '만영' 여배우와 일본 여배우들,
'만영'의 두 여배우가 카메라를 응시하지 않는 반면 일본 여배우는 카메라를 응시.

지와 겉지 사이에 담배 한 대를 꽂고 있다.

중일 남녀 영화배우들이 함께 찍은 사진에서도 '자아'의 우월감과 '타자'의 어색함을 엿볼 수 있다. 코스기는 3명의 중국 여배우와 사진을 찍을 때 정샤오쥔과 왕단의 어깨에 손을 얹었다. 그런데 세 여배우의 표정은 매우 엄숙하다. 3명의 중국 남자배우와 3명의 일본 여배우가 함께 찍은 사진은 신체적 거리감이 크게 느껴지며 중국 남자배우의 표정이 엄숙한 편이다. 이는 '타자'의 위치에 놓여 있는 중국 남자배우들이 '자아'의 위치에 놓여 있는 여성을 경원하는 태도를 보여주는 대목이다.

동성 영화배우들과 함께 찍은 사진에서도 '타자'의 어색함이 엿보인다. '만영'의 여배우와 일본 여배우가 함께 찍은 사진 2장을 보면 쌍방 모두 다정한 포즈나 스킨십이 없으며 '만영'의 세 여배우는 모두 꼿꼿하고 독립적인 모습으로 일본 여배우와 거리를 두고 있다. 또한 3명의 일본 여배우가 모두 카메라를 응시하고 있는 반면 '만영'의 여배우 2명은 카메라를 응시하지 않고 있다. 이는 사진 작가가 일본인이었던 점과 연관되는 듯하다.

코스기[21]는 일본의 유명한 배우로 '만주' 및 전쟁과 관련된 영화를 여러 편 찍었다. 1937년에 영화 〈새로운 땅新しき土〉에서 그는 서양 문화를 배우고 일본으로 돌아온 청년 역할을 맡았는데, 이 청년은 작품의 말미에 이르러 갓난아기를 품에 안은 아내와 함께 '만주'로 건너온다. 코스기는

---

21 코스기 이사무(小杉勇, 1904~?)는 미야기(宮城)현 출신의 일본 영화배우로 본명은 코스기 스키지로(小杉助治郎)이다. 1921년 현립 이시노마키(石卷)상업학교를 졸업한 뒤 도쿄로 건너가 1923년에 일본영화학교에 입학했다. 1925년에 졸업한 후 닛카츠 타이쇼군(日活大將軍) 촬영소에 들어가 우치다 토무(內田吐夢), 미조구치 겐지(溝口健二) 등 감독과 작업했다. 그는 제2차 세계대전 이후 일본 영화 황금시대의 대표적인 영화배우였으며, 만년에 은퇴 후 민요를 연구했다.

'만영' 배우훈련반 교사인 곤도의 제자이기도 하다. 코스기와 여러 번 호흡을 맞추었던 우치다 토무內田吐夢도 '만주'로 건너와 '만영'에 합류했다. 제2차 세계대전 기간에 코스기는 여러 편의 전쟁 영화를 찍었다. 그가 주연을 맡은 전쟁 영화 〈다섯 명의 정찰병五人の斥候兵〉은 1938년 1월에 상영되었다. 그는 훗날, 히노 아시헤이火野葦平의 동명소설을 원작으로 한 영화 〈흙과 병사土と兵隊〉에도 출연했으며 1945년에는 '만영'의 극영화 〈난화특공대〉에도 출연했다.

'자아'와 '타자'는 자본과 노동력의 관계도 보여준다. 벌목 사진 속 노동자와 일본인의 관계 및 중국인 노동자와 일본인 관리자의 위치, 옷차림, 행동거지와 표정을 통해 이러한 위계 관계를 파악할 수 있다.

3) 교화와 피교화의 관계

'만영' 훈련반의 남녀 배우 46명은 교화의 대상이었다. 1938년 1월에 실린 「하야시 상무이사의 훈시를 듣는 훈련생들林常務理事より訓示を受ける訓練生たち」 사진을 보면 양복을 입은 일본인 하야시 상무이사가 뚱뚱한 배를 불룩하게 내밀고 손에 원고를 든 채 훈화를 하고 있다. 훈화 대상은 키가 크고 잘 생기고 외투를 입은 21명의 중국 청년인데 그들은 모두 어리둥절한 표정을 짓고 있다. 훈련생으로 선발된 젊은 남녀배우들은 모두 용모가 뛰어나고 용감하고 지적이지만 '만영'에 서는 교육의 대상이다. 이 페이지에는 '만영' 배우 훈련생의 체조, 강의와 훈련, 자율학습 등 수강과목도 안내되었다. 구체적으로 월요일에는 영화범론, 영화 교육, 체육, 화요일에는 배우도덕, 실습, 수요일에는 영화사, 국어, 실습, 목요일에는 영화제작 과정, 영화 교육, 체육, 금요일에는 영화제작론, 일상지식, 실습, 토요일에는 보충강좌, 실습 등이 있었고 일요일은 휴강이었다. 강사는 카메

타니 리이치(龜穀利一, 동맹통신(同盟通信), 1942.9 무덕보(武德報) 사장 제작과장과 곤도1894~ 1944였다.

6. 맺으며

창간1937 후 3개월 분량의『만주영화』에 대한 분석을 통해 알 수 있듯이 '만영'과『만주영화』는 일본인 '자아'와 중국인 '타자'를 다르게 형상화했고, 일본 사진 작가와 일본 영화인들은 기호 표현과 암시적 이미지를 통해 식민 선전과 정신적 통치를 가했다.

위만주국偽滿洲國 일계 작가의 문학장 연구

『위만주국 일본 작가 작품집』을 중심으로[1]

류옌

둥베이사범대학교 비교문학과 세계문학학과 교수

번역_ 이복실, 중국해양대학교

문학과 문화 활동을 활발하게 전개했던 위만주국 일계 문인들은 만주 생활 체험을 바탕으로 한 문학 작품을 많이 남겼다. 이 글은 『위만주국 일본 작가 작품집偽滿洲國日本作家作品集』 및 2012년 일본 지에이사集英社에서 편찬한 『만주의 빛과 그림자滿洲の光と影』『コレクション戰爭と文學16-滿洲の光と影』, 총21권를 연구 대상으로 삼았다. 『위만주국 일본 작가 작품집』의 편집자인 오카다 히데키岡田英樹와 오쿠보 아키오大保保明男는 「수록작 및 작가 소개」를 통해 23편 작품에 대한 편집 방향을 명확하게 밝혔다. 그 글에 의하면 우선, 가송문학歌頌文學과 국책문학은 빼고 주로 "'만주국'의 기만성과 모순을 폭로하고 이민족의 생태와 자기 민족에 대한 반성을 묘사한 작품"을 선정했다. 즉 "구체적으로 '만주'와 '만인滿人'을 묘사"한 작품을 택했다.[2] 지에이사에서 편찬한 『만주의 빛과 그림자』는 바로 이러한 편집 방향에 따른 작품집이다. 이 작품집은 「독자 여러분께」라는 에필로그를 통해 해당

---

1 이 글은 국가사회과학기금 프로젝트 '일본 헤이세이시대 전쟁문학의 사상사 연구(日本平成年代戰爭文學的思想史研究)'(번호 : 19BWW037)의 단계별 연구 성과이다.

2 岡田英樹・大久保明男, 「收錄作品及作家簡介」, 大久保明男 外, 『偽滿洲國日本作家作品集』, 北方文藝出版社, 2017, 6면.

작품집에 '차별'과 관련된 텍스트가 다수 포함되어 있음을 밝힘과 동시에 "이 전집을 출간할 때, 당시의 문학인들이 그려낸 전쟁의 모습을 그대로 후세 독자들에게 전달하는 것이야말로 출판인의 책임이자 임무라고 여겨 전체 작품을 저본으로 수록하기로 결정하였으며 독자들이 작품의 시대적 배경을 통해 더욱 정확하게 이해할 것이라 믿었다"[3]고 밝혔다. 이를 통해 알 수 있듯이, 작가와 작품 선택에 있어서 중일 편집자들은 모두 당시의 '모습을 그대로 전달'하는 데 주안점을 두었다. 이는 문학장을 구성하고 역사 시각에서 역사적 사건의 현재 가치와 의미를 되새길 수 있도록 한다.

위만주국 일계 작가의 창작 특징을 살펴보면, 작가의 창작 의도와 텍스트가 전반적으로 매우 복잡하다. 그러나 사실 작가는 전반적인 이데올로기 갈등의 한 요소로서 개인의 모습으로 작품에 투영된다. 이는 집단적인 이데올로기뿐만 아니라 작가 자신의 이데올로기를 드러내기도 한다. 작품은 이러한 창작 과정에서 애초의 의도와 다른 방향으로 흘러가면서 점차 이데올로기의 비밀을 드러내게 된다. 류샤오리劉曉麗는 「머리말—동아시아 식민주의와 문학總序—東亞殖民主義與文學」을 통해 '일계'문학은 항상 '식민주의 논리'에 뿌리를 내리고 있으며 "한 민족의 허위성은 문학의 오만함을 통해서도 증명된다"[4]고 말한 바 있는데, 이 관점은 이러한 작품을 이해하고 분석하는 실마리와 출발점이 될 수 있다.[5]

---

3 伊藤永之介 その他, 『コレクション戦争と文學—満洲の光と影』, 東京集英社, 2017, 690~691면.
4 劉曉麗, 「總序—東亞殖民主義文學」, 大久保明男 外, 앞의 책, 6면.
5 류차오(劉超)는 「日本左翼知識分子在偽"滿洲國"的反殖民文化實踐—以"作文派"爲例」(『史林』, 2015.2)를 통해 "'작문파'는 이와 같은 문화 실천을 통해 식민통치의 합법성을 부정했을 뿐만 아니라 일본의 중국 둥베이 침탈을 반봉건적 해방사업으로 간주하는 일본 마르크스주의의 '전향' 담론을 전복시키고 전후 반전 물결의 서막을 열었으며"

위만주국 및 그 문학을 과연 어떻게 인식하고 평가할 것인가? 이에 대한 연구 성과는 상당히 많은데, 오쿠보는 「서언—위만주국 일본 작가의 작품집 출판의 의미」를 통해 전후 '만주국'에 대한 일본의 묘사를 '幻まぼろし·허상'으로 정의했다. 아울러 그 이유는 첫째, 짧은 시간, 둘째, 이상주의에 대한 미화 및 환상, 셋째, '고향 상실'에 대한 고통에 있다고 밝혔다.

「덧없는 것—유린과 참극으로 빚어낸 허황된 꿈, 허황된 낙토」는 지에이샤『만주의 빛과 그림자』의 표지 글인데, 서예가 카세츠華雪는 그 표지 글인 '儚はかな·덧없는 것'를 쓸 때의 느낌을 다음과 같이 밝혔다.

'만주국'이라는 말을 들었을 때 아무런 상상이 가지 않아 사진 전시관에 가서 만주의 사진을 봤다. 사진 속에는 건물, 사람과 당나귀가 있었는데, 당나귀는 황야에서 앞발을 살짝 들고 멍하니 먼 곳을 바라보고 있었다.

"그래서 자기가 쓴, 마치 소학생이 쓴 것 같은 네모난 글자를 응시했다."도쿠나가 스나오(德永直), 『선견대(先遣隊)』

'儚'를 쓰면서 어릴 적 학교에서 한자를 배울 때, 똑바로 쓰라고 했던 기억이 떠올랐다. '儚'라는 글자는 중국 한자를 본떠서 일본이 독자적으로 만든 글자, 즉 국자國字인데 나는 쓰면서 왜 사람과 꿈을 조합하여 허황된 의미를 부여했을까 하고 생각했다. 내가 '儚'를 쓸 때 사람과 꿈 사이에 기묘한 공간이 나타났다.

당나귀는 황야에서 과연 무엇을 보았을까? '옳다'고 생각했던 꿈이 무너진 그 땅에서 사람들과 함께 내딛었던 당나귀의 발걸음을 나도 숨죽이고 지켜보았다.[6]

여기에 구체적인 창작과 문학 활동을 결부시킴과 더불어 이를 "식민통치를 부정하는 합법적인 목소리"로 간주했다고 밝혔다. 하지만 당시 일계 작가들의 문학이론과 창작 실천을 살펴보면 사실상 '작문파' 안에서도 이 결론을 일괄적으로 적용할 수 없음을 알 수 있다.

'만주국'이라는 단어를 마주하면서 상상조차 할 수 없었다는 서예가의 말, 즉 '만주국'과 관련된 깊이 있고 구체적인 역사 지식 또는 그와 관련된 인상이 없거나 그것을 떠올리지 못했다는 말은 긴 여운을 남긴다. 사진관에 가서 사진을 보며 도쿠나가 스나오德永直의 소설을 떠올리고, 소학교에서 한자 배우던 기억을 떠올리며 중국 문화와의 연원을 생각하게 된 것은 예술 창작을 하면서 느낀 서예가의 사색과 영감이다. 글자를 쓰면서 서예가는 "사람과 꿈 사이에 나타난 기묘한 공간"을 보았는데, 그 '기묘한 공간'을 메운 것은 바로 황야와 당나귀, 그리고 한자였다. 중국 이미지에 대한 어떠한 고정관념이 역으로 투영한 것은 바로 역사적 사건의 결핍이었다.

짧은 역사를 지녔던 이 '기묘한 공간'에는 '만인갱', 대학살, 그리고 노예화되었던 중국인들의 피눈물이 얼룩져 있다. 중국은 이를 위僞만주국이라 명명했다. 여기서 '위'는 명확한 역사적 사실에 근거한 정의다. 한편, 일본은 '허상', '덧없는 것'이라고 명명했는데, 이는 '올바른' 꿈이 깨진 땅임을 의미한다. '만주국'을 허황된 것이라고 묘사한 것은 분명 나중의 감정 체험에서 비롯된 것이지만 그 애잔한 감성은 유독 사람들의 마음을 흔들어 놓는다. 전후의 일본인들에게 있어 이처럼 일치한 '환몽감幻夢感'은 과연 무엇을 의미할까? 유의해야 할 것은 당시 위만주국 일계 작가들에게 있어 만주는 절대로 허무맹랑한 꿈의 땅이 아니라 자신들의 큰 포부를 실현할 가능성이 높은 땅이었다는 점이다.

문학 작품에 투영된 사회 공간은 곧 작가들의 정신 속에 내면화된 심리구조의 체현이다. 위만주국 일계 작가의 문학장 연구를 통해 질문을 던

---

6   華雪, 「その字を書くまで」, 『コレクション戦争と文學16－満洲の光と影』 9, 東京集英社, 2012, 8면.

져야 하는 것은 지배적 위치를 점하고 있던 식민침략전쟁의 논리가 작가들에 의해 일종의 국가, 민족과 개인의 진리적인 기호로 왜곡되게 정당화되었는데, 그렇다면 개인과 집단이 직면하게 되는 재앙적인 결과는 과연 무엇인가라는 문제이다.

1. 위만주국 일계 작가군의 '문학장'

경제·정치권력의 지배자는 사회공간의 최상위에 속해 있으며 문학장은 권력장 안에서 통치와 지배를 받는 존재인데 문학장이 생성될 때, 독특한 이데올로기 효과가 나타난다. 즉 문학 생산자가 문화적 정체성을 인식할 때 반드시 피지배적 위치의 영향을 받아 그것을 문학장의 내부 생산에 투영한다. 말하자면 인간이 그 문화로 사회를 창조하는 한편, 사회 역시 인간의 생존과 창조 활동의 기본 조건이 되어 역으로 인간의 창조 활동을 제약함으로써 인간의 생존 및 그 창조 활동의 전제와 출발점이 된다. 인간과 그들이 살고 있는 사회 사이에는 항상 긴장된 상호작용이 존재한다.

위만주국 일계 작가군의 창작을 연구하는 데 있어 더욱 필요한 것은 바로 문학장의 역사성을 명확하게 하는 것이다. 일본은 식민침략을 메이지 이래의 부국강병의 이상을 실현하는 길로 인식했으며 중국 둥베이 지역을 그 꿈을 실현할 수 있는 땅으로 여겼다. 러일전쟁 후, 일본은 전승국으로서 창춘長春-뤼순旅順 구간의 철도남만철도를 인계 받아 1906년에 만철남만주철도주식회사을 설립했다. 만철의 설립 시간은 '만주국' 건국보다 26년이나 앞섰다. 만철은 설립 이래 적극적으로 사업을 확장하여 둥베이의 해상, 육로 및 항공 운송을 전면적으로 통제하고 중국 둥베이의 광물, 곡물, 상업, 금융 등 각종 자원을 광적으로 약탈했다. 실질적으로 만철은 일제가 둥베이를 침략하고 만주를 경영한 식민통치기구였다.

9·18사변 이후, 관동군은 둥베이 3성 전역을 신속하게 점령했으며 '만주국' 건립과 함께 이 지역의 정치, 경제, 문화 등 각 방면을 전면적으로 강력하게 통제했다. 위만주국은『건국선언』을 통해 "'기존에 살고 있던 한족, 만주족, 몽고족 및 일본, 조선 등 민족 외의 기타 외국인들도 장기 거주를 원할 경우, 그들을 평등하게 대우하고 그들의 정당한 권리를 보장하여 조금도 침해받지 않도록 할 것이다.' 또한 '경내의 모든 민족이 기쁘게 태평성대를 맞이하고 동아시아의 영원한 영광을 수호하여 세계정치의 모범이 되게 할 것이다"라는 '오족협화' 이론을 만들어 냈다. 물론 '오족협화'의 전제 조건은 '반드시 일본 민족을 핵심으로 해야 한다는 것'이었다. 일본인은 만주 각 민족의 '핵심'이자 '하늘이 내린 지도자'가 되었고 만주는 일본의 생명 연장선이 되었으며 만주문학은 '쇼와문학'의 연장선에 놓이게 되었다.

위만주국 이전에는 만철이 영토를 개척했고, 건국 후에는 관동군이 군사를 장악했으며 개척단이 몰려들어 땅을 침탈했다. 또한 왕도낙토, 오족협화를 대대적으로 선전하는 문화 회유 정책을 펼쳤는데 실제로 이는 일본 군국주의의 진정한 약탈과 허위 평등 및 진정한 단일화와 허위 다양화, 진정한 동질화와 허위 다원화의 수단이자 전략이었다. 메이지유신의 국가 구상 내지 이러한 구상으로 굴절된 '만주' 건국이념은 일본 근대화 과정의 필연적인 선택으로서 점차 일본 국민들에게 받아들여졌다. 나아가 그것이 일계 작가들의 심리구조로 내재화되어 창작에 영향을 미쳤을 것이라는 점은 짐작 가능한 일이다.

쇼와 14년[1939] 1월에 '대륙개척문예좌담회'가 발족되었는데, 그 취지는 주로 30세 전후의 작가들을 동원하여 일본의 '20년 계획'에 협조하도록 하는 것, 즉 5백만 개척민을 만주로 파견하여 민족협화의 이상국가를 건설하는 데 협조하도록 하는 것이었다. 그해, 프롤레타리아문학의 권위자였던 도쿠나가가 만주 이민을 주제로 한 소설 「선견대先遣隊」를 발표했다.

도쿠나가는 개조사改造社의 파견으로 만주를 시찰했으며 그 성과로 보고문학을 발표한 뒤, 소설 「선견대」를 발표했다. 개조사가 출판한 『선견대』는 소설 외에 보고문학과 21쪽의 현지 사진을 수록한 단행본이다. 도쿠나가는 서언을 통해 "이 책은 쇼와 13년 9월부터 10월까지 만주, 주로 북만 이민 지역을 여행하며 기록한 견문기"이며 "마지막에 덧붙인 소설 「선견대」는 그 견문에 나의 상상 또는 가설을 더해 창작한 것'이라고 밝혔다.[7]

같은 해, 이 소설은 『와세다문학早稻田文學』의 「문예시평」 코너를 통해 사회성과 대중성을 겸비한 '국민문학'이라는 칭호를 얻었다.[8] 하지만 전후에 도쿠나가가 꾸준히 문단에서 활약했음에도 불구하고 전시 '국민문학'이라 불렸던 이 작품은 거의 묻혀버리고 말았다.

「선견대」는 하층 개척민의 시각에서 무장개척이민촌의 풍경을 사실적으로 기록함과 동시에 이민자를 어떻게 정착시킬 것인가와 같은 만주이민 정책에 관련된 핵심 문제를 날카롭게 제기했으며 '둔간병'屯墾病, 향수와 비적, 중국의 항일무장투쟁 등과 같은 문제에 시달리는 이민자들의 여

---

7   中村青史, 「〈先遣隊〉をめぐる徳富蘇峰と徳永直」, 西田勝 編, 『近代日本と「満州國」』, 東京不二出版社, 2014, 378면.
8   松本和也, 『言説分析から考える昭和一〇年代の文學場』, ひつじ書房, 2021, 323면 참고.

러 가지 심리정서 또한 섬세하게 그려냈다.

나카지마 겐조中島健藏는 이 시기 작가들의 전반적인 창작 상태에 대해 다음과 같이 평가했다.

작가, 평론가들은 종종 소극적인 저항을 시도하곤 한다. 이유는 다른 쪽의 강력한 항의가 탄압의 위험을 초래하고 탄압은 또한 곧바로 구금 혹은 적어도 글쓰기를 제한하여 실제 생활에 위협을 가하기 때문이다. (…중략…) 따라서 많은 작가들은 민족주의의 탈을 쓰고 그 속에서 살 길을 찾을 수밖에 없었다. 부자유함을 견디며 몸부림 속에서 일을 하는 작가가 있었는가 하면 민족주의의 가면 속에서 최대한 적극적으로 일을 하려는 작가들이 있었는데, 이 두 유형의 작가들은 얼핏 보면 정반대로 보인다. 하지만 가면은 말 그대로 가면이며 그 진상은 지금까지 밝혀지지 않고 있다. 종군 작가라고 해서 모두 군국주의자라고 할 수 없다. 마찬가지로 민족주의, 국책협력파로 보이는 작가라고 해서 과연 그들이 진심으로 우경적인 결정을 내렸는지에 대해서도 의문을 던져야 한다.[9]

만주문학의 대표작으로 기타무라 겐지로北村謙次郎의 「춘련春聯」1942을 꼽을 수 있는데, 소설 속의 의기소침한 실업자 테이조貞造는 국경경찰대 분견대 대장 오노 고타로小野浩太郎의 격려로 만주에서의 삶을 다시 개척해 나가기로 결심한다. 그리고 오노와 함께 북만의 일본인 '개척지'에 가서 '신만주'를 꿈꾸게 된다.

야기 요시노리八木義德는 위만주국 선양시톄시沈陽市鐵西공업단지에서 근

9   中島健蔵, 「解説」, 『現代日本小説大系』 46, 河出書房, 1949, 316면.

무했던 자신의 경험을 소재로 소설 「류광푸劉廣福」를 창작했다. 작품은 일본인인 '나'와 류광푸가 서로 신뢰하며 우애를 나누는 이야기를 통해 노고를 마다하지 않고 현실에 순응하며 안빈낙도하는, 심지어 '유린당해도 묵묵히 견뎌내는'[10]는 만인 노동자의 이미지를 부각시켰다.

이 소설의 내용은 당시 노동자들의 착취 실태와는 거리가 멀지만 상징적으로 제19회 '아쿠타가와 류노스케芥川龍之介 문학상'1944을 수상했다. 이에 대해 가와무라 미나토川村湊는 "미즈카미 츠토무水上勉의 「구보」狗寶, 야기 요시노리의 「류광푸」, 미즈카미 츠토무水上勉의 「어린아이」는 모두 절대다수의 만인과 지배자인 일본인 간의 관계를 묘사했다. 그 속에는 지배와 피지배의 관계가 분명히 존재하며 만주국의 일상생활은 바로 은폐된 그 관계 속에서 이루어졌다"[11]고 밝혔다.

작가는 전시체제를 지탱하지 않을 수 없었고 문학 창작에 있어 '일만' 협화와 우호친선의 정치적 원칙을 따르지 않을 수 없었기 때문에 조금이나마 국책문학의 의미를 구현해야만 했다. 이는 곧 일본의 문화 권력이 기대했던 결과였다.

2. 위만주국 일계 작가군의 '존재 양상'

문학 생산의 장을 연구하려면 반드시 문학 생산자를 분석해야 한다. 이들은 현장의 행위자로서 반드시 특정한 자본과 습성Habitus을 지니게 된다. 습성은 부르디외 장 이론의 핵심어 중 하나인데, 가오쉬엔양高宣揚은

---

10 青木實, 「關於滿人題材作品」, 大久保明男 外, 앞의 책, 210면.
11 川村湊, 「解説-滿洲は "王道樂土" であったか」, 『滿洲の光と影』, 集英社, 2017, 667면.

"Habitus의 기본적인 의미는 바로 그 당시 그 곳에서 어떤 사람과 사물을 그 사람과 사물로 규정짓는 그러한 '존재 양상'을 나타내려는 데 있다. (…중략…) 요컨대, Habitus는 장기간의 행동 과정으로 인해 수동적으로 축적된 개인의 습관, 관습 또는 습성이 아니고 행위자의 내면적 정신세계에 머무르는 단순한 심리적 요소도 아니며 단일한 내재화 과정의 정적인 성과도 아니다. 그것은 '구축하는 구조'와 '구조의 구축'이라는 이중성과 기능을 갖춘, '지속적이고 전환 가능한 특성 시스템systemedispositions dura-blesettrans-posables'으로 언제 어디서나 인간의 생활과 행동을 수반하는 생존심리와 생활 풍격이고 역사적 경험과 실시간 창조성을 융합한 '능동 속 수동'과 '수동 속 능동'이며 사회의 객관적인 제약 조건과 행위자의 주관적인 창조정신력의 종합적인 결과"[12]라고 해석했다.

『위만주국 일본 작가 작품집』에 수록된 작품에 따라 작가군의 '존재 양상'을 크게 두 유형으로 나눌 수 있다. 한 유형은 '만주철도주식회사'의 직원들이고 다른 한 유형은 일본 본토에서 좌절하여 망명하거나 전향한 좌익 작가이다.

사카이 엔시阪井艶司, 아오키 미노루青木實, 다케우치 쇼이치竹內正一는 모두 '만철다롄도서관滿鐵大連圖書館'에서 근무한 바 있다. 요코타 후미코横田文子는 사카이의 아내이다. 다케우치의 아버지는 메이지 말년에 다롄으로 건너가 만주신보滿洲新報사 다롄 지사장직을 맡았다. 다케우치는 중학교부터 대학교까지 도쿄에서 공부했다. 그는 1926년에 와세다대학 문학부 불문과를 졸업한 뒤 만주로 돌아와 만철에 입사하여 다롄도서관에서 근무했으며 1934년 1월에는 하얼빈 만철도서관장을 지냈다.

---

12   高宣揚, 『布迪厄的社會理論』, 同濟大學出版社, 2004, 3면.

1920년에 부모와 함께 펑톈奉天으로 이주한 아키하라 가쓰지秋原勝二는 1930년에 만철 본부 회계부를 거쳐 1939년에 지린吉林철도국 회계과에서 근무했다. 또한 1937년 4월에 하얼빈철도도서관 주임을 지냈으며 한때 만철 경리부 요원으로도 근무한 바 있다. 히나타 노부오日向伸夫는 하얼빈철도국 쐉청바오雙城堡역에서 1년 넘게 근무하다가 만철철도총국 여객과로 이전하여 주로 『만주관광滿洲觀光』만주관광연맹의 창간 및 발행 업무에 종사했다.

이상의 작가들은 풍부한 기층 업무 경험을 지니고 있었으며 중국 둥베이에서 '2대'에 이르기까지 긴 이민 생활을 했다. 따라서 그들의 만주 생활 체험은 현실에 더욱 가까웠다. 또한 이 작가들 대부분은 위만주국에서 매우 큰 영향력을 지녔던 문화 단체인 '작문파作文派'의 대표 인물이자 구성원들이었다.

1933년에 『전기戰旗』편집으로 체포된 노가와 다카시野川隆는 1938년에 만주농사합작사農事合作社에 입사해 후란현呼蘭縣 농사합작사 전무이사를 지냈다. 그러다 1941년에 '빈장사건濱江事件'으로 체포되었다. 그 뒤, 1943년 4월에 신징新京고등법원으로부터 위만주국 『치안유지법』위반죄 판결을 받고 3년간 투옥되었다가 1946년에 병사했다. 하나와 히데오塙英夫는 제1고등중학교 영문과에 다닐 때, 일본 공산당에 가담했다가 1932년 2월에 학교로부터 제적당했다. 그 후, 공산당 기관지 『적기赤旗』의 기자로 활동했다. 1937년에 만주로 건너와, 빈장성 등 지역에서 농업합작사운동을 추진했으며 1941년 11월 4일에 '북만합작사사건'에 연루되어 체포되었다가 1945년 8월에 출소했다. 우시지마 하루코牛島春子는 1932년 2월, 노동자운동 혐의로 구속되었다가 풀려난 뒤, 1936년에 우시지마 하루오牛島晴男오와 결혼했으며 같은 해 가을에 남편을 따라 펑톈으로 옮겼다. 그

후, 빈장성 바이취안현拜泉縣으로 전근했다가 1938년 가을에 다시 신징으로 돌아갔다.

위만주국 일계 작가의 '존재 양상'은 사회구조로서 장기간 감정심리 시스템으로 내재화되었다가 문학을 통해 드러난다. 뿐만 아니라 능동적 외재화로 인해 생활과 행동 과정에 영향을 미침과 동시에 재생산과 새로운 사회구조를 창조하는 과정에 끊임없이 참여한다. 상호작용과 상호구축의 변증 관계는 그들로 하여금 '신만주' 건설을 자신들의 필연적인 임무로, 그리고 신만주문학 건설을 자신들의 필연적인 문화적 책임으로 간주하도록 했다.

'만주문학을 통해 무엇을 쓸 것이며 어떻게 쓸 것인가'는 위만주국 일계 작가들이 가장 치열하게 논의했던 문제이다. 『위만주국 일본 작가 작품집』에 수록된 기타무라의 「어떤 환경」은 소설의 형식으로 이 문제를 다루었고, 작품집에 함께 수록된 아오키의 「만인을 소재로 한 작품에 대하여」, 아키하라의 「고향상실」, 오우치 다카오大內隆雄의 「만계문학의 전망」, 기자키 류木崎龍의 「건설의 문학」, 카노 소자부로加納三郎의 「환상의 문학―만주문학의 출발을 위하여」 등은 논문의 형식으로 이 문제에 대해 논의했다.

카노는 키자키의 문학 주장을 반박하면서 만주문학은 '사회적이고 사실주의적'이어야 한다고 강조했다. 또한 "우리도 처음엔 고정적이고 시각적인 현실만을 포착할 것이 아니라 살아 있는 현실을 포착하여 형상화해야 한다고 주장했다. 이를 위해 우리는 현상을 발전적으로 파악할 필요가 있음을 인정한다. 하지만 그것은 현상 자체에 나타나는 합리적인 발전 경향을 명확하게 파악하고 법칙에 따라 현상의 본질적인 움직임을 파악해야 한다는 것을 의미한다. 즉, 현실을 예술적으로 표현하는 것이 아니라 더욱 현실적으로 표현하기 위해서는 복잡한 현실 속에서 본질적인 것과 우연적인 것을 구별하고 양자를 올바르게 조합해야만 그 본질적이고 결정적인 움직임을 창조해 내고 참된 발전 속에서 현실을 파악할 수 있다는 것이다. 이는 결코 윤리성이라는 미래의 안경을 쓰고 마음대로 현실을 선택하는 것이 아니다"[13]라고 강조했다. 나아가 "만주문학과 기타 문학의 차이점은 방법론에 있는 것이 아니라 예술대상으로서의 만주가 지닌 특수성에 있다"[14] 고 강조했다. 그렇다면 만주문학의 특수성은 과연 무엇인가?

카노는 만주의 가장 기층적인 사회적 기반과 관련된 문제 즉 "농민들은 어떠한 생활 조건 속에서 살고 있는가? 그들은 무엇을 먹고, 무엇을 입으며 무엇을 생각하고 있는가? 두 민족은 정치적·심리적으로 어떠한 갈등을 겪고 있는가? 쌀을 먹는 사람들의 심리와 사상·생활은 어떻게 양성되고 생성되는가? 이는 수수를 먹는 사람들의 심리·사상·생활과 어떻게 유기적으로 연결되는가?"[15]라는 문제를 깊이 파고들어야 한다고 여겼다. 그러나 카노의 이 정감 넘치는 호소 속에는 일계 만주문학의 궁극적인 목표 — '만주'의 농민을 이해하고 이와 공생하며 정당하게 지배하는 것 — 가 은폐되어 있다.

아키하라는 감정 체험에서 출발하여 재만일본인의 사회적 신분과 문화적 신분의 공허함 — '고향 상실' 및 그 감정을 의지할 곳 없는 문제 — 을 발견하고 재만일본인의 정신적 구조를 개조할 것을 제기했다. 그는

---

13 加納三郎, 「幻想的文學 — 爲了滿洲文學的出發」, 『僞滿洲國日本作家作品集』, 北方文藝出版社, 2017, 233면.
14 위의 글, 233면.
15 위의 글, 235면.

"나는 지리적 고향을 이처럼 철저히 타향으로 옮겨 온 것은 우리가 고향에서 구축한 정신을 타향에 유배시켜 배회하게 한 결과라고 생각한다. 이는 만주 일본인 정신세계의 출발점이다"[16]라고 했다. 그러나 이 '고향 상실'의 전제는 '내가 이곳의 주인이어야 한다'는 것이며 현재의 모든 '상실감'은 '내'가 아직 이곳의 주인이 되지 않았다는 데로부터 비롯된다.

아오키는 「만인滿人을 소재로 한 작품에 대하여」를 통해 "일상생활에서 만인과의 교제는 매우 중요하다. 이는 우리들의 의식과 무관하다. 간단히 말하자면 우리들의 모든 생활은 만인을 토대로 이루어진다. 이는 전혀 과장된 말이 아니다"[17]라며 문제의 핵심을 지적했다. 이는 재만일본인이 처한 실상을 그대로 말해주었다. 장기적인 식민 목표 속에서 민족협화를 실현하려면 민족 대립을 피해야 하며 자신과 만인의 관계를 반드시 잘 조절해야 하는데, 이는 '만주국'의 근본적인 임무이자 문학이 글로 표현하고 그 기능에 따라 빠르게 실현해야 하는 목표이기 때문이다. 어떻게 '만인과 교제할 것인가'에 대해 아오키는 그들과 공감해야 하고 영혼이 통해야 하며 자기 자신뿐만 아니라 이곳에서 살고 있는 민족을 다루어야 한다고 밝혔다. 또한 약자뿐만 아니라 강자도 부각시켜야 하고 일반 만인 서민을 다루어야 하며 '유린당해도 잠자코 있는' 현실을 소재로 삼아야 한다고 강조했다. 이에 부합되는 작품이 바로 야기의 「류광푸」이다. 아오키의 이 주장으로부터 볼 때, 「류광푸」는 분명 위만주국 일계문학의 대표작이다.

---

16 秋原勝二, 「故鄕喪失」, 『僞滿洲國日本作家作品集』, 北方文藝出版社, 2017, 215면.

17 靑木實, 「關於滿人題材作品」, 『僞滿洲國日本作家作品集』, 北方文藝出版社, 2017, 208면.

3. 위만주국 일계 작가의 문학장 징후

위만주국 일계 작가는 저마다 특색을 지닌다. 그러나 일단 문학장에 진입하면 자발적으로 문학장의 지배적 가치를 수용하여 그것을 자신의 인식 패턴과 사유 습관 및 문학 관념으로 내면화하게 된다. 또한 그 장에 대한 공감과 상상 속에서 일종의 신념 관계를 형성하게 된다. 장 내에서 합법적인 지위를 획득한 작가는 또한 그 장 위에 군림하는 은폐된 '상징 폭력' 또는 '상징 권력'을 획득하게 된다. 한편 장의 논리를 둘러싸고 밀당하는 과정에서 그 작가들은 상징권력으로부터 발언권과 정당성을 부여받게 되며 일단 장의 논리를 수용할 경우, 상징 권력에 의해 그 장의 진상에 대한 반성권을 박탈당하게 되어 '일만'협화, 우호친선의 사상체계를 따른 작품들을 마구 창작하게 된다. 그러나 적어도『위만주국 일본 작가 작품집』에서는 작가들이 '오족협화'와 '왕도낙토'를 지향하는 것 같지만, 자유와 서사적 진실을 표상하는 과정에서 텍스트 속의 공백과 모순, 지향할 수 있는 것과 지향하는 것 사이의 균열이 점차 노출되어 일종의 미묘한 저항 징후-오족불협화五族不協和, 왕도비낙토王道非樂土 및 일본도 결코 우등 민족이 아니라는 점 ─ 를 드러내고 있다. 생존 방식의 엄준함과 잔혹함은 작가들로 하여금 표리부동과 원칙에 어긋난 창작을 하게 했으며 '만주국' 이데올로기의 정체성과 연속성은 문학성의 지속적인 침식 속에서 점차 약화되거나 해체되었다.

첫째, '만인을 소재'로 한 작품. 이 작품들은 만주 사회의 최하층을 반영했으며 작가는 3인칭 및 전지적 관찰자의 시각에서 만주 각 민족 백성들의 생활을 묘사했다. 「유리流離」, 「오리구이를 탄 샤오왕騎烤鴨的小王」, 「제8호 전철기第八號轉轍器」 등 세 편의 소설은 세계문학의 소인물시리즈로 귀속될 수 있다. 다케우치의 「유리」는 몰락한 러시아 귀족 일가가 하얼빈에서 떠돌다가 결국 가난으로 인해 집을 잃고 유랑하는 모습을 그린 작품이다. 스물세 살의 아들 죠지는 비록 히브리어, 고대 희랍어와 유창한 영어를 구사할 줄 알지만 하얼빈에서 그 언어능력은 무용지물이었다. 그는 또한 귀족 신분을 내려놓지 못하고 육체노동을 무시하면서 '잉여인간'으로 길거리를 떠돌며 협잡질로 살아간다. 한편, 죠지가 알고 있는 한 일본인은 인품이 좋지 못함에도 불구하고 일본인의 신분을 이용하여 안정적으로 가게를 운영하려는 러시아 주인에 의해 고용된다. 결국 죠지는 이유 없이 일본인 경찰에 붙잡히게 되는데, 죄명은 난데없는 '사상범'이었다. 결국 백 명을 잘못 잡을지언정 한 명을 놓쳐서는 안 된다는 것인데, 이는 죠지가 표현의 자유도 없고 인권도 거론할 수 없는 곳에서 살아갔음을 말해준다. 또한 작품 속 인물들은 러시아인이든 금을 캐려는 일본인이든 모두 궁핍하게 살아가는 모습으로 그려졌다. 하세가와 슌長谷川俊의 「오리구이를 탄 샤오왕」은 거지 샤오왕의 이미지를 부각시켰다. 길거리에서 태어나 굶주림과 추위에 시달리며 자란 샤오왕은 벌레 같은 숙명에 기꺼이 순응하며 살아가다가 결국 스무여 살에 추위와 굶주림 속에서 비참하게 죽고 만다. 작품은 '온 거리에 거지들이 득실거리면 나라는 곧 망하게 될 것'이라는 한 쿨리의 말을 빌어 이른바 국가가 샤오왕과 같은 거지들에게 어떠한 관심도, 생존권도 주지 않았다는 점을 강조했다. 히나코의 「제8호 전철기」는 1935년 3월 소련이 일본에 북만 철도를 인계할 때, 일본어도 모르고 엄격한 일본식 경영 방식에도 적응하지 못하고 있던 두 철도 노동자가 감원 위기에까지 처해져 극도로 불안한 생활과 정신 상태 속에서 살아가는 모습을 그렸다. 작가는 늙은 노동자 장더유張德有가 '어쩔 수 없이' 살아가는 모습에 깊은 공감을 드러냈다. 가와무라는 소설에서 "일본 작가는 보이지 않는 폭력 지배구조를 가시화하려 했으나 그것을 명시하기 어려웠기 때문에 농촌소설, 직장소설, 사소설의 형식으로 묘사할 수밖에 없었다. 그렇다 할지라도 만인 영세 소작농과 쿨리의 고된 생활은 우리들의 관심을 끌지 못했다"[18]고 밝혔다. 일계 작가들은 인도적 동정의 차원에서 만인의 이미지를 부각시켰는데, 이를 통해 드러난 것은 극도로 가난한 생활과 극도로 피폐한 정신, 아무런 희망이 없는 삶의 현실 및 인권도, 노동권도, 생존권도 없는 만인들의 현실이었다. 그런데 어떻게 '낙토'라고 할 수 있었겠는가?

둘째, 재만일본인의 '고향 상실'을 다룬 작품. 「후룬베이얼呼倫貝爾」, 「피부肌膚」, 「동행자同行者」는 주로 재만일본인의 정신적 질병을 묘사한 작품들이다. 아오키의 「후룬베이얼」은 청년 실습생 안도 지로安藤次郞의 시각에서 대흥안령 후이둥惠東회사의 견문을 기록했다. 벌목을 주업으로, 미국식 농장을 부업으로 하는 후이둥 회사의 경영진은 모두 일본인이며 회사 내에 몽골인 하인과 코사크 노동자가 있는데, 이 회사의 약탈 본성은 상당히 심각하다. 아오바오敖包 축제에서 일본인은 코사크 미녀들을 거리낌 없이 희롱하며 언제든지 영업 허가를 취소할 수 있다고 위협한다. 한편 실습생 지로는 이민족의 축제에 생소함을 느끼며 어울리지 못할 뿐 아니라 일본인으로서 어색함과 난처함을 느낀다. 아키하라의 「피부」는 중국인 저우원구이周文貴가 일본인 동료 쿠도工藤에게 자신을 북만에서 베이징으로 전근시켜 달라고 부탁하자 쿠도가 도와주겠다고 약속하는 이야기를 묘사했다.

---

18   川村湊, 앞의 책, 667면.

평소에 저우원구이를 어느 일본인 동료보다 더 친절하게 대한다. 이는 쿠도가 열정적인 사람이라서가 아니라 마음 속에 등불처럼 몽롱한 소원이 있기 때문이다. 그 소원은 바로 저우원구이가 일본인의 순박함과 성의를 이해하도록 하는 것이었다.[19]

오쿠보는 소설의 제목 '피부'에 대해 "일본어의 '肌/膚はだ'는 신체의 피부와 표피라는 의미 외에 인간의 성격, 품성, 기질, 풍격 등의 의미도 지니며 이와 관련된 속어가 많다. 예를 들면 성격이나 뜻이 맞지 않다는 의미의 '肌が合わない' 와 같은 표현이다. (…중략…) 작가가 '피부'라는 제목을 붙인 것은 회사 동료인 저우원구이와 '나'는 일상적으로 지척피부가 닿는 거리에 있지만 상대방의 성격을 종잡을 수 없으며 민족 간의 심리적 장벽을 쉽게 뛰어 넘을 수 없다는 주제를 표현하기 위해서였다."[20] 이 작품에서 주목을 요하는 것은 쿠도의 은밀한 심리변화이다. 그는 도와주기를 망설이며 베이핑北平에 갈 수 있는 저우원구이를 부러워하거나 심지어 질투하기도 한다. 저우원구이는 화베이華北에 가서 중국인 신분을 확인 받으면 '행복한 중국인'이 될 수 있지만 자신은 이른바 '만주'의 주인으로서 반드시 그곳에 머물러 있어야 함에도 불구하고 그곳에 속하지 않고 그렇다고 도망갈 수도 없어 오히려 신분을 확인할 수 없기 때문이다. 그가 도와주려 했던 것은 일본인의 성의를 표시하기 위해서였고, 도와주지 않으려 했던 것은 아무리 도와준다 한들 성의를 알아줄 리 없기 때문이었다. 미묘한 이 심리 변화 과정은 마치 '외딴 섬'과도 같은 느낌이다. 아침저녁으로 함께 지내는 회사 동료지만 실제로는 식민자와 피식민자의 신분으

---

19   秋原勝二, 「肌膚」, 『僞滿洲國日本作家作品集』, 北方文藝出版社, 2017년, 31면.
20   岡田英樹·大久保明男, 앞의 글, 11면.

로 인해 가까이 있지만 멀게 느껴지는 것이었다.

「동행자」는 비교적 독특한 작품이다. 작가가 이마무라 에이지今村榮治라는 재만조선인 작가이기 때문이다. 그의 본명은 장환기張喚基이며 '만주국'에서 처음으로 일본어로 창작한 조선인 작가이자 줄곧 일본인 이름과 일본어로 글을 쓴 작가이다. 작가 자신의 처지를 소재로 한 「동행자」는 이민족과 '동행'할 방법도 없고 실제로 자신이 속한 민족과도 '동행'할 수 없으며 인간관계 속에서 타자로부터 인정받을 수도 없는 상황을 통해 민족적 신분의 단절감과 정체성의 상실감을 아주 선명하게 표현했다. 작가 자신의 경력도 문학성이 풍부하다. 그는 1929년에 창춘長春으로 이주하여 1935년 전후부터 문학 창작을 시작했고 '신징 문화회' 및 '신징문학단체'에 가입하였으며, 그 뒤에 만일 문화 협회 특별 초빙 직원으로 활동했다. 1939년, 문화회 본부를 다롄으로부터 신징으로 옮길 때 문화회 본부 전문 비서로 근무했으며 1941년 4월에 문화회 본부가 해산됨에 따라 실직했다. 그 후, 1942년 말에 사카이가 이직한 뒤, 문예가협회 비서처秘書處 서기직을 맡았으며 1943년 '만주국'이 패망한 후 행적이 묘연해졌다. 같은 길을 걸으며 동행하는 사람이 되고자 한평생 노력했지만 결과적으로 오히려 철저한 타자가 되고 말았다. 이는 개인과 시대적 비극이자 한 나라와 민족의 비극이다. 이런 점에서 볼 때, 「동행자」는 아주 상징적인 식민지 반反풍자 작품이다.

셋째, '만주영웅'을 부각한 작품. 아오키는 「만인을 소재로 한 작품에 대하여」에서 흔히 약자를 부각시키는 창작 경향에 대해 불만을 드러내면서 강자의 부각을 기대한 바 있다. 「주렌톈祝廉天」, 「마을로 가는 사람들去屯子的人們」, 「알칼리 땅鹽城地」 등 세 작품은 이른바 '만주영웅' 및 강자의 이미지를 부각시킨 작품이다.

노가와의 「마을로 가는 사람들」은 작가가 빈장성 후란현呼蘭縣에서 시찰 공작을 할 때의 경험을 소재로 한 작품이다. 소설은 후란현 농사합작사의 이사 쿄垮가 추운 겨울날에 일본인 동료 히로사키弘崎, 아카시明石 및 중국인 샤오쑨小孙과 넷이서 샤오바자즈小八家子 마을에 가서 기존의 형식주의를 타파하고 합작사 사원들을 철저히 조사하는 내용을 묘사했다. 조사를 통해 농민들의 가난한 생활을 알게 된 쿄는 이웃 마을의 20가구에 모두 대출을 해주고 저렴한 가격으로 생활용품을 공급해 주었으며 함께 비적의 약탈에 맞서 싸울 것을 호소했다. 또한 쿄의 중재로 왕자워바오王家窝堡의 20가구 농민들은 결국 농사합작사를 세우기로 한다. 이에 쿄는 일본인 히로사키와 아카시로부터 능력을 인정받게 되었으며 농사합작사의 농업 경영도 순조롭게 전개될 것으로 전망되었다. 마을의 일을 순조롭게 처리해 나가는 쿄 등은 재만일본인의 이상적인 인물이었다. 그러나 소설의 말미에서 성공적으로 임무를 완수한 쿄는 뿌듯함을 느끼는 동시에 "'뭘 그렇게 득의양양하지, 이 미련한 놈아, 그렇다고 뭐가 달라져? 결국 별거 아니야'라는 냉정하고 음흉한 말"[21]을 듣게 된다. 텍스트는 소설 및 쿄라는 인물 설정과 전혀 어울리지 않는, 무심코 내뱉은 듯한 이 짧은 한마디에 어떤 균열이 있음을 암시했다. 또한 아카시는 겨울밤의 혹독한 추위에 후란까지 버틸 수 있을지 의문을 품는다. 이는 마음속 우려든 자연 기후의 열악함이든 소설의 명랑한 분위기에 그림자를 드리웠다. 그 후, 노가와의 작품에는 마을에서 농사합작사를 실천하는 내용이 더 이상 등장하지 않았으며, 얼마 뒤, 그는 합작사의 이사직을 사임했다. 후기에 발표한 작품들은 주로 농민들의 비참한 처지를 묘사했는데, 이는 그가 성공적으로 창작 방향을 전

---

21   野川隆, 「去屯子的人們」, 『僞滿洲國日本作家作品集』, 北方文藝出版社, 2017, 127면.

환했음을 상징한다. 「마을로 가는 사람들」의 쿄는 위만주국 통치 하의 농사합작사에 작가의 개인적인 상상을 덧붙여 탄생한 인물로 마을 하층민들의 비참한 생활현실을 근본적으로 바꿀 수 없었다.

우시지마의 「주렌텐」의 동명 주인공과 하나와 히데오塙英夫의 「알칼리 땅」의 궈싱탕郭興堂은 '만주'의 중국인 영웅인데, 이 두 인물은 모두 괴리성을 지닌 인물이다. 오만하고 처세술에 약한 주렌텐은 평판이 좋지 않아 고립된 인물이다. 그러나 신임 부현장인 가자마 마사키치風間真吉는 주렌텐과 함께 지내는 과정에서 그가 민첩하고 총명하고 유능하며 일본식 업무 스타일을 잘 파악하고 있음을 발견하게 된다. 사실, 주렌텐은 식민지 배자의 앞잡이로 이미 '만주국' 붕괴 후의 자신의 비참한 최후를 예견하고 있었다. 「알칼리 땅」의 궈싱탕은 처음에 일본인에 의해 '비적'으로 간주되었던 인물인데, 마지막에 그는 자신의 목숨을 구해준 일본인 소오키曾木의 은혜에 보답하기 위해 목숨을 잃는다. 소오키는 만주 농촌에 뿌리를 두고 농촌합작사를 추진하는 이상적인 일본인이다. 그는 항일비적 혐의로 경찰에 붙잡힌 마을의 농민 궈싱탕을 구출하고 몸소 치료해 준다. 그는 또한 추위와 비적의 습격을 무릅쓰고 통역사 왕위민王裕民을 데리고 마을을 방문하여 합작사를 홍보하고 그 사업을 시행한다. 소오키는 농촌의 남루하고 이가 들끓는 구들장에서 잠을 자고 모래 같은 좁쌀밥과 옥수수를 먹으며 농민들에게 약품을 나누어 주는 등 농민과 가까워지기 위해 노력한다. 그는 "비적을 토벌하는 시대는 건국 당시에 이미 끝났다. 앞으로 일본인이 직면하게 될 더 중요한 일은 인심을 사로잡는 것인데, 그중 만주인, 특히 전체 인구의 80%를 차지하는 농민들의 마음을 사로잡는 것이 중요하다"[22]라는 명확한 목표를 지니고 있었다. 소오키는 결국 농민들의 마음을 사로잡았으며 비적일당항일대오이 알칼리 땅에 출몰한다는 사실을 분명 알고 있으면서도 농민과의 약속을 지키기 위해 개인의 안위를 아랑곳하지 않고 그곳을 지나간다. 결국 길에서 비적과 교전하게 되었고 그 과정에서 예전에 목숨을 구해줬던 귀성탕이 소오키를 위해 희생되었다. 소설의 말미에서는 "소오키가 왔다는 소식을 들은 마을 사람들은 사방에서 모여들어 저마다 소오키와 인사를 나누며 그의 무사함을 기뻐했다. 그 역시 서툰 중국어로 일일이 대답했다. 그의 마음은 슬픔과 미안함으로 가득 찬 한편 더없는 따뜻함으로 충만해졌다. 그는 이처럼 황량한 알칼리 땅에서 평생을 살아도 절대 후회하지 않을 것이라고 생각했다"[23]고 썼다. '슬픔과 미안함', '절대 후회하지 않을 것'이라는 결심, 언제든 목숨을 잃을 위험한 환경 등은 '만주국'이 절대로 왕도낙토가 아님을 보여주고 있다.

요컨대 작가의 창작실천과 위만주국의 건설은 일종의 이중구조를 이루고 있으며, 이 이중구조를 이루는 양자는 한편으로는 상대방에게 다양한 영향을 미치고 다른 한편으로는 상대방의 제약을 많이 받아 양자 사이에 상호작용과 상호제약이 동시에 발생한다. '儚'의 사람과 꿈 사이의 공간은 끊임없이 살펴볼 필요가 있으며 만주 사회의 권력 작동을 철저히 밝히기 위해서는 반드시 문화 재생산 과정의 상징적인 권력 작동의 논리를 집중적으로 밝혀야 한다. 사람과 '꿈'의 큰 괴리는 그 꿈과 실현 경로의 착오 및 실현 불가능성을 말해주며 결국 실패로 끝날 수밖에 없는 헛된 꿈일 뿐이라는 것을 말해준다. 한편 이 '꿈'을 실천하는 과정에서 발생한 참극과 선혈을 잊어서는 안 되며 역사 속에서 교훈을 얻지 못하면 반드시 전철을 밟게 될 것이라는 점을 간과해서는 안 된다.

22　塙英夫, 「鹽城地」, 『僞滿洲國日本作家作品集』, 北方文藝出版社, 2017, 153면.
23　위의 글, 168면.

식민주의를 다시 쓰다

'만주국' 문인 후지야마 가즈오藤山一雄를 고찰 대상으로

천옌
수도사범대학교 일본어학과 교수
번역_ 정겨울, 단국대학교

'만주국'에 대한 연구가 진척되며, 이를 역사의 쓰레기 더미에 버려야할 일본제국 침략의 부정적 유산으로 보는 시각과 '식민지 근대화론colonial modernity'의 입장에서 '문명', '개발'과 같은 함의에 대한 해석과 함께 이를 '이상적 국가'로 보는 시각이 등장했다. 그러나 이러한 시각 모두는 우리를 인지적 함정에 빠뜨렸고, 만주국에 대한 단순하고 폭력적인 가치판단을 하도록 만들었다. 이처럼 역사적 사실 자체가 복잡하게 얽혀 있으니 우리는 차라리 역사의 현장으로 되돌아가는 편이 나은지도 모르겠다. 그러고는 역사적 사실을 기반으로 '만주국'이라는 거대한 실험장을 살펴보는 것이다. 군사, 이데올로기, 문명적 담화 외에, 일부는 생명까지 바쳤던 일본인들이 어떻게 '만주'를 정의했는지, 나아가 이 공간에서 어떠한 실천과 행동을 했었는지를 말이다. 아울러 '만주' 서사의 역사적 맥락을 이해하고 그것이 현재의 발전 맥락과 어떠한 상관 관계를 형성하는지, 어떻게 식민의 상흔을 지워가고 있는지를 살펴보는 것이 바로 이 글의 주요 목적이라 할 수 있다.

필자는 「위만주국의 영토 쟁탈, 민속 보존과 공간묘사—후지야마 가즈오의 '만주' 지리 고찰과 국가 의식僞滿洲國的領土爭奪, 民俗保存與空間描述—論藤山一

雄的"滿洲"地理考察與國家意識」[1]에서 '만주'와 관련한 후지야마 가즈오의 언어 실천에 대해 비교적 상세하게 서술한 바가 있다. 당시 후지야마 가즈오를 연구 대상으로 삼았던 이유는 그의 특수한 신분과 풍부한 '만주' 문화 실천에 기인한다.[2] 필자는 일찍이 후지야마 가즈오의 문학, 지리학, 박물관학, 일상생활 실천과 같은 여러 방면의 내용을 비롯해 '만주'와 관련한 그의 논술이 지니는 미래성에 대해 주목한 바가 있다. 그런데 새로운 이론적 시각, 요컨대 베네딕트 앤더슨의 시각에서 본다면, 후지야마 가즈오의 '만주' 실천은 공교롭게도 베네딕트가 주장하는 식민지 제3의 권력 제도institutions of power, 즉 인구조사센서스, 지도 그리고 박물관을 포함하고 있음을 발견할 수 있다. 그러나 필자의 선행 연구에서는 해당 방면의 관련성이나 교차성에 대해서는 자세히 다루지 않았기에 여기에서 이와 같은 시각을 따라 더욱 심도 있는 논의를 진행할 필요가 있다고 생각한다. 베네딕트는 "이들은 함께 식민지 국가가 그 지배권을 상상하는 방식 ─ 그것이 통치하는 인간들의 본성, 그 영토의 지리학, 그 유래의 정당성ancestry ─ 을

---

1 陳言, 「偽滿洲國的領土爭, 民俗保存與空間描述 ─ 論藤山一雄的"滿洲"地理考察與國家意識」, 『跨海建橋 ─ 中日文化文學比較研究』, 吉林出版集團股份有限公, 2020.8.

2 논의 전개의 편의성을 위해 상술한 졸고의 요점을 개괄하면 다음과 같다.
후지야마 가즈오(藤山一雄, 1889~1975)를 연구 대상으로 삼았던 이유는 그가 『만주국독립선언(滿洲國獨立宣言)』의 기안자이자 '만주국'의 간임관(簡任官), '만주' 사업 계획의 주요 참여자이기 때문이다. 또한 그가 '만주국'의 지리와 풍경, 박물관 등과 관련하여 가장 풍부한 지식을 가진 문인이었기 때문이기도 하다. 그는 평생 54부의 저서를 창작했는, 그중에서 34부의 저서가 만주에서 창작되었고 만주를 묘사하는 것들이었다. '만주국'에서 간행된 '동방국민문고(東方國民文庫)' 시리즈 총 35종 중에서 무려 6종이 그의 저작이기도 하다. 필자의 조사에 따르면 그는 일본이 '만주'를 점령한 이후 제일 처음 만주로 이주해 '만주'를 주제로 하는 장편소설(『라오콘 군상(拉奧孔群像)』, 多以良書房, 1930)을 썼던 인물이며, 최초로 '만주국' 박물관 관련 연구 저서를 쓴 작자이자 '만주국'에서 근대 박물관 건설을 위해 지대한 공헌을 한 학자이자 실천가였다.

밑바닥에서부터 형성했다"고 주장한다.[3] 19세기 이래 일본의 '만주' 지지
地志 / 지리학 서사로 그 범위를 확장해 보면, 인구조사와 지도는 그중에서
도 매우 중요한 부분이다. 그리고 이와 관련해서 서술자는 그 '인식범위'
를 어떻게 묘사하고 범주화할지, 이러한 범위를 어떻게 재구성할지, 나아
가 그중 일부를 없애거나 남길지를 결정하는 권한을 지니게 된다. 그중에
서도 우리는 '만주'족과 '만주'의 범주를 결정하는 데 있어 서술자가 얼마
나 많은 심혈을 기울였는지를 발견할 수 있다. 베네딕트는 여기에서 더 나
아가 인구조사와 지도 사이의 접점을 제기한다. 신식 지도는 인구 범위를
획정할 수 있으며, "인구조사는 인구학적 삼각측량 같은 것으로써 지도의
공식적 지형도를 정치적으로 채운다."[4] '만주' 지역의 고고학 사업은 다수
의 학자들을 '만주'로 불러들였는데 그중에서도 박물관은 식민지 고고학
의 권위를 증명하는 것으로 정리, 조사, 측량, 분류, 전시는 모두 과학의 힘
을 빌려야만 하는 것이었다. 인구조사와 지도 제작, 그리고 박물관의 건립
과 전시는 일찍이 19세기 중반부터 일본 지리학자들이 서구 사회를 적극
적으로 학습한 결과물이었으며 이는 아시아 지역의 식민주의가 확장하는
과정에서 신속하게 이식되었다. 만약 후지야마 가즈오를 대표로 하는 일
본의 '만주' 지리학 서사에 깃든 과학주의에 주목한다면 우리는 '만주'라
는 의제가 여전히 연구할 만한 가치가 있다는 것을 발견할 수 있다.

첫째, 근래 '만주'의 함의는 계속해서 평면화, 기호화되고 있다. '만주'
는 일본의 식민 침략으로 발생한 부정적 유산으로 간주되어 인용부호를

---

3   本尼迪克特·安德森, 『想象的共同體 － 民族主義的起源與散布』(增訂版), 上海人民出
     版社, 2011, 159면.
     [역자 주] 베네딕트 앤더슨의 저서에서 인용된 문장에 대한 국문 번역은 서지원 역, 『상
     상된 공동체 － 민족주의의 기원과 보급에 대한 고찰』, 도서출판 길, 2018을 참고함.
4   本尼迪克特·安德森, 위의 책, 170면.

붙이지 않고서는 사용할 수도, 출판할 수도 없는 것이 되어버렸다. 그런데 그 개념의 역사적 연원을 추적해 가다보면 실제로 '만주'의 범주를 확정하는 것을 가장 열망했던 것은 바로 지지, 지리학 저서라는 사실을 알 수 있다. 이에 필자는 후지야마 가즈오의 '만주' 지리학 / 풍토론에 입각해 '만주'의 개념과 기호의 형식을 추적하고, '만주'와 관련한 지식의 실천, 문화 그리고 사회 네트워크가 어떻게 정립되고 체제화되었는지를 고찰하고자 한다. 그리고 이를 통해 현재 우리가 행하는 언어적 실천 및 식민 상흔에 대한 정리 문제를 반성하고자 한다.

둘째, 전시 시기 중국과 일본의 관계를 논할 때, 필자는 문학 연구자의 신분으로서 문화론에서의 재현, 상상, 상반된 감정ambivalence, 혼종hybridity, 모방mimicry 등의 개념에 주목하고자 한다. 이는 특히 '통치된 예술'을 탐구하는 데에도 적용할 수 있다. 그러나 이러한 관념과 연구 방법은 소위 과학주의적 방법인 조사, 통계, 수치화, 분류, 모니터링 등과 같은 방식에 직면했을 때 온전한 효력을 가지기 어렵다. 하지만 대량으로 인쇄된 '만주' 지리학 관련 저서는 소위 과학주의의 산물이기도 하다. 이에 대해 타이완 학자 야오런둬姚人多는 다음과 같이 지적한다.

재현과 현실reality 사이에는 마치 영원한 틈이 있는 것 같고, 식민 권력에는 영원히 부정하고 싶은 사실fact과 진리truth가 있는 듯하다. 식민국가는 오로지 피식민지를 추악하게 묘사하는 것만을 할 수 있을 뿐이다.[5]

비록 일본의 패전과 함께 '만주국'은 소멸했지만, 대두, 방역, 광산, 특

---

5   姚人多, 「認識台灣-知, 權力與日本在台之殖民治理性」, 『台灣社會研究季刊』 42, 2001. 6, 133면.

산, 종교, 연극희극, 세속, 하천지河川志, 산물, 담배, 물가 조사, 수전, 철도, 면화, 양봉, 사탕무, 임업, 상업, 농업, 수산, 염업, 수운 방책, 관리록官吏錄, 사신록土神錄, 기상표, 고고학, 수렵, 이슬, 비료학, 한약, 창고법, 전기, 음용수를 비롯한 『만주연표滿洲年表』, 『만주국개관滿洲國槪觀』, 『만주연감滿洲年鑒』, 『만주개척연감滿洲開拓年鑒』, 『만주문예연감滿洲文藝年鑒』, 『만주운동연감滿洲運動年鑒』, 『만주국현세滿洲國現勢』 등의 대량의 통계 수치 및 자료는 보존되어 남겨졌다. 이러한 자료들은 우리가 상상할 수 있는 거의 모든 영역에 대한 언급과 동시에 일본 식민 권력의 정치적 이성the political rationality of colonial power 및 통치성governmentality을 전시하고 있다. 이러한 사실은 우리에게 다음과 같은 문제를 제시한다.

'만주' 통치에 있어 일본은 도대체 어떤 지식과 기술, 이성을 적용했는가. 그리고 이러한 '과학적 이성'은 중국 학계에서 어떻게 수용되었으며, '만주'라는 개념의 축소화 및 기호화를 끊임없이 가속화시켰는가.

1. 후지야마 가즈오의 '만주' 지리학

베네딕트 앤더슨의 이론에 근거하면 인구조사, 지도 그리고 박물관은 식민 이데올로기와 정책의 저의를 숨긴 것인 동시에 양자를 지도하는 기본원칙이기도 하다. 후지야마 가즈오의 만주 경험을 보면 그가 지리 지식과 권력 형태에 대해 매우 민감하게 반응했음을 알 수 있다. 그는 "만몽 문제는 일본 제국주의의 행로이지 단순히 현지의 경제 문제가 아니다"고 직접 언급하기도 했다.[6] 게다가 만주 지리 공간의 이론적 건설과 실천은 인구조사, 지도 제작 및 박물관 건설이라는 세 가지 방면과도 관련이 있기에 이는 일본의 만주 지리학과 식민주의의 관계를 살펴볼 수 있는 최고의 사례라 할 수 있다.

후지야마 가즈오는 1926년 10월 다롄大連의 만철주식회사滿鐵株式會社에 입사해 다롄항에서 노동력을 모집하는 후쿠쇼화공주식회사福昌華工株式會社의 사무 주임을 역임했다. 회사에서 실적이 좋았던 그는 포상의 대가로 "만주 땅에 발길이 닿지 않은 곳이 거의 없을 정도로"[7] 만주 곳곳을 여행하게 된다. 이러한 경험은 후지야마가『척애기滌靄記』,『벽산장생활풍경碧山莊生活風景』을 비롯해 '국민교과서國民敎科書'라는 명칭으로 광범위하게 전파되었던 '국민문고 제1편國民文庫第一編'인『신만주풍토기新滿洲風土記』滿日文化協會, 1937, '동방국민문고 제3편東方國民文庫第三編'인『만주의 삼림과 문화滿洲的森林與文化』滿日文化協會, 1937(일문판); 1938(중문판), '만인萬人이 필독해야 하는 국민교과서'로 꼽혔던 '건국독본 제2편建國讀本第二編'인『만주의 지리학滿洲的地理學』滿洲圖書株式會社, 1940과 같은 만주 풍토기를 작성하는 데도 큰 영향을 끼쳤다. 이 밖에도 그는『대륙수감大陸隨想』滿洲帝國敎育會, 1940 중의『풍경의 발견風景的發現』과 만주일보사滿洲日報社가 편찬한『만주풍토기滿洲風土記』전3권, 滿洲日報奉天

---

6 藤山一雄,『滌靄記』, 壺南莊, 1927, 36면.
7 藤山一雄,『新滿洲風土記』'序', 1면. 여기에서 보충 설명하면 후지야마가 재직했던 후쿠쇼 화공 주식회사는 일본인 인력을 관리하던 회사였다. 이 회사는 1911년 쿨리들의 생활 시설로 세워진 '벽산장'에서부터 출발했다. 후지야마는 이 공간에 상당한 관심을 보였고, 이후 반복해서 해당 공간에 대한 서사를 이어갔다. 이 시설은 매우 현대적이라고 평가되었는데 1923년에는 총 89동의 현대식 벽돌 건물에 13만 명의 쿨리들을 수용할 수 있었다. 이는 일본 통치자들이 쿨리가 일본 자본주의에 내재한 동력을 변혁시킬 수 있음을 자각한 후 의도적으로 통치 방식을 변화시킨 결과였다. 그러나 강조하고 싶은 부분은 당시 만주 지역 절대다수 쿨리들의 생활은 "원시인 혹은 일본인 거리의 거지와 같았으며, 불안정한 직업으로 인해 황야를 방황하는 것"과 같았다. 이와 관련한 구체적인 논술은 馬克弟,『絶對欲, 絶對奇異－日本帝國主義的生生死死 1895~1945』, 中央編譯出版社, 2017, 70면 참고.

支社, 1944 상권에 실린 '개관편概觀篇' 등의 산문을 저술하기도 했다. 후지야마의 만주 이주는 일본의 국책이민 사업의 일환으로 이루어진 것이었다. 후지야마는 국책 자체에 대해서는 동의했지만 그는 이민 과정에서의 폭력성, 즉 총탄과 매춘부들을 이민자들의 선봉대로 삼는 것에는 반대했다. 왜냐하면 그는 이와 같은 이민이 종교적 기초를 바탕으로 하는 "영혼의 이민"[8]이라는 방식으로 실행되어야 한다고 여겼기 때문이다. 또한, 그는 '만주국'이라는 식민 공간을 배척하거나 약소민족을 억압하고 착취해야 하는 이질적 공간으로 보는 시선과, "중국인 노동력을 단순히 이윤을 얻어내는 출처이자 돈을 버는 기계"[9]로 여기는 것에도 반대했다. 후지야마는 만주 곳곳을 누비고 다닌 후, '만주'를 "지리학적 의의가 충만한 학원"으로 비유하며 일본 통치 체제 아래 만주 생태의 건강과 조화를 강조했다. 나아가 이민은 현지의 인문 지리 환경과 적합한 관계를 맺는 것임을 주장했다. 일례로, 후지야마는 '기후연구소'를 설립하여 '추위寒'와 문명의 관계를 연구할 것을 건의하기도 했으며, 일본인이 '기후와 문화'에 대한 연구가 부족하기에 비경제적이고 불합리한 생활을 하는 것이라는 주장을 펼치기도 했다.[10] 그는 일본인들이 만주의 자원을 과학적, 합리적으로 이용하지 못하는 것과 만주를 멸시하는 행태를 비판했다.

만철과 국철 연변에는 일본인들이 무리 지어 살고 있으며, 만주 각지에 흩어져 있는 한족은 경제적 압박을 겪고 있으나 이에 저항하지는 못하고 있다. 일찍이 누군가는 낭비가 큰 생활방식을 고수하는 4천만 한족漢族 대다수가 더 이

---

8   藤山一雄, 「農業移民雜感」, 『歸去來抄』, 東方書苑, 1937.
9   藤山一雄, 「人間・機械及び愛」, 위의 책.
10   藤山一雄, 『滿洲的地理學』, 13~14면.

상 사용할 석탄이 없어 그 혜택을 받지 못하는 민족이 되어버렸다는 말을 한 적이 있다. 그런데 땅을 얕게 간 대지에 수수를 심으면 그 열매를 먹을 수 있으며, 수수 더미는 불을 피우는 데 쓸 수 있다. 온돌이 비교적 원시적인 방법의 열원이라는 이유로 일본인들은 이를 매우 경멸하고 그 구조에 관한 연구를 전혀 하지 않는다. 이는 생활의 과학성과 관심의 부족으로 이어진다. 이런 점에서 나는 일본인이 만주인이나 조선인보다 뒤처졌다고 생각한다. 물질의 이용과 소비 생활에 있어서 한족과 일본인을 비교하면 4대 1의 능력차를 드러낸다.[11]

열등 민족인 이들을 인류학 연구의 대상으로는 여기지만, 경외할 만한 경험을 소유하고 있는 선주민으로는 여기지 않는다.[12]

만주 지리 풍토에 관한 후지야마의 논술에서는 다음의 두 가지 특징을 주목할 만하다. 첫째, 후지야마는 일본, 영국, 독일, 미국, 캐나다 등 신흥 제국과 덴마크, 스위스 등 농업발달국가의 현황을 주목하는 동시에 조선, 만주족 등 약소민족이 지닌 장점의 가치에 대해서도 관심을 가진다. 여기에서 그는 자연환경으로 인해 발생하는 각기 다른 민족 간의 차이, 소통, 관계 및 상호보완 등을 설명하며 일본 민족의 우월성을 강조하는 한편 타민족에 대한 일본인들의 멸시에는 반대한다. 그렇기에 그는 이후에도 공개적으로 타민족에 대한 재만在滿일본인들의 태도를 비판한다. 둘째, 후지야마의 세계 인식과 위도 관념을 살펴볼 수 있다. 유럽 여러 국가를 다닌 경험이 있는 후지야마는 항상 동일한 위도에 있는 다른 국가의 산림 재배, 낙농업 경영, 농지 경작, 주민 경험 등에서 다양한 학술적 자양분을 획득했다. 나아가 그는 이러한 만주의 농업과 삼림을 개선하고, 삼

11 　藤山一雄, 「ある北滿の農家」のこ之, 『國立中央博物館時報』 15, 康德9年 1, 3~4면.
12 　위의 책, 4면.

림의 무분별한 벌목으로 인해 발생하는 침수 피해를 방지하는 데도 적용하고자 했다. '삼림도시'와 '삼림요양'에 관한 그의 구상과 어패류의 번식, 숲을 조성하는 것植樹造林과 같은 그의 이념은 지금까지도 상당히 획기적인 시도로 평가되고 있다. 요컨대, 그가 서술한 다수의 지리학 저서는 만주의 지리학, 지도 제작, 기후 및 인종학 이론, 여러 인종이 거주하는 공간에 관한 지식 등을 서술 및 전달하고 있으며, 자연생태와 인문생태의 조화로운 기초를 토대로 통치의 실효성을 강화할 것을 제시하고 있다.

후지야마가 저술한 일련의 풍토론은 학술적, 단편적인 기록 방식에서 벗어나 전면적이고 자유로운 시각과 방식을 채택했다. 만주 환경의 주요 요인에 대한 분석과 문화 전형의 분포, 인문 역사의 전통을 기록한 후지야마의 저서는 만주에서는 보기 드문 인문 지리학 저서였다. 무엇보다 그의 저서는 '만주'의 풍물을 전반적으로 잘 포착하고 있었기에 '만인이 필독해야 하는 국민교과서'이자 계몽서로 일컬어졌다. 후지야마는 자신의 풍토론 저서의 궁극적인 목적이 '인류'에 있음을 강조한다. 그가 책을 통해 밝히고 싶었던 것은 "인류 활동 무대의 지리학"『신만주풍토기』의 서문이었다. 사실상 이와 같은 저작들의 근본적인 출발점은 모두 '만주국' 개척에 기인한다. 그중에서도 『신만주풍토기』의 이데올로기는 더욱 뚜렷하다. 필자는 이와 같은 특징이 후지야마가 편찬한 '국가 지정 교과서'의 내재적 요구와 불가분한 관계를 형성하는 동시에 동시에 식민지 확장 시기 일본 지식 생산의 특성을 보여주는 것으로 해석한다. 가라타니 고진柄谷行人의 관점에서 본다면 후지야마는 현대성이라는 장치를 빌려 만주의 풍경을 발견한 것이었다. 그리고 그 속에 숨겨진 지식 권력의 관계는 매우 분명했는데, 이는 우세한 일본 문화가 열세한 중국 전통 문화를 침범하는 것으로 나타난다. 만약 일본이 "아시아 대륙의 모든 문명의 마지막 계승자"

이기 때문에 "아시아는 일본의 지도에 의지하여야만 비로소 인류 문화의 최고 모범이 되는 영역에 발을 들일 수 있는 것"으로 여겨진다면, 일본의 만주 점령은 도의적인 성격을 띠게 된다. "일본을 맹주로 여러 민족이 협력해 이룬 이 대제국은 일본의 정신과 기술을 빌리고 현지의 원료를 공급받아야 하며, 여기에 다수의 합작을 더하고 만주국의 독창성을 촉진시킨다면 세계 문화의 공장으로 거듭나는 사명이 실현될 그날이 반드시 올 것이다."[13] 그러므로 '고도孤島 일본'은 반드시 '대륙 일본'으로 나아가야만 했고, '만주제국'의 출현은 "실제로 인류와 지리학의 관계에 있어 커다란 시험의 분기를 긋는"[14] 것이었다. 후지야마의 이와 같은 논조는 당시 일본인들의 보편적인 견해이기도 했다.

'삼림'은 후지야마가 만주를 이해하는 데 있어 중요한 경로였다. 그의 저서 『만주의 삼림과 문화』는 만일 문화 협회가 발행한 '동방국민문고'의 제3편이었다. 작자는 해당 저서 첫 두 장의 결론 부분에서 성경과 그리스 신화, 노르웨이, 덴마크, 독일, 프랑스, 일본 등의 작가 및 철학자의 대표적인 저서, 그리고 일부 국가의 흥망성쇠의 역사를 인용하며 국가 흥망과 산림의 관계를 설명한다. 만주 삼림에 발을 들였던 그는 전국戰國 시기 연나라 때부터 만주 정권의 변천사를 서술하며 청조淸朝 만인滿人 정권과 한족 정권의 불연속성을 주장했다. 그리고 이를 토대로 만주 정권의 독립성을 자연스레 강조했다. 그는 한족이 만주로 이주한 것은 정권의 흥망으로 인한 일시적인 행위일 뿐 자연적인 인구팽창의 결과가 아니라는 결론을 도출하며 한족의 만주 침략을 암시했다. 아울러 그는 이주한 한족이나 조선인들이 벌인 전쟁과 이들이 사용한 화전이라는 경작 방식, 제국주의 러시

---

13   藤山一雄, 『滿洲的地理學』, 105~106면.
14   위의 책, 63면.

아의 침략으로 인한 대규모의 삼림 벌목 등으로 인해 만주의 삼림이 황폐하게 되었다는 결론을 제시했다. 그는 해당 저서의 제3장에서 만주 삼림의 구성과 분포에 관해 설명한다. 제4장의 제목은 '국토 녹화운동'인데 그중에서도 제1절에서 그는 '기억할 만한 타산지석'으로 덴마크의 사례를 인용한다. 그는 덴마크가 독일과 오스트리아의 공격을 받아 황폐해진 땅에 나무를 다시 심었고, 결국에는 이상적인 농업국가의 꿈을 실현했다는 역사를 서술하고 있다. 아울러 제4장과 제5장에서는 삼림 보호의 구체적인 방안도 설명한다. 그는 삼림을 보호하는 것이 "앞으로 일만日滿 양국의 목재 필요에 있어서 공급지를 제공하기 위한 것"[48면]임을 밝히는데, 여기에는 저자의 시대 정신이 반영되어 있다. 그러나 그는 여기에서 그치지 않고 삼림과 인류의 관계에 대해 더 큰 관심을 보이며 다음과 같이 말한다.

> 넓은 의미에서의 국민 교육, 사회교화는 자연 보호에 대한 보급 교육에 관심을 두도록 해야 한다. 이를 촉진해 삼림의 존재가 곧 위대한 교단이자 교육자임을 알게 하고, 삼림을 기본으로 하는 천연 기념지와 천연 보호 구역을 설정해야 한다. 이를 통해 인류는 자연으로부터 혜택을 얻고, 자연을 모독한 죄를 반성해야 하며 이것이 참신한 생명의 훈련, 즉 인류의 교육임을 깨달아야 한다. 결론적으로 삼림은 인류로 하여금 자연계에도 영혼이 있다는 것을 자각하게 만든다. 그리고 이러한 사례는 초조하고 고달픈 근대인의 생명의 부활이라고도 할 수 있다.[15]

후지야마는 삼림이 지방의 풍경과 교화에도 큰 영향을 미친다는 것을 강조했다.

저자는 만주의 지리지와 민족의 발전 역사를 서술하며 만주는 만주족, 퉁구스족과 같은 소수민족의 땅이었지만 한족의 이주로 인해 역사의 흐름 속에서 결국 어느샌가 한족의 '식민지'가 되었다고 말한다. 요컨대 한漢민족이 유사 이래 가장 큰 '식민지'를 이룬 것이다. 이어서 북방의 슬라브족은 정치적, 군사적 야심을 획득하기 위해 만주를 점령했고 폭정을 일삼았다고 주장한다.[16] 이런 상황에서 "만주 건국이라는 대업은 마침내 모든 과거를 청산하는 것이다. 이십여 종의 민족은 위대한 협화 사업을 창조하고 왕도정치王道政治의 진의를 발휘하여 아시아를 이끌어 가고 있으며 세계에 모범이 되는 낙토樂土를 보여주고 있다".[17] 후지야마는 기후, 질병, 자원 상품의 유통, 위생학, 대중 교육 등 서로 다른 분야에서 만주의 지리를 논하며, 만주의 풍토사는 곧 한족의 만주 침입사이자 한족이 다양한 문화와 민족 다양성을 소멸시킨 역사로 오직 신제국 일본만이 대중의 문명화를 가져올 수 있다고 주장한다. 그러므로 일본이 러일전쟁과 '만주사변'을 일으킨 것을 긍정하며 '만주국' 건설의 정당성 및 합법성을 강조한다.

후지야마 가즈오는 여기에서 더 나아가 저명한 미국의 지리학자 헨드릭 빌렘 반 룬Hendrik Willem van Loon의 말을 인용해 일본의 이민 정책을 정당화한다. 반 룬의 『세계지리Van Loon's Geography』는 출판된 이후 세계적으로 큰 명성을 얻었다. 반 룬은 자신의 저서 제38장에서 일본의 만주 침공과 이민 정책을 평가하며 이를 일본의 야만적 행동으로 보는 시각에 반대했

---

15   藤山一雄, 『森林與文化』, 滿洲圖書株式會, 1938, 99면.

16   위의 책, 31면.

17   위의 책. 『신만주풍토기』에서 후지야마는 21개조를 포함한 일본 개발의 공을 열거하며 '만주사변'의 발생 원인을 둥베이 정권의 '불손한 폭거(3면) 탓으로 돌렸다. 뤼순, 즉 러·일전쟁에 대해 후지야마는 "일본은 극동의 평화를 유지하고 복지를 증진하기 위해 (…중략…) 수만의 생명을 희생하고 (…중략…) 교육적으로 윤리적으로도 깊은 의미를 지니는 성지(聖地)로 만주를 제일이라고 여김에 손색이 없다(29면)"고 말한다.

다. 그는 이러한 행위를 "적절한 이기주의"로 보며, "국제 정책상 일종의 건전한 이기심은 오히려 필수적인 미덕이라고 말할 수 있다. 일본은 남겨진 국민을 위해 어쩔 수 없이 출로를 찾아야만 했던 것"으로 평가했다.[18] 이 책의 중문 번역서는 '만주국'이 성립된 이듬해에 출판되었는데 반 룬의 이와 같은 논술은 중국인들의 불만을 일으키기도 했다. 취추바이瞿秋白는 도둑 심보와 같은 반 룬의 논리를 질책하며, 그의 관점이 타자를 고려하지 않은 채 그저 자기연민에 빠져 있다고 비판했다.[19] 반 룬의 논리는 후지야마 가즈오가 주장하는 일본 식민주의 논리와 부합하는 것이었고, 그는 만주의 인구가 희박한 이유가 민중들이 오랫동안 폭정에 시달렸기 때문이라고 주장했다. 그러고는 다음과 같은 내용을 강조한다.

　　더군다나 인적이 없는 북만北滿의 황야는? 강조 - 인용자

　　후지야마는 북유럽으로부터 '녹색', '미개'와 같은 이념을 만주로 이식했다. 그는 삼림도시를 건설하는 것이 제국 국민의 만주 정복에 대한 합법성과 우월감을 더욱 과시할 수 있는 것으로 여겼으며, 유럽의 현대성이라는 개념을 빌려 만주를 일본의 문명을 복제하는 거점으로 인식했다. 이와 같은 제국적 시선은 권력의 요구에서 벗어날 수 없는 것이었다. 1804년, 만주 지리학의 시조로 알려진 일본 학자 곤도 세이사이近藤正齋가 출판한 『변요분계도고邊要分界圖考』에는 '만주'를 야만인들이 거주하는 변경 지대로 묘사한다. 이러한 관념은 이후 일본의 동양사 저술에서도 반복적으로 등장한다. 이와 관련 내용은 후술하고자 한다.

18　　由陳瘦石·胡澂鹹 譯, 『房龍世界地理』, 世界出版合作, 1933.8, 368면.
19　　瞿秋白, 「房龍的"地理"和自己」, 『多余的話』, 1935.

2. 민속의 보존, 만주 강역의 제도製圖와
   후지야마 가즈오의 박물관 정치

후지야마 가즈오는 관동군에게 배척당한 이후 어쩔 수 없이 '만주국'의 관직에서 물러나야만 했다. 문인의 길로 자리를 옮긴 그는 1939년 3월부터 '만주국' 국립중앙박물관[20]이하 '중앙박물관' 의 부관장직을 맡게 된다. 박물관을 '국보 창고'이자 국가의 '문화 축소판'으로 여겼던 후지야마는 '만주국'의 박물관이 부실하다는 사실에 주목했다. 유럽과 미국, 일본의 박물관을 종합적으로 고찰한 이후, 후지야마는 박물관의 득과 실을 하나하나 짚어내며 『신박물관태세新博物館態勢』라는 저서를 쓰게 된다. 그 목적은 '만주국' 박물관 건립에 참고할 만한 사항들을 제시하기 위함이었다. 그의 마음속에 있는 이상적인 박물관은 "소박하고 원시적이며 자연 그대로의 생활을 엿볼 수 있는, 문화인으로서 지성에 근거한 정확한 판단을 기초로 인간 생활의 진정한 행복을 발견하는 것"이자 "인간의 주체성을 활성화하는 것", "인간력"을 확보하는 것이었다.[21] '만주국'에서 소위 '인간'이라는 것은 곧 '협화'하는 '오족五族'을 의미했다. 그렇다면 후지야마는 어떻게 '오족협화五族協和'라는 이념을 박물관 건설의 이념과 실천을 통해 구체화했는가?

---

20 '만주국' 국립중앙박물관의 전사(前史)와 관련해서는 두 가지의 계보가 있다. 하나는 1933년 펑톈(奉天)에서 설립된 '만주국' 국립박물관이고, 다른 하나는 펑톈에 설립된 만철교육연구소부속교육참고관(滿鐵教育研究所附屬教育參考館)이다. 1939년 신징에 건설된 박물관은 만철 교육 연구소 부속 교육 참고관의 전시품을 계승하며 펑톈 총관의 분관이 되었다. 인문박물관의 성격이 짙었지만, 총관과 달리 분관은 자연과학과 민속 방면에 치중했다. 관장직은 특임 직무자가 맡았기에 실제적 책임자는 부관장이었던 후지야마 가즈오였다.

21 「民俗博物館について」,『ある北満の農家』, 満日文化協, 1940, 26면.

후지야마는 중앙박물관 내에서 민속의 보존과 만주의 경계를 재건하는 일에 주력했다. 신징新京 국립중앙박물관 민속전시의 주요 부분은 지리 부문이 밖에 동물, 광물, 지질, 물리의 4개 부분에 집중되어 있었다. 이곳에는 '조감대만주제국鳥瞰大滿洲帝國'의 모형도, '황여전람도皇輿全覽圖' 원형, 어룬춘족鄂倫春人, 허저족赫哲人, 몽고족의 '원시민속품'들이 전시되어 있었다. 또한,『국립중앙박물관 시보國立中央博物館時報』제7호 및『국립중앙박물관 대경로 전시장 제1차 열품 목록國立中央博物館大經路展示場第一次列品目錄』에서는 어룬춘족, 몽고족 등의 생활 습관을 소개하기도 했다. 이 밖에도 후지야마는 부관장직을 맡은 지 얼마 지나지 않았을 무렵, 난후南湖 지역 10만 평 대지에 스웨덴 스톡홀름의 스칸디나비아 박물관을 모방한 민속박물관 설립을 시도하기까지 했다. 이는 전형적인 '오족'의 농가를 건설하는 것이었다. 1945년에 이르러 최초의 한족 민속박물관인 '어느 북만 농가某北滿農家'가 건설되었다. 정초식 행사는 1945년 8월 15일에 진행되었는데 공교롭게도 이날은 일본이 투항을 한 날이었다. 사실 후지야마는 이보다 더 큰 목표를 가지고 있었다. 바로 이를 이어 '백계 러시아 이민의 집白俄移民之家', '조선의 집朝鮮之家' 그리고 '일본의 농가日本的農家' 제2호관, 제3호관 등을 건설하는 것이었다. 그러나 이는 일본의 패망으로 인해 중단되었다. 그가 생각하는 이상적인 박물관은 단순히 흥미만을 위한 것이 아니라 학술적으로도 유익함을 줄 수 있는 곳이어야 했다. 나아가 더욱 실제적인 의의는 시민과 국민 생활의 무미건조함을 방지하는 역할에 있었다.[22]

난후 주변에 세워졌던 그 민속박물관이 오늘날까지도 보존되어 있는지는 모르겠지만, 후지야마가 쓴 '만주민속도록滿洲民俗圖錄' 제1집 『어느

---

22   藤山一雄,「ある北満の農家」, 앞의 책, 3면.

『북만 농가』는 '만주국' 시기 북만 한족 농가의 건축과 생활 습관을 온전하게 기록한 매우 보기 드문 자료이다. 생생한 생활사를 기록한 이 자료는 이후 만주의 민속 연구에 있어서 매우 중요한 문헌자료로 평가된다. '만주민속도록' 제2집은 북만 헝다오허즈橫道河子 지역에 거주하는 백계 러시아 망명자들의 거주와 생활을 소개한『로마노프카 마을ロマノフカ村』1941이고, 제3집은 하얼빈에 거주하는 만주족 기인旗人『우라烏拉』1945를 소개하고 있다.『퉁구스 민족의 숙명ツングース民族の宿命』1941은 '만주민속도록'에는 수록되지 않았는데, 이 역시 '만주'를 무대로 삼아 사라진 원주민족과 문화를 재현하는 것이었다. 한족, 러시아인, 일본인의 동향에 관한 내용을 넣은 것도 만주의 민속을 보존하기 위함이었다. 이 저서에서는 "만주국의 이상은 유색인종의 독립 자주적인 정치, 문화, 경제를 건설하는 것을 세계에 표명한다"고 제시하고 있는데, 이를 통해 '만주국'은 '오족협화'의 '왕도낙토'가 되기 위해 노력하고 있다는 점을 과시했다. 이 책과 상술한『로마노프카 마을』은 또 하나의 비판적 주제를 공통적으로 담고 있다. 그것은 바로 새로운 박물관 건설을 둘러싸고 '만주국'의 농업과 교육 정책에 대한 비판과 재만일본인이 표면적으로는 유럽의 생활방식을 배우는 것에 만족한다 하면서도, 속으로는 섬나라 생활의 전통을 여전히 고수하며 현지의 기후와 풍토에 적응하는 방법을 배우지 않아 병에 걸려 목숨을 잃는 것에 대한 비판이었다. 이러한 사실을 바탕으로 후지야마는 만주는 일본인들을 심판하는 자연의 형장이라고 비유하기도 했다. 후지야마는 이 외에도『산해관山海關』,23『항요현缸窯鎮』,24『국립중앙박물관시보』제19호부터 제21호강덕 10년 3~9월에 최초로 연재한『우라烏拉』와 같은 장문 시리즈를 저술하기도 한다. 강덕 11년에는 '만주민속도록' 제3집『우라』가 만주수문관滿洲修文館 출판사에서 발행되었다. 이는 1949년 이전 우라 지

방지 연구에 있어서 매우 희귀한 사료로 손꼽힌다.[25]

　메이지시대 이래 일본에서 박물관은 식산殖産흥업의 일환으로 개최한 박람회의 파생물박물관은 박람회의 전시품과 건물을 이용하는 상설기구였으며, 박람회는 이동하는 박물관이었다로부터 탄생한 것이었다.[26] 마찬가지로 '만주국' 국립중앙박물관의 건립은 일본의 문화 식민사업의 일환이었다. 박물관 관장직을 겸했던 민생부 차장은 다음과 같이 언급했다.

　　만주 대자연에 대한 정확한 이해가 없으면 민중의 향상을 도모하기 어려우며, 인문에 대한 깊이 있는 인식이 부족하면 공존공영의 국가적 이상을 달성할 수 없다. 하물며 우리 국가 문화 기관의 완전한 정비 상태를 대외적으로 널리 알리는 것은 일본과 만주 양국의 불굴의 결심을 발양하는 일이다.[27]

23　藤山一雄, 「山海關」, 『國立中央博物館時報』 22, 康德11년 4월. 이 글에서는 산해관의 역사, 일본이 산해관을 점령한 이후 해당 지역에 모여 사는 일본인들의 풍경, 물가 상승과 같은 생활, 민간 공예제작과 판매와 같은 일상의 모습들이 상세하게 서술되어 있다.

24　藤山一雄, 『缸窰鎮』, 『国立中央博物館時報』 23, 康德11년 7월. 해당 글에서는 항요현의 인문 역사 지리와 가마(窰)의 변천을 자세하게 기록하고 있는데, 특히 일본의 해당 지역 점령 이후 현대적 과학 기술과 전통적 공예 방식의 결합으로 도자기 제작 방식이 발전한 것을 강조한다. 후지야마는 글의 마지막 부분에서 항요현에 수많은 종류의 경영 시설을 만들 것을 제안한다. 예를 들어, 실험장을 설립하여 소품을 제작하고, 백계 러시아인을 모집해 낙농업을 실시하며, 조선인들에게는 수전(水田)을 경영하도록 하여 각자의 이익을 얻게 하는 것이다. 전통공예와 현대 과학기술을 결합한 경제기구를 설치하여 비약적인 경제발전을 실현하는 것은 국가 증산운동과도 연관되는 것이었다.

25　후대 길림의 지방지를 연구하는 데 있어 중요한 문헌이 되었다. 예를 들어, 吉林省文物誌編委會에서 편찬한 『永吉縣文物誌』(1985), 金恩暉의 『尋根集―方誌論及吉林方誌研究』(1998), 李澍田가 주편한 『烏拉全書二集打牲烏拉地方鄉土誌打牲烏拉誌曲全書』(吉林文史出版社, 1988), 皮福生의 『吉林碑刻考錄』(2006) 등의 자료는 모두 후지야마의 연구를 기초로 한 것이다.

26　相關研究可以參考金子淳, 『博物館の政治學』, 青弓社, 2001, 20~21면.

27　尹承俊·關忠, 「僞滿洲國國立中央博物館」, 收入孫邦 外編, 『僞滿文化』, 吉林人民出版社, 1993, 118면.

만주에서의 전투 작전 계획에 부응하기 위해, 1939년 2월 '국립중앙박물관'은 미나카이三中井상점에서 '시베리아 전람회'를 개최한다. 일본은 이를 통해 북방에 대한 국민의 관심을 도모하는 동시에 정부의 '국방긴급경고國防緊急警告'를 반포하기에 이른다. 그리고 이로부터 막 두 달이 지난 시점에 일본 관동군은 '노몬한Nomonghan사건'을 일으킨다. 같은 시기 후지야마가 저술한『새로운 시베리아를 보다新しくシベリアを観る』'동방국민문고제21편', 일만 문화 협회, 1939 곳곳에서는 반소反蘇, 반공反共의 언사를 쉽게 찾아볼 수 있다. 이 밖에도 후지야마는 해당 전람회 상황을『시베리아 기념전シベリア紀念展』1939.7이라는 소책자로 기록해 엮어냈는데, '서문'에서는 일본의 '만주국' 건설이 만주를 '소비에트 러시아'라는 '악마'의 손아귀에서 구해낸 것임을 역설한다. '지나支那사변중일전쟁을 의미-역자 주'이든 '노몬한사건'이든 간에 이 모두는 '악마'가 장제스蔣介石와 외몽고를 부추겨 발생한 사건이며, 그렇기에 일본군은 이 악마를 노몬한에서 소멸시키기로 결정했다는 것이다. 1940년 4월 25일부터 5월 2일까지 중앙박물관과 만일 문화 협회는 공동으로 일본 기원 2600년을 기념하는 '아스카 나라 문화 전람회飛鳥奈良文化展覽會'를 개최한다. 그러고는 일본과 '만주국' 우호의 연원을 일본의 나라시대 때 발해국과의 교류로 보고 '발해국'을 '만주국'의 역사로 편입시킨다. 이처럼 '만주국'의 지도를 다시 제도하는 작업은 매우 강렬한 정치적 의도를 반영하고 있었는데 여기에서 드러나는 지정학적 인식에 대해서는 더욱 자세히 분석할 필요가 있다.

3. 근대 일본의 '만주' 지리학 역사 지리의 정치 지리화

19세기에 들어서며 일본은 만주에 대해 야심을 품기 시작한다. 앞서 언급한『변요분계도고』라는 책은 이와 같은 일본의 정치적 야심을 드러내는 서막이었다. 소련의 역사학자들은 만주 지역의 헤이룽장黑龍江 유역 및 연안 지대를 언급하며 그곳이 러시아의 새로운 탐험가가 "직접 발견"한 "알려지지 않았던 새로운 땅"이라는 주장을 펼쳤다. 19세기 말에 이르러 '만주'는 일본, 러시아, 미국의 쟁탈전이 벌어지는 군사적 요충지가 되었다. 1894년 갑오전쟁이 발발하던 해, 일본 참모본부 편찬과에서 편찬한『만주지지滿洲地志』는 만주에 대한 일본의 군사적 야심을 분명하게 드러내는 것이었다. 잇달아『만주요람滿洲要覽』1905,『만주지滿洲志』16권, 1911~1912 관동도독부 편찬,『만주지지滿洲地志』2권, 1918~1919가 편찬되었다. 시라토리 구라키치白鳥庫吉, 1865~1942가 주임을 맡은 '만선역사지리조사부滿鮮歷史地理調査部'1908.1 설립되어 같은 해 말 '만선역사지리조사과'로 변경, 1915년 폐지되었다가 이후 도쿄제국대학에 귀속는 1908년 1월부터 1914년 12월까지 '만선역사지리조사사업'을 벌였다. 학술반은 1914년 12월부터 1941년 10월에 걸쳐 '만선역사지리조사부'를 거점으로 조사 작업을 이어갔고,『만주구관조사보고滿洲舊慣調査報告』,『만주역사지리』,『만주대지도』,『조선역사지리』를 비롯해『만주지리역사연구보고』1941년까지 총16권 편찬 등과 같은 일련의 조사보고서와 연구전문서를 편찬했다. 이에 참여한 동양사 학자들은 '만주'를 관리하는데 필요한 완벽한 역사 서사의 방법과 이론적 틀을 제공했다. 그런데 청나라 말기 '다루駝虜 : 청조를 비하하는 말—역자 주'를 몰아내고 중화의 회복을 외쳤던 시대적 흐름 속에서 한족 출신의 혁명가들은 만주족몽골족, 티베트족도 포함을 '이종異種'으로 간주하여 국적에서 추방한다. 이와 관련한 가장 전형적인 사례가 바로 진천화陳天華의 『맹회두猛回頭』이다. 이처럼 이역화된 '만주'는 무의식적으로 일본 지리학자들의 의도와 결합하게 된다. 민국 초기 중국 사회 내에서 '만주족'에 대한 차별은 보편적이었기에 많은 만주족 기인이 한족의 성씨로 개명하기도 했다. 1910년대 일부 중국인들은 '만주'가 청대에 '중국'이라는 명칭이 있기 전 쓰이던 국명과 부족명이었다는 관점을 제기하며 '만주' 명칭에 대한 일본 학자들의 고증 과정에서 드러나는 또 다른 속셈에 반박하기도 했다.

> 근래 일본 학자 이나바 이와키치稻葉岩吉 등이 만주 여진을 고찰하며 만주라는 국호가 숭덕崇德 이전에 쓰였던 흔적이 전혀 없다고 말한다. 그러나 이는 큰 의문을 불러일으킨다. 현재 청대 관서官書와 일본이 수집한 명인明人 및 조선인의 기록을 조사해 보면 청나라 사람들이 속임수를 썼다는 의심이 확실히 들게 하며, 일본인들 역시 치밀하지 못한 부분이 있음을 보여준다.[28]

그러나 이러한 목소리는 매우 미약했는데 '만주족'이 멸시의 기호로 인식되며 '만주'와 관련한 학술연구가 진척되지 못했기 때문이었다. 이러한 상황은 '9·18사변' 이후 중국 학계에서 국제 정세에 대처하기 위한 방편으로 만주의 기원과 관련한 소책자 몇 권을 성급하게 제작했다는 사실만 보아도 알 수 있다.

'만철'의 초대 총장이었던 고토 신페이后藤新平는 타이완 총독부 민정 장관직을 맡은 이후, "식민 정책은 생물학"이라는 이론을 펼쳤다. 이는 식민 정책이 식민지의 자연과 인문적 특성을 고려해야 하며, 그렇기에 반드시

---

28   佚名,「滿洲名稱考」,『東方雜志』 제10권 제12호, 1914.6.1.

현지 토지에 대한 조사와 호구조사, 풍속에 관한 조사가 이루어져야 함을
의미하는 것이었다. 이는 베네딕트가 정리한 독특한 식민 정치의 내용과
도 맞물리는데 생물정치는 지식과 권력을 합쳐 인간의 신체를 통제하는
것이었다. 상술한 시라토리 구라키치 및 기타 동양사 학자들이 실행한 역
사 지리 연구는 고토의 이와 같은 이론을 구체적으로 전개한 것으로 볼
수 있다. 그리고 이것의 학술적 특징 중 하나는 '만선일체滿鮮一體', '만몽불
가분'과 같은 역사 지리관을 강조하는 것이었다. 즉, 만선滿鮮, 만몽滿蒙은
문화, 풍속, 신앙, 습관, 인종 방면에서 동질성을 가지고는 있지만 한족과
는 판이하다는 주장이다. 다른 한 가지는 역사적으로 주변의 소수민족과
한족이 항상 대립의 상태에 있었음을 강조하는 것이었다. 그렇기에 여러
민족이 서로 다투는 것은 정상적인 일이며 중원왕조의 '만주' 통치는 일
시적인 역사라는 것이다. 만리장성을 경계로 삼는 아시아 지리에서 여러
민족이 합류하는 지점에 위치하고 있는 '만주'는 '사이의 공간間空地'으로
그것은 어느 국가에도 속하지 않는 '주인 없는 땅無主之地'인 것이다.[29] 근대
이전, 세계 각지가 '영토화'되는 과정에서 일본은 서양이 제정한 국제법
을 신속하게 수용했다. 그러고는 이를 기반으로 하는 완전히 새로운 지리
인식과 정치적 수사를 동원해 그동안 '미개'한 것으로 간주되어 왔던 '만
주'의 범주를 마음대로 절단하기 시작했다. 결국 이곳은 근대 일본의 문
화와 정치 실천에 있어 중요한 공간으로 변모했다.

'만주'를 '사이의 공간'이자 '주인 없는 땅'이라고 칭하는 주장에 대해서
는 기존의 연구는 물론이고 근래에도 계속해서 발표되고 있는 문헌자료
들을 근거로 충분한 반박이 가능하다. 북만北滿을 예로 들자면, 이곳은 일

---

29   '사이의 공간(間空地)'과 관련한 논술은『白鳥庫吉全集』10, 岩波書店, 1971, 152~153
      면 참고.

찍이 강희康熙시대부터 실시된 봉쇄 정책으로 인해 인구가 희박했던 것은 사실이다. 하지만 그렇다고 해서 이것이 해당 지역에 대한 행정관리의 공백을 의미하는 것은 아니었다. 일찍이 헤이룽장 지역에서는 러시아의 확장을 방어하는 군사적 필요성에 의해 당시로서는 매우 정밀하다고 여겨졌던 『황여전람도』가 제작되기도 했다.[30] 이와 관련해 쑹녠션宋念申의 「'무인지대'의 발명 – 제국, 식민과 국제법의 언어환경에서의 중조中朝 변경」이라는 글은 다음과 같이 지적한다.

청나라는 둥베이를 중요한 근원지로 간주해 봉쇄 정책을 실시했고, 이로 인해 중·조 변경 지역의 인구는 매우 희박했다. 바꿔 말하면, 해당 지역에 대한 청나라의 효과적인 통제로 인해 강북 지역의 인구가 희박했던 것이지 이것이 결코 '자연적인 형성'에 의한 결과는 아니라는 것이다. 변경 지역에 이른바 '광기지계曠棄地界'를 설정한 것은 사람들의 거주를 금지하기 위한 것일 뿐, 영토를 포기하거나 (국제법적 의미에서) 주권을 포기하는 것으로는 해석할 수는 없다.[31]

주변 소수민족에 대한 한족의 압력 역시 일본인들이 주장하는 정치적 수사에 불과한 것이었다. 만한삼합滿漢滲合 현상에 관한 고찰을 통해, 래티모어Owen Lattimore는 이것이 변강 지역에서 패권을 다투던 만주족이 출정 과정에서 한족을 이용했기 때문이었음을 지적한다. 게다가 이들은 '한족의 변경'을 점령하는 것 외에도 한족의 농업경제와 정치조직을 만주족

---

30   Peter C. Perdu, "Boundarie, Map, and Government : Chines,Russia,and Mongolian Empires in Early Modern Central Eurasia", *The international History Review* vol.2, no.2, 1998, 263~286면.

31   宋念申, 「發明"無人地帶"—帝國, 殖民與國際法語境下的中朝邊境」, 『區域』 7, 2019.

세력으로 통합해야만 했다. 변방의 한족 사회는 외부 민족의 억압 속에서 중원에 있는 한족 왕조의 보호를 받지 못했고, 결국 비한족 침입자의 통치역량에 투항하게 된다. 이러한 연유로 청나라 팔기에는 한기漢旗가 존재하는 것이다.[32] 이와 관련해서는 만주족 정권의 적극적인 한족화漢化도 고려할 수 있다. "만주족 흥기의 첫 번째 결과는 한족의 농경과 성지城池, 공예 기술을 만주족 사회 내부로 끌어들인 것인데, 이는 명나라 시기의 발전보다 더욱 심화된 것이었다."[33] 게다가 경제 형태나 생활방식, 사회는 계속해서 변하는 것이기 때문에 서로 다른 민족 간의 결합은 매우 자연스러운 과정으로 볼 수 있다. 이와 관련해서는 "둥베이 지역 동부 및 고려 북부의 퉁구스족과 고려 민족의 특성체형은 서북부 퉁구스족과 몽골족 특성의 결합을 보여줌"[34]과 같은 사례를 들 수 있다. 그렇기에 만한삼합의 역사는 한족이 만주족을 정복하고 침략했던 역사로는 보기 어렵다.

'만주국' 건국이라는 역사적 사건에 대한 호응으로 1932년 삼성당三省堂에서는 『만주국지리』를 편찬한다. 해당 저서에는 예로부터 다민족이 모여 살던 만주 지역에서 아시아 인종인 퉁구스족과 만주족은 가장 선진적인 민족이었다고 서술되어 있다. 그러나 지나 본토에 대한 끊임없는 정복 전쟁으로 인해 만주는 점차 무인지대로 변모했다는 것이다.[35] 그러나 이런 논리는 과학적 조사라는 미명하에 '만주'의 역사를 왜곡하는 것일 뿐, 실제로는 만주의 여러 민족이 서로 투쟁하고 결합했던 역사를 분명하게 밝혀내지 못하는 것이었다. 아울러 당시 '만주'에 인구 3천 400만 명의

---

32 拉鐵摩爾, 唐曉峰 譯, 『中國的亞洲內陸邊疆』, 江蘇人民出版社, 2005, 83~84면.

33 위의 책, 85면.

34 위의 책, 75면.

35 三省堂編輯所 編, 『滿洲國地理』, 三省堂, 1932, 5~6면.

사람들이 살고 있다는 사실 역시 무시하는 것이었다. '만주국'이 창건된 지 얼마 지나지 않았을 때, 저명한 몽골 학자 래티모어 역시 이른바 '만주'라는 명칭은 외부에서 유입된 것으로 중국어로는 적절하게 번역할 수 없다고 지적했다. 그리고 이 명칭의 탄생은 19세기 후반 일부 국가들이 중국에 대한 정치적 침략을 시도하기 위해 둥베이 지역을 하나의 완전한 독자적인 구역으로 간주하며 만주라는 명칭으로 부르기 시작한 데서 출발한다고 설명한다.[36] 이어서 그는 다음과 같이 말한다.

소위 '만주국'이란 '만주'보다 더 억지스러운 것임은 말할 필요도 없다. 그것은 두 개의 중국어를 결합한 것으로 '만주인의 국가'라는 의미를 지닌다. 그러나 이것은 중국인이 사용하는 명칭도 아니고, 만주족이 사용하는 명사에서 번역해온 것도 아니다. 이는 절대적으로 침략자가 사용하는 모욕적 명사이자 숨길 수 없는 사실을 회피하려는 의도를 다분히 지닌 것이다. '만주'는 원래 지리 명사이지만 '만주국'은 정치적 허사에 불과하다. 이는 둥베이 민중들에게 그들이 정복된 위치에 처했음을 인정하도록 강요하는 것이다.[37]

이와 같은 래티모어의 논술은 역사의 정의正義를 보여주고 있다. 그러나 '만주'라는 명칭이 외부 침략자에 의해 창제된 것이라는 부분은 역사적 사실과는 부합하지 않는다. 게다가 '만주국'이라는 명사가 왜 모욕적인 것인지, 이에 대한 판단과 해석에 있어서 그는 깊이 있는 설명을 하지 못하고 있다.

일본인들은 현지인들이 '만주국'을 인정하도록 만들기 위한 방안으로

---

36   拉鐵摩爾, 唐曉峰 譯, 앞의 책, 70면.
37   위의 책, 71면.

길을 지나는 행인에게 어느 나라 사람인지를 묻고, 만약 그가 '중국인'이 라고 대답하면 심한 매질을 하는 계획을 세운다. 당시 한족 인구가 전체 인구의 80%를 차지했던 '만주국'은 사실상 '만주족'의 '국國'이 아니었으 며 '만주어'는 거의 생명력을 잃은 언어였다. 그러나 만주국 정권의 합리 화를 위해 일본은 본질은 사라져버린 국명을 채택했을 뿐만 아니라, 중 국어를 '만주어'라는 이름으로 바꾸어 부르기 시작했다. "만주로 가라!"는 구호 아래 일본에서는 한때 '만주어' 열풍이 일기도 했다. 당시 일본에 갔 던 중국인의 묘사에 따르면 다음과 같다.

> '만주어'는 최근 2년 동안 일본 전국 각지에서 미친 듯이 선전되고 있으며, 이 기회를 잘 잡으려는 서점들도 앞다투어 이런 종류의 책자를 인쇄하고 있다. 고베의 번화한 거리 곳곳에서 나는 '만주어 강습반' 학생을 모집하는 간판이 상점의 세일 간판과 함께 서 있는 것을 보았다. 그들은 '비상시대非常時代'에 대 비해 어떻게든 '만주어'를 빨리 배워야 한다고 말하는데, 학비는 정말 저렴해 서 한 달에 5각角밖에 받지 않는다.[38]

그러나 교재에서 가르치는 '만주어'라는 것은 사실상 둥베이 방언, 산 둥 방언, 베이징 방언에 지나지 않았다. 그렇기에 "일본인들은 어떻게 해 서든지 중국어를 '만주국'에 끌어들이려는 잔꾀를 부렸지만, 항상 궁지에 몰릴 뿐이었다."[39] 당시의 중국인들은 다음과 같은 질문을 던진다.

> 폭력적인 일제가 위僞정권만주국을 의미-역자 주을 만든 이후, 세상 사람들의 이목

---

38 遺名,「"滿洲語"?」,『國語周刊』189, 1935.5.11, 3면.
39 위의 책, 4면.

을 가리기 위해 적극적으로 택한 방식은 '만주인滿洲人'을 만드는 것이었다. 그래서 3천만 명의 한인漢人을 강제로 위적僞籍에 편입시켰고, 이 외에도 이른바 순수 혈통의 '만인'을 제창하며 만주국의 명실상부를 도모했다. 이는 최근 허저족과 한인의 결혼을 금지하는 명령으로까지 이어졌는데, 그들은 이로써 순수 혈통의 만주족을 유지할 수 있다고 주장하며 꼭두각시 놀음을 하고 있다. 그야말로 일본인의 정성이 미치지 않는 곳이 없다고 말할 수 있겠다. 그러나 우리는 다음과 같이 단언한다 : 비록 일본인들이 폭력을 사용해 둥베이를 점령하고 위정권을 만들었다 하지만, 3천만 명의 한족을 '만滿'화시킬 수는 없다! 근래 일본인들은 둥베이의 민의를 강탈하여 이들이 중국과 중국인이라 말할 수 없게 만들었다. 그런데 도대체 누가 '만주인'이란 말인가? '만주인'은 도대체 어디에 있는 것인가?[40]

여기에서 짚고 넘어가야 하는 한 가지 사실은 비록 허저족이 여진의 후예이기는 하지만 만주족과는 다른 민족이라는 것이다. 이렇듯 '만주국' 시기 '만주족', '만주어'의 공동화空洞化 문제는 너무나도 명백한 사실이었다. 그런데 제2차 세계대전 이후부터 현재에 이르기까지 '만주국' 연구에 있어서 각종 개념의 사용은 전혀 문제시되지 않아 왔다. 관련 연구자들은 '만계滿系'와 같은 개념을 자유롭게 사용하며 이에 대한 단순한 설명만을 제시했을 뿐, 이러한 개념의 배후에 존재하는 식민주의 유서遺緒는 인식하지 못하였다. 2016년 타이완 신주新竹 칭화대학淸華大學에서 열린 동아시아 식민주의문학 세미나에서 만주어 작가 관련 연구로 박사 논문을 쓴 만주족 출신 박사생 왕팅춘汪亭存은 해당 자리에 모인 반식민주의문학 연

---

40   樊哲民, 「"滿洲人"在哪裏?」, 『黑白』 제3권 제7호, 1935.4.15.

구 단체들에 다음과 같은 질문을 던진다.

우리는 '만주', '만계', '만주어'와 같은 개념의 배후에 있는 식민주의 지식 생
산의 논리는 고찰하지 않은 채 식민주의 도구의 역할을 하는 개념들을 사용한
다. 이렇게 해서 우리가 과연 식민주의 역사를 정리할 수 있는가?

이어서 그는 '만주족', '만주어' 연구 시각의 장기적인 부재가 '만주국'
과 동아시아 식민주의 연구의 비정상적인 학술 상태를 야기했다고 지적
한다.

우리는 만주와 관련한 일본의 식민주의 색채를 지워나가는 작업을 상
당히 중요하게 여기는 동시에 지속해가고 있다. 일례로 동양사학 연구에
서 식민주의 색채를 지워가는 과정에 관해 어떤 학자는 다음과 같이 지
적한다.

시라토리 구라키치가 구축한 '만주'는 두 가지 특징이 있다 : 첫째, 당시 중국
의 역사와 정치적 언어환경에서 '만주'는 민족 또는 부족 개념, 즉 청나라를 세
운 만(주)인이었다. 그러나 시라토리는 몰래 이것을 문화 지리의 개념으로 바
꾸었다. 이는 본질적으로 중국의 역사 지리 판도에서 '실존'하는 '만주'를 허구
화하는 것이었다.[41]

---

41   文春美, 「近代東洋史學浸染殖民色彩」, 『中國社會科學報』, 2017.9.11. 사실상 필자는
'만주'의 개념을 청산(정리)할 때 그것이 부족명인지 혹은 지명인지는 논쟁의 핵심이
아니라고 생각한다. 오히려 핵심은 '만주'에 대한 일본 자리 학자들의 정의, 경계 획정
등에 있다. 왜냐하면 근대 일본 관방에서도 '만주'가 부족명이라는 것을 부인하지 않았
기 때문이다.

그 논리의 근원을 추적해 본다면, 이는 오랜 시간 동안 유지된 중국인들의 견해이기도 하다. 예를 들어, 1931년 '9·18사변' 발발 전야에 중국 정부는 다음과 같이 말한다.

만주 및 남만주, 북만주 등의 호칭은 외부인이 부여한 것으로, (…중략…) 우리 고유의 명칭이 아니다. 만주라는 두 글자는 문구文球, 만주滿住, 만수曼殊 등 방언에서 떨어져 나온 것으로 본래는 불호佛號였다. 중국의 문자로 이를 해석하면 사실 아무런 의미가 없는 것이며, 처음에는 일본의 서적에서 많이 보이던 것으로 우리나라 역사에서는 흔히 볼 수 있는 것이 아니었다. (…중략…) 만주라는 두 글자는 공문 및 행정구역을 의미하는 명사가 아니고, 남만과 북만은 더더욱 이에 해당하지 않는다. 외부인이 이런 명칭을 부여한 의도를 추측해 보면 이 지역이 중국의 고유한 땅이 아니며, 이곳을 중국의 일반 행정구역으로 인정하지 않고 몽골, 티베트 등과 같은 지방으로 보는 음험한 시각을 드러내는 것으로 상당히 위험한 것이다.[42]

게다가 근대 이래 일본 정부는 분명히 이와 같이 논술한다. 일본 참모부가 1894년 편찬한 『만주지명』商務印書館, 1904판본, 일본의 랴오둥遼東 병참감독부에서 편찬한 『만주요람』遼東新聞社, 1905, '만주국' 시기 만주 사정 안내소滿洲事情案內所에서 개정한 『만주지명고』만주사정안내소, 1938는 모두 '만주'를 지방명으로 사용하는 동시에 이를 부족명으로도 여겼다.

더 긴 시간의 역사를 거슬러 올라가보면, 청나라 말기 이래 정부의 공문서나 뉴스 매체, 예를 들어 『신민총보新民叢報』, 『청의보淸議報』, 일본에서

---

42   佚名, 「滿洲及南滿洲北滿洲名稱之由來」, 中國國民黨山西省執行委員會宣傳部, 『宣傳半月刊』19, 1931.6.1, 6면.

창립한 신문『절강조浙江潮』,『강소江蘇』,『대륙大陸』,『유학역편游學譯編』,『만국공보萬國公報』,『외교보外交報』,『신문보新聞報』 등에서는 일률적으로 '만주'를 족명과 지명으로 병용했음을 알 수 있다. 청나라 말기 중국에서는 '다루'를 몰아내자는 사회적 물결이 일어났고, 민국 내전 시기에는 지역 분열주의가 등장했다. 그리고 둥베이는 러시아, 일본의 제국주의에 의해 분할되었다. '차次' 제국주의 / 내부 식민 통치를 겪은 시기에는 "만주는 중국의 신민臣民이 아니다"[43]라는 언론이 다수 등장하는데, 이 시기 '만주'라는 개념은 여전히 족명과 지명으로 겸용되었다. 시간을 좀 더 거슬러 올라가 보면, 우리는 '만주'라는 단어가 이미 명나라 중엽 시기에 등장했으며 일찍이 국國 : 부(部)와 족(族)의 명칭으로 공인되었다는 사실을 발견할 수 있다. 건륭乾隆 42년1777, 20권에 달하는 저명한 민족사 지리지『만주원류고』가 개정청나라 아계(阿桂) 등이 칙령을 받고 편집 되며 '만주'는 규범화되었다. 이 책은 부족, 강역, 산천, 풍속의 네 가지 방면에서 둥베이 지역 소수민족에 관한 각종 기록을 고증하고 있는데, 만주 각 민족의 역사, 언어, 지리, 풍속의 원류를 고찰하는 과정에서 '만주'는 부족명과 지명으로 동시에 사용되었다. 이러한 사실은 수많은 선행 연구를 통해서도 밝혀진 바 있다.[44] 그러나 이와 같은 연구 시각은 식민주의 연구와는 다소 동떨어진 경향을 보인다. 이밖에도 청나라 4대 황제가 편찬한『만주실록滿洲實錄』과『팔기만주씨족통보八旗滿洲氏族通譜』 등을 들 수 있다. 그러나 이러한 문헌 자료들은 근대 일본의 '만주' 지리학 저서에서 보이는 수량, 측량, 통계, 분류, 공식 등의 방법이 부족하기에 '비과학적'이고 신뢰하기 어려운 것으로 여겨졌

---

43 韋裔,「辨滿州非中國之臣民」,『民報』 제1권 제18호, 1907.12.25.

44 神田信夫,「滿洲國號考」,『故宮文獻』 3卷 1期; 黃彰健,「滿洲國號考」,『歷史語言研究所集刊』 37, 1967.6; 滕紹,「滿洲'名稱考述」,『民族研究』 4, 1996.

다. 이에 대해 일본의 자리 학자 다나카 슈사쿠田中秀作는 자신의 저작『만주지지연구滿洲地志研究』의 서문 첫머리에서 다음과 같이 말한다.

얼마 전부터 지나에서 전개된 지리학 연구를 반영한 것으로, 이는 말할 것도 없이 비과학적인 지리서이다.[45]

결국 새로운 지리와 정치적 수사는 중국 전통의 지리지 서사와 관할의 개념을 대체하게 된다.

실제로 청나라 관리들이 역사 지리를 수정한 이후부터 '9·18사변' 발발에 이르기까지 오랜 시간 동안 중국 내에서는 둥베이의 지지를 연구한 영향력 있는 저서가 부재했다. 이에 대해 어떤 학자는 원통해 하며 다음과 같이 말한다.

둥베이에 대한 연구 성과로 따지자면 일본은 둥베이를 빼앗아 갈 수도 있다. 만약 국제연맹이 학술적 연구의 성과를 중시한다면, 우리가 임시방편으로 제작한 책 몇 권은 실패한 것이며 둥베이의 4성을 그들에게 내어주어야 할 것이다!

그가 문제 해결을 위해 제시한 방법은 일본과 러시아 학자들의 태도를 본받아 둥베이에 대한 실태 조사, 현지 고고학 사업을 진행하는 것이었다. 아울러 "가장 좋은 방법은 러시아나 일본에서 가서 1~2년 동안 살며 그들이 둥베이에서 얻은 골동품이 도대체 무엇인지, 그들의 연구 상황이

---

45   田中秀作,『滿洲地志研究』, 古今書院, 1930, 1면.

어떠한지를 살펴보는 것이다. 만약 실제로 외국 전문가와 함께 몇 년 동안 같이 작업을 할 수 있다면 매우 방대한 지식을 얻을 수 있을 것이다". 이와 더불어 그는 ① 몽蒙, 만滿, 선鮮 등의 언어 문자 능력, ② 제도술, 통계학, 고고학 등의 연구 방법을 갖출 것을 제시했다.[46] 이는 둥베이 문제에 대한 중국 역사 지리학자들의 실어 상태와 초조함을 강렬하게 표출하는 것이었다. 역사 지리 연구 분야에서 권위 있는 학술지로 꼽히는 『우공禹貢』은 중국 변방 도처에서 위기가 발생했을 때 창간된 학술지로 발행인과 기고자는 학술을 통한 구국을 자신들의 임무로 여겼다. 그러나 둥베이 문제와 관련해서 이들은 일본의 지리학 연구 방법을 열심히 공부하고자 했으며 일본의 '만주' 지리학 연구 동향에도 큰 관심을 기울였다. 이와 관련한 연구로는 『일인연구만주근세사지동향日人研究滿洲近世史之動向』 제6권 제3~4합기, 나카야마 규시로中山久四郎가 저술한 『삼백년래지만주연구三百年來之滿洲研究』 제6권 제10기, 나리타 세쓰오成田節男가 저술한 『「우공」의 「둥베이연구전호東北研究專號」』 제6권 제11기 등을 들 수 있다. 간혹 『우공』에는 지도 제작과 관련한 연구 및 글이 게재되기도 했다. 그러나 '7·7사변'의 발발과 함께 『우공』은 정간되었다. 그중에서도 나리타 세쓰오의 글은 상당히 주목할 만하다. 『우공』에 수록된 동북 관련 연구 저작을 모두 수집한 그는 이중에서 학술성이 있다고 칭할 만한 글은 없으며, 그저 폄하의 언사만이 있을 뿐이라고 혹평한다. 이 글을 번역한 왕화이중王懷中은 '역자의 말'에서 이와 관련해 『둥베이연구전호』는 엔징대燕大, 베이징대 학생들 및 둥베이 문제에 관심 있는 사람들이 모여 쓴 글들을 종합한 것으로 연구 성과로 칭할 만한 것들은 아니며 그저 둥베이 문제에 대한 독자들의 관심을 불러일으키기

---

46   馮家升, 「我的研究東北史地的計劃」, 『禹貢』 제1권 제10호, 1934.7.16.

위한 것임을 피력한다.

　이 평범한 책이 '만몽학' 분야에서 저명한 동양 학자들의 비판과 소개를 불러일으킬 줄은 전혀 생각지도 못했다. 이것은 본지로서는 매우 영광스러운 것이다! (…중략…) 나리타 세쓰오 씨가 본지에 실린 글 몇 편의 약점을 지적했는데 여기에 대해서는 부인하지 않겠다. 『만주사연구』를 읽었을 때처럼 확실히 몇몇의 글들은 매우 천박하고 혼란스럽다는 것을 느끼는 바이다.[47]

　이 시기 맹삼孟森, 정천정鄭天挺, 풍자성馮家昇과 같은 사학자들은 '만주'의 명칭과 관련해서 이는 족명일 뿐 지명은 아니라는 의견에 동의했다. 이와 더불어 만몽학 연구에서 가장 탁월한 성적을 보여준 도리 류조鳥居龍藏를 거론하자면, 그의 학술 성과를 비롯한 연구 방식은 특히나 중국인들의 큰 주목을 받았다. 그리하여 그와 관련한 매체 보도는 물론이고 각지에서 수많은 초청 강연 요구가 밀려 들려왔다. 심지어 그는 연경대학에 초빙되기까지도 했다. 이에 대한 당시의 여론은 다음과 같았다.

　우리가 지금 어찌 도리 류조 씨만을 꺼리겠는가, 무릇 우방 사람들 모두에게서 두려움을 느낀다. 단순히 이들을 꺼린다기 보다는 사실은 존경하고 애정하는 연유로 질투하고 증오하는 지경에 이르렀다. 비록 이들을 미워한다고 하지만, 이는 실상 스스로를 원망하는 것이기도 하다. 오늘날 우리는 자신을 원망하며 하릴없이 우방 학자들에게 최고의 존중을 표하고자 하는데, 이는 우방의 무학無學과 비非학자에까지 이른다.[48]

47　成田節男, 王懷中 譯, 「『禹貢』的「東北研究專號」」, 『禹貢』 제6권 제11호, 1937.2.1.
48　社論, 「鳥居龍藏及其同倫」, 『晨報』 第二版, 1939.9.27.

전쟁이 끝난 다음 해, 『연경신문燕京新聞』에는 도리 류조를 소개하는 글이 실렸다. 여기에서는 그를 "초국제적 학자", "전쟁을 증오하고 평화를 사랑하는 자"[49]라고 소개하고 있다. 전시戰時가 아니라 해도 중국 학계에서는 일본 동양사학에 대한 우려가 있었지만, 결국에는 이를 의존할 수밖에 없는 상황에 처하게 된 것이다. 그러나 일본 동양사학이 지니는 제국적 성격은 시종일관 대중들에게 알려지지 않았다.

다음으로는 윤함구淪陷區 이외 지역에서의 중국 사학의 논술을 살펴보고자 한다.

중·일 간의 전면전이 발생한 이후 남방으로 이주한 저명한 역사학자 고힐강顧頡剛은 윈난雲南 쿤밍昆明에서 다음과 같은 글을 쓴다.

가장 가슴 아픈 일은 제국주의자들이 우리를 분화시키는 몇몇의 명사를 만들어 널리 퍼뜨렸고, 우리가 그들의 속임수에 넘어가 마음대로 이용당했다는 사실이다. 모두가 매일 입으로 말하고, 붓으로 쓰면서, 이 몇몇의 명사는 매우 커다란 분화 작용을 일으켰고, 실제로 토지와 사람이 대략의 부분으로 나뉜 것과 같이 느껴져 단결을 도모하는 데 많은 어려움을 증가시켰다. 이와 관련해서는 우리 지식인들의 어리석음을 책망하지 않을 수 없는데, 이로 인해 국가를 전례 없는 위험에 빠뜨렸다.[50]

그는 또 다른 글에서 다음과 같이 말한다.

외부인들은 우리의 만주를 Manchuria라고 부르고, 만인을 Manchus라고 부

---

49   人物志,「鳥居龍藏」,『燕京新聞』1, 1946.12.30.
50   顧頡剛,「"中國本部"一名亟應廢棄」,『益世報』, 1939.1.1.

른다. 몽고는 Mongolia, 몽고인은 Mongolian이라고 부른다. 신장은 East Turki-stan으로, 회족은 Mohammadans라고 부른다. 더군다나 우리의 열여덟 개 성省은 China Proper로, 한인은 Chinese로 부르며 우리의 국가를 다섯 국가로 나눈 뒤 만滿, 몽蒙, 회回, 장藏은 중국의 외부로 숨겨버린다.

예전에 우리가 이들을 불렀던 명칭은 서역西域이었다. 현재는 신장성新疆省으로 부르는데, 그들은 이를 무시하고 굳이 '동투르키스탄'으로 부르고자 한다. 이는 해당 지역을 서쪽에 있는 튀르키예와 연결하고 동쪽에 있는 본국 정부와 멀리하기 위한 목적을 뚜렷하게 드러낸다.[51]

비록 고힐강은 식민주의자들의 지리 개념에 대한 변조 문제를 인식하기는 했지만, 학리적 차원에서 그 개념의 연원과 의미를 정리하고 이를 회복시키는 데까지는 이르지 못하였다. 1939년에 발생한 "중화민족은 하나"라는 거대한 토론 과정에서 그는 문제의 실질을 제대로 파악하지 못한 채 공허한 주장을 이어갔다. 그리하여 학술을 통해 민족의 정서를 고양하고자 했던 그의 초심은 결국 실현될 수 없었다.

여러 가지를 비교해 본다면, 만주의 지리는 여태껏 근대 일본 자리 학자들의 연구와 같이 그렇게 명료하게 세상에 드러났던 적이 없었다. 그러나 이 시기 지식과 과학은 비정상적인 방식을 통해 권력과 결합하게 된다. 지문을 채취당한 만주의 백성, 번호가 매겨진 야외 민속박물관의 만주 사람들, 나아가 상술한 각 분야에서처럼 '만주' 전체는 일련의 번호 아래 놓여 식민 권력의 굴레 안에 갇힌 채 더욱 철저히 박탈당했다. 요컨대, 고효율의 통치는 다른 한편으로 강도 높은 억압을 초래했다. 이와 동시

---

51   顧頡剛,「續論"中華民國是一個"-答費孝通先生」,『益世報』, 1939. 5. 8.

에 비과학적 범주, 예를 들어 역사 서술에서는 사료의 선택적 사용, 개념을 몰래 바꾸는 행위, 역사를 왜곡하는 상황들이 존재했다. 일본 학자들은 줄곧 과학을 중시했지만 '만주' 개념에 관한 원자료와 주요 정보는 외면한 채 지명으로서의 '만주'라는 단편적 특징만을 강조하며 자신들만의 만주 역사를 구축하는데 유용한 자료만을 선택적으로 사용했다.

현재 일본 사학계 내에서는 '만주'에 관한 연구와 관련해 자성의 목소리가 나오고 있다. 쓰카세 스스무塚瀬進는 다음과 같이 소개한다.

현재 일본에서 '만주'라는 용어를 사용하면 '만주국'을 긍정하고 인정하는 것으로 여겨진다. 앞에서 서술한 바와 같이 만주는 국명이자 민족명이지 지명은 아니다. 만주어에서 '만주'는 지명을 의미하지 않으며, 만주인 스스로도 그들의 생활 공간을 '만주'라고 부르지 않는다. 야노 진이치矢野仁一에 따르면 만주를 지명으로 사용한 사람은 유럽인들이었는데 그 시기는 대략 1830년대였다. 그러나 나카미 다테오中見立夫는 일본에서 만주가 지명으로 쓰인 것은 유럽보다 이른 18세기 말, 19세기 초라고 주장한다.나카미 다테오,「지역 개념의 정치성(地域概念的政治性)」,『アジアから考える1交錯するアジア』, 도쿄대 출판회, 1993[52]

이어서 쓰카세 스스무는 중화민국 이래 '둥베이東北'란 호칭을 쓰는 것이 '만주'를 지칭하는 데 적합하지 않으며, 이 역시 정확하지 않은 개념이라고 소개한다. 그러나 그는 한 가지 예외적이고도 의미심장한 현상을 밝혀냈는데, 그것은 바로 중국공산당이 설립한 '중국공산당 만주 위원회'라는 명칭이다. 그는 중국공산당 문건을 근거로 이들이 지역과 관련될 때는

---

52   塚瀬見,『満洲国「民族協和」の実像』, 吉川弘文館, 1998, 21~22면.

둥베이, 동삼성東三省이라는 명칭을, 당 조직과 관련된 사항에는 '만주'라는 명칭을 사용하고 있다고 유추한다. 그리고 그는 나카미 다테오의 관점을 인용하여 이는 아마도 중국공산당 운영에 깊이 개입한 코민테른즉 유럽인의 지역 인식이 '만주'라는 지명을 채용하였기 때문이라고 추정한다.[53]

4. 맺으며 '만주' 개념과 식민 상흔의 정리 문제

후지야마 가즈오는 '만주'의 지리, 박물관 등과 관련한 가치 체계의 실천에 있어 자신의 세계적 시야를 비롯해 명확하고 연속적으로 순환하는 서사의 틀을 보여주었다. 그는 만주의 인구조사와 지도 제작의 성과를 박물관에 전시하며 자신의 '만주' 지리를 효율적으로 정의했다. '만주' 강역에 관한 그의 이론적 틀은 근대 이래 일본 동양사학의 연구 방식에서 탈피한, 강렬한 인문색채와 식민색채를 동시에 겸비한 것이었다. 그러나 당시 풍부한 저술 활동과 함께 출판 시장에서도 큰 영향을 끼쳤던 자리 학자 후지야마 가즈오는 전후 일본에서 전개된 '만주국' 일본 자리 학자의 조사 활동 연구에서는 큰 주목을 받지 못했다.[54] 이는 아마도 "전후 일본의 지리학 연구를 식민지 관련 연구로 보아 금지했던" 일본의 학술적 생태와 중요한 연관성을 가질 것이다.

후지야마 가즈오는 인문학에 대한 농후한 관심과 인류 생활에 대한 광

---

53   위의 책, 22면.
54   參考柴田陽一, 「「満洲國」における地理學者之その特徵」, http://hdl.handle.net/
      2433/187994. 이 논문은 '만주국'의 자리 학자에 대해 심도 있는 논의를 전개하고 있
      으나 후지야마 가즈오에 대한 언급은 하지 않고 있다.

범위한 이해를 겸비하고 있는 인물이었지만, 그가 '만주'를 만들어 가는 방식은 여전히 일본제국을 추종하는 동양 학자들의 방법론으로부터 파생된 것이었다. 그들은 측량, 데이터, 분류, 통계의 방식을 제국의 도구로 삼았고, 국제법에 명시된 '주인 없는 땅'에 대한 규정을 교묘하게 이용하여 만주의 지도를 재측량하고 경계를 획정해 나갔다. 나아가 '만주', '만주족', '만주국'이 내포하는 의미의 변조를 토대로 균열을 형성하고, 군사와 정치 영역에 대한 통치와 경제 약탈을 일삼았으며, 지식 생산과 문화 패권의 결합을 통한 더욱 철저한 식민 통치를 실행하려는 목적을 달성하고자 했다. 식민주의에 대한 비판을 전개할 때, 우리는 종종 문화적 식민과 관련한 방면에 대해서는 깊이 있게 인지하지 못하는 경향이 있다. 예를 들어, 전후 '만주국' 국립중앙박물관에 관한 연구에 있어 중국 학계는 예외 없이 중국이 최종적으로 "제국주의 전쟁에서 승리"[55]했다는 사실만을 강조했는데, 이는 결론적으로 민속에 대한 보존, 교육과 연구 기능 측면에서의 성과를 흐릿하게 만들었다. 이로 인해 박물관이 지니는 제국적 기능은 철저하게 제거되기 어려워졌고, 과학과 이성을 핵심으로 하는 식민주의가 불러온 더욱 깊숙하고 철저한 착취와 억압에 대해서는 인식하지 못하는 결과를 초래했다. 다른 한 가지는, 식민주의에 대한 증오의 감정으로 인해 식민 시기의 유산을 모두 파괴한 것이다. 이와 관련해서는 후지야마 가즈오의 사례를 예로 들 수 있는데, 만약 그가 '만주국'이라는 실험장에서 기대했던 '미래 실험'의 의미를 더욱 발굴했다면 우리는 그의 연구가 훗날 서로 다른 민족 간의 교류와 협력에 있어 참고할 만한 패러

55　대표적인 연구로는 尹承俊·關忠祥,「僞滿洲國國立中央博物館」, 收入孫邦 外編,『僞滿文化』, 吉林人民出版社, 1993; 梁波,『技術與帝國主義研究』, 山東敎育出版社, 2006, 208~212면의 '僞滿洲國國立中央博物館' 부분 참고.

다임을 제공하고 있다는 사실을 발견할 수 있었을 것이다. 실제로 오늘날 서로 다른 민족 간의 긴장 관계는 중국을 비롯해 전 세계가 겪고 있는 정치적 난제이기도 하다.

근대성을 준칙으로 삼고 있는 일본 식민주의에 관한 연구를 진척하면 할수록 우리는 일본의 '만주국' 지리 논술이 근대 식민제국과 전통적인 제국을 구분하지 않고 있다는 사실예를 들어, 한족이 전국시대부터 둥베이 변강에 대한 식민 통치를 실시했다는 관점을 발견한다. 그러나 관념이나 제도적 측면에 있어서 이들은 여전히 근대화 이데올로기를 인지적 기초로 하는 발전관을 유지하고 있다는 것 역시 확인할 수 있다. 근대화 이데올로기의 핵심 이념은 바로 '전통' 사회와 '현대' 사회가 서로 연관성이 없고 대립하는 것으로 인식하는 것인데, 이는 곧 낙후된 지역의 발전을 위해서는 선진 지역의 지원이 있어야만 한다는 것을 의미하기도 한다. 이는 우리가 '전근대' 동아시아와 '근대' 동아시아 간의 긴밀한 상호작용에 주목할 것을 환기시킨다. 그렇다면 무엇이 근대이고 무엇이 식민인가? 이에 대해서는 여러 가지 개념을 선택할 수 있다. 일본의 '만주' 지정학을 고찰할 때, 우리는 일본이 이와 같은 개념을 발명하고 폐기했다는 사실과 그 배후에 있는 역사적 맥락에 주목할 필요가 있다.

이렇듯 '만주'에 대한 지식적 고찰을 통해 우리는 '만주'라는 개념이 식민주의의 산물이 아니라, 그저 식민주의자의 개작을 거쳐 일방적이고 강제적인 방식으로 표현된, 짙은 식민적 색채를 부여받은 개념이라는 것을 알 수 있다. 식민지로 전락한 '만주'는 일본의 서술자와 대화할 수 있는 권한을 얻지 못한 채 그저 묘사의 대상으로만 인식되었고, 그렇기에 진정한 역사적 주체가 될 수 없었다. 이에 윤함구淪陷區, 중국에서는 적에 의해 점령당한 지역을 윤함구로 명칭함—역자 주 외부에 있는 역사학자들, 예를 들어 고힐강 및 『우공』

을 진지로 삼았던 역사 지리학자들은 '둥베이'이라는 개념으로 '만주'에 대항했다. 그러나 학리적으로 깊이 있는 논거는 제시하지 못한 채 정치적 관념만을 강조하며 '둥베이' 개념 자체에 이를 양도할 수 없다는 의미를 부여하지 못했다.

오늘날 우리가 해야 하는 과제는 만주가 지니는 식민주의의 색채를 지워버리고 원래의 면모를 회복하는 것이지, 이를 식민주의의 산물로 여겨 폐기해버리는 것이 아니다. 그러므로 필자는 서적 출판 시 이 개념을 민감한 용어로 여겨 반드시 인용부호를 붙여 사용해야 한다는 주장에는 반대한다. 아울러 '만주국' 연구는 먼저 중요한 개념에 대한 '지식적인 고증'을 필요로 한다. 여러 개념과 사상이 전파되는 과정에서 마주한 새로운 언어환경의 상황을 고찰하는 것은 곧 개념사와 사상사 연구의 융합으로까지 이어진다. 식민주의를 비판하면서 식민주의의 색채를 띤 여러 가지 개념을 분류하지 않고 사용해서는 결코 안 될 일이다.

2020년 전 세계를 강타한 코로나 사태의 발발과 미·중 충돌의 심화로 포퓰리즘과 민족주의의 경향은 날로 심각해지고 있다. 이처럼 세계화가 역행하고 있는 가운데 식민주의, 제국주의, 민족주의의 공모는 더욱 심화되고 있는 실정이다. 이러한 상황에서 우리는 더욱더 지식과 권력 사이에 형성된 상호 연대의 직접적 관계를 고찰할 필요가 있겠다.

우시지마 하루코牛島春子의 식민 의식과 전후戰後 반성

소설 『주롄톈祝廉天』 속 주인공 형상과 운명에 관한 고찰

덩리샤

난징농업대학교 일본어학과 교수

번역_ 이여빈, 전남대학교

일본 학자 오카다 히데키岡田英樹는 만주국의 중국인 작가들이 작품 속에 일본인이 등장하는 것을 꺼리는 경향이 있어서 각종 암시적인 수법을 사용했다고 지적하였다. 이민족을 묘사하는 문학 작품에는 이민족에 대한 태도와 '만주국'에 대한 입장 등의 문제가 언급될 수밖에 없기 때문이다. 이와 대조적으로 만주국의 일본인들은 의도적으로 중국인의 삶을 묘사하여 '만주문학의 독자성'을 추구하였다.[2] 비록 만주국의 일본인 작가라고 말하지만, '작가'라는 이름은 어떤 의미에서는 식민주의의 산물이라고 할 수 있다. 이에 대해 류샤오리劉曉麗는 다음과 같이 말하였다.

사실 많은 '일본계' 문인과 작가는 만주국이 '길러낸' 자들이다. 그들은 원래 각각의 직업에 종사하는 보통의 일본인이었다. 만주국에 살게 되면서 식민지

---

1   이 글은 2019년도 강소 지역 대학교 철학사회과학연구 일반프로젝트(연구 책임자 : 덩리샤) 「전후 일본 여성의 귀환과 문학 연구-우시지마 하루코(牛島春子)를 중심으로」(2019SJA0053)의 단계적 연구 성과이다(本文爲2019年度江蘇高校哲學社會科學研究一般項目"日本女性的戰後遣返與文學研究-以牛島春子爲中心"(編號 : 2019SJA0053)的階段研究成果. 項目負責人 : 鄧麗霞).
2   岡田英樹, 『文學にみる「滿洲國」の位相』, 硏文出版, 2009, 151면.

배자의 절대적인 우월감은 그들로 하여금 인종적, 문화적 우월감과 같은 환상을 갖게 하여 무슨 일이든 할 수 있게 하였다. (…중략…) 오늘날 이러한 일본계 문학을 다시 읽는 것은 결코 문화적 심미만을 위해서가 아니라, 식민지배자가 기록한 식민지의 생활 모습 및 식민지배자의 내면 세계를 관찰하기 위해서이다. (…중략…) 식민지배자의 문학이 만주 생활을 어떻게 표현했는지, 일본의 식민지배에 대한 반성과 반성의 정도 및 함정을 자세히 살펴보아 식민주의가 식민지배자에 의해 어떻게 구체적으로 드러나게 되었는지 살펴보고자 한다.[3]

우시지마 하루코 역시 때마침 등장한 '재만在滿 작가'이다.[4] 그녀는 만주국으로 가기 전에 혁명적 색채로 가득 찬 인생을 살았다. 1930년대에 10대였던 그녀는 마르크스주의 관련 서적을 읽기 시작했고 노동자 노동조직운동에 참여하였다. 일본 당국의 억압하에 두 번이나 구속되어 전향사유서를 쓰도록 강요받기도 하였다. 1933년 11월 16일에 보석으로 풀려났고, 1935년에 나가사키 검찰청으로부터 징역 2년, 집행유예 5년을 선고받았다. 그녀는 1936년에 우시지마 하루오牛嶋晴男와 결혼하였고, 남편을 따라서 만주국으로 갔다. 남편 우시지마 하루오는 1934년에 규슈제국대학 법문학부를 졸업하였다. 재학기간 동안 그는 진저우錦州에서 중국 노동자를 감독하고 관리한 경험이 있다. 1935년에는 만주국 관리자를 양성하는 대동학원大同學院에 입학하였고 10월에 제4기 졸업생으로 졸업했다. 1936년에 우시지마 하루코와 결혼한 후에 만주국으로 가서 근무하게

---

3   劉曉麗, 「總序－東亞殖民主義與文學」, 『僞滿時期文學資料整理與研究·作品卷－僞滿洲國日本作家作品集』, 北方文藝出版社, 2017, 8면.
4   본문 중의 '재만(在滿)'이나 '만주인(滿人)' 등의 용어는 모두 일본 식민주의의 산물로, 이 글에서는 당시의 식민 상황에 근거해 이러한 용어를 사용하였다.

되었다. 그는 펑톈성奉天省 소속 관리·룽장성龍江省 바이취안현拜泉縣 제4대 참사관參事官·총무청 기획처 참사관·협화회協和會 중앙본부 참사관 등의 관직을 역임하였고, 1944년 3월에 징집되어 입대하게 되었다.[5] 우시지마 하루오가 여러 차례 전근과 승진을 하는 사이에 우시지마 하루코는 신선한 창작 소재를 얻었으며, 발전하고 있던 만주국 문학계에서 두각을 나타내게 되었다.

우시지마 하루코의 「주렌텐」은 『만주신문滿洲新聞』석간, 1940.9.27~10.8, 총 10회에서 처음으로 발표되었다. 그 이후 야마다 세이자부로山田淸三郎가 편집한 『일본만주재만작가단편선집日滿露在滿作家短篇選集』春陽堂書店, 1940에 수록되었다. 또한 『문예춘추文藝春秋』제19권 제3호, 1941, 가와바타 야스나리川端康成 등이 편집한 『일본소설대표작 전집·쇼와 16년 전반기日本小說代表作全集·昭和十六年前半期』제7권小山書店, 1941에 실리기도 하였다. 전쟁이 끝나고 나서 오오카 쇼헤이大岡升平와 하시카와 분소橋川文三 등이 편집한 『쇼와전쟁문학전집昭和戰爭文學全集』제1권에 수록된 「전쟁의 불길이 만주에서 일어나다戰火滿洲に擧がる」쿠로가와 소우(黑川創), 集英社, 1964가 편집한 『「외지」 일본어 문학선「外地」日本語文學選』제2권의 『만주·내몽고 / 사할린滿洲·內蒙古 / 樺太』新宿書房, 1996, 카와무라 미나토川村湊가 감수한 『일본 식민지문학 정선日本殖民地文學精選』속 만주판滿洲編 『우시지마 하루코 작품집牛島春子作品集』ゆまに書房, 2001, 같은 책의 만주판 제9권의 『일본만주재만작가단편선집日滿露在滿作家短篇選集』ゆまに書房, 2001, 이이다 유우코飯田祐子·히다카 요시키日高佳紀·히비 요시타카日比嘉高가 편집한 『문학에서 보는 '일본'은 어떠한가文學で考える'日本'とは何か』雙文社出版, 2007에 실리게 되었다. 그 외에도 중문번역판 「주렌텐祝廉天」『신만주(新滿洲)』제3권 6

5   우시지마 하루코와 우시지마 하루오의 연보는 모두 마사히로 시카모토(阪本正博)가 제작한 연보를 참고하였다.

월호 167쪽, 1941.6, 「주렌텐祝廉天」『위만주국 일본 작가 작품집(偽滿洲國日本作家作品集)』, 北方文藝出
版社, 2017.1 이 있다. 이상의 연재, 전재, 수록, 전후戰後 영인影印, 복각 및 중문
번역, 재번역의 과정에서 「주렌텐」이라는 작품의 생명력을 확인할 수 있
는데, 식민 상황 속 만주문학을 이해하고 연구하는 데 중요한 작품이라고
할 수 있다.

우시지마 하루코의 전기 '만주인' 작품은 대부분 남성을 주인공으로 삼
거나 남성의 시각을 중심으로 묘사되었다. 타다 시게하루多田茂治는 "이성
理性을 중시하며, 남성적인 문체는 감정을 중시하는 여성 작가의 범주를
초월하였다"[6]고 「주렌텐」을 평가하였다. 한국 연구자인 윤동찬尹東燦은 아
쿠타가와상芥川賞 심사위원의 평가와 전후戰後 쿠로카와 소오黑川創 · 오자키
홋키尾崎秀樹 · 하시카와 분소橋川文三 · 카와무라 미나토川村湊 · 오카와 이쿠코
大川育子 · 하라타케 사토루原武哲 등의 논고를 수집하여 「주렌텐」과 관련된
연구를 종합하여 정리하였다. 이상의 선행연구에서는 주로 「주렌텐」을
작가의 공산주의 정치 경험과 연관시키거나 식민지의 민족 문제로 간주
하였다. 그 외에도 이이다 유코飯田佑子는 서사 관점의 문제에 관심을 가졌
다.[7] 이상의 연구는 모두 주로 소설 「주렌텐」의 텍스트에 관심을 가졌지
만, 전후戰後 우시지마 하루코의 관련 수필의 텍스트 외의 이야기를 탐구
하거나 전후 작가의 반성 등의 문제와 결합하지 않았다. 그밖에 중국 인
문 사학자인 왕룽유王龍有는 우시지마 하루코의 제2차 세계대전 이후의
반성에 관심을 가졌다.[8] 이 글은 이상의 선행연구를 기반으로 「주렌텐」

---

6   多田茂治, 『滿洲 · 重い鎖－牛島春子の昭和史』, 弦書房, 2009, 117면.
7   우시지마 하루코의 서사 관점에 관한 다음의 논문을 참고함. 鄧麗霞, 「牛島春子筆下
     日本女性的主體身份建構－以「祝廉天」和「張鳳山」爲考察對象」, 『沈陽師範大學學報』
     (社科版) 4, 2018, 20~25면.
8   王龍, 「迷失"滿洲"－日本女作家牛島春子的二戰反思之路」, 『同舟共進』7, 2020, 54~

텍스트 안팎의 주인공 형상과 운명, 패전 전후 작가의 심리 변화 과정을 통해 식민주의문학을 살펴보고자 한다.

1. '만주인' 소재 작품 이면의 식민주의

일본이 대외침략의 보폭을 넓힘에 따라 일본 문단에서는 '외지外地'에 관심을 갖기 시작하였다. 방대한 양의 해외 기행문 외에도 상상력과 허구, 심지어 이국적인 분위기의 소설이 출판되었는데, 이는 국가 정책에 순응하거나 사람들의 이목을 끌기 위한 것이었다. 만주국에서 생활하는 일본인 작가 가운데 어떤 이는 '독자적인 새로운 만주문학'을 창조하고자 하는 이상을 가지고 있었기 때문에 '만주 문단'에서는 일련의 문학 논쟁이 일어났다.[9] 『작문作文』 잡지에 글을 발표한 아키하라 카츠지秋原勝二, 아오키 미노루青木實 등의 작가는 일찍이 '만주인'을 제재로 한 문학 창작과 관련된 문학 평론을 발표하였다. 예컨대 아오키 이시青木石는 『만주인 제재의 작품에 관하여關於滿人題材作品』라는 책에서 일본인은 일상생활에서 만주인과의 교류가 매우 중요하며 일본인의 생활은 모두 만주인을 기반으로 한다고 주장하였다. 그리하여 만주인을 묘사할 때 "단순하게 이국적 정서로 이민족으로서의 그들을 묘사하고자 한다면 좋은 작품을 쓸 수 없다. 그들을 단순하게 묘사하는 것이 아니라 그들 속에서 자신을 비추어 보아야만 비로소 영혼이 깃든 작품을 창작할 수 있다. 감정의 모순뿐

57면.

9　岡田英樹, 「第一章ー大連イデオロギーと新京イデオロギーの相剋」, 『文學にみる「滿洲國」の位相』, 研文出版, 2009, 8~24면.

만 아니라 이익의 충돌 역시 민족대립에 있어서 피할 수 없다. 문인은 시비곡직 속에서 정의의 편에 서서 정의로운 입장을 견지해야만 한다"[10]라고 하였다. 아오키 미노루는 '만주인'을 제재로 한 작품을 창작하려면 일반인들을 묘사 대상으로 삼아야 한다고 호소하였다. 그는 자신이 '만주인' 사회 속 약자의 경험에 대해 공감하기 때문에 작품 속에서 보편성을 지진 약자의 처지를 보다 절실하게 묘사하고자 하였다. 반례를 들어 설명하면서, 그는 우시지마 하루코의 「쿨리苦力」를 언급하면서 "값싼 온정을 담은 작품", "'쿨리 조종법苦力操縱法'이라고 명명해도 무방하다"라고 하면서 비판하였다.[11] 아오키 미노루의 이러한 발언은 당시의 환경에서 보기 드물게 "이치에 맞는" 부분이 있다. 그러나 그들의 이러한 발언은 "지도자 민족"이라는 전제에서 비롯되었다는 점에서 잘못된 역사관에 입각하고 있음이 틀림없다.

우시지마 하루코의 '만주문학'을 살펴보면, 초기 작품에서 종종 다른 성별과 계층의 중국인이 등장하거나 이들을 직접 표제로 삼는 것을 발견할 수 있다. 예컨대 「왕속관王屬官」『大新京日報』, 1937, 원제 「猪」, 「쿨리苦力」『滿洲行政』, 1937.10, 「마을 이야기村之話」『新天地』, 1939.6, 「암탉雌雞」『滿洲よもやま』, 1940.6, 「주祝라는 남자祝的男人」『滿洲新聞』1940.9, 이후 '주렌텐(祝廉天)'이라는 제목으로 번역됨, 「둘째 마님의 명령二太太的命」『大陸的相貌』, 1941.4, 「장펑산張鳳山」『文學界』, 1941.4, 「춘씨 집안의 새로움春家的新」『滿洲觀光』, 1941.9 등이 있다. 이는 이른바 '만주문학의 독자성'을 구현한 것이며, 또 한편으로 이러한 '독자성' 자체는 일본인이 주도하

10   青木實, 「滿人ものに就いて」, 『新天地』 18年 1期, 1938.1; 青木實, 劉暘 譯, 「關於滿人題材作品」, 『僞滿時期文學資料整理與研究·作品卷─僞滿洲國日本作家作品集』, 北方文藝出版社, 2017, 208면 참고.
11   青木實, 劉暘 譯, 위의 책.

는 대등하지 않은 권력구조로서 식민주의의 논리를 내포하고 있다. 그녀의 「쿨리」는 아오키 미노루가 "쿨리 조종법苦力操縱法"이라고 비판한 바와 마찬가지로 중국인 하층 노동자를 묘사하는 듯하지만, 사실 한편으로는 이들을 잘 관리하고 효과적으로 통치하는 일본인 통치자, 즉, 그녀의 젊고 유능한 남편 우시지마 하루오의 형상을 돋보이게 하였으며, 이러한 점은 「주렌텐」에서도 유사한 효과를 내고 있다.

1930, 1940년대의 일본 아쿠타가와상 선정기록을 통해 이 시기에 일본 밖 '외지'에 대해 묘사한 문학 작품이 점차 선정대상 속에 포함되었다는 사실을 알 수 있다. '재만在滿 작가'인 우시지마 하루코의 「주렌텐」은 야마다 세이자부로山田淸三郎의 추천을 받아 아쿠타가와 상 후보작으로 올라가게 되었고, 원래 만주 문단에서만 이름이 났던 그녀는 이 작품으로 인해 일본 문단으로 진출하게 되었다. 이 작품에 대한 동시대의 평가는 1940년 제12회 아쿠타가와상 심사위원회의 평가를 참고할 수 있다. 사토 하루오佐藤春夫 · 요코미츠 리이치橫光利一 · 코지마 마사타로小島政太郎 · 타키이 코사쿠瀧井孝作 · 가와바타 야스나리川端康成 · 우노 고우지宇野浩二 등의 평가는 여성 작가의 신분 · 서사 기교 · 만주 대륙 · '만주인' 인물 형상 등의 몇 가지 방면의 핵심 키워드에 집중되었다. 예를 들면 다음과 같은 평가가 있다.

개성과 재능이 있는 인물의 모습을 잘 파악하였다. 복잡한 인물과 사건을 간결하고 거칠면서도 음영이 풍부한 힘으로 생동감 있게 묘사함으로써 자연스럽게 신흥 만주국 관료사회의 상황을 드러내고 청신한 분위기의 완급을 잘 조절한 점이 매우 뛰어나다. 여성 작가라는 점에서 더욱 그렇다.사토 하루오

거친 묘사 속에 신선하고 날카로운 건강함이 있으며, 예술성 외에도 만주 지역과 부합하는 힘이 있다.요코미츠 리이치

주祝라는 만주인, 즉, 이질적인 인종의 매우 특이한 성격을 이렇게까지 관찰하였다는 점에서 여류 작가로서 상당히 보기 드문 강인함이 있다. (…중략…) 주의 불가사의한 성격이 바로 눈앞에 펼쳐지는 듯 느껴진다. 다른 인종을 이해한다는 측면에서 매우 큰 수확이다. 나는 주라는 남자의 성격에서 일종의 이질적인 차가움을 느꼈다.코지마 마사타로

이 작품을 통해 만주 정치의 내면을 엿볼 수 있었다는 점이 큰 수확이다.타키이 코사쿠

만주인의 불가사의한 성격을 불가사의하게 묘사하였는데, 여성 작가로서 정말 대단하다. 하지만 조금 거친 면이 있으며, 어떤 부분에 있어서는 그다지 신뢰가 가지 않는다.가와바타 야스나리

만주의 다양한 관리들의 내면, 특히 주의 독특한 성격은 어느 정도 만주국의 내면이나 어떠한 방면을 잘 드러내고 있다. 뛰어난 단편이다.우노 고우지[12]

아쿠타가와상 심사위원들의 권위 있는 평가는 정곡을 찌르는 부분이 있지만, 가와바타 야스나리가 작품에 약간의 의문을 제기한 것 외에 대부분은 일본 국내의 일반 대중과 마찬가지로 만주인의 엽기적인 심리에 대

---

12 「芥川龍之介賞経緯」, 『文藝春秋』, 文芸春秋社, 1941.3, 337면.

해 「주롄텐」이라는 '만주인'을 제재로 한 작품을 통해 호기심을 어느 정도 충족시켰다. 시대적 제약과 잘못된 역사 인식 및 정치의 영향을 받아 '만주인'을 제재로 한 문학 모티브 자체는 식민주의적 성격을 띠고 있다. 만주에서 특권을 가진 일본인들은 높은 곳에서 내려다보면서 주관적이고 방관적인 시각으로 이민족을 감시 대상으로 삼고 자신의 의지에 따라 멋대로 묘사하고 서술함으로써 팽창하는 식민주의에 주객관적으로 영합하였다.

2. 소설 「주롄텐」 속 주^祝의 형상

「주롄텐」은 우시지마 하루오가 바이취안현^{拜泉縣}에 부현장으로 부임했다가 전근을 가기 전까지 1년 동안 일어난 사건, 즉, '절개'에 '오점이 생긴' 주^祝씨 성을 가진 통역관이 다시 재임용되고 나서 1년 동안 발생한 사건을 중심으로 이야기가 전개된다. 비록 단편이지만 부현장의 부임에서부터 전근까지 많은 사건을 집어넣어서 처음부터 끝까지 이야기가 일관되게 이어진다. 줄거리는 다음과 같다. 현청의 통역관인 주롄텐^{祝廉天}은 부군수가 교체된 시기에 사람들과의 관계가 나날이 나빠지고 있었다. 현청의 일본인들은 모두 이번 사건을 계기로 그를 내쫓고자 하였다. 그를 내쫓으려는 이유는 그의 몸에서 풍기는 만주인과는 전혀 어울리지 않는 음침하고 날카로운 성격 때문일 수 있다. 하지만 주가 관료사회에서 내쳐지게 된 직접적인 원인은 '요시무라 전별금사건' 때문이었다. 즉, 주가 친하게 지냈던 전임 상사 요시무라^{吉村}가 전근을 갈 때 그의 명령으로 각 마을에서 전별금을 거뒀는데, 이 일 때문에 요시무라가 조사를 받게 되자 주는 검찰관에게 조금도 남기지 않고 모두 자백했는데, 이는 '주인을 배반하는' 부도덕한 행위로 간주되었다. 그리하여 원래 사이가 좋지 않았던 사람들과 관계가 더욱 틀어지게 되었다. 신임 부현장 신키치眞吉가 부임한 후에 그는 직접 신키치의 공관으로 가서 만나게 되었는데, 그는 자신의 결백함과 충성심을 똑똑히 밝히고 애원하듯 계속 일하게 해달라고 부탁하였다. 재임용된 주는 신임 부현장이 부임한 후 전근갈 때까지 1년 동안 각종 사건을 잘 처리하였다. 예컨대 처음에 발생한 민사분쟁에서 주는 당사자의 음모를 파악하고 진상을 밝혀낸 후, 가해자를 구치소에 가두었다. '만주계' 경찰관들이 직무를 소홀히 하여 고발된 사건에서는 그가 적극적으로 조사하여 증거를 확보하였고, 업무상 과실이 있는 경찰관들이 출몰하는 곳에 가서 그들을 소탕하였다. 봄철 징병사건에서는 모병제를 엄정하고 공평하게 실시하기 위해 그는 돈과 권력을 가진 집에서 병역을 기피하는 현상을 효과적으로 막았다. 7월 말에 군마를 구매할 때에는 그가 군부 하사관이 거칠게 말 검사를 하려는 것을 제지하여 마을 사람들의 호감을 얻었으며 말 구매 가격을 결정할 때에도 마을 사람들과 부현장, 군부 사이에서 중재하여 군마 구매 사업이 순조롭게 진행되도록 하였다. 그러나 부현장인 신키치가 부임한 지 1년 만에 전근을 갈 때에는 줄곧 자신감이 넘치고 오만하며 기민했던 주가 연약하고 애걸하는 모습을 보인다. 부현장이 성문 밖으로 나갈 때까지 그의 얼음처럼 차갑게 굳어버린 화석 같은 얼굴에는 어떠한 표정도 없었다.

텍스트에서 작가는 주의 외모·언어·동작·표정 등에 대해 자세히 묘사하였는데, 다음의 예를 살펴보고자 한다. 신임 부현장인 신키치는 주를 만나기 전, 주에 대해 "칼날 같이 야위어 두려움이 생기게 하는 어깨", "관료주의", "오만한 놈", "거들먹거린다"는 소문을 들었다. 그러나 신키치는 그의 첫인상에 대해 "그중 한 명의 만주인 통역관은 다른 사람들과 달리 행동이 기민하고 일본어를 능숙하게 구사하였으며 상대방이 누구이건 간에 조금도 개의치 않고 정면으로 쳐다보며 직언하였다. 걷거나 테이블에 앉을 때에도 부주의하게 움직이는 일거수일투족은 모두 그의 자신감과 오만함을 보여준다"[13]라고 기억하였다. 작가는 신키치와 주가 알게 된 지 얼마 안 되어 주가 신키치의 공관에 찾아왔을 때, 주에 대해 "협화복協和服을 입고 신키치의 거실 입구 근처에 무릎을 굽히고 앉아 있었다. 얼굴은 수척하고 창백했으며 어두운 등불이 비스듬하게 비추자 해골 같은 어두운 그림자를 만들었는데, 그런 분위기는 확실히 사람을 오싹하게 만든다"[14]라고 서술하였다. '요시무라사건'을 언급할 때에는, "사람들은 그의 행동을 경멸했고, 그를 절개라고는 없이 주인을 배반한 이기적이고 냉혹한 인물이라고 생각하여 전도된 분노에 사로잡혔다. 수척하고 섬세한 얼굴, 움푹 들어간 눈 깊은 곳에 짙은 갈색 눈동자가 박혀 있고, 단단한 매부리코는 맹금류를 연상하게 한다. 주의 외모는 확실히 사람들에게 그러한 인상을 주기 쉽다"[15]고 묘사하였다. 주가 신키치를 방문한 후에는, "주 렌톈은 바람처럼 떠나갔다. 그가 앉았던 자리는 여전히 불안한 분위기를 풍기고 있었고 사람을 깊이 빠지게 하는데, 마치 눈앞에 놓인 과일과 같아서 그 속에 달콤한 과즙이 들어 있는지 독약이 들어 있는지 알 수 없다"[16]고 하였고, 방탕한 경찰관사건을 조사하고 처리할 때에는 "차에 올라탈 때 주의 오른쪽 주머니 속 뭔가 단단한 물건이 신키치에게 닿았다.

13   牛島春子, 馮英華 譯, 「祝廉天」, 위의 책, 53면.
14   위의 책.
15   위의 책, 54면.
16   위의 책, 56면.

신키치는 촉감으로 그게 권총일거라 추측했다!"[17]고 묘사하였다. 주가 범죄를 저지른 경찰을 심문하는 장면에서는 "심문이 시작되었다. 주는 신키치의 옆에 가까이 붙어서 신키치의 날카로운 질문을 조심스럽고도 정확하게 통역하였다. 그는 흥분하지 않았고 감정을 얼굴에 드러내지 않아 마치 기계와 같이 냉정해보이지만 사람들을 두렵게 만들었고, 이때마다 사람들은 주의 몸에 있는 그 날카로운 칼날이 몸에 닿은 듯한 싸늘함을 느꼈다"[18]고 하였다. 상술한 내용과 비슷한 묘사는 매우 많다. 시간 순서에 따르면 주의 형상 묘사는 처음의 괴물 같은 이미지"해골 같다"·"맹금류"·"독약"·"기계"에서 점차 중성화되었고, 심지어 칭송받는 이미지"냉정하다"·"예리하다"·"예측하기 어렵다"·"정의롭다"·"공정하다"로 변하였다. 하지만 주에 대한 작가의 묘사는 결코 이러한 변화의 추세를 이어가지 않았고 결국 한 명의 인간에서 물화物化되어갔다. 신키치가 부임한 지 거의 1년이 다 되어 전근 전보를 받았을 때, "일 년 동안 주는 이렇게 연약한 표정을 한 번도 보여준 적이 없었는데, 연민을 구걸하는 그가 그곳에 서 있었다".[19]

주는 전처럼 공무로 바쁜 신키치의 곁에서 깔끔하고 민첩하게 그를 보좌하였다. 이전에 보였던 무너질 것 같은 나약함도 다시는 볼 수 없었다. 주의 눈에는 다시 얼음처럼 차가운 빛이 내려앉았고 쇠약한 몸은 체온이 없는 기계와 같았다. 모두들 신키치의 전근에 가장 큰 충격을 받은 사람은 바로 주라고 생각할 것이다. 하지만 주 본인은 오히려 미동도 없는 돌처럼 차가운 표정이었고, 심지어 주변 사람들을 불안하게 하였다.

---

17   위의 책, 59면.
18   위의 책, 61면.
19   위의 책.

얼마 후면 신키치는 더 이상 주의 상사가 아니고 그의 이해 관계를 좌우할 권한도 없어진다. 그래서 주는 아무 일도 없었던 것처럼 냉담한 태도로 자신을 송별했을까? 신키치는 심지어 이러한 의혹마저 품었다. 주의 굳은 표정에는 어떤 싸늘한 느낌이 있었기 때문이다.[20]

신키치가 부임한 후 전근갈 때까지 1년 동안 주는 신키치의 관리 영역인 공사와 민사에 참여하여 일을 처리하였고, 신키치와 주는 함께 일하면서 교류가 많아졌다. 신키치는 비록 주에 대한 인상이 바뀌었지만, 마지막까지도 그에 대한 경계와 의심의 눈초리를 거둘 수는 없었다. '요시무라 전별금사건'은 이미 지난 일처럼 보이지만, 신키치는 막 부임했을 때 지난 일에 대해 다시 거론했을 뿐 아니라 주에게 전임 상사인 요시무라에게 미안하지 않느냐고 물어보았다. 여기에서 상사에 대한 주의 일방적인 존경심과 충성심은 결코 상사의 대등한 신뢰나 진정한 연민과 맞바꿀 수 없다는 것을 보여준다. 흥미로운 점은 전별금사건으로 인해 주의 인품과 절개가 의심받았는데, 신키치 가족과 작별할 때 다시금 그가 전별금을 주는 장면이 연출되었다는 점이다.

몇 시간이 지난 후 주는 신키치의 집에 도착하였고 특히 부현장의 부인을 뵈어야 한다고 강조하여 미에美枝는 궁금하여 나와 보았다. "부인, 약소하지만 작별인사로 받아주십시오!"라고 말하면서 그는 갑자기 작은 봉투를 그녀의 앞에 내밀었다. 이때 그는 미에의 얼굴에 순간 알 수 없는 표정이 스쳐 지나감을 응시했다. 하지만 그뿐이었다.

---

20 위의 책, 62면.

다음 날 아침, 현 전체의 성대한 송별은 신키치 가족에게 큰 감동을 주었다. 일행은 성문을 나와서 트럭에 탑승하고 출발했다. 주의 얼음처럼 차가운 화석 같은 얼굴에는 줄곧 아무런 표정도 없었다.[21]

주가 신키치의 아내 미에에게 전별금을 내미는 장면은 이전의 요시무라 전별금사건을 떠올리게 한다. 이번에 전별금을 내민 것은 평범한 작별 선물인지, 아니면 자신이 의심받고 '버려졌음'에 대한 복수의 행위인지에 대해서 소설에서는 묘사하지 않았고 "주의 얼음처럼 차가운 화석 같은 얼굴"이라는 비유로 마무리하였다. 이렇게 깔끔하고 간결한 결말은 주라고 하는 '이민족'의 특징과 수수께끼 같은 인물의 이미지를 독자에게 성공적으로 각인시켰다.

3. 「주렌톈」 텍스트 안팎의 주의 운명

소설 속의 주는 남만주의 잉커우현營口縣에서 군대 통역사로 일했던 경험이 있다. 그는 군대에서 요시무라와 친분을 쌓게 되었고, 요시무라가 현에 부임하자 그의 도움으로 현의 공관에 들어가게 되었다. 2년 후 요시무라가 전근을 가게 되면서 전별금 1,500원을 거두는 뇌물죄를 저질렀는데, 주 역시 공범으로 몰렸다. 조사 과정에서 주는 사실대로 진술하였는데, 요시무라는 "자기가 기르던 개에게 물린 꼴"이 되었고, 주는 "절개를 지키지 않고 주인을 배반했다"고 여겨져 주위 일본 직원들에게 배척

---

21   위의 책, 64면.

되었다. 신임 부현장이 부임했을 때 주는 통역관의 직책을 보전하고자 있는 힘을 다했고, 결국 일본 직원들에게 인정받게 되었다. 그러나 1년 후 신키치가 전근을 가게 되자 마치 상갓집의 버려진 개처럼 버려지고, 다시 의심을 받게 된다. 주는 몇 차례 직장에서 상사가 바뀌는 경험을 했는데, 이는 식민 통치를 받는 만주의 현실이자 중국과 일본 사이에 끼어서 생존하고자 하는 '중간 인물'의 일상적인 상황이었다. 주의 '얼음처럼 차가움'은 만주국의 공허함과 자신의 처지를 깨닫고 나서, 혼자선 어찌할 수 없다는 무력감을 보여주는 것이다. 이점에 관해 일본 노동자운동에서 좌절을 경험하고 정치에 높은 경각심을 가진 우시지마 하루코가 무의식적으로 그렇게 쓰진 않았을 것이라고 추측할 수 있다.

주렌텐은 항상 몸에 권총을 지니고 있었는데, 신키치를 제외하고는 이러한 사실을 아는 이가 거의 없었다. 현 공관에서 권총을 서랍에 넣어두었다가 퇴근할 때면 다시 몸에 지니고 퇴근한다. 한 번은 그가 신키치에게, "만약 만주국이 망하면, 저는 아마 첫 번째로 당할 것입니다"라고 말하였는데, 이러한 그의 태도에는 진담과 농담이 섞여 있었다. 같은 민족 간의 예민함을 통해 그는 사람들이 겉으로는 온화하게 보이고 당국에 충실하게 복종하며 약간의 원망 섞인 말도 하지 않지만, 일단 사건이 발생하면 그들은 갑자기 반만항일反滿抗日의 깃발을 들고 총구를 반대로 돌려 반란을 일으키지 않을 것이라고 보증할 수 없다는 사실을 알고 있었다. 총을 몸에 지니고 다니는 주의 마음속에는 어떤 비극적인 냄새가 났다. 그에게서는 고상한 교양이나 굳은 절개를 느낄 수 없다. 그의 정의감은 늘 비정한 냉혹함과 공존하고 있는데, 신키치는 심지어 주가 자신의 이익을 위협받는 상황이 되면 언제든지 정의감을 버릴 수 있으리라 의심하였다. 주를 지배하는 것은 처세의 지혜일 뿐이며 이는 그에게 지금 만주국에 충성을

다하는 것만이 시대에 순응하는 가장 현명한 생존 방식임을 알려준다.[22]

소설이 발표된 당시는 아직 태평양전쟁이 발발하지 않았을 때인데, 주
는 만주국의 멸망을 예측하고 자신의 운명도 예견하였다. 그가 몸에 총을
지니는 행동은 결코 일본인을 방어하기 위함이 아니라 자신의 동포 때문
이었다! 이는 중국과 일본이라는 두 민족 사이에서 생존하고자 애쓰는
만주국 중간 인물의 비애이다. 사실 소설 속 주의 원형은 현실 속에서도
거의 비슷하게 결말이 났다. 전쟁이 끝나고 나서 우시지마 하루코는 송환
되어 고국으로 돌아갔고, 주의 일본인 동료로부터 편지를 받았다. 일본은
전세가 악화되자, 1944년 바이취안현의 공관에도 동원과動員科를 설치하
였고 주는 동원과에서 계장을 맡게 되었다. 동원과에서 합격하지 못한 주
민들을 모아 근로봉사대를 조직하여 개발·토목·관개 등의 노동을 하도
록 하였는데, 그는 매우 가혹하고 엄격하게 관리하였다. 패전 이후 만주
국은 멸망하였고, 주는 그곳 주민들에 의해 바이취안현의 사거리에 산채
로 묻혀 머리만 밖으로 나온 채로 처형당하여 결국 비참하게 생을 마감
했다.[23]

「주렌텐」이 일본의 전쟁문학 작품집에 선정되었을 때, 우시지마 하루
코는 '만주'시대를 회상하며 "나는 줄곧 '만주'에 묶여 무거운 족쇄가 채
워진 것 같았다"[24]라고 하였다. 이후 그녀는 여러 편의 수필에서 현실 속
주의 운명을 여러 차례 반복하여 언급하였는데, 여기에는 동정과 미안함

---

22 위의 책, 62면.
23 牛島春子, 「私の故地'拜泉'」, 『葦』 3, 1993.10; 牛島春子, 「祝のいた'滿洲·拜泉'」, 『'外
    地'の日本語文學選·月報』, 1998.2. 본문 속 우시지마 하루코의 수필 내용은 모두 가
    와무라 미나토(川村湊) 감수, 『牛島春子作品集』, ゆまに書, 2001, 283~313면 참고.
24 牛島春子, 「重たい鎖-「祝といふ男」のこと」, 위의 책, 1964.

등과 같은 복잡한 감정이 드러났다. 왜냐하면 주가 실제로 남편 우시지마 하루오와 함께 일을 했었는데, 우시지마 하루코가 「주롄텐」이라는 작품을 창작했기 때문이다. 그녀는 여러 차례 「주롄텐」 창작에 대해 언급하면서 다음과 같이 주가 전별금을 보냈던 일을 보충하였다. "우리가 바이취안현을 떠날 때 주는 공관에 와서 부인에게 전별금을 전하고 싶다고 말했다. 봉투를 열어보니 안에는 1엔이 들어 있었는데, 그 1엔을 보니 안심이 되었다."[25] 인용된 문장은 전쟁이 끝난 이후, 기억을 다시 기록한 것이라서 일본어의 글자체 '1엔—円'이 당시 만주국 시기의 '1원—圓'인지는 고증할 수 없지만, 이 전별금은 확실히 요시무라의 전별금 1,500원과는 성격이 다르다. 수필 속 기억된 전별금의 내용과 작별의 감상을 솔직하게 소설 「주롄텐」에 써넣는다면, 주의 형상은 음험함과는 거리가 멀 뿐만 아니라 그 순박하고 진실됨, 인간미 있는 일면이 글 속에서 생생하게 되살아날 것이다. 우시지마 하루코는 전쟁 이후 쓴 수필에서 일본 문단과 만주 문단에서 광범위하게 읽히는 소설 「주롄텐」의 본래 제목은 「주롄푸祝廉夫」였는데 출판사에서 인쇄할 때 '夫' 자를 '天' 자로 잘못 인쇄하였으며, 이 '주롄푸'는 실존하는 사람이었다고 설명하였다.[26]

주는 그의 본명으로, 나는 당초에 가명을 쓰지 않은 것을 후회한다. 주祝씨 성은 드물고 이름도 괜찮아서 그대로 사용했는데, 주에게 너무나 미안하다. (…중략…) 사진 속 4층의 커다란 건물인 바이취안현 공관과 구멍을 판 흔적이 있는 넓은 거리를 보면서 나는 "주롄텐의 명복을 빈다"는 말을 꺼내기가 힘들다.[28]

---

25 牛島春子,「感傷の満洲」,満洲大同學院婦人會 編,『満洲有情—妻たちの記録』, 1980.
26 川村湊,「満洲文學から戰後文學へ—牛島春子氏インタビュー」,『「戰後」という度—戰後社會の'起源'を求めて』, インパクト出版社, 2002, 110면.

나는 이 글을 반복해서 읽으며 여전히 바이취안현을 그리워하고 있다. 하지만 그곳의 그 거리는 이때부터 작은 가시가 되어 나의 가슴 속 깊은 곳을 찔러서 아무리 뽑으려 해도 뽑아낼 수가 없다.[28]

식민지배자와 피지배자, 상사와 부하, 작가와 서사 대상의 다중 권력 구조 속에서 주렌텐의 원형과 본명을 사용해서 식민지배를 받는 '이민족'의 형상을 창조한 것은 식민지배자의 오만이다. 전쟁이 끝나고 난 후, 식민주의를 벗어난 환경에서 소설 속 주의 이미지와 현실 속 그는 차이가 있어서 그는 자신의 호의를 모욕하고 져버렸다고 생각할지도 모른다. 혹은 주의 본명으로 창작한 이 소설 작품은 그의 '죄의 증거'가 되어 그의 운명을 좌우했을지도 모른다. 우시지마 하루코는 회고 수필을 통해 잊고 싶었던 과거를 떠올리는 것으로서 주에게 참회하였다.

4. 우시지마 하루코의 식민 의식과 반성

우시지마 하루코의 식민 의식과 반성은 앞에서 주인공 형상과 운명을 서술하면서 언급하였으며, 이 장에서는 보충 설명을 하고자 한다. 만주국 시기에 우시지마 하루코는 식민 통치 문제에 대해 각성하고 의식하였으며 식민 통치 방식에 대해서도 고찰하였다. 소설 「주렌텐」에서는 부현장인 신키치를 통해서 마을을 다스리고 정책을 처리하는 방법과 경험을 서술하였는데, 이는 한편으로는 젊고 유능한 일본인 관리의 형상, 즉 자신

---

27   牛島春子, 「私の故地 '拝泉'」, 앞의 책.
28   牛島春, 「遙かな '拝泉'」, 『每日新聞―西部(夕刊)』, 1993.10.1.

의 남편 우시지마 하루오의 형상을 묘사한 것이었다.

이는 신키치에게 결코 놀랄만한 일이 아니었다. 이민족끼리 서로 교류하는 것은 마치 귀머거리와 벙어리의 교류와 같아서 통역을 통해서 의사소통을 하고 관리와 통치를 하는데, 그 사이에 이런 저런 틈이 생기는 것은 어찌할 수 없다. (…중략…) 주롄톈이 관리로서 해서는 안 될 부정행위를 했다고 하는데, 이 말은 아마도 사실일 것이다. 하지만 신키치는 극도로 주관적인 말로 주의 악행을 최대한도로 부풀려 말하는 사람들의 말을 결코 믿을 수 없다고 생각했다.[29]

신키치를 포함한 그들에게 만주인 사회의 실상을 제대로 파악하는 일은 가장 필요한 일이었지만, 실제로는 매우 어려운 일이었다. 예컨대 정부 기관에서 업무적으로만 보면 일본인과 만주인 사이에 어떤 간극과 대립을 느낄 수 없지만, 생활면에서 이들은 분명히 서로 다른 세계에 살고 있었다. 일본인들의 느긋하지만 무관심한 태도와는 달리 만주인은 의식적으로 자신들의 세계에서 함께 보호벽을 세워서 일본인들이 들어오는 것을 막고자 하였기 때문이다. 그리하여 그들은 비로소 아주 매끄럽게 이를 표현하는데, 모두 능숙한 사교 기술로 대처하였고 일본인에게 미움을 사지 않게 되었다. 이러한 방법은 음흉하고 교활해 보이지만, 어쩌면 오랜 기간 억압받은 사람들이 생활 속에서 배운 지혜일지도 모른다.[30]

한 사람의 일본인으로서 하나의 현을 맡아 30만 현민을 위한 정치와 민생을 펼치면서, 만약 일본인의 잣대로 만주인을 평가한다면 얼마나 위험한 일인가.

---

29 牛島春子, 馮英華 譯, 「祝廉天」, 앞의 책, 52면.
30 위의 책, 57면.

이러한 선의의 실수가 만주인들에게 얼마나 큰 오해와 반발심리를 일으킬지 생각만 해도 등에 식은 땀이 날 지경이었다. 그래서 주와 같은 이를 옆에 둘 필요가 있었다.[31]

도박은 당연히 나쁜 것으로, 반드시 금지시켜야 한다. 그러나 여기에 일본인의 도덕관을 가져와 그들에게 강요하여 갑자기 금지시키면 어떻게 될까? 그들은 당황할 것이고 일본인들이 갑자기 자신들의 오락 활동을 빼앗는 정책에 대해 이해하지 못할 뿐만 아니라, 오히려 반감만 초래할 것이다. 일본인의 이러한 편협한 결벽증은 그들을 일본인으로부터 점점 멀어지게 하고, 그 결과 그들만의 비밀 사회를 만들 것이다.[32]

한편, 류샤오리가 지적한 것처럼 우시지마 하루코는 객관적이고 분명한 인식과 반성 정신, 문학가로서의 표현의 재능을 가지고 있어서 작품을 통해 기타 일본인 작가들이 보지 못한 점을 보여준다. 즉, 우수한 중국인은 만주국의 심각한 민족 문제인 '오족협화五族協和'의 어려움과 위선을 꿰뚫어보고 개인의 노력을 통해 이데올로기를 초월하는 '협화'를 실현하고자 한다는 것이다. 하지만 이 모든 것은 우수한 일본인 통치자의 계획 속에 있으며, 여기에는 식민지배자가 본능적으로 가지고 있는 기타 민족보다 자기네들이 우수하다는 맹목적인 자신감이 드러나는데, 그 이면에 숨겨진 것은 바로 식민주의 논리이다.[33]

전쟁이 끝난 후, 우시지마 하루코는 일본의 패배와 전쟁 후 소환, 전쟁

---

31 위의 책.
32 위의 책, 58면.
33 劉曉麗, 「總序—東亞殖民主義與文學」, 위의 책, 9면.

후 부활을 겪었고, 전쟁의 책임과 식민주의에 대해서도 반성하게 되었다. 예컨대 앞서 언급한 '만주인' 관련 수필의 창작은 전후 민주화 개혁이라는 환경 속에서 여성의 입장에서 송환문학을 창작한 것이다. '만주에서 살았던' 경험이 있는 대부분의 사람들은 모두 과거에 대해 '침묵'하거나 '잊은 척'하는 경향이 있다. 우시지마 하루코 역시 줄곧 '과거'를 청산하고 싶었지만, 오랫동안 '만주'를 잊을 수 없었다. 그녀는 만주에 대한 감정을 숨기지 않고 모두 글로 남겼다. 수필「송환자의 엽서遣返者的明信片」에서 그녀는 '나'라는 인물이 후루도葫蘆島에서 본국으로 송환되어 왔을 때 느꼈던 감정에 대해 "나는 건망증에 걸리고 싶다. 낙천주의자가 되고 싶다. 나는 내가 겪은 많은 경험과 고통을 떠올리고 싶지 않다"[34]고 서술하였다.

그녀의 전후 송환문학 속에는 중국인에 대한 감사와 죄책감을 읽을 수 있다. 그녀의 송환작품『어떤 여행某個旅行』에서 '나'는 기차를 타고 도피하는 도중에 보따리를 빼앗기게 된다. 24시간 동안 아기에게 젖을 주지 못해 아기가 큰 소리로 울자 사방에서 사오빙燒餅과 찐빵을 던져주었고, 심지어 어떤 중국 여성은 '나'를 위해 돈을 모아주었다. 작품 속에서 "나는 마지못해 몇 마디 말을 하였고 양심을 속이고 돈을 받았는데, 자신에 대한 혐오감이 점점 짙어졌다. (…중략…) 무표정이지만 그 속에 선량한 얼굴이 숨겨져 있으니, 이것이야말로 이 민족의 얼굴이다"[35]라고 중국인을 묘사하였다.

창작 활동 외에도 우시지마 하루코의 전후 반성은 중일 우호 활동에 참여하는 실제 행동에서도 나타났다. 1969년에 그녀는 발기인 중 한 사

---

34 私家版,「ある微笑ーわたしのヴァリエテ」, 創樹社, 1980.10; 川村湊 감수,『牛島春子作品集』, ゆまに書房, 2001, 285면 참고.
35 牛島春子,「ある旅」,『九州文學』제3기 제1권 제2호; 川村湊 감수, 위의 책, 260면 참고.

람으로서 다자이후 관세음사太宰府觀世音寺에서 열린 '중국과 일본은 다시 전쟁하지 않는다中日不再戰'라고 새긴 비석 세우기 서약 기념 활동에 참여하였다. 행사에 다녀온 후 적은 감상문에서 그녀는 일본이 대륙을 침략하기 위해 '만주국'이라는 허구의 국가를 세웠음을 분명히 밝혔고 자신은 우매한 국민 중의 한 사람이라는 것을 인정했다. 또한 이 땅에 대한 자신의 사랑과 열정은 '침략주의'와 관계되며, 자신의 독선과 이기심 및 타민족 지배는 정당성이 전혀 없다는 점을 깨달았다고 밝혔다.[36] 이 글에는 그녀의 때늦은 역사관이 드러나 있고 언사는 진실하고 정의로웠다. 그 외에 그녀는 중국에서 온 문화 단체를 일본에서 대접하였고 일본군에게 학대당하고 항일에 참여한 중국 여성들과 대화를 나누었는데, 일본인으로서 깊은 자책감을 느꼈다. 중국과 일본의 외교 관계가 회복되고 외국인들이 여행할 수 있도록 중국 둥베이東北 지역이 개방된 이후, 그녀는 1980년에 둥베이의 창춘長春, 심양沈陽, 푸순撫順 등지를 방문하여 열흘 정도 여행을 했다. 이 기간 동안 랴오닝대학遼寧大學 일본문학 연구실 교수들과 좌담회를 열었으며 국책 색채가 짙은 전시戰時 작품을 다시 살펴보게 되었다.[37]

상술한 바와 같이 우시지마 하루코가 식민지 시기에 식민 통치에 대해 가지고 있던 문제 의식은 일반적인 의미의 억압하고 권세를 부리는 식민 통치자와는 달리 '만주'에 대해 열정과 이상을 품고 있었음을 알 수 있다. 하지만 이러한 이상주의는 잘못된 역사 인식 위에 세워졌기 때문에 침략의 본질을 무시하고 미화시키고 있다. 그러므로 식민 문제에 대한 사고는

---

36 牛島春子, 「ある微笑―日中不再戦植樹に思う」, 출판사 미상, 1969; 川村湊 감수, 위의 책, 292~293면 참고.

37 牛島春子, 「自分を書く」, 『西日本新聞(夕刊)』, 1980.12.12; 川村湊 감수, 위의 책, 306면 참고.

식민주의 논리를 벗어날 수 없다. 전쟁이 끝난 후, 그녀의 반성은 구체적이고 진지했다. 하지만 그녀 자신이 말한 것처럼 떳떳하지 못하여 이러한 반성을 하기까지 거의 20년이 걸렸다. 그녀의 반성은 아마 아직 발언하지 못한 대부분의 '만주에 있었던 많은 일본인'의 마음의 소리를 대신할 수 있을 것이다. 오쿠보 아키오大久保明男는 "전쟁이 끝나고 나서 일본 역시 '만주국'의 기만적 성격을 어쩔 수 없이 인정하였지만, 대부분의 일본인은 그것을 해석하고 묘사할 때 결코 역사 인식이라는 차원에만 머무르지 않고 주관적이고 감정적인 요소들을 그 속에 집어넣어서 왕왕 객관적이고 이성적인 '만주국' 서사와 상반될 수 있다"[38]고 지적하였다. '만주국'에 대한 이들의 복잡한 감정에 대한 분석은 앞으로 인문 학자들이 연구해야 할 주제 중 하나라고 할 수 있다.

---

38   大久保明男, 「『偽滿洲國日本作家作品集』出版的意義」, 『偽滿時期文學資料整理與研究·作品卷─偽滿洲國日本作家作品集』, 北方文藝出版社, 2017, 3면.

필자 소개(수록순)

이해영 李海英, Li Hai Ying 중국해양대학교 한국어학과 교수

박려화 樸麗花, Piao Li Hua 옌청사범대학교 한국어학과 강사

김재용 金在湧, Kim Jae-yong 원광대학교 국어국문학과 교수

최현식 崔賢植, Choi Hyun-sik 인하대학교 국어교육과 교수

이복실 李福實, Li Fu Shi 중국해양대학교 한국연구소 연구원

류샤오리 劉曉麗, Liu Xiao Li 화둥사범대학교 중문학과 교수

리리 李麗, Li Li 헤이룽장대학교 만주학연구소 연구원

왕웨 王越, Wang Yue 칭다오농업대학교 중문학과 부교수

메이딩어 梅定娥, Mei Ding E 난징우전대학교 일본어학과 부교수

마틴 블라호타 馬金, Martin Blahota 체코과학원 동방연구소 연구원

한링링 韓玲玲, Han Ling Ling 장수이공대학교 일본어학과 부교수

장레이 蔣蕾, Jiang Lei 지린대학교 신문학과 교수

류옌 劉研, Lyu Yen 둥베이사범대학교 비교문학과 세계문학학과 교수

천옌 陳言, Chen Yan 수도사범대학교 일본어학과 교수

덩리샤 鄧麗霞, Deng Li Xia 난징농업대학교 일본어학과 교수